本书系2016年度河北省社会科学发展研究课题"清代女性弹词《再生缘》研究"（课题编号：201603050101）的终期成果

| 光明社科文库 |

清代弹词《再生缘》研究

李秋菊◎著

光明日报出版社

图书在版编目（CIP）数据

清代弹词《再生缘》研究 / 李秋菊著 .-- 北京：
光明日报出版社，2019.4
（光明社科文库）

ISBN 978-7-5194-5277-3

Ⅰ.①清… Ⅱ.①李… Ⅲ.①弹词—文学研究—
中国—清代 Ⅳ.① I207.39

中国版本图书馆 CIP 数据核字（2019）第 081581 号

清代弹词《再生缘》研究
QINGDAI TANCI《ZAISHENG YUAN》YANJIU

著　　者：李秋菊

责任编辑：史　宁　　　　　　　责任校对：赵鸣鸣
封面设计：中联学林　　　　　　责任印制：曹　净

出版发行：光明日报出版社
地　　址：北京市西城区永安路 106 号，100050
电　　话：010-63139890（咨询）010-63131930（邮购）
传　　真：010-63131930
网　　址：http://book.gmw.cn
E - mail：shining@gmw.cn
法律顾问：北京德恒律师事务所龚柳方律师

印　　刷：三河市华东印刷有限公司
装　　订：三河市华东印刷有限公司
本书如有破损、缺页、装订错误，请与本社联系调换，电话：010-63131930

开　　本：170mm×240mm
字　　数：330 千字　　　　　　印　　张：26
版　　次：2020 年 1 月第 1 版　　印　　次：2020 年 1 月第 1 次印刷
书　　号：ISBN 978-7-5194-5277-3

定　　价：138.00 元

目　录
CONTENTS

绪　论

清乾隆年间，在吴敬梓的《儒林外史》和曹雪芹的《红楼梦》问世之后，江南奇女子陈端生为娱亲抒怀、寄托理想而大胆戏写的长篇弹词《再生缘》，是闪耀于清中叶通俗小说（包括散文体的白话小说和韵文体的弹词小说）领域，与《儒林外史》《红楼梦》交相辉映的第三颗明珠。自面世以来，《再生缘》不但长期在妆楼绣阁中盛传不衰，至20世纪五六十年代更是赢得陈寅恪和郭沫若的高度赞誉，而且被频频改编为戏曲、影视、曲艺、散文体的通俗小说、连环画等多种艺术样式，广泛流传于舞台书摊、荧屏网站之上，经久不衰。从《再生缘》移植而来的各种戏曲剧目、曲艺作品、影视剧、小说作品等数量甚多[1]，而且大都深受观众青睐，影响广泛[2]。郑振铎曾指出："一般的妇女们和不大识字的男人们，他们不会知道秦皇、汉武，不会知道魏徵、宋濂，不会知道杜甫、李白，但他们没有不知道方卿、唐伯虎，没有不知道左仪贞、孟丽君的。那些弹词作家们所创造的人物已在民间留极大深刻的印象和影响了。"[3]孟丽君即陈端生在弹词《再生缘》中创造的风华绝代、栩栩如生的文学人物。下面让我们携手同游《再生缘》的奇特世界，共睹孟丽君的动人风采。

第一节　弹词园地的奇花异卉

　　《再生缘》是陈端生创作的一部长篇弹词。弹词，或称盲词、南词等，是一种以七言韵文为主、韵散相间的通俗文体，以描写细腻委婉、叙事曲尽其妙为特质。[4]据现有资料来看，弹词极有可能由宋代的陶真或宋金时期的诸宫调直接演变而来，但其远祖可以追溯到唐代变文。[5]弹词是南方尤其是江浙一带民众喜闻乐见的艺术样式。明中叶，田汝成《西湖游览志余》卷二十"熙朝乐事"记载八月十八日杭州市民观潮的盛况，提到"其时，优人百戏，击球关扑，鱼鼓弹词，声音鼎沸"[6]，可见弹词在明代中期已很流行。到了清代，弹词的发展达到顶峰，其时弹词在叙事文学领域足以与以男性作家为创作主体的白话小说相抗衡。不仅数量众多，而且大都为鸿篇巨制，因而清代弹词的总字数颇为可观，其整体艺术成就也几乎可以比肩于男性文人创作的散文体的白话长篇小说。

　　就主要传播途径与功用而言，弹词一体中，又可分为"唱词"与"文词"两类。[7]"唱词"，或称"说唱弹词""唱本弹词""脚本式弹词""弹词原始体"等，主要指弹词这种民间伎艺弹唱的底本，即通常所谓的讲唱文学、说唱曲艺，表演时以琵琶、三弦为主要的伴奏乐器，有唱（即唱句）、白（以角色的身份说白）、表（由说书人代为表白）三种成分，代表作有《珍珠塔》《三笑姻缘》《描金凤》《双珠凤》《玉蜻蜓》《白蛇传》等。"文词"是主要供案头阅读的文学文本，它有唱、表而无白，通过以七言韵文为主的韵散结合的体式来叙述故事、塑造人物、描写环境。"文词"，或称"七字小说"[8]"弹词小说"[9]"弹词体小说""案头弹词""韵文体小说"[10]"诗体小说""拟弹词"[11]等，被视为古典长篇小说的独特类型。闺阁才女创作的弹词，或称"女作家弹词""女性弹词小说""闺阁弹词"[12]等，大多是以第三人称身份讲述故事的叙事体弹词，属于"文词"一类[13]，著名的有《玉钏缘》《再生缘》《笔生花》《梦影缘》《精忠传》《金鱼缘》《凤双飞》《榴花梦》《子虚记》等。

　　郑振铎在《中国俗文学史》中说："弹词为妇女们所最喜爱的东西，故一般长日无事的妇女们，便每以读弹词或听唱弹词为消遣永昼或长夜的方法。一部弹词的讲唱往往是须要一月半年的，故正投合了这个被幽闭在闺门里的中产以上的妇女们的需要。……渐渐的，有文才的妇女们便得到了一个发泄她们的诗才和牢骚不平的机会了。她们也动手来写作自己所要写的弹词。她们把自己的心怀，把自己的困苦，把自己的理想，都寄托在弹词里了。诗、词、曲是男人们的玩意儿，传统的压迫太重，妇女们不容易发挥她们特殊的才能和装入她们的理想。在弹词里，她们却可充分的抒写出她们自己的情思。"[14]郑振铎对弹词与女性关系的描述，较为确切。由于明清存在女性容易接触到弹词的文化环境以及弹词自身易观易入、雅俗共赏的文体特点，部分被禁闭于深闺的、具有良好文学素养的闺秀们，由喜爱听唱或阅读弹词的接受群体，质变为以写作弹词为乐事的创作群体，进而在弹词领域大显身手，共同开辟出一方迥异于男性文学世界的艺术新天地。相对于诗、词、戏曲、小说（此处特指弹词小说除外的文言小说与白话小说）等艺术样式而言，弹词是女性更为擅长、更契合女性之性情的文体。谭正璧亦指出："历来女性的成功的作品，只有弹词。诗，词，曲，小说的世界，总为男性占先，独有弹词，几部著名的伟大的弹词，像《天雨花》[15]、《笔生花》、《再生缘》，那一部不出于女性之手？"[16]"女性作家独喜创作弹词，而且篇幅不厌冗长，内容不嫌复杂，如《笔生花》，长至一百数十万字，如《玉钏缘》、《再生缘》、《再造天》，不厌一续再续，在中国所有一切的文学作品中，她们都占到第一个位置。"[17]弹词中"文词"一类（即弹词小说）的显著特征就在于其鲜明的女性化特质：主要是一种创作者与接受者都以女性为主体的以女性视角描述世界的女性文学。闺秀作家创作的弹词大多摒弃了男性文本的话语模式，以光怪陆离的艺术想象，以背离常规的女性视角，较真实全面地反映了封建末世女性独特的生活图景、命运遭际、思想状态与审美观念，传达了来自女性世界的声音，因而能在中国文学史上占据一席之地，弥足珍贵。诚如李家瑞在《说弹词》中所说："女著弹词的风气，几乎同有清一代相终始，讲清代妇女文学的人，还能忽略了这一大部分的事吗？"[18]

继郑振铎、谭正璧、李家瑞等著名学者之后，当代学人亦纷纷肯定弹词的女性文学特质与地位。"以弹词为载体的韵文体小说是中国唯一以女性为主体（具备创作文本和阅读受众两个层面）的独特叙事文类。清代女作家通过大量写作实践开创和建立了中国女性文学的叙事传统。"[19]鲍震培不仅指出了弹词小说的女性化特征，还极力肯定清代闺秀作家创作的弹词作品在中国女性文学史上的重要地位。"弹词文学的作者多为女性，其众多作品在内容和形式方面都有女性特点。在一个历史时期，一个文学品种集中地显示了女作家的才华与成就，这在中国和世界都是不多见的。这种情形主要是因为特定的时代、地域、阶层和特殊的经历，形成一些女性特有的思想情绪、文化素质与审美趣味等写作条件；并显示了弹词文学深入闺阁，也宜于闺阁创作的特点。"[20]孟蒙不仅指出了弹词在内容与形式上呈现出的鲜明的女性化特质，还将之放入世界文学的范围内来肯定其价值，并剖析了弹词作家以闺秀为主体的主要原因。为突显女性弹词的独特性，亦有学者将女性弹词与男性弹词或其他文体进行比较研究。"在清代弹词中，女性创作占了主流地位。大量的女作家（知名的、佚名的）参与到弹词创作中来，她们的作品在数量、质量上远远超出同时代男性作家。动辄十几万字、一气呵成，甚至几乎能够一韵到底的长篇韵文体巨著，充分显示了女性的文学才华。同时，女作家们大量优秀作品的存在，使得清代弹词的优雅气质更加明朗、突出。女作家和她们的作品构成了清代文学史上一道独特的风景线。"[21] 盛志梅肯定了清代女性弹词的重要性及其区别于男性弹词的优雅气质。"弹词队伍中女性作者占了很大的比例，这是其它任何一种文体中都不曾有过的（即使是数量可观的清代女词人，比例也远不及此）。"[22] 陈洪将弹词与中国古代的其他文体相比较，突显其以女性作家为创作主体的特质。

值得注意的是，在女性弹词的艺术长廊中，陈端生的《再生缘》堪称上乘之作，得到的赞誉最多。《再生缘》的情节跌宕起伏，叙事生动严密，结构浑然一体，文笔优美细腻，特别是成功塑造了孟丽君这一光彩照人、特色独具、极具魅力的奇女形象，故其一经问世，即盛传不衰，受到众多"缘迷""君迷""再迷""孟迷"的追捧。"惟是此书知者久，浙江一省遍相传。……闺阁知音频赏玩，庭帏尊长尽开颜。谆谆更嘱全终始，必欲使，凤友鸾交续旧弦。"[23] 在乾隆四十九年（1784）陈端生续写第十七卷时，《再生缘》的前十六卷已经成为畅销读物，风靡浙江一带，尤其受到闺秀们的喜爱。在后世的流传过程中，《再生缘》甚至成为识字女性的必读书目："吾国旧时妇女之略识之无者，无不读此书焉。"[24] 狄平子在《小说丛话》中将《再生缘》与《天雨花》《笔生花》《安邦志》《定国志》等弹词视为"妇女教科书"。《再生缘》之类的弹词在当日女性知识获取、道德养成、价值观建构过程中所起的重要作用可见一斑。现代女作家韦君宜在《女人的文学——〈妇女小说选〉序》[25] 中说，她从十岁起，直到十六七岁，最爱看、最常看的一部书就是弹词《再生缘》，女主人公孟丽君使她真心感动，她还提到《再生缘》是她母亲心爱的案头常备的作品。可见《再生缘》以其独特的艺术魅力赢得了一代又一代女性读者的芳心，在女性世界产生着持续的影响力。

然而，令"缘迷们"叹息的是，尽管《再生缘》在女性世界获得了关注与赞赏，却长期处于主流文学史的视域之外。谢无量的

《中国妇女文学史》和梁乙真的《中国妇女文学史纲》与《清代妇女文学史》，都是研究妇女文学的专史，却将妇女文学中的优秀代表——《再生缘》彻底遗忘了。不过，令"缘迷们"稍感欣慰的是，20世纪上半期，有一批热衷于俗文学研究的学者，如谭正璧、郑振铎、陶秋英等，在研究弹词这一文体时，开始关注和肯定弹词《再生缘》。[26]1919年，商务印书馆出版的蒋瑞藻的《小说考证》[27]的《续编》卷一引用了《闺媛丛谈》中介绍《再生缘》的一段文字，这引起了谭正璧等学者的注意。1930年，谭正璧在《中国女性的文学生活》[28]的"通俗小说与弹词"一章的"陈端生与梁德绳及其《再生缘》"一部分，根据蒋瑞藻《小说考证续编》卷一"再生缘第二十四"条所引《闺媛丛谈》、陈文述《西泠闺咏》和《杭州府志》中的材料，对《再生缘》的作者陈端生与续者梁德绳的身世作了简略考述，认为《再生缘》的成功，陈端生创始于前，梁德绳结束于后。谭正璧对《再生缘》的艺术成就给予高度评价："《再生缘》不独文辞优美，情节也异常复杂。描写细腻本是弹词的特长，《再生缘》的长处，在于别人视作平常之处，她偏偏叙写得十分有致，而引人神往。"[29]1938年，郑振铎在《中国俗文学史》的"弹词"一章中，认为《再生缘》是一部"处处为女性张目"的作品，并对《再生缘》的作者陈端生与续者梁德绳、写作动机与过程、故事情节等加以介绍。陶秋英在《中国妇女与文学》（1932年2月付版，1933年4月出版）中论述"弹词小说"时，列举了《天雨花》《笔生花》《凤双飞》《玉钏缘》《再生缘》《再造天》等弹词作品，认为弹词小说中以《再生缘》《天雨花》为最好，又称赞《再生缘》的词句流利不俗，叙事离奇曲折，描写细腻。

20世纪中叶，著名文史学家陈寅恪不顾当世和后来通人之讪笑，以独立之精神、自由之思想，撰成长达五万余字的《论再生缘》[30]，赞誉《再生缘》为弹词体中的空前之作，宣称其在文体上堪与古希腊、印度的著名史诗相媲美，高度肯定其艺术价值，又推崇陈端生为当日思想最超越的女性。正是在陈寅恪的极力推崇下，被长期忽视的女作家陈端生浮出历史地表，《再生缘》得以从濒危的女性弹词文学中脱颖而出，成为学者们津津乐道的话题。

在陈寅恪《论再生缘》的直接影响下，年近古稀的郭沫若怀着补课的心情初次阅读《再生缘》，竟像十几岁时阅读《水浒传》《红楼梦》那样的着迷，在不到一年的时间（从1960年12月始，至1961年7月止）内竟然将数十万字的《再生缘》反复阅读了四遍。郭沫若还以极大的热情校订、研究《再生缘》，发表系列关注度极高的学术论文。[31]1961年，郭沫若在《〈再生缘〉前十七卷和它的作者陈端生》[32]中，首次将《再生缘》与《红楼梦》相媲美，将清人杨蓉裳（芳灿）的"南花北梦"之说更改为"南缘北梦"。[33]同年，郭沫若在《序〈再生缘〉前十七卷校订本》[34]中又说："如果从叙事的生动严密、波浪层出，从人物的性格塑造、心理描写上来说，我觉得陈端生的本领比之十八、九世纪英法的大作家们，如英国的司考特（Scott，公元一七七一年——一八三二年）、法国的斯汤达（Stendhal，公元一七八三年——一八四二年）和巴尔塞克（Balzac，公元一七九九年——一八五〇年），实际上也未遑多让。他们三位都比她要稍晚一些，都是在成熟的年龄以散文的形式来从事创作的，而陈端生则不然，她用的是诗歌形式，而开始创作时只有十八、九岁。这应该说是更加难能可贵的。"[35]

陈寅恪对《再生缘》的推崇是他一贯主张的"独立之精神，自由之思想"的学术理念的体现，故他强调"《再生缘》一书，在弹词体中，所以独胜者，实由于端生之自由活泼思想"[36]。郭沫若则站在反封建斗士的立场，更多地着眼于陈端生的以封建而反封建的独特举动，说"她是挟封建道德以反封建秩序，挟爵禄名位以反男尊女卑，挟君威而不认父母，挟师道而不认丈夫，挟贞操节烈而违抗朝廷，挟孝悌力行而犯上作乱"[37]。陈寅恪与郭沫若对《再生缘》的高度评价肯定了其在文学史上的地位，两位大师合力将《再生缘》推进了文学史的殿堂。陈寅恪于《论再生缘》中曾感慨一代才女陈端生"彤管声名终寂寂"的遭际，以至于"怅望千秋泪湿巾"。郭沫若也感慨"我们这些素来宣扬人民文学的人，却把《再生缘》这样一部书，完全忽视了"[38]，"这的确是一部值得重视的文学遗产，而却长久地被人遗忘了。不仅《再生缘》被人看成废纸，作为蠹鱼和老鼠的殖民地，连陈端生的存在也好像石沉大海一样，迹近湮灭者已经一百多年"[39]，因此在反复阅读之后，他下定决心整理《再生缘》，力图"使它复活转来"。

正是在陈寅恪与郭沫若这两位文化大师的同情之理解、热情之关注与高度之赞誉下，陈端生和她的代表作《再生缘》走入学术殿堂，引起越来越多学者的浓厚研究兴趣。"两位大师的评价，使《再生缘》如美玉在椟中，一旦展现在世人眼前，就光彩夺目，重新受到重视。"[40]20世纪80年代以来，还陆续出现了《再生缘》的多种整理本，其中流传较广的是刘崇义编校本、杜志军校注本和郭沫若校订本。1982年11月，在赵景深、刘崇义的共同努力下，陈端生的《再生缘》作为《中国古典讲唱文学丛书》的一种，分上、中、下三册，由中州书画社出版（简称"刘崇义编校本"）。该整理本凡二十卷，后三卷由梁德绳所续。[41]2000年1月，杜志军校注的《再生缘》二十卷，分上、下两册，由华夏出版社出版（简称"杜志军校注本"）。[42]郭沫若于1961年校订的《再生缘》前十七卷，历经曲折后，也于2002年11月由北京古籍出版社出版（简称"郭沫若校订本"）。比陈寅恪、郭沫若幸运的是，现今读者所阅读到的《再生缘》的版本，虽然质量算不上尽善尽美，但也绝对不再是错字连篇、脱叶满卷的本子。

第二节 改编领域的"孟丽君热"

《再生缘》的故事引人入胜，情节波澜迭起，人物栩栩如生，文笔细腻优美，具有浓郁的女性色彩，因而自其诞生后即赢得一波又一波读者（尤以女性读者为主）的芳心。在《再生缘》的流传过程中，不仅出现了清代女性读者（如梁德绳、侯芝、邱心如等）对《再生缘》的续写、改写、仿作等现象（这些续写、改写、仿写的作品仍属弹词），清后期以来还存在着戏曲、曲艺、话剧、影视剧、小说（含网络小说）、连环画等多种艺术样式广泛移植《再生缘》的文化景观，真可谓"万家传唱《再生缘》""万家搬演孟丽君"。

一、戏曲搬演与影视改编

在我国戏曲的百花园中，有一个值得注目的现象，那就是绝大多数剧种都有以孟丽君女扮男装赴科场、中状元、做高官为题材的剧目，多数即以"孟丽君"为题名，尤其是越剧、黄梅戏、祁剧、京剧、粤剧、潮剧、歌仔戏、高甲戏、芗剧、豫剧、扬剧、淮剧、锡剧、湖南花鼓戏、庐剧[43]等剧种改编的孟丽君的故事，久演不衰。《孟丽君》是很多剧种的一部"吃饭戏""看家戏"。一言以蔽之，戏曲搬演对陈端生《再生缘》的流传起了至关重要的作用。周清澍在《〈再生缘〉作者的母族桐乡汪氏》中说："我家乡流行有几百年历史的祁剧，解放前夕，民生凋敝，小县城剧园无人看戏，艺人连每日一两升米也挣不下，乃想出排演连台本新戏吸引观众的办法，剧名《龙凤再生缘》，一两月内连续演出《再生缘》一书中孟丽君和皇甫少华的故事。这次演出收到意想不到的效果，在一两月内，县城中的观众几乎达到万人空巷、人人道《龙凤再生缘》的程度。因此，《再生缘》这部不太出名的文学作品，竟在我的脑海中留下了超越一些名

著的深刻印象。"⁴⁴

就越剧这一戏曲剧种而言，搬演孟丽君的故事的改编本就多达十余种。最早的一种是越剧小歌班的剧目《五美再生缘》，1917年6月演出于上海镜花戏园。之后出现了两种连台本戏：一是长达28本的连台本戏《华丽缘》，据说由嵊县人俞龙孙于1920年根据《华丽缘》唱本（或谓石印本《再生缘》）改编，1921年3月5日由男班梅朵阿顺班首演于上海升平歌舞台；二是12本的连台本戏《新华丽缘》，演出于1935年。20世纪50年代的改编本至少有五种，即《孟丽君》（1952年温州越剧团演出）、《孟丽君》（维新、笑芳编剧，1954年3月1日由新艺越剧团演出于高乐剧院）、《孟丽君》（1956年唐远凡改编并亲自执导，由浙江省金华市越剧团首演）、《孟丽君》（杨理改编，1957年1月由少壮越剧团演出于瑞金剧场）、《孟丽君》（张桂凤、吕瑞英、陈少春根据男班艺人刘金玉、金喜棠的整理本改编，陈少春执笔，1957年7月25日由上海越剧院首演于大众剧场）。20世纪七八十年代的改编本至少有三种：《孟丽君》（1979年4月杭州越剧团演出、1979年6月普陀越剧团演出）、《孟丽君》（吴兆芬根据丁西林的话剧《孟丽君》改编，1980年3月由上海越剧院二团首演）、《孟丽君》（天津市越剧团演出）。可见孟丽君的故事在越剧舞台上具有持久旺盛的生命力。

以孟丽君的故事为题材的戏曲剧目，有据陈端生的《再生缘》改编的，有据市井流传的小说《龙凤再生缘》改编的，也有据丁西林的话剧《孟丽君》改编的，大多演述孟丽君与皇甫少华的故事。而值得注意的是，《再生缘》的故事还流传到了国外，越南改良戏中有以孟丽君的故事为题材的剧目。丁西林在话剧《孟丽君·前言》中特别提到，1959年他在访问越南时看过越南改良戏《孟丽君脱靴》，剧本和演出给了他很大的启发。

随着20世纪影视产业的快速发展，孟丽君的故事也被反复改编成影视作品，闪亮于荧屏。据目前资料记载，以孟丽君之故事为题材的电影至少有《再生缘》（1927年上海复旦影片公司出品）、洪仲豪执导的粤语电影《孟丽君》（1938年香港诚信贸易行出品）、张石川执导的国语电影《孟丽君》（1940年国华影业公司发行）、陈皮执导的粤语电影《孟丽君》（1949年香港金城影片公司出品）、陈皮和珠玑执导的粤剧电影《多情孟丽君》（1951年香港多宝映片公司出品）、赵树燊执导的厦语电影《孟丽君》（1955年香港必达影业公司出品）、龙图执导的粤语电影《风流天子与多情孟丽君》（1958年上映）、蔡秋林执导的歌仔戏电影《孟丽君脱靴》（1959年上映）、谢枫执导的锡剧电影《孟丽君》（1963年华文影片公司出品）、李铁执导的潮剧电影《孟丽君》（1964年香港联友影业公司出品）等十余部（包括戏影合流后产生的戏曲电影在内）。1986年，编剧李耀光曾将陈端生的弹词《再生缘》改编成十集电视剧剧本《再生缘》。20世纪90年代以来，编演孟丽君之故事、制作完成的电视剧，有1990年中国录音录像出版总社摄制的5集电视剧《孟丽君》、1997年中国天平经济文化发展公司和北京实力影视咨询公司联合拍摄的36集电视剧《新孟丽君》、2002年香港TVB制作的32集电视剧《再生缘》和2006年北京金奥尼影视文化传播有限公司出品的42集电视剧《再生缘之孟丽君传》。

当戏曲与电视联姻之后，艺术界诞生了电视戏曲连续剧这一独特的产物。孟丽君的故事也被多个剧种改编成电视戏曲连续剧，其中具有影响的经典作品有闽剧电视戏曲连续剧《孟丽君》、电视歌仔戏《孟丽君脱靴》和《皇甫少华与孟丽君》、黄梅戏音乐电视连续剧《孟丽君》、越剧电视戏曲连续剧《孟丽君》、庐剧电视戏曲连续剧《孟丽君》等，特别是黄梅戏音乐电视连续剧《孟丽君》和越剧电视戏曲连续剧《孟丽君》，在播出后皆风靡一时，反响热烈。

总之，源自《再生缘》的孟丽君的故事，是中国传统的戏曲艺术和新兴的影视艺术热衷于改编的经典题材。《再生缘》的大多数戏曲和影视改编本，虽然并不完全忠实于陈端生的原著，也没有完全刻画出原著中孟丽君形象的精髓，但由于剧本内容往往编得很紧凑，且大多能迎合观众的审美趣味，又有优秀演员担纲，故在推出后皆能收到很好的效果。在弹词《再生缘》曾被渐渐遗忘的时代里，孟丽君的故事却能闪耀于舞台荧屏，这是值得注意的文化现象。

二、曲艺弹唱

除了戏曲和影视作品，《再生缘》还被改编成苏州评弹、木鱼歌（南音）、潮州歌、福州评话、鼓词、宝卷等曲艺形式流传。秦纪文、潘伯英、秦文莲、朱雪琴、袁小良、王瑾等评弹作家或艺人皆因改编或弹唱《孟丽君》而扬名。

秦纪文（1910—2003）是上海评弹界的著名艺人。他首次将供阅读的陈端生的长篇弹词《再生缘》改编成供说唱的苏州弹词《孟丽君》（一名《再生缘》），在书坛演唱五十年，随演随改，常演常新，备受听众欢迎。著名文人叶圣陶对秦纪文说唱的《孟丽君》备加赞赏，曾赠诗一首："剧艺争传孟丽君，中篇弹唱尚初闻。剪裁妥帖能连贯，描状精微颇出群。郎意君心通委宛，邸中殿上应纷纭。迷离扑朔终分晓，脱却罗袍换绮裙。"[45] 评弹艺人秦文莲曾对其父秦纪文弹唱的《孟丽君》进行再创作。

潘伯英（1903—1968）是江苏评弹作家。20世纪60年代初，他据陈端生原著（即弹词《再生缘》前十七卷）改编了二十六回评弹《孟丽君》。与秦纪文演出本《孟丽君》不同的是，潘伯英改编的评弹《孟丽君》主要根据《再生缘》前十七卷中孟丽君不愿复妆的矛盾心情，塑造孟丽君的形象，调整情节和人物间的关系。演唱者除了潘伯英本人，尚有徐碧英、王月香、龚华声、潘莉韵、谢毓菁、徐琴韵。潘伯英改编的评弹《孟丽君》受到陈云的高度赞扬。但颇为遗憾的是，由于事涉邦交的原因，该改编本被迫停演。据周良《断尾巴的〈再生缘〉》介绍，潘伯英改编的评弹《孟丽君》被要求停演时，"全书尚未编完，孟丽君还想当几年官，像陈端生的《再生缘》一样，也缺了尾巴"，"'文革'后，苏州编的弹词《孟丽君》由龚华声和蔡小娟恢复演出，又传给袁小良、王瑾等。龚华声曾经有续编的设想，也未完成。今此书已无人演出，无人再续尾巴了"[46]。

木鱼歌（南音）《再生缘摘锦》，潮州歌《玉钏环续再生缘》（或名《射锦袍孟丽君一集》）、《玉钏环后续再生缘》（或名《射锦袍孟丽君二集》）、《玉钏环三续再生缘》（或名《射锦袍孟丽君三集》）和福州评话《孟丽君脱靴》，皆编演孟丽君的故事。据宗流的《福州评话趣谈》介绍，民国初期，福州评话艺术家黄菊亭（艺名科题）的《孟丽君脱靴》堪称绝唱。[47]其他如温州鼓词、徐州琴书中皆有《孟丽君》，宝卷中有《龙凤配》《绘图再生缘宝卷》。要之，《再生缘》在苏州评弹、木鱼歌（南音）、福州评话、潮州歌、鼓词、琴书、宝卷等曲艺形式中通过改编的方式，获得了新的生命力。

三、话剧改编

中国话剧，早期或称文明戏、新剧，是一种融入西方戏剧元素、由日本传入国内、以对话与动作为主要表现手段、有别于以歌唱为主的中国传统戏曲艺术的新型剧种。1959年8月，全心全意写喜剧的话剧作家丁西林将《再生缘》的故事改编成六幕话剧《孟丽君》，后于1960年2月、1961年7月两次修正，发表于1961年7-8月合刊号《剧本》，引起关注。

丁西林在《孟丽君·前言》中将话剧《孟丽君》界定为喜剧，因而他给孟丽君之故事涂抹上浓郁的喜剧色彩。他对陈端生原著进行了大刀阔斧的改动，删除了苏映雪、刘燕玉、刘奎璧、皇甫长华、熊浩、卫勇娥等多个人物，新增魏瑾（皇太后的哥哥）、梁如玉（尚书梁鉴的爱女）等人物形象，情节紧紧围绕着孟丽君乔装为相后真实身份的揭露和如何复妆而展开，结构严谨，线索清晰。

李健吾在《〈孟丽君〉》中曾指出："丁西林先生的《孟丽君》，与其说是改编，不如说是创作。他从皇甫少华得胜还朝开始，冗长的铺排变成轻快的进行。他保留浪漫色彩，接受几个主要场面，取消一夫三妻的情节，改变人物的历史与社会关系，同时让语言经过千锤百炼，成为文学的、喜剧的语言。"[48]话剧《孟丽君》虽然与陈端生原著的面貌相差较远，却影响颇大。大概因其剧情紧凑，适合舞台演出，富有喜剧色彩等缘故，丁西林的话剧《孟丽君》曾被很多剧种移植。越剧《孟丽君》（吴兆芬编剧）、黄梅戏《孟丽君》（班友书、汪自毅编剧）、闽剧《孟丽君》（郑长谋编剧）、桂剧《孟丽君》（刘克嘉、筱兰魁编剧）、秦腔《孟丽君》（项宗沛编剧）等，都是直接或间接根据丁西林的话剧《孟丽君》改编而成的剧目。

四、小说改编

《再生缘》曾被多次改写成散文体的通俗小说。在《再生缘》的通俗小说改编活动中，有按照原著的基本情节改编的，也有大刀阔斧进行改造的，总之各改编者可谓八仙过海，各显神通。目前所见最早的一种小说改编本是清末无名氏改写的《龙凤配再生缘》，曾被《中国通俗小说总目提要》[49]、陈大康《中国近代小说编年》[50]著录。《龙凤配再生缘》凡七十四回，据陈端生著、梁德绳续的弹词《再生缘》改写而成，主要叙述孟丽君于女扮男装后高中状元、位列朝班、显身扬名，最终恢复女装与皇甫少华完婚团聚的故事。《龙凤配再生缘》大体上承继了弹词《再生缘》的叙事框架，基本情节忠实于原著，但是在人物塑造上没有陈端生的原著出色，尤其是没有完全刻画出陈端生原著中孟丽君之惊世骇俗的奇特风骨。大概因受梁德绳续尾的影响，在孟丽君归宿的处理上，改编者将陈端生原著中神采奕奕、勇于同男权社会抗争的独立自尊的奇绝女子，改编成了一个在身份败露后自愿雌伏、温柔顺从的平凡女子。要之，《龙凤配再生缘》的艺术成就逊色于弹词体的原著。但值得注意的是，此小说改编本在市井流传甚广，不仅一版再版，例如民国年间上海萃英书局、上海鸿文书局、上海沈鹤记书局、新文化书社、大达图书局、广益书局等皆曾印行此小说，20世纪后半期，此小说亦被屡次出版，比如1986年湖南文艺出版社出版了孙菊园校点本《再生缘》，1992年台南世一书局出版了大字足本《孟丽君》，1997年岳麓书社出版了喻岳衡校补本《再生缘》[51]，而且越剧、祁剧、琼剧等一些剧种的以孟丽君之故事为题材的剧目，皆据此小说改编本（而非陈端生原著）改编，可见其不可小觑的影响力。

　　逸钟（洪宜宾）改编的小说《孟丽君》，据陈端生的弹词《再生缘》重写而成，同时汲取了薛汕整理的秦纪文演出本《再生缘》（中国曲艺出版社1981年版）中的一些情节。正如逸钟在《后记》中所言，该小说的情节主干与陈端生的前十七卷大体一致，但旁逸出不少支干，且对原书人物（如苏映雪、刘燕玉等）的性格作了较大改动，又删去一些与主线关系不大的人物（如孟丽君之兄孟嘉龄、刘奎璧之兄刘奎光等）。

　　丁时前改编的小说《孟丽君传奇》，凡十六回，将陈端生原著中女状元孟丽君乔装入仕的传奇故事完全改写成了侠女斗贪官奸相的惊险故事。丁时前借用了原著中几个主要人物（如孟丽君、苏映雪、皇甫少华、皇甫长华、刘奎璧、熊友鹤、卫勇娥、刘燕珠、刘燕玉、荣兰等）的名字和孟丽君、荣兰、卫勇娥女扮男装的故事模式，重新杜撰了一段以忠奸斗争为主旋律的惊险故事，且将故事发生的时代背景模糊化，总而言之，再创作的成分占很大比例。丁时前将孟丽君（荣兰之母云娘把毕生所学武艺传授给她）、荣兰（母亲云娘武功盖世）、皇甫长华、卫勇娥皆塑造成了武功颇高的侠女形象，书中第八回就有"众侠女结义"的情节：皇甫长华为大姐、卫勇娥为二妹、孟丽君为三妹、荣兰为四妹。该小说的不少故事情节与原著迥异，从中可以见出丁时前对陈端生原著中人物的好恶态度，比如原著中的刘捷、刘奎璧父子，只是因争婚成仇才处心积虑陷害皇甫全家，而此小说将刘氏父子改写成早怀不臣之心、排除异己、结党营私、阴谋夺位、祸乱天下的大奸巨恶之徒。原著中的皇甫少华可能并不是丁时前喜好的人物，因此他在小说中将皇甫少华塑造得很软弱，而且忠奸不辨、敌友不分，被刘相牵着鼻子走，在关键时刻又因一念之仁放走了奸雄刘奎璧，纵虎归山。丁时前给皇甫少华安排的结局是：虽然少华与孟丽君、苏映雪成婚了，但十多年后朝廷内外再度卷起血雨腥风，天下大乱，少华中了刘奎璧的暗算，死于非命。可见丁时前对皇甫少华的忠奸不辨、敌友不分的性格弱点非常不满，故让其自食其果。

　　随着网络小说的盛行，《再生缘》的故事也成了网络写手热衷于改编的题材。据初步统计，改编《再生缘》的网络小说至少有39种，其中完稿的有《嬴政与丽君》、越情的《再生缘（新版）》、云波子的《奇缘——孟丽君新传（GL）》、Lorenzia 的《明珠曲——新翻再生缘之起、承、转、合》、雨姿的《眷眷红尘》（原名《我来到了元朝》，作者署名"人间快乐的事"）、雁无痕的《凤开新元之孟丽君传奇》、Appreciation 的《再生缘之孟丽君传奇》、曼倩天涯的《白话再生缘》、萧竹老人的《再生缘之侠隐》等，当然更多的是未完稿，如丰色尔玉的《新再生缘之射柳因缘》、蒋胜男的《孟丽君（再生缘）》、冷泠的《新再生缘》、肖君的《丽君新传》、玉豆豆的《调侃〈再生缘〉》、超越情感的《簪组红——孟丽君传》等。值得注意的是，这些网络小说中的一些作品是根据2002年香港 TVB 电视剧《再生缘》（Eternal Happiness）而非陈端生原著改编的，如《嬴政与丽君》、清清竹雨的《孟丽君的现代爱情》、端端安然的《再生新缘》、北雅的《侠隐记：TVB 再生缘新编》等，可见香港 TVB 电视剧《再生缘》的不凡影响力，大概不少"缘迷"正是通过此部电视剧才爱上孟丽君的吧。

此外，还有以孟丽君的故事为题材的连环画、音乐剧。总之，作为弹词体中的佼佼者，《再生缘》曾经长期流传于闺阁绣楼，赢得大批"缘迷"的青眼，在女性世界大放光彩，但在20世纪五十年代被陈寅恪发现之前，也曾一度被人淡忘，作者陈端生更是寂寂无闻。但令"缘迷们"欣慰的是，自清朝后期以来，《再生缘》以丰富多样的改编本的形式获得了崭新、蓬勃的生命力，尤其是戏曲影视界和说唱领域出现了"孟丽君热"的文化现象，真可谓"万家搬演孟丽君"。正因为据《再生缘》改编或再创作的各种戏曲剧目、曲艺作品、小说作品、影视剧等呈现异常繁荣的态势，所以一些人或许不知晓《再生缘》，却熟知孟丽君，这是颇有意思、值得深思的文化现象。还值得注意的是，《再生缘》的故事流传到了国外。韩国有《再生缘》的译本。越南改良戏中有《孟丽君脱靴》的剧目。中国的孟丽君早就跨出国门，走向世界，这是多么值得自豪的事情啊！

第三节　日渐热闹的研究局面

经由20世纪前半期蒋瑞藻、谭正璧、郑振铎等学者的介绍，再经20世纪五六十年代陈寅恪与郭沫若的高度赞誉与专门研究，愈来愈多的学者开始注目于《再生缘》。自20世纪80年代以来，学术界涌现出一大批《再生缘》的研究论文，还出现了以《再生缘》为研究轴心的数十篇硕博学位论文[52]。台湾学者黄晓晴在《〈再生缘〉之女性自我实现研究》中，对2007年以前海峡两岸的《再生缘》的研究成果进行了较为全面的梳理，不乏文献价值。2007年之后学术界又涌现出一大批研究成果。总之，与《再生缘》相关的现有学术成果，研究视野较为宽广，涉及问题较为全面：

一、考订作家生平与创作过程

陈寅恪和郭沫若对《再生缘》的研究，以考证见长。1954年，陈寅恪撰成的《论再生缘》，依据作品本身提供的材料和清朝相关史实与诗文作品，对《再生缘》前十七卷的作者陈端生的生平事迹进行了详尽的考订，对后三卷的续者梁德绳的身世亦进行了考证。陈寅恪称赞陈端生是"当日无数女性中思想最超越之人也"[53]，认为"《再生缘》一书，在弹词体中，所以独胜者，实由于端生之自由活泼思想，能运用其对偶韵律之词语，有以致之也"[54]。在陈寅恪《论再生缘》的直接影响下，郭沫若对《再生缘》产生了浓厚的阅读和研究兴趣。1961年，郭沫若在《光明日报》上发表论文《〈再生缘〉前十七卷和它的作者陈端生》与《再谈〈再生缘〉的作者陈端生》[55]，对陈端生的生平与夫婿的情况进行了认真细致的考证。郭沫若还为陈端生撰写了一个"年谱"[56]，梳理了陈端生一生的主要经历。

关于陈端生的夫婿，陈寅恪与郭沫若经过考证，均认为是范菼，但也存在分歧：陈寅恪认为范菼是浙江秀水人，系进士范璨之子；郭沫若认为范菼是浙江会稽人，字秋塘。郭沫若在《再谈〈再生缘〉的作者陈端生》中斩钉截铁地指出清代才女陈云贞就是陈端生，会稽人范秋塘就是范菼。之后，郭沫若又撰写《陈云贞〈寄外书〉之谜》[57]《有关陈端生的讨论二三事》[58]《关于陈云贞〈寄外书〉的一项新资料》[59]《读了〈绘声阁续稿〉与〈雕菰楼集〉》[60]等文章来论证陈云贞即陈端生的观点。齐敬、白坚、敬堂等都加入了1961年的这场由郭沫若引发的陈端生是否陈云贞的"学术讨论会"，共同营造了《再生缘》研究中活跃的学术气氛。[61]

1964年，陈寅恪在《论再生缘校补记》[62]中否定了陈端生即陈云贞的观点，认为云贞《寄外书》和莲姐《寄外诗》皆系伪作。李凯旋在《寄宿在自己的一间闺房里——〈再生缘〉研究》中赞同陈寅恪的观点，认为陈云贞是陈云贞，陈端生是陈端生，将二人混为一谈并竭力论证，其实是一个无中生有、张冠李戴的假命题，这种情形正如《再生缘》中荆襄女子路飘云、云南女子项南金为当王妃冒充孟丽君一样，煞费苦心，徒增笑料。

尽管受到陈寅恪的否定，郭沫若的"陈端生之夫范菼是会稽范秋塘"的观点，仍在学术界获得不少学者的认同。1982年1月，谭正璧在《漫谈〈再生缘〉作者及其它》一文中，明确表述了他认为陈端生即陈云贞的观点，还说他与郭沫若在这个问题上不只"所见略同"，而且"不谋而合"。中州书画社1982年出版的《再生缘》中的《前言》（作者应是刘崇义）、杜志军的《再生缘·整理后记》（被收入华夏出版社2000年版《再生缘》的末尾）、华欣的《孟丽君人物形象浅析》、方红的《〈再生缘〉与女性文学》（载《黄石教育学院学报》2000年第1期）[63]、侯硕平的《此"缘"堪比"红楼"美——访〈再生缘〉作者陈端生诞生地句山樵舍后记》、杜莹杰的《〈再生缘〉研究》、霍彤彤的《〈再生缘〉女性意识背后的男性意识》和《〈再生缘〉中的男性意识》、盛志梅的《清代弹词研究》和《"他者"的反思与沉溺——浅议〈再生缘〉及其批评性再创作》、朱新荷与郝青云的《清代弹词小说〈再生缘〉与现代苏州弹词本〈再生缘〉之比较》、曲艺的《长篇弹词〈再生缘〉用韵研究》、张思扬的《〈再生缘〉思想研究》、谭丽娜的《〈再生缘〉研究》等，皆认为陈端生的夫婿是范秋塘。李凯旋在《寄宿在自己的一间闺房里——〈再生缘〉研究》中指出："陈端生的丈夫究竟是哪个范某，在见到确凿文献以前，只能是一桩悬案。然而令人郁闷的是目前许多文学史著作及文学辞典置此事实于不顾，竟堂而皇之采取郭沫若'斩钉截铁'的结论：'端生夫就是会稽人范秋塘'，实在是有失慎重了。"[64]

黄晓晴在《〈再生缘〉之女性自我实现研究》中，援引清代王大枢《西征录》中的陈峻峰《送别范菼》和陈范氏《寄夫诗》的史料，认为"陈端生并非陈云贞的可能性较大，因而范菼也非范秋塘"，"然陈寅恪的说法也并非完美的，虽然陈氏认为的范菼与陈家确有交际往来，但此范菼与端生年龄差距较大，陈寅恪先生将其解释为端生可能为范菼继室，但就手边资料而言，端生的婚姻生活与子女状况不像继室所言，且以端生之身分甘为继室的可能性似乎不大，但相较于郭沫若之下，陈寅恪的说法还是可信度较大，证据较为充足的"[65]。根据陈峻峰《送别范菼》的描述，黄晓晴还认为陈端生的夫婿范菼，外表长头大鼻，能文善武，有豪杰之气。

陈寅恪《论再生缘》对陈端生撰写《再生缘》的时间与地点进行了细致的考证，得出如下结论：陈端生自乾隆三十三年（1768）季秋九月至三十四年（1769）五月在北京外廊营旧宅撰写《再生缘》第一卷至第八卷；自乾隆三十四年八月中秋起至三十五年（1770）三月春暮止，在山东登州同知官舍内撰写《再生缘》第九卷至第十六卷[66]；自乾隆四十九年（1784）仲春二月至十二月撰写《再生缘》第十七卷。陈寅恪认为《再生缘》中的女主角孟丽君是陈端生对镜写真的人物，寄托了陈端生的理想。这一观点受到学者的普遍赞同。

陈寅恪在《论再生缘》中还关注到陈端生的母亲汪氏对《再生缘》创作的积极影响。据陈寅恪考证，陈端生的外祖父是曾任云南府知府的浙江秀水人汪上堉，端生的母亲大概曾侍父宦游，因而熟悉云南概况，并将之讲述给自己的女儿听，这一点直接影响到陈端生的《再生缘》的创作。他在《论再生缘》中说："即《再生缘》中孟丽君、苏映雪、刘燕玉、皇甫少华等主要人物，皆曾活动于云南省之首府，当亦因作者之外祖曾任云南省首府知府，其母或侍父宦游，得将其地概况告之端生姊妹，否则《再生缘》中所述他处地理，错误甚多，而云南不尔者，岂复由于'慈母训'所致耶？"[67]《再生缘》中孟士元是云南府昆明县人，皇甫敬是云南总督，刘捷的次子奎璧与幼女燕玉在云南闲居。比箭射柳、火烧少华、花烛潜逃等故事都发生在云南昆明。陈端生并未亲历云南，却将《再生缘》的故事发生地设定为昆明，这应是受了母亲的影响。张德钧在《陈端生的母系及其他》[68]中则反驳了陈寅恪的观点，认为汪上堉没有做过云南府知府，陈端生的母亲汪氏并未随同父亲汪上堉到过云南，陈端生写《再生缘》时，有关云南的地理知识，应该从舅父汪孟銅或其他亲属那儿得来。陈寅恪对张德钧的观点并不认同，他在《论再生缘校补记》中说，"汪上堉虽其本缺为云南省大理府知府，然亦有调署云南省首府云南府之可能。……端生之母汪氏，是否嫡出，抑或庶出，未能考知。假使为庶出，则汪氏有随其生母侍其父汪上堉往云南之可能"[69]。

周清澍在《〈再生缘〉作者的母族桐乡汪氏》中与张德钧持相似见解，认为汪上堉出任云南大理府知府前曾将家眷送回老家，陈端生的母亲汪氏并未侍父宦游至云南。《再生缘》之所以与云南关系密切，是因为汪上堉在云南居官仅一年，就因病卒于知府任上，长子汪孟銅闻讯从京师奔赴大理，扶柩回归故里。当时交通不便，云南距离浙东遥远，汪上堉任官大理，汪孟銅又万里奔丧迎柩，对汪家的人肯定印象深刻，估计"滇省之地理风俗状况"，久后也成为家人乐道的话题。汪家有兄弟、叔侄五人都在云南做过官，当然云南的趣闻在汪家成为常谈，久之汪家的人对云南的地理风俗也就耳熟能详了。

要之，关于陈端生的身世和家庭情况，还存在一些难解的谜团，谜底的解开有赖于新的文献资料的出现。

二、探讨《再生缘》的思想

如同其他优秀的文学作品，《再生缘》蕴含的思想颇为复杂多样，这也成为学术界关注的一大焦点。女性意识是学者们探讨《再生缘》

的思想的一扇重要的窗口。学术界以《再生缘》中的女性意识为研究对象的成果较多。学者们对《再生缘》中体现出的女性意识，或持积极的赞赏态度，或持双重态度，或持否定态度，虽意见不一，但共同推进了《再生缘》中女性问题的研究。

其中持赞赏态度的学术成果有陈寅恪的《论再生缘》、路工的《〈再生缘〉校正本序言》、王佩娟的《陈端生和〈再生缘〉中的孟丽君》、林娜的《从女弹词看女性的人格追求及其对后世的影响》、佟迅的《巾帼绝唱——从女扮男装题材看弹词〈再生缘〉的独特价值》、宋致新的《女性翻身的"狂想曲"——陈端生和她的〈再生缘〉》、陈正宏的《重话〈再生缘〉》、方红的《〈再生缘〉与女性文学》（载《培训与研究——湖北教育学院学报》2001年第6期）、张俊的《女状元"这一个"——论孟丽君的女性自主意识》、陈娟娟的《女性自我意识觉醒道路上的远行者——〈再生缘〉中孟丽君形象论析》、杜莹杰的《论〈再生缘〉叛逆思想的形成》等，大都高度肯定孟丽君的叛逆精神和女性自主意识。

陈寅恪在《论再生缘》中盛赞《再生缘》的思想超越时代，认为陈端生在《再生缘》中通过孟丽君辱父戏夫、违抗圣旨等行为，摧破了当时被奉为金科玉律的君父夫三纲，"端生此等自由及自尊即独立之思想，在当日及其后百余年间，俱足惊世骇俗，自为一般人所非议"[70]，"中国当日智识界之女性，大别之，可分为三类。第一类为专议中馈酒食之家主婆。第二类为忙于往来酬酢之交际花。至于第三类，则为端生心中之孟丽君，即其本身之写照，亦即杜少陵所谓'世人皆欲杀'者。前此二类滔滔皆是，而第三类恐止端生一人或极少数人而已"[71]。路工在《〈再生缘〉校正本序言》中说，孟丽君敢于破坏以男性为中心的封建伦理道德，视家法、夫权、君亲于不顾，这种叛逆精神，正是妇女争取平等与人权的斗争的反映，是当时亿万妇女处在封建压迫的最底层而要求解放的呼声。孟丽君代表了当时妇女的理想与愿望，她的出现标志着社会前进的趋势。《再生缘》的主题思想是宣扬女权的解放，反对封建的压迫与束缚。

王佩娟在《陈端生和〈再生缘〉中的孟丽君》中认为，陈端生不仅把孟丽君写成一个勇于冲破封建牢笼，敢于抗旨的叛逆女性，而且把她写成一个有事业心、有理想、有抱负、有自立精神的女子。孟丽君那种大胆的叛逆精神，那种不愿放弃自己的事业，不愿成为男子附庸，希望同男子处于平等地位的强烈要求和信念，以及甘愿为此付出很高代价的顽强性格，无疑带有独特的民主色彩，而使以往作品中的同类女性形象为之逊色。林娜在《从女弹词看女性的人格追求及其对后世的影响》中说，孟丽君的形象实际上在1785年以前就吹起了妇女要求解放的号角，比20世纪初期倡导的妇女解放运动足足早了一百多年。佟迅在《巾帼绝唱——从女扮男装题材看弹词〈再生缘〉的独特价值》中认为，《再生缘》将女扮男装题材推到了一个高峰，在思想内容方面具有惊人的进步性，它是对男权社会的封建礼教和封建秩序的一次大胆的挑战，也是为广大受压抑女性要求解放、要求独立而发出的一声有力的呐喊。宋致新在《女性翻身的"狂想曲"——陈端生和她的〈再生缘〉》中认为，《再生缘》表现了鲜明的女性独立意识，表现了女性对传统礼教的不满与反抗，堪称女性翻身解放的"狂想曲"。陈正宏在《重话〈再生缘〉》中认为，《再生缘》在整体构思上显现出颇为强烈的女权主义意识，陈端生在结构全书时，从人物到情节都表现出极为明显的"重女轻男"态势。《再生缘》的"重女轻男"格局，从根本上说，是女性作家以文学的方式，对当时的男权社会进行的一种自慰式的抗争。

方红在《〈再生缘〉与女性文学》（载《培训与研究——湖北教育学院学报》2001年第6期）中认为，《再生缘》能够引起强烈的社会反响，实在是一个杰出的女性作家在特定的创作时代，高扬女性意识，迎合时代潮流，满足读者之审美趣味的成功之举，"孟丽君身上凝聚着女作家对于男权中心的社会制度下女性命运的整体思考，寄托了女作家对于女性前途和出路的极大希冀，她是陈端生妙手缔造的女性主义理想之花"[72]。张俊在《女状元"这一个"——论孟丽君的女性自主意识》中指出，孟丽君是一个具有强烈女性自主意识的与众不同的"女状元"。她的女性自主意识不但体现在中状元前的"自为"，即独立、主动地选择自己的道路，更体现在她中状元后的"自在"，即高度适应、热爱改装后的新生活，以自尊、自信、自强的积极态度面对一切变故。孟丽君不但有自强自立之言行，还有自信自尊之心态。在《〈再生缘〉三论》中，张俊认为《再生缘》体现的女性自主意识达到了时代新高度，具有重大的、不可磨灭的意义与价值："《再生缘》的女性自主意识不仅在弹词小说中前所未有，就是在整个中国古典小说中都凤毛麟角；陈端生的女性意识不仅超越了同时代的女性，也远远走在了同时代的男性前面。"[73]

持双重态度的学术成果有郭沫若的《〈再生缘〉前十七卷和它的作者陈端生》、宋词的《关于〈再生缘〉的主题思想》、乐黛云的《无名、失语中的女性梦幻——十八世纪中国女作家陈端生和她对女性的看法》、蒋悦飞的《超时代的女性意识和权力困惑——〈再生缘〉在现代视角下的人文价值》、卢振杰的《〈再生缘〉女性意识对"女扮男装"母题的超越》、车振华的《女扮男装：清代弹词女作家的梦与醒——以〈再生缘〉为例》、谢桃坊的《论弹词〈再生缘〉的主题思想及相关问题》等。

郭沫若在《〈再生缘〉前十七卷和它的作者陈端生》中，既高度肯定了陈端生的超时代的进步性，认为她写孟丽君的显达，虽然不脱封建时代的俗套，但确是一种叛逆的想法，她使她的主要人物发展到了目无丈夫、目无兄长、目无父母、目无君主的地步，特别是她在作品中揭穿了封建帝王的虚伪和胡作非为，难能可贵；又明确指出《再生缘》在反封建方面存在的局限性，认为陈端生的反封建是有条件的，她是以封建而反封建，事实上仍在鼓吹忠孝节义。宋词在《关于〈再生缘〉的主题思想》中与郭沫若持相似见解，认为《再生缘》的主题是反封建，孟丽君具有强烈的叛逆精神，但作者陈端生一方面反封建道德，反忠孝节义，另一方面又宣扬封建道德，歌颂忠孝节义。这种以封建反封建的思想，始终贯串在《再生缘》的情节里，甚至大部分词句着力渲染封建的"美德"，掩盖了积极的叛逆性的精神。谢桃坊在《论弹词〈再生缘〉的主题思想及相关问题》中关于《再生缘》之思想的论述，与郭沫若、宋词的见解相近似。

乐黛云在《无名、失语中的女性梦幻——十八世纪中国女作家陈端生和她对女性的看法》中，既高度赞扬陈端生反三纲、反男权的叛逆精神，认为《再生缘》第一次在重重男性话语的淤积中曲折表明了女性对男尊女卑定势的逆反心理，以及女性与男性并驾齐驱、公平竞争的强烈意愿，又委婉提到《再生缘》的思想局限性，指出由于男权社会中的女性自我只能处于一种无名、无称谓、无身份、无表述话语的状态，孟丽君只能用假装的男性身份来存活，她只能用男性的名、称谓和话语来构筑自己的梦，而这种男性的身份、名、称谓和话语又必然导致对男性秩序的认同与回归。蒋悦飞在《超时代的女性意识和权力困惑——〈再生缘〉在现代视角下的人文价值》中，从女性主义视角出发，极力肯定孟丽君的独立自主意识，认为孟丽君在文学史上第一次撑起了女人的"人"字架，强调《再生缘》的独特价值在于它没有停留于"中状元、喜团圆"的旧模式，而是把孟丽君独立地推上了权力的巅峰。孟丽君的独立之路已经走得非常遥远，她以女儿躯实践了封建男性的终极追求：拜宰相、立朝纲、平天下。她已经完全认同这种角色，并内化为自我意识，时时处处享受着由它所带来的自由和荣华。但他又指出陈端生将孟丽君推上悉心设置的男性轨道而忽视了女性的自身特征，错误地抛弃了爱情在女性生活中举足轻重的地位，即使孟丽君可以在陈端生的塑造下蒙蔽一世，可以男性化地度过其飞黄腾达的一生，但事实上仍是悲剧。

卢振杰在《〈再生缘〉女性意识对"女扮男装"母题的超越》中，一方面认为《再生缘》流露出女性意识的觉醒，超越了传统的"女扮男装"母题，另一方面又指出孟丽君虽在封建牢笼中进行了最为激烈的抗争，但由于"女扮男装"母题本身隐含女性对男性的向往之意，从而带有"先天"的局限性，所以必然导致陈端生和她笔下的孟丽君都不能挣脱她们所处的时代。车振华在《女扮男装：清代弹词女作家的梦与醒——以〈再生缘〉为例》中说，以《再生缘》为代表的女作家弹词借助"女扮男装"热情地为才女张目，甚至生出"颠倒阴阳"的想法，但这一设想在理论层面和实践层面都不可能实现。在清代女作家弹词貌似激进的反传统意识背后，依然隐藏着对传统伦理的坚守。以陈端生为代表的清代弹词女作家的"白日梦"已经展示了她们思想上飞翔的姿态，低沉的天空又预示着这种飞翔的必然坠落，这更加衬托出飞翔者勇气的可贵和由失败带来的悲壮色彩。

主要持否定态度的学术成果有赵咏冰的《带着脚镣的生命之舞——从〈再生缘〉看传统中国女性写作的困境》、李凯旋的《寄宿在自己的一间闺房里——〈再生缘〉研究》、霍彤彤的《〈再生缘〉中的男性意识》等。

赵咏冰在《带着脚镣的生命之舞——从〈再生缘〉看传统中国女性写作的困境》中否定了《再生缘》是对传统父权制的颠覆作品的观点，认为《再生缘》中通过换装所导致的身份扮演及乾坤颠倒处处体现了女性自我身份的分裂。在赵咏冰看来，传统女性迷失在由男权社会强压在她们身上的枷锁之中而不自知，陈端生亦不例外，陈端生对三寸金莲迷恋般的描写，正是女性自我物化的极端表现；

尽管有孟丽君女扮男装之后种种"反叛"行为，《再生缘》中众佳人的群像仍然延续了千年以来贤良女子的形象，这是陈端生的写作局限，也是众多女性无法逃脱的罗网；孟丽君即使能够通过想象中的"换装"来实现自己的才情抱负，但所实现的仍然不是女性之作为女性的真正主体，从中亦可看到孟丽君对父权制秩序的认同倾向，这看似颇具颠覆性的易装反倒成了加强父之律法之合理性的共犯。

李凯旋在《寄宿在自己的一间闺房里——〈再生缘〉研究》的第三章"返回现场——《再生缘》思想新论"中认为，不论是陈寅恪提出的"自由思想说"，郭沫若提出的"反封建说"，还是乐黛云提出的"反抗男权说"，都存在着人为拔高或误读的问题，与《再生缘》的思想原貌相悖离。在李凯旋看来，《再生缘》尽管写了大量以女性为主角的奇人奇事，但其目的不是反三纲、反封建，而是吸引读者的眼球，刺激读者的想象力；陈端生创作《再生缘》，在主观上丝毫没有与男权、三纲决一死战的思想企图，而仍是在宣扬忠贞节义；《再生缘》整部作品都是为"忠孝节义"四字而作，而且作者借助鼓吹"忠孝"思想悄悄渗透了她的民族意识以及灵活通达的人性观念，不过这一切都是在近似戏说、呈现喜剧化的氛围中无声进行的，其思想高度与具有现代性的反封建、反男权等还有相当差距。[74]

霍彤彤在《〈再生缘〉中的男性意识》中认为，在陈端生的思想中有着浓厚的封建意识，整个作品的基调都是定位在男性意识层面上的。孟丽君身上有着难以摆脱的封建意识，她的道德观和男性化倾向，使她的女性意识不可能脱离男权文化的规范去自由发展。孟丽君的叛逆性只不过满足了人们的猎奇心理，作品的主流还是符合封建家庭对于伦理道德的基本要求，这种基调也正是这部作品在封建时代得以流传闺阁的主要原因。

总之，目前学术界从女性意识的角度探讨《再生缘》的成果较多，研究者们从不同视角阐述了《再生缘》中呈现的女性自我意识以及《再生缘》作为女性文学的特质、价值，共同构建起《再生缘》中女性议题的多个面向，但也可能在某些方面存在着局限性。邹颖在《从对〈牡丹亭〉的回应看〈再生缘〉的女性书写及其文学史意义》中指出，如果简单地将《再生缘》从其产生的历史文化语境中剥离出来，给它贴上"女性主义"或"女性意识"的标签，既是危险的，也是不合理的，《再生缘》并不能算作现代意义上的女权主义作品。

除了女性意识的研究视角，还有学者从儒释道思想、政治思想等角度探讨《再生缘》的思想内容。张思扬在《〈再生缘〉思想研究》中，将《再生缘》放在清朝这一特定时代的社会环境中考量，从儒释道思想、美学思想和与当代电视剧改编的比较三个方面，以较为辩证的眼光阐述了《再生缘》之思想的进步性与局限性。张思扬认为从《再生缘》中可以明显看出儒释道三教融合的痕迹，在崇佛慕道风气的影响下，《再生缘》体现出一定的思想局限性，如反叛精神与宿命论思想的矛盾、积极入世与消极出世的矛盾、现实悲剧与浪漫幻境的矛盾，但陈端生借由佛道内容铺陈故事，增强作品的艺术感染力，凸显宗教的人文关怀，表达惩恶扬善的愿望，表现孟丽君、皇甫少华、卫勇娥等在遭遇重大变故后的抗争精神，因而故事的主旋律还是积极向上的。《再生缘》的思想既展露出超越时代的思想光辉，又带有封建观念的积淀。谭丽娜在《〈再生缘〉研究》的第一章"《再生缘》与古代女性的政治梦"中，从女性与政治的视角对《再生缘》进行解读，认为《再生缘》表达了女性对从政的渴望，书写的是古代女性的政治梦。孟丽君的为官经历，体现了古代女性的官场想象，同时展示了女性在理想与现实之间苦苦挣扎的两难处境。陈端生将古代女性对从政的渴望表达得淋漓尽致，并将自己的理想寄托在作品中的女性身上，勾勒出一幅如梦如幻的政治画面。

要之，目前学术界对《再生缘》的复杂思想从多个角度进行了解读，虽然也有负面的评价，但总体上持肯定态度。特别是陈寅恪、张俊等学者，出于自身对《再生缘》的钟爱，对陈端生及其作品的思想给予了极高评价。

三、分析《再生缘》中的人物形象

学术界对于《再生缘》中人物形象的研究，主要围绕女主角孟丽君进行。或论及孟丽君与陈端生的关系。陈寅恪在《论再生缘》中认为孟丽君是陈端生的"对镜写真"。这一观点得到众多学者的认同。譬如马晓侠在《女性声音的表达——〈再生缘〉研究》中说，孟丽君作为作者的"对镜写真"，只是陈端生自我呈现的手段而已，孟丽君的何去何从，在某种意义上暗示了陈端生渴望的女性权利能否获得；耿佳佳在《论〈再生缘〉在中国古代女性文学史上的地位》中明确指出孟丽君是陈端生的影子，是陈端生的"心灵补偿"；阿零在《天才少女，幼齿作家》中说，陈端生创造了孟丽君，而孟丽君正是陈端生的另一种人生愿景与精神写照。

或着重阐述孟丽君的叛逆精神与高超才能。王佩娟在《陈端生和〈再生缘〉中的孟丽君》中强调孟丽君之所以博得那么多妇女的喜爱，首先是作者赋予她反抗封建压迫，追求理想，伸张女权的叛逆精神，其次是作者赋予她聪敏过人的才智。华欣在《孟丽君人物形象浅析》中首先论述了孟丽君非凡的智慧和过人的胆识，然后极力肯定孟丽君身上体现出的难能可贵的叛逆性，最后分析孟丽君的叛逆思想的局限性及其导致的悲剧结局。

或着重分析孟丽君的女性自主意识。张俊在《女状元"这一个"——论孟丽君的女性自主意识》中指出孟丽君是一个具有强烈女性自主意识的与众不同的"女状元"。赵延花在《女性追求平等的先声——论弹词〈再生缘〉中主人公孟丽君的思想价值》中认为，《再生缘》是有才华、有抱负的陈端生的虚构之作，不仅是用来娱人的，更是用来宣泄情感和寄托理想的，从中我们已欣喜地看到中国女性要求获取权力、参与社会活动的意识，听到了女性争取与男性平等的声音。陈娟娟在《女性自我意识觉醒道路上的远行者——〈再生缘〉中孟丽君形象论析》中认为，相较于前人笔下女扮男装的女性形象和《再生缘》中其他有相似遭遇的女性，孟丽君在女性自主意识觉醒道路上走得最坚定，也走得最远。

　　或将孟丽君与其他形象进行比较研究，如陈娟娟《女性自我意识觉醒道路上的远行者——〈再生缘〉中孟丽君形象论析》、赵延花《〈再生缘〉中孟丽君、苏映雪性格殊异现象探析》、段珺珺《〈再生缘〉中女性贞节观的坚守与游离》、潘虹妃《论〈镜花缘〉与〈再生缘〉中女主人物形象的异同》、吕继红《女性独立意识的萌芽和觉醒——浅析花木兰与孟丽君形象》、向阳《抑制与颠覆——比较鲍西娅和孟丽君的爱情观》、杜群智《名姝千秋各不同——论孟丽君与左仪贞的传统与超越》等。陈娟娟在《女性自我意识觉醒道路上的远行者——〈再生缘〉中孟丽君形象论析》中认为，苏映雪与孟丽君是一而二，二而一的人物，苏映雪是早期孟丽君的影子或翻版。赵延花在《〈再生缘〉中孟丽君、苏映雪性格殊异现象探析》中将性格殊异的孟丽君与苏映雪进行比较，认为追求个人价值的孟丽君和追求婚姻幸福的苏映雪对立统一、并协互补，皆是作者陈端生的影子。自寓一己，在作品中离而为二，专注于丈夫志的孟丽君是理想自我的对象化，痴心于儿女情的苏映雪是现实自我的对象化，体现了陈端生之思想深处的矛盾，即对传统女性价值的叛逆与复归。段珺珺在《〈再生缘〉中女性贞节观的坚守与游离》中比较分析了孟丽君、苏映雪、刘燕玉三位女性对贞节的态度与行为及其揭示出的意义。潘虹妃在《论〈镜花缘〉与〈再生缘〉中女主人物形象的异同》中将孟丽君与《镜花缘》中的唐小山进行比较研究，认为两人同是才华横溢的女性，都参加过科举考试，追求相同，但是不同的时代背景造就了不同的性格、行为方式、爱情观，因而命运和结局相异。向阳在《抑制与颠覆——比较鲍西娅和孟丽君的爱情观》中将孟丽君与莎士比亚的喜剧《威尼斯商人》中的鲍西娅进行对比，认为鲍西娅在爱情和家庭观上的妥协顺从反映了男权话语对女性话语的绝对抑制，是男权社会借女性之口宣扬符合男权要求的女性爱情观，孟丽君对独立人格和忠贞爱情的追求则张扬了女性自我，反映了女性话语对男权话语的颠覆。

或研究孟丽君形象在流传过程中的演变规律。贺晓艳在《转世姻缘女儿身，现世权当男儿心——〈再生缘〉之孟丽君形象的演进》中，选取陈端生的《再生缘》、话剧《孟丽君》、越剧电视剧《孟丽君》、香港 TVB 电视剧《再生缘》、网络小说《凤开新元之孟丽君传奇》五部作品为例，探讨孟丽君形象在原著和改编本中的演变规律，认为孟丽君形象在流传过程中不断演进，其身上"女权主义"的反叛色彩，经历了"由隐到显"的过程：在陈端生的原著中，孟丽君对男权社会的反叛是"忠孝节义"下的反叛，处于无意识的自发阶段，在后世的一些改编之作中，孟丽君的"反叛"逐渐成为一种自觉。

此外，黄晓霞在《论〈再生缘〉》中认为孟丽君是一个执着于追寻梦想的女孩，在她身上我们看到了真实的美丽，这使孟丽君在她的时代成为一个颇具争议性的人物，却也同时使其形象在几百年后的今天仍然具有光辉；耿佳佳在《论〈再生缘〉在中国古代女性文学史上的地位》中认为孟丽君是"佳人"式和"经邦治国女英雄"式形象的有机融合。

以《再生缘》中的男性形象为主要研究对象的论文有赵会娟的《谢玉辉与皇甫少华形象之比较》、乐继平的《论〈再生缘〉中男性形象的阴化倾向》等。赵会娟在《谢玉辉与皇甫少华形象之比较》中将《再生缘》中的男主人公皇甫少华与《玉钏缘》中的男主人公谢玉辉进行比较，认为两者既有相似之处，但由于两种文本产生的时代差异和作者的思想认识的不同，皇甫少华与谢玉辉亦具相异性，这相异性体现了时代的巨大进步。乐继平在《论〈再生缘〉中男性形象的阴化倾向》中指出《再生缘》中的男性形象具有很明显的阴化倾向即女性化特征，并剖析其形成原因。也有少数研究者对皇甫少华持全盘否定的态度。比如宋词在《关于〈再生缘〉的主题思想》中认为皇甫少华对孟丽君的态度，构筑在封建社会男子的自私的占有欲上，因而他所代表的是落后的社会力量。他对孟丽君追求得越紧，孟丽君感到的压力则越重。皇甫少华造成孟丽君不可避免的悲剧命运，是孟丽君的对立面。在宋词看来，皇甫少华纯粹就是一个自私自利的伪君子。

要之，相较于女主角的备受垂青，《再生缘》中的男性形象显然是被研究者过分冷落了。《再生缘》文本中存在着"阴盛阳衰"的现象，《再生缘》的研究中同样存在着"重女轻男"的倾向。对此，黄晓晴在《〈再生缘〉之女性自我实现研究》中指出："研究者将《再生缘》视为'女性文学'之代表，因而将焦点锁定于其中的女性表现，反倒忽略女性作家笔下的男性形象。事实上男性亦为性别研究之一环，在看待女性意识之同时，依旧不能偏废之，必须平衡以对，否则对文本诠释有失公允。"[75]

四、探讨《再生缘》的艺术特质

《再生缘》取得了独特的艺术成就。中州书画社1982年版《再生缘》的《前言》中指出，《再生缘》前十七卷的故事布局完整，结构严密，层次清楚，繁简得当，尤其令人钦服的是，陈端生不像许多弹词作者专以情节取胜，而是在错综复杂的情节发展中，着重塑造一系列性格鲜明而各不雷同的人物形象，这在弹词作品中确属少有。台湾学者廖秀芬在《〈再生缘〉的女性视角及其书写风格论析》中指出，《再生缘》显现出女性写作的"细腻、小心、干净"等特性，对人物的刻画极为细腻，情节的铺陈极为小心，内容干净，没有半点不洁，充分展示了女性细腻风格的一面。蔡瑜清在《〈再生缘〉艺术特征探析》中认为，《再生缘》运用小说的叙事机理和方法，通过以韵文为主、韵散结合的文体形式和雅化的文辞，谱写出一曲唱不尽的弹词奇葩，达到了叙事性和诗性的完美结合。简言之，《再生缘》在叙事结构、人物形象塑造、心理描写、语言艺术等方面都颇具特色，这亦吸引了陈寅恪、郭沫若、张俊、李凯旋、黄晓霞、蔡瑜清等不少学者的关注。

1. 探讨结构艺术

陈寅恪对《再生缘》的结构艺术评价甚高。在他看来，中国古典小说的结构远不如西洋小说之精密，《水浒传》《石头记》《儒林外史》等著名小说的结构"皆甚可议"，而《再生缘》的结构却很精密、颇有系统："今观《再生缘》为续《玉钏缘》之书，而《玉钏缘》之文冗长支蔓殊无系统结构，与《再生缘》之结构精密，系统分明者，实有天渊之别。若非端生之天才卓越，何以得至此乎？总之，不支蔓有系统，在吾国作品中，如为短篇，其作者精力尚能顾及，文字剪裁，亦可整齐。若是长篇巨制，文字逾数十百万言，如弹词之体者，求一叙述有重点中心，结构无夹杂骈枝等病之作，以寅恪所知，要以《再生缘》为弹词中第一部书也。"[76]

陈寅恪对《再生缘》的结构艺术的评价，得到吕启祥、李凯旋、黄晓霞、蔡瑜清等不少学者的认同。吕启祥在《梦在红楼之外——〈再生缘〉与〈红楼梦〉》中完全赞同陈寅恪的观点，指出《再生缘》的故事以孟丽君为中心展开，在孟丽君出走后，分岔成多条线索，有皇甫少华的避难学艺，有皇甫母女的被劫获救，有卫勇娥的赫赫功业，有刘燕玉的尼庵受难，还有孟龙图的重返皇都等，但这些分岔并不给人以枝蔓之感，都属必要的铺垫，最终都归拢到郦君玉这条主线上来，结构严密紧凑。李凯旋在《寄宿在自己的一间闺房里——〈再生缘〉研究》中认为,《再生缘》在结构上有条不紊,如同天女织锦,繁而不乱。全书可分为上下两部分,各有主副双线并行发展。第一卷至第八卷为上半部分,主线是由"婚姻矛盾"引起的"忠奸斗争",副线是孟丽君乔装逃婚,高中状元,替忠臣雪冤;第九卷至第十七卷是下半部分,主线是围绕孟丽君的复装问题产生的矛盾冲突,副线是元成宗对孟丽君的暧昧之情。[77]从总体结构上看,《再生缘》是"接力赛"式的流动型结构。黄晓霞在《论〈再生缘〉》中认为,陈端生在创作《再生缘》时具有强烈的结构意识,一是在创作之始就对作品有整体的设想和把握,二是在写作中紧紧围绕线索展开,并充分运用道具,将其贯穿始终,而涉及线索之外的内容微乎其微,从而避免了弹词小说叙述繁杂、横生枝节的通病。蔡瑜清在《〈再生缘〉艺术特征探析》中指出,《再生缘》的主线是孟丽君的经历,与《红楼梦》的网状结构相比,《再生缘》的结构显得简洁利索,主线单一明确,没有过多枝蔓,主要人物重点突出,加上巧妙的伏笔,把故事的来龙去脉处理得有条不紊,精密有致,没有古代小说那种因人物众多、故事情节复杂等带来的拖沓冗杂的弊病。吕启祥、李凯旋、蔡瑜清等学者对《再生缘》的结构艺术的分析,皆与陈寅恪的论述高度一致。

2. 探讨人物形象塑造上的总体特征

《再生缘》的人物塑造总体而言颇为成功,具有独到的特色。张俊在《〈再生缘〉三论》的第三章"《再生缘》艺术论"的第二节"'此方是至理至情'——《再生缘》的人物描写"中,分"'同而不同处有辨'——人物的鲜明个性""'此方是至理至情'——人物的复杂个性""'情节是人物的性格发展史'——人物性格的变化发展"三个层次论述了《再生缘》在人物形象塑造上取得的成就:《再生缘》前十七卷中的人物有相类,却无雷同,有形通,却无神似,《再生缘》的人物虽然没有《水浒传》繁多,但不论是主要人物,还是次要人物，都栩栩如生，各有情态;《再生缘》中性格复杂的人物形象，已经接近福斯特所说的"圆形人物";《再生缘》的人物形象塑造虽然没有达到《红楼梦》那样的高度，但它已经避免出现"俗文学"常见的特征化人物，努力按照真实世态来描写人物。要之，《再生缘》的人物形象既鲜明又复杂，随着情节的推动而发生变化，是按照生活真实塑造出的符合情理的人物。

侯硕平在《此"缘"堪比"红楼"美——访〈再生缘〉作者陈端生诞生地句山樵舍后记》中说，《再生缘》突破了古代小说大多通过才子佳人、风花雪月、悲欢离合的曲折情节来演绎某个动人故事的陈套，而着意于以浪漫主义的创作方法，在虚拟的故事里，栩栩如生地描绘出众多的人物性格。

总之，《再生缘》的人物塑造具有特色，作者以出神入化之彩笔，刻画了一系列性格鲜明、活灵活现的人物形象，不仅孟丽君、皇甫少华、苏映雪、刘燕玉、皇甫长华、元天子等主要人物刻画得很成功，颇具典型性，就连孟夫人、尹良贞、瑞柳、江三嫂等次要人物，也情态逼真，各具特色。

3. 分析叙述视角

蔡瑜清在《〈再生缘〉艺术特征探析》中较客观、较深入地分析了《再生缘》的叙述视角，指出《再生缘》总体上采用第三人称叙述，而兼用代言体的第一人称叙述，采用了三重叙述视角，即作者的视角、叙述人的视角、故事中人的视角。作者视角的叙述，出现在每卷的首尾，这是陈端生的言语，看似与正文无关，其实从中可以读出很多重要信息。叙述人的第三人称、故事中人的第一人称这两个视角的叙述，交叉出现，相互转换，增强了故事的曲折性和语言文字的表达力度。

4. 研究心理描写

《再生缘》的心理描写颇具特色，受到不少学者的赞誉。1961

年5月4日，郭沫若在《〈再生缘〉前十七卷和它的作者陈端生》中称赞陈端生善于作心理描写，书中人物各有个性，写得十分生动。平慧善在《〈再生缘〉简论》中说，在心理刻画方面，《再生缘》堪与《红楼梦》比美，《红楼梦》善于通过日常生活的描写，特别是人物的语言细节，表现人物的内心世界，《再生缘》则充分利用了讲唱文学的特有条件，在叙述激烈的事件变化时，用唱词淋漓尽致地表露人物的隐蔽的心理活动，剖析心理活动的全过程，将"外向发展"与"内向发展"结合在一起，既写人物的各种外部行动，又写人物的内心活动。若将《再生缘》放在世界文学的范围内考察，可以发现它有司各特小说的情节描写的生动性，有司汤达小说的心理刻画的精确性。

张俊的《18世纪的中国"意识流"——论〈再生缘〉的心理描写》是以《再生缘》的心理描写为专门研究对象的论文，文中提出了不少独到的见解。张俊认为《再生缘》的心理描写有独特之处，是中国古典小说心理描写的"异态"，具有"意识流"意味，但又与20世纪西方现代小说中的"意识流"有所不同，值得关注与研究。张俊既将《再生缘》的心理描写放在中国古典小说的范围内加以考量，认为《再生缘》的心理描写具有直接、纵向（"河流式"的心理描写）、呈现式的特点，对传统小说中间接、横向（"浪花式"即片断式的心理描写）、分析式的心理描写形成了一定的冲击，认为《再生缘》的"频繁的、长段的、任情的心理描写应该成为它区别于其他古典小说的重要标志。就是在同类的弹词小说中，《再生缘》的心理描写在数量、质量上都是出类拔萃的"[78]；又将《再生缘》的心理描写与西方现代小说"意识流"进行比较，认为在持续不断地流动和"好似"不受作者干扰这两点上，《再生缘》的心理描写与西方现代小说的"意识流"具有相似性，但也有差异性：西方现代"意识流"大量破碎的、非理性的潜意识描写，表现在文体特征上，就是相对传统小说的"无序性",《再生缘》中即使是长篇大段的、复杂变幻的心理活动也是有序、逻辑明晰、条理清楚的,小说的整体情节和结构也十分紧凑、清晰。在文章的结尾,张俊还提出了一系列问题:"18世纪中国也有'意识流'小说,但它独步中外,仅仅是女作家陈端生一个人的'意识流'。是什么在推动着陈端生坠入'意识流'描写?《再生缘》的心理描写除了艺术突破,是否还包含着更深刻、隐秘的思想密码?为什么陈端生开了'意识流'之先河,却湮没于时代风烟而后继者寥寥——包括《再生缘》之后的弹词小说也基本上抛弃了这一特点?"[79]总之,张俊的《18世纪的中国"意识流"——论〈再生缘〉的心理描写》是目前学术界对《再生缘》的心理描写研究得最为深入、最为系统的一篇论文。

李凯旋在《寄宿在自己的一间闺房里——〈再生缘〉研究》中认为,《再生缘》的心理描写堪称一绝,它将女性特有的"多愁善感"和独处闺房的"闲情别绪"渲染得淋漓尽致。陈端生善于把握不同人物、不同身份、不同性格造成的截然不同的心理特征,不但使小说中的人物"人如其心",而且使今天的读者也能通过阅读文本深入到清代闺秀的内心世界。除单个人物的心理开掘外,陈端生还能够写出围绕同一个事件不同人物的心理反应,其生动处犹如音乐上的"多声部合唱"。黄晓霞在《论〈再生缘〉》中指出,《再生缘》中大量的纵向、直接、呈现式的心理描写使得作品中的矛盾冲突有了一种更加独特、含蓄的"内化"表现方式,不仅使《再生缘》的情节更加"奇曲",更提高了作品的审美价值,使其具有内在的深意和韵味。谭丽娜在《〈再生缘〉研究》中认为,《再生缘》以细致入微的心理描写见长,通过对孟丽君的心理的细致描写,不仅加剧了矛盾冲突,为全书增添悬念,而且使整部作品更具韵味与深意。此外,宋致新的《女性翻身的"狂想曲"——陈端生和她的〈再生缘〉》、鲍震培的《清代女作家弹词研究》、盛志梅的《清代弹词研究》、黄晓晴的《〈再生缘〉之女性自我实现研究》等，均对《再生缘》的心理描写有所关注，认为《再生缘》的心理描写颇为成功。

5. 分析语言艺术

《再生缘》的语言艺术受到陈寅恪、郭沫若、张俊、李凯旋、蔡瑜清等学者的极力肯定。陈寅恪在《论再生缘》中说："《再生缘》之文，质言之，乃一叙事言情七言排律[80]之长篇巨制也。"[81]又说："弹词之作品颇多，鄙意《再生缘》之文最佳，微之所谓'铺陈终始，排比声韵'，'属对律切'，实足当之无愧，而文词累数十百万言，则较'大或千言，次犹数百'者，更不可同年而语矣。……弹词之书，其文词之卑劣者，固不足论。若其佳者，如《再生缘》之文，则在吾国自是长篇七言排律之佳诗。在外国亦与诸长篇史诗，至少同一文体。"[82]陈寅恪对《再生缘》的文词评价颇高，认为其足以与我国古代优秀的长篇叙事诗[83]、国外的长篇史诗相媲美。

张俊在《〈再生缘〉三论》的第三章"《再生缘》艺术论"的第三节"'《再生缘》之文最佳'——《再生缘》的语言艺术"中认为，《再生缘》之文不仅是弹词小说中的翘楚，就是放在整个古典小说的体系中加以衡量，亦不逊色。《再生缘》之语言的主要优点是既华美流畅，又质朴传神，前者是由韵文来体现的，后者是由散文来体现的:《再生缘》的韵文处处贯注着生机勃勃的韵律；散文全用白话语体，家常语言和白描的娴熟运用大大增加了作品的表现力和可读性。李凯旋在《寄宿在自己的一间闺房里——〈再生缘〉研究》中认为，《再生缘》在语言上具有三个特点：一是人物语言个性化，对各种人物特别是妇女、儿童的语言特征把握得特别准确，能做到人如其口；二是多样化的修辞艺术，为了增强语言的表现力、可读性，《再生缘》使用了排比、对偶、比喻、语气词、拟声词、谚语等多种修辞手段；三是语言的幽默风趣，作者充分发挥自己聪明机智的长处，使人物语言充满智趣和幽默感。《再生缘》的语言的总体风格是大雅大俗、雅俗交融。蔡瑜清在《〈再生缘〉艺术特征探析》中说，《再生缘》的文词雅致细腻，赏心悦目，已逐渐脱离满足消遣和猎奇的商业性、娱乐性特征，带着浓郁的江南文化色彩，体现了女性创作的细致文雅的特点，融合了女诗人的气质和女史的才华。

总之，《再生缘》在叙事结构、人物形象塑造、心理描写、语言运用等方面都取得了突出的艺术成就，给读者提供了一场审美上的盛宴，因而也受到学者的普遍推崇。

五、探讨《再生缘》的结局问题

结局问题是《再生缘》研究中的重点、难点问题。学者对《再生缘》的结局纷纷发表意见，但至今难以达成共识。大致说来，关于《再生缘》的结局问题，目前学术界主要有四种观点：一是"悲剧结局说"，二是"团圆结局说"，三是"大团圆中的大悲剧说"，四是"无需结局说"。

1. "悲剧结局说"

"悲剧结局说"的代表人物有郭沫若、宋词、林娜、乐黛云、吕启祥、蒋悦飞、刘克敌等。最早从学术层面探讨《再生缘》之结局的学者是郭沫若。1961年5月，郭沫若在《〈再生缘〉前十七卷和它的作者陈端生》中认为，根据作者的性格和作品发展的逻辑，《再生缘》的结束只能是悲剧的结束。郭沫若还以文学家的想象力为《再生缘》构想了一个孟丽君吐血而死的悲剧结局。1961年12月，宋词在《关于〈再生缘〉的主题思想》中也说，当陈端生辍笔时，孟丽君的性格已经接近完成，孟丽君在精神上是不会屈服的，而身体已经不支，口吐鲜血预示着这个生命的毁灭，新的生命正是通过她的毁灭才被揭示出来。作者未能完成的结局，应该是悲剧的结局。

郭沫若的"悲剧结局说"得到当代很多学者的赞同。林娜在《女弹词中妇女特异反抗形式——女扮男装》中说，陈端生是在极度矛盾，无论如何也无法让孟丽君复姓归宗嫁皇甫少华中去世的，也只有这样，至死不除却男服才符合孟丽君之性格的发展。大团圆的结局是梁德绳为满足自己"暗作氤氲使"而续的，她令孟丽君与皇甫少华结婚，并使之生子，完全是受自己某种可笑的心理所驱使。陈端生没有写完《再生缘》的原因，既不是"无暇"，也不是不想写完，而是无法按原来作为《玉钏缘》的续书，了结前生未了缘去写完它。无论是凭孟丽君的性格发展，还是凭作者的思想情况，《再生缘》都只能是悲剧。只有写成悲剧，才能反映旧社会中广大妇女的悲剧命运，才能把作者推向超越时代的高度。乐黛云在《无名、失语中的女性梦幻——十八世纪中国女作家陈端生和她对女性的看法》中认为，陈端生所创造的孟丽君为社会所不容，只可能有一个她不愿意见到的悲剧结局，一切大团圆的结局都与作者之原意相悖，而郭沫若设想的吐血身亡正是这位才华绝世的美丽少女为坚持理想，不愿回归男性规定的生活范式所必然付出的代价。吕启祥在《孟丽君的两难选择》中说，按照人物的性格和作品的逻辑，《再生缘》的结局必然是悲剧，郭沫若曾作过合理的推论和构想。遗憾的是，二百年来《再生缘》的续作者和改编者全不理会这些，一无例外地写成了大团圆的结局，都止于"有情人皆成眷属"的套子。孟丽君之生命和精神中深刻的矛盾和危机被弱化以至抹平，因此，她性格中那最见光彩的东西也随之失落了。蒋悦飞在《超时代的女性意识和权力困惑——〈再生缘〉在现代视角下的人文价值》中说，《再生缘》是一个天真少妇构造的一个女性乌托邦，但她竟无法持续自己的梦。侯芝的《金闺杰》将《再生缘》改得面目可憎，梁楚生则想当然地让孟丽君风风光光地做正皇妃、继皇女。她们硬生生给一个无法持续的梦罩上一块红盖头，也不管那新娘早已是痛不欲生了。刘克敌在《"管隙敢窥千古事，毫端戏写再生缘"》中说，按照陈端生原来的构思，《再生缘》应该是一个悲剧结局，郭沫若为此还发挥想象力，描述了这个悲剧结局的具体情节。总之，认为《再生缘》的结局必然是悲剧结局的学者，主要着眼于陈端生与《再生缘》之超时代的叛逆精神。

2. "团圆结局说"

道光元年（1821），香叶阁主人侯芝在为《再生缘》的初刊本所写的序中说："盖流离颠沛，权改男装；富贵显荣，应修妇职。……机关既破，面目难遮。以此始以此终，成今生之美眷。"[84] 可见侯芝认为《再生缘》的结局是孟丽君与皇甫少华终成眷属的团圆结局，改换男装是孟丽君于特殊际遇中的权宜之计，回归女性秩序是其必然归宿，这种看法符合传统社会中的大众心理。

当今学术界主张《再生缘》的结局应为团圆结局的学者有赵会娟、李凯旋、盛志梅等。赵会娟在《关于〈再生缘〉结局的一点看法》中明确表示她不认可郭沫若、林娜、乐黛云等学者极力主张的"悲剧结局说"，对梁德绳续写的团圆结局则进行了肯定，认为"《再生缘》梁德绳后三卷的续书基本上延续了陈端生《再生缘》前十七卷的思路，情节发展比较合乎情理，满足了人们对于一部完整的《再生缘》的阅读期待，虽然文采较之前十七卷略有逊色，却是整部《再生缘》不可或缺的一部分，梁德绳的完璧之功是不可埋没的"[85]。李凯旋在《〈再生缘〉系列闺阁弹词研究》中说，由于陈端生的《再生缘》只写到第十七卷就中途搁笔，后来虽然由梁德绳续完全篇，但因梁德绳续写的是"一夫多妻"的大团圆结尾，故颇受非议。事实上撇开才华、思维的不同，梁德绳安排的结局并无多大不妥，即使陈端生写完全书，由谢玉辉转世的皇甫少华，仍然会保持一夫多妻的婚姻模式，这是由时代和《再生缘》所承续的故事原型所决定的。[86] 盛志梅在《清代弹词研究》中说，按照原著的意愿，孟丽君的结局大概是在复装后被太后继为螟蛉，嫁于皇甫少华，继续在朝廷做保和殿大学士，为一代风流宰相而名垂后世。所持观点大致也属"团圆结局说"。

江晖在《再者今生难遂愿，还须缘外复求缘——弹词〈再生缘〉结局探析》中认为，陈端生的写作初衷的确是要写一个大团圆结局，但作品中孟丽君之性格的发展却又让她只能有一个悲剧收场。《再生缘》的创作最后陷入了进退两难的局面，孟丽君进则刚烈而死，退则返回囚笼，两者都是陈端生不愿见到的结果。《再生缘》要有一个既符合作者之写作初衷，又符合孟丽君之性格发展的结局是不可能的了。也有学者认为梁德绳续写的大团圆结局，实质上仍是悲剧。比如赵越在《〈再生缘〉中女性意识的觉醒及其悲剧结局》中认为，无论是陈端生的未竟之作，还是梁德绳的并不完满的喜剧收场，其实都是悲剧结局。一个是留给读者可以预见的残忍的想象，一个是以牺牲自由为代价的矛盾暂时缓和，无疑都是以主人公的失败终结。王梦玉在《〈再生缘〉悲剧性探析》中认为，无论是郭沫若设想的吐血身亡的结局，还是梁德绳的喜剧形式的收场，就其本质而言，不过都是悲剧而已。

3. "大团圆中的大悲剧说"

中州书画社1982年版《再生缘》的校点者刘崇义和张俊等学者认为《再生缘》的结局极有可能是大团圆中的大悲剧。中州书画社1982年版《再生缘》的《前言》中指出，如果陈端生有可能完篇，那结局很可能是一个大团圆中的大悲剧，即团圆其表、悲剧其里。孟丽君雄飞既久，是决不甘于雌伏的。孟丽君确有某种叛逆性，在一定程度上可以说是目无父母、目无兄长、目无丈夫的，这在当时确实达到了难得的思想高度，可是她用以反对封建主义的思想武器仍然是封建主义，她的叛逆思想并没有从总体上突破封建主义的藩篱，这封建主义的藩篱不只存在于外界，而且还存在于她的内心，结果是不甘雌伏却又以此为于礼不合，不愿团圆却又以此为有悖正道。出于理性，孟丽君将接受大团圆的结局；出于感情，她将对这种结局充满憎恶。这就构成了在团圆之后悲剧性冲突进一步深化的重要契机。团圆中的悲剧也可能是更加深刻、更加典型、更加具有普遍意义的。张俊在《〈再生缘〉三论》中说，大团圆中的大悲剧确实是《再生缘》的最好结局，让孟丽君活下来，嫁出去，在婚姻中面对平常女人的种种矛盾，体验平常女人的种种痛苦，最后或者爆发出更惨烈的悲剧，或者百炼成刚平庸老死，这样的婚姻、家庭悲剧也许比死亡的悲剧更具现实意义——事实上，皇甫长华和卫勇娥的结局已经预示这一点了。

主张《再生缘》的结局应当是大团圆中的大悲剧的观点，以辩证的态度观照《再生缘》中思想的复杂性。相较于"悲剧结局说""团圆结局说"而言，这一观点可能更符合陈端生的原意。

4."无需结局说"

1997年，佟迅在《巾帼绝唱——从女扮男装题材看弹词〈再生缘〉的独特价值》中说，矛盾冲突发展到最高潮时，陈端生的笔却戛然中止了，给读者留下一条"无尾的神龙"，也留下一个永恒的缺憾。然而，这也恰恰保住了《再生缘》的精华，是它区别于其他作品的独特价值所在。事实上，写到这种境界已经够了。作者就此打住，也不失为一种明智之举。言外之意是陈端生的十七卷《再生缘》不再需要结局了，没有结尾正是其独特之处。

明确提出"无需结局说"的学者是王亚琴。2001年，王亚琴在《没有圆满结局的圆满——弹词〈再生缘〉结尾探析》中批判了梁德绳的续尾、秦纪文用现代苏州弹词改编的《再生缘》的结局和郭沫若设想的悲剧结局，认为梁德绳一厢情愿的团圆结局，违背了孟丽君之性格的发展逻辑，秦纪文对《再生缘》的改编没有摆脱古典说书的影响，更是抹杀了人物的鲜明个性，使孟丽君做了类型化、概念化的牺牲品，"梁、秦将丽君重新拉回闺房，寻了个大喜的结局，满足了部分读者的愿望，却将陈端生塑造的那个活生生的叛逆女子摧毁了，造成了人物性格的缺陷、故事情节的不圆满"[87]，郭沫若设想的结局虽然考虑到了故事情节的合理发展，照顾了孟丽君之刚烈不屈的叛逆性格，却忽略了陈端生的主观意愿。在王亚琴看来，陈端生没有续完《再生缘》的原因只有一个，那就是陈端生认为这没有明确结局的故事已经完结，因为主角孟丽君的性格已经完成。文章最后强调：一切悲、喜剧的结尾都是多余的，早在两百多年前的陈端生已经明了这没有圆满结局的结尾是唯一能臻于圆满的结局。

"无需结局说"的支持者有马晓侠、王海荣、卢振杰等。马晓侠在《女性声音的表达——〈再生缘〉研究》中说，《再生缘》于高潮部分打住，给了人们更多的想象空间，让人们更关注孟丽君的命运，从而引起人们对女性之社会地位的深层次思考，这恐怕是廉价的圆满结局所换不到的。站在当代审美意识的高度来看，这种并不圆满的结局，倒似乎更为完满。王海荣在《〈再生缘〉中女扮男装模式的渊源与拓展》中说，陈端生对《再生缘》的处理，避免了中国戏剧的"团圆之趣"，又是她的大胆思想的体现，女扮男装模式的又一拓宽。卢振杰在《女性文学视野下〈再生缘〉对传统女性意识的超越》中说，没有结局的结局，一方面道出孟丽君在现实中的窘境，但更主要的是它揭示出陈端生对"女扮男装"问题的冷静审视与思索。陈端生坚持自己的原则，勇于冲破男权意识的樊篱，宁可将孟丽君送上一条不归路，也不愿让她回头，宁愿把孟丽君定格在理想高峰的一点，也不忍心让其跌落凡尘，而这恰恰是陈端生的可贵之处。显然，这些学者支持的皆是"无需结局"这一观点。

要之，《再生缘》的结局如同一个充满诱惑力的谜语，吸引着不少学者试图去解开谜底，各执己见，至今难成定论。《再生缘》的结局能否有定论并不重要，重要的是陈端生以其绝世才华为后世读者留下了一个广阔的、回味无穷的艺术想象空间。如此看来，《再生缘》的故事是否应有结局已不再重要，虽然一般读者都期待着故事能有一个理想的结局。

六、探讨《再生缘》的悲剧性

专门探讨《再生缘》的悲剧性的学术成果，有王梦玉的《〈再生缘〉悲剧性探析》、王赟的《清代弹词中女英雄悲剧性解读——以〈再生缘〉〈榴花梦〉等作品为例》、穆旭光的《〈再生缘〉的人生悲剧再认识》等。王梦玉在《〈再生缘〉悲剧性探析》中认为，《再生缘》就其本质来说是悲剧性的——悲剧性的结局、悲剧性的爱情、平等意识与现实的悲剧性冲突，这是时代的悲剧、女性的悲剧，正是这种悲剧性使作品愈加焕发出绚丽的光彩，愈加凸显出它的弥足珍贵。王赟在《清代弹词中女英雄悲剧性解读——以〈再生缘〉〈榴花梦〉等作品为例》中认为，从《再生缘》《天雨花》《笔生花》《榴花梦》等弹词作品的女英雄们的身上，窥见的是深深浅浅的落寞与冷暖自知的悲凉，这些作品具有多层面的悲剧内涵：色大于才的悲剧、多妻制的悲剧、困守闺阁浪费青春的悲剧、时代的悲剧。生不逢时，注定了弹词中女英雄们的悲剧性人生，但女英雄的出现是有意义和价值的。

此外，中州书画社1982年出版的《再生缘》的《前言》、蒋悦飞的《超时代的女性意识和权力困惑——〈再生缘〉在现代视角下的人文价值》、刘天堂的《明清女性弹词中的女性意识》、周文娜的《顺从的人 倔强的心——简·奥斯丁与陈端生女性意识之比较》、劳丽君的《〈再生缘〉和〈镜花缘〉中才女世界的比较》、李婷婷的《清代女作家弹词中的才女竞雄意识研究——以〈再生缘〉为例》等，也关注到《再生缘》的悲剧性。

中州书画社1982年出版的《再生缘》的《前言》中说，孟丽君这个形象以特异的形态表现了封建社会里广大妇女的悲剧命运，孟丽君是明确地意识到自己的悲剧命运而又无力摆脱这命运的典型的悲剧人物。刘天堂在《明清女性弹词中的女性意识》中说，孟丽君的悲剧是弱小的女子个体无力抗拒强大的男权社会的悲剧，透过孟丽君的悲剧，我们看到了男权社会对女性的压抑、摧残及女性自身为改变命运而进行的抗争、屈从和无奈。周文娜在《顺从的人　倔强的心——简·奥斯丁与陈端生女性意识之比较》中指出，陈端生顺从男权社会的要求嫁作人妻以悲剧告终，孟丽君反抗男女不平等的社会，倔强地追求自由自在的浪漫理想却走投无路、吐血如潮，也以悲剧告终；若是陈端生不管自己内心情与理、叛逆与守道的矛盾斗争而让孟丽君低眉垂目嫁为少华妻，那也是个悲剧。陈端生的理想与浪漫斗来斗去都逃不出一个悲剧的结局，但这何尝不是对男权制社会强有力的控诉与揭露呢？陈端生和孟丽君的悲剧命运蕴含着不可言说的魅力。劳丽君在《〈再生缘〉和〈镜花缘〉中才女世界的比较》中说，陈端生在《再生缘》中将女性的阴柔之美和她们的倔强、挣扎一步一步毁灭在人们的面前，让读者尤其是女性读者读到此作时犹如看到自我的毁灭。从这个意义上说，《再生缘》是一部非常成功的悲剧弹词，它成功地描述出封建社会中才女的悲剧性的命运。李婷婷在《清代女作家弹词中的才女竞雄意识研究——以〈再生缘〉为例》中认为，《再生缘》中孟丽君、皇甫长华、卫勇娥身上所折射出来的，是整个封建社会性别压抑体制下女性无法摆脱的悲剧性困境，女性性别的本质预示了孟丽君的结局必然是悲剧性的，皇甫长华和卫勇娥所代表的是觉醒后自愿回归的女性所重新面临的封建女性普遍遭遇的悲剧性困境。

　　简言之，不少学者关注到《再生缘》的悲剧性，为孟丽君、皇甫长华、卫勇娥等杰出女性的遭遇鸣不平，认为《再生缘》中悲剧性的主要成因是不合理的封建体制、不公平的男权社会。但也有学者对《再生缘》的悲剧性的成因持与众不同的见解。蒋悦飞在《超时代的女性意识和权力困惑——〈再生缘〉在现代视角下的人文价值》中说，陈端生错误地抛弃了爱情在女性生活中举足轻重的地位，即使孟丽君可以在陈端生的塑造下蒙蔽一世，男性化地度过其飞黄腾达的一生，但这种单色彩的完全错位的一生仍旧是个悲剧。在蒋悦飞看来，孟丽君的人生之所以是个悲剧，是因为陈端生抛弃了爱情在女性生活中举足轻重的地位。

七、研究《再生缘》与其他弹词的"互文性"

胡晓真注意到清代女性弹词（或称弹词小说）创作中读者可转化为作者的一大特质，弹词小说的读者如果对特定的弹词作品有所看法，通常借助于写作新的弹词小说的方式来发表意见，女性弹词作家创造了一个作品内部对话的系统。在《才女彻夜未眠——近代中国女性叙事文学的兴起》的第一章"女性小说传统的建立——阅读与创作的交织"中，胡晓真着重探讨了《再生缘》与《玉钏缘》《再造天》《笔生花》之间的对话关系即"互文性"，特地指出："《再生缘》的作者陈端生抓住了《玉钏缘》的尾线，意欲为前书的人物重续旧缘，但是又舍弃了前书男性英雄与女性闺秀并行的本色，改以女扮男装的女主角为主线，以紧密的结构层层铺展人物与制度、礼法的矛盾，其人物与结构设计的精严，使得这部作品达到了弹词小说的高峰，也吸引了其他的闺秀作家从不同角度予以回应。……《再造天》……一方面在反《再生缘》非传统的意识形态，一方面在反女性弹词小说在形式上日趋陈腐的成规通例。作者侯芝在意识上，表面标举保守的妇德标准，攻击《再生缘》女主角不顺从人伦与社会秩序，但是又时时泄露出她对女性才与德之思考的困境；……《笔生花》的作者邱心如强调自己是《再生缘》的爱好者，但思以在道德上更加完美的女主角来弥补《再生缘》中女性角色设计的缺陷。然而她虽然安排女主角在行动上实践传统妇德的要求，但是在心理层面上则细细铺叙其私密的挫折、愤懑、不平、妥协等等情绪，于是由另一角度透露了旧制度与两性关系的黑洞。"[88]胡晓真将《再生缘》放在女性弹词小说的链条中加以考察，注意到各作品的联系与区别，研究视野开阔，观点公允，值得肯定。

八、研究女性写作的特质

因卷首、卷尾出现的自述性文字，《再生缘》的书写具有自传式的特征，这引起了不少学者的注意。[89]胡晓真在《才女彻夜未眠——近代中国女性叙事文学的兴起》的第二章"传世欲望——女性弹词小说的自传性"中，以《玉钏缘》《再生缘》《笔生花》为例，深入探讨了自传的欲望在女性弹词小说这一类叙事作品中的呈现，指出在中国自传文传统中女性大体缺席的情况下，这三部作品在情节间夹插的自叙，堪称可贵的女性自传资料。胡晓真认为《再生缘》不但情节上接续《玉钏缘》，而且"就卷首卷末自叙段落的成规来说，《再生缘》亦取自《玉钏缘》的模式。陈端生之所以继续采用《玉钏缘》的自叙段落，当亦是认为此一模式利于自我之直接表达与呈现之故。就形式而言，《再生缘》的卷首卷末段落可以说全袭自《玉钏缘》，内容除了写作时的季节符号之外，也同样包含着作者的心绪与私人状况。所以，如果说《玉钏缘》的作者是采用了弹词中开场'数花名'的成规而转为自己写作之用的话，则陈端生之续用，可以说是在弹词小说的创作上，建立了一个女作家独钟的文学写作成规。不过，虽然是沿袭自《玉钏缘》的成规，陈端生却做了一些变化，主要是她比《玉钏缘》的作者记录了更多的细节"[90]。胡晓真又指出在弹词小说的自叙中，读者读到的不仅是作者对自我的发明创造，也可以追溯其创造的发展过程，《再生缘》便是典型的例子："《再生缘》中陈端生的自叙声音，由娇养的闺秀少女演变为历经变故的妇人，叙述的重点由闺中乐事发展到人世沧桑，甚至小说的情节发展与基本情调也由轻松的'再续前缘'转变为女主角心理的强烈挣扎，都可以说是前后不一贯的。这种断裂、不一致的情形，虽然使作品不能称为完整无瑕的有机整体，却是作者之经验感知的表现，也是她自我发展的线索。"[91]

许丽芳撰写了《试论〈再生缘〉之书写特征与相关意涵》《性别与书写之错置与超越——以〈女才子书〉与〈再生缘〉作者自序为中心之分析》《女性于书写中之自我定位与诠释——以陈端生之〈再生缘〉序文为例》等系列论文，深入探讨了《再生缘》的书写特质。在《性别与书写之错置与超越——以〈女才子书〉与〈再生缘〉作者自序为中心之分析》中，许丽芳指出："陈端生藉弹词既有之写作模式展现个人之理解与意识，而非单纯沿袭，于每卷首末之书写成规另辟自我呈现、自我对话、与读者互动之空间，其中具有创发特质，且于每一卷次之情节进行中，亦屡见作者心绪与故事人物遭遇之关联起伏，相对于故事文本之呈现作者一定之内在思索，事实上，于每一卷之首末序文中，亦更趋直接理解作者之种种期待与意识，其中可见其写作过程、人事变迁与人生历程，就读者层面而言，既阅读故事文本，亦得见作者某一程度之反省与诠释，而有不同层次之互动与意见交流，且藉由故事与序文同时阅读及互补之累积，阅读经验亦因而多元丰富。"[92]许丽芳认为陈端生在某种程度上创新了弹词的写作成规，凸显女性写作中主动参与与自我认同的特质，从而给读者提供多元丰富的阅读体验。

廖秀芬在《〈再生缘〉的女性视角及其书写风格论析》中，运用西方的女性主义、身体论述、精神分析等理论，从女性作者所呈现的女性意识入手，分析了《再生缘》的女性视角和女性书写风格，认为《再生缘》中的身体凝视具有特殊意义，《再生缘》中呈现"自传"性质的自述性文字，反映了女性书写的将生活经验与艺术融为一体的特质，《再生缘》的书写风格具有多元性、流动不拘、发散跳跃的特征。邹颖在《〈再生缘〉中的时间经验与文体特征》中，立足于中国文化的语境，从时间经验的视角出发，将《再生缘》置于上自《牡丹亭》下至《红楼梦》的文学文化体系中加以考察，认为《再生缘》利用弹词特殊的体例特质来表现独特的女性经验与困境，使之成为一种具有对话意味的、开放性的生命写作，"《再生缘》的写作是向着两个时间维度展开的：一是写作当下的现实时间，这主要体现在作者自叙部分对自己生活经历和写作状态的交代，特别是其中对庭院的描绘，标识着作者生活与创作空间的存在，而这些空间的细微变化则凸显了时间的流逝；二是虚构故事中的叙事时间，它是女作家存在的另一个维度，为自我提供了一个想像性的出口"[93]。

作为女性弹词，女性化叙事亦是《再生缘》的一大写作特征。李凯旋在《〈再生缘〉系列闺阁弹词研究》中指出，《再生缘》在选材上、审美上皆具有女性化的特征。谭丽娜在《〈再生缘〉研究》中指出，《再生缘》采用了独特的女性化叙事方式，讲述故事时从女性视角出发，将自己的心情与所处环境带入其中，展示了不同于男性作家的思维方式，有助于读者对作品的进一步认识。

简言之，作为一部女性创作的、反映女性生活与理想的、最初主要供女性阅读的弹词作品，《再生缘》具有鲜明的女性写作的特质，比如卷首、卷尾极具女性化色彩的自述性文字、文本中女性化的写作笔法等。这些都引起了学者们的注意。

九、以《再生缘》为对象探讨古典文学中的女扮男装母题

《再生缘》叙述的中心故事是孟丽君女扮男装高中状元、身做高官、历险建功的传奇事迹。这种女扮男装的故事模式是清代女性弹词中频繁出现的母题，亦是当今学者们关注的对象。卢振杰的《〈再生缘〉女性意识对"女扮男装"母题的超越》以女性意识为切入点，思考《再生缘》中女性的社会处境以及《再生缘》对女扮男装母题

的超越之处。王海荣的《〈再生缘〉中女扮男装模式的渊源与拓展》以《再生缘》为轴心，剖析了女扮男装模式的渊源与拓展，以孟丽君与卫勇娥为显例，探讨女性性别意识之觉醒及其带来的种种困惑。

十、研究《再生缘》的版本问题

1957年，胡士莹编的《弹词宝卷书目》著录了《再生缘》的六种版本：清道光二年（1822）宝仁堂刊本、清道光三十年（1850）三益堂刊本、清光绪辛卯（1891）学库山房刊本、郑振铎藏旧抄本、普新书局石印本、锦章图书局石印本。1958年，关德栋的《胡氏编著〈弹词目〉订补》增补一种版本，即清道光三十年（1850）善成堂刊本《再生缘》二十卷。[94]1984年6月，上海古籍出版社出版的《弹词宝卷书目》（增订本），在1957年版《弹词宝卷书目》介绍的《再生缘》的六种版本的基础上，增入清同治丹桂堂刊本一种。2008年，鲍震培在《清代女作家弹词研究》的第五章"弹词女作家及其作品考辨"中介绍《再生缘》的版本情况时，除了胡士莹《弹词宝卷书目》（增订本）著录的宝仁堂刊本、三益堂刊本、丹桂堂刊本、学库山房刊本、郑振铎藏旧抄本、普新书局石印本这六种版本之外，复增入咸丰二年（1852）文聚堂刊本、咸丰二年（1852）经畬堂刊本、光绪二年（1876）世德堂重刊本、上海进步书局石印本、上海广益书局石印本和中州书画社1982年出版的《再生缘》整理本凡六种版本，总共介绍了《再生缘》的十二种版本。上述成果为读者提供了《再生缘》的一些版本的刊行时间、刊行书坊、册数、收藏者等基本信息。

2008年，盛志梅在《清代弹词研究》的附录"弹词知见综录"中，著录了《再生缘》的二十五种版本[95]：大部分版本是盛志梅到各地图书馆搜集辑录的，但也有一些版本转抄自胡士莹《弹词宝卷书目》、周良《弹词经眼录》、谭正璧《弹词叙录》、郑振铎《西谛所藏弹词目录》等书，优点是对《再生缘》的版本的罗列非常详尽，缺点是转抄而来的版本情况，其真实性有待考证，而对一些版本的鉴定也未必完全正确。比如在著录道光三十年（1850）宝宁堂刻本《再生缘全传》后，盛志梅写下了一条按语，说该刻本扉页题"三益堂藏板"，中缝有"宝宁"或"宝"字样，可知此本由宝宁堂刻印，用的是三益堂的底版。这种观点值得商榷。应是三益堂翻刻了宝宁堂的底版，此本应为三益堂翻刻本。黄晓霞在《论〈再生缘〉》的附录中介绍了《再生缘》的二十九种版本：黄晓霞在其指导教师盛志梅的"弹词知见综录"的基础上，根据郑振铎《西谛书目》、胡士莹《弹词宝卷书目》（增订本）、谭正璧与谭寻编著的《评弹通考》和路工《〈再生缘〉校正本序言》，增补四种版本，但并未亲见其书。

在《再生缘》的系列版本中，最为扑朔迷离的是初刻本。现有的研究成果，对《再生缘》之初刻本的介绍都不是特别清晰。《再生缘》的初刻本，究竟是宝仁堂刊本，还是宝宁堂刊本？初刻本的刊刻时间，究竟是道光元年（1821），还是道光二年（1822）？刊刻《再生缘》的书坊，究竟是宝仁堂，还是宝宁堂，抑或宝仁堂与宝宁堂均刊刻了《再生缘》？这些问题目前都没有得到圆满的解决。

胡晓真在《阅读反应与弹词小说的创作——清代女性叙事文学传统建立之一隅》的第31条注释和《才女彻夜未眠——近代中国女性叙事文学的兴起》的第一章"女性小说传统的建立——阅读与创作的交织"的第33条注释中，皆谓《再生缘》于1822年由宝仁堂出版，1850年由三益堂出版。不知胡晓真是否目睹过宝仁堂初刻本？盛志梅在《清代弹词研究》的附录"弹词知见综录"的"《再生缘》"一条，既著录了宝宁堂刻本（转抄自周良《弹词经眼录》、谭正璧与谭寻编著的《弹词叙录》），又著录了宝仁堂刊本（转抄自胡士莹《弹词宝卷书目》），由于并未亲自查阅此两种刊本，故她所著录的版本信息仍有待考证。杜志军的《再生缘·整理后记》和张思扬的

《〈再生缘〉思想研究》皆谓《再生缘》最早的刻本是道光二年（1822）宝仁堂刻本，说得斩钉截铁，但都没有提出相关证据。郭平平在《清代小说戏曲中的女性自觉——以〈儿女英雄传〉〈再生缘〉和〈小蓬莱仙馆传奇〉为例》的"附录三"中认为《再生缘》的初刻本有两种说法："一种是侯芝作序的宝仁堂刊本，全书二十卷不分回；一种是宝宁堂刊本，全书二十卷八十回，第二十三回有目无文。……道光二年宝仁堂再次刊行《再生缘》……"[96] 郭平平对《再生缘》的初刻本的介绍，仍然存在语焉不详的局限。

中州书画社1982年版《再生缘》的《前言》中说，《再生缘》"起初以抄本流传，至道光元年（1821）始由侯香叶（芝）改而作序，并于次年由宝宁堂刊行"[97]，又说"这次校点，由于条件所限，只用了以下五种本子：清道光元年（1821）宝宁堂刻本（估计为道光年间所刻，但因扉页脱落，未知确切年月）……"[98] 从"估计为道光年间所刻，但因扉页脱落，未知确切年月"来看，道光元年（1821）宝宁堂刊本只是校点者的推测而已。宝宁堂刊本的刻印时间，究竟是道光元年，还是道光二年？《再生缘·前言》中的观点显然前后不一致。李凯旋在《〈再生缘〉系列闺阁弹词研究》中，或说"《再生缘》自道光二年（1822）刊刻后，一直以二十卷完整面貌传播"，"侯芝在道光元年（1821）已为即将刊刻的《再生缘》作序，道光二年（1822）则有宝宁堂二十卷本问世"[99]，"《再生缘》在清代的刊刻十分流行，从最早的宝宁堂刊本来看，已经出现香叶阁主人序"[100]，或说"其最早刻本为道光元年（1821）宝宁堂刻本"[101]，虽然断定《再生缘》的初刻本是宝宁堂刻本，但在刊刻时间上仍然与《再生缘·前言》中的描述一样，表述不一。

笔者倾向于认为初次刊行《再生缘》的是宝宁堂，道光二年刊行《再生缘》的仍是宝宁堂，而非宝仁堂。道光二年宝宁堂刊本[102]就是《再生缘》的初刻本。道光元年（1821），《再生缘》经香叶阁主人侯芝改编、加序[103]，由宝宁堂于道光二年（1822）刊行于世。道光二年宝宁堂刊本，中国艺术研究院戏曲研究所有藏本，版框高13.2厘米，宽18厘米，卷端有侯芝的"叙"，落款署为"道光元年季秋上浣日书""香叶阁主人稿"。在目录之后、正文之前有十幅绣像及十首题词[104]。凡二十卷，后三卷为梁德绳所续。2002年，《续修四库全书》集部·曲类收录的《再生缘全传》，即据中国艺术研究院戏曲研究所收藏的道光二年宝宁堂刊本影印。[105]

总之，目前学术界对《再生缘》的版本问题的研究稍显薄弱，对《再生缘》的现存版本，介绍得比较简略，且存在以讹传讹的现象。

十一、将《再生缘》与其他作品或将陈端生与其他作家进行比较研究

将《再生缘》与《红楼梦》《牡丹亭》《女才子书》《天雨花》《笔生花》《镜花缘》《源氏物语》《傲慢与偏见》《女吉诃德》《春香传》等中外文学作品进行比较研究，或将陈端生与简·奥斯丁等作家进行比较研究，是《再生缘》研究中的一个重要视角。

平慧善在《〈再生缘〉简论》中认为，《再生缘》与《红楼梦》都对封建传统观念给以有力的冲击，都对女性表示热烈的推崇，《红楼梦》以表现日常生活见长，《再生缘》以表现复杂的情节取胜。陈端生以浓墨重彩表现复杂的事变过程，同时与曹雪芹一样，精细地镂刻人物的内心世界，突破了对正面与反面人物的传统写法。如同《红楼梦》，《再生缘》在中国文学史上的地位是不可忽视的。吕启祥在《梦在红楼之外——〈再生缘〉与〈红楼梦〉》中对《再生缘》与《红楼梦》进行了较为细致的比较研究，认为《再生缘》和《红楼梦》虽然体裁不同、题材不同、创作方法不同、艺术的成熟度不同，然而两者又有许多契合和相通之点，除了产生于同一时代之外，两者都关注青年女性的生活和命运，摹写她们的爱情和婚姻，特别

是展现她们的期望和梦幻。除主人公孟丽君之外,《再生缘》中的其他女性总体而言都要胜男子一等,这也和《红楼梦》有某种相似之处。吕启祥又指出:"《再生缘》是一个未涉世事的少女的闺中梦幻,《红楼梦》则是一个饱经沧桑的过来人的血泪结晶。"[106] "陈端生不是文学作品中的人物,是历史上真实存在的、是乾隆年间和曹雪芹大体同时的人物。足见在曹雪芹的时代,在他的周围,闺阁中的确历历有人,包括像陈端生这样怀有绝代才华的女子。"[107]陈正宏在《重话〈再生缘〉》中认为,从内在精神上讲,《再生缘》与《红楼梦》不无相通之处,都出现了对传统礼教的诘难与反拨,都有一种通过男女两性的对照凸现女性价值的明显意图,但《再生缘》未能达到《红楼梦》的艺术造诣,原因之一是它在用传统的价值标准反抗传统,结果不知不觉地陷进了道德困境。

许丽芳在《性别与书写之错置与超越——以〈女才子书〉与〈再生缘〉作者自序为中心之分析》中,将清代前期烟水散人(徐震)的小说《女才子书》与陈端生《再生缘》中的相关序文进行比较研究,就不同性别作家之书写内容与特质,分析当时文人对所谓才女或女性之认知评述,以及女性作家对于自我的期许与书写态度。文中认为《女才子书》中的女性,往往仅有单一面向,仅是投射某种男性愿望或想象之客体,作者对于作品之期待,主要在于遣怀娱情,而才色双全或全节完操之女子足堪最佳之表现媒介。烟水散人通过《女才子书》,抒发其阻滞不遇之人生感慨。由于女性书写者的特殊背景,《再生缘》的书写内容往往较男性文本更具多元声音或意见。陈端生于《再生缘》中,分别以情节铺叙与自序文字进行自我认同诠释,并与自我对话、与读者互动。于此现象中,女性书写者得以直接诠释自我期待与价值意识。《再生缘》之写作,并非仅是娱乐消闲活动,而是人生积极意义与目标之投射。除借由故事情节之安排而赋予主观愿望或理想外,陈端生于卷首、卷末之序文中对其从事书写、修辞剪裁或铺排意识亦多有诠释，并予以主观陈述或确认。

邹颖在《从对〈牡丹亭〉的回应看〈再生缘〉的女性书写及其文学史意义》中指出，陈端生的《再生缘》从《牡丹亭》中汲取了创作灵感，对陈端生而言，《牡丹亭》决不只是为她的故事提供了简单的背景。就主题关注和情节设计而言，《再生缘》都在一定程度上回应和改写了《牡丹亭》，比如花园的设置、自画像的描绘、英雄式的冒险等。《再生缘》在很大程度上承继了《牡丹亭》那种对女主人公内在性的深入体察与表现，又以女性视角改写了《牡丹亭》所代表的才子佳人叙事的成规和意涵，弹词的体例特征也赋予其更大的灵活性。恰如杜丽娘经历了一场爱情冒险和自我追寻的旅程而获得重生，孟丽君女扮男装的冒险历程也令她逐步地重塑了内在自我。陈端生以一种不同的方式回应了《牡丹亭》提出来的自我实现的问题。尽管杜丽娘和孟丽君都倾向于自我关注，但孟丽君不是通过实现浪漫的恋情，反而是通过克制对浪漫恋情的追求而成为女性主体的。总之，《从对〈牡丹亭〉的回应看〈再生缘〉的女性书写及其文学史意义》从比较研究的视角探讨《再生缘》对《牡丹亭》的接受与再生，提出了一些独特精辟的见解，值得注意。

杜莹杰的《再议〈再生缘〉的文学史价值》和童李君的《〈天雨花〉和〈再生缘〉比较研究》，皆将《再生缘》与《天雨花》进行了比较，得出的观点基本相同。杜莹杰在《再议〈再生缘〉的文学史价值》中认为，与《天雨花》相比，《再生缘》所体现出的史诗性的广度和深度都略欠一筹，《天雨花》比《再生缘》更具历史真实感、厚重感，《再生缘》在反映社会生活的深度与广度上，远远不如《天雨花》。童李君在《〈天雨花〉和〈再生缘〉比较研究》中认为，《再生缘》在对社会生活和政治斗争的反映以及人物刻画的深度和广度上，不及《天雨花》。笔者则认为，《再生缘》与《天雨花》皆是文人弹词中的优秀作品，题材相异，主题不同，但各有千秋，不能简单地抑此扬彼。

张思静在《叙事重心的转移：从〈再生缘〉到〈笔生花〉》中，将《再生缘》与《笔生花》进行比较研究，认为两者虽然都涉及女扮男装、离家出走、在公众领域建功立业的基本情节，但叙事重心有所偏移。《再生缘》在出走女性是否要回归闺阁的问题上煞费笔墨，陈端生的写作兴趣从早先同类故事的讲述"出走女性如何消除障碍重归闺阁"，转变为讨论"出走女性要不要重回闺阁"；《笔生花》的叙事兴趣则在女英雄回归闺阁后的家庭生活，邱心如"女性本位"的写作兴趣填补了对"界内"生活缺失的关注，提供了一种不必出走在外，"闺阁内一样有险可探"的新思路。

陈建梅在《〈源氏物语〉与〈再生缘〉的比较文学研究——试论作品中的社会性》中，将日本作家紫式部的《源氏物语》与陈端生的《再生缘》进行比较研究，得出结论：两部作品虽同为女性作者所写，且作者本身都曾接触社会，但《源氏物语》的作者紫式部选择了描写政治人物的个人感情世界，抒发的是对失去美好爱情的悲哀，而《再生缘》的作者陈端生选择描绘原本幽闭于家庭中的女性走出家门后的社会政治生活，表达的是对人生理想的追求。两书作者对人物、情节及主题的不同设定，源于她们对社会的不同理解。紫式部把不同政治集团间的争斗与联合理解为个人的情感纠葛，创作时表现出对社会事件的刻意回避与脱离。陈端生则强调事件的社会意义，因此在故事的叙述过程中，不仅积极引入社会事件，更着重描写政治集团间的斗争。

劳丽君在《〈再生缘〉和〈镜花缘〉中才女世界的比较》中，将陈端生《再生缘》与李汝珍《镜花缘》中的才女进行比较，认为两书中的才女世界具有相关性，书中才女的性格、才能、活动场景及最终命运存在着千丝万缕的联系，书中主角都通过科举扬名于天下，都沿着闺中——出走——难以回归的路线运行。《再生缘》是才女作家自我表达的声音，真实细致地描写出女性的欣喜、悲哀和挣扎，从而更能打动人心。《镜花缘》为不得志的男性文人所作，虽然体现了作者的思想，但是情节和人物情感比较单薄。两书作者的身上都打上了浓重的男权烙印，这是作者的生存时代所造成的局限，但是局限磨灭不了两书对文学发展的重大贡献。

周文娜在《顺从的人　倔强的心——简·奥斯丁与陈端生女性意识之比较》中，以"顺从姿态下的女性意识"为契合点，将英国女作家简·奥斯丁与陈端生进行比较研究，认为奥斯丁与陈端生在自我思索的基础上将长期处于边缘地位、失语状态下的女性推上前台，从女性角度叙述故事，张扬了女性意识。奥斯丁的小说以"灰姑娘"的叙事模式，陈端生的弹词《再生缘》以"才子佳人"的叙事模式[108]，表达人类渴求美好人生的愿望，传达希冀男女平等的心声，从而折射出作家的女性意识。两位作家以可贵的艺术勇气和艺术自觉，展现了女性在男权社会的生存本相，并积极探索女性的角色定位与人生出路，对女性文学的发展做出了巨大贡献。相较而言，陈端生比奥斯丁走得更远，陈端生笔下的女性人物已迈出家庭、走向社会，甚至在经济上能独立自主，而奥斯丁笔下的女性形象，视野仍较狭窄，对自身的定位还局限于父权文化为她们规定的归宿中，没有树立从家庭小舞台走向社会大舞台的人生价值取向。袁学敏在《论女性自我救赎意识之觉醒——从〈再生缘〉到〈傲慢与偏见〉》中认为《再生缘》与《傲慢与偏见》是横空出世的呐喊，是女性自我意识的觉醒，是他救的"女性范本"，两部作品不仅反映了女性问题，还积极探索女性的角色定位与人生出路，从而对社会产生重大影响。

郭月琴在《女性乌托邦之旅》中将《再生缘》与英国小说《女吉诃德》进行比较研究，认为这两部不同主题、不同情节和文化背景相异的小说，却在角色的设置、对男权社会的批判以及对男女平等的向往等方面存在诸多相似之处：都塑造了栩栩如生的全新女性形象，都营造出带有浓厚理想主义色彩的女性乌托邦世界，寄托理想，讽喻现实，但都没能为两性真正意义上的和谐共处提供成功的范式。

常越男在《〈再生缘〉与〈春香传〉比较研究》中将《再生缘》与朝鲜古典小说《春香传》进行比较，认为两部作品都反映了女性追求平等的意识，孟丽君试图打破传统的性别观念，追求女人与男人平等的社会权利，春香则是出身于下层社会的女性，她反抗传统的身份等级制度，追求平等的爱情。《春香传》的主题更多的是在爱情方面，歌颂春香不畏权贵、不怕艰难、维护纯洁爱情的勇气与举动，而《再生缘》则缺少对爱情的描写，孟丽君跨越了爱情，一直走到权力的巅峰，对于孟丽君而言，实现自身价值比婚姻更具吸引力。《再生缘》和《春香传》都有着反对现实社会秩序的色彩，也都有儒家传统伦理观念的影子。从两部作品中，读者能看到18世纪的清朝和朝鲜王朝的社会状况，也能看到当时中朝两国文化交流的现象。

要之，目前学术界以比较研究法来探讨《再生缘》的论文中，涉及的作家、作品较多，研究成果较为多样化。

十二、探讨《再生缘》的文学史价值

陈寅恪、郭沫若在陈端生和《再生缘》被正统文学史家所忽视的学术环境中，极力肯定《再生缘》在文学史上的价值。陈寅恪在《论再生缘》中赞誉《再生缘》是弹词体中的空前之作，宣称其在文体上堪与古希腊、印度的著名史诗相媲美。郭沫若既认为《再生缘》比《天雨花》好，将《再生缘》与《红楼梦》相媲美，又将陈端生与司各特、司汤达、巴尔扎克等西方男性作家相提并论。两位学术大师既高度肯定了《再生缘》在弹词文学史和中国古代文学史上的地位，又推重其在世界文学史上的位置。

陈寅恪、郭沫若对《再生缘》在文学史上的评价几乎得到了后世学者的一致赞同。譬如平慧善在《〈再生缘〉简论》中认为《再生缘》不仅在讲唱文学中占据重要的地位，而且是中国最伟大的诗体小说，"陈寅恪、郭沫若两位先生说得极是，以篇幅论，《再生缘》洋洋六十万言，堪与外国的同类文体相比较，以结构论，曲折有致，《伊利亚特》《奥德赛》《神曲》《浮士德》《唐·璜》《叶甫盖尼·奥涅金》等等都比不上"[109]。孙菊园在《再生缘·前言》中说："至于说到《再生缘》的价值，它不仅是我国古代弹词中首屈一指的长篇巨制，而且在我国整个古典文学作品中也是一部不可多得的珍品。陈寅恪先生曾将它与印度、希腊的史诗相比，郭沫若同志则认为其作者可与十八、十九世纪英法的大作家们并肩。"[110]但亦有少数学者提出不同意见，譬如杜莹杰在《再议〈再生缘〉的文学史价值》中对陈寅恪与郭沫若关于《再生缘》的文学史价值定位的观点提出了商榷，认为若置于说唱文学或者弹词系统考察，《再生缘》在对社会生活和政治斗争反映的深度和广度上，不及陶贞怀的《天雨花》。

十三、音韵研究

曲艺在《长篇弹词〈再生缘〉用韵研究》中对《再生缘》的用韵情况和规律做了较为细致、系统的研究。论文第一章分析了《再生缘》的用韵情况，介绍了《再生缘》同一摄内的用韵情况、摄与摄间的通押情况、韵部归类、换韵情况及用韵与情感的联系:《再生缘》同一摄用韵在十五个摄中出现，出现次数较多的是宕摄、山摄、蟹摄、效摄、通摄，出现次数较少的是假摄、江摄、深摄、遇摄、咸摄、梗摄、果摄，唯一没有出现的摄是曾摄;相对于同一摄用韵，《再生缘》的摄与摄的通押情况更为普遍，不仅数量多，所分布的韵部也非常广，《广韵》的十六摄都有所涉及;《再生缘》的用韵涉及十个韵部，其中阴声韵六部，即萧豪部、歌模部、支微部、皆来部、家遮部、尤侯部，阳声韵四部，即先山部、庚欣部、江阳部、东钟部;《再生缘》的换韵次数不确定，换韵次数的不确定使韵段读起来自然和谐、富有韵律感，阴声韵换阳声韵种类最多，阳声韵之间的换用次数最多;《再生缘》的用韵与情感之间存在关系，若表达悲伤、痛苦、惋惜之情，常用庚欣部来表现，若表达愤怒、激愤不平之情，常用萧豪部、庚欣部、江阳部来表现，若表达高兴、欢快、轻松之情，常用先山部、家遮部来表现，若表达欣赏、爱慕之情，常用萧豪部来表现，若表达焦急、紧张之情，常用阴声韵部来表现。第二章将《再生缘》与《笔生花》《天雨花》《凤凰山》的用韵特点进行比较，认为《笔生花》的用韵整体来说同《再生缘》的用韵极为相似;《再生缘》与《天雨花》《凤凰山》的用韵有很大不同。第三章总结了《再生缘》等国语弹词的用韵特点，指出《再生缘》的用韵分部不同于《中原音韵》，后者韵部分为十九部，前者只有十部;《再生缘》等国语弹词保留了入声韵脚，用韵体现了吴语的特点，而且都主要以平声字为韵字，很少用到上声、去声、入声，《再生缘》等国语弹词的用韵比较规整，在用韵过程中体现出吴方言的语音特点。

耿佳佳在《论〈再生缘〉在中国古代女性文学史上的地位》中亦分析了《再生缘》的用韵情况，指出《再生缘》全押平声韵，无仄声韵，难能可贵，《再生缘》虽存在着重韵和真文、庚青混押韵的情况，但大部分都严格遵守粘对、平仄和押韵规律，其用韵质量高于《天雨花》。

十四、研究《再生缘》的传播与改编活动

《再生缘》于问世后因其独特的艺术魅力而在社会上广泛流传，受到读者喜爱。在传播、阅读与接受的过程中，《再生缘》复以散文体的通俗小说、戏曲、影视剧、曲艺、话剧、连环画等形式得以再生。[111]李凯旋在《寄宿在自己的一间闺房里——〈再生缘〉研究》中对《再生缘》的传播概况进行了线条性的梳理。谭丽娜在《〈再

生缘〉研究》中认为,《再生缘》因其不同的传播形式而被大众接受,每种形式的改编都与当时的社会背景相关,其对孟丽君的塑造也大为不同,使我们领略到不同时代、不同题材的改编之作的不同风格。《再生缘》在不同时代以不同形式被重写与接受,不仅使作品得以传播和流传,而且为作品的保存提供了一定的有利条件。

学术界对《再生缘》的改编活动的关注,主要集中在以孟丽君的故事为题材的戏曲和影视作品、丁西林的话剧《孟丽君》、秦纪文演出的苏州弹词《再生缘》(或名《孟丽君》)以及据《再生缘》改编或再创作的通俗小说等对象的研究上。

1. 对以孟丽君的故事为题材的戏曲和影视作品的研究

王青的《清末民初地方戏对弹词〈再生缘〉的接受》和王娜的《〈再生缘〉戏曲改编研究》专以《再生缘》的戏曲改编活动为研究对象。王青的《清末民初地方戏对弹词〈再生缘〉的接受》从地方戏剧目、所属声腔、流行区域和剧情等方面分析清末民初地方戏对弹词《再生缘》的接受情况,并归纳其所属声腔系统、地域系统和文本系统,又通过十四场本潮剧《孟丽君》、七场本幕表戏粤剧《风流天子》等典型个案分析广东戏曲对弹词《再生缘》的接受,以及探讨这种接受产生的原因和过程,最后归纳出地方戏接受《再生缘》所体现出来的思想意义,并通过分析“孟丽君出走”以地方戏为载体在城市与民间的传播,发掘“孟丽君式女杰”对该时期妇女观的影响。王青整理出的“《再生缘》戏”的剧目资料及地域分布和声腔系统表,皆具有一定的文献价值。[112]王娜的《〈再生缘〉戏曲改编研究》先对《再生缘》的戏曲(包括戏曲舞台剧和戏曲影视剧)改编现状进行了较为系统的梳理,然后从文体变更、情节结构设置、人物形象改编、艺术写作手法等角度探讨《再生缘》之戏曲改编的艺术创新,再从神道观念的剔除、传统与反传统意识的继承与变化、悲喜剧的不同呈现等方面探究《再生缘》之戏曲改编的思想内蕴的承变，最后简单论析了《再生缘》之戏曲改编的美学意义与社会意义。

其他涉及《再生缘》的戏曲和影视改编活动的学术成果，有陈娟娟的《论〈再生缘〉及其戏曲改编》、贺晓艳的《转世姻缘女儿身，现世权当男儿心——〈再生缘〉之孟丽君形象的演进》、李姝娅的《从〈再生缘〉到越剧〈孟丽君〉——谈孟丽君形象的改变》、刘昉的《中西戏剧中的"女扮男装"——以莎剧〈威尼斯商人〉与越剧〈孟丽君〉为例》、李凯旋的《寄宿在自己的一间闺房里——〈再生缘〉研究》、黄晓霞的《论〈再生缘〉》、耿佳佳的《论〈再生缘〉在中国古代女性文学史上的地位》、张思扬的《〈再生缘〉思想研究》、徐锐的《〈再生缘〉改编研究》、谭丽娜的《〈再生缘〉研究》等。

陈娟娟在《论〈再生缘〉及其戏曲改编》中将《再生缘》的戏曲改编本与陈端生原著进行比较研究，探讨了弹词《再生缘》之所以衰落及其戏曲改编本之所以繁盛的主要原因，得出如下论断：由于文学载体、文本流畅性、表现侧重点有所不同，使得弹词《再生缘》长期淡出人们的视线，而题为《孟丽君》的戏曲改编本却长盛不衰，我们应该结合当时的历史条件、社会文化价值观等正确理解各自的艺术价值。

贺晓艳在《转世姻缘女儿身，现世权当男儿心——〈再生缘〉之孟丽君形象的演进》中分析孟丽君形象在传播过程中的演进时，指出1996年越剧电视剧《孟丽君》中的孟丽君显得更为女性化，不如原著中的孟丽君那样惊世骇俗，那样具有叛逆性。改编者将孟丽君刻画成一位忠于爱情、忠于国家的巾帼英雄。她的行动似乎被动多于主动，与其说她是一个叛逆的女性先锋，毋宁说她是一个忠贞不二的正统女性。又指出香港 TVB 电视剧《再生缘》在保留原著中孟丽君与皇甫少华的情感纠葛这一大的框架下，人物形象塑造方面进行了大幅度的改变，孟丽君变成了一个思想完全超出那个时代的奇女子，少了原著中孟丽君的娇弱气，多了些男子汉仗义疏财的豪侠气，是一位浑身散发着男子气概的"大女人"形象，孟丽君逃避的是没有自主权的婚姻，追求的是自由的恋爱、平等的婚姻关系，俨然是当下"大女人"恋爱婚姻观的体现。

李姝娅在《从〈再生缘〉到越剧〈孟丽君〉——谈孟丽君形象的改变》中将王文娟主演的越剧电视剧《孟丽君》与原著进行比较，认为陈端生在《再生缘》中塑造的孟丽君形象，其思想性格伴随着阅历的增加一步步发展成熟，越剧电视剧《孟丽君》中的孟丽君的思想性格，不仅基本不具备成长发展性，反而具有贯穿首尾的一致性，即自始至终具有强烈的贞节观念和至情至性的性格特征，从陈端生笔下"理"的诠释摇身变为"情"的化身。越剧电视剧《孟丽君》刻意突出孟丽君至情至性的性格特点，相较于原著，更符合现今观众的审美理想，更趋向于现今普通民众的心理需求。

刘昉的《中西戏剧中的"女扮男装"——以莎剧〈威尼斯商人〉与越剧〈孟丽君〉为例》，将莎士比亚的《威尼斯商人》与越剧《孟丽君》进行比较，认为同样是女扮男装的杰出女性，男性作家笔下的鲍西娅表现出了顺从和自我牺牲，女性作家笔下的孟丽君则显现出了独立和自我实现。两剧中女主角用实际行动摆脱了性别歧视，打破了传统的性别观念和性别对立，她们所展现的男子气质和不经意间流露的女性特质形成了性别上的模糊性和不确定性，从而有力地证明了社会性别自由构建和自由转化的可能性。黄晓霞在《论〈再生缘〉》中，对王文娟主演的电视戏曲片版的越剧《孟丽君》（吴兆芬改编）和越剧电视连续剧《孟丽君》（孙道临导演）皆有所论述，认为电视剧版的《孟丽君》更加尊重原著，改动的地方不是很多，但是在对孟丽君形象的塑造上，电视剧版基本上继承了电视戏曲片版的思路，与原著存在较大差异。

李凯旋在《寄宿在自己的一间闺房里——〈再生缘〉研究》的第二章"《再生缘》的版本与其传播概况"中认为香港 TVB 电视剧

《再生缘》是《再生缘》现代传播史上的"里程碑",其影响力是学者们引经据典的学术论文所无法比拟的。张思扬在《〈再生缘〉思想研究》的第四章"从电视剧改编观《再生缘》之思想"中,从主题表达、情感模式、为官理想三个方面,将《再生缘》与香港 TVB 电视剧《再生缘》、内地电视剧《再生缘之孟丽君传》进行了比较研究。耿佳佳在《论〈再生缘〉在中国古代女性文学史上的地位》的第四章"《再生缘》的流传和影响"中,对王文娟主演的越剧电视剧《孟丽君》、香港 TVB 电视剧《再生缘》、内地电视剧《再生缘之孟丽君传》、麒麟童改编和主演的京剧连台本戏《华丽缘》等作了评析。徐锐在《〈再生缘〉改编研究》中对越剧《孟丽君》、黄梅戏《孟丽君》、淮剧《孟丽君》作了介绍。谭丽娜在《〈再生缘〉研究》的第三章"《再生缘》的传播与接受"中,对麒麟童改编和主演的京剧连台本戏《华丽缘》、豫剧《孟丽君》、韩再芬主演的黄梅戏音乐电视连续剧《孟丽君》、淮剧《孟丽君》、王文娟主演的越剧《孟丽君》、秦腔《孟丽君》、祁剧《孟丽君》等,进行了简单的介绍;对内地电视剧《再生缘之孟丽君传》与香港 TVB 电视剧《新孟丽君传奇》(或名《再生缘》)则分析得较为细致。谭丽娜对《再生缘》的戏曲与电视剧改编总体上持肯定态度,认为影视、戏剧对《再生缘》的改编让《再生缘》充满时代气息,以另一种方式为我们诠释了《再生缘》。

此外,静波的《剧坛新花又一枝——谈青年演员戴春荣扮演的孟丽君》、黄梅戏电视连续剧《孟丽君》的编剧天方的《奇女奇遇展奇才——谈谈〈孟丽君〉的改编》、钟艺兵的《刚柔相济　光采照人——谈韩再芬塑造的孟丽君》[113]、赵俊良的《从〈孟丽君〉想起了"一棵菜"》、孙道临的《千呼万唤〈孟丽君〉》、秋红的《风采依旧"林妹妹"　七十再演〈孟丽君〉——王文娟为自己艺术画上圆满句号》、金良与贺聿杰及凌仲琪合写的《与"孟丽君"在一起的日日夜夜》、王冠亚的《危楼拾梦（之四）——"二孟"趣事》、贝鲁平的《孙道临"下海"——电视剧〈孟丽君〉的幕后故事》、章俊的《不信春风唤不回——楚剧〈孟丽君〉排演侧记》、徐素英的《艺海无涯　拾贝靠勤——〈孟丽君〉中饰刘捷一角的体会》、程平的《奇才至情女丞相孟丽君——黄梅戏舞台剧〈孟丽君〉观感》、古汉的《戏曲大拼盘　相会再生缘》等文章，虽未深入到学术研究的理论层次，但为读者介绍了剧目或演员的演出情况、编剧的改编感想或观后感等内容，亦是不可忽视的文献资料。

2. 对丁西林的话剧《孟丽君》的研究

丁西林的话剧《孟丽君》据陈端生的《再生缘》改编而成。该剧不仅是丁西林本人颇为满意的作品，亦成为不少学者关注的对象。1961年9月，李健吾撰写《读〈孟丽君〉》[114]一文，文中说读过丁西林的话剧《孟丽君》以后，未免感到失望，批评丁西林的《孟丽君》仍然落入了女扮男装的俗套。客观而论，李健吾对话剧《孟丽君》的这种批评有失公允。李健吾大概也意识到了自己对话剧《孟丽君》的偏颇之见，在《文艺报》1961年第10期发表的修改稿《〈孟丽君〉》[115]中，他对不少观点作了修正，如说丁西林的"六幕长剧《孟丽君》最近在《剧本》月刊上刊出，自然就特别引起注意。他没有让我们失望。……他保持他的喜剧特色，而且有所发展"[116]，"《孟丽君》是一部匠心独到的喜剧作品"[117]，对话剧《孟丽君》在喜剧方面的成就加以肯定。陈瘦竹在撰于1962年1月的《丁西林〈孟丽君〉的喜剧风格》[118]中认为丁西林将《再生缘》的人物性格和故事情节加以集中概括，而以女扮男装的孟丽君露出真相为关键，这正是剧作家的成功的经验，但丁西林在塑造孟丽君这一艺术形象时，多少还令人看到斧凿痕迹，在情节结构上还没有达到天衣无缝的境界，又指出丁西林在《孟丽君》中不仅创造了新的人物，而且在学习传统戏曲的基础上使自己的艺术风格具有较显著的民族特色。

徐蔚在《重读〈孟丽君〉——兼谈史剧的娱乐化与民族化倾向》中认为丁西林的话剧《孟丽君》突破了当时狭隘的史剧观，是当时众多史剧创作中的一个"另类"写本，其娱乐化的喜剧审美倾向给沉闷的十七年剧坛带来别具一格的创新意义，其借鉴、汲取民族戏曲艺术传统的创作方式，为话剧民族化的建构提供了可资借鉴的经验。王静在《从〈孟丽君〉看丁西林话剧对传统戏曲的借鉴》中指出，丁西林在六幕话剧《孟丽君》中把戏曲分场和话剧分幕的形式结合起来，起到了很好的效果。贺晓艳在《转世姻缘女儿身，现世权当男儿心——〈再生缘〉之孟丽君形象的演进》中认为，丁西林的话剧《孟丽君》迎合文学宣扬爱国主义的时代潮流，将孟丽君塑造成一位心系天下、保家卫国的新时代女性形象，具有鲜明的时代特征。谭丽娜在《〈再生缘〉研究》中对丁西林的话剧《孟丽君》给予肯定，认为剧中删除了刘奎璧、苏映雪和刘燕玉三人，将孟丽君的经历及其与皇甫少华的感情纠葛作为主要内容来描写，具有创新性。总之，大多数学者对丁西林的话剧《孟丽君》给予肯定。

3. 对秦纪文演出本苏州弹词《再生缘》的研究

学术界对秦纪文演出本苏州弹词《再生缘》，或褒或贬，意见不一。黄晓霞在《论〈再生缘〉》中认为秦纪文改编的《再生缘》结构严谨，环环相扣，回回有关子，又通俗易懂，文雅细致，虽也有官腔插在其中，但不觉枯燥无味，从而使其具有强大的艺术魅力，评价甚高。朱新荷、郝青云在《清代弹词小说〈再生缘〉与现代苏州弹词本〈再生缘〉之比较》中将秦纪文改编及演出的苏州弹词《再生缘》与陈端生的《再生缘》进行细致的比较，认为苏州弹词《再生缘》在故事情节、主题思想等方面体现了五四运动之后民主科学的思想：苏州弹词《再生缘》删除了陈端生原著中神灵告诫、因果报应、托梦谕事的情节描写，将故事放在生活真实中作具体描述，可见新文化运动对文学创作的影响，删除了原著开篇关于人物的"宿命"安排，增强了孟丽君、苏映雪、刘燕玉的反抗性，体现了随着社会生活的变迁，妇女之社会地位和自觉意识的提高。文中还指出，苏州弹词《再生缘》作为陈端生原著的改编本，不仅丰富了人民的文化生活，而且在推进人类文化发展的历程上发挥了一定作用。简言之，朱新荷、郝青云对秦纪文演出的苏州弹词《再生缘》亦持肯定态度。王亚琴在《没有圆满结局的圆满——弹词〈再生缘〉结尾探析》中谓秦纪文对《再生缘》的改编没有摆脱古典说书的影响，更是抹杀了人物的鲜明个性，使孟丽君这个大胆人物做了类型化、概念化的牺牲品，其构想的大喜的结局将陈端生塑造的那个活生生的叛逆女子摧毁了，造成了人物性格的缺陷，故事情节的不圆满，批评较为尖锐。

4. 对据《再生缘》改编或再创作的通俗小说的研究

贺晓艳的《转世姻缘女儿身，现世权当男儿心——〈再生缘〉之孟丽君形象的演进》、耿佳佳的《论〈再生缘〉在中国古代女性文学史上的地位》、谭丽娜的《〈再生缘〉研究》等，对据《再生缘》改编或再创作的通俗小说有所关注。

贺晓艳在《转世姻缘女儿身，现世权当男儿心——〈再生缘〉之孟丽君形象的演进》中指出，网络小说《凤开新元之孟丽君传奇》中的孟丽君"借其名而无其实"，与原著中的孟丽君没有什么关联，只是个纯粹的现代知识女性的形象。耿佳佳在《论〈再生缘〉在中国古代女性文学史上的地位》中对清末无名氏改写的《龙凤配再生缘》、云波子的网络小说《奇缘——孟丽君新传（GL）》、Appreciation 的网络小说《再生缘之孟丽君传奇》等作了简单的介绍。

谭丽娜在《〈再生缘〉研究》中简单评价了云波子的《奇缘——孟丽君新传（GL）》、Appreciation 的《再生缘之孟丽君传奇》、雁无痕的《凤开新元之孟丽君传奇》等网络小说。谭丽娜对 Appreciation 的《再生缘之孟丽君传奇》最为赞赏，认为该网络小说的情节设计远远脱离原著，加入了现代理念，从中可以看出 Appreciation 构思之缜密，纵观全文又前呼后应，绵延千里；孟丽君与元成宗相伴终生的结局比较新颖；孟丽君的形象比原著中的孟丽君更加大胆、独立，给人耳目一新的感觉。对雁无痕的《凤开新元之孟丽君传奇》较为肯定，认为该小说意在使女主人公开辟一个男女平等的新纪元，作品中运用的目前小说中流行的穿越时空情节，使得整部作品体现出一种时代感。对云波子的《奇缘——孟丽君新传（GL）》，则一方面肯定了云波子的创新，即在人物塑造方面，更多地体现了孟丽君的独立、自主，而其他人物形象则完全与原著不同，加入了现代元素；另一方面指出了小说的不足之处，即增加了许多与当时社会不相适应的情节，使读者不能很好地把握作品所要表达的深层意义。在一定程度上，将孟丽君刻画为一个真正的"男性"，并以苏映雪与孟丽君的相伴终老作为结局，这让读者觉得有些荒谬，故只能吸引少部分读者，而不能真正体现孟丽君这个原型人物带给我们的震撼。

要之，学术界对《再生缘》的改编活动已经给予一定的关注，出现了一系列研究论文，但关于《再生缘》的改编活动，还有很多问题需要进一步的深入研究。

上文主要综述了中国学术界[119]的《再生缘》的研究现状。《再生缘》的现有研究成果，既有文学层面的研究，亦有音韵角度的探讨，既有作家作品的考证，亦有文学审美的评判。此外，海外亦有一些学者致力于《再生缘》的研究。比如 Mark Bender 的博士论文 *Zaisheng Yuan and Meng Lijun*：*Performance*，*Context*，*and Form of Two Tanci*（《〈再生缘〉和〈孟丽君〉：表演、文本，弹词的两种形态》），将陈端生的《再生缘》与苏州评弹艺人潘伯英的改编本《孟丽君》进行关联研究，视野独特。秦燕春在《晚清以来弹词研究的误区与盲点——"书场"缺失及与"案头"的百年分流》中说，Mark Bender 的博士论文"以民俗学家的眼力，敏感触及到文本阅读与演出现场之间的张力与互动。他选择了一部脍炙人口的传统弹词文本为研究对象，却采用了一种未为前人尝试过的研究方法……论文聚焦于表演、文本语境、女性弹词形式，以及苏州弹词中的故事讲述。强调运用多种多样的'信息方式'，在故事与读者或现场听众之间建立联系。尤其是苏州说书艺人表演中的'脱离''转换'，语言提示、歌唱、音乐伴奏和动作表演不断掺入。他试图对口头与书写媒体交互作用于文本的方式，作出深透理解，同时对文本叙述中的'意义'本质给予关注。"[120]

此外，赵延花在《尹湛纳希对〈再生缘〉的接受及其意义》中指出，蒙古族作家尹湛纳希（1837-1892）的小说《泣红亭》中人物命运的设计融入了《再生缘》的内容，尹湛纳希对《再生缘》中叛逆精神的接受，扩大了《再生缘》的传播范围，也艺术地批驳了弹词作家们对它的批评，《再生缘》不仅在汉民族地区广泛传播，也被少数民族读者所接受。

总之，继陈寅恪与郭沫若之后，尤其是20世纪八九十年代以来，海内外越来越多的学者关注《再生缘》，积极开创了一个《再生缘》研究的新局面。曾被世人有意或无意间遗忘的陈端生也被愈益增多的今人所记住。

---

1. 请参看本书的附录"万家移植《再生缘》"。

2.《再生缘》的不少改编本的名气甚至盖过了陈端生的原著。普通民众或许熟知书场码头上说唱或戏曲舞台、影视荧屏上表演的孟丽君的故事，却可能对陈端生的原著毫无所知。就连郭沫若这样的大学者也不禁感慨："虽然我早就知道孟丽君这个故事，在评弹和剧曲中曾受到大众的欢迎，但我阅读《再生缘》却是最近半年多来的事。"（郭沫若：《序〈再生缘〉前十七卷校订本》，《郭沫若古典文学论文集》，上海古籍出版社1985年版，第929页。）

3. 郑振铎著：《中国俗文学史》，中国文联出版社2009年版，第381页。

4. 关于弹词的文体属性，学术界意见纷纷，莫衷一是。或认为弹词是小说，如晚清民国的夏曾佑、俞佩兰、狄平子（狄葆贤）、天僇生（王钟麒）、徐念慈、阿英、陈寅恪等学者均将弹词视为旧时小说之一体。或认为弹词既是俗文学、讲唱文学、曲艺，又是叙事诗、诗歌体小说等，如1980年5月谭正璧在《弹词叙录后记》中说："弹词是我国传统的民间说唱文艺中的一个重要品种。从文字来说，它是一种词句通俗、故事性强而有说有唱的长篇叙事诗，也可称是诗歌体小说；从表演上来说，它是一种用弦乐伴奏、随时随地可以弹唱而受到人民大众欢迎的曲艺。"（谭正璧、谭寻编著:《弹词叙录》，上海古籍出版社1981年版，第325页。）或认为弹词是诗、戏、小说的合成体，如孟蒙在《清代弹词文学的多元价值和高峰地位——对一个被淡漠的传统文学宝藏的开掘》中说弹词文学"是说唱性和多样性的统一，是通俗性和雅致性的统一。它虽主要是弹拨三弦、琵琶伴唱的韵文唱词，但不应象〔像〕一些文学史上那样作简单的单元质解释。它融合了唐诗、宋词、元曲、明清小说各体裁的特点"（《齐鲁学刊》1990年第1期，第24页）。或认为弹词是综合性的艺术类型，如蔡瑜清在《〈再生缘〉艺术特征探析》中说，"弹词的原初性质是说唱，在发展过程中吸收了其他艺术样式的元素，成为一种综合性的艺术类型"（《玉林师范学院学报》2014年第6期，第71页）。各种说法皆有一定的合理性。

5. 学术界关于弹词的起源，影响较大的有三种说法：一是"俗讲说"（"变文说"）。郑振铎《中国俗文学史》认为弹词是从变文（俗讲的一种）中蜕化而出的。叶德均《宋元明讲唱文学》认为弹词是俗讲的嫡系苗裔。阿英《弹词小话引》认为弹词的来源是佛家的变文，"姑无论其是否如晋叔所谓'最下'，但来自'变'，无论从弹词本身看，是有极大可能的"（阿英著:《小说二谈》，古典文学出版社1958年版，第84页）。陈寅恪在《论再生缘》中说："又中岁以后，研治元白长庆体诗，穷其流变，广涉唐五代俗讲之文，于弹词七字唱之体，益复有所心会。"（《陈寅恪集·寒柳堂集》，生活·读书·新知三联书店2001年版，第1页。）言外之意是弹词与俗讲之间存在关联。二是"诸宫调说"。李家瑞《说弹词》认为弹词应从诸宫调演变而来。赵景深《弹词选·导言》认为弹词直接的渊源是诸宫调，弹词是诸宫调的嫡亲儿女。三是"陶真（或作淘真）说"。谭正璧在《中国文学进化史》中说"弹词一名盲词，来源很古，她是受了释典的影响而产生的。唐代释家用以传教的'变文'

与'俗文'，都有表白有唱"（上海光明书局1929年版，第305页），"脱离了宣扬教义的主旨而专属于文学的产物，始自宋人的'淘真'。'淘真'的唱者都为盲人，文句大都为七言"（上海光明书局1929年版，第306页），"说话由宋代的'话本'进化而成元、明人的'通俗小说'，唱本则由宋代的'淘真'进化而成为元、明人的'弹词'"（上海光明书局1929年版，第242页）。谭正璧认为弹词的远祖是唐代的俗讲，但其直接来源是宋代的淘真，弹词由淘真进化而来。陈汝衡在《弹词溯源和它的艺术形式》一文中认为"弹词远出陶真，近源词话，既不是唐代变文的谪〔嫡〕系，更与宋代诸宫调无关"（《陈汝衡曲艺文选》，中国曲艺出版社1985年版，第513页），明确否定了"变文说"和"诸宫调说"。周良在《苏州评弹史话》中说："弹词的前身，包括陶真、词话，在发展过程中，进入了一个新的阶段，有了弹词的称谓，且逐渐为大家所接受。"（江苏省曲艺家协会编：《评弹艺术》第十三集，新华出版社1991年12月版，第154页。）直至今日，弹词的起源仍未达成共识。

6.（明）田汝成辑撰：《西湖游览志余》，上海古籍出版社1980年新1版，第361–362页。

7. 1929年，谭正璧在《中国文学进化史》中注意到弹词分为可供弹唱的（宜于弹唱）和不可唱的（不合于弹唱）两类。1937年，赵景深将弹词分为"文词"与"唱词"两类，相关论述见于《弹词选·导言》（撰于1937年6月）与《弹词考证·序》（该序亦撰于1937年6月）。譬如《弹词选·导言》中说："弹词分为叙事、代言二种。大约先有叙事，后有代言。叙事的可以称为'文词'，只能够在书斋里看，完全是用第三身称作客观叙述的。代言的可以称为唱词，其中的一部分是在茶馆里唱给大众听的，除第三身称外，也用第一身称，已经由小说进而为小说与戏剧混合了，这一种兼用第一身称主观叙述的可以称之为'唱词'。"（《弹词选》，商务印书馆1937年版，第6页。）李家瑞于1936年在《说弹词》（原刊于《中央研究院历史语言研究所集刊》第六本第一分，后被收入王秋桂编《李家瑞先生通俗文学论文集》）中，将弹词分为"叙事弹词"与"代言弹词"两种。盛志梅在《清代弹词研究》中沿用的是李家瑞的分类方法，该书上编重点阐述了"叙事体弹词"与"代言体弹词"的历史发展轨迹，下编第二章"清代弹词的文体分化、案头化过程"详细分析了代言体弹词从弹词叙事中分化出来的历程与各时期代言体弹词的主要特点，以及叙事体弹词的成长、成熟过程，得出如下结论：在书场里，叙事体弹词日益衰落，最终让位给代言体弹词，在书斋里，代言体弹词始终未能撼动叙事体弹词的主导地位。上述观点认为"叙事体弹词"的出现时间要早于"代言体弹词"。但也有学者持相反意见，比如台湾学者胡晓真在《阅读反应与弹词小说的创作——清代女性叙事文学传统建立之一隅》（载1996年3月《中国文哲研究集刊》第8期）中说："约在明末清初之际，弹词又发展出一以阅读讽诵为主要目的的支流来，就是所谓'弹词小说'。……由弹词演出到弹词小说，其发展过程或许与话本发展到拟话本的形式相近"（第305页），"无论如何，上述这些名称虽不统一，但强调的重点却很一致——弹词小说是直接诉诸于文字的叙事文学创作，仅供阅读，不备演出"（第306页）。胡晓真认为叙事性的弹词小说是从弹词母体中分离出来的支系，言外之意是叙事体弹词的产生时间要晚于供书场演出的代言体弹词。李凯旋在《〈再生缘〉系列闺阁弹词研究》中说"弹词最初始于民间说唱是毫无疑问的，也就是说先有代言体的唱词，后有叙事体的文词"（第1页）。笔者赞同胡晓真、李凯旋的观点。郑振铎在《中国俗文学史》（初版于1938年）中将弹词分为"国音的弹词"与"土音的弹词"两种，指出"土音的弹词"中以"吴音的弹词"最为流行，此外尚包括广东木鱼书、福州评话等。李家瑞在《说弹词》中认为，郑振铎所谓的"官音弹词"（即"国音的弹词"），即"南词"，流行于吴音不通的地方，在北平流行的弹词是官音弹词，因此在北平只有"南词"的名称。其他如美国哈佛大学的 Nancy Hodes 在博士论文 *Strumming and Singing the Three Smiles Romance：A Study of the Tanci Text*（Ph. D. Diss，Harvard U，1990）中，将弹词划分为"拟弹词"（simulated tanci）"与演出有关的弹词"（performance-related tanci）"实际的弹词演出"（即场上演出的弹词）三种。

8. 邗江心庵氏在《侠女群英史序》（写于1905年）中说："欲振兴女权，亦仍以七字小说开导之，似觉浅近而易明，如《侠女群英史》一书，其关系非轻也。"（谭正璧、谭寻蒐辑：《评弹通考》，中国曲艺出版社1985年版，第262页。）

9. "弹词小说"这一术语，在清代已经开始使用，早期通常泛指所有弹词作品。《满江红弹词》的著者陆澹庵在《敬告阅者》中指出，"书坊里所印的弹词小说"即"正正式式的弹词小说"，与"唱书先生的脚本"的性质完全不同，书坊里印行的弹词小说不妨做得典雅一点，但唱书先生的脚本却要通俗易懂，正正式式的弹词小说，说书先生拿了，反而不便弹唱。陆澹庵已经注意到了供阅读的弹词小说与供弹唱的弹词脚本的雅俗之别。而到了当代，胡晓真、鲍震培、张俊、雷霞等学者皆用"弹词小说"特指专供案头阅读的弹词作品，将其纳入中国传统小说（长篇小说）的范畴，这其实与陆澹庵的观点相一致。胡晓真在《才女彻夜未眠——近代中国女性叙事文学的兴起》的"序言"中对弹词、弹词小说、女性弹词小说作了简明的界定：弹词是吴语区最重要的声音文化，是明清以来江南一带——尤其是吴语区——流行的说唱曲艺；弹词小说在清代的南方是与白话章回小说分庭抗礼的叙事文学形式，是使用国音、以叙事体行文的长篇弹词，尤其是出自女性之手者，属于文书化的案头读物；女性弹词小说是今日所能见到的最早的中国女性创作的小说，多半是长篇巨制，文字倾向于清雅典丽，明显地以阅读为主要的考量。弹词小说大多出于女性作者之手，又为女性读者所好。有学者主张将此类由女性作家创作的"弹词小说"称为"闺秀弹词小说"（参见马晓侠《女性声音的表达——〈再生缘〉研究》），或称"闺秀诗体小说"（参见李凯旋《寄宿在自己的一间闺房里——〈再生缘〉研究》）、"闺阁弹词"（参见李凯旋《〈再生缘〉系列闺阁弹词研究》）。

10. 除了"弹词小说"的名称，鲍震培在《清代女作家弹词研究》中还经常使用"韵文体小说"的术语，认为女作家创作的案头弹词作品几乎都是"韵文体小说"，这是一种新的小说文体，并从书面文学、写作手法、读者三个方面将之与弹词原始体作了区分，又将其与《二十一史弹词》等无虚构成分的韵文体叙事作品进行了区分。书中还指出，作为韵文体长篇小说的弹词在形成过程中受到了戏曲和章回体白话小说的影响，在一定程度上是介于戏曲与白话小说之间的过渡性文体。盛志梅在《清代弹词研究》中说："弹词的文体还是以'韵文体小说'的提法比较合适，虽然是用叙事诗的形式来讲故事，但本质是小说，就好比借了一件诗歌的外套披在身上一样——这主要是对叙事体弹词来说的。对于后来出现的代言体弹词，道理也是一样的。不能因为借用了代言体的形式，就成为戏剧家族的一员了，它的本质依然是叙事的，形式也主要是韵文体的，因此，也还是韵文体小说。"（齐鲁书社2008年版，第9页。）

11. "拟弹词"是周良提出的概念。1991年12月，周良在《苏州评弹史话》（载江苏省曲艺家协会编《评弹艺术》第十三集）的"八、拟弹词"部分，模仿鲁迅的"拟话本"概念，将作为一种文体而仿作的弹词作品称为"拟弹词"，并介绍了一系列拟弹词作者和作品。他在江苏文艺出版社1996年出版的《弹词经眼录》中以"拟弹词"特指为读者写的或者不合说唱要求的弹词体的文学作品。朱焱炜在《论拟弹词》中采纳了周良的观点，亦用"拟弹词"指称文人模拟弹词脚本创作的供阅读而非说唱的作品。盛志梅在《清代弹词研究》中认为，"拟弹词"概念的提出是弹词研究的一大进步，这个概念的准确与否姑且不论，但至少已经开启了弹词文本研究的重门。

12. 李凯旋在《〈再生缘〉系列闺阁弹词研究》中认为"弹词小说"的说法不科学，主张将明清两代（主要是清代）女作者创作的长篇案头弹词命名为"闺阁弹词"。理由是：在弹词兴盛的清代，闺秀作者并不以弹词为小说，而认为弹词是说唱文学甚至演唱技艺之一种；女性弹词作品多在闺阁中完成，而闺阁在古代也是女性生活和创作的主要场域。

13. 朱素仙的《玉连环》（亦名《钟情传》）是个特例。《玉连环》是供弹唱表演的"唱词"，有正生、小生、花旦、小旦等角色的划分，为代言体的形式。据雨亭主人《玉连环序》记载，朱素仙创作的《玉连环》，是供弹词表演者项金姊弹唱的本子，非案头读物。

14. 郑振铎著:《中国俗文学史》，中国文联出版社2009年版，第383–384页。

15. 笔者注:《天雨花》的作者，署名梁溪陶贞怀，其真实身份存在争议。或认为是一个男性作家伪托的名字，其中有一种观点认为是浙江徐致和太史为娱悦母亲所写。或认为是明遗民所作，如阿英在《读〈天雨花〉旧抄二十六回本札记》中说，"至于是不是出自'徐致和太史之手'，现在也还没有找到实证。关于徐致和本人的材料，我也没有找到。因而现在所能肯定的，只有作者是明遗民，《天雨花》反映了当时极其强烈悲壮的民族情绪"[朱东润主编《中华文史论丛》第七辑（复刊号），上海古籍出版社1978年7月版，第339页]。或认为作者身份存疑待考，如陈洪在《〈天雨花〉性别意识论析》中说"在发现新的材料之前，《天雨花》的作者具体为何人以存疑较妥"（《南开学报》2000年第6期，第28页），孟蒙在《清代弹词文学论略》中说"《天雨花》作者陶贞怀，序称女性，存疑待考"（《齐鲁学刊》2002年第1期，第117页）。陈文述在《西泠闺咏》卷十五《绘影阁咏家□□》中说:《天雨花》亦南词也，相传亦女子所作，与《再生缘》并称，闺阁中咸喜观之。"（陈文述著:《西泠闺咏》，道光丁亥汉皋青鸾阁原镌，光绪丁亥西泠翠螺阁重梓。）嘉庆五年（1800），《女专诸》的作者孔广林说《天雨花》出自"浙中闺秀某"。谭正璧、郑振铎、李家瑞、陶秋英、胡晓真等学者均倾向于认为陶贞怀是一位女性。熊德基在《〈天雨花〉作者为明末奇女子刘淑英考》[被收入朱东润、李俊民、罗竹风主编《中华文史论丛》第十二辑（一九七九年第四辑）]一文中认为《天雨花》的作者是明末清初江西才女刘淑英，"梁溪陶贞怀"是她的化名，书中女主角左仪贞简直就是她的化身。

16. 谭正璧著：《中国女性文学史话》，百花文艺出版社1984年版，第445页。

17. 谭正璧著：《中国女性文学史话》，百花文艺出版社1984年版，第372页。

18. 王秋桂编：《李家瑞先生通俗文学论文集》，台湾学生书局1982年版，第95页。

19. 鲍震培著：《清代女作家弹词研究》，南开大学出版社2008年版，第99页。

20. 孟蒙：《清代弹词文学的多元价值和高峰地位——对一个被淡漠的传统文学宝藏的开掘》，《齐鲁学刊》，1990年第1期，第25页。

21. 盛志梅著：《清代弹词研究》，齐鲁书社2008年版，第2页。

22. 陈洪：《亦史亦论　俗事雅说——盛志梅〈清代弹词研究〉序》，盛志梅著：《清代弹词研究》，齐鲁书社2008年版，第2页。

23. （清）陈端生著，赵景深主编，刘崇义编校：《再生缘》，中州书画社1982年版，第925页。

24. 转引自蒋瑞藻著，蒋逸人整理：《小说考证》，浙江古籍出版社2016年版，第326页。

25. 该文是为宁夏人民出版社1986年出版、阎纲主编的《妇女小说选》所写的序言。

26. 胡晓真在《才女彻夜未眠——近代中国女性叙事文学的兴起》的"序言"中指出，女性弹词小说在文学史上的地位极为边缘，但看似边缘的弹词小说却极具学术价值，"弹词小说的研究足以改写清代小说史，而女性在其中所扮演的多重角色，更有超越妇女文学史的意义"（北京大学出版社2008年版，第3页）。《再生缘》的长期沉埋是女性弹词小说的普遍遭遇，《再生缘》的重新发现极好证明了女性弹词小说的独特价值。

27. 据蒋逸人《先父蒋瑞藻生平轶事追述》，蒋瑞藻的《小说考证》的前十卷完成于1915年，由上海广益书局版行。后来又增补《附录》一卷、《续编》五卷、《拾遗》一卷，这七卷与之前的十卷，凡十七卷，由商务印书馆于1919年合订在一起版行。

28. 谭正璧的《中国女性的文学生活》一书，由光明书局初版于1930年。

1934年，该书三版时，增补不少内容，易名为《中国女性文学史》。1984年，百花文艺出版社再次出版时，又作修改，更名为《中国女性文学史话》。

29. 谭正璧著:《中国女性文学史话》，百花文艺出版社1984年版，第393页。

30. 1953年9月，陈寅恪着手撰写《论再生缘》。1954年2月，《论再生缘》完稿后，陈寅恪曾自费油印线装本若干册（或说为三百册），此为《论再生缘》的初版本，后由章士钊携至香港，流传海外。1959年，香港友联出版社根据油印本排印出版该文（据余英时《陈寅恪的学术精神和晚年心境》介绍，1958年秋他在美国麻省剑桥发现《论再生缘》的油印本，交给香港友联出版社出版），出版者在书中附上《关于出版陈寅恪先生近著〈论再生缘〉的话》。1970年，台北的地平线出版社出版《论再生缘》。1975年，台北的鼎文书局出版《再生缘与陈寅恪论再生缘》。在大陆地区，该文刊载于上海古籍出版社1978年7月出版的《中华文史论丛》第七辑（复刊号，朱东润主编）第343–391页、10月出版的《中华文史论丛》第八辑（朱东润主编）第297–344页。复被收入上海古籍出版社1980年版《陈寅恪文集·寒柳堂集》第1–96页和生活·读书·新知三联书店2001年版《陈寅恪集·寒柳堂集》第1–107页。陈寅恪的《论再生缘》自问世以来，流传颇广，反响强烈，其本身又成为一个引人注目的研究对象。余英时教授的《陈寅恪先生〈论再生缘〉书后》（原载1958年12月号的香港《人生》杂志，后被收入《陈寅恪晚年诗文释证》），是香港第一篇评论陈寅恪《论再生缘》的文章。内地方面，以《论再生缘》为主要议题的研究论文有杨庆辰《陈寅恪弹词研究的文化学思索——读〈论再生缘〉札记》（载《求是学刊》1993年第5期），胡邦炜《陈寅恪与〈论再生缘〉》（载《文史杂志》2003年第6期），陈渠兰的硕士学位论文《陈寅恪论〈再生缘〉》（四川大学，2006年），武砺兴的《陈寅恪〈论再生缘〉思想方法疏证》（载《中国古代小说戏剧研究丛刊》第2辑）、《陈寅恪〈论再生缘〉写作策略研究》（载《中国古代小说戏剧研究丛刊》第3辑）、《陈寅恪〈论再生缘〉诗境笺证》（载《中国古代小说戏剧研究丛刊》第4辑）、《陈寅恪〈论再生缘〉学术精神转向释证》（载《中国古代小说戏剧研究丛刊》第5辑）和《陈寅恪〈论再生缘〉隐义发覆》（载《中国古代小说戏剧研究丛刊》第6辑），崔成成的博士学位论文《陈寅恪"文史互证"思想与方法研究——以〈元白诗笺证稿〉、〈论再生缘〉、〈柳如是别传〉为中心》（南开大学，2010年），廖可斌的《陈寅恪〈论《再生缘》〉、〈柳如是别传〉的研究旨趣》（载《中国文化研究》2011年秋之卷），孔锐锐的《略论陈寅恪〈论再生缘〉的叙述框架》（载《名作欣赏》2015年第35期）、袁一丹的《陈寅恪〈论再生缘〉之文体无意识———一种症候式阅读》（载《首都师范大学学报》2016年第2期）等多篇。陆键东《陈寅恪的最后20年》（修订本）的第三章"晚年人生的第一轮勃发"，对《论再生缘》的创作和流传过程等问题进行了诗意化的描述。李斌在《郭沫若的〈再生缘〉研究》中指出，陈寅恪凭借博闻强识和细致严谨的科学态度，为《再生缘》研究开辟蒙荒，不仅他的大多数论断成为定论，且在研究方法上实事求是，步步推演，论证绵密，令人叫绝，在文学史研究上有极大价值。蔡振翔在《谈谈新学术初版本的认定、研究与收藏》中说："《论再生缘》一书的学术价值在于，该书体现了陈寅恪后期的学术成就与学术风格，部分地解决了《再生缘》研究中的一系列问题，并且反映出陈寅恪某些独特的思想与精神；而它的收藏价值则在于，该书多次以特殊的方式重版，流传过程曲折且富有传奇色彩，因而在中国现代学术著作版本史上占有重要的一席之地。"（《学理论》，2015年第12期，第98页。）

31. 郭沫若对《再生缘》的相关研究，如同陈寅恪的《论再生缘》，是《再生缘》研究史上光彩夺目的学术现象，因而也成为当代学者关注的议题，相关文章有穆欣《郭沫若考证〈再生缘〉》（载《世纪》2006年第5期）、谭解文《回顾1961年关于〈再生缘〉的讨论》（载《云梦学刊》2006年第5期）、李斌《郭沫若的〈再生缘〉研究》（载《郭沫若学刊》2015年第2期）等。

32. 本文最初发表于1961年5月4日《光明日报》，后被收入南京师范学院学报编辑部与中文系资料室1980年5月编《郭沫若与〈再生缘〉研究》第19–43页、上海古籍出版社1985年版《郭沫若古典文学论文集》第854–881页，皆题《〈再生缘〉前十七卷和它的作者陈端生》，又被收入北京古籍出版社2002年版郭沫若校订本《再生缘》第12–35页，改题《谈〈再生缘〉和它的作者陈端生》，有所修改。

33. 郭沫若在《〈再生缘〉前十七卷和它的作者陈端生》中认为陈端生的《再生缘》比《天雨花》好，如果要和《红楼梦》相比，与其说"南花北梦"，倒不如说"南缘北梦"，流露出明显的扬"缘"抑"花"情绪。吕启祥《梦在红楼之外———〈再生缘〉与〈红楼梦〉》、盛志梅《清代弹词研究》、耿佳佳《论〈再生缘〉在中国古代女性文学史上的地位》等，皆赞同郭沫若的观点，认为《再生缘》的价值要远远高出《天雨花》，"南缘北梦"的说法比"南花北梦"

更为确切。不赞同"南缘北梦"之说的学者有杜莹杰、童李君等。杜莹杰在《再议〈再生缘〉的文学史价值》中认为郭沫若的"南缘北梦"的说法未必完全妥当。童李君在《〈天雨花〉和〈再生缘〉比较研究》中认为,《再生缘》在对社会生活和政治斗争的反映以及人物刻画的深度和广度上,与《天雨花》相比还有一定差距,因此"南花北梦"之说似乎更容易让人接受。笔者则认为《天雨花》与《再生缘》皆是清代弹词中的杰出之作。只不过两部作品的写作风格不同,题材迥异。《天雨花》是政治意涵显明的独特之作。《再生缘》则是女扮男装叙事模式的成功典范。

34. 本文最初发表于1961年8月7日《光明日报》,后被收入南京师范学院学报编辑部与中文系资料室1980年5月编《郭沫若与〈再生缘〉研究》第1–18页、上海古籍出版社1985年版《郭沫若古典文学论文集》第929–950页,包括两个附录:"〔附录一〕陈端生年谱"和"〔附录二〕张德钧《关于范荄充军伊犁的经过》",又作为北京古籍出版社2002年版郭沫若校订本《再生缘》的《序》(第3–7页)而面世,该校订本将两个附录作为独立文章刊于卷首(《陈端生年谱》在第8–11页,《关于范荄充军伊犁的经过》在第78–86页)。

35. 郭沫若著:《序〈再生缘〉前十七卷校订本》,《郭沫若古典文学论文集》,上海古籍出版社1985年版,第933页。平慧善在《〈再生缘〉简论》中指出,郭沫若在评论《再生缘》时,将《再生缘》与司各特、司汤达、巴尔扎克相比,认为从"叙事的生动严密、波浪层出,从人物性格、心理描写上说""未遑多让",如果从单项比较而言,郭沫若的观点是有道理的,但就整个艺术成就来说,陈端生还比不上他们,不宜作溢美之词,不过,应该记住的是,陈端生的写作年代要早于司各特、司汤达、巴尔扎克。

36. 陈寅恪著:《论再生缘》,《陈寅恪集·寒柳堂集》,生活·读书·新知三联书店2001年版,第73页。

37. 郭沫若著:《〈再生缘〉前十七卷和它的作者陈端生》,《郭沫若古典文学论文集》,上海古籍出版社1985年版,第872页。

38. 郭沫若著:《序〈再生缘〉前十七卷校订本》,《郭沫若古典文学论文集》,上海古籍出版社1985年版,第929页。

39. 郭沫若著:《序〈再生缘〉前十七卷校订本》,《郭沫若古典文学论文集》,上海古籍出版社1985年版,第930页。

40. 喻岳衡:《再生缘·前言》,陈端生原著,佚名改编,喻岳衡校补:《再生缘》，岳麓书社1997年版，第2页。

41. 赵景深主编、刘崇义编校、中州书画社出版的《再生缘》，校勘时采用了五种版本：以赵景深家藏石印本为工作底本，以道光年间宝宁堂刊本、咸丰二年（1852）经畬堂重刻本、上海进步书局石印本、上海广益书局石印本参校。该书的《前言》中说："这次校点，由于条件所限，只用了以下五种本子：清道光元年（1821）宝宁堂刻本（估计为道光年间所刻，但因扉页脱落，未知确切年月）……"（第22页）既然说"估计为道光年间所刻，但因扉页脱落，未知确切年月"，那就说明该刊本未必是道光元年所刻，也有可能是道光二年所刊。笔者认为当刻于道光二年。又，在中州书画社出版《再生缘》的前后，路工也在校订《再生缘》。据路工的《〈再生缘〉校正本序言》介绍，全书从1981年底开始校订，到1983年底完成，由人民文学出版社重印。但路工校订的这个二十卷本的《再生缘》整理本难觅踪影，大概是因故搁浅了。又据朱子南《〈再生缘〉校勘记》介绍，1982年，朱子南收到岳麓书社社长梁绍辉的来信和书稿，让他校订《再生缘》，于是朱子南开始着手进行《再生缘》的校订工作，将全部书稿校勘完毕寄往岳麓书社，但因书中牵涉到征讨高丽而停止排印。之后，朱子南再与岳麓书社联系，得到的回复是连书稿也找不到了，朱子南费尽心血校订的《再生缘》就这样石沉大海了。

42. 杜志军校注的《再生缘》亦为二十卷本，后三卷亦由梁德绳续补。整理时主要依据的版本是三益堂刻本和振茂书局石印本。该整理本插有陈寅恪、郭沫若的评论文字，对原著中的一些词语作了注释，有彩色插图二十幅（每卷一幅）。

43. 庐剧，旧称"倒七戏"，俗称"小倒戏"，是安徽省主要地方戏曲剧种之一，起源于古庐州府（今合肥地区），1955年更名庐剧，以皖西、皖中、皖东三个地区，分为上、中、下三路，即三个流派。《孟丽君》是庐剧常演的经典剧目。

44. 周清澍：《〈再生缘〉作者的母族桐乡汪氏》，《国学研究》，第十二卷，2003年12月，第185页。

45. 秦纪文演出本，薛汕整理：《再生缘》，中国曲艺出版社1981年版，上册卷首。

46. 周良：《断尾巴的〈再生缘〉》，《苏州杂志》，2011年第6期，第67页。

47. 参看宗流：《福州评话趣谈》，福州家园网。

48. 孙庆升编:《丁西林研究资料》，中国戏剧出版社1986年版，第202页。

49.《中国通俗小说总目提要》著录上海鸿文书局石印本《龙凤配再生缘》十二卷七十四回，谓"小说《龙凤配再生缘》，系根据道光年间陈端生二十卷四十回弹词本《再生缘》改写而成"（江苏省社会科学院明清小说研究中心、文学研究所编:《中国通俗小说总目提要》，中国文联出版公司1997年重印本，第786页），"四十回"的"四"为误字，正确的应是"八"。陈端生著、梁德绳续的《再生缘》，凡二十卷八十回。

50. 陈大康《中国近代小说编年》著录鸿文书局出版《龙凤配再生缘》十二卷七十四回石印本，与《中国通俗小说总目提要》著录的是同一个版本，作者谓"是书实据道光间陈瑞生二十卷四十回弹词本《再生缘》改写而成"（华东师范大学出版社2002年版，第298页），"陈瑞生"的"瑞"为误字，正确的应是"端"，"四十回"的"四"为误字，正确的应是"八"。

51. 这些印本，有的或题《龙凤再生缘》，或题《孟丽君》，或题《再生缘》等，但都是七十四回本，回目与《龙凤配再生缘》的回目也几乎完全一样（少数版本的回目有少量异文），显然皆是清末无名氏《龙凤配再生缘》的不同版本。

52. 据笔者初步统计（不完全统计），在大陆和台湾地区，以《再生缘》为研究对象的学位论文至少有30余篇:

杨晓菁:《〈再生缘〉研究》，（台湾）"国立"高雄师范大学国文学系硕士学位论文，1996年。（指导教师:龚显宗）

佟迅:《巾帼绝唱——从女扮男装题材看弹词〈再生缘〉的独特价值》，南京师范大学中国古代文学专业硕士学位论文，1997年。（指导教师:陈美林、陈书录）

方红:《〈再生缘〉与女性文学》，华中师范大学中国古代文学专业硕士学位论文，2000年。（指导教师:谭邦和）

张俊:《〈再生缘〉三论》，重庆师范大学中国古代文学专业硕士学位论文，2003年。（指导教师:谢真元）

陈建梅:《〈源氏物语〉与〈再生缘〉的比较文学研究——试论作品中的社会性》，福建师范大学比较文学与世界文学专业硕士学位论文，2003年。（指导教师:邱岭）

卢振杰:《〈再生缘〉女性意识对"女扮男装"母题的超越》，辽宁师范大学中国古代文学专业硕士学位论文，2004年。（指导教师:王立）

李秋菊:《弹词〈再生缘〉结局新析》,湘潭大学中国古代文学专业硕士学位论文,2004年。(指导教师:徐炼)

杨贵玉:《〈再生缘〉中女性意识之研究》,(台湾)"国立"彰化师范大学国文研究所硕士学位论文,2005年。(指导教师:龚显宗、许丽芳)

杜莹杰:《〈再生缘〉研究》,中国传媒大学中国古代文学专业硕士学位论文,2005年。(指导教师:刘丽文)

李凯旋:《寄宿在自己的一间闺房里——〈再生缘〉研究》,广西师范大学中国古代文学专业硕士学位论文,2006年。(指导教师:王德明)

马晓侠:《女性声音的表达——〈再生缘〉研究》,陕西师范大学中国古代文学专业硕士学位论文,2006年。(指导教师:冯文楼)

霍彤彤:《〈再生缘〉女性意识背后的男性意识》,新疆师范大学中国古代文学专业硕士学位论文,2006年。(指导教师:胥惠民)

周文娜:《顺从的人 倔强的心——简·奥斯丁与陈端生女性意识之比较》,南京师范大学比较文学与世界文学专业硕士学位论文,2007年。(指导教师:许海燕)

王青:《清末民初地方戏对弹词〈再生缘〉的接受》,中山大学中国古代文学专业硕士学位论文,2007年。(指导教师:罗斯宁)

黄晓晴:《〈再生缘〉之女性自我实现研究》,(台湾)"国立中央大学"中国文学研究所硕士学位论文,2007年。(指导教师:李国俊)

黄晓霞:《论〈再生缘〉》,天津师范大学中国古代文学专业硕士学位论文,2008年。(指导教师:盛志梅)

王海荣:《〈再生缘〉中女扮男装模式的渊源与拓展》,上海交通大学中国古代文学专业硕士学位论文,2008年。(指导教师:谢柏梁)

王伟丽:《〈再生缘〉思想性探源》,安徽大学中国古代文学专业硕士学位论文,2008年。(指导教师:胡益民)

骆育萱:《〈天雨花〉、〈再生缘〉及〈笔生花〉主题思想研究》,(台湾)"国立"中山大学中国文学系研究所博士学位论文,2008年。(指导教师:龚显宗)

曲艺:《长篇弹词〈再生缘〉用韵研究》,福建师范大学汉语言文字学专业硕士学位论文,2009年。(指导教师:王进安)

耿佳佳:《论〈再生缘〉在中国古代女性文学史上的地位》,重庆工商大学中国古代文学专业硕士学位论文,2010年。(指导教师:熊笃)

朱新荷:《清代弹词小说〈再生缘〉与现代苏州弹词本〈再生缘〉之比较》，内蒙古民族大学中国古代文学专业硕士学位论文，2010年。（指导教师：郝青云）

劳丽君:《〈再生缘〉和〈镜花缘〉中才女世界的比较》，安徽大学中国古代文学专业硕士学位论文，2011年。（指导教师：诸伟奇）

李继英:《弹词〈再生缘〉中的女性形象》，东南大学中国古代文学专业硕士学位论文，2011年。（指导教师：乔光辉）

郭平平:《清代小说戏曲中的女性自觉——以〈儿女英雄传〉〈再生缘〉和〈小蓬莱仙馆传奇〉为例》，（台湾）逢甲大学中国文学系硕士学位论文，2013年。（指导教师：陈兆南、王平）

李凯旋:《〈再生缘〉系列闺阁弹词研究》，广西师范大学中国古代文学专业博士学位论文，2014年。（指导教师：王德明）

李婷婷:《清代女作家弹词中的才女竞雄意识研究——以〈再生缘〉为例》，中国石油大学（华东）中国古代文学专业硕士学位论文，2014年。（指导教师：王永豪）

张思扬:《〈再生缘〉思想研究》，山东师范大学中国古代文学专业硕士学位论文，2014年。（指导教师：石玲）

徐锐:《〈再生缘〉改编研究》，杭州师范大学中国古代文学专业硕士学位论文，2014年。（指导教师：郭梅）

谭丽娜:《〈再生缘〉研究》，陕西理工学院中国古代文学专业硕士学位论文，2015年。（指导教师：蔡美云）

金国君:《〈再生缘〉中韩异本的结尾构造比较研究》，曲阜师范大学亚非语言文学专业硕士学位论文，2015年。（指导教师：金东国、金红英）

王娜:《〈再生缘〉戏曲改编研究》，沈阳师范大学中国古代文学专业硕士学位论文，2016年。（指导教师：王颖）

在国外，以《再生缘》为研究对象的学位论文，笔者目前所知有三篇：

Marina H. Sung: *The Narrative Art of Tsai-Sheng-Yuan-a Feminist Vision in Traditional Confucian Society*, Ph. D. diss, U. of Wisconsin, 1988.

Nancy Hodes: *Strumming and Singing the Three Smiles Romance*: *A Study of the Tanci Text*, Ph. D. Diss, Harvard U, 1990.

Mark Bender: *Zaisheng yuan and Meng Lijun*: *Performance, Context, and*

Form of Two Tanci，Ph.D. Diss，Ohio State University，1995.

53. 陈寅恪著：《论再生缘》，《陈寅恪集·寒柳堂集》，生活·读书·新知三联书店2001年版，第63页。

54. 陈寅恪著：《论再生缘》，《陈寅恪集·寒柳堂集》，生活·读书·新知三联书店2001年版，第73页。

55. 本文最初发表于1961年6月8日《光明日报》，后被收入南京师范学院学报编辑部与中文系资料室1980年5月编《郭沫若与〈再生缘〉研究》第56–73页、上海古籍出版社1985年版《郭沫若古典文学论文集》第882–900页，又被收入北京古籍出版社2002年版郭沫若校订本《再生缘》第36–54页。

56. 郭沫若撰写的《陈端生年谱》，被收入北京古籍出版社2002年版郭沫若校订本《再生缘》第8–11页，曾作为《序〈再生缘〉前十七卷校订本》一文的附录一，发表于1961年8月7日的《光明日报》。

57. 本文最初发表于1961年6月29日《光明日报》，后被收入南京师范学院学报编辑部与中文系资料室1980年5月编《郭沫若与〈再生缘〉研究》第80–96页、上海古籍出版社1985年版《郭沫若古典文学论文集》第901–918页，又被收入北京古籍出版社2002年版郭沫若校订本《再生缘》第55–77页（增加"[附录]两种《寄外书》的对照"）。

58. 本文最初发表于1961年10月5日《光明日报》，后被收入南京师范学院学报编辑部与中文系资料室1980年5月编《郭沫若与〈再生缘〉研究》第113–121页、上海古籍出版社1985年版《郭沫若古典文学论文集》第951–961页，又被收入北京古籍出版社2002年版郭沫若校订本《再生缘》第87–95页。

59. 本文最初发表于1961年10月22日《光明日报》，后被收入南京师范学院学报编辑部与中文系资料室1980年5月编《郭沫若与〈再生缘〉研究》第122–131页、上海古籍出版社1985年版《郭沫若古典文学论文集》第919–928页，又被收入北京古籍出版社2002年版郭沫若校订本《再生缘》第96–105页。

60. 本文最初发表于1962年1月2日《羊城晚报》，后被收入南京师范学院学报编辑部与中文系资料室1980年5月编《郭沫若与〈再生缘〉研究》第141–151页、上海古籍出版社1985年版《郭沫若古典文学论文集》第962–978页（有"[附录]张德钧《由〈里堂诗集〉抄本说到〈云贞行〉的年代》"），又被收入北京古籍出版社2002年版郭沫若校订本《再生缘》第106–116页。

61. 齐敬的《关于陈云贞》（初载1961年6月25日《光明日报》）、白坚的

《陈云贞及其〈寄外书〉》（初载 1961 年 8 月 15 日和 16 日《光明日报》）、敬堂的《陈端生是"陈"云贞吗？》（初载 1961 年 12 月 16 日《文汇报》），皆被收入南京师范学院学报编辑部与中文系资料室 1980 年 5 月编的《郭沫若与〈再生缘〉研究》一书中，三篇文章的观点一致，皆认为陈云贞与陈端生并非一人，否定了郭沫若的观点。

62. 在《论再生缘校补记》之后的《论再生缘校补记后序》，落款署为"一九六四年岁次甲辰十一月十八日文盲叟陈寅恪识于广州金明馆"，可见《论再生缘校补记》的写作时间是 1964 年。

63. 因方红撰有多篇题为《〈再生缘〉与女性文学》的论文，为避免混淆，故标出刊载期刊与时间。

64. 李凯旋：《寄宿在自己的一间闺房里——〈再生缘〉研究》，广西师范大学中国古代文学专业硕士学位论文，2006 年，第 4 页。

65. 黄晓晴：《〈再生缘〉之女性自我实现研究》，（台湾）"国立中央大学"中国文学研究所硕士学位论文，2007 年，第 34 页。

66. 陈寅恪《论再生缘》指出，陈端生的祖父陈句山极为厌恶弹词，然而可笑的是，陈端生竟趁祖父回杭州之际，暗中偷撰弹词《再生缘》，等到祖父返京时，端生已经挟稿随父宦游至登州，句山不久病逝，有生之年未获见长孙女创作的弹词杰作。可见祖父在陈端生少女生活中的"暂时缺席"，给陈端生提供了一个相对自由宽松的创作环境，这是《再生缘》前十六卷得以顺利问世的重要机遇。

67. 陈寅恪著：《论再生缘》，《陈寅恪集·寒柳堂集》，生活·读书·新知三联书店 2001 年版，第 15 页。

68. 该文被收入北京古籍出版社 2002 年版郭沫若校订本《再生缘》第 117–123 页，文章的第一部分"一　陈端生的母系"曾以《陈端生的母系对她在文学成就上的影响》的题目，发表于 1961 年 7 月 25 日《光明日报》，又被收入南京师范学院学报编辑部与中文系资料室 1980 年 5 月编《郭沫若与〈再生缘〉研究》第 97–100 页。

69. 陈寅恪著：《论再生缘》，《陈寅恪集·寒柳堂集》，生活·读书·新知三联书店 2001 年版，第 101 页。

70. 陈寅恪著：《论再生缘》，《陈寅恪集·寒柳堂集》，生活·读书·新知三联书店 2001 年版，第 66 页。

71. 陈寅恪著：《论再生缘》，《陈寅恪集·寒柳堂集》，生活·读书·新知三联书店2001年版，第66–67页。

72. 方红：《〈再生缘〉与女性文学》，《培训与研究——湖北教育学院学报》，2001年第6期，第19页。

73. 张俊：《〈再生缘〉三论》，重庆师范大学中国古代文学专业硕士学位论文，2003年，第12页。

74. 李凯旋在《寄宿在自己的一间闺房里——〈再生缘〉研究》中虽然否认《再生缘》具有反封建、反男权的思想高度，认为《再生缘》仍在宣扬忠孝节义，但他又指出，如果说宣扬忠孝节义仅仅是为了迎合封建统治者的政策和当时读者的道德观念，那也太小看陈端生了。陈端生在宣扬忠孝节义观念的同时"暗渡陈仓"，隐晦曲折地表达了她的"民族意识"，并通过作品人物的言行和心理活动传达其人性思想。因此不能用简单的"先进"或"落后"不顾实际地"拔高"或"贬低"陈端生的思想认识，而只有怀着实事求是的态度，从文本出发，从作者之思想的实际情况出发，才能真正深入《再生缘》的思想的腹地，做出客观公正的评价。

75. 黄晓晴：《〈再生缘〉之女性自我实现研究》，（台湾）"国立中央大学"中国文学研究所硕士学位论文，2007年，第13页。

76. 陈寅恪著：《论再生缘》，《陈寅恪集·寒柳堂集》，生活·读书·新知三联书店2001年版，第68页。

77. 平慧善在《〈再生缘〉简论》中说，《再生缘》的故事矛盾错综复杂，情节发展曲折，富于独创性，前八卷从嫁刘抑嫁皇甫的矛盾，引申到保国与误国的忠奸斗争，后九卷从认父母丈夫与不认父母丈夫，引申到女子治政与女子理家的冲突，过渡自然，合乎逻辑。此观点与李凯旋《寄宿在自己的一间闺房里——〈再生缘〉研究》中的看法有某些类似之处。

78. 张俊：《18世纪的中国"意识流"——论〈再生缘〉的心理描写》，《宜宾学院学报》，2005年第8期，第59页。

79. 张俊：《18世纪的中国"意识流"——论〈再生缘〉的心理描写》，《宜宾学院学报》，2005年第8期，第60页。

80. 笔者注：陈寅恪认为陈端生的《再生缘》是长篇七言排律，郭沫若持相同见解。刘存南在《〈再生缘〉之再议》中批驳了陈寅恪和郭沫若的观点，认为《再生缘》乃弹词体，律句虽多，但对偶句极少，与七言排律的形式相距甚远。

81. 陈寅恪著:《论再生缘》,《陈寅恪集·寒柳堂集》,生活·读书·新知三联书店2001年版,第69页。

82. 陈寅恪著:《论再生缘》,《陈寅恪集·寒柳堂集》,生活·读书·新知三联书店2001年版,第71页。

83. 陈寅恪认为《再生缘》之类的弹词实是长篇叙事诗,郭沫若、路工等学者完全赞同他的观点。但也有学者指出弹词虽然以七字句的韵文为主,但它与诗终究是两种文体,各具特质。台湾学者胡晓真指出:“弹词并不因为以七字体行文就成为‘诗’,而‘诗’如果硬生生地大幅度写入弹词小说,恐怕弹词也不成其为弹词了。……以弹词文体入诗,就诗的标准来看,可谓坠入凡俗,但如果反过来看,则以诗入弹词,虽然是案头拟作中难以避免的典雅化过程,却也有偏离弹词基本文类特质的可能。职是,在诸女性弹词名作中,尤其是抒写情怀或描摹景物的段落,虽然不乏雕琢藻饰的排律出现,但是主体的七言叙事部分,即使在个别作者追求文字之美的努力下也会出现类似于排律的美学要求,却绝不能直接视为排律形式。”(《才女彻夜未眠——近代中国女性叙事文学的兴起》,北京大学出版社2008年版,第105–106页。)

84.《再生缘·原序》,(清)陈端生著,赵景深主编,刘崇义编校:《再生缘》,中州书画社1982年版,第23页。

85. 赵会娟:《关于〈再生缘〉结局的一点看法》,《长春师范学院学报》,2004年第6期,第93页。

86. 李凯旋在《寄宿在自己的一间闺房里——〈再生缘〉研究》中说,陈端生是带着婚姻不幸的遗憾离开人世的,对她而言,“没有结局就是最好的结局”,在丈夫迟迟未归的情况下,她有必要也有权利给自己也给“缘迷们”留下想象的空间。据此可知,李凯旋在写作《寄宿在自己的一间闺房里——〈再生缘〉研究》时对《再生缘》的结局持“无需结局”的观点,但后来写作《〈再生缘〉系列闺阁弹词研究》时,观点发生了变化。

87. 王亚琴:《没有圆满结局的圆满——弹词〈再生缘〉结尾探析》,《渝州大学学报》(社会科学版),2001年第1期,第65页。

88. 胡晓真著:《才女彻夜未眠——近代中国女性叙事文学的兴起》,北京大学出版社2008年版,第50–51页。

89. 李凯旋在《〈再生缘〉系列闺阁弹词研究》的“附录”中,将《再生缘》

与前传《玉钏缘》、续书《再造天》、仿作《笔生花》的全部自述性文字，对照清刻本和铅印本，进行了校对整理，并加按语点评阐释，可供研究者参考。

90. 胡晓真著：《才女彻夜未眠——近代中国女性叙事文学的兴起》，北京大学出版社2008年版，第72页。

91. 胡晓真著：《才女彻夜未眠——近代中国女性叙事文学的兴起》，北京大学出版社2008年版，第77页。

92.（台湾）许丽芳：《性别与书写之错置与超越——以〈女才子书〉与〈再生缘〉作者自序为中心之分析》，《国文学志》，第5期，2001年12月，第244页。

93. 邹颖：《〈再生缘〉中的时间经验与文体特征》，《南昌大学学报》（人文社会科学版），2014年第4期，第114页。

94. 中华书局1958年版《曲艺论集》中收录的《胡氏编著〈弹词目〉订补》，著录的善成堂刊本《再生缘》的版本信息为："清道光33年（1850）善成堂刊本。"（第59页）"道光33年"，误，正确的应是"道光30年"。上海古籍出版社1983年新1版《曲艺论集》中的《胡氏编著〈弹词目〉订补》更正了这一错误，著录为："清道光三十年（1850）善成堂刊本。"（第61页）

95. 盛志梅在《清代弹词研究》的附录"弹词知见综录"中，在"《再生缘》"的名下著录26个条目，但第21个条目《龙凤配再生缘》（12卷74回）实为小说改编本，并非陈端生《再生缘》的版本。

96. 郭平平：《清代小说戏曲中的女性自觉——以〈儿女英雄传〉〈再生缘〉和〈小蓬莱仙馆传奇〉为例》，（台湾）逢甲大学中国文学系硕士学位论文，2013年，第71页。

97.《再生缘·前言》，（清）陈端生著，赵景深主编，刘崇义编校：《再生缘》，中州书画社1982年版，第10页。

98.《再生缘·前言》，（清）陈端生著，赵景深主编，刘崇义编校：《再生缘》，中州书画社1982年版，第22页。

99. 李凯旋：《〈再生缘〉系列闺阁弹词研究》，广西师范大学中国古代文学专业博士学位论文，2014年，第17页。

100. 李凯旋：《〈再生缘〉系列闺阁弹词研究》，广西师范大学中国古代文学专业博士学位论文，2014年，第22页。

101. 李凯旋：《〈再生缘〉系列闺阁弹词研究》，广西师范大学中国古代文学专业博士学位论文，2014年，第21页。

102. 对于宝宁堂刊行《再生缘》的时间，学术界存在争议。叶德均《再生缘续作者许宗彦梁德绳夫妇年谱》、陈寅恪《论再生缘校补记》均认为侯芝刊刻《再生缘》是在道光元年，而郭沫若《序〈再生缘〉前十七卷校订本》与《再谈〈再生缘〉的作者陈端生》、胡士莹《弹词宝卷书目》均认为是道光二年。郭沫若《序〈再生缘〉前十七卷校订本》与《再谈〈再生缘〉的作者陈端生》、胡士莹《弹词宝卷书目》皆谓最早刊行《再生缘》的是宝仁堂，但笔者看到《续修四库全书》收录的《再生缘全传》，封面有"据中国艺术研究院戏曲研究所藏清道光二年宝宁堂刻本影印"的文字，据此信息，道光二年刊刻《再生缘》的应是宝宁堂。

103. 侯芝序《再生缘》说："若《再生缘》，传抄数十载，尚无镌本。因惜作者苦思，删繁撮要。……昔人有以《玉钏缘》致予作序，曾缀数言于简末。至兹编又非其笔可比，故改而付梓，不没作者之意。未识闺中人以为然否？"（道光元年季秋上浣日香叶阁主人《再生缘序》，（清）陈端生著，赵景深主编，刘崇义编校：《再生缘》，中州书画社1982年版，第23页。）

104. 十幅绣像与十首题词为："元帝主"的绣像（雨香山人题词）、"长华娘娘"的绣像（耕烟散人题词）、"皇甫敬"的绣像（卧云居士题词）、"皇甫少华"的绣像（衣云生题词）、"孟丽君"的绣像（且庵题词）、"刘燕玉"的绣像（红薇花馆题词）、"刘捷"的绣像（兰香室题词）、"刘奎璧"的绣像（湘南题词）、"邬元帅"的绣像（渔庄老叟题词）、"神武真人"的绣像（映松草堂题词）。

105. 黄晓晴在《〈再生缘〉之女性自我实现研究》第3页的注释8中说，她的论文内凡是《再生缘》中的文字，均引自上海古籍出版社2002年出版的《续修四库全书》收录的《再生缘全传》，又说"版本为清道光二年宝仁堂刻本"，但笔者查阅《续修四库全书》收录的《再生缘全传》，封面有"据中国艺术研究院戏曲研究所藏清道光二年宝宁堂刻本影印"的文字。据此，"宝仁堂"当为"宝宁堂"之误。

106. 吕启祥：《梦在红楼之外——〈再生缘〉与〈红楼梦〉》，《红楼梦学刊》，1996年第2辑，第268页。

107. 吕启祥：《梦在红楼之外——〈再生缘〉与〈红楼梦〉》，《红楼梦学刊》，1996年第2辑，第269页。

108. 周文娜认为奥斯丁和陈端生的作品之所以时至今日仍魅力不减、备受喜爱，原因之一就是她们的作品不是对"灰姑娘"和"才子佳人"原型的简单模仿与重复，而是继承中有发展，传承中有突破。（参看周文娜《顺从的人　倔强的心——简·奥斯丁与陈端生女性意识之比较》的第17–19页。）

109. 平慧善：《〈再生缘〉简论》，《艺谭》，1986年第2期，第39页。

110. 陈端生原著，佚名改写，孙菊园校点：《再生缘》，湖南文艺出版社1986年版，第1–2页。

111. 徐锐在《〈再生缘〉改编研究》的"附录"中，对《再生缘》的一些改编作品的基本情况有所著录，虽很简略，但也有一定的文献价值。

112. 参看王青的《清末民初地方戏对弹词〈再生缘〉的接受》的第14–23页、第25–26页。

113. 这篇文章，在目录页的标题为：《刚柔相济　光彩照人》。

114. 该文被收入中国戏剧出版社1982年版《李健吾戏剧评论选》。

115. 该文发表于《文艺报》1961年第10期上，后被收入孙庆升编《丁西林研究资料》（中国戏剧出版社1986年版）。

116. 李健吾：《〈孟丽君〉》，孙庆升编：《丁西林研究资料》，中国戏剧出版社1986年版，第201页。

117. 李健吾：《〈孟丽君〉》，孙庆升编：《丁西林研究资料》，中国戏剧出版社1986年版，第205页。

118. 该文被收入上海文艺出版社1983年版《论悲剧与喜剧》和江苏教育出版社1999年版《陈瘦竹戏剧论集》。

119. 主要涉及的是大陆地区的《再生缘》的研究现状，台湾地区的相关论文，笔者目前搜集到的只有胡晓真的《阅读反应与弹词小说的创作——清代女性叙事文学传统建立之一隅》、许丽芳的《试论〈再生缘〉之书写特征与相关意涵》和《性别与书写之错置与超越——以〈女才子书〉与〈再生缘〉作者自序为中心之分析》、廖秀芬的《〈再生缘〉的女性视角及其书写风格论析》、张思静的《叙事重心的转移：从〈再生缘〉到〈笔生花〉》、黄晓晴的《〈再生缘〉之女性自我实现研究》等。

120. 秦燕春：《晚清以来弹词研究的误区与盲点——"书场"缺失及与"案头"的百年分流》，《苏州大学学报》（哲学社会科学版），2004第1期，第106页。

第一章　江南才女陈端生

《再生缘》前十七卷的作者陈端生，是温润秀丽的江南山水和丰富细腻的江南文化共同孕育出来的一代才女。陈端生又以自己的灵气和艺术才华，创作了一部出类拔萃的弹词杰作，留给读者一连串津津乐道的文学话题、一系列栩栩如生的经典人物。但令人惋惜的是，虽然孟丽君"赫赫有名"，陈端生却曾长时间地被世人遗忘，致使文献资料中鲜有她的生平事迹的记载。[1] 好在陈端生于《再生缘》前十七卷的卷首、卷尾的自述性文字中，以第一人称的口吻、喃喃自语或与读者对话的方式传达了她的个人经历、创作动机、写作背景与心绪感触等讯息，以独特的方式描绘了一幅珍贵的"自画像"。[2] 陈寅恪、郭沫若等学者的考证成果，亦为今天的读者大致勾勒出陈端生的生平概况。

第一节　书香世家的活泼才女

陈端生（1751 — 1796），生于乾隆十六年正月，卒于嘉庆元年，字春田，钱塘（今浙江杭州）人，出身于思想开明的书香之家。陈端生的祖父陈兆仑（1700 — 1771），字星斋，号句山³，是雍正八年（1730）的进士，乾隆元年（1736）考取博学鸿词科，曾任《续文献通考》纂修官总裁、顺天府府尹、太常寺卿、太仆寺卿等官职，地位显赫，又是桐城派创始人方苞的得意门生，学识渊博，撰有《紫竹山房诗文集》，当时被奉为文章宗匠，声名卓著。更难能可贵的是，陈兆仑持有相对进步的女性观，其《紫竹山房诗文集·才女说》认为："顾世之论者每云，女子不可以才名，凡有才名者，往往福薄。余独谓不然。福本不易得，亦不易全。古来薄福之女，奚啻千万亿，而知名者，代不过数人，则正以其才之不可没故也。又况才福亦常不相妨。……诚能于妇职余闲，流览坟素，讽习篇章，因以多识故典，大启性灵，则于治家、相夫、课子，皆非无助。"⁴陈兆仑对才女的看法不同流俗。他驳斥了才福相妨的传统价值观，主张女子才德兼备，认为女性于妇职之余读书品文，能够多识故典，大启性灵，对于治家、相夫、课子皆有益处。陈端生年幼时能够接受优良的教育，且能享受严父慈母的谆谆教导，当与祖父的开明家教不无关系。

陈端生的父亲陈玉敦，是乾隆十五年（1750）的举人，曾任内阁中书、山东登州府同知、云南临安府同知等职。陈玉敦去登州赴任时，陈端生刚于北京外廊营旧宅写完《再生缘》第八卷。她随父宦游至登州，与北京城迥异的海边景致开拓了她的视野，也进一步激发了她的创作才情。陈端生在登州的生活过得很舒适、很惬意，恰如她日后所回忆的："地邻东海潮来近，人在蓬山快欲仙。空中楼阁千层现，岛外帆樯数点悬。侍父宦游游且壮，蒙亲垂爱爱偏拳。"⁵侍父宦游登州对《再生缘》的创作无疑起了积极的推进作用。《再生缘》的第九卷至第十六卷，就是陈端生在山东登州同知官舍内一气呵成的作品。"从至山东后所创作卷数，焦点越是集中在彰显孟丽君拜官求相的曲折的内容推测，此一创作地点的转移，带给端生不少创作上的影响。"⁶

　　陈端生的母亲汪氏，是浙江秀水人汪上堉（1702 — 1746）的女儿。汪家是名门望族，科举世家，子孙好学能文。陈端生的外高祖汪森（1653 — 1726）著有《小方壶存稿》，辑有《粤西诗载、文载、丛载》（合称《粤西统载》）《虫天志》《名家词话》，与朱彝尊合编《词综》。外曾祖汪继燝（1678 — 1728）著有《恬村吟稿》《燕台小草》《双椿草堂集》《视台草》。大舅父汪孟锅（1721 — 1770）著有《龙井见闻录》《厚石斋诗集》。二舅父汪仲鈖（1725？— 1753）著有《桐石草堂集》。表弟汪如洋（1755 — 1794）著有《葆中书屋诗集》。[7]受此书香门第之优良文化氛围的熏陶，陈端生之母汪氏亦具有良好的文学素养。

　　陈父汪母教导女儿，不只是向其灌输妇德纲常等板滞的大道理，而是有意培养其文学才能。父母既是家长，又是良师。对此，陈端生于《再生缘》第十七卷的卷首曾饱含感情地追述："尽尝世上酸辛味，追忆闺中幼稚年。姊妹联床听夜雨，椿萱分韵课诗篇。"[8]更为重要的是，《再生缘》的创作过程，与陈端生的母亲存在重要关联。"原知此事终无益，也不过，暂博慈亲笑口开"[9]，《再生缘》最初本是一部以娱悦母亲为主要创作动机的弹词。陈端生之母汪氏酷爱弹词，不仅是《再生缘》的首个读者，又细致指导着陈端生的创作。《再生缘》成为母女情感沟通、有效对话的绝妙工具。从陈端生的自述性文字中读者可以重构当日图景："管隙敢窥千古事，毫端戏写再生缘。……写几回，离合悲欢奇际会，写几回，忠奸贵贱险波澜。义夫节妇情何极，死别生离志更坚。慈母解颐频指教，痴儿说梦更缠绵。"[10]就某种意义而言，陈端生的母亲汪氏以"导师"的身份影响着《再生缘》的创作。[11]

　　由于成长于思想开明、书墨飘香的家庭环境，尤其是在具有良好文学素养的母亲汪氏的亲自教导下，陈端生与妹妹陈长生[12]，皆长于文学，才华过人。陈长生跻身于著名文人袁枚的随园女弟子之列，著有《绘声阁集》（或名《绘声阁诗集》《绘声阁诗稿》，包括《绘声阁初稿》和《绘声阁续稿》），陈端生则撰有《绘影阁集》（或名《绘影阁诗集》《绘影阁诗稿》，已佚）[13]和广泛流传的《再生缘》。姊妹俩绘影绘声，珠联璧合，成就清代妇女文学史上的一段佳话。总之，陈端生是才女文化繁荣的清代社会中开明的家教培育出来的活泼才女，而她的《再生缘》又成为母女情感联结的纽带。更为重要的是，《再生缘》凭借着关不住的"满园春色"，走出家庭，走出作者最初于期待中限定的闺阁知音的阅读群体，走向千千万万个读者，走过二百多年的路程，走向更遥远的未来，走向更广阔的空间。

第二节　才高命蹇的不幸遭际

陈端生是中国古代众多才高命蹇的女性作家群中自具特色的一位。陈端生是一个早慧的才女，她的卓绝才情在十八九岁的少女时代已经绽放出异彩。然而，虽然她的祖父陈兆仑曾郑重其事地撰文申明才福常不相妨的观点，陈端生的人生却未能逃脱才福相妨的魔咒。如同《儒林外史》的作者吴敬梓、《红楼梦》的作者曹雪芹，陈端生的人生轨迹也经历了从舒适惬意到困顿愁苦的戏剧性转变。在她四十六年的人生之路中，陈端生饱尝了因命运剧变所带来的深悲巨痛，看透了人世间的人情冷暖，成为诠释鲁迅名言"有谁从小康人家而坠入困顿的么，我以为在这途路中，大概可以看见世人的真面目"[14]的又一显例。虽然现今越来越多的读者因为《再生缘》而认识了陈端生，甚至景仰她，但在她活着的时代，当家庭出现重大变故后，很多人却对她的名字避而不谈，世人并未因为她的弹词杰作《再生缘》而对并无过错的她青眼有加。

乾隆三十五年（1770）三月，当陈端生撰完《再生缘》第十六卷之后，她的母亲汪氏突然病重，《再生缘》的创作受阻中断。同年七月汪氏病逝，这对年轻的陈端生来说是一个巨大的打击，对尚未完稿的《再生缘》而言亦是一个巨大的挫折。陈端生不但失去了继续创作《再生缘》的直接动力，又因母病母丧失去了往日那种闲适愉快的创作心境。于母病之前，陈端生的闺中生活安逸、恬静，心情闲适、舒畅。陈端生在自述中曾多次述及，"闺帏无事小窗前，秋夜初寒转未眠""今夜安闲权自适，聊将彩笔写良缘"15 "小窗幽静重开卷，长画清闲再举毫"16"今日清闲官舍住，新词九集再重修。……欲着幽情无着处，从容还续《再生缘》"17。这种幽静的外部环境与闲适的内在心境是《再生缘》前十六卷得以一气呵成的重要前提。而一旦失去这种有利条件，《再生缘》的创作也就骤然中断了。

数月之后，陈端生又失去了另一位重要的亲人。她的祖父陈兆仑于乾隆三十六年（1771）正月去世。这年夏天，陈端生随丁忧去职的父亲由登州返回原籍杭州，守孝侍亲。年纪轻轻，就遭受接二连三的家庭变故，命运之神没有像往日一样眷顾陈端生。心情黯然的她，无心再续《再生缘》。一棵用激情和想象迅速浇灌出来的艺术之花，在还未完全绽放之时，就长时间地停止生长了。

据陈寅恪考证，乾隆三十八年（1773）夏季至冬季之间，二十三岁的陈端生出嫁，夫婿是儒生范菼。乾隆四十九年（1784）陈端生在续写第十七卷时曾自述出阁后的婚姻生活："由来早觉禅机悟，可奈于归俗累牵。幸赖翁姑怜弱质，更忻夫婿是儒冠。挑灯伴读茶声沸，刻竹催诗笑语联。锦瑟喜同心好合，明珠早向掌中悬。亨衢顺境殊安乐，利锁名疆却挂牵。"18陈端生在出嫁后与范菼情投意合，琴瑟和谐，过了数年幸福美满的婚姻生活。但好景不长，乾隆四十五年（1780）九月，范菼为了获得功名，参加恩科顺天乡试，因作弊而获罪（据陈寅恪考证，范菼是请人代笔获罪），受到严惩，被朝廷发配到新疆伊犁，当时陈端生年仅三十岁。范菼的犯罪流放犹如晴天霹雳，给沉浸幸福婚姻中的陈端生致命一击。正如她所自述的："一曲惊弦弦顿绝，半轮破镜镜难圆。失群征雁斜阳外，羁旅愁人绝塞边。"[19]至此，她的生活状况发生陡变，不仅没有了少女时代的天真闲适，也没有了婚姻生活中"挑灯伴读""刻竹催诗"的欢歌笑语。她从此过着心伤肠断、日坐愁城的悲痛生活。既要在伤痛欲绝的愁苦心情中艰难地煎熬，牵挂着遥不可及的夫婿，还要努力抚养一双儿女，独自撑起一个破碎的家庭。当续写第十七卷时，陈端生已经尝尽世事之辛酸苦涩，心情茫然痛苦，因此无助地向天发问："搔首呼天欲问天，问天天道可能还？"[20]

据陈长生的《哭春田大姊》，陈端生在贫苦与悲痛中"素食频年礼辟支"，养成了吃素礼佛的习惯。陈端生"在晚年是信佛的，而且频年素食，这正是封建社会里象陈端生这样的女作家不得不走上的一条悲剧的道路"[21]。绝不能因为陈端生的礼佛就认定她软弱，其实，她是一个很坚强的女性。她用她柔弱的肩膀独立支撑起一个失去男主人的伤心之家。这份坚韧，又有多少女性能够具备呢？

嘉庆元年（1796），爱新觉罗·颙琰登基，大赦天下，范菼逢此良机，遇赦归家，陈端生终于与夫婿欢聚一堂，但她与夫婿别后十六年的重逢，为期相当短暂。范菼至家时，陈端生已经病得奄奄一息，很快便"落叶惊悲"，香消玉殒了。一代才女的人生，竟然在中年就匆匆谢幕，令人无限惋惜！

总之，江南才女陈端生的一生充满了戏剧性。在二十三岁出嫁前她过的是无忧无虑、天真舒适、精致优雅的少女生活。开明的家教培育了她自由活泼的思想和天马行空的想象力。她凭借着出众的文学才华在《再生缘》的世界里任意驰骋，仅用一年余的时间，就洋洋洒洒写出了长达六十多万字的弹词作品（《再生缘》前十六卷）。出嫁后以夫婿获罪为界，在范菼获罪充军前虽然家庭俗务缠身，但婚姻生活总体上是幸福的，在范菼充军后陈端生仿佛跌进了万丈深渊，难见天日，饱受精神折磨。这种不幸遭遇严重阻碍了陈端生的创作，致使《再生缘》成为神龙无尾之作。为了不辜负闺阁知音、庭帏尊长的厚爱，陈端生在辍笔十余年后重拾彩笔，续写《再生缘》第十七卷，但写作过程并不顺畅，花了将近一年的时间才完成一卷。虽然她在第十七卷的卷尾郑重承诺"知音爱我休催促，在下闲时定续成"，但终于因为"仆本愁人愁不已，殊非是，拈毫弄墨旧时心"[22]，再也没有添续只言片语，而只留给后世读者一个难以解开的谜团。

第三节　值得瞩目的女性作家

由于受到夫婿范菼因科场案获罪流放之事的牵连，陈端生这一才华绝代、思想活泼的闺秀作家，其生平事迹竟然因当时人的讳莫如深而湮没无闻。且不论为人行事处处效仿袁随园、潇洒不羁、乐于结交才女的陈文述，以及为《再生缘》续写结尾的梁德绳，均不敢显言陈端生的姓名，就算时代前进到了20世纪，谢无量的《中国妇女文学史》、梁乙真的《中国妇女文学史纲》和《清代妇女文学史》等关于中国古代妇女文学的专著，论述了大量的女性作家，却只字未提陈端生。[23]

然而，一部《再生缘》足以告诉世人陈端生这个曾经默默无闻的女子[24]，确是一位文采斐然、见识不凡的天才作家。《再生缘》中孟丽君"七岁吟诗如锦绣，九年开笔作诗文。篇篇珠玉高兄长，字字琳琅似父亲。对答如流心颖悟，语言清正性聪明。朝云夜月添词兴，玉版霜毫解淑情"[25]，大概即现实生活中陈端生的写照。从《再生缘》前十六卷的自述性文字中，亦可窥见陈端生不同凡俗的文学才能和高度投入的写作状态。"小窗幽静重开卷，长画清闲再举毫。说到团圆文似锦，理分屈直笔如刀。"[26]"静坐芸窗忆旧时，每寻闲绪写新词。纵横彩笔挥浓墨，点缀幽情出巧思。"[27]"尽放精神来笔上，全收意兴到书中。就同那，天孙织锦千丝巧。就如同，孔雀开屏五色重。……仗我尖尖三寸管，作成了，再生缘内事无穷。"[28]"淑景澄鲜临眼媚，诗情美满入怀佳。挥采笔，重编后话有清兴。展瑶笺，再续前文布绮霞。就犹如，仙女机丝织上锦。就犹如，江生五色梦中花。"[29]就情理而论，如果没有非凡的文学才华，一个不满二十岁的少女是不太可能说出如此自信满满的文字。"短昼不堪勤绣作，仍为相续《再生缘》。"[30]"已废女工徒岁月，因随母性学痴愚[31]。"[32]"久疏绣谱慵招线，长伴书窗静展篇。"[33]一个本应以刺绣等女工为正事的闺阁少女，机智地搬出酷爱弹词的母亲作为护身符，以规避因疏忽"女工"职责而可能招致流俗批评的风险，为长伴书窗写作《再生缘》寻找正当的理由，其对写作的痴迷程度与精力的高度投入，不言而喻。

据陈寅恪《论再生缘》考证，陈端生从乾隆三十三年（1768）九月至三十四年（1769）五月在北京外廊营旧宅撰写《再生缘》第一卷至第八卷，从乾隆三十四年八月至三十五年（1770）三月在山东登州同知官舍内撰写第九卷至第十六卷，在不到一年半的时间里，就洋洋洒洒写出六十多万字的弹词佳作。如此惊人的创作速度，一方面可以看出陈端生在写作过程中确实是全神贯注的，这恰巧与她的自述性文字相映照，另一方面也见出陈端生这个未满二十岁的少女，确实才情卓异、思想活泼。

陈端生的杰出文学才情，既是陈家之开明家教和优良文学氛围培育出来的绚丽花朵，更是清代才女文化空前繁荣的社会土壤中生长出来的耀眼果实。虽然程朱理学的压制造成了清代女性并不理想的生存环境，但明代后期以来以反理学、重真情、扬个性为特色的进步人文思潮在社会上的广泛传播，促使女性生存于其间的思想界产生了某些松动，社会上尤其是文化发达的江南地区形成了男性推崇才女的风气，清代的江南成为"诞生女性文学的核心地区"[34]，以至于出现了清朝女作家中有70%以上的人是江南（长江下游）人的壮观局面[35]。陈端生正是在这种文化土壤中诞生的一位自我意识已然觉醒的才华横溢、思想活跃的闺秀作家。

郭沫若曾将《再生缘》与《红楼梦》并称为"南缘北梦"，其实《再生缘》的作者陈端生与《红楼梦》的作者曹雪芹，不但生活时代相近，人生经历也颇有相似之处。两人都在生活中翻过筋斗，早年都经历了风光无限的快意人生，后来皆尝遍人世间的辛酸苦涩，又都留给后世书未完而身已死的遗憾。陈寅恪《论再生缘》感慨"陈端生以绝代才华之女子，竟憔悴忧伤而死，身名湮没，百余年后，其事迹几不可考见"[36]，曹雪芹何尝不是如此？曹雪芹这一才华绝代之男性，竟然落魄潦倒而终，身名湮没，就连他的呕心沥血之作《红楼梦》，也被后世不少学者剥夺了著作权。郭沫若亦曾慨叹，《再生缘》和《红楼梦》的"风格判然不同，但两者都善于描写人物，都具有反封建的精神。而同样令人遗憾的，是两者都是未完稿。这种偶然的一致，正表明封建社会对杰出作家的摧残。这是我们生在二百年后的现代人所不能不惋惜的"[37]。

若放在世界文学的坐标中加以考量，陈端生亦是一位特出的重要作家。郭沫若在《序〈再生缘〉前十七卷校订本》中说："如果从叙事的生动严密、波浪层出，从人物的性格塑造、心理描写上来说，我觉得陈端生的本领比之十八、九世纪英法的大作家们，如英国的司考特（Scott，公元一七七一年——一八三二年）、法国的斯汤达（Stendhal，公元一七八三年——一八四二年）和巴尔塞克（Balzac，公元一七九九年——一八五〇年），实际上也未遑多让。他们三位都比她要稍晚一些，都是在成熟的年龄以散文的形式来从事创作的，而陈端生则不然，她用的是诗歌形式，而开始创作时只有十八、九岁。这应该说是更加难能可贵的。"[38]郭沫若认为陈端生非但不逊色于西方文坛的著名男性作家司考特（即司各特）、巴尔扎克、斯汤达（即司汤达），甚至在某些方面比他们还要稍胜一筹。暂且不论郭沫若的评价是否有溢美陈端生之嫌疑，不可否认的是，陈端生确实是世界文坛的一位重要成员。《再生缘》属于中国读者，更属于包括中国读者在内的世界读者。热切期盼全世界能有更多的读者走进中国闺秀作家陈端生笔下之《再生缘》的世界。

———

1. 陈端生的夫婿范菼在科场中犯了事，致使时人对陈端生的事迹加以隐讳。陈寅恪在《论再生缘》中说："范某之案在当时必甚严重，以致家属亲友皆隐讳不敢言及，若恐为所牵累，端生事迹今日不易考知者，其故即由于此也。"（《陈寅恪集·寒柳堂集》，生活·读书·新知三联书店2001年版，第29 — 30页。）端生的族弟陈文述于端生死后在《西泠闺咏》与《碧城仙馆诗钞》中以"曲笔"的形式做了些许记载。如《西泠闺咏》卷十五有《绘影阁咏家□□》，题下注云："□□，名□□，勾山太仆女孙也。"（陈文述著：《西泠闺咏》，道光丁亥汉皋青鸾阁原镌，光绪丁亥西泠翠螺阁重梓。）梁德绳在《再生缘》第二十卷第八十回末尾说："可怪某氏贤闺秀，笔下遗留未了缘。后知薄命方成谶，半路分离各一天。"[（清）陈端生著，赵景深主编，刘崇义编校：《再生缘》，中州书画社1982年版，第1151页。]虽然一开始梁德绳并不知晓《再生缘》的作者是谁，但后来知道了，她仍然不敢显言其姓名。

2. 胡晓真在《才女彻夜未眠——近代中国女性叙事文学的兴起》中指出："在某些女性创作的弹词小说中，每一卷或一回的开头及/或结尾都有一段与情节毫不相关的韵文吟诵，形式上源自弹词书场的'开篇'（数花名）或脚本式弹词作品的'唐诗唱句'，但在女性弹词小说中却是纯为作者讲述自己的家世背景、写作动机、情绪起伏以及创作过程之用。"（北京大学出版社2008年版，第64页。）陈端生的《再生缘》就是显例。邹颖在《从对〈牡丹亭〉的回应看〈再生缘〉的女性书写及其文学史意义》中说："女性弹词创作在一定程度上也可以看作是作者的自画像。弹词作品中每卷或每回的开头和结尾的自叙部分，谈论着女作家自己的生活、写作、快乐和苦痛，可以看成是一种自我检视的行为，就如自画像一样。"（《西南民族大学学报》2014年第7期，第180页。）

3.句山，或作勾山，又名勾耳山、紫竹山、竹园山，是杭州西湖柳浪闻莺对面的一座矮山，据说是吴山的支脉。以句山为号，以紫竹山房命名诗文集，可见陈兆仑对句山情有独钟。当为官显达后，陈兆仑曾在句山建造住宅，名为"句山樵舍"（或作"勾山樵舍"）。据郭沫若《有关陈端生的讨论二三事》记载，1961年，杭州曾有一位属于民主同盟的朋友写信告诉郭沫若：陈端生的老家，陈句山建造的房子现在还在，这座房子在杭州柳浪闻莺，大门上的一方横额题着"句山樵舍"。因此，这位朋友建议："请有关方面把'句山樵舍'辟为陈端生纪念馆。"郭沫若表示赞成这个建议，并把这个意见向陈叔老提过，陈叔老说他也早有这个意思。为了提请有关方面加以考虑，郭沫若还郑重其事地把这个建议写在了《有关陈端生的讨论二三事》一文的末尾。同年（1961年）11月初，郭沫若曾到杭州"句山樵舍"探访，据他记载："舍侧是滨湖马路南山路，舍前为河房街。横额系石刻，嵌于门楣之砖墙上。墙内宅基约一亩，有洋楼一栋，系后建。仅余不少假山，可能是旧物。树木亦无百年以上者。看来是面目全非了。"（郭沫若著：《有关陈端生的讨论二三事》，（清）陈端生著，郭沫若校订：《再生缘》，北京古籍出版社2002年版，第95页。）当时郭沫若曾赋诗一首："莺归余柳浪，燕过胜松风。樵舍勾山在，伊人不可逢。"表达了对才女陈端生的追忆之情。然而，令人惋惜的是，直至今日，"陈端生纪念馆"依然未建，不知何故？如今杭州西湖柳浪闻莺的对面，只平放着一块"勾山樵舍遗址（勾山里）"的方形石碑（碑文先简单介绍了陈兆仑，然后介绍陈端生及其《再生缘》，最后是郭沫若于1961年的赋诗），附近的矮墙上刻着朱红"再生缘"三字。侯硕平在《此"缘"堪比"红楼"美——访〈再生缘〉作者陈端生诞生地句山樵舍后记》中亦说，陈端生是中国古代伟大的文学艺术家，应该为她建立一座纪念馆。今日令"缘迷们"欣慰的是，"勾山樵舍"已经成为杭州市文物保护单位。《杭州市市级文物保护点用地保护规划》划定了勾山樵舍遗址的保护范围并提出了保护要求。张野平、张勋的《勾山樵舍的"再生缘"——文物保护单位"勾山樵舍遗址"保护与整治实施方案》一文，通过对陈兆仑、陈端生故居"勾山樵舍遗址"的历史、现状评估与价值评估，论述了"勾山樵舍遗址"的保护与整治实施方案，提到"勾山樵舍遗址"在整体空间上分为"清风庭""竹山庭""绘影庭""闲庭信步"四个区块。

4.（清）陈兆仑撰:《紫竹山房诗文集》,《四库未收书辑刊》编纂委员会编:《四库未收书辑刊》（玖辑·贰拾伍册）,北京出版社2000年版,第302页。

5.（清）陈端生著,赵景深主编,刘崇义编校:《再生缘》,中州书画社1982年版,第924页。

6.黄晓晴:《〈再生缘〉之女性自我实现研究》,（台湾）"国立中央大学"中国文学研究所硕士学位论文,2007年,第27页。

7.参看张德钧的《陈端生的母系及其他》和周清澍的《〈再生缘〉作者的母族桐乡汪氏》。

8.（清）陈端生著,赵景深主编,刘崇义编校:《再生缘》,中州书画社1982年版,第924页。

9.（清）陈端生著,赵景深主编,刘崇义编校:《再生缘》,中州书画社1982年版,第157页。

10.（清）陈端生著,赵景深主编,刘崇义编校:《再生缘》,中州书画社1982年版,第924页。

11.除了母亲在创作上给予的直接的细致指导,陈端生之所以创作《再生缘》,亦与外祖家的为官经历、科举之盛密不可分。《再生缘》中孟士元是云南府昆明县人,皇甫敬是云南总督,刘捷的次子奎璧与幼女燕玉在云南闲居。比箭射柳、火烧少华、花烛潜逃、代嫁刺刘等故事都发生在云南昆明。陈端生并未亲历云南,却将《再生缘》的故事发生地设定为昆明,这亦是受了母亲汪氏和外祖家的影响。据周清澍在《〈再生缘〉作者的母族桐乡汪氏》中考证,陈端生的外祖父汪上堉出任云南大理府知府仅一年,就因病卒于知府任上,陈端生的大舅父汪孟鋗闻讯从京师奔赴大理,扶枢回归故里。"当时交通不便,云南距离浙东遥远,上堉任官大理,孟鋗又万里奔丧迎枢,对汪家的人肯定印象深刻,估计'滇省之地理风俗状况',久后也成为家人乐道的话题。"（周清澍:《〈再生缘〉作者的母族桐乡汪氏》,《国学研究》,第十二卷,2003年12月,第201页。)"汪家有兄弟、叔侄五人都在云南作过官,当然云南的趣闻在汪家成为常谈,久之对云南的地理风俗也就耳熟能详了。"（周清澍:《〈再生缘〉作者的母族桐乡汪氏》,《国学研究》,第十二卷,2003年12月,第202页。)可见陈端生之所以熟悉云南、对云南产生兴趣,应该与其外祖家和云南的特殊关系密切相关。

12. 陈长生（长生或写作嫦笙），字秋谷，归安叶绍楏（字琴柯）之妻。

13. 陈寅恪《论再生缘》推测："绘影"一词，或与弹词《再生缘》中描写人物惟妙惟肖之意有关，或是因为陈端生自身工于绘画的缘故。《再生缘》中孟丽君擅长绘画，可能是陈端生亦善丹青的写照。

14. 李新宇、周海婴主编：《鲁迅大全集》，第2卷，长江文艺出版社2012年版，第267页。

15.（清）陈端生著，赵景深主编，刘崇义编校：《再生缘》，中州书画社1982年版，第1页。

16.（清）陈端生著，赵景深主编，刘崇义编校：《再生缘》，中州书画社1982年版，第375页。

17.（清）陈端生著，赵景深主编，刘崇义编校：《再生缘》，中州书画社1982年版，第431页。

18.（清）陈端生著，赵景深主编，刘崇义编校：《再生缘》，中州书画社1982年版，第924页。

19.（清）陈端生著，赵景深主编，刘崇义编校：《再生缘》，中州书画社1982年版，第924页。

20.（清）陈端生著，赵景深主编，刘崇义编校：《再生缘》，中州书画社1982年版，第924页。

21. 勉仲：《关于陈端生二三事》，南京师范学院学报编辑部、中文系资料室编：《郭沫若与〈再生缘〉研究》（《文教资料简报丛书》之四），1980年5月，第133页。

22.（清）陈端生著，赵景深主编，刘崇义编校：《再生缘》，中州书画社1982年版，第976页。

23. 虽然陈端生曾经被世人普遍遗忘，但在湮没约一百七十年后（从陈端生撰写《再生缘》第十七卷之时1784年算起），陈寅恪"意外发现"了她。从此，陈寅恪不但沉醉于《再生缘》的世界中，赞赏陈端生是"当日无数女性中思想最超越之人"，而且以深切之同情视陈端生为异代知己，为之深情赋诗两首，"地变天荒总未知，独听凤纸写相思。高楼秋夜灯前泪，异代春闺梦里词。绝世才华偏命薄，戍边离恨更归迟。文章我自甘沦落，不觅封侯但觅诗""一卷悲吟墨尚新，当时恩怨久成尘。上清自昔伤沦谪，下里何人喻苦辛。彤管声名终寂寂，青丘金鼓又振振。论诗我亦弹词体，怅望千秋泪湿巾"（陈寅恪著:《论再生缘》,《陈寅恪集·寒柳堂集》,生活·读书·新知三联书店2001年版,第86页)。

24. 由于夫婿范菼因科场事犯罪而谪戍伊犁,陈端生的身世因当时人讳莫如深而变得扑朔迷离,疑点重重,比如在陈云贞究竟是不是陈端生、陈端生的夫婿范菼是不是范秋塘等问题上,陈寅恪、郭沫若、齐敬、白坚、敬堂、谭正璧等学者意见不一,或认为是,或认为否,且至今难成定论。

25.(清)陈端生著,赵景深主编,刘崇义编校:《再生缘》,中州书画社1982年版,第7页。

26.(清)陈端生著,赵景深主编,刘崇义编校:《再生缘》,中州书画社1982年版,第375页。

27.(清)陈端生著,赵景深主编,刘崇义编校:《再生缘》,中州书画社1982年版,第1页。

28.(清)陈端生著,赵景深主编,刘崇义编校:《再生缘》,中州书画社1982年版,第733页。

29.(清)陈端生著,赵景深主编,刘崇义编校:《再生缘》,中州书画社1982年版,第793页。

30.(清)陈端生著,赵景深主编,刘崇义编校:《再生缘》,中州书画社1982年版,第53页。

31. 此"痴愚"二字较为费解。陈寅恪在《论再生缘》中说:"'因随母性学痴愚'之语,殆亦暗示不满其母汪氏未能脱除流俗之见也。"(《陈寅恪集·寒柳堂集》,生活·读书·新知三联书店2001年版,第65页。)郭沫若在《谈〈再生缘〉和它的作者陈端生》中说:"我们从《再生缘》中还可以看出,陈端生的母亲汪氏夫人是喜欢读弹词的人。前引'慈母解颐频指教,痴儿说梦更缠绵'(第十七卷卷首),已经说得很明白了。又如第三卷的开头说:'已废女工徒岁月,因随母姓学痴愚',而末尾又说:'原知此事终无益,也不过暂慰慈亲笑口开';这所谓'痴儿说梦',所谓'痴愚',所谓'无益',其实也就是陈句山所说的'惑溺于盲子弹词'的'村姑野媪'行径,而比之于'猪'的了。"[(清)陈端生著,郭沫若校订:《再生缘》,北京古籍出版社2002年版,第33页。]胡晓真在《才女彻夜未眠——近代中国女性叙事文学的兴起》中将其理解为文学追求,认为:"作者之所以抬出母亲的角色,也可能是企图以同样是闺秀才女出身的母亲为挡箭牌,以尽孝为名来为自己的文学追求做辩护。

陈端生策略性地将文学追求称为'痴愚'，如此一来，一方面把自己的潜心创作放入了被世人忽略嘲笑而仍然苦学不倦的'典范'传统之中，一方面又将自己对文学创作的热情归因于母亲，而巧妙地把焦点转移到亲子的世代传承上，也等于让自己避开了批评的箭矢。"（胡晓真著：《才女彻夜未眠——近代中国女性叙事文学的兴起》，北京大学出版社2008年版，第75－76页。）就陈端生对母亲的亲近态度而言，笔者以为郭沫若、胡晓真的解释可能更为恰当。

32.（清）陈端生著，赵景深主编，刘崇义编校：《再生缘》，中州书画社1982年版，第106页。

33.（清）陈端生著，赵景深主编，刘崇义编校：《再生缘》，中州书画社1982年版，第675页。

34.〔美〕曼素恩著，定宜庄、颜宜葳译：《缀珍录——十八世纪及其前后的中国妇女》，江苏人民出版社2005年版，第202页。

35.据美国学者曼素恩统计，胡文楷《历代妇女著作考》考证出的3181名籍贯有据可考的女作家中，有2258名亦即70.9%的女作家来自长江下游地区（即江南）（参看《缀珍录——十八世纪及其前后的中国妇女》的附录"清代女作家的地域分布"）。

36.陈寅恪著：《论再生缘》，《陈寅恪集·寒柳堂集》，生活·读书·新知三联书店2001年版，第83页。

37.郭沫若著：《谈〈再生缘〉和它的作者陈端生》，（清）陈端生著，郭沫若校订：《再生缘》，北京古籍出版社2002年版，第31页。

38.郭沫若著：《序〈再生缘〉前十七卷校订本》，《郭沫若古典文学论文集》，上海古籍出版社1985年版，第933页。

第二章　文苑奇葩《再生缘》

弹词《再生缘》的通行本，凡二十卷八十回，其中前十七卷是乾隆年间杭州才女陈端生（1751—1796）所撰，后三卷为乾嘉时期杭州女作家梁德绳（1771—1847）所续。[1]《再生缘》于问世后最早以抄本的形式流传于闺阁中的知识女性之间。从陈端生的自述"不愿付刊经俗眼，惟将存稿见闺仪"（第三卷第九回卷首）[2]"高人不厌犹青目，敢惜余工未即调"（第八卷第二十九回卷首）[3]，可以看出《再生缘》在创作过程中是以"一边写一边传播"的方式（类似于清末民国报刊上长篇故事的连载）呈现于读者面前，读者与作者之间建立了良好的互动。一些读者还将其阅读体验与建议反馈给作者，这又在某种程度上影响了陈端生进一步的创作。随着创作时间的持续与篇幅的扩展，《再生缘》的流传日益广泛，读者群体日益壮大，形成了一个不断扩大的文学传播圈。"惟是此书知者久，浙江一省遍相传。……闺阁知音频赏玩，庭帏尊长尽开颜。谆谆更嘱全终始，必欲使，凤友鸾交续旧弦。"[4]在乾隆四十九年（1784）陈端生续写第十七卷时，《再生缘》的前十六卷已经成为畅销读物，风靡浙江一带，广受女性读者的喜爱。

《再生缘》之所以能长时间地在社会上广泛流传，除了其结构上的不枝不蔓、情节上的巧设悬念和语言上的流利不俗等特色之外，还因为陈端生在《再生缘》中以才貌双全的孟丽君为轴心，叙述了男权社会中一个改装女子于走出闺阁后连中三元、跻身仕途、历险建功的奇特故事，以充满悬念的笔墨构建了一个极富浪漫色彩的女性乌托邦，成功塑造了一系列栩栩如生的人物形象，因而给读者提供了美妙无穷的艺术享受。

第一节　青出于蓝的优秀续书

《再生缘》是明末清初佚名母女合撰[5]的弹词《玉钏缘》的续书。《玉钏缘》叙述南宋宁宗帝时洛阳才子、文武状元谢玉辉的文功武略和连娶八美（妻薛美英，妾曹燕娘、王淑仙、郑如昭、华楚云、金国明华公主、金国女将郦贞卿、萧素柔）的故事，末尾说："却说谢玉辉，享寿九十有一。后来六代儿孙，乌纱冠佩，名列朝班，成群逐队，富贵非凡。百年之后，他夫妻各还仙位，情缘永绝，惟有如昭情缘未断，到了至元年间，又临凡世。更兼芳素痴心怜主，驸马念彼之苦意真修，亦断与驸马为妾。谢玉辉在元朝，至元年间，又干了一番事业，与如昭、芳素做了三十年的恩爱夫妻，才归仙班。陈芳素两世修真，也得列于仙位。此皆后话，不必细表。"[6]《玉钏缘》的作者设下的这一意味深长的伏笔，为陈端生《再生缘》的写作提供了绝好契机。

陈端生在《再生缘》第一卷第一回卷首诗中说："知音未尽观书兴，再续前文共玩之。"[7]第一回中又说："有一等，才子佳人成伉俪，多应前世有盟缘。若非两意相关切，便是同心契爱全。或为参差难遂愿，故而今世又牵连。如其美恶无嫌忌，安得还偕再世缘。因甚书中谈及此？这情由，却同此集事相关。说一番，悲欢离合新奇语。《再生缘》，三字为名不等闲。"[8]可见陈端生撰写《再生缘》的行为是基于阅读《玉钏缘》的"未尽兴"的反应。她本是《玉钏缘》的忠实读者，因有感于《玉钏缘》中谢玉辉与郑如昭的故事不够圆满、陈芳素对谢玉辉的一片痴心（单相思）未遂，于是执笔再续前缘，题名《再生缘》。《再生缘》讲述的即谢玉辉与妾郑如昭、曹燕娘以及仆妇陈芳素等大宋朝中的人物在元朝至元年间的再世姻缘。

在通常情况下，续书难以超越原书，但陈端生的《再生缘》却颠覆了这一常规。《再生缘》堪称一部青出于蓝的优秀续书，无论是故事立意、人物塑造，还是叙事结构、文字描写等方面，它都大大超越了原书《玉钏缘》。

《玉钏缘》所写的故事遵循的仍是传统的才子佳人故事的写作套路，甚至比一般才子佳人小说更具男权意识。《玉钏缘》中的男主角谢玉辉竟然连娶八美，以其艳遇不断的复杂感情经历，忠实践行着一夫多妻制。在婚姻家庭生活中，谢玉辉完全处于主动、操控的位置。就像《再生缘》第一卷第一回中所描述的，《玉钏缘》中只有谢玉辉一人为首，他在大宋朝中占尽荣华富贵，真个是："少年早挂紫罗衣，美貌佳人作众妻。画戟横挑胡虏惧，绣旗远布姓名奇。人间富贵荣华尽，膝下芝兰玉树齐。美满良缘留妙迹，过百年，又归正果上清虚。虽然说，风流一世无惆怅，尚有余情未尽题。郑氏如昭商客女，于归谢府作偏妻。德性温柔无妒忌，仁心慷慨少嫌疑。敬公姑，晨昏不缺饥寒礼。和姊妹，闺阁无争大小仪。如此为人真可羡，正应该，同胶似漆作夫妻。偏怀身孕临盆晚，谢玉辉，暗信谗言致见疑。便令贤人怀抱恨，冤情虽白怨犹遗。若非生子如亲父，一旦清明化作虚。"[9]谢玉辉完全处于主动、支配者的位置，郑如昭则是一个被操控的木偶，她被动，她被忽视，她被物化，她被规定。《玉钏缘》中的故事显然带有鲜明的男权色彩。《玉钏缘》虽然也写了谢湘娥女扮男装、高中状元的情节，但谢湘娥的易装不是自我意识觉醒之后的主动追求，只是遭人陷害之后的被动无奈之举，所以一旦时机成熟，她就主动回归女性身份，出嫁荣王世子为妃，在男权社会为女性所设定的空间内扮演着道德完满的女性角色。同样是女扮男装的"女状元"，谢湘娥的形象远不如孟丽君光彩夺目。

　　"女性弹词小说虽然不免以才子佳人为男女主角，并且总是安排'才子佳人信有之'的鸳鸯配，但是浪漫爱情的追求却从来不是铺叙的重点。女主角的一连串'探险'，才是作者津津乐道的主题。"[10]这一论断若用在《玉钏缘》上并不十分贴切，却恰当指出了《再生缘》的故事特征。陈端生在《再生缘》中利用"再续前缘"的方式，将《玉钏缘》中谢玉辉与郑如昭、陈芳素、曹燕娘的爱情故事，延续为皇甫少华与孟丽君、苏映雪、刘燕玉的婚恋纠葛。从表层看，虽然也有佳人才子联姻、小人拨乱其间等情节，仍是才子佳人聚散离合的故事模式，但深层已经质变为替女性张目的带有中国式女性主义色彩的典范之作。因此，"《再生缘》前十七卷的构思并没有脱出才子佳人、儿女英雄的窠臼"[11]的说法值得商榷。《再生缘》彻底抹除了《玉钏缘》中男主动、女被动、妻妾完全听命于丈夫的男权色彩，也彻底颠覆了传统才子佳人故事模式中男外女内、男〉女的性别位置和地位。《玉钏缘》中第一主角是谢玉辉，身份是男性。《再生缘》中第一主角是孟丽君，身份是女性。孟丽君反倒成了皇甫少华（其前身是谢玉辉）的恩师，地位在皇甫少华之上。不是孟丽君离不开、放不下、忘不了皇甫少华，而是皇甫少华痴恋着、牵挂着、纠缠着孟丽君。陈端生以颠倒阴阳的技巧在虚构的叙事性文本中塑造了将女性从闺阁中解脱出来的经典角色——孟丽君，成功进行了女〉男的一系列探险，这无疑具有划时代的进步意义。

　　《玉钏缘》铺叙了谢玉辉与众多妻妾之间的实际爱恋故事，如同明末清初大多数才子佳人小说一般。《再生缘》中孟丽君与皇甫少华的恋情并没有落到实际层面，陈端生从未正面描写孟丽君与皇甫少华的恋爱场景。孟丽君与皇甫少华的婚姻只是通过父母之命，媒妁之言缔结成的"一纸婚约"而已，并未落到现实层面。可见描写恋情并不是陈端生的真正意图。对于孟丽君而言，她与皇甫少华的婚恋与其说是一场美丽曲折的爱情故事，毋宁说是促使她以男性身份闯入社会的一个重要契机。孟丽君所追求的绝不是传统才子佳人小说中女主人公梦寐以求的与心目中才子花前月下卿卿我我、高楼深闺琴瑟和谐的美好感情，而是要在广阔的社会大舞台中放飞自我、施展才华、成就功名、兼济天下。围绕此一目标，孟丽君进行了一连串的"探险"。一旦婚姻成为她的功名事业的障碍，她就毫不犹豫地要将其排除。从某种意义上来说，《再生缘》已经彻底打破了才子佳人小说的写作套路，赋予才子佳人故事以"处处为女性张目"的崭新的内涵，这就使得它与《玉钏缘》有了本质的区别。《再生缘》在立意上显然更高一筹，更具时代进步性。

就艺术成就而言，《再生缘》也远远超越了原书《玉钏缘》。《玉钏缘》凡三十二卷，先写朝廷点选秀女，谢玉辉的胞妹湘娥与意中人薛美英皆被选中。情急之中，谢玉辉与谢湘娥互换身份。谢湘娥男装冒玉辉之名高中状元，并为兄长玉辉娶得宰相的女儿王淑仙。谢玉辉女装顶替妹妹入宫，巧妙解决后宫朱妃陷害刘妃的争斗，搭救太子，被钦点为文武状元，获得官职与娇妻美妾。然后着重铺叙谢玉辉讨伐金兵，又娶二妾，功成名就，一家团聚，叙事结构走向松散。因而，陈寅恪在《论再生缘》中批评《玉钏缘》"冗长支蔓殊无系统结构"。《再生缘》成功避免了《玉钏缘》冗长支蔓、结构松散的缺陷，以高超缜密的结构艺术赢得陈寅恪"结构精密，系统分明"的评价。

在写作技巧上，陈端生继承了《玉钏缘》开创的卷首诗、自述文等写作规范，但没有萧规曹随，而是别出心裁地加以创新，使

《再生缘》的体例更为严谨，从而确立女性弹词的艺术典范。特别需要指出的是，《再生缘》卷首、卷末的自述性文字与《玉钏缘》的自述文相较，自我呈现、与读者互动的色彩更为显明，这已引起学者的注意。比如台湾学者许丽芳在《性别与书写之错置与超越——以〈女才子书〉与〈再生缘〉作者自序为中心之分析》中指出，陈端生在某种程度上创新了弹词的写作成规，凸显女性写作中主动参与及自我认同、与读者对话的特质，从而给读者提供多元丰富的阅读体验："陈端生藉弹词既有之写作模式展现个人之理解与意识，而非单纯沿袭，于每卷首末之书写成规另辟自我呈现、自我对话、与读者互动之空间，其中具有创发特质，且于每一卷次之情节进行中，亦屡见作者心绪与故事人物遭遇之关联起伏，相对于故事文本之呈现作者一定之内在思索，事实上，于每一卷之首末序文中，亦更趋直接理解作者之种种期待与意识，其中可见其写作过程、人事变迁与人生历程，就读者层面而言，既阅读故事文本，亦得见作者某一程度之反省与诠释，而有不同层次之互动与意见交流，且藉由故事与序文同时阅读及互补之累积，阅读经验亦因而多元丰富。"[12]

简言之，《再生缘》是陈端生在阅读《玉钏缘》时"意犹未尽""心有所动"，因而产生与作者对话的欲望而提笔创作的弹词作品，它在中国文学史上创造了一个续书超越原书的"神话"，矗立起女性弹词史上的一座丰碑。《再生缘》"青出于蓝而胜于蓝"的特点引起了谭正璧、陈寅恪等学者的关注。谭正璧说："《玉钏缘》的内容，远不及《再生缘》，情节很简单，文字很朴质。"[13]陈寅恪说："今观《再生缘》为续《玉钏缘》之书，而《玉钏缘》之文冗长支蔓殊无系统结构，与《再生缘》之结构精密，系统分明者，实有天渊之别。"[14]

陈端生在《再生缘》中背离常规的写法，大胆挑战了《玉钏缘》的写作套路，这又激起后世读者一波又一波的或赞同或反对的阅读反应。在《再生缘》的直接刺激下而产生的对话作品，较具影响力的有侯芝的《金闺杰》与《再造天》[15]、邱心如的《笔生花》[16]。三部作品皆为弹词，可见《再生缘》在清代弹词史上处于承前启后的重要位置。

第二节　峰回路转的情节结构

《再生缘》的故事发生在元代，开始于云南昆明，落幕于京师大都，其间波澜迭起，变幻多姿，虽然篇幅宏大，情节繁多，场景频换，但叙事详略得当，结构严密，前后照应，浑然一体，反映出陈端生讲故事的出色能力。陈寅恪曾极力称赞《再生缘》高超的叙事结构，认为"不支蔓有系统，在吾国作品中，如为短篇，其作者精力尚能顾及，文字剪裁，亦可整齐。若是长篇巨制，文字逾数十百万言，如弹词之体者，求一叙述有重点中心，结构无夹杂骈枝等病之作，以寅恪所知，要以《再生缘》为弹词中第一部书也"[17]。郭沫若在《序〈再生缘〉前十七卷校订本》中说："如果从叙事的生动严密、波浪层出，从人物的性格塑造、心理描写上来说，我觉得陈端生的本领比之十八、九世纪英法的大作家们，如英国的司考特（Scott，公元一七七一年—— 一八三二年）、法国的斯汤达（Stendhal，公元一七八三年—— 一八四二年）和巴尔塞克（Balzac，公元一七九九年—— 一八五〇年），实际上也未遑多让。"[18]

暂且不论陈寅恪、郭沫若对《再生缘》的叙事艺术的评价是否有拔高之嫌，不可否认的是，《再生缘》的叙事结构确实系统分明，绝少枝蔓，井然有序。全书的主线紧紧围绕着女主角孟丽君而展开，主要叙述孟丽君在婚姻出现变故后改扮男装、易名应试、金榜题名、为官治国以及因拒绝复妆而与逼迫她露真的强大势力不屈不挠地进行斗争的奇特经历。作者再巧妙穿插两条副线：一条副线围绕苏映雪而展开，另一条副线围绕刘燕玉而展开。两条副线共同指向为皇甫少华全贞守节的道德目标，一个是梦里姻缘，诠释的是"烈性"，一个是私订终身，诠释的是"苦恋"。书中虽然头绪众多，情节复杂，但重点突出，不枝不蔓，作者又善于制造悬念与解除悬念，因而故事跌宕起伏，环环相扣，引人入胜。这大概也是吸引郭沫若将《再生缘》反复阅读四遍，而每读一遍都感觉津津有味的原因之一吧。

孟丽君是云南昆明人，出身于达官贵人之家，父亲孟士元曾任龙图阁大学士，母亲名叫韩素心。她容貌超群，风华绝代，待字闺中，远近闻名，当芳龄十五时吸引皇亲国戚刘家与云南总督皇甫家同时遣媒议婚。为顾及两家颜面，孟家商议以比箭射柳的方式择婿。比试的结果是刘奎璧败北，胜出者皇甫少华与孟丽君订下婚约。若无变故，孟丽君与皇甫少华这对才子佳人，从此将毫无悬念地按照程式成婚，天遂人愿的话，将过着夫唱妇随、琴瑟和谐的美满生活，若天意弄人，孟丽君也只能嫁鸡随鸡、嫁狗随狗，与皇甫少华的人生紧紧捆绑在一起。但聪慧的陈端生很快制造了一个悬念，如同大多数才子佳人小说的叙述模式，她在作品中设定了小人拨乱、好人离散的情节：刘奎璧在求婚孟丽君失败后转求皇甫少华的胞姐长华为妻遭拒，因而怒火中烧，心生诡计。他口蜜腹剑，殷勤结交皇甫少华，却暗地里设下圈套，命令仆人江进喜放火，企图在刘府之小春庭烧死少华。当皇甫少华遇救后，刘奎璧不但没有反省自己的过错，反而使出新的花招，通过父亲刘捷（时为国丈，其长女刘燕珠受到元成宗的宠幸，贵为皇后）谋害皇甫少华全家。适逢番邦进犯山东，来势汹汹，刘捷心怀鬼胎，先是举荐皇甫少华的父亲皇甫敬挂帅出征，后又处心积虑诬告兵败被擒的皇甫敬叛国降敌。元成宗不辨是非，下旨抄斩皇甫满门，少华于获悉后改名潜逃。因皇后刘燕珠的缘故，元成宗下旨将孟丽君赐配国舅刘奎璧。本来，君命不可违，不管是否情愿，孟丽君只能遵从圣旨，改嫁刘奎璧，但作者绝不甘心让她心爱的女主人公孟丽君背负"一女事二夫"的骂名，绝不甘心让孟丽君成为毫无主见的牵线木偶，因此制造了新的悬念：让孟丽君在出嫁国舅前逆旨拒婚，改装出逃，做出了常人难以想象的举动。更令读者惊喜的是，孟丽君不仅要改装逃婚，还要乔装应试，而且竟然压倒须眉，科场夺魁，位列朝班。

　　孟丽君不但锦心绣口，文才出众，学识渊博，而且精通医理，手到病除。在众太医束手无策的危急情形下，她竟然凭借高超医术，妙手回春治愈了太后之重病，因而受到皇帝的赏识，被擢升为兵部尚书。她有胆有识，奏请朝廷恩开武考，录取皇甫少华为武状元。随着皇甫少华征东救父，奏凯还京，孟丽君因荐贤之功，升任保和殿大学士，位极人臣。若按照一般才子佳人小说的写作套路，当小人伏法、大仇得报之时，男女主人公的婚恋（通常是苦恋）将顺理成章地得到一个圆满的结局，孟丽君将奏明改装情由，恢复真实身份，与未婚夫婿皇甫少华喜结连理。但是，陈端生果断抛弃了才子佳人小说的创作俗套，继续制造新的悬念，赋予孟丽君惊世骇俗的叛逆精神。

　　随着官位的急速上升以及对少华迎娶刘燕玉的不满，孟丽君的心态也发生了急剧的变化。她不再是当初改装潜逃时那个对茫茫前路心怀忐忑的娇弱女子，而是置功名于爱情婚姻之上，根本未将正室王妃放在眼里，心里装载着"丽君虽则是裙钗，现在而今立赤阶。……况有那，宰臣官俸鬼鬼在，自身可养自身来"[19]这"出格"想法的丞相郦君玉。因此，孟丽君虽然与父兄同殿为臣，却拒绝认祖归宗，虽然与翁婿同朝为官，却拒绝履行婚约。关于郦君玉的真实身份，孟丽君心知肚明，却偏偏与父兄翁婿打着哑谜。后来父母兄长与皇甫少华等都怀疑她就是孟丽君，便联合起来，共同编织起一张道德伦理的大网，力图网住孟丽君。终于，皇甫少华得知孟丽君已在孟府暗中认母，喜滋滋地做着皇帝赐婚的美梦，不与恩师商量就贸然上本。郦丞相确是孟丽君假扮，如果皇上没有私心，他会理所当然地答应少华的合理请求，钦赐孟丽君与皇甫少华成婚，全书也就在才子佳人故事的俗套中结束了。但陈端生绝不甘心让孟丽君受人摆布，于是又制造了新的悬念：让皇帝扮演极具幽默感的第三者，做出种种横刀夺爱的可笑举动。这亦符合大众的心理。爱美之心，人皆有之，何况是最有权势、高高在上的皇帝！果然，皇帝见到孟丽君的自画像后，如醉如痴，意乱情迷："国舅缘何福分齐，得这么，才容双绝一王妃。寡人枉做山河主，宫内谁能及得伊。早晓明堂原是女，朕躬也，不该老实与呆痴。君王想到情深处，心荡神驰魂暗飞。"[20]正因皇帝有这份爱恋丽君之心，所以当孟丽君当众撕碎本章，斥责少华诳奏朝廷、戏弄师尊，否认医病认母一事时，皇上在心里打着自己的如意算盘："留得风流郦相存，朕也好，时时相近与相亲，总然难遂心中愿，做一对，知己的君臣亦可忻。如此明珠和美玉，怎么忍，轻轻易易付东平。"[21]正是因为这份私心，皇上虽然对郦君玉的真实身份了然于胸，却坚定地站在孟丽君的一边，帮助她掩盖女性身份，斥责意图逼迫丽君现身的众人，完全不顾及国丈国舅、朝廷众臣的感受。

因为有了皇上的偏袒，眼看就要露真的孟丽君得以继续以郦君玉的虚假身份在朝为官，同时也使得故事能够继续发展下去。但是，终因百密一疏，孟丽君跌入皇太后与皇后皇甫长华共同设下的圈套而暴露真身。若按照此类故事惯常的写作模式，皇帝必将依照皇甫长华的请求，将孟丽君赐配少华，如同当年他将孟丽君赐配刘奎璧一样。孰料陈端生又制造了新的悬念：宫女脱靴的消息没有顺利传到皇太后和皇甫皇后的耳中，而是被欲纳孟丽君为妃的成宗皇帝用计截取。这就为下文的成宗帝冒雨私访郦丞相埋下了伏笔。

次日，成宗帝煞费苦心，假扮成内侍，冒雨私访郦君玉，软硬兼施，不许郦丞相承认自己是皇甫少华的未婚妻孟丽君，否则将治罪于她。然而，冰清玉洁的孟丽君不愿屈从成宗帝的旨意，导致她急火攻心，吐血如潮。孟丽君的性命如何？脱靴消息如何传到孟府、皇甫府和皇宫中？孟丽君会与皇甫少华成婚吗？孟丽君仍会在朝为官吗？在这关键时刻，陈端生为读者制造了一系列牵动人心的悬念，却永远停止了她的生花妙笔，将解除悬念的任务留给了续者与众多读者。

综上，陈端生驾驭故事的能力非常突出。她以绘声绘色之彩笔，将孟丽君女扮男装的故事叙述得曲折生动，精彩绝伦。诚如陈寅恪所言，《再生缘》的结构不枝不蔓，系统分明，避免了大多数弹词作品的结构散漫的缺陷。《再生缘》以悬念丛生、环环相扣的曲折情节吊足了读者的胃口，因而成为清代弹词史上极具艺术魅力的经典之作。《再生缘》影响了后世邱心如、汪藕裳、孙德英、李桂玉等众多女作家创作的弹词作品，堪称清代女性弹词创作的标杆。

第三节　出神入化的心理描写

西湖居士评论《玉钏缘》的"心细如发，笔大如椽"八字，移用来评价《再生缘》，亦完全恰当。陈端生以闺秀作家特有的细腻情怀，通过直接具体、细致入微的心理描写，以孟丽君易装为男、历险建功的故事为轴心，将《再生缘》中各种人物复杂微妙的内心世界袒露于读者面前，从而成功刻画人物形象和描摹人情世相，增加作品的艺术魅力，也使得《再生缘》的心理描写在中国古典文学作品中独具特色。郭沫若曾称赞陈端生"善于作心理描写……因而，写得十分生动"[22]。相较于西方小说，中国传统的散文体的小说不太注重深入挖掘人物的内心世界，但以陈端生《再生缘》为典范的女性弹词，以大量复杂细腻、密集独特、直接具体的心理描写，向世人宣告了中国古典叙事文学和通俗小说中亦有注重心理描写的佳作的事实。

张俊从与其他的中国古典小说的心理描写、西方现代小说"意识流"相比较的视角,深入分析了《再生缘》之心理描写的特色,认为"《再生缘》是中国古典小说独立、任情的心理描写的'第一书',其心理描写忠实地、不受干扰地、长篇幅地展现人物的复杂心理活动,让人物的'心河'自由流动,有别于其他中国古典小说节省而经济的人物心理描写,在某些程度上和西方现代小说的'意识流'殊途同归,不谋而合。但是生于中国18世纪的女作家陈端生的'意识流'和20世纪西方现代人笔下的'意识流'又截然不同,它仍然是高度现实主义的描写"[23]。

诚然,不同于其他的散文体的中国古典小说中常见的碎片式的横向的心理描写,《再生缘》以大量的长篇幅的纵向的心理描写,真实、清晰、完整地再现了人物的丰富细腻的心理活动过程,别具一格,值得注意。譬如《再生缘》第三卷第十回"孟丽君花烛潜逃"中对孟丽君遭遇刘家挟圣旨逼婚时复杂隐秘的心理活动过程的描写:

> 心展转,意推敲,双合秋波暗计较。
>
> 咳,我孟丽君何事这般薄命!
>
> 读书数载不无知,闺秀之名久自持。射柳夺袍曾受聘,实指望,良缘直到百年时。何期好事多磨折,一旦风波不可支。皇甫督台身被陷,眼见得,全家性命丧京师。不能解救夫家难,奴就是,守节损身也算迟。何况今朝逢此事,正应该,全身尽节赴阴司。
>
> 咳,虽然如此,岂不连累爹爹了?
>
> 皇恩赐配也非轻,奴亦无心怨圣明。但恨刘门冤不浅,更伤节操志须伸。此时若配刘奎璧,倒只怕,万古千秋骂丽君。欲待在家寻一死,朝廷必罪我双亲。若然

且到刘家去，惟恐冤沉说不明。左右为难行不得，这分明，才高福薄命该应。想当初，宋朝正值宁宗帝。有二位，女扮男装盖世人。一个是，落蕊奇才谢氏女。一个是，广南闺秀柳卿云。俱因事急施良计，接木移花上帝京。金榜标名都及第，到后来，团圆骨肉有芳名。丽君生在元朝内，万卷读书也尽闻。七步成章奴可许，三场应试我堪行。日常间，父亲三八分题目，每比哥哥胜几分。奴若改妆逃出去，学一个，谢湘娥与柳卿云。倘然天地垂怜念，保佑得，皇甫全家不受刑。那其间，蟾宫折桂朝天子。方显得，绣户香闺出俊英。倘若夫家俱被害，孟丽君，何妨做了报仇人。奴若不，烘烘烈烈为奇女，要此才华待怎生。主意自然如此好，愁只愁，刘家要娶费调停。那时计定全身去，恐累堂前二大人。试看佳人苏映雪，颇多姿色性温存。日常与我恩情重，因此上，看待犹如一母生。今日奴家逃出去，倒不如，将她代嫁到刘门。伊本是，绿窗素服寒儒女，焉不肯，做个金章紫诰人？况且是，奉旨成婚荣耀甚，到门就得受皇恩。刘家世子容非俗，射袍时，她在楼中也看明。替嫁料来无不允，苏娘子，必然称愿与如心。奴家亦得全贞节，映雪翻能作贵人。此计万全无别论，孟丽君，但凭才学干功名。路途若少人同伴，女婢荣兰甚可行。我观她，少壮年华虽十四，生成长大不轻盈。肩挑行李非难事，身历艰辛必肯承。扮作书童随出外，也教相伴与谈心。少停慢慢和她说，料必丫环肯共行。奴便意中如此做，但不知，皇天可肯遂痴心。丽君小姐思量定，含忍多时止泪痕。[24]

刘家通过皇后刘燕珠，请来圣旨逼婚，冰清玉洁的孟丽君自然不肯轻易就范。作者以长达八百余字的心理描写，细致入微地描绘了孟丽君内心的情感波澜。如此密集长段的心理描写在中国的散文体的古典小说和传统戏曲中颇为罕见。孟丽君在得知圣旨将她赐婚刘家时，作为一个生活于视贞节为生命的礼法社会的具有良好教养的大家闺秀，慌乱之中，首先想到的自然是如果顺从旨意改嫁刘奎璧，岂不是会得到万古千秋的骂名，但圣旨不可违抗，她只能在心里怨恨自己薄命。然而，孟丽君毕竟不是普通的女子，在经过一番左右为难的思量之后，她的满腹才情、渊博学识、宽广见识使她跳出了自我的狭小世界，联想到了前朝两位女扮男装的奇女子，于是顺理成章地产生了效仿谢湘娥、柳卿云改装出逃的心理活动，而且将男装出逃的方方面面考虑得很周详，对代嫁者——闺中好友苏映雪和逃难同伴——女婢荣兰，在心里都做了细致的分析。总之，作者将孟丽君在圣旨逼婚时的心理活动描绘得很复杂、很细腻、很真实，将一个节操高尚的聪慧女性在突遭婚姻变故时的内心世界刻画得淋漓尽致，生动逼真。如此精彩的心理描写，难道不是中国古代叙事文学和通俗小说领域的亮点吗？

《再生缘》第十四卷第五十四回"真女儿时时装假"叙述孟丽君在朝廷之上拒绝母亲韩氏夫人的认亲（母亲在朝堂上坚决不认假冒女子项南金，而斩钉截铁地指定郦明堂就是自己的亲生女儿孟丽君），致使母亲被皇帝训斥、父亲被皇帝痛斥及被罚俸禄半年，其言行举止丝毫不顾及人伦亲情，但在退朝归家的路上，孟丽君的心底却波澜起伏：

话说郦丞相散朝之时，坐着金顶轿，打道回衙。想了想自己行为，着实的心中不忍。

少年元宰坐鱼轩，辗转寻思大不安。桃叶凄清双翠敛，桃花浅淡两红残。低蟒袖，挺朝冠，一口长呼暗痛酸。

呵唷！郦明堂呀郦明堂！可嗔尔聪明盖世的才人，倒做了世间的逆女！

二八之年撇了亲，就不能，请安侍膳奉晨昏。堪堕泪，可酸心，一竟身居康氏门。过继爹娘今孝养，劬劳父母反离分。几番已认恩何绝，我是无知大罪人。

咳！这也出于无奈。

其实何妨认了亲，君王谅必不生嗔。芝田况且非无义，现把那，花诰虚设灵凤庭。要认也可将就认，然而我，老师怎样嫁门生？别桩事件还犹可，这一段，颠倒姻缘笑杀人。

咳！我所以急中生变，在金銮殿下，生这么一个道儿。

那时朝廷大发威，骂得我，椿萱颜面少光辉。罪加慈母欺廷宰，嗔了严亲惧内帏。句句言词难忍耐，数落得，爹娘怀恨抱气归。

咳！这怎么过意得去？我郦明堂不能孝养爹娘，反害爹娘受这场气。

此心此念细思量，何以安来何以宁。不能如，燕玉奋身全骨肉。不能如，长华血战救椿萱。别人多报劬劳德，惟有我，未尽心来未尽肠。

呵唷，伤哉！痛哉！我只好图报于来生了。

保和郦相时伤怀，止不住，阵阵心酸泪下来。半整乌纱低玉面，斜提紫袖拭红腮。含痛切，忍悲哀，一顿朝靴轿停歇。[25]

这段文字约有五百余言，几乎全是在退朝归家的路上郦明堂（孟丽君）的心理活动，细腻描绘了孟丽君复杂矛盾的心态，既因自己在朝堂的目无父母的行为自责，可见孟丽君在朝堂上表现出来的"铁石心肠"亦有柔情的一面，又为自己的急中生智而窃喜，可见在孟丽君的意识里，功名事业显然比人伦亲情更为重要。而在经历一番艰难的心理挣扎后，理智战胜情感，孟丽君决定继续隐瞒真实身份来做官。如此真实细腻的心理描写，不仅与前后情节融为一体，有助于刻画孟丽君的叛逆性格，而且很好地解释了孟丽君之所以做出大逆不道的行为的主要原因，让读者觉得孟丽君的"不孝"双亲情有可原。

值得注意的是，《再生缘》的心理描写已经具有个性化的特征。《再生缘》中孟丽君、皇甫少华、刘燕玉、苏映雪、元成宗、皇甫长华等重要人物的心理活动，与其特定的身份、性格、处境相契合，真可谓"一样人，便还他一样心理活动"（金圣叹"一样人，便还他一样说话"的套用）。且以刘燕玉为例。

《再生缘》第十二卷第四十七回"访丽君圣旨颁行"中，当皇甫家从苏映雪的母亲苏娘子口中得到孟丽君医母认亲、梁小姐就是苏映雪的消息时，皇甫敬夫妻与皇甫少华万分欣喜，刘燕玉却"也无欢笑也无言"，心潮起伏，辗转难眠。作者以长达千字的、不间断的心理描写，揭示了刘燕玉的复杂丰富、细腻敏感的内心世界，写活了刘燕玉的柔顺忠厚却又"略有三分妒忌心"的性情：

　　容惨淡，意痴呆，暗自疑来暗自猜。

　　呵唷，薄幸的王子，奴为你受千辛万苦，方才嫁得你为夫。依你愿终耽搁奴，只因为，难违父母强调和。今朝当面分明怨，却是爹娘误了我。

　　咳，偏心的夫主呀！你今朝得了孟小姐的喜信，就这般冷落奴家了。

　　每日清闲就步临，同行同坐慢温存。相催迅速迟迟去，不住的，叫句夫人叫句卿。今日得闻双喜信，公然竟自转中庭。也不走来观一遍，叫奴家，开门直等到三更。而今未娶犹如此，他日里，成了亲时倍绝情。

咳！那孟小姐做到了一品朝官，性情是不知怎么骄傲的了。

况我亡兄逼走他，多因结怨在奴家。天长地久同相处，岂没有，失礼忘规半点差。彼是正房奴侧室，也只好，吞声忍气暗嗟呀。更有映雪苏门女，今作螟蛉在相衙。伊亦哥哥凌逼过，相逢又是一仇人。若是倚势欺了我，孟小姐，必怪奴而必护他。忠孝君侯动了怒，那时候，泼天风雨打残花。

咳！可笑我江乳母的这些言语，竟是个天不怕地不怕的行为了。

孟府千金岂等闲，官居一品掌朝权。夫家尚且他提拔，自然是，堂上翁姑更喜欢。况复至亲俱在此，父兄当道作高官。自身又及为原配，他的这，势焰滔天岂比凡。话说西宫苏映雪，现今承继大家门。虽于穷士门中出，已做了，相府千金赫赫然。再有正妃为护庇，真所谓，泰山之稳不须言。他都完备修来福，惟我孤寒实可怜。生母早亡依嫡母，在家已是受熬煎。后归庵内辛勤极，每日里，服侍姑娘那一班。

咳！我只道受了这些磨折，自然是苦尽甘来。

忆昔当初未毕姻，尚无原配孟千金。痴心还道他亡了，自然是，一进门来作正宫。那晓替婚伊现在，又添映雪一钗裙。将奴安置东宫内，留着中间待丽君。忠孝亲王相守义，头一夜，洞房就是冷清清。况因亦有三年愿，我倒也，难怪儿夫太薄情。况复翁姑多爱惜，声名

亦，巍然不啻正夫人。谁知孟府千金出，更添了，映雪
投池已复生。欢喜未完愁又到，命中造定任该应。

咳！奴家若比他们，真正是万分不及。

家风已是喻权奸，瓦解冰消骨肉残。兄长惨亡刑部
狱，爹娘远在雁门关。惟奴嫁入亲王府，孤苦伶仃谁可
怜。可笑江妈言得好，说怎么，山门先进我为前。他都
如此滔天势，奴怎敢，胆大包身出此言。手段才情施不
得，刘燕玉，惟凭乘[26]顺保清闲。夫人思罢长吁气，换
上了，红睡鞋子入帐间。独拥罗衾情默默，孤凭绣枕意
恹恹。只因心内生烦恼，直到将明梦始全。[27]

刘燕玉是刘府庶出的女儿，亲生母亲吴氏早亡，由乳母江妈（江三
嫂）抚养成人，这就使得她在家中的地位很边缘化，从小养成了卑
怯软弱的性格。江妈只是刘府中一个普通的乳娘，见识不广，视野不
宽，还具有争强好胜的个性。在她的教育下，柔弱的刘燕玉有时不免
暴露出心胸较窄的性格缺陷。刘燕玉虽然如愿以偿，与皇甫少华顺利
成亲，得到了名分，却未收获少华真真切切的爱情。兄长刘奎璧的作
恶多端，娘家的遽然败落，使得她在夫家的地位颇为尴尬。她没有孟
丽君的才华与自信，也没有苏映雪的相府千金的显赫身份。因此，在
得到孟丽君与苏映雪的消息后，心胸较窄的她才会在心底打翻了醋坛
子，而她卑怯软弱的性格又决定了她不可能将自己的情绪在江妈之外
的其他人的面前表现出来，因此才会有上述复杂的心理活动。

总之，陈端生擅长心理描写，她在《再生缘》中通过细腻入微
的心理独白将人物微妙丰富的内心世界真实地呈现在读者面前，从
而增加作品的透明度，拉近了与读者的距离。《再生缘》的心理描写
已然达到了出神入化的境界。《再生缘》也因其独具特色的心理描写
而成为中国古代叙事文学和通俗小说中别具一格的经典之作。

第四节　青春才女的黄粱美梦

陈端生在《再生缘》中通过孟丽君改扮男装的奇特经历以及一系列杰出女性不让须眉的出色表现，建构了一个理想的桃花源，诉说着女性迥异于男性的情怀与理想，歌颂着女性不逊于男性的才华与美德。因而，从某种意义上来说，《再生缘》是陈端生寄托美好理想的梦幻之作。而从书中主要人物的姓名，似乎亦可窥见陈端生创作《再生缘》的独特匠心。如同曹雪芹《红楼梦》中人物的命名艺术，《再生缘》中的人名亦别有寓意。1967 年 10 月 23 日，郭沫若为《再生缘》前十七卷校订本写下题记："观此书人物选姓颇有用意。书中三位主要人物，皇甫少华切黄字，梁素华切粱字，孟丽君切梦字，盖取《黄粱梦》为其主题也。此断非偶然。"[28]郭沫若一语道破陈端生隐藏在《再生缘》中的奥秘。《再生缘》确是陈端生（主要是她的少女时代）的黄粱梦之作，反映了陈端生这位活泼自信、思想超脱的青春才女丰富细腻的内心世界。

然而，陈端生为什么要做梦呢？答案显而易见：一是因为生活于男权社会中，被三纲五常、三从四德等道德规范束缚的她，以及像她一样身份非男的众多女子，正过着与春风得意的孟丽君截然不同的生活，她们的行动被规范，她们的足迹被限制，她们的才华被埋没，她们的人性被压抑；二是推崇才女文化的清代社会给了她做梦的勇气和空间。

陈东原在《中国妇女生活史·自序》中不无感慨地说："三千年的妇女生活，早被宗法的组织排挤到社会以外了。妇女才是零畸者！妇女才是被忘却的人！除非有时要利用她们，有时要玩弄她们之外，三千年来，妇女简直没有什么重要。"[29]诚然，在我国漫长的男尊女卑的宗法社会（即男权社会）中，"女正位乎内，男正位乎外"的传统观念使得男性成为历史的主体、社会的主宰、家庭的主人，女性则成为寄生于男性的被征服者，被摒除于社会公众领域之外。对女性而言，闺房就是她们的整个世界，相夫教子几乎就是她们的全部人生，三纲五常、三从四德就是她们的人生信条。这种女内男外的社会分工，体现在文化上，就是女性群体被剥夺了与男性受同种类型教育的权利。男女接受教育的目的迥然有别。男子读书的目的，或是兼济天下，或是显身扬名，或是修身养性，不一而足，然而"女子读书的目的，惟在'事夫'，二千年前我们初有女子教育时，就这样规定下了"[30]。

到了清代前期，虽然女性在家庭中被规范、受压抑、边缘化的总体状况相较于前朝并无多少实质性的改变，但由于以反理学、扬个性、重真情为特色的人文主义思潮在社会上的进一步传播，社会意识形态和大众心理结构渐渐地产生了质的变化，注重妇德的传统择偶观转变为期待女性才、德、美兼具的新观念，才子配才女的赵明诚与李清照式的美满婚姻，成为很多男性梦寐以求的人生理想。因此，清代社会上（尤其是江南地区）逐渐掀起了一股股女子读书的热浪，女性（特别是书香人家的女性）接受诗书教育的机会大大超越前朝，出现了才女文化日渐繁荣的前所未有的景观。"清代虽盛传'女子无才便是德'，但读书的女子还是很多的。"[31]创作于清代前期的弹词《天雨花》中，左仪贞、桓清闺、黄静英等女性都熟读诗书，正是这一社会风气的艺术化反映。陈端生的祖父陈兆仑就认为女性于妇职之余浏览书籍，讽习篇章，可以多识故典，大启性灵，对其治家、相夫、课子皆有帮助，换言之，女性读书有利于增进妇德。因而，于有识之士普遍推重才女文化的社会土壤中，有清一代，尤其是盛清时期，众多的闺秀诗人、闺秀词人和擅写弹词的闺秀作家如雨后春笋般涌现出来。清代的妇女文学，取得了前所未有、令人惊叹的成就。据胡文楷《历代妇女著作考》著录，中国前现代女作家凡4000余人，而明清两代多达3750余人，占中国古代女作家的93%以上，明清两代的女作家中，又以清代女作家为多，约3500余家，占明清女作家的93%以上。如此数据，充分证明了清代妇女文学的繁荣以及清代女性作家在中国古代妇女文学史上所处的重要位置。

特别值得注意的是，弹词以其繁复细腻、长于铺叙的特质，尤其适合女性畅叙抒怀，相互交流，施展才华，对于当时具有文学素养、创作欲望和自我表现意识的女性而言，是一种极为合适的文体。于是，"有文才的妇女们便得到了一个发泄她们的诗才和牢骚不平的机会了。她们也动手来写作自己所要写的弹词。她们把自己的心怀、把自己的困苦、把自己的理想，都寄托在弹词里了"[32]。陈端生的《再生缘》即在此种社会文化环境中应运而生。

在以男性为中心的漫长的宗法社会中，女性的活动被限制于闺阁（家庭）之中，没有独立性和选择性，"女子一生的最高标准，便是嫁人了"[33]，何尝关注自我价值的实现与否？但当清代社会的思想出现新变，伴随着才女文化的兴盛和个性解放思潮的涌动，一些女性的自我意识日渐觉醒。她们虽然暂时无力改变铁桶一般牢固的男性占绝对主导地位的社会结构，但通过在文学世界中创造理想的女性形象，发出了渴望实现自我价值于社会公众领域的声音，因而闺秀作家创作的弹词，内容多以建功立业、安邦定国为主，女主角大多才情卓绝，不满于沉埋闺阁的命运，在遭遇变故时易性乔装，出将入相。《再生缘》中的孟丽君在圣旨逼婚的紧急关头，女扮男装，虽然最初怀着洁身去乱、为夫申冤的念头，但后来科场夺魁、官场升迁、入阁拜相的显耀经历，逐渐改变了她原有的人生观和价值观。她不再愿意过"随夫荣辱"的传统生活，忠孝王妃的显赫头衔对她丝毫没有吸引力。她拒绝恢复女装，为保持虚假的男性身份而同逼迫她露真的势力斗智斗勇，绝不认输。在《再生缘》中，陈端生甚至借皇帝之口提出了女性为官的要求，"寡人是，改妆仍要彼为官""成了亲来改了妆，依旧要，天天办事进朝房"[34]，表达了作者渴望颠覆"女主内"这一现存秩序的强烈愿望。乾隆年间的女作家王筠，身怀建功立业的大志，却因身为女子而落得个沉埋闺阁的下场，为了发抒"木兰崇嘏事无缘"的不平之鸣，昭示非凡的理想抱负，撰写传奇《繁华梦》以明志。对此，美国学者曼素恩曾指出："王筠的梦想以及陈端生创作的非凡的弹词都表明，在妇女的作品中，她们不仅把自己想象成女战士，甚至还想象成男学者——他参加科举考试，获取高位，而且发号施令。总而言之，随着妇女历史意识的觉醒，她们那种被排斥于管理行政事务和政治权力之外的感觉也变得更为尖锐。"[35]

孟丽君对复妆的抗拒与不满，反映了以陈端生为代表的女性意识已然觉醒的清代女性渴望挣脱束缚，像男儿一样闯荡社会，实现自身价值的人生理想，但这种理想在当时的男权社会中难以真正地付诸现实，故作者只能借助黄粱梦式的文学想象来寻求心灵慰藉。然而，当物换星移，一旦时机成熟，梦想也有可能转变为现实。在《再生缘》问世两百年后，陈端生的梦想已经成真。"在当今世界，女性可以参加各种考试，担任各种职位，取得各种成就，获得各种荣誉，女博士、女教授、女将军、女部长，以至女司令、女总理、女总统，无一不有。过去看起来几乎是天方夜谭的情形，现在都变成了现实，这充分证明了陈端生这位名不见经传的'闺阁小女'具有卓越的想象力和创造性，证明了《再生缘》等作品的伟大。"[36]

1.本文所谓《再生缘》，特指陈端生所著的前十七卷，又被称为"陈端生原著"，简称"原著"或"原书"，至于梁德绳所续的后三卷，则被称为"梁德绳续尾"，简称"梁续"。

2.（清）陈端生著，赵景深主编，刘崇义编校：《再生缘》，中州书画社1982年版，第106页。

3.（清）陈端生著，赵景深主编，刘崇义编校：《再生缘》，中州书画社1982年版，第375页。

4.（清）陈端生著，赵景深主编，刘崇义编校：《再生缘》，中州书画社1982年版，第925页。

5. 路工在《〈再生缘〉校正本序言》中说，弹词《玉钏缘》可能是陈端生的母亲汪氏所作，陈端生大概在十五岁至十七岁上参与了编写《玉钏缘》的工作。这是一个新奇的观点，但路工没有提出令人信服的证据，系揣测之辞。

6. 林玉、宋璧整理：《玉钏缘》，黑龙江人民出版社1987年版，第1814页。

7.（清）陈端生著，赵景深主编，刘崇义编校：《再生缘》，中州书画社1982年版，第1页。

8.（清）陈端生著，赵景深主编，刘崇义编校：《再生缘》，中州书画社1982年版，第1页。

9.（清）陈端生著，赵景深主编，刘崇义编校：《再生缘》，中州书画社1982年版，第1—2页。

10. 胡晓真著：《才女彻夜未眠——近代中国女性叙事文学的兴起》，北京大学出版社2008年版，第47—48页。

11. 盛志梅：《"他者"的反思与沉溺——浅议〈再生缘〉及其批评性再创作》，《南开学报》（哲学社会科学版），2012年第5期，第45页。

12. 许丽芳：《性别与书写之错置与超越——以〈女才子书〉与〈再生缘〉作者自序为中心之分析》，《国文学志》，第5期，2001年12月，第244页。

13. 谭正璧著：《中国女性文学史话》，百花文艺出版社1984年版，第401页。

14. 陈寅恪著：《论再生缘》，《陈寅恪集·寒柳堂集》，生活·读书·新知三联书店2001年版，第68页。

15. 侯芝是桐城派文人梅曾亮的母亲，亦具有桐城派文人倡导的以文学为载儒家之道的工具的正统观念。她的《金闺杰》与《再造天》的创作动机，都主要是为了反驳《再生缘》的离经叛道。《金闺杰》据《再生缘》删改而成，侯芝在《金闺杰》的题词中对《再生缘》中的孟丽君和作者陈端生展开了犀利的批判。侯芝对孟丽君的批判主要着眼于其对以三纲五常为核心的传统妇德的践踏，对陈端生的批判则主要聚焦于她"抹倒须眉""表扬巾帼"的处处为女性张目的创作动机。《再造天》是侯芝对《再生缘》再次发起的强烈攻击。侯芝在《再造天》中塑造了皇甫飞龙这一反面角色来极力攻击孟丽君在《再生缘》中犯下的道德人伦上的过错。

16. 邱心如在《笔生花》第一卷第一回的回首批评刘燕玉与郦保和（孟丽君）妇德有亏。胡晓真指出："虽然邱心如也讲述一个女扮男装的女英雄故事，但是细节处理的微妙变化，使得《笔生花》意在与《再生缘》做一场温和的辩论，而非亦步亦趋的模仿。"（胡晓真著：《才女彻夜未眠——近代中国女性叙事文学的兴起》，北京大学出版社2008年版，第37页。）

17. 陈寅恪著：《论再生缘》，《陈寅恪集·寒柳堂集》，生活·读书·新知三联书店2001年版，第68页。

18. 郭沫若著：《序〈再生缘〉前十七卷校订本》，《郭沫若古典文学论文集》，上海古籍出版社1985年版，第933页。

19.（清）陈端生著，赵景深主编，刘崇义编校：《再生缘》，中州书画社1982年版，第607页。

20.（清）陈端生著，赵景深主编，刘崇义编校：《再生缘》，中州书画社1982年版，第672页。

21.（清）陈端生著，赵景深主编，刘崇义编校：《再生缘》，中州书画社1982年版，第684页。

22. 郭沫若著：《谈〈再生缘〉和它的作者陈端生》，（清）陈端生著，郭沫若校订：《再生缘》，北京古籍出版社2002年版，第25页。

23. 张俊：《18世纪的中国"意识流"——论〈再生缘〉的心理描写》，《宜宾学院学报》，2005年第8期，第60页。

24.（清）陈端生著，赵景深主编，刘崇义编校：《再生缘》，中州书画社1982年版，第129－130页。

25.（清）陈端生著，赵景深主编，刘崇义编校：《再生缘》，中州书画社1982年版，第762－763页。

26. 笔者注："乘"，华夏出版社2000年版杜志军校注本《再生缘》作"乖"，北京古籍出版社2002年版郭沫若校订本《再生缘》作"柔"。

27.（清）陈端生著，赵景深主编，刘崇义编校：《再生缘》，中州书画社1982年版，第660－661页。

28.（清）陈端生著，郭沫若校订：《再生缘》，北京古籍出版社2002年版，书前手迹影印。

29. 陈东原著：《中国妇女生活史》，商务印书馆2015年版，第1页。

30. 陈东原著：《中国妇女生活史》，商务印书馆2015年版，第43页。

31. 陈东原著：《中国妇女生活史》，商务印书馆2015年版，第215页。

32. 郑振铎著：《中国俗文学史》，中国文联出版社2009年版，第383页。

33. 陈东原著：《中国妇女生活史》，商务印书馆2015年版，第6页。

34.（清）陈端生著，赵景深主编，刘崇义编校：《再生缘》，中州书画社1982年版，第882页。

35.〔美〕曼素恩著，定宜庄、颜宜葳译：《缀珍录——十八世纪及其前后的中国妇女》，江苏人民出版社2005年版，第263 — 264页。

36. 廖可斌：《陈寅恪〈论《再生缘》〉〈柳如是别传〉的研究旨趣》，《中国文化研究》，2011年秋之卷，第101页。

第三章　一代奇女孟丽君

　　《再生缘》通过叙述云南才女孟丽君巧扮男装赴考场、中状元、做高官而拒绝重回闺阁的曲折离奇的幻想故事，表达了有才情、有抱负、自我意识已然觉醒的女性冲出家庭牢笼，与男性并驾齐驱，建功业于社会公众领域的强烈愿望，体现了陈端生对父权社会中女性处境与心境的独特深思。《再生缘》中最值得注目的是孟丽君这个易钗而弁、创造命运、压倒须眉、光彩照人的女中奇杰。从最初的静处深闺，到风波突变时的易装潜逃，到春风得意时的连中三元，再到最后的入阁拜相，红妆弱女孟丽君凭借着聪明才智和惊人胆量，逐步描绘出自立、自强、自主、自尊的人生画卷，在清代弹词史上抒写了异常精彩的一页，亦创造了中国古代女性文学史上的经典神话。

第一节　已然觉醒的女状元

　　衣服本是人物身份的标志。不论是男性着女装，还是女子着男装，都是有伤风化、不伦不类的乖讹行为，通常会受到世俗的谴责。

在礼法社会中，男女着装有别还是"女正位乎内，男正位乎外"的社会秩序的体现。不论是女扮男装，还是男扮女装，均为搅乱阴阳、违背礼法的行为。一般人对此信条严格遵守，不敢越雷池一步，但古代社会亦有乔装客敢于冒天下之大不韪，挑战这所谓的道德准则。南齐女子娄逞、五代前蜀四川临邛女子黄崇嘏，均曾以男性身份为官，是现实社会中活生生的颠倒阴阳、挑战礼法的例子。在文学世界，自从"木兰从军"的故事广泛流传开来，一些思想开明或尊重女性或怀才不遇的文人们，以其卓绝的才情与出色的想象力，塑造了一系列女扮男装的经典形象。女扮男装是清代女性弹词中最为流行的故事模式，《再生缘》是将女扮男装题材处理得最巧妙、最具特色的弹词作品。《再生缘》的女主角孟丽君本是深藏闺阁的大家闺秀，在婚姻出现变故时乔装出逃，以男性郦君玉的虚假身份闯入社会公众领域，竟然连中三元，仕途也一帆风顺，甚至像男子一样娶妻入洞房，与梁素华（曾经的闺中密友苏映雪）配成一对外人艳羡的假凤虚凰。

　　孟丽君以卓绝才识谱写出一曲女扮男装的传奇之歌。她的故事乍看似乎落入了女扮男装故事的俗套，实质上却颇具创意。虽然中国古代文学史上并不缺少改扮男装的奇女子，孟丽君却堪称最奇绝、最具个性的乔装客。孟丽君迥异于男性作家笔下的扮装女子。在男性文人的构想中，改扮男装的谢小娥（出自李公佐《谢小娥传》）、花木兰（出自徐渭《雌木兰替父从军》）与黄崇嘏（出自徐渭《女状元辞凰得凤》）等，在乔装达成某一既定目的，或暴露女儿身之后，都主动易弁为钗，回归女性身份，而关于女状元孟丽君是否愿意回归的问题，陈端生从女性视角出发，以女性身份言说，给出了一个振聋发聩、与众不同的答案："不愿意"。

　　不仅如此，陈端生笔下的孟丽君还相异于一般女性作家笔下的乔装客，如《小金钱》中的柳卿云[1]、《玉钏缘》中的谢湘娥等。对于柳卿云、谢湘娥等乔装客而言，改扮男装只是生命中的过眼云烟，一旦时机成熟，她们就主动恢复女装，过着与传统女性毫无二致的相夫教子的生活。而孟丽君却与众不同，她试图将易装为官谱写成生命中的主题曲。随着扮装故事的逐步推进，自我实现程度的逐步加深，孟丽君愈来愈满足于虚假的男性身份。而一旦周边人物，如情深义重的未婚夫婿皇甫少华，血浓于水的生身父母和位高权重的皇帝以及皇太后、皇后等煞费苦心逼迫其暴露女性真身时，孟丽君没有乖乖地就范。就算真实身份已因三杯美酒而暴露，孟丽君仍未亲口承认改装之事，其拒绝回归女性秩序的决心多么坚定！

值得注意的是，陈端生改变了《雌木兰替父从军》《女状元辞凰得凤》《小金钱》《玉钏缘》等作品中女扮男装的惯常写法，将孟丽君改装后事业功名的博取过程和心理活动作为叙事的重头戏。《再生缘》中孟丽君女扮男装的举动虽然一开始也是遭受变故后的权宜之计，但随着孟丽君参与社会程度的加深，作者有意忽略了女主角之爱情婚姻的描写，将叙事重心放在她改装之后轰轰烈烈的事业功名的建立过程上。对女主角的功名的博取过程，作者并没有停留在金榜题名的层面，而是让孟丽君升任兵部尚书，担任主考官，位列三台，取得一人之下、万人之上的显赫地位，极力突显事业对女主角的诱惑力与重要性，细腻描述成就事业后其内心的满足与愉悦，以及为事业除障而公然抗拒父权的激烈行为。在爱情与事业的选择题中，孟丽君很清楚她想要的答案。尤为可贵的是，孟丽君头脑中已经具有其他乔装女子所不具备的经济独立意识，竟然能够说出"丽君虽则是裙钗，现在而今立赤阶。浩荡深恩重万代，惟我爵位列三台。何须必要归夫婿，就是这，正室王妃岂我怀？况有那，宰臣官俸岿岿在，自身可养自身来"[2]这番在当时社会环境下被目为离经叛道的言论。总之，孟丽君是一个具有强烈的女性自主意识的惊世骇俗、超凡脱俗的女状元。

第二节　男权统治的反抗者

"作者才情之横溢、女性地位之卑下、个人遭际之坎坷，都强烈地撞击着女性作家的心灵，促使她们在作品中自然而然地表现出一种女性作家的共同心态——反对男权统治，抗拒性别压迫。"[3]这一观点用于弹词《再生缘》的作者陈端生的身上尤为恰当。陈端生出身书香门第，富有文学才情，再加上伴父宦游的特殊经历和母亲讲述的独特见闻，以及外祖家在科场上的无比荣耀，使得才华横溢的她颇为自信、自尊，但在科举成为男性特权的宗法社会，女性的才华无论如何卓绝，胆识无论如何超群，除了发挥于家庭这一狭小的空间之外，并无其他用武之地。赴试及第、为官治国、兼济天下是男子汉大丈夫的事情。而随着女性自我意识的觉醒和文化水平的提高，对于陈端生等生活于盛清时代的富有才情的女性而言，"那种被排斥于管理行政事务和政治权力之外的感觉也变得更为尖锐"[4]。陈寅恪在《论再生缘》中指出，对于女性不能参加科举、参与政治的现实，"而在端生个人，尤别有更不平之理由也"[5]。据陈寅恪考证，乾隆朝为笼络汉族，粉饰太平，特别崇奖文学。乾隆元年（1736），陈端生的祖父陈兆仑考取博学鸿词科，名扬天下，但父亲陈玉敦与伯父陈玉万的才学并不突出，难以望其祖父之项背，在科举中皆未能一鸣惊人，都不过是一介举人，弟弟陈安生、陈春生、陈桂生等，当时年龄尚幼，尚不能在科场中崭露头角。"故当日端生心目中，颇疑彼等之才性不如己身及其妹长生。然则陈氏一门之内，句山以下，女之不劣于男，情事昭然，端生处此两两相形之环境中，其不平之感，有非他人所能共喻者。"[6]同时，外祖家在科举上的无比荣耀，又激发了陈端生的创作才情。据周清澍《〈再生缘〉作者的母族桐乡汪氏》考证，陈端生的大舅父汪孟鋗于1766年考中进士，陈端生开始写作

《再生缘》时，正是大舅父点翰林之后。《再生缘》的创作与汪孟鋗的科场经历，应该具有一定的关联。

"中国文学和传统戏曲中的'女扮男装'恰恰就是受压迫女性对'男女有别'的心理逆反，是男性权力话语社会中女权意识的一种曲折、委婉或说'化装'形式表达。"[7]《再生缘》即证明这一观点的显例。《再生缘》中孟丽君乔装为官的故事，正是陈端生的女性意识的一种曲折、委婉的表达，是陈端生之自我情感的投射。也正因为这个缘故，陈寅恪认为孟丽君是陈端生"对镜写真"的人物。

孟丽君以她乔装出走后轰轰烈烈的探险经历，彻底逾越了男权社会中"女不言外""内言不出"的性别规范，在某种程度上颠覆了宗法社会既有的权力结构，冲击伦常秩序。孟丽君所追求的是个体自由和人格尊严，父母夫婿越是逼迫于她，越是想把她重新拉回至男权社会中女人的"固有位置"，她越是反感和挣扎，越是想维持住男性的虚假身份。在孟丽君的心目中，结婚生子已不再是女人唯一的归宿，她的人生目标，是要在广阔的社会舞台上做一个真正的、意志自由的"人"。而为了实现做一个驰骋于社会公众领域、与男性并驾齐驱，真真正正的"自由人"的理想，孟丽君以最坚决的态度，最果断的行为，同逼迫她露真复妆的强大势力进行百折不挠的斗争，直至吐血如潮，仍未屈服。

当皇甫少华获悉孟丽君已与孟家暗认，欣喜若狂，不待她做主考官出场就贸然上本求婚时，孟丽君认为少华的举动是以势相欺，不可忍受："我郦明堂岂是被你藐视的！今朝论个理儿，也该制服制服你的少年心性！"[8]于是，她当殿将皇甫少华的奏本撕碎，据理问罪，斥责皇甫少华年少疏狂，无视纲常礼教，犯了戏师诳君之罪。孟丽君的如此行为展现出雷厉风行、不媚不谄、铁骨铮铮的风采。少华则可怜兮兮，又惊又惑，又气又惭，还要忍气吞声，以至回家的路上坠下马来。孟丽君的撕本行为冲破了男权社会中"既嫁从夫"，

"夫为妻纲"等捆绑在妇女身上的道德枷锁，体现了孟丽君对自由意志的追求，尤为可贵。

当冒牌女子项南金进京，孟士元已认下她为女儿，但其夫人韩氏一口咬定真正的孟丽君就是保和殿大学士郦明堂，又责怪她利名心重而骨肉情轻，置父母于不闻不问时，郦明堂勃然大怒，为掩饰真实身份，情急之中以挂冠辞职表示抗议。元成宗因而大发雷霆，指责韩氏言语是怪言怪语，犬吠牛鸣，并斥责孟士元惧内而纵妻失规，罚了他半年的俸禄。孟丽君的"目无父母"气得孟士元长吁短叹，愁眉惨目，韩氏更是气苦交加，唇青面白。而孟丽君虽也自责做了世间的逆女，孝行有亏，但最终的想法还是"孝心不尽忠堪尽，主意要，且在朝中做着官"[9]。在鱼和熊掌不可兼得的情况下，对女扮男装的孟丽君而言，功名事业显然比骨肉亲情更为重要。

当成宗帝中途截取孟丽君是女儿身的证据——红绣鞋后，冒雨微服私访丽君，见面后要丽君替他把湿透袍衿解开时，孟丽君则坚决不从。成宗帝又命令丽君在奏本中假称康氏女，不许称为孟丽君，以便纳入后宫，否则不但要将她斩首，还要治罪其全家。孟丽君则宁为玉碎，不为瓦全，绝不屈服于皇帝的旨意，表现出高尚的气节。总之，对贵为九五之尊的成宗帝的抗拒，使孟丽君浑身散发出意志自由的人格魅力。

正是由于孟丽君的无父无母、戏夫欺君的叛逆行为，陈寅恪热情赞扬陈端生摧破了当日奉为金科玉律的君父夫三纲，认为"端生此等自由及自尊即独立之思想，在当日及其后百余年间，俱足惊世骇俗，自为一般人所非议"[10]。郭沫若称赞陈端生"写孟丽君的显达，虽然不脱封建时代的俗套，但也不失为是一种叛逆的想法。在男性中心的封建社会，女性的才能得不到发展，故往往生出这些要与男子并驾齐驱的幻想。不过作者的叛逆性却更进了一步，她使她的主要人物发展到了目无丈夫，目无兄长，目无父母，目无君上的地步"[11]。

总之,《再生缘》是一部以女性乌托邦的艺术想象颠覆传统男权制的文学佳作。它的出现,在中国古代妇女文学史上具有振聋发聩的积极意义,陈端生也因此成为站在时代前列的进步女作家。但曲高必然和寡,《再生缘》对传统妇德的"颠覆性",难以为同时代的人所理解,甚至连一些才华卓绝的女性都对之进行批评。续写《再生缘》后三卷的梁德绳于第二十卷第八十回末,借武宪王皇甫敬之口,斥责孟丽君"习成骄傲凌夫子,目无姑舅乱胡行""我所嫌者心太硬,处事毫无闺阁形"[12]。邱心如在《笔生花》第一卷第一回的回首批评《再生缘》的立意存在错误,试图以创作的形式加以矫正:"刘燕玉,终身私订三从失,怎加封,节孝夫人褒美焉?《女则》云:一行有亏诸行败,何况这,无媒而嫁岂称贤?郦保和,才容节操皆完备,政事文章各擅兼。但摘其疵何不孝,竟将那,劬劳天性一时捐。阅当金殿辞朝际,辱父欺君太觉偏。实乃美中之不足,从来说,人间百善孝为先。因翻其意更新调,窃笑无知姑妄言。"[13]在邱心如看来,刘燕玉与郦保和(孟丽君)皆妇德有亏,因此她在《笔生花》中创作了一个道德完满的理想女性——姜德华来诠释她对妇德的理解。侯芝斥责孟丽君"倒将冠履愆还小,灭尽伦常罪莫疑",批评陈端生"抹倒须眉无过甚,表扬巾帼太淋漓"[14]。梁德绳、邱心如、侯芝对陈端生和《再生缘》的批评,恰恰证明了陈端生的超时代的进步性。陈端生的《再生缘》是这类女扮男装题材作品中的精品,孟丽君的不愿复妆和拒绝重返闺阁堪称宗法父权社会中的女权宣言。

第三节　既醒且醉的孟丽君

陈端生在《再生缘》中塑造的孟丽君是一个惊世骇俗、风华绝代的奇女子，同时也是一个既觉醒又迷茫的复杂奇特的女性形象。汤显祖（1550—1616）的传奇杰作《牡丹亭》，通过佳人杜丽娘与才子柳梦梅生死离合、刻骨铭心的浪漫爱情故事，成功塑造了一位敢于追求婚恋自主与个性解放的至情女性杜丽娘。在《牡丹亭》问世一百七十年后，陈端生着手撰写的弹词杰作《再生缘》，通过孟丽君闯入社会公众领域后乔装应试、连中三元、官至宰辅的传奇经历，塑造了一位才华绝世的女中奇杰孟丽君。如果说至情至性的杜丽娘立足于家庭，果断迈出了婚恋自主的坚定步伐，才华横溢的孟丽君则立足于社会，成功迈出了求取功名的坚定步伐。如果说《牡丹亭》是深受王学左派影响的进步作家汤显祖意图唤醒黑暗王国中的女性的振聋发聩之作，《再生缘》则是清代才女文化繁荣的社会环境下开明家教孕育出来的觉醒女性陈端生试图为女性言说与伸张权益的梦幻之作。杜丽娘是觉醒的，她的觉醒主要体现在对婚恋自主的追求层面。孟丽君更是觉醒的，她的觉醒已经涉及人生社会价值、功名事业的实现层面。从明代后期的杜丽娘和清代中期的孟丽君这两位经典女性形象的身上，可以窥见封建末世女性自我意识觉醒过程中由表层向深层的华丽蜕变。

如同陈端生，孟丽君是一个具有极好素养、才华横溢的特出女性。在遭遇突如其来的婚姻变故时，深藏闺阁的孟丽君没有过多地怨天尤人，也没有听天由命，而是主动为自己设计了一条将螺髻换成乌纱的人生之路。为慰藉双亲，她在花烛潜逃前自画真容一幅，画上题诗一首："风波一旦复何嗟，品节宁堪玉染瑕。避世不能依膝下，全身聊作寄天涯。纸鸢线断飘无际，金饰盈囊去有家。今日壁间留片影，愿教螺髻换乌纱。"[15] 显然，孟丽君在自画真容时已然觉醒。《牡丹亭》中亦有杜丽娘写真题诗的情节。《牡丹亭》第十四出"写真"叙述杜丽娘游园惊梦后因怀春而消瘦，心生感慨："俺往日艳冶轻盈，奈何一瘦至此！若不趁此时自行描画，流在人间。一且无常，谁知西蜀杜丽娘有如此之美貌乎？"[16]遂写真留影，且在画像上题诗一首："近睹分明似俨然，远观自在若飞仙。他年得傍蟾宫客，不在梅边在柳边。"[17]杜丽娘自画肖像的动机已然昭示着自我意识的觉醒及对人生价值的追寻，但杜丽娘觉醒的自我意识仍限于爱情婚姻层面，她觉醒后的所作所为仍限于闺阁，符合父权社会的妇德规范。杜丽娘一梦而亡，以极端行为抗击着吞噬人性的封建礼教，但回生后又谨奉"父母之命，媒妁之言"的婚姻，以"鬼可虚情，人须实礼"规劝柳梦梅，执意要请媒人议婚，又在某种程度上做了礼教的屈从者。孟丽君的觉醒则完全超越了婚恋自主的层面，明确指向因对自身才华的绝对自信而滋长出来的建功立业的伟大志向——父权社会中女性之自我实现的强烈愿望。

对于乔装出走的孟丽君而言，虽然为皇甫少华保全贞节是其最基本的要求，但婚姻不再是她追求的重心。女性保全贞节的手段多种多样，孟丽君选择的方式却别具深意。从乔装离开孟府的那一刻起，孟丽君的脚步义无反顾迈向的就是原本禁止女性通行的蟾宫折桂的功名之路，她在大踏步地闯入原本专属于男性的社会公众领域。从这点来看，孟丽君全身守节的手段已经僭越了男权社会的妇德规训，体现了女性深层次的觉醒。而觉醒之后，改扮男装的孟丽君的所作所为，从根本上来说，皆是为了实现自我价值即建构新的自我，这就使得她既区别于谨守妇德的传统女性，又相异于视爱情为生命的觉醒女性杜丽娘。

就反抗礼教的态度而言，孟丽君也比杜丽娘表现得更坚决、更大胆。《再生缘》写孟丽君为了戴稳头上的乌纱帽，机智果敢地同逼迫她就范闺中的强大势力进行周旋，公然做出目无夫婿、目无兄长、目无父母、目无君主的大逆不道的行为，将奉为道德准则的三纲五常彻底践踏。显而易见，在反叛封建礼教的道路上，孟丽君比杜丽娘走得更远、更坚决！而且，虽然同是封建礼教的反叛者，孟丽君与杜丽娘的行为折射出迥异的价值观。由生入死、死而复生的杜丽娘反抗的是封建礼教对美好爱情的摧残，其反叛行为并未从根本上冲击男权社会的纲常。孟丽君更换姓名，穿上儒装，大胆闯入原本专属于男性的世界，其反叛行为践踏了父权社会的伦常秩序，折射的是自由意志之光。

孟丽君睿智过人，对自己的优点了如指掌，也具备勇往直前、敢作敢当的个性。"想当初，宋朝正值宁宗帝。有二位，女扮男装盖世人。一个是，落蕊奇才谢氏女。一个是，广南闺秀柳卿云。俱因事急施良计，接木移花上帝京。金榜标名都及第，到后来，团圆骨肉有芳名。丽君生在元朝内，万卷诗书也尽闻。七步成章奴可许，三场应试我堪行。日常间，父亲三八分题目，每比哥哥胜几分。奴若改妆逃出去，学一个，谢湘娥与柳卿云。倘然天地垂怜念，保佑得，皇甫全家不受刑。那其间，蟾宫折桂朝天子。方显得，绣户香闺出俊英。倘若夫家俱被害，孟丽君，何妨做了报仇人。奴若不，烘烘烈烈为奇女，要此才华待怎生。"[18]为了顺利实现效仿谢湘娥与柳卿云乔装潜逃、凭才学干功名的理想，她果断采取积极的行动，如挑选年轻力壮、心地善良的女婢荣兰同行，暗中裁剪男装儒服，留言让苏映雪代嫁刘府等。种种行动都表明孟丽君的识见不凡，头脑清醒，敢作敢为。

更值得注意的是，孟丽君已经清醒意识到经济独立是女性独立的重要条件，她在医母认亲时对父母振振有词地说："丽君虽则是裙钗，现在而今立赤阶。浩荡深恩重万代，惟我爵位列三台。何须必要归夫婿，就是这，正室王妃岂我怀？况有那，宰臣官俸鬼鬼在，自身可养自身来。"[19]宗法社会的女子之所以普遍沦为男子的玩物和附属品，地位卑微，正是因为其寄生于男性的缘故，因此陈东原在《中国妇女生活史》中指出："三千年来男强女弱的观念，都是受经济权力所支配，若男子依靠女子生活时，便要变成男弱女强了。"[20]

孟丽君已然清醒认识到经济独立对于女性独立之重要性，这在女性成为男性附庸的宗法社会中难能可贵。

然而，孟丽君又是迷茫的。孟丽君的困惑在于：自己已然获得一人之下、万人之上的社会地位，完全取得了经济上的独立，根本无需依附于男性生活，但一旦真实身份被质疑，为什么父母、夫君、皇帝、皇后、皇太后等"他者"，无不试图揭穿她的"庐山真面目"，千方百计迫使她重回闺阁？而在道德罗网的层层包围之下，为什么除了恢复女性身份，回归家庭牢笼，或者成为皇甫少华之妻，或者入宫为妃，自己别无选择？而回归又必然以放弃"功名"（即社会价值的实现）为代价，这是孟丽君最不愿意看到的情形。当天子得知她的真实身份后，孟丽君在男性世界的"闯荡"已经到了绝路，除非她私底下披着妃子的外衣，否则对她而言社会公众领域已无路可走，而入宫为妃更非她的意愿，因此，孟丽君只能以"吐血昏迷"来表达她的无奈，她的抗议。或许，孟丽君也在质疑，为什么女性不能以女性的身份闯荡闺阁之外的世界呢？既然女性不能以女性的身份在社会公众领域像男性一样建功立业，那么，女子乔装成男性去追求功名、为官理政，为何同样不被道德所认可呢？

清代是一个理学旗帜高扬的时代，儒家伦理道德或深或浅地融入清朝人的血液。陈端生亦不例外，一方面她具有令人惊叹的进步思想，崇尚独立，张扬个性，活泼真率，她着力塑造的理想人物孟丽君在一定程度上冲破了封建纲常的束缚。这在当时确实达到了难能可贵的思想高度。但另一方面，陈端生终究是18世纪中国封建末世的一位女作家，她所处的时代仍以儒家伦理道德为主流文化，这就导致她的意识中不可避免地打上了忠孝节义等封建思想的烙印。正如郭沫若的《〈再生缘〉前十七卷和它的作者陈端生》和刘崇义的《再生缘·前言》（被收入中州书画社1982年版《再生缘》卷端）所指出的，陈端生的反封建是有条件的，她笔下的人物孟丽君虽然懂得以封建反封建，但其叛逆思想并没有从总体上突破封建主义的藩篱。孟丽君用以反抗封建道德的武器仍是自相矛盾的封建纲常，因而她的所作所为在内心总是矛盾的，不可调和的，她也时时沉溺于负罪感中。她欲蟒玉威风，为官作宰，但又承认自己女扮男装位列朝班，犯有搅乱阴阳、瞒蔽天子之罪；娶文华殿大学士梁鉴之千金，负有戏弄大臣、误人婚配之罪。当坠入牢笼露真之后，她认为自己"情真罪实该当死，也不望，天子龙心更爱才"[21]"罪孽深重法难逃，骸骨情知孽自招"[22]。为隐瞒真实身份，她处处表现出铁石心肠，但见病母晕倒在床，也急得魂魄全无，思量着"今日我若还不认，断送了，生身之母罪难当""我顾不得老师难嫁门生了！且认了母亲再作区处"[23]。后来她虽然在朝廷上机智应对，将前番认母之事赖得干干净净，但其内心十分不忍，自责孝行有亏。当听说母亲旧病复发，她也在考虑："若果母亲病重，有医不看，有药不尝，却也说不得了，只好商量承认。"[24]尽管孟丽君主观上想不认夫婿，不认父母，不暴露女身而一世为官，但客观上似乎是不可能的。她可以不认夫婿，但是撇不下高堂病母，也不可能把封建伦常完全抛开。可见由于时代所限，孟丽君虽是一个觉醒的女性，但她的觉醒并不完全，她并没有彻底摆脱男权主义的羁绊。她敢于做出违背礼教的惊世骇俗的举动，却又时时承受着自责的阵痛，深陷伦理纲常的泥淖而难以自拔，因此孟丽君的叛逆精神不可能从根本上超越她所生活的父权时代。正是孟丽君意识中所具有的打上男权烙印的忠孝节义等思想，导致了孟丽君的迷茫和困境，导致她别样的人生必然是场悲剧。孟丽君的迷茫和困境，正是陈端生的迷茫和困境，也是清代女弹词作家面临的普遍困境。究其原因，并非陈端生等作家个人的局限性所致，而是男权社会对女性的箝制所致。

综上，孟丽君是《再生缘》中塑造的独具特色的女性形象。虽然她仍然具有时代的局限性，虽然她也曾迷失于封建道德的泥潭，虽然她仍在某些场合沉睡着，但大多时候是觉醒的，她身上散发出的主要是独立自尊、活泼自信、超凡脱俗、惊世骇俗的光彩。孟丽君的精彩人生，证明女性不仅可以成为一根柔情万种的藤，更可以成为一棵高大挺拔、风姿独特的树。传奇女子孟丽君，引领着后世女性成为更好的自己。

---

1. 柳卿云是弹词《小金钱》中的重要人物，是汤显祖《牡丹亭》中男女主角柳梦梅与杜丽娘的嫡亲孙女，亦以现实人物的身份出现于《玉钏缘》中，是《玉钏缘》中王淑仙的堂嫂。柳卿云在《玉钏缘》中多次出场，仅第六卷中她就出场四次，其中与谢湘娥会面三次：第一次是柳卿云以新成府国学的身份与女学士谢湘娥等人在皇宫见面，第二次是谢湘娥登门造访柳卿云，第三次是谢湘娥邀柳卿云同去劝说王淑仙"改嫁"谢玉辉。因此，通常认为《玉钏缘》是对《小金钱》的接续之作。

2.（清）陈端生著，赵景深主编，刘崇义编校：《再生缘》，中州书画社1982年版，第607页。

3. 林娜：《女弹词中妇女特异反抗形式——女扮男装》，《福建师范大学学报》（哲学社会科学版），1990年第2期，第80页。

4.〔美〕曼素恩著，定宜庄、颜宜葳译：《缀珍录——十八世纪及其前后的中国妇女》，江苏人民出版社2005年版，第264页。

5. 陈寅恪著：《论再生缘》，《陈寅恪集·寒柳堂集》，生活·读书·新知三联书店2001年版，第63页。

6. 陈寅恪著：《论再生缘》，《陈寅恪集·寒柳堂集》，生活·读书·新知三联书店2001年版，第64页。

7. 李祥林：《男权语境中的女权意识——戏曲中的"女扮男装"题材透视》，《四川戏剧》，1997年第3期，第12页。

8.（清）陈端生著，赵景深主编，刘崇义编校：《再生缘》，中州书画社1982年版，第679页。

9.（清）陈端生著，赵景深主编，刘崇义编校：《再生缘》，中州书画社1982年版，第765页。

10. 陈寅恪著:《论再生缘》,《陈寅恪集·寒柳堂集》,生活·读书·新知三联书店2001年版,第66页。

11. 郭沫若著:《谈〈再生缘〉和它的作者陈端生》,(清)陈端生著,郭沫若校订:《再生缘》,北京古籍出版社2002年版,第26页。

12. (清)陈端生著,赵景深主编,刘崇义编校:《再生缘》,中州书画社1982年版,第1151页。

13. (清)邱心如著,赵景深主编,江巨荣校点:《笔生花》,中州古籍出版社1984年版,第1页。

14. (清)侯芝:《金闺杰题词》,转引自郭沫若:《〈再生缘〉前十七卷和它的作者陈端生》,《郭沫若古典文学论文集》,上海古籍出版社1985年版,第871页。

15. (清)陈端生著,赵景深主编,刘崇义编校:《再生缘》,中州书画社1982年版,第135页。

16. (明)汤显祖著,钱南扬校点:《汤显祖戏曲集》(上册),上海古籍出版社2010年第2版,第287、289页。

17. (明)汤显祖著,钱南扬校点:《汤显祖戏曲集》(上册),上海古籍出版社2010年第2版,第290页。

18. (清)陈端生著,赵景深主编,刘崇义编校:《再生缘》,中州书画社1982年版,第129页。

19. (清)陈端生著,赵景深主编,刘崇义编校:《再生缘》,中州书画社1982年版,第607页。

20. 陈东原著:《中国妇女生活史》,商务印书馆2015年版,第138页。

21. (清)陈端生著,赵景深主编,刘崇义编校:《再生缘》,中州书画社1982年版,第963页。

22. (清)陈端生著,赵景深主编,刘崇义编校:《再生缘》,中州书画社1982年版,第973页。

23. (清)陈端生著,赵景深主编,刘崇义编校:《再生缘》,中州书画社1982年版,第603页。

24. (清)陈端生著,赵景深主编,刘崇义编校:《再生缘》,中州书画社1982年版,第827页。

第四章　舞台荧屏俏丽君

　　《再生缘》在戏曲和影视改编领域的影响之大，远非一般弹词所能望其项背，尤其是书中女主角孟丽君至今仍活跃于戏曲舞台和影视荧屏之上。黄梅戏、越剧、祁剧、扬剧、淮剧、锡剧、京剧、歌仔戏、粤剧、潮剧、庐剧、晋剧等地方戏曲的以孟丽君之故事为题材的剧目，以及1990年中国录音录像出版总社摄制的电视剧《孟丽君》、2002年香港TVB制作的电视剧《再生缘》和2006年北京金奥尼影视文化传播有限公司出品的电视剧《再生缘之孟丽君传》等，都有相当不错的观众缘，值得瞩目。

第一节　红杏枝头春意闹

　　《再生缘》既是清代弹词史上的空前之作，又通过为戏曲和影视剧所移植的方式成为闪耀于舞台荧屏的一颗明珠。直接或间接根据《再生缘》改编而成的戏曲和影视作品丰富多彩，总体上呈现出"红杏枝头春意闹"的繁荣景象。

一、丰富多元的改编实践

据目前所见资料初步统计，在中国（包括香港、台湾地区）以孟丽君的故事为题材的戏曲改编本涉及的剧种至少有下列40余种：潮剧、楚剧、川剧高腔、滇剧、赣剧、赣南地方戏、高甲戏、歌仔戏、广西北流木偶戏、桂剧、汉调桃桃、汉调二簧（汉剧）、湖南花鼓戏、沪剧（前身是申曲）、淮剧、黄梅戏、晋剧、京剧、荆州花鼓渔鼓戏、庐剧、沔阳渔鼓戏、闽剧、闽西汉剧、评剧、莆仙戏、蒲州梆子（蒲剧）、祁剧、秦腔、琼剧、山东梆子、芜湖梨簧戏、婺剧、锡剧、芗剧、湘剧、星子西河戏、扬剧、扬琴戏、沂蒙小调、豫剧、越剧、粤剧。

戏曲对《再生缘》的改编历史，可以追溯到清代后期。何炯若在咸丰年间曾将《再生缘》改编成《芙蓉剑》剧本两卷。清末已有潮剧《孟丽君》、祁剧《孟丽君》、广府戏《华丽缘》、秦腔《芙蓉剑》、汉调桃桃《芙蓉剑》等剧目的演出活动。辛亥革命前后广东汉剧有连台本戏《孟丽君》。民国初年，维扬文戏常演的剧目中有《孟丽君》一剧。20世纪20年代初期，老永正香、老玉梨香曾演出潮剧《孟丽君》（或名《女宰相》）。越剧、京剧、滇剧、高甲戏、黄梅戏、评剧、闽西汉剧等众多剧种亦竞相搬演《再生缘》，共同开创了"《再生缘》戏"（或谓"孟丽君戏"）的火热局面。

各戏曲剧种搬演《再生缘》中故事的剧目大都题为《孟丽君》，如黄梅戏《孟丽君》、越剧《孟丽君》、淮剧《孟丽君》、扬剧《孟丽君》、锡剧《孟丽君》、婺剧《孟丽君》、赣剧《孟丽君》、闽剧《孟丽君》、湖南花鼓戏《孟丽君》、湘剧《孟丽君》、晋剧《孟丽君》等；其他或题《再生缘》，如台湾雅音小集1986年首演的京剧《再生缘》；或名《华丽缘》，如周信芳在上海编演的京剧连台本戏《华丽缘》、薛觉先和唐雪卿演出的粤剧《华丽缘》；或题《多情孟丽君》，如广州粤剧二团演出的粤剧《多情孟丽君》；或题《芙蓉剑》，如汉调桄桄的传统剧目《芙蓉剑》，等等。在《再生缘》的各种戏曲改编本中，知名度高的主要有黄梅戏《孟丽君》、越剧《孟丽君》、锡剧《孟丽君》、祁剧《孟丽君》、京剧《孟丽君》、扬剧《孟丽君》、潮剧《孟丽君》和沪剧《孟丽君》等。

有些剧种还将《再生缘》的故事反复改编，譬如越剧舞台上就至少先后出现了10多种改编本：最早的一种是越剧小歌班的剧目《五美再生缘》，1917年6月演出于上海镜花戏园，稍后的1920年，嵊县人俞龙孙根据《华丽缘》唱本改编了长达28本的连台本戏《华丽缘》，此戏在1921年3月5日由男班梅朵阿顺班首演于上海升平歌舞台。此外，1935年演出了12本的连台本戏《新华丽缘》，1954年3月1日新艺越剧团演出了维新、笑芳改编的越剧《孟丽君》，1956年浙江金华市越剧团演出了唐远凡改编并执导的越剧《孟丽君》，1957年1月少壮越剧团演出了杨理改编的越剧《孟丽君》，1957年7月25日上海越剧院演出了张桂凤、吕瑞英、陈少春改编的越剧《孟丽君》，1980年上海越剧院二团演出了吴兆芬据丁西林的同名话剧改编而成的越剧《孟丽君》，等等。

在台湾地区，孟丽君的故事是歌仔戏反复改编、常演不衰的题材。据陈世雄、曾永义主编《闽南戏剧》记载，著名歌仔戏剧团都马班曾用越剧行头妆扮改编越剧《孟丽君》而轰动台湾，台湾电视公司1963年播出电视歌仔戏《孟丽君》，1965年播出电视歌仔戏《龙凤再生缘》，1967年制播电视歌仔戏《孟丽君》。台视联合歌剧团由歌仔戏天王巨星——杨丽花于1974年演出《孟丽君》。台湾地区拍摄的、为大陆观众所熟知的以孟丽君的故事为题材的电视歌仔戏（连续剧）有两部：一部是1984年播出的《孟丽君脱靴》，另一部是1995年中华电视公司制播的《皇甫少华与孟丽君》，皆由歌仔戏红星叶青主演。《孟丽君脱靴》和《皇甫少华与孟丽君》在播出后皆反响热烈，风靡一时，至今仍受到歌仔戏迷的青睐。

有些剧种除了编演陈端生原著中孟丽君与皇甫少华的故事，还编演了他们的后代的故事。潮剧中既有搬演孟丽君与皇甫少华之故事的剧目《孟丽君》（有多种改编本），又有《孟丽君后传》《飞龙进宫》《飞龙乱国》，皆演述孟丽君与皇甫少华的长女皇甫飞龙祸政乱国之事。厦门金莲升高甲剧团搬演了尔冬改编的高甲连本戏《孟丽君》和节本戏《孟丽君脱靴》，又搬演了尔冬、木子改编的《孟丽君后传》。高甲戏《孟丽君后传》亦演述皇甫飞龙自恃才高，一心欲效仿唐代武则天，为了实现女皇梦，处心积虑陷害忠良，最后被母亲孟丽君所诛的故事。《再生缘》之续书被戏曲剧种的移植，亦是《再生缘》影响广泛的一个注脚。

早在1927年，上海复旦影片公司就将弹词《再生缘》改编成时装化的无声电影《再生缘》，搬上银幕。自20世纪30年代末期至60年代，据《再生缘》改编而成的电影至少有粤语电影《孟丽君》（1938年中南光荣影片公司摄制）、国语电影《孟丽君》（1940年明星影片公司摄制）、粤语电影《孟丽君》（1949年香港金城影片公司出品）、粤剧电影《多情孟丽君》（1951年四达影业公司摄制）、厦语电影《孟丽君》（1955年香港必达影业公司出品）、粤语电影《风流天子与多情孟丽君》（1958年9月17日上映）、歌仔戏电影《孟丽君脱靴》（1959年台湾美都公司出品）、锡剧电影《孟丽君》（1963年华文影片公司出品）、潮剧电影《孟丽君》（1964年香港联友影业公司出品）、潮剧电影《孟丽君》（20世纪60年代香港东山影业公司摄制）等多部。

此外，据《再生缘》改编而成的电视戏曲连续剧有闽剧戏曲电视剧《孟丽君》、电视歌仔戏《孟丽君脱靴》和《皇甫少华与孟丽君》、黄梅戏音乐电视连续剧《孟丽君》、越剧电视剧《孟丽君》、庐剧戏曲电视连续剧《孟丽君》、沂蒙小调《孟丽君》等多种。据

《再生缘》改编、制作完成的电视剧至少有4种：茅威涛主演的电视剧《孟丽君》、王思懿主演的《新孟丽君》、香港 TVB 电视剧《再生缘》、内地电视剧《再生缘之孟丽君传》。在《再生缘》的电视戏曲连续剧和电视剧改编本中，最具影响的是叶璇、林峰主演的香港 TVB 电视剧《再生缘》，韩再芬、侯长荣主演的黄梅戏音乐电视连续剧《孟丽君》，李冰冰、黄海冰主演的内地电视剧《再生缘之孟丽君传》和王文娟、曹银娣主演的越剧电视剧《孟丽君》。香港 TVB 电视剧《再生缘》和内地电视剧《再生缘之孟丽君传》皆因"主演"而出彩，不少观众是因为"喜欢主演叶璇、林峰"而迷上香港 TVB 电视剧《再生缘》的，或是因为"喜欢主演李冰冰、黄海冰"而迷上内地电视剧《再生缘之孟丽君传》的。黄梅戏音乐电视连续剧《孟丽君》和越剧电视剧《孟丽君》皆因主演扮相俊美迷人、唱腔优雅动听、故事情节引人入胜而为人称赏，大量圈粉。

要之，孟丽君女扮男装的故事能被普通民众所熟知，能在民间留下深刻的印象和影响，与戏曲、影视等艺术样式对《再生缘》的改编密切相关。孟丽君是至今仍活跃于舞台荧屏的经典艺术形象。

二、言情为主的改编策略

据弹词《再生缘》改编而成的戏曲和影视作品数量众多，类型多样，但是质量参差不齐，有艺术水准相对较高的，如黄梅戏《孟丽君》、越剧《孟丽君》[1]、京剧《孟丽君》、祁剧《孟丽君》、晋剧《孟丽君》、淮剧《孟丽君》、锡剧《孟丽君》、扬剧《孟丽君》等，但也不乏平平之作，如扬琴戏《孟丽君》、粤剧《多情孟丽君》和《风流天子》、庐剧《孟丽君》等；有基本情节比较忠实于原著的，如高甲连本戏《孟丽君》、汉调桃桃《芙蓉剑》、沪剧《孟丽君》、越剧《孟丽君》（维新、笑芳编剧）、越剧电视剧《孟丽君》、茅威涛主演的电视剧《孟丽君》、湖南花鼓戏《孟丽君》等，但也有情节与原著相距甚远的，如香港 TVB 电视剧《再生缘》、汉剧《禹王鼎》、淮剧《孟丽君》、越剧《孟丽君》、黄梅戏《孟丽君》、闽剧《孟丽君》、桂剧《孟丽君》等。特别是香港 TVB 电视剧《再生缘》，几乎只是借用孟丽君、皇甫少华、苏映雪、刘燕玉等几个人物的名号而另起炉灶之作，又是武侠，又是结拜，又是多角恋，具有浓厚的商业气息。总体而言，目前《再生缘》的戏曲和影视改编之作种类繁多，面貌各异，概而论之具有下列一些特点：

1. 重在渲染爱情故事

《再生缘》现有的戏曲和影视改编之作，如黄梅戏音乐电视连续剧《孟丽君》、香港 TVB 电视剧《再生缘》、内地电视剧《再生缘之孟丽君传》、扬剧《孟丽君》、越剧《孟丽君》、黄梅戏《孟丽君》、锡剧《孟丽君》等，都将原著中孟丽君追求独立自主、反抗男权社会的传奇故事渲染成孟丽君与皇甫少华之间曲折缠绵、忠贞不渝的爱情故事，高歌"华丽缘"，是典型的才子佳人戏或爱情剧。黄梅戏音乐电视连续剧《孟丽君》叙述了孟丽君与皇甫少华两小无猜、魂牵梦绕、忠贞不渝、终成连理的美好爱情故事，实现了王实甫在《西厢记》中提出的"愿普天下有情的都成了眷属"的美好愿望，迎合了观众的审美期待，又因韩再芬、侯长荣、姚忠恒、汪静等优秀演员的精彩表演，故其于播出后广受好评，圈粉无数。但客观地说，该剧只是演述了一段海枯石烂永不变心的曲折浪漫的爱情故事，就思想价值的高度而言，其与陈端生原著尚存在一定距离。香港 TVB 电视剧《再生缘》将原著中孟丽君的故事改编成一段错综复杂的多角恋的故事：皇甫少华与铁穆耳皆钟情于孟丽君，梁山寨寨主卫勇娥对乔装客孟丽君（化名魏子尹）亦投怀送抱；因误以为"二哥"铁穆耳是吹笛人，孟丽君最初对他芳心暗许，为此不满父亲将其许配给皇甫少华而逃婚，后来得知吹笛人竟是自己拒婚的对象——"三哥"皇甫少华，且被少华的质朴敦厚、有情有义所打动，因此移情于少华；刘燕玉暗恋少华；阔真郡主痴恋铁穆耳。在经过曲折离奇的过程之后，皇甫少华与孟丽君心灵碰撞，终成眷属。内地电视剧《再生缘之孟丽君传》亦以写"情"为主，演述的是一眼万年、排除万难、终成连理，"只羡鸳鸯不羡仙"式的美好爱情故事。总之，《再生缘》现有的戏曲和影视改编本，基本上都是围绕着孟丽君与皇甫少华之间忠贞不渝的爱情故事而展开，主旨在于高歌"华丽缘"。这就与陈端生的"处处为女性张目"、讴歌女性才华、表现女性理想的弹词原著判然有别。

2. 未能充分汲取原著中孟丽君形象的精髓

《再生缘》现有的戏曲和影视改编本对孟丽君之故事的搬演，虽然总体上呈现出极为热闹的气象，但因其立意主要在于高歌"华丽缘"，故大多数落入了传统爱情故事的窠臼，未能充分汲取陈端生原著的精华，亦未能完全塑造出孟丽君形象的精髓。陈端生的弹词《再生缘》是一部赞美女性才华、反抗男权主义、践踏封建纲常的超时代之作。孟丽君是一个不爱红妆爱儒装、风华绝代独超群的奇女子。自尊自爱、独立自主、有胆有识、抱负非凡是孟丽君这一形象的主要特点。改扮男装后离开女性的生活空间，闯入专属于男性的社会公众领域，凭借聪明才智金榜题名、位居高官、建功立业的显赫经历，以及身份被质疑后果断同逼迫她露真复妆和回归闺阁的强大势力进行不懈斗争的精神，是孟丽君形象的最大亮点。而现有的大多数戏曲和影视改编本的最大缺陷正在于落入了才子佳人故事的俗套，将原著中独立自尊、胜过须眉、志在仕途的惊世骇俗的女状元，硬生生地改编成一个为爱而生、重情重义的深情女子，她虽然也因家庭变故而改装出逃、科场夺魁、位列朝班，但男装掩盖不了她重回闺阁的念头，赫赫功业敌不过她对爱情的渴求。

与陈端生原著中那个具有豪情壮志、光彩夺目的女中奇杰相比，黄梅戏《孟丽君》、黄梅戏音乐电视连续剧《孟丽君》、潮剧《孟丽君》、婺剧《孟丽君》、庐剧《孟丽君》、湖南花鼓戏《孟丽君》等诸多改编本中塑造的孟丽君形象则要暗淡一些。罕有改编本能将陈端生笔下孟丽君的独立自尊的个性和为功名不惜一切代价的独特举动及心理诠释到位，而通常只是塑造了一个才貌出众、女扮男装后虽建立奇功伟业却渴望回归女性身份的女性形象，完全失去了原著中孟丽君反抗男权社会的独特个性与独立精神。

黄梅戏音乐电视连续剧《孟丽君》中塑造的孟丽君，在梁太师面前禀明乔装原因时，竟然声泪俱下地唱道："非是我吃了熊心豹子胆，实是为家门不幸逼上梁山。一非是贪图荣华和富贵，二非是蟒玉威风想做官。皆只为叛军犯境百姓遭难，骨肉蒙冤不团圆。棒打鸳鸯两离散，我铤而走险把身捐。且喜是调和鼎鼐安天下，好还我红妆庆团圆。怎奈是骑虎难下连环难解，我越陷越深到今天。"[2]潮剧《孟丽君》中塑造的孟丽君只是一个"只可叹改装容易复装难"的女性形象，剧中有四句唱词："孟丽君因家难女扮男装，除奸佞辅朝纲少年名扬。无奈是仕林非她长久计，回转来愁难言闷坐书房。"可见改装入仕，建功立业，并不是孟丽君梦寐以求、拒绝放弃的人生理想。这就与陈端生原著中具有非凡政治抱负的孟丽君截然不同。婺剧《孟丽君》中的乔装客孟丽君为复妆一事而苦闷，她对苏映雪说："非是我贪图富贵不回首，怎奈我骑上虎背难下来。"吐露她难辞官职的原因是形势所逼（惧怕欺君之罪），而非主观意愿，这亦与陈端生原著中的孟丽君大相径庭。原著中的孟丽君之所以不愿辞去官职，主要是因为舍不得头上这一顶相貂。因为有了它，她就可以扬眉吐气地跻身于男性世界，施展才华，实现抱负，做出轰轰烈烈的事业。庐剧连台本戏《孟丽君》中的孟丽君感叹"做官容易辞官难"，甚至后悔当初女扮男装进京赶考，而且动不动就要苏映雪替她拿章程，甚至向苏映雪下跪，我确信凡是熟知弹词《再生缘》的读者，都会不禁发问：这难道是陈端生笔下的奇女子孟丽君吗？

　　越剧电视剧《孟丽君》中塑造的孟丽君形象，与北朝民歌《木兰诗》中的木兰并无本质上的差别，远不如原著中的孟丽君独立和精彩，她念念不忘的仍是"还我女儿旧妆束，重回闺阁对菱镜"，当身份泄露后竟然在太后面前诉说"女扮男装非我愿，忍泪吞声离家园……向吾皇，细陈苦衷请原宥，皇上明鉴把罪宽。恢复女身回家转，合家欢聚庆团圆"，失去了陈端生笔下的孟丽君形象的精华。与此类似的是，湖南花鼓戏《孟丽君》中塑造的孟丽君形象，念念不忘的追求也是主动回归女性的固有位置，在戏曲结尾孟丽君竟然欣喜唱道"退脱蟒袍心中喜""笑我重坐西阁床""看我重着旧时衣"。

　　《再生缘》现有的戏曲和影视改编本，往往对陈端生原著中孟丽君为拒绝复妆而斗争的情节进行大幅度的删减，殊不知这正是原著中最为精彩的部分。倒是目前一般观众不太熟悉的汉调二簧《孟丽君》中的孟丽君形象，稍有几分陈端生笔下孟丽君的风采。该剧中孟丽君于改装前向元成宗提出了改装的三个条件：恕其满门无罪；在改装后仍穿戴上殿议论国事；先要拜过恩师之仪，然后才有夫妻之情，颇能突出孟丽君的过人胆识：

　　　　元成宗：众卿排班，黎都堂还要改装才是。
　　　　孟丽君：教为臣改装，要依为臣三件大事。
　　　　元成宗：那〔哪〕三件？且讲你首一件。
　　　　孟丽君：首一件，我女装男扮，混闹科场，万岁出旨，恕我满门无罪。
　　　　元成宗：孤恕你满门无罪。二件？
　　　　孟丽君：二件大事，金銮殿下，二十四把金交椅，有为臣一把。为臣改装后，黄纱罩定首把交椅。外国有事，臣仍穿戴上殿议论国事。
　　　　元成宗：爱卿有奏有准。三件？

孟丽君：三件大事，皇甫少华乃是为臣的门生，先
要拜过恩师之仪，然后才有夫妻之情。[3]

总之，除汉调二簧《孟丽君》等少数改编本外，大多数的戏曲和影视改编本皆将《再生缘》改写成了传统的才子佳人戏或爱情剧，重新落入了陈端生已经避免的才子佳人故事的创作窠臼，这就使得其价值较原著打了折扣。

3. 对原著之悲剧意蕴的消解

不可否认的是，《再生缘》的故事蕴含悲剧性。虽然面对复妆回归闺阁还是继续乔装为官的选择项，孟丽君毫不犹豫选择了后者，但她不得不以一己之力对抗由父母兄长、未婚夫婿、皇帝、皇太后、皇后等组成的逼迫她露真的强大势力。随着双方冲突的升级，孟丽君终于被封建伦理道德之天罗地网困住，以至于心力交瘁、吐血如潮。虽然陈端生的《再生缘》只写到孟丽君吐血露真为止，但不管身份败露后何去何从，折断梦想翅膀的孟丽君毫无疑问是个不折不扣的悲剧人物。在将女性定义为相夫教子之工具的男权社会中，孟丽君要想在社会公众领域施展才华，追求独立，参与政治，建立功业，必须要将自己装扮为男性。迈出女扮男装这一步，体现了孟丽君之女性意识的觉醒，然而，易钗为弁的虚假身份总有被揭穿的一天，而在当时的男权社会中，隐藏在乔装身份下的女性性别注定了孟丽君的人生最终必然是个悲剧。一旦身份暴露，以男性为中心的封建纲常就会给孟丽君列出四大罪状：瞒蔽天子、戏弄大臣、搅乱阴阳、误人婚配，而她曾经建立的丰功伟业却被无情地漠视。简言之，作为一个生活于男权社会的具有非凡政治抱负的改装女子，孟丽君的人生终究逃脱不了"悲剧"二字。

《再生缘》现有的戏曲和影视改编本的结局大都属于"合家团圆型"，但这类喜气洋洋的团圆结局忽视了陈端生原著的矛盾冲突，

消解了原著的悲剧意蕴。《再生缘》的改编本为什么会消解陈端生原著的悲剧意蕴呢？概而言之，主要有两个方面的原因：

一是受梁德绳续尾的影响。梁德绳续尾于问世后流传颇广，深深影响了《再生缘》的不少改编本。梁德绳续尾是一个典型的其乐融融的中国式大团圆结局：孟丽君、苏映雪、刘燕玉"三美"同归皇甫少华。梁德绳续尾在某种程度上扼杀了陈端生原著中那个大胆叛逆、刚烈自尊的奇女子孟丽君。虽然已有学者对之提出尖锐的批评，但一些改编本仍在附和梁德绳续尾，如电视歌仔戏《皇甫少华与孟丽君》和《孟丽君脱靴》、庐剧《孟丽君》（杨和勤、盛小五编剧）皆采用三美团圆的结局。

二是因为戏曲和影视作品是雅俗共赏的艺术样式，其普及需要广大观众，而自古以来，中国的民众看戏，都比较喜好才子佳人大团圆模式的故事。陈东原在《中国妇女生活史》中说："中国人说故事，总希望团圆，无论从前怎样苦，能够团圆就好，所以明明一个悲剧，却变成了一个喜剧。"[4]鲁迅在《中国小说的历史的变迁》中亦指出："中国人不大喜欢麻烦和烦闷，现在倘在小说里叙了人生底缺陷，便要使读者感着不快。所以凡是历史上不团圆的，在小说里往往给他团圆；没有报应的，给他报应，互相骗骗。——这实在是关于国民性底问题。"[5]放眼中国古代文学史，不论是小说，还是戏曲，其叙述的故事的结尾大都以大团圆结局为主流，就连很多大家名作也未能免俗。董解元的《西厢记诸宫调》与王实甫的《西厢记》，皆将元稹《莺莺传》中崔莺莺被抛弃的悲剧结局改写为崔莺莺与张珙终成眷属的喜剧结局。高明的《琵琶记》彻底改写了民间戏文《赵贞女蔡二郎》中蔡二郎因背亲弃妇而遭暴雷震死的结尾，以一夫二妻大团圆的情节告终。汤显祖《紫钗记》完全舍弃了唐代蒋防《霍小玉传》中李益薄情寡义、霍小玉含恨而终的悲剧结局，以霍小玉与李益在黄衫客的帮助下重新团聚结束故事。

戏曲和影视主要是寓教于乐的艺术。就观众而言，欣赏一部戏曲作品或观看一部影视剧，主要是为了"找乐子"，而团圆结局显然比悲剧结局更具消闲遣闷的娱乐性。因此，《再生缘》中故事的团圆结局虽然受到学术界的尖锐批判，但仍然被《再生缘》的戏曲和影视改编本广泛采纳。比如越剧《孟丽君》、黄梅戏《孟丽君》、晋剧《孟丽君》、香港 TVB 电视剧《再生缘》和内地电视剧《再生缘之孟丽君传》等，都以孟丽君与皇甫少华终成眷属的"华丽团圆"为结局。余秋雨在《观众心理学》中指出："中国古典悲剧常以大团圆结尾，使观众的审美心理过程有一个安慰性的归结，这是戏剧家对观众意愿的一种满足。观众的这种意愿是那样的强烈，以致常常生硬地把悲剧性事件扳转过来。这种意愿，既有爱憎分明的善良成分，又有不愿正视黑暗的怯懦成分和伪饰成分，是一种庞大的民族心理定式的产物。"[6]团圆结局固然无可非议，但关键在于它在具体的文本中应符合情节和人物性格的发展逻辑。如果为了迎合观众喜好团圆的审美心理定式，而不顾情节与人物性格的合理发展，"生硬地把悲剧性事件扳转过来"，那就无异于制造精神鸦片，并不可取，亦是怯懦的国民性的体现。《再生缘》现有的戏曲和影视改编本，大多数在结局处理上恰恰违背了原著中的情节的发展逻辑，抹除了孟丽君形象的悲剧色彩。

三、各具特点的改编之作

《再生缘》以其与戏曲、影视的密切关系区别于《天雨花》《笔生花》《凤双飞》《榴花梦》《子虚记》《金鱼缘》等其他弹词作品。搬演《再生缘》中故事的戏曲剧种众多，演述《再生缘》中故事的影视剧亦有不少，既有以教化为旨的封建正统色彩较浓的改编之作，亦不乏以迎合观众之猎奇心理为动机的娱乐性较强的作品，既有情节上忠实于原著的作品，又有仅选取原著的几个人物或截取原著中的每一片段而进行再创作的作品。总体而言，编演《再生缘》中故事的相关戏曲和影视作品，色彩缤纷，但质量参差不齐，影响大小不一。下文将介绍几种影响较大的改编之作。

1. 越剧《孟丽君》（舞台剧，吴兆芬编剧）

越剧是中国的第二大剧种，以唱腔婉约柔美、表演细腻文雅而见长。越剧舞台上产生了众多享有盛名的经典剧目，吴兆芬改编的越剧《孟丽君》即越剧史上的重要作品。吴兆芬改编的越剧《孟丽君》，自1980年首演以来，备受观众欢迎，演出盛况历久不衰，成为越剧的保留剧目，目前所见有王文娟1982年主演的电视戏曲片版、单仰萍舞台版、王志萍舞台版、三萍汇演版、吴素英舞台版、陈萍舞台版、谢进联舞台版等多个演出版本，且至今仍在越剧舞台上焕发出蓬勃生机，影响较大。

就剧情而言，吴兆芬改编的越剧《孟丽君》主要根据丁西林的话剧《孟丽君》改编，因此其故事情节与结局都大体与话剧《孟丽君》相同，而与陈端生原著存在较大差异。为了使情节紧凑，吴兆芬改编的越剧《孟丽君》与丁西林的话剧《孟丽君》一样，删繁就简，去除了原著中皇甫长华、刘奎璧、苏映雪、刘燕玉、卫勇娥、熊浩、孟丽君之母兄等人物，根据剧情的需要增加了魏太师（魏瑾）这一角色，着重演述皇甫少华元帅于班师回朝之后与孟丽君相认且终成眷属的曲折过程，中间插入皇帝对孟丽君的垂涎三尺，而将孟丽君拜相之前的事情简略带过。另外，如同丁西林的话剧《孟丽君》，吴兆芬改编的越剧《孟丽君》亦将故事的背景设置为孟丽君之父孟士元南征失利被擒，被诬私通敌国，朝廷下旨治罪，孟丽君女扮男装出逃，这与原著迥然不同。

吴兆芬改编的越剧《孟丽君》是一出典型的才子佳人戏，剧中的孟丽君是一个对未婚夫婿皇甫少华一往情深、忠贞不渝的俏佳人、乔装客。孟丽君与皇甫少华于患难中见真情，心心相印，历经波折后终成连理。这一故事模式迎合了中国观众对戏曲的审美期待，因而该剧在演出后深受观众欢迎。不过，从学理的层面而言，因过于受丁西林的话剧《孟丽君》的影响，吴兆芬改编的越剧《孟丽君》并没有很好地诠释陈端生原著"处处为女性张目"的精神，特别是原著中孟丽君独立自主、刚强不屈、为立功扬名而不惜践踏伦常的独特个性被改编者完全抹杀了。但不可否认的是，越剧《孟丽君》亦有其价值。叶工在《为越剧〈孟丽君〉说几句话》中指出，越剧《孟丽君》固然不能与陈端生的《再生缘》相提并论，但情节紧凑，脉络清楚，是非鲜明，是一出娱乐性较强的剧目，且娱乐性中蕴含一定的思想性。

2. 越剧电视戏曲连续剧《孟丽君》

1996年，由孙道临导演，王文娟、曹银娣、金美芳主演的十集越剧电视戏曲连续剧《孟丽君》（简称"越剧电视剧《孟丽君》"或"越剧连续剧《孟丽君》"），是越剧与电视联姻的产物。它汲取了吴兆芬改编的越剧《孟丽君》的精华，但因篇幅的增长，扩充了许多情节。相较于吴兆芬改编的《孟丽君》，越剧电视剧《孟丽君》比较忠实于陈端生的原著。据孙道临《千呼万唤〈孟丽君〉》介绍，20世纪80年代初，王文娟演出舞台剧《孟丽君》时，曾一遍又一遍地阅读陈端生的《再生缘》，竟像着了迷，她经常对孙道临讲，一定要根据原著，再编演一部电视连续剧，于是孙道临也阅读了原著，发现相较于王文娟演出的舞台剧《孟丽君》，陈端生的《再生缘》中的情节远为曲折，人物关系远为错综复杂，孟丽君所面临的境地远为艰难，若能改编成一部篇幅较长的电视连续剧，是会较充分地体现原著的风貌。在如此机缘下诞生的十集越剧电视剧《孟丽君》，确实比舞台版的越剧《孟丽君》更忠实于原著。

越剧电视剧《孟丽君》之所以在观众中影响较大，一方面是因为其迎合了现今观众的审美趣味，另一方面则是因为其有一个很大的看点——扮演孟丽君的著名越剧表演家王文娟。王文娟有"性格演员"之美誉，她的表演善于描摹人物神态。在该电视剧中，她以71岁的高龄饰演十七八岁的妙龄少女孟丽君，依旧亭亭玉立、楚楚动人。该电视剧于播出后卷起了一股不小的旋风，征服了众多戏迷的心。

越剧电视剧《孟丽君》也受到一些学者的好评，如李姝娅在《从〈再生缘〉到越剧〈孟丽君〉——谈孟丽君形象的改变》中说："王文娟版越剧连续剧《孟丽君》，相对更注重尊重原著，没有离谱地添加、改编情节，同时叙事完整且有合理的改编，使得孟丽君的故事更富可观性，使得孟丽君这一形象为大众广泛接受。"[7]

但需要指出的是，与吴兆芬改编的越剧《孟丽君》相比，越剧电视剧《孟丽君》虽然更加尊重原著，但是在孟丽君形象的塑造上，仍然没有很好地诠释原著的精神。越剧电视剧《孟丽君》中的孟丽君形象，与弹词《再生缘》中的孟丽君之间依然存在较大差异。在陈端生原著中，孟丽君的性格具有动态发展性，从改装逃婚时的"一点真心为少华"[8]到拜相之后的"正室王妃当我怀"[9]，孟丽君经历了从顺从依附到独立自主、从"一根藤"到"一棵树"的质变，直至为了做官而不愿露真认亲，坚决拒绝回归女性秩序，性格发生了彻底的变化。而在越剧电视剧《孟丽君》中，孟丽君的性格仅具单一面向，其思想缺少合乎情理的发展变化，孟丽君自始至终皆是一个对皇甫少华情意绵绵、之死靡它的女性形象。据《千呼万唤〈孟丽君〉》介绍，总导演孙道临认为越剧电视剧《孟丽君》的主旨是呼唤人间至情。越剧电视剧《孟丽君》中情深义重的孟丽君形象，对此主旨做了极好的诠释。越剧电视剧《孟丽君》中塑造的柔情似水、以重返闺阁为人生归宿的孟丽君形象依旧没有脱离传统女性束缚于家庭的窠臼，因而她不再是陈端生笔下那位努力挣脱家庭牢笼、追求自由与功名、惊世震俗的女中奇杰孟丽君。

3. 黄梅戏《孟丽君》（舞台剧，班友书、汪自毅编剧）

黄梅戏是安徽省的重要剧种，亦是全国五大剧种之一。黄梅戏因唱腔清新自然，表演真实活泼，极具乡野气息，受到众多观众的青睐。班友书、汪自毅改编的《孟丽君》是黄梅戏的经典剧目，流传颇为广泛，有孙娟版、范卫红版、吴琼版等多个重要的演出版本。其中吴琼版比孙娟版、范卫红版多演出"别离"一场，该场的剧情为：孟士元奉命出征，中计被擒，被诬叛国降敌。圣旨捉拿孟家的家眷，皇甫少华送信孟府，令孟丽君逃匿。孟丽君赠少华自画像一幅，两人山盟海誓而别。

黄梅戏《孟丽君》的基本情节与越剧《孟丽君》的基本情节大致相同。值得一提的是，黄梅戏《孟丽君》中塑造得最为生动的形象既不是孟丽君，亦非皇甫少华，而是颇具喜感的风流皇帝。该剧将原著中孟丽君以独立自主之姿态、刚强不屈之言行反抗男权社会的传奇故事，仅仅改编成了孟丽君与皇甫少华海枯石烂永不变心的浪漫爱情故事。剧中孟丽君嘴里"郎君""郎君"叫个不停，失之粗俗。但因为各种演出版本的主要演员都表演得非常出色，特别是刘国平把风流皇帝的形象刻画得很成功，再加上黄梅戏婉转动听的腔调，所以该剧也颇受欢迎。

4. 黄梅戏音乐电视连续剧《孟丽君》

黄梅戏音乐电视连续剧《孟丽君》（简称"黄梅戏电视剧《孟丽君》"）主要根据陈端生的弹词《再生缘》和丁西林的话剧《孟丽君》改编而成，但也对陈端生原著的情节进行了较大的改动。该剧主要以孟丽君与皇甫少华青梅竹马、浪漫坎坷的爱情故事为线索，演述因权奸陷害，孟丽君女扮男装离乡避祸及之后发生的一连串的传奇故事。

黄梅戏电视剧《孟丽君》于1995年播出以后，曾引起热烈反响，受到很多观众的认可。对广大观众而言，黄梅戏电视剧《孟丽君》是"好看的"，它叙述了孟丽君与皇甫少华两小无猜、魂牵梦绕、忠贞不渝、终成连理的美好爱情故事，实现了"愿普天下有情的都成了眷属"的美好愿望，自然迎合了观众的审美期待。又因为韩再芬、侯长荣、姚忠恒、汪静等优秀演员的精彩表演，该剧在播出后广受好评。但客观地说，黄梅戏电视剧《孟丽君》只是演述了一个才子佳人互相倾慕、心心相印的曲折爱情故事，特别是剧中塑造的孟丽君，完全失去了原著中孟丽君的独特个性与独立精神。剧中孟丽君在梁太师面前禀明乔装原因时，声泪俱下地唱道："非是我吃了熊心豹子胆，实是为家门不幸逼上梁山。一非是贪图荣华和富贵，二非是蟒玉威风想做官。皆只为叛军犯境百姓遭难，骨肉蒙冤不团圆。棒打鸳鸯两离散，我铤而走险把身捐。且喜是调和鼎鼐安天下，好还我红妆庆团圆。怎奈是骑虎难下连环难解，我越陷越深到今天。"而原著中的孟丽君拒绝还妆的主要原因正是蟒玉威风想做官，她振振有辞地说："丽君虽则是裙钗，现在而今立赤阶。浩荡深恩重万代，惟我爵位列三台。何须必要归夫婿，就是这，王室王妃岂我怀？况有那，宰臣官俸嵬嵬在，自身可养自身来。"[10]而为了头上这顶证明其社会价值的乌纱帽，孟丽君不惜金殿撕本、戏弄夫婿、辱父气母、忤逆圣颜，直到口吐鲜血时仍不屈服于逼迫其露真的势力。陈端生原著中孟丽君惊世骇俗的独立精神和刚强不屈的鲜明个性，为什么到了黄梅戏音乐电视连续剧《孟丽君》中就荡然无存呢？难道仅仅是因为编剧想把出轨的孟丽君重新拉回至封建正统的轨道？

　　黄梅戏电视剧《孟丽君》曾受到一些学者的批评。吕启祥在《梦在红楼之外——〈再生缘〉与〈红楼梦〉》中指出，黄梅戏电视剧《孟丽君》"仍未能摆脱过去诸多改编和续作的窠臼，未能突出原著的精华。可以说，《再生缘》当代改编者的女性观，似乎还赶不上两百年前它的原作者陈端生。如果我们翻开《再生缘》前十七卷，就可以看到陈端生笔下的孟丽君是怎样地光彩照人，陈端生的女性梦幻是怎样地惊世骇俗了"[11]。蒋悦飞在《超时代的女性意识和权力困惑——〈再生缘〉在现代视角下的人文价值》中也对黄梅戏电视剧《孟丽君》特别是其大团圆结局表示不满，尤其指出它的片尾曲"……等待，是无尽的天涯路；等待，就是爱"，极尽凄婉地宣扬女性生命价值的被动性，完全背离了原著的精神，认为"不管改编者是否真正意识到，她总归是屈就了大众的欣赏口味，屈就了传统的审美观念。在1769年，一个18岁的封建贵族小姐已发出了女性解放的第一声呐喊，因这周围铁桶似的环境，她被淹没了；而在女性主义已被相当一部分现代人所理解和传扬的今天，新一代的改编者却在传统的秩序前止步了。这使我感到一种女性意识的沉重和悲哀"[12]。

需要指出的是，黄梅戏电视剧《孟丽君》虽然没有塑造出原著中孟丽君形象的异彩，但因韩再芬、侯长荣等演员的出色表演，以及黄梅戏优美动听的曲调，故广受好评，大量圈粉。

5. 锡剧《孟丽君》

锡剧是江苏省的重要剧种、华东三大剧种之一。《孟丽君》是锡剧的经典剧目。据朱安平《流派荟萃放异彩》介绍，早在抗战前后就有锡剧班社搬演《孟丽君》，许多前辈锡剧艺人都饰演过剧中主角，深受观众欢迎。江苏省文化局于1961年10月7日至31日在南京隆重举办"江苏省锡剧观摩演出大会"，由江苏省锡剧名角会串合演《孟丽君》（凡八场戏），引起轰动。会演的阵容为："画容逃脱"（沈佩华）"代嫁刺璧"（闵素珍、干春芳）"双美成亲"（梅兰珍、汪韵芝）"母女相会"（薛静珍、王瑞琴）"详容盘相"（王彬彬、张玲娣）"君臣游苑"（张雅乐、姚梅凤；姚澄、刘鸿儒）"冒雨戏相"（吴雅童、沈素珍、丁甲飞）"君臣夺妻"（吴雅童、沈素珍、丁甲飞、朱韵良）。其中"君臣游苑"一场由两组演员轮流演出。饰演孟丽君的几位女演员（沈佩华、梅兰珍、薛静珍、张玲娣、姚澄、姚梅凤、沈素珍等），在串演中发挥尤为出色。

目前所见的以孟丽君之故事为题材的锡剧改编本有两种：

一是倪松、赵方拂编写的《孟丽君》。该剧曾于1963年由华文影片公司摄制成电影（简称"锡剧电影《孟丽君》"）。锡剧电影《孟丽君》在锡剧迷中享有盛名，剧中饰演孟丽君的梅兰珍是锡剧四大名旦之一，饰演皇甫少华的王彬彬、饰演皇帝的季梅芳都有精彩的表演。

锡剧电影《孟丽君》的基本情节与原著大体一致，先从比箭订婚演起，然后是刘家逼婚、抗旨逃婚、映雪代嫁、三元及第、入赘相府、双美成亲、比武挂帅、征番救父、少华封王、丽君拜相、书房会面、同游上林、上本陈情、丽君问斩、国太认女，最后是孟丽君与皇甫少华花烛成亲。

其中，"双美成亲"（"双女洞房"）部分占了很大篇幅，心理刻画很细腻；"少华（王少甫）征番"部分的武戏很精彩；又删除了刘燕玉这一人物，最终是一夫一妻的团圆结局。"游苑戏相"一场中孟丽君对皇帝的斥责，可谓大快人心，只可惜出发点仅仅是为皇甫少华守节而已。

与《再生缘》的大多数戏曲改编本相类似的是，锡剧电影《孟丽君》同样没有完全刻画出原著中孟丽君独立自主的个性及对男权秩序的叛逆精神。锡剧电影《孟丽君》中的孟丽君形象与陈端生笔下的奇女子已经相距甚远。原著中孟丽君拒绝复妆、渴望雄飞的叛逆个性在锡剧电影《孟丽君》中荡然无存。

二是俞介君、叶至诚编写的十七场锡剧剧本《孟丽君》。该剧创作于1962年，经由叶圣陶修改润饰后，于1962年9月由江苏省锡剧团在南京彩排公演。十七场锡剧剧本《孟丽君》据陈端生的弹词《再生缘》改编，情节上比较忠实于原著，结局处理上则受到郭沫若的悲剧结局设想的影响，以孟丽君吐血身亡作结，孟丽君既不屈服于皇帝的威胁，又违抗了皇太后将之赐婚皇甫少华的懿旨，体现出强烈的叛逆性。在《再生缘》的众多戏曲改编本中，十七场锡剧剧本《孟丽君》确实具有独特性。吴炜在《评锡剧〈孟丽君〉的悲剧处理》中对俞介君、叶至诚改编的锡剧剧本《孟丽君》评价甚高，认为这个改编本不仅体现了陈端生原著的悲剧意图，而且还以塑造了主人公深刻的悲剧形象而特别见长：强化了孟丽君不甘埋没的"傲骨奇枝"，描浓了孟丽君弃家治国的政治抱负，水到渠成地归结了孟丽君乔装为仕的悲剧结局。

6. 淮剧《孟丽君》

淮剧《孟丽君》由张兴华编剧。张兴华创作的剧本《孟丽君》刊载于1992年第6期《剧作家》（1992年11月20日出刊）的第38—57页。淮剧《孟丽君》凡八场：第一场"家变出逃"，第二场"殿试拜官"，第三场"赏春探情"，第四场"拜寿认亲"，第五场"反目毁本"，第六场"游苑探情"，第七场"赐酒验身"，第八场"呕血辞世"。副标题为"一位古代知识女性的传奇"，剧末注明"取材自清代陈端生所著《再生缘》"。可见该剧是根据陈端生原著改编的，主要演述孟丽君的传奇史。如果抛开剧本中的孟丽君是否承继了陈端生原著中孟丽君的独立精神而论，张兴华编写的淮剧《孟丽君》的质量堪称上乘，尤其是文词优美，极具艺术感染力。

大致而言，淮剧《孟丽君》有两个值得注意之处：

首先，剧情编得很紧凑，对原著进行了大刀阔斧的修改。删除了原著中刘捷、刘奎璧、刘燕玉等人物。对皇甫少华与皇帝的形象做了较大改变：将原著中有情有义的皇甫少华改编成一个曾经负心、薄情寡义的形象，将原著中横刀夺爱的皇帝改编成一个"哪管它先王礼法圣贤训，哪管它千秋万代骂昏君？十万江山我不要，也要爱卿你一个人"的重情重义的男子汉形象。

其次，结局与众不同。刊载于1992年第6期《剧作家》上的剧本《孟丽君》的结局是：孟丽君被太后用三杯御酒验出真身，皇帝着便服探望丽君，丽君在皇帝面前呕血辞世。可见编剧张兴华在创作过程中应当借鉴了郭沫若的悲剧结局构想。但被搬上舞台时，大概是为了顾及戏曲的"团圆之趣"和观众对美好爱情的审美期待，该剧的结局做了新的处理。譬如陈芳主演的淮剧《孟丽君》的结局是：孟丽君恼恨皇甫少华"当年绝情不会面，而今又借助权势苦逼人"，有感于"年轻的帝王解人意，实属丽君一知音"，因而她最后与皇帝"一个是情眷眷，一个是意绵绵"，你情我愿走到了一起，成就"帝相缘"，而将剧本结尾"呕血辞世"的场景删除了。总之，淮剧《孟丽君》的结局与《再生缘》的其他的戏曲和影视改编本的结局迥然不同。

7. 扬剧《孟丽君》

扬剧《孟丽君》由陆志坤、苏卫东编剧，删除了原著中的刘燕玉、熊浩、卫勇娥等人物。扬剧《孟丽君》以孟丽君和皇甫少华为核心人物，演述了一个一波三折、终成眷属的美好爱情故事。云南昆明孟府百花园内，皇甫少华与刘奎璧比箭射柳。国舅刘奎璧一箭落空，姻缘无望。皇甫少华连中三箭，夺得红袍，与孟丽君喜结良缘。刘奎璧阴谋陷害皇甫全家，又假借圣旨逼婚。孟丽君描容出走，苏映雪仗义代嫁。洞房中苏映雪行刺刘奎璧未遂，投水自尽，被梁丞相的夫人所救。国舅喜事变丧事，致使宫中刘皇后受惊，难产而亡。太后悲伤成疾，太医束手无策，皇上发榜求医。金殿上刘捷父子与孟士元因"孟丽君"投水一事吵闹，适逢大臣来报皇甫少华潜逃，皇甫长华与母亲在押解途中被劫上吹台山。刘奎璧毛遂自荐，请旨带兵征剿吹台山。因是皇甫敬亲家，孟士元被削职为民。孟丽君主仆于潜逃途中投宿河南开封郦若山家，治愈其子郦明堂之顽疾。郦若山揭下皇榜，孟丽君遂以开封郦明堂的身份进宫，竟以妙手回春之术治愈太后。边关告急，孟丽君为平叛献策，奏请朝廷开武考。皇上大喜，封孟丽君为兵部尚书兼武科主考。孟丽君被梁相招为东床快婿，于洞房中巧遇苏映雪。皇甫少华易名王华，参加武考，一举夺魁。圣旨招安吹台，王元帅领兵与吹台义军一道平定夜州叛乱。

少华救父回朝，以血本陈情而洗雪冤屈。少华封王，丽君拜相，长华成为皇后。少华将孟丽君的自画像带回府中，因疑丞相郦明堂即孟丽君，遂邀郦丞相到府，借画像试探，不料遭到丞相的呵斥。孟架龄延请丞相过府给母治病，孟丽君病房认母。皇甫少华得知消息后上本认妻，并将丽君的自画像呈献给成宗观看。成宗以画观人，爱慕佳人，独召郦丞相同游上林苑，处处借景试探郦丞相，均被孟丽君巧妙化解。皇帝又欲强迫郦明堂在天香阁同榻而眠，最后拽着郦丞相的袍角得意忘形，谁知郦丞相急中生智，先用皇帝本人的袍角代替自己的袍角，然后悄悄地离开。太后宣召郦丞相进宫描画送子观音，又与皇后共同筹谋赐酒丞相。清风阁宫女乘丞相酒醉之际脱靴验身，手拿绣花鞋正待离去，却被成宗拦截。郦丞相酒醒，成宗出示绣花鞋，丞相只得承认自己是孟丽君。成宗逼迫孟丽君入宫为妃。翌日早朝，孟丽君女装复本，承认自己是孟丽君。成宗勃然大怒，欲以欺君之罪将孟丽君处斩并亲自监斩。太后深明大义，阻止了成宗帝的荒唐行为，又螟蛉孟丽君为保和公主，成全华丽姻缘。

值得注意的是，扬剧《孟丽君》将苏映雪塑造成了一个颇有主见、颇具智慧的女子，如孟丽君乔装出走正是苏映雪的建议，孟丽君当时倒有顾虑，曾对苏映雪吐露心声："感谢你危难之中拿主见，我怎能抛下双亲离家园？纵然我不惧关山路遥远，怕只怕刘贼父子陷椿萱。到那时花轿娶人人不见，害二老抗旨罪名要承担。此一去连累全家要遭难。"剧中第五场"双女洞房"尤为精彩，演员将孟丽君与苏映雪这对假凤虚凰"初次相遇"时的心理、情态表演得丝丝入扣，扮相也很俊美。第七场"救父还朝"以武戏为主，场面很热闹、很精彩。以武戏的闹热场景来处理皇甫少华班师回朝的情节，在《再生缘》的戏曲改编本中较为罕见。总之，扬剧《孟丽君》的舞台效果极好。

8. 茅威涛主演的电视剧《孟丽君》

1990年，越剧小生茅威涛主演的五集电视连续剧《孟丽君》的剧情编得很紧凑，不枝不蔓，虽删除了原著中的卫勇娥、熊浩、孟嘉龄等人物，但主要情节较忠实于陈端生原著，如比箭订婚、火烧小春庭、改装潜逃、高中状元、救父回朝、少华封王、暗中认母、金殿赖本等情节，都与原著相近似。此电视剧在改编方面值得注意的还有两点：

一是增加了侠女惠梅这一人物形象。在父亲李大人因接纳皇甫少华等人而被刘奎璧所派之人杀害之后，惠梅浪迹江湖，屡次暗中搭救皇甫少华。在惠梅身上体现了侠义精神，同时通过武侠元素的加入，增加了电视剧的观赏性。

二是结局较为独特。太后宣召郦明堂（孟丽君）进宫画送子观音图。梁丞相命令云南送来的假孟丽君顶替郦明堂进宫作画。皇后皇甫长华向太后禀告郦明堂就是孟丽君。正在作画的假孟丽君被赐酒灌醉和验出女身，脱靴消息被皇上中途截取。皇上满心欢喜，却得知被验身的是假孟丽君，原来中了掉包计，而真正的孟丽君正与皇甫少华拜堂成亲。刘燕玉于孟丽君与皇甫少华成亲之时出家为尼。

9. 香港 TVB 电视剧《再生缘》/*Eternal Happiness*

2002年，由叶璇、林峰、杨怡、马德钟、胡杏儿等主演的香港 TVB 电视剧《再生缘》，在当代社会再次掀起一股"《再生缘》热"的浪潮。不少观众通过这部电视剧而走进了《再生缘》的世界，成为孟丽君的粉丝。

百度贴吧的"孟丽君吧"中的网友"不要再封我 ID"曾发起一个"丽君迷们最喜欢哪个版本的孟丽君"的投票活动，截止到2010年1月14日，共有506人投票，投票结果如下图所示：

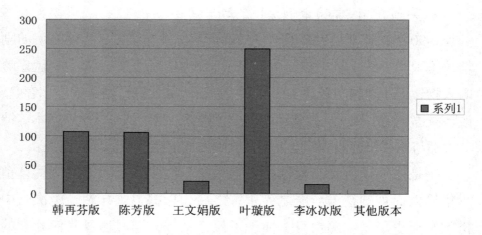

"丽君迷们最喜欢哪个版本的孟丽君"的投票数据图

在本次网络投票活动中，有249人将自己的一票投给了叶璇主演的电视剧《再生缘》，所占比例约为49.2%，可见香港 TVB 拍摄的电视剧《再生缘》在观众中颇具影响力。

香港 TVB 电视剧《再生缘》是一部讴歌女性追求婚恋自主的爱情剧，剧中塑造的孟丽君不再是陈端生原著中那个女扮男装、惊世骇俗、志在仕途的女中奇杰，而是摇身变为一个仗义疏财、男子汉气概十足、渴望婚恋自主，追求专一爱情、独立自尊的大女人形象。孟丽君一出场就与蒙古大力士比武，这与原著中那个花烛逃婚前静处深闺、温柔顺从的娇弱女子迥然不同。在该电视剧中孟丽君女扮男装出逃并非因为原著中的圣旨逼婚，而是为了躲避比武招亲而定下的婚姻，因为她一心追求自由恋爱，对神秘的"夜半吹笛人"芳心暗许。在经历一番波折后，孟丽君的婚恋自主的理想转变为现实。故事在孟丽君与情深义重的皇甫少华终成眷属的圆满中落幕。香港 TVB 电视剧《再生缘》虽然立足于女性立场，关注女性的独立自主问题，将孟丽君塑造成一个在生活中不需要亦不愿意依附男性的杰出女性，但它去除了原著中深厚的政治意涵，没有突显男权社会中富有才情的女性渴望实现的经世治国的伟大理想，抹除了原著"处处为女性张目"的特色。

要之，香港 TVB 电视剧《再生缘》过度商业化，都市气十足，但尽管如此，因为注入了新的时代特色，迎合了当下观众渴望婚恋自主的审美趣味，仍备受欢迎。

10. 内地电视剧《再生缘之孟丽君传》

与陈端生原著相较，内地电视剧《再生缘之孟丽君传》在故事发生的时代背景、主题、人物形象等方面，皆做了不同程度的改造。

（1）将故事发生的时代更改为明代

陈端生的《再生缘》主要叙述元代云南昆明龙图阁大学士孟士元之女孟丽君为逃婚而乔装出走、改名赴考、连中三元、担任朝官、拒绝复妆的奇特经历。在电视剧《再生缘之孟丽君传》中，改编者则将故事发生的时代背景更改为明代。《再生缘之孟丽君传》主要演述明代江南巡抚孟士元之女孟丽君与江南总督皇甫敬之子皇甫少华之间一见倾心、缠绵悱恻、海枯石烂、始终不渝的爱情故事，中间穿插孟府丫头苏映雪与刘奎璧凄婉曲折的感情故事。电视剧《再生缘之孟丽君传》将故事发生的时间设定为明代，应当说在一定程度上弥补了陈端生原著的缺陷。正如郭沫若在《谈〈再生缘〉和它的作者陈端生》中所指出的，在弹词《再生缘》中，"作者对于历史的真实性是完全置诸度外的。故事被拟订在元成宗时代，元成宗帖木耳生于元世祖忽必烈至元二年（1265），是世祖的孙子，即位于至元三十一年（1294），其时已经三十岁，而书中却说他是'少年天子'""元代，汉人的地位很卑下。民分四等，蒙古人为第一等，色目人为第二等，黄河流域的居民是第三等，长江流域和以南的是第四等。在《再生缘》中，元帝竟接连以汉人为后，且在朝廷中担任王侯将相的都是汉人，而且都是南方的汉人，此外却看不见有什么显赫的蒙古人。这是完全违背史实的"[13]。《再生缘之孟丽君传》对孟丽君的故事发生的时代背景的更改，恰恰弥补了原著对历史真实性的忽视。

（2）突出女性柔情，歌颂孟丽君与皇甫少华之间缠绵悱恻、忠贞不渝的美好爱情

《再生缘》是一部张扬女性独立意识、表达男女平等愿望的弹词杰作，孟丽君是一个具有独立精神、意志自由的女性形象。原著中孟丽君的独立精神，在电视剧《再生缘之孟丽君传》中虽然有所继承，但被明显弱化了。在《再生缘》中，孟丽君主要呈现出一种阳刚自立之美，而在《再生缘之孟丽君传》中，则是一副侠骨柔肠，编剧在刻画孟丽君之坚韧个性的同时，又赋予其一种女性的柔情美。

《再生缘之孟丽君传》以言情为主，着重刻画的是孟丽君与皇甫少华之间久经磨难、缠绵悱恻的恋情。为了让这段恋情"久经磨难"，剧中增加了藩王之乱、稽查盐案、刘捷蓄意谋反等情节，让孟丽君与皇甫少华多次身陷危机，品尝生离死别的痛苦。为了让这段恋情"缠绵悱恻"，丽君与少华在订婚之前已经因一瓶花露而相识，两情相悦。孟丽君女扮男装之事，皇甫少华在护送平反的孟士元夫妇进京后即知晓，并非如弹词《再生缘》中所着力描绘的那般——孟丽君一直想方设法向皇甫少华隐瞒真实身份。孟丽君与皇甫少华一直心心相印，共同平定了武胜王的叛乱，共同查办盐案，共同扫除边患，又共同制服了觊觎皇位的奸臣刘捷。皇甫少华对孟丽君用情甚深，孟丽君对皇甫少华也一片深情。与少华之间的恋情是支撑孟丽君渡过一个又一个难关的精神支柱。剧中丽君曾对少华表白："为了你，我什么都可以改变……当年在师傅那里，无论有多苦，我都没有放弃，我一直在想，等两家沉冤昭雪，我就跟你放弃这一切恩恩怨怨，到一个没有人认识我们的地方，去过自由自在的生活。"两人多次商定辞官卸职，归隐田园，只是因为朝中存在着刘捷父子等奸臣而未能如愿。显然，《再生缘之孟丽君传》中所叙述的孟丽君与皇甫少华之间的爱情故事，属于"只羡鸳鸯不羡仙"的类

型，主旨在于讴歌纯真美好的恋情。

在陈端生笔下，孟丽君的故事"悬而未决"，而《再生缘之孟丽君传》给孟丽君安排了一个复妆后与皇甫少华团圆的美满归宿，最后的画面非常温馨：以为丽君已死的少华坐在船头，伤情地回忆起他与丽君的过去，忽然闻到一阵茶香，与孟丽君意外重逢。原来，为了让丽君全身而退，离开京城，皇上与丽君合演了一场先死后生的好戏。显然，电视剧《再生缘之孟丽君传》重在讲述一个有始有终、饱经磨难、曲折浪漫的爱情故事。

（3）增加忠奸斗争、藩王之乱、宫中争宠等情节，提高电视剧的观赏性

《再生缘之孟丽君传》以女扮男装的奇女子孟丽君与皇甫少华的浪漫曲折的爱情故事为贯穿始终的线索。为了突显孟丽君与皇甫少华之爱情故事的传奇性，剧中增加了藩王之乱、稽查盐案、宫中争宠等惊险情节。骄横跋扈的武胜王虎视眈眈，欲篡夺皇位，因而孟丽君与皇甫少华深入龙潭虎穴，共同平定武胜王之乱。武胜王的外甥女梅妃因争宠而三番五次陷害皇甫长华，最终被打入冷宫。这些情节都是原著中所没有的。另外，剧中还重点突出了朝廷中的忠奸斗争，为此刘捷、刘奎璧的形象相较于原著有了较大程度的改变。

在《再生缘》中刘捷父子陷害皇甫一家的故事，主要是推进孟丽君女扮男装中状元情节的需要。没有刘捷父子的诡计，孟丽君不会乔装潜逃，不会萌生"愿教螺髻换乌纱"的想法，因此也就不会出现后来郦君玉科场夺魁、官至兵部尚书、位列三台的荣耀经历。刘捷父子的故事在原著第十一卷就已基本完结。因陷害皇甫一家，刘捷父子本来罪恶深重，但因刘燕玉千里迢迢自滇至京，愿代父母受刑，孝心可嘉，并有皇甫敬父子求情，皇甫中宫长华保奏，故最终皇帝下旨只治罪刘奎璧一人，而刘捷与其妻顾氏俱免死罪，仅得到充配岭南的惩罚。后因雁门关总兵刘奎光（刘捷之长子）杀敌立

功，刘捷一家男女眷属族人等，一概豁免不配，只令刘奎璧自缢，以正国法。很显然，在《再生缘》中作者并没有把刘捷当作奸臣来重点刻画。

而在《再生缘之孟丽君传》中刘捷摇身一变，成了一个彻头彻尾的奸臣，且在刘捷身边增加了一个为虎作伥、阴险毒辣的反面人物——邢师爷。剧中刘捷以巡查御史兼盐枭的身份出场，他是当今刘皇后的胞弟，自恃在多年前的一次兵变中救了年幼的太子，便居功自傲，呼风唤雨，私通番邦，陷害忠良。在调任吏部尚书之后，更是只手遮天，阳奉阴违，结党营私，三番五次欲置皇甫少华于死地。就连自己的亲生女儿刘燕玉，也成了他一枚争夺权势的棋子，直至把女儿绝望地逼入尼庵。而在与武胜王的较量中，刘捷更是老奸巨猾，玩弄伎俩，把孟丽君当作挡箭牌，使之几次身陷危机，险些丧命。

刘捷不仅私底下贩卖私盐，勾结邬必凯，卖国求荣，而在被封为忠义王之后，野心极度膨胀，权倾朝野，妄想谋反，比武胜王有过之而无不及。皇上命令郦君玉、皇甫少华查办盐案，刘捷先发制人，蓄意毁灭了所有证据。皇上暗示刘捷收敛，刘捷却日益嚣张跋扈。孟丽君与皇甫少华平定边患，身中暗箭（刘奎璧所射）的少华昏迷不醒。为了救治少华，孟丽君久滞大军，并重新部署了守边兵力。监军潘公公谎报军功和实情。刘捷为了一己私利，担心自己通敌的事情被泄露，便借机诬陷丽君谋反篡权。丽君被打入天牢。刘捷又处处逼迫皇帝立斩丽君，以免夜长梦多。危急时刻，梁丞相为丽君死谏，刘捷落下逼死三朝元老的罪名。边关的少华猛然醒来，快马加鞭，赶回京城营救丽君。皇上看到少华带回的刘捷通敌叛国的罪证，决定惩处内患。刘捷狗急跳墙，先发制人，挟持文武大臣，又以病危为由，将皇上与皇太后骗至刘府探视，趁机挟持皇上，逼迫其退位。幸好郦君玉及时出现，皇甫少华也随后赶到，险情得以化解。在刘捷死后，忠与奸之间的斗争仍未结束。原本心存一丝善念的刘奎璧于刘捷死后判若两人，满脑子都是替父报仇的歪念头，内心阴暗无比。为了报仇，刘奎璧竟然私通被打入冷宫的梅妃，害死姑母皇太后，又阴险地揭穿郦君玉女扮男装之事。刘奎璧的作恶多端，使得忠奸斗争一直持续到故事的结尾。

简言之，《再生缘之孟丽君传》虽然背离了陈端生原著的讴歌女性才华、宣扬女性自主意识的主旨，弱化了孟丽君的独立精神，没有达到原著的思想高度，但通过忠奸斗争、藩王之乱、彻查盐务、宫中争宠等情节的描写，以孟丽君与皇甫少华的浪漫爱情为贯穿全剧的线索，突出了作品的传奇性和故事性，刻画了一个忠于爱情、爱憎分明、心怀天下的奇女子孟丽君，具有较大的观赏性，因而得到不少观众的肯定。

综上所述，自近代以来，编演《再生缘》中故事的戏曲和影视作品数量众多，但基本上都逊色于原著。上文分析的十个改编本，皆未达到陈端生原著的思想深度。但不可否认的是，它们都曾风靡一时，都在观众中产生了较大影响，都在《再生缘》的传播过程中起了不可忽视的积极作用。

第二节　敢问新路在何方

在探析《再生缘》的各种戏曲与影视改编本的过程中，既不能不分青红皂白地将改编本一味贬低，也不能不分原则地对改编本一味赞扬，而是应该秉承实事求是的态度，既看到其长处，又不忽视其短处。据《再生缘》改编而成的戏曲和影视作品，虽然有的并不完全忠实于原著，但能自具特色，故自有其价值，不能一笔抹杀。

　　大致而言，《再生缘》现有的戏曲和影视改编本，与原著皆有或大或小的差异，虽然不乏在观众中产生较大影响的改编个案，如越剧《孟丽君》、锡剧《孟丽君》、淮剧《孟丽君》、黄梅戏《孟丽君》、京剧《孟丽君》、祁剧《孟丽君》、潮剧《孟丽君》、越剧电视剧《孟丽君》、黄梅戏电视剧《孟丽君》、香港 TVB 电视剧《再生缘》、内地电视剧《再生缘之孟丽君传》等，皆因迎合了当今观众的审美趣味，且有光彩夺目的主演，故在推出后都产生了不错的反响，但与陈端生原著的价值相比，仍然存在着一定的差距。特别是不少改编本忽视了原著"处处为女性张目"的创作主旨，没有恰到好处地诠释出原著中孟丽君的独立自主的个性与自尊自爱的精神面貌，或者仅仅将之塑造成一个为爱付出、为爱奋斗的痴情女性形象，或者简单将之处理成一个三从四德的传统女性形象。总之，现有的改编本大都没有完全汲取原著的精华。在《再生缘》今后的改编工作中，改编者如何才能推出既能弘扬原著的积极价值又能契合当代人之审美趣味的上乘佳作呢？要而言之，改编者至少应该注意以下几个方面的问题：

一、汲取原著的精神内涵

　　古典名著的改编工作，毫无疑问，必须以尊重原著为基本前提。改编者应在对原著熟读精思的基础上，以求真的态度和发展的眼光，对原著做一番去粗取精、去伪存真、扬长避短、勇于创新的处理工作。由目前文献可知，《再生缘》的不少戏曲和影视改编本，如越剧《孟丽君》、黄梅戏《孟丽君》、闽剧《孟丽君》、桂剧《孟丽君》、晋剧《孟丽君》、越剧连台本戏《华丽缘》等，或者主要根据丁西林的话剧《孟丽君》来改编，抑或受话剧《孟丽君》的影响，或者主要根据章回小说《龙凤配再生缘》来改编，皆非主要根据陈端生的《再生缘》来改编，因而其情节、人物形象、主题等皆与原著存在较大差异，这种现象值得深思。造成这种状况的主要原因大概是小说《龙凤配再生缘》与丁西林的话剧《孟丽君》在20世纪的流传远比原著广泛，以七言韵文为主的弹词体（这种文体虽在明清极受民众欢迎，但到了20世纪却与普通读者产生了"隔膜"）在一定程度上限制了陈端生原著在现当代的传播。需要强调的是，在今后的改编工作中，戏曲和影视的编导要注重根据陈端生的弹词《再生缘》来重新改编孟丽君的故事，要注重体现原著的独特精神。正如吴江在《一部不该遗忘的文学遗产〈再生缘〉》中所指出的："戏曲也仍有必要根据弹词原著（不是根据后来改编成小说者）重新研究其精神，像陈寅恪、郭沫若所分析评价的那样，重新设计改编演出，以提高其水平。"[14]侯硕平在《此"缘"堪比"红楼"美——访〈再生缘〉作者陈端生诞生地句山樵舍后记》中也说："《再生缘》是我们民族宝贵的精神遗产，理当得到去芜存菁的继承。……由衷地希冀能有真正贴近这位绝代才女创作原意，与十七卷本《再生缘》血脉相通的改编本新戏早日问世！"[15]

　　《再生缘》现有的一些戏曲和影视改编本之所以受到学术界的批判，一是因为其在孟丽君形象的刻画上，没有很好地诠释出原著中孟丽君的独特个性和独立精神；二是因为其背离了原著的立意。原著是一部张扬女性独立意识，讴歌女性非凡才华的弹词佳作。陈端生通过构想一个女胜于男的艺术世界，表达了男权社会中女性渴望冲出家庭牢笼，施展才华，为官理政的理想抱负。但大多数改编者都将孟丽君的故事想当然地改编成了一个才子佳人互相倾慕、经历风雨后终成眷属的浪漫爱情故事。黄梅戏《孟丽君》主要叙述的是孟丽君与皇甫少华之间海枯石烂永不变心的感情故事，与原著"处处为女性张目"的主旨背道而驰。剧中孟丽君"郎君""郎君"叫个不停，与原著中自尊自爱、独立自主、志在仕途的孟丽君截然不同。凡是对原著稍微有些了解的观众，对黄梅戏《孟丽君》中塑造的孟丽君形象，必然不会完全买账。

当然，所谓的"尊重原著"，绝非不加甄别地墨守原著，而是既要对原著的积极健康的思想内容进行继承与弘扬，又要对原著中消极庸俗的思想内容进行舍弃与批评。在此基础上改编者完全可以适当地添减枝节，加以恰到好处的创新。一个影印原著的改编本，未必就是一个质量上乘、成功的改编本。在名著改编的过程中，改编者不但要敢于继承，更应敢于扬弃，敢于创新。仅仅在情节上忠实于原著，但在思想上相违背的改编模式，并不能算作真正意义上的忠实于原著。例如电视歌仔戏《孟丽君脱靴》，虽然其故事情节表面上与原著和梁续中的相关情节高度一致，但原著的宿命论、神灵警示托梦、神书等迷信思想与梁续中三美共侍一夫等男权思想都全盘继承了，原著的精华如孟丽君的刚强不屈、活泼自信和自尊自主的特点却完全抛弃了，因此并不可取。在对原著的扬弃方面，电视剧《再生缘之孟丽君传》在某些方面做得非常成功，比如《再生缘之孟丽君传》将故事发生的时间更改为明代，应当说在一定程度上弥补了陈端生原著忽略历史真实性的不足。1986年，李耀光应珠江电影制片公司电视部之约、接受文学部任务而将陈端生的弹词《再生缘》改编成十集电视剧《再生缘》（剧本）。李耀光在《改编浅识》中说："改编《再生缘》，遵循的是'忠于原著、扬我所长'的原则。当然，《再生缘》是艺术精品，但是，由于时代的局限和作者的思想局限，它依然存在着思想上的糟粕和艺术上的不足之处。本剧在改编时，尽力剔除原著中虚无飘渺的宿命论因素和消极的浪漫主义色彩，集中笔墨刻划孟丽君的性格发展历程，揭示其不可避免的悲剧内涵。"[16]编剧李耀光提出的"忠于原著、扬我所长"的改编理念，值得《再生缘》的改编者铭记在心。

总之，《再生缘》的改编工作，要从忠实于原著的前提出发，充分汲取原著的精髓，但不要唯原著是从，而应摒弃其糟粕，弘扬其精华。唯有尊重原著，去粗取精，去伪存真，扬长避短，敢于创新，《再生缘》的改编工作才有可能获得成功。

二、重视不同文体的差异

在《再生缘》的戏曲和影视改编实践中，改编者还要重视戏曲、影视与文人创作的弹词在文体上存在的差异。陈端生的《再生缘》实是供案头阅读的弹词小说，头绪众多，情节复杂，规模宏大，仅前十七卷的篇幅就长达六十多万字。这样的作品，供长年禁闭于闺阁绣楼的知识女性阅读，确是消遣时光的绝佳文本，但并不适合原原本本地拿来作为戏曲或影视剧的演出剧本。原因就在于弹词小说与戏曲、影视剧的文体不同，传播方式相异。这就需要加以适当的、精心的改编。

戏曲是一种演员与观众面对面亲密接触的表演艺术，强调舞台效果。戏曲的演出模式，通常是由数个或一些演员在几个小时内表演一段相对完整的故事，这就要求剧本的结构要紧凑、矛盾要集中、情节应富有戏剧性。因此，《再生缘》的一些戏曲改编本都对陈端生原著的情节进行了大幅度的删减，甚至删除了原著中一些较为重要的人物。潮剧《孟丽君》删除了原著中的刘燕玉、卫勇娥、熊浩等人物，删除了原著中刘奎璧因花园比箭败北娶不到孟丽君而欲另娶皇甫少华之姐长华亦遭拒绝，以及刘奎璧谋害皇甫少华、刘燕玉搭救少华并与之私订终身等情节。杨理改编的越剧《孟丽君》（1957年1月由少壮越剧团演出于瑞金剧场）删除了原著中的刘燕玉、刘燕珠、刘奎光、皇甫长华、熊浩、卫勇娥、卫焕、卫勇彪等人物，使主要故事紧紧围绕着皇甫少华与孟丽君之间展开，情节紧凑。因为删除了皇甫长华这一人物，故没有必要再叙述吹台山故事了，因此卫勇娥、卫焕、卫勇彪等人物也就相应地删除了。其他如扬剧《孟丽君》也删除了原著中的刘燕玉、熊浩、卫勇娥等人物，使故事紧紧围绕"华丽缘"而展开。这种"删繁就简"的处理方式，对于《再生缘》的戏曲改编，总体上来说是恰当的。

自乾隆年间问世以来，《再生缘》主要通过抄本、刻本、石印本等纸质媒介流传，而影视剧的传播媒介属于影像媒介。纸质媒介与影像媒介是两种截然不同的艺术载体。以纸质媒介为传播途径的作品是供来阅读的，通过文字与读者之间建立联系、产生情感上的共鸣，除了内容的恰到好处、情节的曲折生动，还要注重文字上的韵味。以影像媒介为传播途径的影视剧是供来看、供来听的，除了内容、情节上的要求外，还应突出画面和声音上的美感，给人视觉和听觉上的直观享受。因此，要将《再生缘》改编成电影或电视剧，在注重故事"养心"的同时，还应充分突出影像媒介"养眼""养耳"的优点。惟其如此，《再生缘》的戏曲和影视改编才有可能再次焕发观众对孟丽君之故事的热情，从而成为新时代具有创新性的经典之作。

三、了解接受群体的特征

观众是戏曲作品的试金石。李健吾《〈孟丽君〉》曾指出："作品从读众走向观众，从纸面走向舞台，确实有更多的条件需要考虑。首先，观众本身就有一个比较无所不包的内容。读起来津津有味，演出后能否成功，还有待于观众的鉴定。"[17]这就需要戏曲作品的改编者深入了解观众的审美期待、审美能力、审美趣味等，影视剧的改编人员亦应如此。

影视剧一旦拍摄，是要拿到观众面前去检验的。作为一种大众文化，影视作品所面对的观众层次丰富，类型多样，上至精英阶层，下至草根大众，无所不包。这就需要改编者尽可能地将影视作品拍得雅俗共赏一些。《再生缘》的改编者也应如此，既不能意图凭借庸俗趣味来取悦大众，博取眼球，让作品沦为金钱的奴隶，也不能为了追求所谓的高雅，将作品拍得兴味索然。

时间已经证明，《再生缘》是一部兼具思想性、艺术性和观赏性的雅俗共赏的经典之作。如果改编者不注重提高改编之作的思想性和艺术品位，而仅仅考虑孟丽君之故事的娱乐性和商业价值，那么，问世后的作品很难经得起观众这块试金石的检验，也难以经得起时间的考验。总之，在从事《再生缘》的改编工作时，改编者应充分了解观众对《再生缘》（特别是书中女主人公孟丽君这一女性形象）的期待视野，注重汲取原著的精华，坚持去粗取精、去伪存真、扬长避短、大胆革新的原则，对《再生缘》（尤其是孟丽君）进行精心的、恰到好处的改编。

古典名著的改编，诚然不是机械化的简单复制，而是要在尊重原著的基础上加以合情合理的创新。改编本所面对的观众已经不是作品产生时代的观众，而是审美心理结构已经发生明显变化的当代观众，因此，改编者一定要充分了解当代观众的审美心理。成功的改编本，应该既保持原著的特色，又适当增入新鲜元素，契合当代人的审美趣味。比如梁德绳给《再生缘》续写的结尾是三美团圆的结局，一夫三美的婚姻在男权社会本是人人艳羡的福分，亦符合当时的大众心理，受到官方意识形态的认可。梁德绳的续尾也因此受到欢迎，得以与陈端生原著组合成一部完整的作品而广泛流传。但时过境迁之后，已经认可"一夫一妻婚姻模式"的当代观众对一夫多妻的婚姻却不买账，甚至要口诛笔伐。因此，当代的改编者要敢于剔除这类与当今社会心理相龃龉的内容。可是现有的一些改编本，如电视歌仔戏《皇甫少华与孟丽君》和《孟丽君脱靴》、汉调桄桄《芙蓉剑》（洋县剧团艺人口述本）、庐剧《孟丽君》（杨和勤、盛小五编剧）等，仍然采取一夫三美的大团圆结局，特别是电视歌仔戏《孟丽君脱靴》在剧尾仍在明确宣扬"三家欣喜将婚联，三美团圆乐无边。神仙谪降前盟践，千古传颂再生缘"，毫不考虑当代观众的审美心理。岂不可笑乎？茅威涛主演的电视剧《孟丽君》和内地电视剧《再生缘之孟丽君传》适当加入了武侠元素，增加了看点，符合当代观众的审美趣味，值得肯定。香港 TVB 电视剧《再生缘》虽然也涂抹上了武侠的色彩，且把著名戏曲家关汉卿"消费"了一次，表面上增强了作品的娱乐效果，但该电视剧并没有很好地汲取原著精神，只是借用孟丽君、皇甫少华、铁穆耳、苏映雪、刘奎璧、刘燕玉等《再生缘》中主要人物的名字，叙述了一连串错综复杂的爱情故事，加入结拜、多角恋的故事情节，突出娱乐性和商业气息，但格调并不高，品位不及原著。

四、精心挑选优秀的演员

正如吴琛《角儿中心及其它——致吴绳武同志》所说："中国的角儿中心，源远流长。舞台艺术精华，多半凝聚在某些优秀演员身上。"[18]在某种意义上来说，戏曲与电视剧是"名角"的艺术，不少观众往往是冲着某个（或某些）"名角"去关注某部戏曲作品，或因某个（或某些）喜爱的演员而去疯狂地"追"某部影视剧。越剧《孟丽君》、越剧电视剧《孟丽君》、黄梅戏《孟丽君》、黄梅戏电视剧《孟丽君》、香港 TVB 电视剧《再生缘》和内地电视剧《再生缘之孟丽君传》能在观众中产生较大的影响，一个重要原因就是演员的出色表演及卓著声名。

叶工在《为越剧〈孟丽君〉说几句话》中指出，1980 年上海越剧院二团排演的《孟丽君》能受到观众欢迎，轰动一时，和演员的表演有很大关系："多数演员是称职的。丁赛君扮皇甫少华虽稍嫌文弱一些，但突出了人物忠厚的一面，表现对孟丽君的怀念时，感情真挚动人。金美芳创造的年轻、荒唐的皇帝的形象，别具一格。王文娟同志的表演尤为出色。……王文娟没有按近一、二十年来逐步完备起来的表现古今英雄人物的程式来表现她[19]，表演风格朴素、抒情，缩短了观众和人物的距离，使观众对孟丽君的命运充满同情和关注。"[20]金良、贺聿杰、凌仲琪在《与"孟丽君"在一起的日日夜夜》中说，越剧电视剧《孟丽君》的成功，得益于王文娟、曹银娣、金美芳等众多越剧名角的加盟。黄梅戏明星韩再芬的歌声柔婉，扮相俊秀，气质出众，由她出演黄梅戏电视剧《孟丽君》中的孟丽君，可谓人气十足。据朱康宁《陌上花开歌缓缓——记黄梅戏明星韩再芬》介绍，1994年8月，当韩再芬主演的黄梅戏电视剧《孟丽君》摄制结束，总导演胡连翠兴奋地称赞韩再芬扮演的孟丽君真潇洒。钟艺兵在《刚柔相济 光采照人——谈韩再芬塑造的孟丽君》中说韩再芬"把孟丽君这一古代巾帼英雄的性格和风采，展现得细腻委婉、丰富深沉、刚柔相济、光采照人"[21]。香港TVB电视剧《再生缘》在播出后极受观众欢迎，亦与叶璇、林峰、马德钟、杨怡、胡杏儿、刘玉翠等著名演员的精彩表演密切相关。

总之，将《再生缘》改编成戏曲作品或影视剧，搬上舞台或荧屏，演员（特别是主演）的选择也是至关重要的一环。

五、重视学界的研究成果

在陈寅恪、郭沫若等著名学者的推崇下，《再生缘》逐渐走入更多学者的研究视野，学术界涌现出一大批《再生缘》的研究成果，研究方法与视角也呈现多样化的态势。学术界关于《再生缘》的研究成果，无疑对《再生缘》的改编工作能够起到一定的指导作用。《再生缘》的戏曲和影视改编者应该及时关注这些学术资源，汲取其中的有益养料。1986年，十集电视连续剧《再生缘》的编剧李耀光在《改编浅识》中说："本剧改编时，吸取研究《再生缘》的前辈学者的宝贵意见，于'大团圆'喜庆鼓乐声中笼罩了悲切、压抑的悲剧情调，让主人公抒发出'前生今生缘无分''我愿来生再运筹'的'一腔悲愤'。这样的改动，可能有助于其悲剧性格得到更为合理的发展。"[22]李耀光将弹词《再生缘》改编成电视剧剧本《再生缘》时，积极吸取学术界的意见，这种做法值得肯定，但可惜的是，该剧本似乎并未拍成电视剧。

值得注意的是，《再生缘》现有的不少改编本，忽视了学术界的声音。例如关于《再生缘》的结局问题，虽然郭沫若等学者早已指出了梁续的不合理性，但电视歌仔戏《皇甫少华与孟丽君》和《孟丽君脱靴》、杨和勤与盛小五改编的庐剧连台本戏《孟丽君》、洋县剧团艺人口述本汉调桄桄《芙蓉剑》、陕西省剧目工作室保存本秦腔《孟丽君》等改编本仍然采纳了梁续中"三美团圆"的情节。这种状况岂不令人深思？

简言之，改编者在对《再生缘》进行戏曲或影视改编的过程中，应该全面考虑各个层面、各种人物对《再生缘》改编问题的意见和态度，学术界的见解亦不例外。这是《再生缘》的改编者应该高度重视的问题。

综上所述，《再生缘》的戏曲和影视改编在数量上呈现出繁荣的态势，质量上却有待提高。虽也不乏产生轰动效果的改编之作，但鲜有能在立意上与陈端生原著相颉颃者。如何才能推出符合原著精神甚或优于原著的艺术精品呢？这是《再生缘》的改编者必须认真考虑的问题。《再生缘》的故事，虽然已被屡次改编成电影，如1927年上海复旦影片公司摄制的无声电影《再生缘》、1938年香港诚信贸易行出品的粤语电影《孟丽君》、1940年国华影业公司发行的国语电影《孟丽君》、1949年香港金城影片公司出品的粤语电影《孟丽君》等，但由于时间较久等缘故，这些电影都未能保存下来。热情期待能有电影制作方将《再生缘》的故事再次搬上电影宽屏幕，给21世纪的观众奉上一场华丽的视觉盛宴。

1. 通常所谓的黄梅戏《孟丽君》是指班友书、汪自毅改编的黄梅戏舞台剧《孟丽君》，越剧《孟丽君》是指吴兆芬改编的越剧舞台剧《孟丽君》。

2. 笔者按：本书中凡引戏曲和影视改编本中的文字资料，大多数录自相关视频上的字幕。后文不再一一注明。

3. 引自范惜民、王寿春提供的汉调二簧剧本《孟丽君》，秦之声网。

4. 陈东原著：《中国妇女生活史》，商务印书馆2015年版，第75页。

5. 鲁迅著：《中国小说史略》，中华书局2010年版，第203页。

6. 余秋雨著：《观众心理学》，安徽文艺出版社2014年版，第54页。

7. 李姝娅：《从〈再生缘〉到越剧〈孟丽君〉——谈孟丽君形象的改变》，《济宁学院学报》，2012年第1期，第43页。

8. （清）陈端生著，赵景深主编，刘崇义编校：《再生缘》，中州书画社1982年版，第141页。

9. （清）陈端生著，赵景深主编，刘崇义编校：《再生缘》，中州书画社1982年版，第607页。

10. （清）陈端生著，赵景深主编，刘崇义编校：《再生缘》，中州书画社1982年版，第607页。

11. 吕启祥：《梦在红楼之外——〈再生缘〉与〈红楼梦〉》，《红楼梦学刊》，1996年第2辑，第242页。

12. 蒋悦飞：《超时代的女性意识和权力困惑——〈再生缘〉在现代视角下的人文价值》，《妇女研究论丛》，2000年第2期，第55页。

13. 郭沫若：《谈〈再生缘〉和它的作者陈端生》，（清）陈端生著，郭沫若校订：《再生缘》，北京古籍出版社2002年版，第33页。

14. 吴江：《一部不该遗忘的文学遗产〈再生缘〉》，《中国戏剧》，1999年第8期，第50页。

15. 侯硕平：《此"缘"堪比"红楼"美——访〈再生缘〉作者陈端生诞生地句山樵舍后记》，《上海戏剧》，2004年第7期，第31页。

16. 李耀光：《改编浅识》，电视连续剧《再生缘》（第一、二、三集）（剧本），珠江电影制片公司文学部，1986年12月，第2页。

17. 李健吾：《〈孟丽君〉》，孙庆升编：《丁西林研究资料》，中国戏剧出版社1986年版，第203页。

18. 吴琛:《角儿中心及其它——致吴绳武同志》,《艺术百家》,1994年第3期，第128页。

19. 笔者按：指孟丽君。

20. 叶工:《为越剧〈孟丽君〉说几句话》,《上海戏剧》,1980年第5期。

21. 钟艺兵:《刚柔相济　光采照人——谈韩再芬塑造的孟丽君》,《大众电视》,1995年第8期，第16页。

22. 李耀光:《改编浅识》,电视连续剧《再生缘》(第一、二、三集)(剧本),珠江电影制片公司文学部,1986年12月,第2页。

第五章　众说纷纭话结局

　　《再生缘》既是明清弹词史上的杰出之作，也是中国古典文学史上一部断尾巴的神奇之作。陈端生于乾隆三十三年（1768）九月至三十五年（1770）三月一挥而就写完了《再生缘》前十六卷，后因母亲和祖父相继病逝，婚后俗累所牵以及夫婿范菼谪戍边塞而停笔十余年后，于乾隆四十九年（1784）重拾彩笔，续写第十七卷，并再次辍笔。直到去世，陈端生再也没有为《再生缘》添续一字一句，只把无尽的想象留给了读者。在陈端生的笔下，孟丽君的故事于最为惊心动魄的时刻"悬而未决"，引起了后人无穷的兴趣。不少读者纷纷猜测：身份败露的孟丽君究竟何去何从？《再生缘》的结局到底是怎样一番情景？总之，后世读者对《再生缘》的结局的种种猜测，共同构成《再生缘》研究史上的一道独特景观。

第一节　类型多样的现有结局

　　《再生缘》的结局既留给读者和研究者无限的畅想，又留给续者和改编者更多的创新空间。除了多样化的续尾，《再生缘》现有的小说、曲艺、戏曲和影视改编本，也为孟丽君之故事构想了种种结局。归纳起来，《再生缘》现有的各种续作和改编本的结局，大致有下列类型：

一、"三美团圆"型

"传阅再生缘一部，词登十七未完成。好比那，无尾神龙恣出没。引得人，依样胡芦续写临。"[1]在陈端生身后，一些作者或出于兴趣，或出于好奇和完璧心态，给《再生缘》续写了结尾，使得这部未竟之作以完整的面目呈现于读者面前。但续书的质量参差不齐，续尾不一而足。

在《再生缘》的众多续尾中，流传最广、影响最大的是梁德绳续写的结尾（简称"梁续"）。梁德绳（1771-1847），字楚生，浙江钱塘（今杭州）人，出身于书香世家，是内阁大学士梁诗正之孙女、工部侍郎梁敦书之女儿、兵部主事许宗彦之贤内助，晚年自号古春老人，有《古春轩诗钞》和《古春轩词》流传于世。[2]梁德绳认为《再生缘》前十七卷接续《玉钏缘》而前缘未了，名实不符，且有感于作者的薄命身世，于是"偶然涉笔闲消遣，巧续人间未了缘"[3]，以三卷的篇幅，给《再生缘》续写了一个大团圆的结局：三天后，郦君玉上本陈情，自称孟丽君。皇上大发雷霆，欲将孟丽君斩首。太后传懿旨赦免待斩的丽君。朝廷钦赐丽君与少华完婚，苏映雪也同日于归皇甫少华。孟丽君还被太后螟蛉做了保和公主。孟丽君、苏映雪、刘燕玉（在原著第十卷第三十九回中已与皇甫少华拜堂成亲）三美共侍一夫，皇甫家芝兰毓秀，幸福美满。就连原著中的反面人物刘捷也弃恶从善，官复原职。如此结局，既与梁德绳之贤良温厚的性情相关，又符合父权社会中夫为妻纲的信条所造成的以男性为中心的社会心理。

梁续中"三美团圆"的喜气洋洋的结局，曾受到一些论者的尖锐批评。清代女诗人、弹词编订家侯芝批评其"事绪不伦，语言陋劣。既增丽君之羞，更辱前人之笔"，又指摘其"而续父兄问病，太后螟蛉，骄矜造作，恬不知耻""明堂反正，自宜大庭披陈，而续者又以偏殿召对，羞涩对答，帝仍笑谑，可耻"[4]。郭沫若也对梁德绳的续书极为不满，批评其曲解了陈端生原作的意图，因而在校订

《再生缘》时将之毅然割弃。当今学术界的一些研究者也基本上对梁续置之不理，比如陈正宏在《重话〈再生缘〉》中说："由于梁德绳后续的三卷在思想境界、文辞造诣等诸多方面都不能与陈端生前作相比，其提供的基本情节，也只是给读者一个可以预想的较平庸的大团圆结局，因此今天我们重新考察《再生缘》一书的文学史意义，可以基本不考虑梁氏所续三卷，而专注于陈端生所撰的前十七卷。"[5]

　　但平心而论，相较于陈端生原著和其他续尾而言，梁续虽然算不上高妙，但也绝非一无是处。胡晓真在《阅读反应与弹词小说的创作——清代女性叙事文学传统建立之一隅》中认为，《再生缘》发展到第十七卷已走到绝路，不写悲剧，就只有写团圆戏，团圆戏本来就难写，因此梁德绳的失败也算是非战之罪。读者不必因为她写团圆戏、接受世俗对女性的制约，就对她大加挞伐，其实梁德绳绝对不只是一个保守被动的老妇人而已，她"虽然写团圆戏，却并不采取才子佳人小说的模式，把男女主角的关系以'联一床三好'（或更多）等套语带过。在这一点上，梁德绳其实还是暗藏着含蓄的批判性，只是她的视角，不同于陈端生的公然抗拒父权，而转到家庭中女性的复杂心理"[6]。刘存南在《〈再生缘〉之再议》中说："一般人以为，续书比创作容易，不过在未长尾巴处（或断了尾巴处）接上一条尾巴而已。实际上，你接上的尾巴的长短、粗细、形状、色彩、斑纹跟整个身体协调否、匀称否、接缝处有疤痕否等等，这些问题都是创作者不可能不碰到的。续书如此之难，没有非凡的才力，便不敢率尔操觚。梁楚生如果对前十七卷的错综复杂的人物关系、曲折跌宕的故事情节、富有个性的主要人物形象、语言特点和行文风格，并未烂熟于心、形同己作，当不敢也不能拿起笔来，为这一……'无尾神龙'续上一条尾巴。从某种角度讲，她所付出的劳动、所花的功夫不亚于原作者。一条神龙因有了她而可以更生动地遨游，游入更多人的心中。所以，仅仅因为她续了书，我们就应该感谢她，原作者更应该感谢她。我们应当尊重她的劳动，记住她的功绩，实事求是地评价她的得失，而不是一概否定。"[7]诚然，梁续虽有不足之处，但亦自有其价值，不能将其一笔抹杀。近两百年来，梁续因迎合了中国人的审美心理，赢得了不少读者的喜欢，不但通行的《再生缘》刻本将之与陈端生原作一起刊行，而且它还给不少地方戏曲、小说、评弹艺术和影视作品的改编者以启发，或直接被一些改编本所采用。

佚名改编的小说《龙凤配再生缘》，最后一回（即第七十四回）的回目是"会亲女大娘欢喜　受荫封三美团圆"。该回不但写了孟丽君、苏映雪、刘燕玉三美共侍一夫，还交代了她们和谐共处、芝兰毓秀的情景：孟丽君生二子一女，长子兆驹，才兼文武，先为驸马，后作丞相，次子兆凤，勇力无双，被封为长胜将军，女儿是飞蛟郡主；刘燕玉生一子，取名兆麟，医道极精，荫袭六部侍郎之职；苏映雪生二子——兆祥和兆瑞，兆祥荫袭户部侍郎，兆瑞被封为驸马都尉。小说《龙凤再生缘》的结尾，显然亦是梁续式的大团圆结局模式。

汉调桄桄《芙蓉剑》（洋县剧团艺人口述本）的结局是：孟丽君被太后螟蛉为保和公主，依旧参政受禄（被封为国华修文王妃，兼理保和殿大学士之职），皇甫少华与孟丽君、苏映雪、刘燕玉同日完婚。电视歌仔戏《皇甫少华与孟丽君》和《孟丽君脱靴》，采用的亦是"三美团圆"的结局：孟丽君与苏映雪同日于归皇甫少华，与早已和少华拜堂成亲的刘燕玉凑成"三美"。改编者还在结局中着力渲染孟丽君与苏映雪在新婚之夜的谦让，积极宣扬女性妇德中的"不妒"。庐剧连台本戏《孟丽君》（杨和勤、盛小五编剧），包括《订婚惹祸》《苏映雪代嫁》《认母救夫》《君臣游园》四部，采用的也是三美一夫的团圆结局：孟丽君酒醉露真，皇帝欲纳孟丽君为妃的私心未遂，下旨将她斩首。国太救了孟丽君。皇上钦赐孟丽君与苏映雪同嫁皇甫少华，少华往时已娶刘燕玉为妻。

简言之，这种由梁德绳始创、为不少改编本所承继的"三美团圆"的结局模式，在男权社会是富贵人家最乐于见到的场景，也符合当时大众的审美心理，因而广为流传，完全没有必要视梁续为眼中钉、肉中刺，但时过境迁之后，当所面对的观众／读者已经认可一夫一妻的婚姻模式时，如果改编者们仍然饶有兴致地宣扬以女性屈从男性为特征的一夫多妻家庭的团圆之趣，那就显得有些俗不可耐、泥古不化了。

二、"华丽缘"型

《再生缘》的不少改编本，如秦纪文演出本《再生缘》、丁西林的话剧《孟丽君》、越剧《孟丽君》（吴兆芬编剧）、祁剧《孟丽君》（欧阳友徽编剧）、莆仙戏《孟丽君》（杨美煊编剧）、闽剧《孟丽君》（郑长谋编剧）、越剧电视剧《孟丽君》、黄梅戏电视剧《孟丽君》、星子西河戏《孟丽君》、香港 TVB 电视剧《再生缘》、内地电视剧《再生缘之孟丽君传》，等等，其结局都是才子佳人团聚的"华丽缘"模式。"华"指皇甫少华，"丽"指孟丽君，"华丽缘"即指孟丽君在恢复女装后情归皇甫少年。

秦纪文演出本《再生缘》的结局是典型的"一夫一妻"模式。改编者秦纪文让孟丽君于复妆后嫁给皇甫少华，让苏映雪嫁给真正的郦明堂（郦若山之子，一榜解元，孟丽君曾冒其名赴试），让刘燕玉到云南昆明白莲庵出家。

1959 年，丁西林根据陈端生的弹词《再生缘》，参考数种《孟丽君》地方剧的剧本，创作了六幕话剧《孟丽君》[8]。丁西林将话剧《孟丽君》定位为喜剧，谓"剧本《孟丽君》是一个话剧，是一个历史剧，是一个喜剧"[9]"剧本《孟丽君》是按喜剧的要求写的"[10]，因而他为孟丽君的故事构想了一个喜气洋洋的团圆结局：当孟丽君被太后定计验出真身后，皇帝下旨革去孟丽君的丞相之职及将其贬为丫环，收在皇宫之内。太后螟蛉孟丽君为义女且册封她为公主，又将她赐婚皇甫少华。孟丽君与皇甫少华终成眷属。吴兆芬改编的越剧《孟丽君》和班友书、汪自毅改编的黄梅戏《孟丽君》，其故事情节和结局都大体与话剧《孟丽君》相同：删除了刘奎璧、苏映雪与刘燕玉三人，将故事的背景更改为孟士元南征失利被擒，被诬私通敌国，朝廷下旨治罪孟家，其女孟丽君男装潜逃。孟丽君于改装后以郦君玉的身份考中状元，官至丞相，少华奏凯还京，怀疑丞相郦君玉即孟丽君，因此惹出一连串试探与反试探、认与不认的风波，最终孟丽君被太后螟蛉为女，与少华终成眷属。

　　1983年3月，湖南电视台摄制的祁剧连台本戏《孟丽君》的结局是：郦君玉被脱靴验出女身，元成宗欲将孟丽君纳入西宫，但郦君玉在本章中承认自己是皇甫少华之妻孟丽君。元成宗勃然大怒，下旨将孟丽君推出午门斩首。少华揭露元成宗欲夺臣妻的私心，成宗复下旨将少华斩首。危急时刻，太后出面，成宗只得赦免孟丽君和皇甫少华。太后认孟丽君为义女，封她为保和公主。孟丽君与皇甫少华拜堂成亲。祁剧《孟丽君》的故事情节与通行本《再生缘》（陈端生著、梁德绳续）的情节大体相同，但删去了刘燕玉这一人物形象，又将孟丽君的假夫人苏映雪的归宿做了改变：经孟丽君做媒，苏映雪与吕忠将军订立终身。在原著中吕忠仅是皇甫家的老仆人，在该剧中则摇身变为一个较为重要的人物。著名编剧杨美煊改编的莆仙戏《孟丽君》的结局是：孟丽君女装入宫觐见太后。太后认孟丽君为公主，又赐她与皇甫元帅完婚。公主孟丽君与驸马皇甫少华、梁素华（苏映雪）与将军江进喜（曾化名熊俊杰）两对新人同日于万寿宫完婚。

　　1994年，安徽电视台摄制的黄梅戏电视剧《孟丽君》的结局是：皇太后宣召郦丞相入宫画观音像。郦丞相被赐酒脱靴验出真身。绣花鞋被皇帝截夺，皇帝暗藏私心。郦丞相上本奏明自己是孟丽君，皇上欲将其治罪，因众位大臣求情，遂下旨将其贬为宫女。此时太后传懿旨宣召孟丽君进万寿宫，将其收为义女，赐她与皇甫少华成亲。苏映雪成为皇帝的贵妃。程家训导演的星子西河戏《孟丽君》的结局是：迫于太后的旨意，皇帝只得赦免孟丽君和皇甫少华。太后宣召皇甫少华、孟丽君、苏映雪穿戴上殿。太后认孟丽君为义女，赐她与皇甫少华完婚，将苏映雪赐给皇帝为妃。此两种改编本亦是典型的"华丽缘"的结局模式，苏映雪的归宿皆为入宫为妃。

1996年，著名越剧演员王文娟以71岁高龄出演的越剧电视剧《孟丽君》的结局是：郦君玉上本奏明真实情况，承认自己是皇甫少华之未婚妻孟丽君。皇上欲纳孟丽君为妃的私心未遂，雷霆大怒，下旨将郦君玉斩首。在太后的一番教训下，皇上降旨赦免孟丽君的死罪。孟丽君与皇甫少华于成亲之后一同去看望孟丽君的义父康信仁。如此处理，亦与其他改编本的"华丽缘"结局大同小异。

要之，"华丽缘"是《再生缘》现有的改编本中最为常见的一种结局类型。它在一定程度上借鉴了"梁续"的情节，但果断抛弃了一夫三美的俗套。因所处时代发生了变化，梁续中积极宣扬传统伦理道德的"三美团圆"的结局，被新时代观众认可的一夫一妻的"一美团圆"的结局所代替。当然，新时代观众之所以乐于接受"华丽缘"的结局，除了与其迎合了观众喜好团圆的审美趣味和对美好感情的热切期待之外，还有一个至关重要的原因，那就是这些观众并不了解或压根就不知道陈端生撰写的弹词《再生缘》。而了解或熟知陈端生原著的读者，大多数并不赞同"华丽缘"的结局，认为这种结局类型一厢情愿地消弭了原书的矛盾冲突，扼杀了孟丽君的独立个性。

三、"帝相缘"型

"帝相缘"，或称"皇丽缘""丽帝缘""帝丽缘"，指丞相郦君玉（孟丽君）于复妆后嫁给皇上。陈芳主演的淮剧《孟丽君》采取的就是"帝相缘"的结局。淮剧《孟丽君》对弹词《再生缘》进行了大刀阔斧的修改，特别是将原著中有情有义的皇甫少华改编成一个曾经负心的薄情寡义的形象。当孟家遭诬蒙难，孟丽君欲约未婚夫婿皇甫少华见上一面，少华因担心受牵累而爽约。后来孟丽君男装避祸，更名郦君玉，考中状元，孟家冤案得以平反。孟丽君虽提携少华做了兵部侍郎，但她已不愿履行与少华的婚约，在拜寿认母时曾在父母面前斩钉截铁地表态："我今生今世也不会嫁给他（皇甫少华）。"孟丽君恼恨少华当年绝情不会面，如今又借助权势苦逼人，因此对于少华已是"覆水难收女儿心""情绝义绝缘分断"，而感叹"年轻的帝王解人意，实属丽君一知音"。皇帝也由原著中横刀夺爱的形象质变为一个"哪管它先王礼法圣贤训，哪管它千秋万代骂昏君？十万江山我不要，也要爱卿你一个人"的重情重义的男子汉形象。在陈芳主演的淮剧《孟丽君》的结局中，孟丽君与皇帝，"一个是情眷眷，一个是意绵绵"，你情我愿走到了一起，成就"帝相缘"，这与其他的戏曲和影视改编本的结局迥然不同。Appreciation 的网络小说《再生缘之孟丽君传奇》，构想的亦是"帝相缘"的结局。因不赞同帝王无真爱的观点，故 Appreciation 在《再生缘之孟丽君传奇》中极力渲染孟丽君与元成宗的真情，让孟丽君与元成宗相知相伴，执手偕老。

在陈端生的弹词《再生缘》中，当天子煞费苦心地摆下风流阵，邀郦明堂（孟丽君）到天香馆赏牡丹，欲君臣同榻共眠时，郦明堂心想："呵唷君王呀！我郦明堂现在的婚姻尚不肯就，怎么肯作此失身丧节的私情！因惭夫子嫁门生，怎反臣妻侍帝君？虽则明堂原是女，那有个，迎新弃旧丧清贞。今朝若宿天香馆，我还要，做甚官来做甚人！"[11] 当中皇太后与皇后的圈套，孟丽君酒醉露真，成宗帝确知其女性身份，假扮内侍冒雨私访，逼迫她入宫为妃时，孟丽君一口咬定"只臣实是少华妻，易服为男乃着绯"[12] "已为皇甫芝田妇，怎受金书玉册封？待罪保和丞相职，不能为，佞臣狐媚悦天容"[13]。可见孟丽君虽然三番五次冲撞男权社会的伦理纲常，敢于做出目无父母、戏弄夫婿的叛逆举动，但她在内心世界里一直是一个视贞节为生命的女性。因此，就弹词《再生缘》前十七卷中那个自始至终认可皇甫少华之未婚妻的身份、忠贞不渝的孟丽君而言，陈端生是不太可能给她安排一条入宫为妃的道路的。"帝相缘"的结局，当与陈端生的创作本意相违背。

四、"双美同归"型

"双美同归"，或称"二美团圆"，即指孟丽君与苏映雪共侍皇甫少华。安徽传统庐剧舞台艺术片《孟丽君》（安徽文化音像出版社2001年6月出品）和高甲连本戏《孟丽君》，采取的就是孟丽君与苏映雪同归皇甫少华的"双美同归"的结局。丁时前改写的小说《孟丽君传奇》，采取的亦是孟丽君与苏映雪同归皇甫少华的"双美一夫"的结局。

庐剧舞台艺术片《孟丽君》的剧情编得很紧凑，基本情节较忠实于陈端生原著，但或许是受制于只有上、下集（约116分钟）的表演长度的缘故，编剧删除了原著中刘燕玉、卫勇娥、熊浩等人物形象，只保留了孟丽君、苏映雪、皇甫少华等最主要的人物。该剧的结局为：皇甫少华拿着孟丽君的自画像来拜见恩师郦明堂，旁敲侧击欲逼郦明堂吐露真实身份。郦明堂正在犹豫不决之际，苏映雪走出来，告诉皇甫少华郦明堂就是孟丽君的事实。郦明堂终于与皇甫少华相认，约定苏映雪同嫁少华。皇甫少华上朝向皇上奏明郦明堂的真实身份。皇上欲加封孟丽君为娘娘。孟丽君违抗圣旨，表明她要嫁只嫁皇甫少华的决心。皇上下旨将孟丽君斩首。迫于太后的威严，皇上赦免孟丽君。孟丽君、苏映雪同归皇甫少华。

高甲连本戏《孟丽君》中有如下场景：

> 太后：（对梁素华）梁小姐为知己耽误青春，其情可嘉，待哀家为你选一佳婿匹配。
> 梁素华：谢太后隆恩。映雪不愿另觅夫家，愿陪伴丽君姐姐身边。
> 太后：（恍然大悟）哦哦哦，哀家明白了。（对梁太师）老爱卿，令千金死里逃生，这份情是不是该向忠孝王讨还啊？
> 梁太师：啊哦哦，是该讨还，是该讨还。

高甲戏《孟丽君后传》第一场"倾情"开篇，演述元宵佳节万岁下旨邀朝中大臣、皇亲国戚到御膳殿饮宴，梁老王爷（梁鉴）于殿中问皇甫少华和孟丽君："因何不见我那义女映雪呢？"皇甫少华回答道："老王爷，只因家父年老体弱，远居云南。"孟丽君接话道："映雪妹妹，留在云南侍奉公公。"看来，在高甲连本戏《孟丽君》中，梁素华（苏映雪）最终与孟丽君同嫁少华，二美同侍一夫。

一夫二妻的婚姻模式在古典文学中较为常见。这种模式初见于娥皇、女英姐妹同侍舜帝的神话故事，后被文人墨客反复演绎。元代文人高明在南戏《琵琶记》中以肯定态度构想了"一夫二妇，旌表耀门闾"的团圆结局，历尽艰辛的赵五娘以无可挑剔的妇德换来与牛小姐共侍蔡伯喈的归宿。清代满族小说家文康在《儿女英雄传》中虚构了安骥的妻子何玉凤、张金凤情同姐妹、相处融洽的情节，是典型的一夫二妻模式。其他如无名氏的弹词《玉连环》[14]中李翠英、白赛花与赵云卿同日成婚，刘清韵的戏曲《飞虹啸》中尤庚娘、唐柔娘同归金大用，皆是"双美一夫"的婚姻模式。安徽庐剧舞台艺术片《孟丽君》、高甲连本戏《孟丽君》与丁时前改写的小说《孟丽君传奇》等作品给《再生缘》构想的"双美同归"结局，是古典文学中一夫二妻模式的承继，在某种程度上来说，仍是传统文人某种特定心理的流露。

五、"其他缘"型

值得一提的是，逸钟改写的通俗小说《孟丽君》，杜撰了一个原著中没有的全新人物——郦明堂（康秀岳），让之代替皇甫少华，与孟丽君携手归隐，这是一种与其他改编本的结尾迥异的结局模式。在逸钟改写的《孟丽君》中，孟丽君于乔装出逃后改名康秀岳，在客店中偶遇珠宝商郦若山，颇为相投。郦若山之子郦明堂是一介举人，但染上痨症，病情危急。孟丽君跟着郦若山来到湖广武昌府咸宁县郦家府内，凭借高超的医术治愈病重的郦明堂，又冒郦明堂之名上京应试，从此孟丽君成了郦明堂，而真正的郦明堂成了康秀岳。当孟丽君身份暴露而被元成宗软禁在宫中后，熊浩、卫勇娥得知消息，火速回京，同来的还有康秀岳。康秀岳乔装成宫女，跟着卫勇娥混进宫中，出现在孟丽君面前，两人互有爱意，最后一起逃出皇宫，归隐太湖。孟丽君既未成为皇甫少华之妻，又未入宫为妃，而是与第三人相伴终生，这种结局固然与众不同，但已完全背离陈端生撰写的《再生缘》前十七卷。

综上所述，《再生缘》现有的续尾和改编本的结局，不论是"华丽缘""帝相缘""二美团圆""三美团圆"，还是逸钟改写的通俗小说《孟丽君》中的"其他缘"的结局，总体而言都是团圆结局。团圆结局的模式迎合了中国读者／观众对"团圆之趣"的审美期待，然而自郭沫若研究《再生缘》以来，尤其受到学术界的非议。

六、"悲剧结局"型

1961年5月，郭沫若在《〈再生缘〉前十七卷和它的作者陈端生》中指出，根据陈端生的思想、孟丽君的性格和作品发展的逻辑，

《再生缘》的结束只能是悲剧的结束。郭沫若还为《再生缘》构想了一个轰轰烈烈的悲剧结局：孟丽君吐血而死，死前让她与父母和皇甫少华见面，同时揭开苏映雪的身世。由于孟丽君之死，皇甫少华大闹朝廷，苏映雪在朝廷上揭露元成宗逼迫孟丽君为妃的真相。成宗帝勃然大怒，下旨将皇甫少华与苏映雪一同丢进天牢。在天牢中苏映雪向皇甫少华诉说心事。正当元成宗闹得昏天黑地的时候，熊浩、卫勇娥、卫勇彪等请假回南方祭祖去了。当他们回京后看到天翻地覆的局面，愤而兵谏，元成宗无法下台，只好请出皇甫长华调停。皇甫少华与苏映雪出狱并偕隐出世，刘燕玉代奉双亲。皇甫长华在少华出走之前孪生双子。在少华出走之后，朝廷御赐皇甫长华的一子与皇甫少华为后，由刘燕玉抚养。皇甫少华、孟丽君、苏映雪、刘燕玉四人，虽名为夫妇，实则未曾同席，达到了作者所悬想的"一尘不染归仙界"。最后他们四人和金童转世的元成宗、玉女转世的皇甫长华在天上相见。1961年12月，宋词在《关于〈再生缘〉的主题思想》中认为陈端生未能完成的结局应该是悲剧的结局，与郭沫若持相同见解。

郭沫若构想的悲剧结局，在学术界反响很大，得到当代不少学者的赞同。林娜在《女弹词中妇女特异反抗形式——女扮男装》中说："《再生缘》前十七卷的作者陈端生是在极度矛盾，无论如何也无法让孟丽君复姓归宗嫁皇甫少华中去世的，也只有这样，至死不除却男服才符合孟丽君性格的发展。……大团圆的结局是梁德绳为满足自己'暗作氤氲使'而续的，……完全是受自己某种可笑的心理所驱使。"[15]乐黛云在《无名、失语中的女性梦幻——十八世纪中国女作家陈端生和她对女性的看法》中指出："陈端生的确超越了她的同代人，她所创造的孟丽君为社会所不容，只可能有一个她所不愿见到的悲剧结局。……一切大团圆的结局都是和作者原意相悖的。……吐血身亡正是这位才华绝世的美丽少女为坚持自由理想，不愿回归男性规定的生活范式所必然付出的代价。"[16]吕启祥在《梦在红楼之外——〈再生缘〉与〈红楼梦〉》中指出，"按照人物的性格和作品的逻辑，《再生缘》的结局必然是悲剧。对此，郭沫若曾作过合理的推断，他的构想相当具体细密"[17]。蒋悦飞也极力批判大团圆结局："《再生缘》是一个天真少妇构造的一个女性乌托邦，但她竟无法持续自己的梦。当一个人、一个群体在梦中都无法自由时……我不能言语。而狗尾续貂的总是不少，侯芝的《金闺杰》将《再生缘》改得面目可憎，梁楚生则想当然地让孟丽君风风光光地做正皇妃、继皇女。她们全然不领会天才的陈端生，硬生生给一个无法持续的梦罩上一块红盖头，也不管那新娘早已是痛不欲生了。"[18]

郭沫若构想的悲剧结局，在戏曲界也得到一些编剧的认同。1962年，俞介君、叶至诚编写的十七场锡剧剧本《孟丽君》，就是郭沫若提出的悲剧结局设想在戏曲创作中的具体尝试。十七场锡剧剧本《孟丽君》将《再生缘》改编成一出荡气回肠的悲剧，将孟丽君塑造成一位以国事为先、刚正不阿、独立自尊的忠臣形象。在"华筵呕血"一场中，孟丽君既不惧于皇帝的威胁，又对皇甫少华沉溺于一己私欲的所作所为深深失望，因而拒绝了国太将之赐婚忠孝王的"好意"。在番邦大举进攻而刘捷充当向导的紧急形势下，孟丽君吐血身亡。吴炜在《评锡剧〈孟丽君〉的悲剧处理》中指出，十七场锡剧剧本《孟丽君》的结局处，"孟丽君以'执迷不悟'的'狂笑'，最后对抗于她那个'长夜漫漫'，网罗重重的封建时代，并终于呼出了'好个纲常'，'好个王法'的叛逆心声！改编本这样处置孟丽君，就深刻地揭示了孟丽君以封建而反封建，又终被封建所毁的悲剧性"[19]。

张兴华编写的淮剧剧本《孟丽君》，刊载于1992年第6期《剧作家》时，以孟丽君于身份败露后呕血辞世作为终局：孟丽君虽钟情于皇帝，但惧于后宫寂寞，不愿入宫为妃，最后在皇帝面前吐血身亡，以悲剧结束故事。该剧当是郭沫若提出的悲剧结局设想在戏曲改编中的又一尝试。

然而，若放在具体的社会环境中解读，郭沫若提出的悲剧结局设想，脱离了作品孕育的时代，与《再生缘》前十七卷并不协调，亦难以令读者完全信服。张兴华编写的淮剧剧本《孟丽君》在舞台上演出（如陈芳主演的《孟丽君》）时，结局设定为孟丽君情归皇帝，删除了吐血身亡的场景，如此处理从侧面说明悲剧结局难以被喜好"团圆之趣"的中国观众所接受。

学术界也有学者认为陈端生的十七卷《再生缘》已经不再需要结局，认为这没有圆满结局的结尾是唯一能臻于圆满的结尾。[20] 总之，关于《再生缘》的结局，历来存在许多争论。陈端生在写完第十七卷之后，直到去世，没有给《再生缘》添续只言片语，而是留给读者一个未完成的开放性的文本。不幸，幸也！没能读到陈端生亲自撰写的结局，读者诸君心里总难免有些遗憾。但不幸之幸的是，《再生缘》以其巨大的艺术魅力，吸引了很多后来人参与其结局的创作或研究中，甚至使结局问题成为《再生缘》研究中的一个重点问题。

有网友曾在"南缘北梦论坛·端生奇缘"上发起一个"关于《再生缘》的结局投票"[21] 的帖子，截止到 2012 年 10 月 25 日，投票数据如下：

编号	类型	票数
1	保皇派（做皇后的）	68票
2	归隐派（散发弄扁舟的）	14票
3	在朝派（为国为民鞠躬尽瘁，一世红妆不改的）	9票
4	在野派（布衣宰相，遥指山河的）	14票
5	另嫁派（除了皇帝、皇甫，另嫁他人的）	2票
6	半仕半隐派（如做专职帝师之类的）	8票
7	女皇派（比如皇帝驾崩，丽君力挽山河，干脆做了女皇帝）	7票
8	皇甫派（据梁楚生的后续，丽君归皇甫）	1票

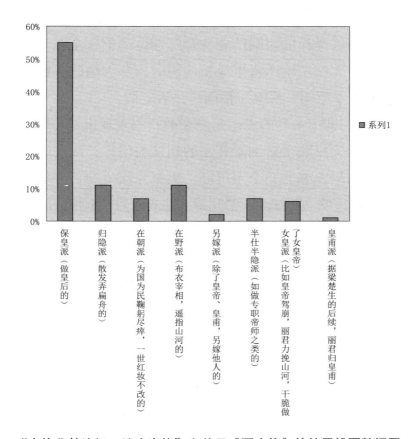

"南缘北梦论坛·端生奇缘"上关于《再生缘》的结局投票数据图

　　与现有各改编本的结局类型相比，网友关于孟丽君的最终归宿更是意见不一[22]，如上图所示，55％的人是"保皇派"，即赞同"帝相缘"的结局。在21世纪的今天，竟然有如此大比例的网友希望孟丽君入宫做皇后，这着实令人诧异。究其原因，才知网友普遍对皇甫少华的"滥情"表示不满，故以"帝相缘"来对其进行惩罚。

第二节　团圆其表的悲剧结局

　　现有改编本给陈端生《再生缘》续写的结局，主要是喜气洋洋的团圆结局，或"三美团圆""双美同归"，或"华丽缘""帝相缘"，然而，这类喜气洋洋的团圆结局符合陈端生的创作本意吗？答案恐怕是否定的。郭沫若给《再生缘》构想的大悲大痛的悲剧结局符合陈端生的创作本意吗？答案恐怕同样是否定的。

《再生缘》前十七卷的思想是复杂的，既表现出对传统道德规范的离异倾向，又反映出对纲常礼法的屈从与恪守，因此陈端生构想出大团圆的结局，并非完全不可能。根据陈端生原著中的"他日复还真面貌，箫声吹上凤凰台"[23]"几番卸却衣冠后，宝炬云屏入洞房"[24]"金銮直与蓝桥接，翠幌真同绛烛开。一十二峰峰飞碧，飘然神女梦初回"[25]等伏笔，孟丽君于复妆后恐怕确实会与皇甫少华花烛成亲。但孟丽君毕竟不是主动复妆而是被迫雌伏的，只想继续雄飞的她绝不甘心重返男权社会中女性的固有位置。无论身份败露后何去何从，孟丽君都将是一个被宗法父权折断梦想翅膀的悲剧人物。闯入社会、乔装应试是孟丽君所做的一场丰富多彩的美梦，但梦断之后，除却回归男权社会中女性的"正常轨道"——婚姻与家庭，孟丽君无路可走。但是，被迫复妆后的孟丽君会突然之间由一个独立自尊、刚强不屈的女中奇杰转变为一个羞涩顺从、传统保守的闺阁女子吗？答案恐怕是：显然不会。在《再生缘》前十七卷中，孟丽君的性格已经发展到了相当叛逆的地步，得知醉后被脱靴验出女身时的口吐鲜血表达了她的无比愤懑，也标志着她的独立精神和叛逆性格达到了顶峰。虽然由于根深蒂固的男权思想的束缚，她最终在走投无路之际恢复了女装，并将与皇甫少华花烛成亲，但她的"不安女子本分"的叛逆性格和独立精神仍将得到一个合乎情理的发展，而不太可能遽然消失殆尽。

在黄梅戏电视剧《孟丽君》、祁剧连台本戏《孟丽君》、越剧电视剧《孟丽君》、湖南花鼓戏《孟丽君》、电视歌仔戏《皇甫少华与孟丽君》和《孟丽君脱靴》等一系列戏曲和影视改编本中，孟丽君竟然一旦现出女身就脱胎换骨，变成了一个胆小羞涩的顺从女性，这恐怕与陈端生的创作本意相违背。对于独立自尊的孟丽君来说，接受洞房花烛的命运毕竟是迫不得已的被动选择。在与皇甫少华完婚之后，孟丽君敏感、微妙的内心世界会是怎样的情景呢？答案或许是：试粉无心、抑郁痛苦。

一、试粉无心的悲剧心态

虽然在因暴露真身而无法继续存身于父权社会中专属于男性的社会公众领域的情形下，孟丽君或许在理智上违心接受了于归少华且与苏映雪、刘燕玉共侍一夫的形式上的团圆结局，但在感情上，她将对这个结局充满憎恶。因此不难理解为何在《再生缘》第十七卷中当发现醉中失了绣鞋时，孟丽君吓得魄散魂飞，又骇又呆，"好一似，冷水满头浇脊骨。好一似，寒冰千块抱胸怀。愁脉脉，桃花两颊全消晕。恨重重，柳叶双眉惨不开。呆呆呆，一体四肢如土木。渺茫茫，三魂七魄赴泉台"[26]，直至吐血如潮。而对于孟丽君这样一个独立自尊、惊世骇俗的奇女子来说，被迫雌伏闺中实质上就是最大的悲剧，其内心的痛苦更是可想而知！因此，若复妆后只能雌伏闺中，那么在与皇甫少华团圆的形式背后，孟丽君很有可能是"试粉无意簪花朵，懒把钗钿压鬓云"[27]，其心境决不会像梁德绳等续者所设想的那样波澜不惊、轻松平和，而必将是波涛汹涌、抑郁失落的。被迫复妆后的孟丽君，既不会像湖南花鼓戏《孟丽君》中塑造的孟丽君，竟然欣喜唱道"退脱蟒袍心中喜""笑我重坐西阁床""看我重着旧时衣"，亦不会像越剧电视剧《孟丽君》中的孟丽君，当身份败露后竟然在太后面前诉说"女扮男装非我愿，忍泪吞声离家园……向吾皇，细陈苦衷请原宥，皇上明鉴把罪宽。恢复女身回家转，合家欢聚庆团圆"。《再生缘》第十七卷第六十五回开篇诗中的"强梳云髻比慵来"，或许就是作者故意埋下的伏笔。它似乎表明陈端生续写第十七卷时，已经预料到孟丽君回归婚姻牢笼后的郁郁寡欢。

人的心境往往外化为相应的言谈举止。复妆后重返闺阁的孟丽君既然具有一种不甘雌伏的悲剧心态，那么，其言谈也将是唇枪舌剑或愤世嫉俗的，其举止亦会或多或少带有些离经叛道的色彩。总之，在被迫重返男权社会为女性设定的家庭樊篱后，孟丽君仍将有所挣扎，她的叛逆性格仍将有所延续，而非突然间蜕变为一个温厚贤良、恪守纲常的闺阁女子。而《再生缘》现有的大多数改编本的不足之处就在于将孟丽君仅仅塑造成了柳卿云与谢湘娥式的女性形象，乔装应试只是其在困境中全身的一种策略，回归女性身份是其自愿的选择，这就与原著中胸怀为官治国的远大志向，因执着于政治生涯而拒绝复妆的孟丽君有了天壤之别。

二、乐景衬哀的情境氛围

若孟丽君雌伏闺中，孟士元夫妻、皇甫敬夫妇、长华少华姊弟等自然喜不自胜，而壮志难酬的孟丽君则应是抚今追昔、愁绪满怀的。因此，在结局中陈端生或许会有意无意间采取清初王夫之所谓的以乐景写哀，倍增其哀的衬托手法。孟丽君与皇甫少华完婚之日，鼓乐盈天，高朋满座，个个春风满面，人人笑逐颜开。在这喜庆热闹的气氛中，陈端生有可能以独白等方式着意渲染孟丽君内心的孤寂、悲哀、难言之情。

熊浩、卫勇娥、卫焕、卫勇彪是《再生缘》中较为重要的人物。熊浩是皇甫少华的结拜兄弟，钦赐武榜眼，东征中战功赫赫，被封为平江侯，与被封为奇英伯的卫勇娥奉旨成婚。卫焕是卫勇娥之父，孟丽君的嫡亲表舅，后继堂侄卫勇彪为子。卫勇彪是东征中的一员骁将，后以京营都总兵的身份掌管诸标人马，娶少华的表妹尹兰台为妻。在陈端生原著中，他们于正月十九日告假还乡祭祖，已定于七月初返京，但尚未叙述他们回京一事，所以结局中必将有所交代。

　　在《再生缘》前十七卷中，围绕着孟丽君的真实身份发生的当殿赖情、挂冠辞朝、酒醉脱靴、冒雨私访等一系列事件，时间都在二月至六月份之间。若据当时的通信条件来看，身在南方的熊浩夫妇、卫焕父子对发生在京城里的这些与孟丽君相关的大事应当全然不知或知之甚少，故他们不太可能提前回京。熊浩夫妻若于七月初从湖广平江动身，取道江南华亭卫焕处，大概要到八月中下旬才能抵达京城。孟丽君上本陈情一事发生在六月十九日，若皇帝钦赐她与少华于半月或一月之内成亲，婚期将在七月份（皇帝赐婚的期限往往不会超过一个月，如陈端生原著中皇甫少华与刘燕玉的完婚期限为半个月，皇甫少华与项南金的完婚期限为一个月）。据此，熊浩夫妇等不太可能在丽君与少华的成亲前夕或成亲之日返京。他们回京后，作者或许会在《再生缘》的文本中用甘于雌伏、恪守伦常的卫勇娥来反衬孟丽君不甘雌伏却又被困牢笼的抑郁形象，从而突显孟丽君在女性群体中的与众不同与超越之处。

　　若复妆后只能回归闺阁，相夫教子，埋没才华，泯灭意志，孟丽君的命运必然是悲剧性的。"孟丽君这个形象，以特异的形态表现了封建社会里广大妇女的悲剧命运。孟丽君是明确地意识到自己的悲剧命运而又无力摆脱这命运的典型的悲剧人物。"[28]诚然，孟丽君的悲剧是男尊女卑的父权社会中被束缚于闺阁的妇女（尤其是才女）的悲剧，在她身上，寄托着多少妇女才华被埋没、声音被淹没的不平与抗议啊。五代时黄崇嘏重返闺阁后不知所终，《再生缘》中的孟丽君最终也只能在闺房中惨淡、抑郁地度过余生。

　　因此，《再生缘·前言》（被收入中州书画社1982年版《再生缘》卷首）中提出的团圆中的悲剧即"团圆其表，悲剧其里"的结尾，或许是陈端生原著最有可能的结局，亦应是最为接近陈端生之创作本意的结局。何谓团圆中的悲剧？即虽然表面上是孟丽君与皇甫少华完婚的团圆结局，但实质上对于孟丽君而言却是更深层次的悲剧。"如果陈端生有可能完篇，那结局，很可能是一个大团圆中的大悲剧，即团圆其表、悲剧其里。试想，一只翱翔于太空的天鹰一旦被人关入金丝笼中，那捕获者、观赏者自是喜庆有加，那天鹰的心里又是什么滋味？……出于理性，她[29]将接受大团圆的结局；出于感情，她将对这种结局充满憎恶。这就构成了在团圆之后悲剧性冲突进一步深化的重要契机。团圆中的悲剧也可能是更加深刻、更加典型、更加带有普遍意义的。"[30]

1986年11月3日，十集电视连续剧《再生缘》的编剧李耀光在《改编浅识》中说："梁德绳为孟丽君安排了'大团圆'的结局，这显然是违背前十七卷中孟丽君性格发展逻辑的。本剧改编时，吸取研究《再生缘》的前辈学者的宝贵意见，于'大团圆'喜庆鼓乐声中笼罩了悲切、压抑的悲剧情调，让主人公抒发出'前生今生缘无分''我愿来生再运筹'的'一腔悲愤'。这样的改动，可能有助于其悲剧性格得到更为合理的发展。"[31]据此，李耀光当是赞同《再生缘·前言》中的观点，在其改编的电视剧《再生缘》中构想的就是"团圆其表，悲剧其里"的结局，在团圆的形式背后突显孟丽君形象的悲剧性。

而目前《再生缘》的大多数改编本的结局，不论是越剧《孟丽君》、黄梅戏《孟丽君》、庐剧《孟丽君》、锡剧《孟丽君》，还是电视剧《孟丽君》（茅威涛主演）、香港TVB电视剧《再生缘》、内地电视剧《再生缘之孟丽君传》、电视歌仔戏《皇甫少华与孟丽君》等，都只考虑到了"团圆其表"，却完全忽略了"悲剧其里"。在《再生缘》将来的戏曲和影视改编活动中，期望有改编者能够尊重原著和陈端生之创作本意，构想"团圆其表、悲剧其里"的团圆式的悲剧结局，刻画出孟丽君被迫回归闺房后的无奈、悲情、痛苦，而非像现有一些改编本所处理的那般——让孟丽君将回归男权社会中女性的既有位置当作一件正中下怀的喜悦之事。

————

1.（清）陈端生著，赵景深主编，刘崇义编校：《再生缘》，中州书画社1982年版，第977页。

2. 梁德绳与陈端生都是浙江钱塘人，又沾亲带故。陈端生是文学家陈文述的族姐。陈文述的儿媳妇是女作家汪端，梁德绳是汪端的姨母。汪端的母亲早逝，梁德绳亲自教导汪端作诗。汪端所取得的文学成就，离不开梁德绳的功绩。梁德绳与陈端生虽未谋面，但从"可怪某氏贤闺秀，笔下遗留未了缘。后知薄命方成谶，半路分离各一天。天涯归客期何晚，落叶惊悲再世缘。我亦缘悭甘茹苦，悠悠卅载悟前缘"[（清）陈端生著，赵景深主编，刘崇义编校：《再生缘》，中州书画社1982年版，第1151页]中可以看出，梁德绳对陈端生的身世寄予同情，且有基于同为女性而产生的感同身受的认同感。

3.（清）陈端生著，赵景深主编，刘崇义编校：《再生缘》，中州书画社1982年版，第1151页。

4. 转引自郭沫若著：《谈〈再生缘〉和它的作者陈端生》，（清）陈端生著，郭沫若校订：《再生缘》，北京古籍出版社2002年版，第14页。

5. 陈正宏：《重话〈再生缘〉》，《古典文学知识》，2001年第6期，第63页。

6. 胡晓真：《阅读反应与弹词小说的创作——清代女性叙事文学传统建立之一隅》，《中国文哲研究集刊》，第8期，1996年3月，第333页。

7. 刘存南：《〈再生缘〉之再议》，《苏州大学学报》（哲学社会科学版），2003年第3期，第70页。

8. 丁西林在《孟丽君·前言》中说："虽然孟丽君是一个虚构的人物，但《孟丽君》戏剧，都是根据清乾隆年间女诗人陈端生写的《再生缘》弹词改编的。把洋洋数十万言的弹词编成在两三小时之内可以在舞台上演完的戏剧，故事的情节不得不有所删节。我写剧本《孟丽君》之前曾阅读了《再生缘》弹词，参考了几种可能得到的《孟丽君》地方剧剧本；更值得提及的是1959年在我访问越南的时候看到越南改良戏《孟丽君脱靴》，剧本和演出给了我很大的启发。这些中国地方的和越南的'孟丽君'戏剧对于《再生缘》中情节都作了不同的删节。但话剧《孟丽君》不仅删得很多，而且也改得很多。诗人有知，幸恕唐突！"[《丁西林剧作全集》（上），中国戏剧出版社1985年版，第308页。]

9.丁西林著:《丁西林剧作全集》（上），中国戏剧出版社1985年版，第307页。

10.丁西林著:《丁西林剧作全集》（上），中国戏剧出版社1985年版，第308页。

11.（清）陈端生著，赵景深主编，刘崇义编校:《再生缘》，中州书画社1982年版，第722页。

12.（清）陈端生著，赵景深主编，刘崇义编校:《再生缘》，中州书画社1982年版，第966页。

13.（清）陈端生著，赵景深主编，刘崇义编校:《再生缘》，中州书画社1982年版，第967页。

14.此部题为《玉连环》的弹词，不署撰人，与云间女史朱素仙著的《玉连环》（或名《钟情传》），虽然题目相同，但故事迥异。

15.林娜:《女弹词中妇女特异反抗形式——女扮男装》，《福建师范大学学报》（哲学社会科学版），1990年第2期，第81页。

16.乐黛云:《无名、失语中的女性梦幻——十八世纪中国女作家陈端生和她对女性的看法》，《中国文化》，第10期（创刊五周年纪念号，1994年8月），第164 — 165页。

17.吕启祥:《梦在红楼之外——〈再生缘〉与〈红楼梦〉》，《红楼梦学刊》，1996年第2辑，第249页。

18.蒋悦飞:《超时代的女性意识和权力困惑——〈再生缘〉在现代视角下的人文价值》，《妇女研究论丛》，2000年第2期，第55页。

19.吴炘:《评锡剧〈孟丽君〉的悲剧处理》，《江苏戏剧丛刊》，1981年第8期，第117页。

20.佟迅在《巾帼绝唱——从女扮男装题材看弹词〈再生缘〉的独特价值》中说，陈端生在矛盾冲突发展到最高潮时停止创作，虽然留下了一个永恒的缺憾，但恰恰保住了《再生缘》的精华，不失为一种明智之举。言外之意是没有结尾正是陈端生的十七卷《再生缘》的独特之处，因而也就不再需要结局。王亚琴在《没有圆满结局的圆满——弹词〈再生缘〉结尾探析》中明确提出陈端生《再生缘》已无需结局的观点。王亚琴还认为陈端生没有续完《再生缘》的原因在于她认为这没有明确结局的故事已经完结，因为主角孟丽君的性格已完成，所以一切悲、喜剧的结尾都是多余的，一切该说的都说了，过多的敷衍恰恰掩埋了作家的苦心。笔者对这种无需结局的观点并不完全赞同。在《再生缘》第十七卷第六十八回结尾处，陈端生写道："知音爱我休催促，在下闲时定续成。"[（清）陈端生著，赵景深主编，刘崇义编校：《再生缘》，中州书画社1982年版，第976页。]既然承诺空闲时一定续完《再生缘》，那么在作者的心目中，《再生缘》的故事尚未完结。

21. 网友明相时在2005年10月1日16：51：00于"南缘北梦论坛"发过一个帖子，对《再生缘》的结局列出了多种类型：保皇派（做皇后的）、归隐派（散发弄扁舟的）、在朝派（为国为民鞠躬尽瘁，一辈子不改红妆的）、在野派（布衣宰相，遥控山河的）、改嫁派（除了皇帝、皇甫，另嫁他人的）、半仕半隐派（如做专职帝师一类的）、女皇派（比如皇帝驾崩，丽君力挽山河，干脆做了女皇帝）。网友70189遂以此为主题发起了一个投票活动。

22. 有网友发表意见，质疑在这诸种结局类型中为什么没有让孟丽君死去的悲剧结局？版主回复说是因为疏忽所致。

23.（清）陈端生著，赵景深主编，刘崇义编校：《再生缘》，中州书画社1982年版，第793页。

24.（清）陈端生著，赵景深主编，刘崇义编校：《再生缘》，中州书画社1982年版，第858页。

25.（清）陈端生著，赵景深主编，刘崇义编校：《再生缘》，中州书画社1982年版，第924页。

26.（清）陈端生著，赵景深主编，刘崇义编校：《再生缘》，中州书画社1982年版，第952页。

27.（清）陈端生著，赵景深主编，刘崇义编校：《再生缘》，中州书画社1982年版，第1030页。

28.《再生缘·前言》，（清）陈端生著，赵景深主编，刘崇义编校：《再生缘》，中州书画社，1982年版，第18页。

29. 笔者按：指孟丽君。

30.《再生缘·前言》，（清）陈端生著，赵景深主编，刘崇义编校：《再生缘》，中州书画社1982年版，第18页。

31. 李耀光：《改编浅识》，电视连续剧《再生缘》（第一、二、三集）（剧本），珠江电影制片公司文学部，1986年12月，第2页。

附　录　万家移植《再生缘》

凡　例

1. 本附录主要著录《再生缘》的戏曲、电影、连续剧[1]、小说（在本附录中特指传统意义上的小说，不包括网络小说在内）、曲艺、话剧、连环画、音乐剧等改编本，另著录《再造天》（《再生缘续集》）以及数种《再造天》的改编本。《再生缘》的戏曲改编本的种类丰富多样，不少剧目的首演时间不太明确，又常演常新，为了便于翻检，故以剧种首字母的拼音为序。电影改编本以拍摄时间为序。连续剧改编本分为电视戏曲连续剧、电视连续剧两种类型：电视戏曲连续剧改编本以剧种首字母的拼音为序，同一剧种的各改编本之间，则以拍摄时间为序；电视连续剧改编本以拍摄时间为序。小说、连环画等艺术样式的改编本，亦大致以改编时间为序排列。曲艺改编本大致先以类型为序，再以改编时间为序。《再造天》的改编本数量较少，故不单独处理，而是与《再生缘》的改编本编排在一起，体例一致。

2. 对《再生缘》的戏曲、影视与音乐剧改编本的著录范围，大致包括演出单位、导演、编剧、主演、时长和内容简介。目前有多个演出版本的改编本，都一一著录，不厌其烦。对《再生缘》的小说、曲艺、话剧、连环画改编本的著录范围，大致包括改编者、出版项或演唱者、主要内容和改编特点。

3. 本附录著录的《再生缘》的戏曲与影视改编本，大多数有音像制品流传至今，可供欣赏。

4. 本附录凡著录《再生缘》的戏曲改编本85种、电影改编本11种、连续剧改编本13种（电视戏曲连续剧改编本8种，电视连续剧改编本5种）、小说改编本6种、曲艺改编本17种、话剧改编本1种、连环画改编本7种、音乐剧改编本1种。

5. 因目前搜集到的相关资料尚不全面，本附录著录的改编本中可能存在着"同一剧目却重复著录"的现象。对于一些可能是同一剧目的不同演出版本，因尚未发现确凿的足以证明其为同一剧目的证据，为了谨慎起见，只能暂且采取"分别著录"的处理方式。

一、戏曲改编本

C

01　潮剧《孟丽君》

或名《女宰相》。20世纪20年代初期老永正香、老玉梨香的演出剧目。林淳钧、陈历明编著《潮剧剧目汇考》下册著录。

02　潮剧《孟丽君》

20世纪50年代怡梨潮剧团的演出剧目。林淳钧、陈历明编著《潮剧剧目汇考》下册著录。

03　潮剧《孟丽君》

古装潮剧。剧本被收入1993年12月中国戏剧出版社出版的《李志浦剧作选》。据《李志浦剧作选》，李志浦所编潮剧《孟丽君》凡十四场，场次为："第一场　射袍定婚""第二场　挟仇纵火""第三场　抗婚定计""第四场　描容别母""第五场　代嫁刺奸""第六场　相府人赘""第七场　姐妹洞房""第八场　凯旋除奸""第九场　诈病认女""第十场　观图试妻""第十一场　御苑痴情""第十二场　脱靴匿鞋""第十三场　还鞋迫爱""第十四场　改装团圆"。

目前可以看到的演出视频有广东省普宁市潮剧团演出的版本：大型外景实地拍摄，汕头市振潮音像制作公司摄制，汕头海洋音像出版社出版，揭阳市城兴影音有限公司出品（ISRC CN–F17–02–0014–0/V.J8）。编剧：李志浦。作曲：黄秋葵、黄俊义、秦昌林、庄礼福。电视导演：许汉生。策划：许木有。舞台导演：苏木荣、秦国强。录音：萧淮。司鼓：吴瑞跃（上集）、李友孝（下集）。领奏：张佰才（上集）、陈仲荣（下集）。

主演：方炎海（饰皇帝）、余丽莉（饰孟丽君）、王义列（饰孟士元，上集）、许初展（饰孟士元，下集）、林月兰（饰孟嘉玲）、谭少琴（饰孟母）、黄坚全（饰刘奎璧）、黄向华（饰进喜母、太后）、杨四妹（饰苏大娘）、陈少勇（饰皇甫少华）、沈御娜（饰皇甫长华）、陈颖华（饰苏映雪）、曹炎坤（饰梁相）、黄少君（饰梁夫人）、杨继群（饰进喜、权昌）、林巧恒（饰紫燕）、李少虹（饰荣兰）、许振昌（饰皇甫敬）。上、下集。上集凡六场，时长将近160分钟。下集凡七场，时长约为165分钟。

该剧删除了陈端生原著中的刘燕玉、卫勇娥、熊浩等人物，删除了原著中刘奎璧在花园比箭失利后转求皇甫少华之姐长华为妻亦遭拒绝，以及刘奎璧欲谋害皇甫少华、刘燕玉搭救少华并与之私订终身等情节，其他人物（如孟丽君、皇甫少华、苏映雪等）和情节则与陈端生原著较为类似。结局为"华丽缘"：太后认孟丽君为义女，赐其与国舅皇甫少华成婚。与原著中那个独立自尊、光彩夺目、拒绝复妆的女中奇杰相比，潮剧《孟丽君》中塑造的"只可叹改装容易复装难"的孟丽君无疑要逊色一些。

04　潮剧《孟丽君》

普宁潮剧一团演出。编剧：李志浦、方展潮、陈竞辉。作曲：杨文泉、黄俊义、秦昌林、庄礼福。导演：苏林荣、秦国强。司鼓：罗少淳。领奏：庄礼福。主演：黄楚霞、方壮华、杨俊立、张楚吟、周辉南、何艳珍、萧岳潮、王义烈、李炳海、谢六妹、陈永宝、张少萍、方畅州、曹炎坤、方燕庄、许秀贞。上、下集。上集凡七场，时长将近150分钟。下集凡七场，时长约为150分钟。

剧情与广东省普宁市潮剧团演出的《孟丽君》大致相似。

05　潮剧《孟丽君》

20世纪80年代揭西潮剧团的演出剧目。林淳钧、陈历明编著《潮剧剧目汇考》下册著录。

06　潮剧《孟丽君》

古装连台本潮剧。凡四集。原作：汤印昌。剧本改编：郑儒雄。作曲：李廷波。导演：吴兹明。司鼓：方再群、丁南华。领奏：丁惠深、黄澄波、林俊杰。灯光：郑雄智、李植州。音响：沈雪亮。化妆：任素珍。服装：侯丽珠。道具：黄鉴鸿。装置：江潮顺。字幕：江祝生。

主演：杨伟丹、林丽丽（饰孟丽君），王让俊、陈水木（饰孟士元），方少贤（饰孟夫人），郭丽貌（饰皇甫少华），林勇悦、陈资服（饰成宗帝），谢蓉（饰苏映雪），郑础华（饰皇甫长华），游国楠（饰刘奎璧），陈资服（饰孟嘉龄、顾宏业），丁春梅（饰荣兰），游志杰（饰皇甫敬），谭小凤（饰皇甫夫人），邱小琼（饰皇太后），侯再商（饰梁鉴），张宗明（饰秦布政），林庆弟（饰刘捷），丁树鸿（饰江进喜），吴顺辉（饰吴祥）。

其剧情，或归纳为："人世间希奇事层出不穷，竟有那深闺女抗旨逃婚，扮书生中状元又封宰相，还与那贤淑女合卺成亲；亲父兄同殿臣难以辨认，未婚夫来拜见口称门生。做尽那跷蹊事千奇百怪，却留下儿女情更比海深。最可笑还是那皇帝蠢笨，藏绣花帕耍威权煞费苦心。到头来娶妻未成做大舅，留下了千古笑柄奇闻！无怪乎，至今忧〔犹〕有人传颂：绝了哇，古代才女孟丽君！"[2]

07 潮剧《孟丽君》

有香港文志唱片公司出品的磁带（3盒）流传于世。主唱：陈楚惠、方巧玉、张兰芳、梅贞、方汉妆、张应炎。

08 潮剧《孟丽君与风流天子》

或名《孟丽君》。目前有音频流传，时长约为90余分钟。香江潮剧团伴奏。主唱：方桦、谢璇华、刘梦蝶、陈美云。

09 潮剧《孟丽君后传》

古装潮剧。揭阳市来兴潮剧团演出。汕头市振潮音像制作公司摄制，揭阳市城兴影音有限公司出品（ISRC CN-F17-03-0013-0/V.J8）。剧本整理、执行导演：陈尾。主演：罗丽君（饰孟丽君），潘惠珠、黄惠（饰皇甫少华），吴丽君（饰皇甫长华），陈伟端、杨彩兰（饰皇甫飞龙），李细女（饰皇甫驱），徐小玉（饰嘉祥公主），林宋荣（饰英宗帝），陈丽莉（饰熊佩玉），杨秀吾（饰图麻兴复），郑贞萍（饰皇甫花），涂广辉（饰成宗帝），徐烈吟（饰熊浩），高双华（饰卫勇娥），王秋标（饰图麻镇荣），吴才彬（饰胡海、鲁大鹏）。

凡十一场，时长约为290分钟，场次为："第一场　行刺新君""第二场　忠臣遭害""第三场　法场阻刑""第四场　丽君闹殿""第五场　大义舍子""第六场　太子脱险""第七场　搜查熊后""第八场　装疯辱妃""第九场　毒杀不成""第十场　飞龙挺刁""第十一场　功传千秋"。

孟丽君在与皇甫少华完婚后生下一男二女，其中儿子皇甫驱是当朝驸马，长女皇甫飞龙被册封为贵妃。皇甫飞龙进宫后，听信谗言，为谋夺东宫，端阳佳节指使歹徒弑君，嫁祸熊皇后（熊佩玉）和国丈熊浩，诬告熊氏"父女同谋""弑君篡位"。皇上不辨是非，下旨将熊皇后打入冷宫及将熊浩斩首。皇甫少华父子赶往法场阻刑，卫勇娥带领儿子和家将大闹法场。熊浩之子遵父命投奔潼关元帅徐志忠。金殿上，皇上听信皇甫飞龙的谗言，下旨将熊浩与卫勇娥斩首。孟丽君金殿见驾，为熊家说情，痛斥皇甫飞龙、奸臣图麻兴复与新君。熊皇后冷宫产下太子，皇甫飞龙不择手段，企图谋害襁褓中的太子。幸而太后亲临冷宫，太子暂保平安。为救太子，皇甫驱与嘉祥公主舍弃了亲生骨肉，用自己的儿子换取太子一命。皇甫飞龙又指使爪牙暗害熊皇后，熊皇后被孟丽君所救，藏身皇甫府。皇甫飞龙借省亲为幌子，到皇甫府搜查熊皇后，嘉祥公主装疯将其辱骂一番。飞龙一心想当女皇，用一箭三雕之计，在太皇回京整顿朝纲途中，欲借天门县胡县令之手毒杀太皇。幸亏相国机智，太皇幸免于难，胡县令被毒死。新君欲立飞龙为正宫，太后坚决不同意。飞龙在太后面前放刁，太后取剑欲杀飞龙，被新君阻拦，太后气急败坏而晕倒。金殿上，孟丽君与皇甫少华、太皇、太后共审飞龙，新君得知真相后惊醒，飞龙自饮鸩酒而终。奸臣伏法受诛，太子和熊皇后回宫。

10 潮剧《飞龙女》

编剧：陈鸿岳。目前所见有下列演出版本：

（1）唱片版

中国唱片广州公司出版（ISRC CN-F13-93-0112-0/A.J8）。作曲：李腾波。英宗（方展荣演唱）、皇甫飞龙（吴玲儿演唱）、熊清筠（郑小霞演唱）、皇甫少华（黄盛典演唱）、孟丽君（吴丽君演唱）、皇甫兆麟（陈瑜演唱）、皇甫长华（朱楚珍演唱）、熊浩（张长城演唱）、图满兴复（吴木泉演唱）、图满安国（杨应森演唱）、马顺（蔡岳演唱）。广东潮剧院一团乐队伴奏。詹维纲司鼓，黄壮茂、黄壮龙领奏。1988年录音。

（2）录像版

广东潮剧院一团演出。福建音像出版社出版发行（ISRC-ON-

E17-97-012-007-J6）。导演：黄瑞英。作曲：李庭波。配器：陈瑞凯。舞美设计：管善裕。司鼓：詹维纲。音乐领奏：黄壮茂、黄壮龙。主演：吴玲儿（饰皇甫飞龙）、朱楚珍（饰皇甫长华）、方展荣（饰英宗）、吴丽君（饰孟丽君）、张长城（饰熊浩）、郑小霞（饰熊清筠）、张小婷（饰庞月娟）、丁华（饰巧儿）、黄盛典（饰皇甫少华）、陈瑜（饰皇甫兆麟）、吴木泉（饰图满兴复）、杨应森（饰图满安国）、郑蔡岳（饰马顺）。上、中、下集。时长将近170分钟。

　　新主英宗登基，奸臣图满兴复无功受禄，皇甫少华因而不悦，对英宗加以劝谏。图满兴复夸官至皇甫府，少华拒见。此时英宗微服驾临，目睹此情此景，对少华的"无礼"行为不满而欲治罪于他。少华之女皇甫飞龙伶牙俐齿，以一番话语为父洗脱罪名。英宗惊见表妹飞龙美貌，顿时神魂颠倒。飞龙被召进宫中陪伴太后，太后心花怒放。英宗欲纳飞龙为妃，太后因此向胞弟少华议婚，少华婉言拒绝。飞龙因西宫位轻而不受，这令英宗不快。皇甫少华见飞龙逆旨欺君，乃劝谏新君将其明正典刑，英宗却"抚剑难断儿女情"。飞龙之婢庞月娟，见驾代主述志抒怀，此后飞龙备受英宗宠爱。图满兴复与皇甫少华不和，而其子辈图满安国与皇甫兆麟却为好友。右宫皇甫飞龙受宠，左宫熊后生怨。为阻女儿掌宫，孟丽君告诉熊后飞龙心怀异志，令熊后之婢巧儿取诗画为证。皇甫飞龙在进宫之前曾画有一幅武则天像，上有题诗。巧儿回宫后被擒，皇甫飞龙逼迫熊后责罚巧儿，并改换婢女月娟服侍熊后。飞龙命令图满安国领兵护宫。熊浩御营点将，欲追究图满安国私离御营入宫之过，皇甫兆麟加以劝阻。英宗不适，飞龙以有邪祟作怪为由下令搜宫。御床锦褥之下搜出青纸人形，上书英宗、飞龙之名。月娟承认自己放置邪物系受熊后指使。此事又牵连熊后之父熊浩。飞龙剑杀月娟，英宗命图满安国斩杀熊浩，又将熊后打入冷宫。图满安国欲杀熊浩，皇甫兆麟使之暂缓。丽君、少华禀告太后，言明宫中之变系飞龙所为。太后气急败坏，欲斩飞龙，英宗却百般阻挠，太后因而受气昏迷。少华、丽君及时赶到，苦口婆心劝谏英宗。已然醒悟的英宗，疑常服之丹药有毒而责问飞龙，飞龙畏罪，服药自尽。

11　潮剧《飞龙进宫》

广东饶平县潮剧团演出。汕头特区乐人稻田文化传播有限公司、汕头锦贤音像文化传播有限公司录制。汕头海洋音像出版社出版发行（ISRC CN-F17-04-0353-0/V.J8）。剧本整理：陈立贤。作曲：周鹅、吴惠光。导演：张初浮。司鼓：沈振辉、张昭群。领奏：丁有海、林意生。剧务：王国俊。电视导演：吴殿祥。艺术监督：王文彬。摄像：陈焕然、陈授沛、刘建鹏。总监制、出品人：林牧子。总策划：萧兆铭。制片人：郑友奎。主演：余御云（饰皇甫飞龙）、赖敏芳（饰皇甫花月）、陈作勤（饰皇甫少华）、黄淑明（饰佳蟾公主）、陈裕成（饰图麻兴复）、黄成忠（饰图麻镇荣）、陈琳凤（饰英宗）、杨莹玉（饰皇甫驱）、陈义彬（饰皇甫林）、黄泽君（饰孟丽君）、陈炳贵（饰熊浩）、张月刁（饰卫勇娥）、王新燕（饰熊佩玉）、陈秀萍（饰熊其鹤）、李雪茵（饰熊生）、张惠娴（饰皇太后）、沈明童（饰马顺）、周武汉（饰刺客）、巫佩青（饰雪梅）。

上、下集。上集凡六场，时长约为150分钟，场次为："第一场　飞龙进宫""第二场　合谋""第三场　弑君嫁祸""第四场　熊府激反""第五场　法场劫刑""第六场　相府筹谋"。下集凡六场，时长约为150多分钟，场次为："第一场　丽君闹殿""第二场　祝寿""第三场　冷宫产子""第四场　大义舍子""第五场　易储脱险""第六场　火烧冷宫"。

新主英宗登基，册立熊佩玉为东宫皇后、皇甫飞龙为西宫娘娘。皇后熊佩玉因身怀六甲，故将宫权令箭暂交西宫娘娘执掌。皇甫飞龙进宫后狐媚新主，深受宠爱，刁蛮无理，气得东宫皇后收回宫权令箭。心高气傲的皇甫飞龙不甘屈居昭阳之下，故与奸佞图麻兴复狼狈为奸，处心积虑陷害东宫皇后。五月初五，当英宗、东宫皇后与众大臣在京郊长波亭共庆端阳佳节时，图麻兴复太师与西宫娘娘密派刺客弑君，嫁祸国丈熊浩和东宫皇后。英宗下旨将熊浩斩首，由图麻太师监斩，东宫皇后被打入冷宫。卫勇娥与儿子熊其鹤迫于无奈，率领家将赶往法场阻刑。皇甫少华与儿子来到法场祭奠熊浩。熊浩与卫勇娥到皇甫府避难，熊其鹤潜逃。英宗命皇甫少华带领御林军在三天之内将熊浩夫妻捉拿归案。熊浩夫妻自缚上殿请罪，英宗却下旨将其斩首，孟丽君因此大闹龙廷，手执上皇所赐金杖要痛打昏君，英宗只得改变旨意，暂将熊浩夫妻囚禁于天牢。恰逢皇太后六十大寿，皇甫少华入宫祝寿，请求皇太后出面搭救熊浩夫妻。皇太后却被前来祝寿的英宗惹得大气一场。东宫皇后冷宫产子，西宫娘娘派人紧守冷宫，企图谋害刚出生的太子。飞龙之兄皇甫驱出于大义，说服妻子佳蟾公主，将自己的亲生骨肉与太子互换，从而保住龙脉。飞龙为除后患，竟令图麻父子纵火焚毁冷宫，因皇甫驱、皇甫林和皇甫花月鼎力搭救，东宫皇后幸免于难。

12 潮剧《飞龙乱国》

广东饶平县潮剧团演出。汕头特区乐人稻田文化传播有限公司、汕头锦贤音像文化传播有限公司录制。汕头海洋音像出版社出版发行（ISRC CN-F17-04-0353-0/V.J8）。剧本整理：陈立贤。作曲：周鹅、吴惠光。导演：张初浮。司鼓：沈振辉、张昭群。领奏：丁有海、林意生。剧务：王国俊。电视导演：吴殿祥。艺术监督：王文彬。摄像：陈焕然、陈授沛、刘建鹏。总监制、出品人：林牧子。总策划：萧兆铭。制片人：郑友奎。主演：余御云（饰皇甫飞龙）、赖敏芳（饰皇甫花月）、陈作勤（饰皇甫少华）、黄淑明（饰佳蟾公主）、陈裕成（饰图麻兴复）、黄成忠（饰图麻镇荣）、黄喜德（饰元仁宗）、陈琳凤（饰元英宗）、杨莹玉（饰皇甫驱）、陈义彬（饰皇甫林）、黄泽君（饰孟丽君）、王新燕（饰熊佩玉）、陈秀萍（饰熊其鹤）、沈明童（饰马顺）、周武汉（饰胡海）、巫佩青（饰剑兰）、陈洁如（饰秋霜）、陈如兰（饰媚娘）、王丽娜（饰红杏）、卢景怀（饰道童）、陈炳贵（饰朝官甲）、王国俊（饰朝官乙）、杨炎发（饰山寨甲）、黄东升（饰山寨乙）。

上、下集。上集凡七场，时长将近140分钟，场次为："第一场 破秘""第二场 寻踪""第三场 惊魂""第四场 会故""第五场 祸变""第六场 闹宫""第七场 干政"。下集凡七场，时长约为150分钟，场次为："第一场 弄贼""第二场 谎报""第三场 搅浑""第四场 揭奸""第五场 请兵""第六场 劝降""第七场 复国"。

故事承接《飞龙进宫》，主要情节为：图麻太师谎奏熊皇后被烧死于冷宫，皇甫飞龙见英宗对熊皇后犹流露出感情，便造谣说熊皇后纵火自焚，且添油加醋挑拨英宗与熊皇后之间的关系。皇甫飞龙知熊皇后未死，疑其藏身于皇甫府。为了追查熊皇后的下落，皇甫飞龙请旨回皇甫府省亲。皇甫府将熊皇后藏于皇甫驸马府的御书楼。飞龙到驸马府御书楼中追查熊皇后，佳蟾公主装疯将飞龙痛骂一番。皇甫少华奉英宗之旨意访寻太上皇，途经翠屏山时与太上皇和熊其鹤（时为翠屏山寨主）意外相逢。在太上皇回京途中，西宫与图麻太师密谋借天门县令胡海之手，用御制美酒玉泉春毒杀太上皇。幸亏皇甫少华极为慎重，让胡县令先饮酒。胡县令被毒死，太上皇得以保全性命。孟丽君到南清宫参见皇太后，告知天门县毒酒一事。英宗驾临，向皇太后吐露欲立飞龙为正宫皇后的想法，遭到皇太后的反对。飞龙随后到来。皇太后向英宗询问毒酒一事，胆大包天的飞龙顶撞皇太后。皇太后执剑欲斩飞龙，为英宗所阻。翌日，金銮殿上，英宗下旨册封飞龙为皇后，遭到皇甫少华父子等忠臣的激烈反对，册封一事因而搁浅。皇甫林与图麻镇荣一同奉旨寻访太上皇。图麻镇荣被皇甫林与熊其鹤共同定计捉弄。皇甫林与图麻镇荣回京奏称太上皇已驾崩，因中飞龙之毒计而双目失明的英宗闻讯后身体更为不适。皇甫林应邀到图麻府饮酒，他巧施计谋，使图麻镇荣杀了马顺公公。飞龙得知马顺公公被杀，遂囚禁图麻兴复。皇甫少华于金殿辞官后与孟丽君等在故乡皇甫山庄厉兵秣马，操练义军。皇甫驱来报京中形势危殆，孟丽君遂奉密旨潜回京城，欲劝降飞龙，皇甫少华则率领义军护送太上皇入京，静观形势。飞龙图谋篡夺帝位，训练女兵，培植亲信，将英宗与太后囚禁于南清宫，拒不服罪。图麻镇荣率兵围攻京城，欲与飞龙争夺帝位。皇甫少华率领义军平叛，将飞龙和图麻镇荣绳之以法。

13 楚剧《孟丽君》

连台本历史传奇剧。原名《华丽缘》，曾是楚剧的"看家戏"。据朱彬《忆余少君》介绍，《孟丽君》是余文君的拿手好戏，从"射箭订婚""画像逃走"一直演到"紊乱朝廷"等，共有30余本[3]。余文君利用他在观众中的崇高威望，采取老带青的方法将余少君推上舞台。孟丽君这一角色，前半场由余少君扮演，后半场由余文君扮演，演到《飞龙传》（即《孟丽君后传》）时，余少君就专演孟丽君之女。楚剧《孟丽君》于一炮打响后门庭若市，"客满"的牌子每天早早高挂，使许多未买到戏票的观众不得不早起五更排起长龙来购票。据章俊《不信春风唤不回——楚剧〈孟丽君〉排演侧记》介绍，著名楚剧名宿余文君（著名导演余笑予的父亲）在20世纪30年代曾因主演孟丽君而走红，重排《孟丽君》是余笑予多年的心愿。20世纪90年代后期，余笑予亲自主持剧本的修改工作，数易其稿，将原有的28本浓缩为5本，并指挥湖北省楚剧团排演，由彭青莲、曾美玲、刘丽蓉合饰孟丽君。彭青莲是国家一级演员，中国戏剧梅花奖得主，被誉为"楚剧的看家女"。直至目前，湖北省的一些楚剧团仍经常上演该剧目，只可惜目前未见完整的音像制品流传。

14 川剧高腔《乘醉脱靴》

重庆金凯川剧团演出。司鼓：漆瑞林。领腔：董金凤。主演：郭峰（饰成宗）、李蓉（饰孟丽君）。

时长将近40分钟。因视频无字幕，前面大部分的剧情，笔者完全看不懂，结局似乎是成宗皇帝用酒将孟丽君灌醉，亲自脱下其靴子，仔细端详许久，复给她穿上。

D

15　滇剧《再生缘》

据1916年8月5日《滇声新报》："荣华茶园新戏广告……现所编演之《天雨花》一剧，行将演完。拟赓续开演《再生缘》。其中情节，均照原书挨次接演。"[4]可见早在民国初期，滇剧已经编演《再生缘》。

16　滇剧《孟丽君》

滇剧表演艺术家王玉珍曾饰演滇剧《孟丽君》中的孟丽君一角[5]。滇剧表演艺术家汪美珠亦曾演出滇剧《孟丽君》。[6]

G

17　赣剧《孟丽君》

赣剧《孟丽君》系根据丁西林的同名话剧改编而成的作品。有江西省赣剧团1979年6月印的油印本《孟丽君》流传于世。

18　赣南地方戏《孟丽君》

实景拍摄。广东嘉应音像出版社出版（ISRC CN-F20-09-0019-0/V.J8）。制片人：熊克武、熊江龙、熊克文。总策划：熊克文。剧本整理：温安琴。录音摄影：吴少强、吴锐嘉。制作：吴少强、陈宣福。主演：温春秀（饰孟丽君）、吴仕贵（饰皇甫少华）、王小平（饰万岁）、谭小芸（饰太后、孟夫人、神婆）、王联玉（饰刘捷）、熊四宝（饰刘奎壁）、温安琴（饰苏映雪）、宁新荣（饰孟嘉伶）、赖群兰（饰荣兰）、蔡接生（饰孟士元）、胡平（饰皇甫敬）、卢伏珍（饰娘娘、皇甫夫人）、陈新华（饰梁太师）、谭益民（饰和尚）、肖小金（饰吕忠、郦员外）、艾树新（饰熊浩）。

此剧的剧情（如孟丽君扮作郎中于潜逃途中偷吃庙中供品、医治郦家庄郦员外之独子郦明堂）、主题曲、唱词、风格皆与黄梅戏音乐电视连续剧《孟丽君》相类似，但一些情节（如孟丽君有兄长孟嘉伶、孟丽君母亲健在等）比黄梅戏音乐电视连续剧《孟丽君》更接近原著。此剧删除了原著中的刘燕玉这一形象以及刘燕玉与少华的扇帕良缘、苏映雪与少华的梦里良缘。

19 高甲连本戏《孟丽君》

厦门金莲升高甲剧团演出。福建省音像出版社出版发行，泉州市阳光声像图书有限公司出品（ISRC CN-E17-05-0015-0/V.J8）。改编：尔冬。导演：洪东溪。作曲：方瑞安。舞美设计：傅仰彬。出品人：郑继军。监制：程文铸。

主演：吴晶晶（饰孟丽君）、李莉（饰苏映雪）、飞鸿（饰皇甫少华）、黄耀锋（饰刘奎璧）、柯碧旺（饰刘捷）、纪亚福（饰孟士元）、张国雄（饰成宗）、陈一璇（饰刘燕珠）、郑萍（饰苏大娘）、陈庆慰（饰顾氏）、陈玉红（饰荣兰）、李旋飞（饰江进喜）、刘丹云（饰卫勇娥）、蔡美珊（饰皇甫长华）、肖艺松（饰郦明堂）、林丽雅（饰太后）、李向阳（饰皇甫敬）、苏成安（饰崔侍郎）。孟丽君的饰演者吴晶晶是第廿一届中国戏剧梅花奖获得者，苏映雪的饰演者李莉获第八届中国戏剧节优秀演员奖。

上、中、下集。上集凡六场，时长将近140分钟，中集凡七场，时长将近140分钟，下集凡七场，时长约为150分钟。演员的表演堪称精彩，颇具唯美气息。因是连台本戏，该剧的情节较细腻。其基本情节与陈端生原著较为相似，但删除了原著中刘燕玉这一较为重要的人物，还将刘奎璧之母顾氏塑造得比原著更凶狠、更无良。同时，该剧借鉴了丁西林的话剧《孟丽君》。此外，剧中的某些情节与黄梅戏音乐电视连续剧《孟丽君》的情节较为类似。

元成宗时期，征西大元帅皇甫敬之子皇甫少华与国丈刘捷之子刘奎璧爱慕礼部尚书孟士元之女孟丽君的才貌，同时向其求婚。孟士元难以抉择，遂以射柳比箭的方式联姻。孟丽君不愿婚事受人摆布，改扮成孟府的管家，亲临比箭现场。经过一番巧妙周旋，孟丽君与皇甫少华喜结良缘，刘奎璧则怀恨在心。在母亲顾氏的怂恿下，刘奎璧欲在小春庭纵火烧死皇甫少华，幸而刘府的仆人江进喜仗义相救。刘家父子又与刘皇后定下毒计，既诬奏皇甫敬变节降贼，陷害皇甫一家，致使皇甫少华潜逃，又请旨赐婚孟丽君。出嫁前夕，孟丽君自画真容留慰父亲，然后与婢女荣兰女扮男装出走。刘家花轿临门，苏大娘之女苏映雪主动请求代孟丽君出嫁。苏映雪在洞房中行刺刘奎璧未遂，投江自尽，幸为梁鉴太师搭救且认为义女，改名梁素华。

孟丽君化名郦君玉，以妙手回春之术治愈了郦员外的独子郦明堂，与郦明堂结为金兰，又冒明堂之名上京赴试。皇甫夫人与皇甫长华在押解入京途中被乔装客卫勇娥劫上吹台山。孟丽君进京赴试，高中状元，又被梁府千金的彩球抛中，与苏映雪重逢在洞房，两人结为假凤虚凰。后因治愈太后之病，孟丽君升任兵部尚书。孟丽君请旨比武选帅，荐皇甫少华征番。郦明堂（即孟丽君的义弟）随少华出征。少华救父回朝，刘捷父子伏法受诛，刘燕珠被打入冷宫。少华被封为王，长华被册封为皇后，郦明堂被封为刑部侍郎。皇上赐郦明堂与卫勇娥完婚。

成宗限期百日寻回孟丽君，否则将另赐崔大臣之女与皇甫少华成亲。少华得病，皇甫府请丽君前来诊治，少华借图试妻，两人若即若离，适孟士元到来，丽君匆忙离去。百日期满，苏映雪冒孟丽君之名上殿认亲，遭到少华的质疑。少华呈上丽君的真容，奏请成宗赐他与丽君完婚。成宗得知郦相即孟丽君，有意横刀夺爱，于是邀丽君同游上林御苑，想方设法挑逗丽君，丽君始终未为所动。成宗又欲与丽君同榻而眠，关键时刻，太后宣召孟丽君入万寿宫画观音画像，并赐烈酒三杯，将其灌醉。丽君被脱靴验出真身。成宗截获丽君的绣鞋，并逼迫丽君隐瞒真实身份，以便金屋藏娇。丽君女装上殿剖明真实身份，成宗勃然大怒，欲斩丽君。幸而太后及时赶到，告诫成宗当以社稷为重，又当殿认孟丽君为义女。成宗啼笑皆非，只得赐孟丽君与皇甫少华完婚。

另外，剧中有如下场景：

> 太后：（对梁素华）梁小姐为知己耽误青春，其情可嘉，待哀家为你选一佳婿匹配。
>
> 梁素华：谢太后隆恩。映雪不愿另觅夫家，愿陪伴丽君姐姐身边。
>
> 太后：（恍然大悟）哦哦哦，哀家明白了。（对梁太师）老爱卿，令千金死里逃生，这份情是不是该向忠孝王讨还啊？
>
> 梁太师：啊哦哦，是该讨还，是该讨还。

高甲戏《孟丽君后传》第一场"倾情"开篇，演述元宵佳节万岁下旨邀朝中大臣、皇亲国戚到御膳殿饮宴，梁老王爷（梁鉴）在殿中问皇甫少华与孟丽君："因何不见我那义女映雪呢？"皇甫少华回答道："老王爷，只因家父年老体弱，远居云南。"孟丽君接话道："映雪妹妹，留在云南侍奉公公。"看来，高甲连本戏《孟丽君》中的梁素华（苏映雪）最终亦于归少华，该剧的结局是"双美同归"，即孟丽君与苏映雪共侍一夫。

20 高甲戏《孟丽君脱靴》

《孟丽君脱靴》是高甲戏的传统剧目。据说早在20世纪20年代初，福建高甲戏吕宋班曾赴菲律宾马尼拉演出这一剧目。目前流传的演出视频有：

厦门市金莲升高甲剧团演出。福建省音像出版社出版发行。出品人：郑继军。监制：程文铸。导演：洪东溪。剧本移植：尔冬。音乐设计：黄书贵。舞美设计：傅仰彬。司鼓：王双庆。灯光音响：洪基煌、陈玉生、李向阳。剧务：黄宗锰。服装设计：李黎明、吴培影。化妆造型：林婉玲。武打设计：李旋飞。道具：陈峥嵘、陈玉红。场景摄像：陈国宝。电编合成：陈向军。音乐伴奏：厦门市金莲升高甲剧团乐队。

主演：吴晶晶（饰孟丽君）、李莉（饰苏映雪）、飞鸿（饰皇甫少华）、张国雄（饰成宗）、黄耀锋（饰刘奎璧）、柯碧旺（饰刘捷）、纪亚福（饰孟士元）、陈玉红（饰荣兰）、蔡美珊（饰皇甫长华）、林丽雅（饰皇太后）、林良禹（饰梁鉴）、苏成安（饰郦员外、崔侍郎）、肖艺松（饰郦明堂）、李向阳（饰皇甫敬）、刘丹云（饰卫勇娥）、张志高（饰卫范）。

演的是高甲连本戏《孟丽君》的高潮部分。成宗限期百日内寻回孟丽君，否则将另赐崔大臣之女与皇甫少华完婚。百日期满，苏映雪冒孟丽君之名上殿认亲，遭到少华的否定。少华呈上丽君的画像，奏请成宗赐他与丽君完婚。成宗得知郦相即孟丽君，有意横刀夺爱，于是邀丽君同游御苑，挑逗丽君，丽君未为所动。太后觉察此事，即召郦相入万寿宫画观音像，并赐烈酒，将其灌醉。宫女脱靴验出丽君的女性身份。成宗截获丽君的绣鞋，并逼迫丽君隐瞒真实身份，企图金屋藏娇。翌日临朝，丽君女装上殿，剖明身份，恳求皇上赦罪赐婚。成宗勃然大怒，欲斩丽君。幸而太后及时赶到，告诫成宗当以社稷为重。太后为善后计，当殿认孟丽君为义女。成宗啼笑皆非，只得赐丽君与少华完婚。

21　高甲戏《孟丽君后传》

厦门市金莲升高甲剧团演出。福建省音像出版社出版发行，泉州市阳光声像图书有限公司出品（ISRC CN-E17-05-0305-0/V.J8）。编剧：尔冬、木子。艺术指导：洪东溪。导演：陈炳聪。作曲：黄书贵。舞美设计：傅仰彬。灯光设计：洪基煌。服装设计：李黎明。化妆设计：林婉玲。司鼓：吴劲松。

主演：吴晶晶（饰孟丽君）、郑萍（饰皇甫飞龙）、肖艺松（饰元哲宗）、黄耀锋（饰元成宗）、孙叶芳（饰郦佩玉）、林丽雅（饰皇甫长华）、纪亚福（饰皇甫少华）、刘丹云（饰卫勇娥）、林良禹（饰梁鉴）、骆景忠（饰杨莲）、飞鸿（饰郦明堂）、黄宗猛（饰皇甫兆麟）、陈玉红（饰秋月）、苏燕（饰春花）、洪艳女（饰江小珠）。

上、下部。凡十五场，时长约为350多分钟，包括"第一场 倾情""第二场 偷情""第三场 议婚""第四场 闻信""第五场 打凤辇""第六场 惊闻噩耗""第七场 买嘱宫女""第八场 公审正宫""第九场 误会""第十场 设计""第十一场 闯宫""第十二场 法场阻刑""第十三场 闻信""第十四场 上皇临朝""第十五场 太义诛女"。

故事情节是：孟丽君之女皇甫飞龙胆识过人，心比天高，一心欲效仿唐代武则天弄权。元宵佳节，元成宗大宴群臣，皇甫飞龙闯宫，撞见太子，令太子神魂颠倒。飞龙亦大胆与太子打情骂俏，致使宴饮不欢而散。太子潜入王府，与飞龙密会。为了得到飞龙，太子煞费苦心地装病。元成宗只得宣召忠孝王夫妇入宫议婚。从奸监杨莲口中得知飞龙已与太子成其好事，孟丽君无奈，只得答应飞龙与太子的婚事。皇甫飞龙入宫后献媚邀宠，兴风作浪，新君（即太子）不理朝政，忠孝王夫妇忧心如焚，而此时皇甫老王爷又病重。皇甫飞龙不甘屈居西宫之位，仿东宫礼仪坐全副凤驾出宫，遭到郦国太卫勇娥的痛打，因此怀恨在心，定计陷害郦家满门。幸而梁老王爷持御赐金鞭赶往法场阻刑。孟丽君进宫，请得太上皇赦免郦家的旨意。西宫娘娘一计未成，又生一计，买嘱东宫娘娘身边小婢江小珠下毒药来嫁祸东宫娘娘。孟丽君请旨审理案件，因证人江小珠服毒自尽，冤案无法审理。东宫娘娘被皇上打入冷宫。为救东宫娘娘，梁鉴持御赐金鞭闯宫，却被飞龙与奸监杨莲逼死。卫勇娥带兵闯宫，被郦明堂、孟丽君赶来阻止。卫勇娥正欲退兵之际，圣旨已下，郦府满门被押赴午门处斩。孟丽君即刻赶到法场阻刑，奸监杨莲却以尚方宝剑相逼。危急之际，皇甫少华父子率兵赶到，解救忠良。皇甫飞龙欲效仿武则天改朝换代，登基庆典，孟丽君只得再次女扮男装，混进内宫觐见太上皇。太上皇临朝，粉碎了皇甫飞龙的女皇梦。孟丽君奉旨天牢审女，爱恨交加。飞龙心高气傲，死不悔改，母女反目成仇。孟丽君大义诛女，美名远扬。

22 歌仔戏《孟丽君》

制作：杨丽花。策划：徐斌扬。编导：陈聪明。武场指导：蔡育仁。主演：李如麟（饰皇甫少华）、许秀年（饰孟丽君）。

23 歌仔戏《天香梦》

凡八场。据王青的《清末民初地方戏对弹词〈再生缘〉的接受》介绍，该剧的场次为："第一场 寿宫赐宴""第二场 献图惹祸""第三场 御苑试探""第四场 深宫闺怨""第五场 春暖天香""第六场 定计脱靴""第七场 风雨寄情""第八场 金銮会审"。

24 桂剧《孟丽君》

由刘克嘉、筱兰魁根据丁西林的同名话剧改编而成。目前所见有桂林市桂剧团 1979 年 12 月出版的油印本《孟丽君》（演员专用），该油印本上写着：刘克嘉、筱兰魁 1979 年 12 月 14 日改写完，李芹长 1979 年 12 月 15 日刻写完。

凡八场，场次为："第一场　少华班师""第二场　金殿议婚""第三场　郦相探病""第四场　士元复职""第五场　荣兰顶替""第六场　内宫赏月（皇帝逞计）""第七场　魏瑾议策""第八场　金殿大审（将相巧配）"。

在孟家遭难五年之后，孟丽君已贵为丞相。经武将军皇甫少华征讨南蛮获胜，班师回朝，为岳父云南总督孟士元申冤。皇上封少华为京师提督都元帅，并欲将梁鉴之女梁如玉赐婚少华。皇甫少华以自幼与孟丽君订有婚约为由拒绝。最后皇帝采纳郦君玉（孟丽君改扮男装后的化名）的建议：如有孟丽君，万岁就赐皇甫将军与孟丽君成亲；若无孟丽君，万岁就赐皇甫将军与梁如玉成亲。朝廷张贴黄榜，赦免孟丽君的潜逃之罪，限她百日内投案自首。百日之期将到，皇甫少华装病，延请郦丞相过府治病。少华以丽君的自画像试探郦丞相，且对其倾诉衷肠，孟丽君因时机未到，不敢相认。孟士元回朝，官复原职。百日之期已满，少华将丽君的自画像呈给皇帝观看，且指认郦丞相是女扮男装的孟丽君。皇上动了私心，不许少华妄言郦丞相是女子。恰在此时，荣兰冒名孟丽君投案自首，因少华不肯相认，以及孟士元的态度模棱两可，皇帝故命郦丞相将荣兰带回相府审问。是夜，皇帝邀郦丞相到天香馆赏月，且欲君臣同榻共眠。皇后娘娘来到天香馆，与皇上发生争吵，被皇帝以"酒醉"为由撵走。幸亏荣兰来报"相府失慎，马房起火"，郦丞相得以脱身。次日，太后宣召郦丞相入宫画观音像，画毕赐酒。丞相装醉，被脱靴验出真身。金銮殿上，国丈刘捷与魏瑾（皇太后的哥哥）共审丽君。因双方意见不一，皇帝下旨将丽君收在皇宫之内，贬为丫环。太后认孟丽君为义女，册封其为公主，又将其赐婚皇甫少华。

因同是根据丁西林的同名话剧改编，故该剧的情节与越剧《孟丽君》（吴兆芬改编）、黄梅戏《孟丽君》（班友书、汪自毅改编）等的情节相类似。

H

25 汉调桄桄[7]《芙蓉剑》

现存洋县剧团艺人口述本《芙蓉剑》，剧本被收入1958年10月陕西省文化局编印《陕西传统剧目汇编·汉调桄桄》第二集（汉桄433—汉桄656页）。该剧凡四本二十六场：

第一本的场次为："第一场 议婚""第二场 射袍""第三场游池""第四场 烧庭""第五场 征番"。

第二本的场次为："第六场 哭别""第七场 聚义""第八场 逼婚""第九场 扑楼""第十场 供状""第十一场 招赘""第十二场 升官"。

第三本的场次为："第十三场 献策""第十四场 夺元""第十五场 平番""第十六场 封王""第十七场 逃婚""第十八场 哭像""第十九场 烧谷""第二十场 拜表"。

第四本的场次为："第二十一场 寄柬""第二十二场 放赦""第二十三场 医亲""第二十四场 假丽君认亲""第二十五场 定计""第二十六场 脱靴（团圆）"。

剧情是：元朝时期，云南总督皇甫敬之子皇甫少华（请云南布政司秦霸执柯）与国丈刘捷之子刘奎璧（请礼部尚书顾鸿业作伐）同时央媒向兵部尚书孟士元之女孟丽君议婚，孟士元左右为难，决定以花园走马射箭之计为丽君择婿。少华三箭全中，成为孟府东床，以鸳鸯带换取孟家镇宅之物芙蓉剑，又在孟府花园与苏映雪私订终身。国舅刘奎璧因比箭落选而怀恨在心。他使出诡计，在强邀少华滇池泛舟后将其留宿刘府，命令家仆江进喜将其烧死于小春亭。江进喜将刘奎璧的阴谋透露给了母亲（江母，即刘燕玉的乳母）。少华被奎璧之妹刘燕玉搭救（原著中叙述了刘燕玉的生母吴姨娘托梦，此剧本也保留了这一情节），且与之私订终身。

朝鲜国兵马大元帅乌必恺率兵犯境，攻打登州，太师刘捷挟嫌怀恨，荐举皇甫敬带兵征番。圣旨拜皇甫敬为征东大元帅，卫焕为前军先锋。刘捷勾结山东巡抚彭泽，诬奏皇甫敬和卫焕劝军降番，元成宗不辨是非，下旨抄斩两家满门。皇甫少华在接到母舅尹保衡从京中送来的密信后化名王华（字少甫）潜逃，后与熊皓（字友鹤）结为兄弟。卫焕之女卫勇娥乔装逃难，占崔台山为王，搭救被押解上京的尹良贞和皇甫长华，且认尹良贞为母。刘奎璧通过皇后刘燕珠，请旨婚配孟丽君。在苏映雪的建议下，孟丽君留下自画真容，化名郦君玉，带着荣兰（化名荣发）女扮男装离家出走。刘府花轿临门，"一点痴心向少华"的苏映雪无奈代嫁。苏映雪在洞房中行刺刘奎璧未遂，自投滇池，被文华殿大学士梁鉴的夫人景氏所救，成为梁府之义女。孟士元与刘奎璧为着"孟丽君"扑楼投池自尽一事而入京面圣，元成宗从中调解，下旨为"孟丽君"修建牌坊，旌表节烈。孟士元官拜礼部尚书，刘奎璧被封为辅国将军。因垂涎皇甫长华的美貌，刘奎璧请旨征伐崔台山。刘奎璧兵败被擒，招认陷害皇府家的经过，此时刘皇后因难产而死。

　　孟丽君于逃婚途中被珠宝商康信鸿螟蛉为子。孟丽君入京应试，高中状元，被梁鉴招赘为婿，与苏映雪成为一对假凤虚凰。因治愈太后之病，郦君玉（孟丽君）被擢升为兵部尚书。适逢登州告急，为选拔将才，孟丽君奏请皇上先颁布赦书，再张榜招贤。王华（皇甫少华）与熊皓入京应试，少华九箭全中，高举千斤铜鼎，被钦点为武状元，获封平都招讨兵马大元帅，熊皓为榜眼，获封前部先锋。皇甫少华请旨招安崔台山。圣旨封皇甫长华与卫勇娥为左右先锋，令其即刻下登州征番。皇甫少华率兵东征奏凯，救父回朝，血本陈情，洗雪冤屈。少华因征番之功获封东平忠孝王，孟丽君因荐贤之功获封保和殿大学士。孝烈侯卫勇娥赐配平江侯熊皓。皇甫长华被册立为中宫皇后。刘家获罪，家眷被打入天牢。因雁门关总兵刘奎光愿为父母将功折罪、刘燕玉入京搭救双亲（圣旨捉拿家眷时刘燕玉因逃婚而藏身于白衣庵中，闻讯后火速入京）以及皇甫父子上表求情，皇上下旨赦免刘捷夫妇，并钦赐燕玉与少华于一月之内完婚。

　　皇甫少华在孟府见到孟丽君自画的真容，得知丽君女扮男装潜逃，疑心恩师郦君玉即孟丽君，遂向岳父岳母献计：邀请郦恩师到孟府给孟夫人治病。孟丽君过府探母医病，见母晕倒而认亲，但约定只可暗认，不可明认。云南女子项南金冒名孟丽君入京认亲，遭到少华的否认。少华当殿指称郦保和是孟丽君，并谓其已在孟府认亲。皇上偏袒郦保和，钦赐项南金与忠孝王完婚。皇甫少华进宫，向皇甫皇后献策揭露丽君的真面目。皇甫皇后去拜见太后，闻听太后欲召一位善画者画一幅送子观音图，便举荐郦明堂入宫绘画。孟丽君画毕，被赐饮玉红春酒三杯而醉。皇甫长华以海上仙方治疗酒醉为由，将孟丽君脱靴相验。孟丽君被太后螟蛉为保和公主，依旧参政受禄（被封为国华修文王妃，兼理保和殿大学士之职）。皇甫少华与孟丽君、苏映雪、刘燕玉同日完婚。

洋县剧团艺人口述本《芙蓉剑》的基本情节虽然较忠实于陈端生原著，但并未很好地汲取陈端生原著的精华。原著中孟丽君为保持男性身份而与夫权、父权、君权进行坚决斗争的大量情节被删减了。洋县剧团艺人口述本《芙蓉剑》描写郦保和复妆的情节过于简略。相反，原著中的神灵托梦和梁续中的三美团圆之类的情节，此种戏曲改编本倒是全盘继承了。此一问题是《再生缘》的不少改编本中共同存在的问题。《再生缘》的不少改编本，往往将原著中孟丽君为拒绝复妆而斗争的情节删减了，殊不知这恰恰是原著中最为精彩的部分。

据说20世纪50年代，南郑县桄桄剧团常演出此剧目，由毛林凤饰孟丽君，张少华饰皇甫少华，王伍太饰孟士元。汉中市汉调二簧剧团，也以此本用二簧演出。

洋县剧团艺人口述本《芙蓉剑》是四本连台本戏，另有节录本《禹王鼎》《孟丽君脱靴》。

26 汉调二簧 [8]《孟丽君》

据范惜民、王寿春提供的资料，汉调二簧《孟丽君》凡七场，场次为："第一场 （病房）认女""第二场 回朝""第三场 登殿""第四

场 观画""第五场 闹朝""第六场 观花""第七场 脱靴"。

故事从孟丽君已经入朝为相开始：龙图阁大学士孟士元发现朝中大司马都堂黎金玉，与其女孟丽君容貌相像，于是与夫人胡氏定计，欲把黎宰相接到府中给夫人治病。孟丽君曾许配皇甫少华为妻，因奸臣刘策之子刘奎璧逼婚，遂带着丫环荷花女扮男装潜逃。苏吟雪代孟丽君出嫁。孟丽君被义父康约三收留，后上京考中状元，入赘梁府。因医好皇太后（老皇太）的眼目，孟丽君被封为司马都堂。黎金玉（孟丽君）来到孟府医病，被孟士元夫妇的言语所打动，遂与双亲相认，但因皇甫少华征战未还，嘱咐双亲千万不能走漏消息。王华（皇甫少华）和熊浩兴兵征讨蛮贼，救出皇甫敬和魏焕，班师回朝。皇甫敬因功获封陪驾王，魏焕获封云南提督，熊浩获封甘州提督，魏焕之女魏月娥被许配熊浩为妻。刘皇后去世，刘策被关押在天牢，皇甫长华成为正宫皇后。皇甫少华获封忠孝王。皇甫少华上本，请求皇上赐婚孟丽君。孟士元说因刘奎璧逼婚，孟丽君已经身扑池塘而亡，少华却不相信。皇上出榜寻找孟丽君，遂引出势利之徒项诚带着女儿（假扮孟丽君）到京认亲的闹剧。皇甫少华曾见到孟丽君的画像，又得到孟府认亲的消息，遂当殿指称司马都堂黎金玉即孟丽君，遭到丽君的斥责。因皇甫少华献策，元成宗宣召孟丽君进宫观花。皇太后、皇后、皇甫少华在观花楼暗中观看孟丽君，发现她行路艰难，好像女子模样。皇太后因此宣召孟丽君进宫画观音神像，又用外国进贡的闻香宝草将其迷晕。孟丽君被脱靴验出真身。最终皇甫少华与孟丽君团聚。

此剧将元成宗的形象刻画得较为正面：他不再是一个欲横刀夺爱、君夺臣妻的风流天子，而是一个略带几分幽默、乐于成人之美的英明皇帝。另外，值得注意的是，孟丽君于改装前向元成宗提出了改装的三个条件，颇能突显孟丽君的胆识：

元成宗：众卿排班，黎都堂还要改装才是。

孟丽君：教为臣改装，要依为臣三件大事。

元成宗：那〔哪〕三件？且讲你首一件。

孟丽君：首一件，我女装男扮，混闹科场，万岁出旨，恕我满门无罪。

元成宗：孤恕你满门无罪。二件？

孟丽君：二件大事，金銮殿下，二十四把金交椅，有为臣一把。为臣改装后，黄纱罩定首把交椅。外国有事，臣仍穿戴上殿议论国事。

元成宗：爱卿有奏有准。三件？

孟丽君：三件大事，皇甫少华乃是为臣的门生，先要拜过恩师之仪，然后才有夫妻之情。

汉调二簧中另有《禹王鼎》一剧，其剧情与此剧的剧情略同。

27 汉剧《禹王鼎》

《禹王鼎》是四本连台本戏汉调桃桃《芙蓉剑》的删节本。凡十三场，场次为："第一场　别师下山""第二场　朝议开科""第三场　改名换姓""第四场　投军拜师""第五场　上京举子""第六场　点元封帅""第七场　教场点兵""第八场　东征凯旋""第九场　封王赠扇""第十场　拜府得像""第十一场　冒名丽君""第十二场　思妻观画""第十三场　二女闹殿"。

该剧的情节比汉调桃桃《芙蓉剑》的情节简略。剧情为：皇甫少华与熊皓受仙师司马休休传授法宝，司马休休给熊皓玉药瓶一个，给皇甫少华芙蓉剑一把，两人别师下山。皇甫少华改名王华，与熊皓一同进京，拜都堂司马郦君玉为师，参加武考。少华举鼎（禹王鼎）挂帅，东征奏凯。该剧只演到闹殿为止，没有演述脱靴验身的情节。

28 湖南花鼓戏《孟丽君》

湖南远佳影业策划制作，湖南文化音像出版社出版发行（ISRC CN-F37-01-0053-0/V.J8）。凡四部。

第一部曾由浏阳市花鼓剧团演出。作曲：张华。主弦：吴有才。司鼓：彭宏。舞美：潘煊。音响：钟晓刚、朱丽梅。电视导演：余四维、落木。摄像：邹波星、阿祥。制作：文武。主演：黄铁蛟（饰皇甫少华）、江辉（饰执佛女）、姜建红（饰方素女）、孙立军（饰焚香女）、周安明（饰刘奎壁）、高天佑（饰皇甫敬）、李建伟（饰尹氏）、刘华平（饰孟士元）。

第二部曾由浏阳市花鼓剧团演出。作曲：吴有才。主弦：陈志阳。司鼓：彭宏、龙超。舞美：潘煊。音响：钟晓刚、朱丽梅。电视导演：余四维、落木。摄像：邹波星、阿祥。制作：文武。主演：高天佑（饰皇甫敬）、孙立军（饰尹氏）、周安明（饰乌必凯）、龚菊香（饰皇子）、姜建红（饰皇甫长华）、周强（饰刘捷）、寻奎（饰熊友鹤）。

第三、四部曾由湖南南县实验花鼓戏剧团演出。导演：段罗生。主胡：肖正斌。司鼓：赵建国。谱曲：张华。电视导演：朱孟霞、熊凡一。摄像：朴原民、袁敏、熊凡一、吕卫平。主演：周春桃（饰孟丽君）、郭艳华（饰苏映雪）、卜太云（饰孟士元）、赖国华（饰韩氏）、袁世尧（饰刘捷）、侯月兰（饰云兰）、蔡阳春（饰皇帝）、左凤仙（饰刘妃）。

第一部凡八场，时长将近170分钟，场次为："第一场 下凡""第二场 麟凤双生""第三场 求婚""第四场 射袍定姻""第五场 梦托终身""第六场 定计""第七场 花园许婚""第八场 火烧小春亭"。

第二部凡七场，时长约为150多分钟，场次为："第一场 出征""第二场 被擒""第三场 陷害忠良""第四场 梦中学艺""第五场 骨肉分离""第六场 结拜""第七场 被劫"。

　　第三部凡八场，时长约为150多分钟，场次为："第一场 定计""第二场 求御媒""第三场 接旨""第四场 姐妹别""第五场 映雪代嫁""第六场 淑女贞魂""第七场 映雪遇救""第八场 闹殿"。

　　第四部凡九场，时长将近150分钟，场次为："第一场 义拜""第二场 生擒""第三场 授医""第四场 戏子""第五场 送别""第六场 拦轿""第七场 中元""第八场 择婿""第九场 姐妹缘"。

　　故事始于"王母娘娘设寿筵，蟠桃大会待群仙"。东斗星君与执佛女因"半生未尽好姻缘"，在王母娘娘蟠桃大会上私语姻缘，被王母娘娘双双谪下凡尘。东斗星君降生为元朝皇甫敬之儿皇甫少华，执佛女降生为孟士元之女孟丽君。另外，陈方素下凡降生为苏氏女（苏映雪），曹燕娘下凡降生为刘氏女（刘燕玉），同做东斗星君之妾。云南总督皇甫敬之妻尹氏产下龙凤胎，女名皇甫长华，即玉女下凡，子名皇甫少华，即东斗星君下凡。

　　十五年后，皇甫府和刘府同时遣媒到孟府求婚，孟士元左右为难，于是想出射袍联姻之计。皇甫少华与刘奎壁同到孟府比箭，少华三箭全中，与孟丽君喜结良缘，刘奎壁心怀不满。苏映雪在梦中与少华私订良缘。刘奎壁又遣媒到皇甫府提亲，欲求皇甫长华为妻，被皇甫敬拒绝，更是心生恨意，遂想方设法谋害皇甫少华。刘奎壁笑里藏刀，殷勤邀请少华游玩，且将他留宿刘府小春亭，实欲令家仆江进喜半夜三更用一把火将其烧死。在江进喜与江妈的帮助下，刘燕玉搭救皇甫少华，且与少华私订终身，互换信物——画扇与罗帕。

　　番帅乌必凯率兵犯境，刘捷居心叵测，荐举皇甫敬出征。皇甫敬兵败被擒，刘捷诬奏其降敌。皇上下旨抄斩皇甫敬满门。皇甫少华闻信潜逃，与熊友鹤结拜为异姓金兰。尹氏和皇甫长华在押解进京途中被劫上吹台山，吹台山首领即女扮男装的卫勇娥。因刘娘娘请旨为媒，孟丽君被赐配刘奎壁。在苏映雪的建议下，孟丽君留下自画像，带着丫环云兰乔装出逃。苏映雪代嫁刘府，在洞房中行刺刘奎壁未遂，投水自尽，被景氏所救，成为梁相的义女。孟士元夫妻与刘捷父子为"孟丽君"洞房坠楼一事闹上金殿，皇上与刘娘娘从中调停，平息了这场争吵。孟丽君化名郦君玉（明堂），于潜逃途中因云兰患病，偶遇一位开药店的老伯——咸宁城康信仁，被其螟蛉为子，并随其学习医道。刘奎壁在率兵袭击吹台山时被活捉。郦君玉上京赶考，被钦点为状元，又被梁相招赘为婿，于洞房中巧遇苏映雪（梁素华）。

故事只演到双女洞房止，不知何故？

《再生缘》的众多改编本，除了此种版本的湖南花鼓戏《孟丽君》和电视歌仔戏《孟丽君脱靴》之外，都将原著开端仙界思凡的一段情节删除了，而此种版本的湖南花鼓戏《孟丽君》和电视歌仔戏《孟丽君脱靴》演述在王母娘娘寿诞上东斗星君与执佛女等因思凡而谪下尘世的情节，固然忠实于原著，但是否完全可取，我相信观众们心中自有答案。不过，值得肯定的是，此剧中苏映雪的形象比原著中的苏映雪更有光彩，更为深明大义，像孟丽君女扮男装潜逃正是苏映雪的主意，是苏映雪极力促成的结果，自愿代嫁刘府更是她仗义的表现。

29 湖南花鼓戏《孟丽君》

大型花鼓戏艺术片。湖南南县实验花鼓戏剧团演出。湖南远佳影业策划制作，湖南文化音像出版社2003年2月出版发行（ISRC CN-F37-01-0053-0/V.J8）。剧本整理：段罗生。电视导演：董建军。摄像：周健、黄朕。主演：周春桃（饰孟丽君）、卜胜军（饰皇帝）、李建军（饰国太）、文立云（饰孟士元、易全）、徐武（饰皇甫敬）、邓斌洪（饰皇甫长华）、葛若龙（饰皇甫少华）、左凤仙（饰苏映雪）、吴显军（饰梁相爷）、赖国华（饰尹氏）、刘孝海（饰熊友鹤、孟加琳）、段罗生（饰黄鹤仙）、姚玉兰（饰魏勇娥）、袁洪（饰权昌）、袁宏（饰连汉）、袁世尧（饰刘捷）。

凡六集，时长约为330分钟。故事从国舅吹台山被擒、刘皇后去世，以致太后忧虑抱病，皇上下旨传御医进宫医病开始，孟府射柳、皇甫敬出征被困及被诬降番、刘捷奏本逼婚等情节，皆于忠孝王征番凯旋后在朝廷上以追叙的方式加以介绍。御医对太后之病束手无策，梁相举荐新科状元郦君玉（郦明堂）给太后治病。郦君玉以妙手回春之术治愈太后之病。适逢高丽国兵犯边界，军情紧急，皇上遂封郦君玉为兵部尚书。朝廷张贴皇榜，开设武科，招纳天下贤才。皇甫少华与熊友鹤遵恩师黄鹤仙之命下山揭榜投军。皇甫少华在途经吹台山时会见母亲、姐姐，诉尽离别思念之苦。皇甫少华化名王少甫，进京参加武考，夺得武状元，获封兵马天都招讨，统兵再次路过吹台山，与魏勇娥带领的吹台义军会合，一同东征，救父回朝。少华因功获封忠孝王，皇甫敬获封武宪王，皇甫长华入宫伴驾，郦君玉被封为右相，刘捷则被打入天牢。

因担心女扮男装身犯欺君之罪，郦君玉不敢与父母和皇甫少华相认。忠孝王到相府拜谢恩师治病之恩，郦君玉试探其对孟丽君的感情。忠孝王怀疑郦君玉即孟丽君，用言语和孟丽君的自画像进行试探，却受到郦君玉的斥责。不顾孟士元的阻挠，皇甫敬怀揣孟丽君的自画像入宫参见皇后皇甫长华，告诉长华郦君玉即孟丽君。皇上来邀皇后游园，但见到丽君的自画像后，虽口口声声说郦君玉不可能是女子孟丽君，却立马改变了邀皇后游园的主意，活脱脱一个风流天子的形象。皇上下旨召郦君玉同游上林苑，用龙凤、鱼、燕等对其进行挑逗，郦丞相始终不为所动。皇上又邀郦君玉同至天香馆，并欲君臣同榻而眠，幸亏皇甫娘娘驾到，替郦君玉解了围。

翌日，皇甫娘娘带着孟丽君的自画像去见太后。太后下旨召郦丞相进宫画观音像，又用御酒将其灌醉。宫女脱靴验出郦丞相的真身。皇上中途截取绣花鞋，并要宫女向太后谎奏郦丞相是堂堂男子。皇上假扮太监，携绣花鞋私访郦丞相，逼迫其入宫为妃。三日后，郦君玉女装上殿见驾，自称是孟丽君，皇上气急败坏。孟士元、皇甫敬、梁相爷为丽君求情，皆被皇上下旨赶出金殿。皇上亲自审问孟丽君，软硬兼施，但孟丽君坚决拒绝入宫为妃，皇上下旨将其斩首。在太后的劝诫下，皇上赦免孟丽君之罪。太后认孟丽君为女儿。孟丽君与皇甫少华成婚。

此剧删除了原著中的刘燕玉这一人物，另外，戏中塑造的孟丽君的形象与恪守妇德的才德兼备的传统女性并无本质上的区别。回归父权社会中女性的既定位置，"坐我西阁床，着我旧时衣"，仍是该剧中孟丽君念念不忘的人生理想，这与原著中不甘雌伏、志在仕途的孟丽君的形象仍有较大差距。当看到戏曲结尾孟丽君欣喜唱道"退脱蟒袍心中喜""笑我重坐西阁床""看我重着旧时衣"时，对原著颇为熟悉的我，心中泛起复杂的滋味。

30 沪剧《孟丽君》

20世纪50年代曾由艺华沪剧团演出于新光剧场。编剧：宋掌轻、叶峰。导演：万之。舞台、服装设计：仲美。技导：张传芳。作曲：马骏之。主演：王雅琴（饰孟丽君）、小筱月珍［饰苏映雪（上集）、皇甫长华（下集）］、王盘声［饰皇甫少华（上集）、成宗帝］、刘志麟［饰皇甫少华（下集）］、梁斌斌（饰孟士元）、陈美英（饰孟韩氏）、刘子林［饰孟介林（上集）］、张娟娟［饰刘燕玉（上集）、苏映雪（下集）］、华玉秋（饰荣兰）、张彩霞（饰苏大娘）、阙长林（饰赵寿、张其昌）、鲁觉鸣（饰曹信、杨天爵）、徐伟庆（饰吴祥、朱召麟）、石维新（饰刘捷、秦承恩、皇甫敬）、程玉萍［饰顾太郡、梁夫人（下集）］、顾振铭［饰刘奎璧、权昌（下集）］、金耕泉（饰梁鉴）、张素娥［饰梁夫人（上集）、皇甫太太］、周湘君（饰江三嫂）、王龙杰（饰江进喜、杨延林）、周玉华（饰瑞柳）、顾效鸣（饰吴松寿、吕忠）、朱林生（饰刘虎）、高伟谷［饰刘彪、梁福、权昌（上集）］、钱逸梦［饰顾洪业、孟介林（下集）］、王佩斐（饰刘婵）、严明新（饰祁德盛）、孙玉仙（饰春梅）、韩玉静（饰秋桂）、李林生（饰梁寿）、向美玲（饰老国太）。

上、下集。上集凡十四场，场次为："第一场　赴约""第二场　射袍""第三场　设计""第四场　陷害""第五场　再计""第六场　抗婚""第七场　出走""第八场　刺奎""第九场　栈遇""第十场　招赘""第十一场　洞房""第十二场　医病""第十三场　露真""第十四场　招贤"。下集凡七场，场次为："第一场　母女相会""第二场　观图试妻""第三场　金殿认妻""第四场　君臣游苑""第五场　拷权验靴""第六场　相府探病""第七场　金殿团圆"。

剧情为：元代成宗年间，兵部尚书孟士元之女孟丽君才貌出众，国丈刘捷之子刘奎璧和云南都督皇甫敬之子皇甫少华，同时央媒议婚。孟士元定下比箭射袍之计，结果少华胜出，与孟丽君联姻。刘奎璧不甘败北，心怀忌恨，企图用诡计谋害少华的性命，未料少华被其妹刘燕玉搭救。刘捷公报私仇，私通敌寇入侵，乘机举荐皇甫敬带兵征剿番寇，又诬奏被困番邦的皇甫敬降敌。皇甫满门遭殃，皇甫少华闻信出逃，皇甫长华与母亲被吹台山首领韦勇达救上山岗。刘捷又奏请皇帝降旨将孟丽君改配刘奎璧。孟丽君明辨曲直，乔装改扮出逃，留书暗示义妹苏映雪代嫁。苏映雪疾恶如仇，洞房花烛之夜，暗藏利刃，行刺刘奎璧未遂，投昆明湖自尽，被乘船路过的梁夫人所救，从此在丞相梁鉴府中安身。孟丽君更名郦明堂，在客店中与少华"相遇不相识"，且替有病在身的少华把脉。孟丽君被湖北康若山螟蛉为子，进京赶考，金榜题名。孟丽君以新科状元的身份，被梁丞相强行招赘为婿，于洞房中喜遇投湖遇救、被梁府螟蛉为女的苏映雪（梁素华），两人结为名义上的夫妇。

孟丽君又因治愈太后之病，升任兵部尚书。敌寇入侵，形势紧急，为了让少华有出头之日，孟丽君奏请朝廷招贤平番，取得皇帝的信任，被任命为招贤总裁。少华救父回朝，皇甫父子因功封王，皇甫长华成为皇后。刘捷私通番邦，全家被打入天牢。

　　孟士元夫妻因郦丞相的面貌酷似孟丽君，就定计由孟夫人装病，邀请郦丞相诊治，以巧妙的方法逼得丽君当场认母，暴露了真相。此时成宗帝也对郦丞相的身份产生了怀疑。皇甫少华从孟府取得丽君的画像，在翠凤宫中对郦丞相进行试探之后，匆忙上殿奏本。丽君因惧怕改装欺君之罪，拒不承认真实身份，且责怪少华居功自傲，仗势欺人。成宗帝则一面以生杀之权压制了少华当殿认妻的意图，一面邀郦丞相到上林苑游园赏花，又至天香馆饮酒吟诗，借景挑逗，企图打动丽君，但丽君巧妙机智地避开了成宗帝的百般纠缠。风声传到了长华皇后和太后的耳中，她们拷问皇帝心腹太监权昌，得知实情后，定计把郦丞相骗进宫去，用玉红春酒将其灌醉，脱靴相验，但绣鞋被成宗帝中途截取。成宗帝携带绣鞋，装扮成太监，深夜私访丽君，逼迫其就范。为了坚守与少华的婚约，丽君先用缓兵之计，答应三日后上本陈情，然后冒了很大的危险，上殿奏请解职改装及与少华完婚。

　　据1957年艺华沪剧团演出说明书介绍："经过重行整理后的孟剧，重点放在孟丽君对于自己婚姻的精神方面，旧剧中苏映雪与刘燕玉同嫁皇甫少华的情节，只能留给观众相[9]像，不再加以着笔渲染。"可见1957年之前演出的沪剧《孟丽君》采用的是三美团圆的结局，而1957年艺华沪剧团演出的重新整理后的《孟丽君》则将这一结局进行了巧妙的处理，将苏映雪与刘燕玉的归宿留给观众想象。

　　"申曲皇后"王雅琴扮演的孟丽君相当出色："不但形象英俊潇洒，而且运用身段水袖等传统戏曲手段很见功夫。以说长篇《孟丽君》著称的评弹演员秦纪文父女看得着了迷，写信向王雅琴讨教，还到她家里去交流。……当时市文化局还安排主演过《勇士的奇遇》

的法国著名影星钱拉·菲力普来看这个戏。菲力普看后十分激动，到后台伸出了大拇指，连连夸奖王雅琴：'你演得太好了！'"[10]

此外，沪剧舞台上尚有折子戏《君臣游苑》（或作《君臣游园》）等流传，其中王盘声（饰成宗帝）、王雅琴（饰孟丽君）主演的《君臣游苑》具有特色。

31　淮剧《孟丽君》

大型古装剧。江苏省淮剧团演出。江苏扬子江音像有限公司荣誉出品（ISRC CN-E15-04-0375-0/V.J8）。编剧：张兴华。移植：周鼎铨。导演：汤乃生。音乐创作：张铨。主演：陈芳（饰孟丽君）、陈明矿（饰皇帝）、徐永军（饰皇甫少华）、王花兰（饰太后，李青配音）、王恩怀（饰孟士元）、王玲玲（饰孟母）、陈娟（饰苏映雪）。

凡八场，时长约为130余分钟。戏从"晓风寒，孤月冷，等少华，到更深。露湿云鬓心怅怅，哎呀呀小姐你好痴情，哎呀呀小姐你好痴情"的惆怅、凄清、痴情中开始，主要剧情为：

因奸佞陷害，孟家遭难，孟士元被囚禁于天牢，孟夫人披枷戴铐，孟丽君乔装逃难。危难之时，孟丽君欲约未婚夫皇甫少华见上一面，少华因怕受牵连没有赴约，表现得绝情绝义。孟丽君女扮男装，化名郦君玉，参加科考，状元及第，入朝为官。孟家冤案得以平反。假夫人苏映雪邀假丈夫孟丽君赏春，此时因孟丽君提携而做了兵部侍郎的少华来访。虽然言谈之间少华对当年绝情爽约之事流露出痛悔之情，并表示出走遍天涯海角也要寻访到孟丽君的决心，但身为朝廷重臣的孟丽君已经不愿对少华吐露真实身份。

孟夫人对着丽君的自画像日夜思念，身体虚弱。郦大学士到孟府给孟夫人祝寿，见母晕倒而认亲，但因惧怕欺君之罪，已经不愿恢复女装，且对于与少华的婚约已是坚决不从。少华亦前来祝寿，因疑心郦大学士为女子，受到郦大学士的一番斥责。国舅皇甫少华上本认妻，指称郦大学士是孟丽君，孟士元作证，少华亦呈上丽君的自画像为证，请求皇上赐婚。皇上考虑到："郦卿佐政我多应手，运筹谋划称我心。若依皇甫赐婚去，郦卿呀，朕身边离却股肱臣。不依皇甫留卿在，爱卿呀，谁料你竟是女儿身？女儿身两年伴寡人，你不露声色瞒到今。怜才惜貌难启齿，谁解寡人这颗心？"一时难以抉择。此时郦大学士上殿，凭借伶牙俐齿将拜寿认母之事彻底否认，又将少华厉声斥责一顿，并请求辞官归隐。皇上加以挽留，明言"只要是寡人的江山不失掉，郦爱卿啊，你的辅佐圣躬不下朝"，并下旨不许人妄言郦大学士是女儿身。

皇上邀郦大学士同游上林御苑，一番深情厚谊令郦大学士心有所动。皇后得知君臣游苑之后，抢走丽君的自画像向太后告状。太后宣召郦大学士入宫画像，又赐酒将其灌醉，令宫女脱靴相验。万岁派人护送郦大学士回家，又冒着风雨私访丽君，体贴入微。"要什么江山传万代，我不做天子先做人""哪管它先王礼法圣贤训，哪管它千秋万代骂昏君？十万江山我不要，也要爱卿你一个人"，皇上以一腔深情打动丽君，最终抱得美人归。

此剧的剧情编得很紧凑，编剧对原著进行了大刀阔斧的修改，删除了原著中的刘捷、刘奎璧、刘燕玉等人物，且对皇甫少华与皇帝的形象做了较大改变，将原著中有情有义的皇甫少华塑造成一个曾经负心的薄情寡义的形象，将原著中横刀夺爱的皇帝塑造成一个深爱丽君的重情重义的男子汉形象。在淮剧《孟丽君》的结局中，孟丽君恼恨少华"当年绝情不会面，而今又借助权势苦逼人"，有感于"年轻的帝王解人意，实属丽君一知音"，最后与皇帝"一个是情眷眷，一个是意绵绵"，你情我愿走到了一起，成就"帝相缘"，这与其他的戏曲和影视改编本的结局模式迥然不同。

饰演孟丽君的陈芳扮相俊美，嗓音圆润，歌声动人，赢得观众赞誉。饰演皇帝的陈明矿和饰演皇甫少华的徐永军在剧中皆有精彩的表演。

32 黄梅戏《孟丽君》

据《危楼拾梦（之四）——"二孟"趣事》介绍，1962年，王冠亚将丁西林的话剧《孟丽君》改编成黄梅戏，但因故没有排演。20世纪90年代摄制的黄梅戏音乐电视连续剧《孟丽君》的剧本，大概就是在这个改编本的基础上加工改造而成的。

33 黄梅戏《孟丽君》

黄梅戏的优秀剧目。编剧：班友书、汪自毅。安徽人民出版社1981年出版演出剧本（《安徽戏剧丛书》之一种）。重要的演出版本有：

（1）孙娟版

安徽省安庆市黄梅戏三团演出。安徽音像出版社出版发行（ISRC CN-E15-00-0016-0/V.J8）。策划：杨长江、阚根华、朱茂松。作曲：陈礼旺。导演：董学勤、阚根华。灯光设计：余曙初。化妆设计：王红。音响效果：马兵。舞台背景：丁光传、王培根、汪春晨。电视导演：许忠文。摄像：曹道业、李巍、张元。视频：蔡连孝。录像：黄国军。剪辑：洪艳。字幕：王璟。

主演：孙娟（饰孟丽君）、刘国平（饰皇帝）、李迎春（饰皇甫少华）、汪金才（饰皇甫敬）、董学勤（饰皇甫夫人）、金普生（饰魏瑾）、何家铎（饰刘捷）、张萍（饰皇后）、龙宝玲（饰太后）、鲍晓霞（饰荣兰）。

时长为130多分钟。

（2）范卫红版

安徽省安庆市黄梅戏三团演出。作曲：陈礼旺。统筹：黄望荃、尚廷文。艺术总监：杨长江、阚根华。舞台设计：潘姚根。舞台监督：刘东胜。主音：马自瑞。司鼓：郑跃进。

主演：范卫红（饰孟丽君）、刘国平（饰皇帝）、潘文革（饰皇甫少华）、张萍（饰皇后）、金普生（饰魏瑾）、徐恩多（饰刘捷）、鲍晓霞（饰荣兰）、吴斌（饰皇甫夫人）、龙宝玲（饰太后）、刘东胜（饰权昌）。

凡六场，时长为130多分钟。

（3）吴琼版

吴琼所拍百集黄梅戏《戏缘》之《孟丽君》。安徽电视台和北京妙人影视有限公司联合摄制。总导演：吴琼。主演：吴琼（饰孟丽君）、刘国平（饰皇帝）、马自俊（饰皇甫少华）、王依红（饰太后）。

时长将近3个小时。比孙娟版、范卫红版多演出"别离"一场，这一场的故事为孟士元奉命出征，中计被擒，被诬叛国降敌。皇上下旨捉拿孟家之家眷，皇甫少华送信孟府，令孟丽君逃匿。孟丽君赠少华自画像一幅，两人山盟海誓，匆匆离别。其他内容与孙娟版、范卫红版大致相同。吴琼有一幅公认的金嗓子，被誉为"小严凤英""黄梅歌后"。

（4）余淑华版

据周密《复排旧戏 造就新人——观再芬黄梅艺术剧院复排大戏后感》介绍，2011年6月22日，再芬黄梅艺术剧院复排的大型黄梅戏《孟丽君》在安庆黄梅戏艺术中心上演，由国家二级演员余淑华饰演孟丽君，"余淑华通过自己的理解，演活了属于自己的'孟丽君'！她表现出了'真、善、美'，将自身的优势和对人物的特殊理解结合起来，追求艺术美的价值，真正达到了思想性、艺术性、观赏性的完美统一"[11]。惜笔者目前尚未看到该戏的演出实况。

剧情为：云南总督孟士元奉命出征，中计被擒。云南巡抚彭泽勾结朝中大臣刘捷，诬奏孟士元叛国降敌。皇上下旨捉拿孟府全家问斩，皇甫少华匆匆忙忙赶到孟府报信。孟丽君于赠少华自画像后女扮男装逃难。孟丽君化名郦君玉，得中状元，入朝为官（孙娟版、范卫红版未演出此"别离"一场）。五年后，武状元、经武将军皇甫少华征讨南蛮，得胜回朝，上殿面圣。皇上赏赐少华蟒袍玉带，赐宴庆功，封他为京师提督都元帅，又欲赐婚国丈刘捷的侄女。

少华请求一纸诏书昭雪孟家之冤，又因与孟丽君已有婚约而拒绝与刘捷的侄女成亲。最终皇上采纳郦丞相的建议：如有孟丽君，就赐皇甫少华与孟丽君成亲，若无孟丽君，就赐皇甫少华与刘捷的侄女成亲，并限期百日寻找孟丽君。百日之期将到（黄榜限期，已是九十九天），少华装病，延请郦丞相过府医治。郦丞相被少华的深情所打动，与之相认，并商议顶替之计。百日之期已到，荣兰冒名孟丽君投案自首。在刘捷的要求下，皇甫少华将丽君的自画像呈给皇上观看。见到丽君的自画像后，皇上对郦丞相的真实身份心知肚明，遂邀郦丞相到天香馆赏月，并欲将她留宿宫中。刘皇后来到天香馆，与皇上发生争吵，被皇上撵走。幸亏荣兰来报"相府失火，丞相速回"，孟丽君得以脱身。郦丞相进宫为太后祝寿，借画观音像的机会说出实情，向太后求救。金殿会审，孟丽君女装上殿，刘捷认为应当将孟丽君斩首，魏瑾认为应当表彰，意见相左。皇上下旨将孟丽君贬到后宫为宫女。太后认孟丽君为义女，加封公主，皇甫少华被封为驸马。

剧中塑造得最为生动的形象既不是孟丽君，亦非皇甫少华，而是风流天子。该剧将原著中孟丽君以独立自主的姿态、刚强不屈的言行、过人的胆识反抗男权社会、讴歌女性才华的传奇故事，仅仅改编成了孟丽君与皇甫少华海枯石烂永不变心的曲折爱情故事。但因各种版本的演员都表演得非常出色，特别是刘国平把风流皇帝的形象刻画得深入人心，再加上黄梅戏婉转动听的腔调，所以该剧也颇受欢迎，久演不衰。

J

34 晋剧《孟丽君》

山西音像出版社2004年出版发行。山西省榆次市晋剧团演出。太原环声文化发展有限公司制作。晋胡：李润武。司鼓、作曲：张

计明。执行导演：王艳春、张计明、赵贵生。总导演：贾宝宝。电
视导播：张雷。摄像：苏峰、高维宏。录音：武晓泉、武威。制作：
王红娟。制片：李生俊。责编：张一农。监制：刘贵珍。制片人：
张太宝。

　　主演：邢千里（饰孟丽君）、李海萍（饰皇甫少华）、张翠珍（饰
皇帝）、李彩萍（饰太后）、陈静（饰皇后）、李彩平（饰荣兰）、王建
平（饰魏瑾）、王艳春（饰刘捷）、段步强（饰梁签[12]）、赵弈栋（饰孟
仕元）、王永发（饰皇甫敬）、路迎春（饰尹良贞）、米并田（饰权昌）。

　　时长将近200分钟。剧情为：云南总督孟仕元南疆御敌被擒，
因奸臣陷害，孟府遭难。皇甫少华策马飞驰，急急忙忙赶到孟府报
信，孟丽君赠送少华自画丹青（自画像）一幅。孟丽君改装潜逃，
化名郦君玉，高中状元，官拜丞相。三年后，皇甫少华元帅班师回
朝，因梁尚书金殿为媒（实为刘捷的请求），皇帝欲将国丈刘捷的
小女儿刘如玉（皇帝的小姨子）赐婚少华，但重情重义的少华声称
自幼与孟丽君订婚，不能另聘她人。皇帝采纳郦丞相（即男装的孟
丽君）的建议，下旨张贴皇榜赦免孟丽君潜逃之罪，命令她百日内
投案自首。三个多月后，忠孝王皇甫少华托病延请郦丞相诊治，自
诉衷情，真正的目的是为了试探郦丞相的真实身份，但未能如愿以
偿。百日期限已到，刘国丈在金殿上奏请皇帝钦赐忠孝王与其小女
成亲，还与魏太师争执不休。情急之中，皇甫少华献出孟丽君的自
画像，掀起新的狂澜。关键时刻，荣兰冒称孟丽君投案自首，在朝
廷上上演了一出闹剧。

　　皇帝自从在金殿之上见到少华献出的孟丽君的自画像后，对郦
丞相的真实身份心知肚明，但不挑破，存下横刀夺爱的私心。皇帝
邀郦丞相（孟丽君）同游上林苑，后至天香馆，欲留她同榻而眠。
幸亏皇后（娘娘）跑来搅局，荣发（荣兰）来报相府失火，孟丽君
得以脱身。太后召魏太师进宫，商议如何处理孟丽君之事。恰在此

时，郦丞相（孟丽君）求见太后，向太后敬献亲手描绘的观世音像为寿礼，又呈上一道陈情奏本。皇后在天香馆受了气，来找太后诉说冤屈，恰巧皇帝也来见母后，两人为郦丞相是男是女之事发生争吵。太后将郦丞相的陈情奏本给皇帝看。金殿上，由皇帝主持，刘国丈、魏太师会审孟丽君女扮男装之事。刘国丈要求将孟丽君押赴刑场斩首示众，魏太师则认为孟丽君在朝三年忠心耿耿，劳苦功高，应当予以赦罪表彰。皇帝下旨将孟丽君贬为宫女，收在皇宫内，侍奉太后终身，以便从中取事。此时太后驾到，对皇帝晓之以理。太后螟蛉孟丽君为女，赐其与皇甫少华成亲。

晋剧《孟丽君》的故事情节与丁西林的话剧《孟丽君》的故事情节大致相似，但少数细节有改动，譬如晋剧《孟丽君》将丁西林的话剧《孟丽君》中一心想将女儿如玉嫁给皇甫少华的朝廷大臣，由梁鉴更改为刘捷。如此改动，倒是更能体现刘捷（剧中化装成白脸）的"唯利是图"的性格特征。

35 京剧连台本戏《华丽缘》

首演于上海天蟾舞台。20世纪20年代，越剧的连台本戏《华丽缘》，曾以300银圆的价格卖给京剧艺术大师麒麟童周信芳。1927年5月，周信芳根据越剧连台本戏《华丽缘》，在上海天蟾舞台编演京剧连台本戏《华丽缘》，与琴雪芳、刘汉臣、王芸芳、白牡丹（荀慧生）、高百岁等名角合演，轰动一时，一直演到当年年底，连演了12本。十年后，周信芳北征津沽，再次演出《华丽缘》。上海京剧院收藏周信芳于1927年手写的剧本《华丽缘》。

36 京剧《再生缘》（台湾）

编剧：王安祈。台湾雅音小集（京剧名伶郭小庄创办）1986年首演。有台北现场演出实况的录音流传于世。主演：郭小庄（饰孟丽君）、曹复永（饰皇甫少华）、孙丽虹（饰皇帝）、吴剑虹（饰刘捷）、曲复敏（饰太后）、杨传英（饰孟士元）、刘嘉玉（饰荣兰）。

时长将近140分钟。台湾雅音小集将《再生缘》搬上舞台，注重创新，大胆汲取了西洋戏剧技法等现代剧场元素，比如布景的增加、场景的安排、时空的转换，颇具新鲜气息，因而被称为"改良京剧"。该戏受到年轻一代观众的欢迎，但也引起老戏迷的反感，被其批评为"野狐禅"。

京剧《再生缘》于1986年首演时，场场爆满，盛况空前。1994年被再次搬上舞台时，依然引起轰动，当时郭小庄特地请求编剧王安祈加强了政治讽喻意味，与台湾地区的政治现状有所呼应。

37 京剧《孟丽君》

1992年山西省京剧院演出（1992年"全国京剧青年团队新剧目汇演"的剧目之一）。导演：刘元彤、王福民。音乐唱腔设计：杜树声、韩建生。主演：李胜素（饰孟丽君）、孟敬博（饰皇甫少华）、陈俊杰（饰孟士元）、樊琦（饰皇帝）、张凤宁（饰皇太后）、贾艳丽（饰荣兰）。剧中饰演孟丽君的李胜素和饰演孟士元的陈俊杰荣获第四届山西省戏曲杏花奖（山西省舞台艺术政府最高奖）的表演奖。该剧又获得第四届杏花奖的导演奖和音乐唱腔设计奖。

1993年12月18日，山西省京剧院青年团前往天津参加由文化部主办的"全国京剧青年团（队）新剧目调演"，其参赛剧目《孟丽君》荣获本届调演四项大奖：李胜素获主角优秀表演奖，陈俊杰获配角优秀表演奖，刘元彤、王福民获导演奖，杜树声、韩建生获音乐唱腔设计奖。

1995年，李胜素进京举办梅花奖专场演出，拿出4个剧目，其中就有京剧《孟丽君》。

该剧与台湾雅音小集于1986年首演的京剧《再生缘》，可能系同一剧目。据1992年4月30日山西省京剧院翻印本《孟丽君》，该剧的场次为："楔子 惊变""第一场 谍影""第二场 亲迎""第三场 暗疑""第四场 巧探""第五场 游宫""第六场 赐婚"。

　　剧情为：元朝时期，孟士元奉命镇守边关，误中贼计，兵败被俘，身陷敌营。因奸臣刘国丈诬奏孟士元卖国求荣，投降番邦，皇上降旨抄斩孟家。皇甫少华因上殿奏本替孟士元鸣冤而被贬到塞外。因孟士元的副将关人杰前来孟府报信，孟丽君乔装逃走，途中托关人杰将本欲赠给父亲孟士元的自画像转赠皇甫少华。三年后，乔装改扮、化名郦君玉的孟丽君已官居丞相。她保举皇甫少华戴罪立功，出征番邦。皇甫少华征番，旗开得胜，救出孟士元。少华班师回朝，孟家与皇甫家的冤案得以平反，少华获封忠孝王。少华因丽君的自画像与郦恩师的模样一般无二，疑心郦丞相就是孟丽君，遂装病邀郦丞相过府诊治，趁机进行试探。郦丞相因时机未到，拒不相认。太后寿诞，郦丞相与忠孝王入宫拜寿，少华在太后和皇帝面前拿出了丽君的自画像。太后和皇帝看见画像后都心知肚明。皇帝以商议朝政为由，邀郦丞相同游上林苑，借机挑逗她，又逼郦丞相在天香馆同榻而眠。幸亏此时太后宣召郦丞相到长乐宫，孟丽君得以脱身。孟士元还朝见驾，以回朝途中带回的番邦军师为证，揭露刘国丈勾结番邦，通敌卖国的罪行。此时郦丞相女装上殿，奏明女扮男装的情由，皇帝欲治罪孟丽君。太后（孟丽君曾治愈太后的重病）收丽君为义女，赐其与忠孝王成婚。

L

38 庐剧连台本戏《孟丽君》

　　陈虹音乐工作室录音，安徽中星影视制作，安徽电子音像出版社、安徽环龙影视公司联合摄制。编剧：杨和勤、盛小五。出品人：陈庆奇。监制：胡正义、陈庆奇。责任编辑：崔维国、陈庆奇。后期编辑：刘杰。艺术总监：陈庆奇、杨和勤。剧本审查：陈庆奇。统筹策划：薛贤荣、陈庆奇、杨和勤。司鼓：冯小明。主胡：姜新生。二胡：费德清。竹笛：周广滨。琵琶：魏云。大提琴：朱相祖。灯光：

徐振芳、王少群。化妆：张淑颖。头饰：涂定秀。舞美：姚启仁。摄像：侯东山。唱腔指导：陈庆奇、盛小五。唱词指导：张致林。

主演：夏巧云（饰孟丽君）、盛小五（饰苏映雪）、夏荣华（饰刘艳玉）、夏小二（饰皇甫长华）、刘玛琳（饰皇甫少华）、汪国文（饰刘桂壁）、丁江涛（饰元成宗）、胡荣玉（饰颖氏夫人）、陈路路（饰雍兰）。饰演苏映雪的盛小五是庐剧天才。

包括《订婚惹祸》《苏映雪代嫁》《认母救夫》《君臣游园》四部（每部均分上、下集），时长共约450多分钟。剧情为：

皇甫少华与刘桂壁同到孟府花园比箭，少华三箭全中，与孟丽君联姻。苏映雪与皇甫少华在梦中私订良缘。刘国舅（刘桂壁）邀请皇甫少华到刘府书房，将其灌醉，命令书童江进喜将其背到小春亭内及于半夜三更时用一把火将其烧死。少华被江妈和刘艳玉所救，且与艳玉私订终身。

国丈刘捷不怀好意地荐举元帅皇甫敬带兵征讨番兵，又诬奏皇甫敬投降番邦。皇帝下旨抄斩皇甫满门，皇甫少华闻讯潜逃。刘国舅请旨完婚。为了逃婚，孟丽君留下一幅自画像和一封书信，化名郦君玉，乔装出走。孟士元无奈，请求苏映雪代嫁。苏映雪因念念不忘梦中情缘，本不愿意代嫁，但在苏大娘的劝告下，只得违心把花轿上。为保清白之身，苏映雪于洞房之夜跳昆明湖自尽，被梁丞相所救，成为梁府之义女梁素华。刘国舅在押送皇甫夫人与皇甫长华上京而路过吹台山时，被魏焕之女魏月娥（女扮男装）劫上高山，囚入土牢，皇甫母女则得以在高山上存身。

郦君玉于逃婚途中被康员外螟蛉为子，并跟随舅父学习医术。少华到黄鹤山，跟随黄鹤真人学道，下山时路过吹台山，与母亲、姐姐重逢，并用计让刘桂壁招供。郦君玉进京应考，得中状元，被梁丞相强行招赘为婿，竟因祸得福，与梁素华（苏映雪）重逢。郦君玉以妙手回春之术治愈太后之病，因而被皇上擢升为右相，且赐名郦明堂。皇甫少华化名王少甫，进京赶考，高中状元，成为郦君玉的门生。少华被封为元帅，带兵征番，旗开得胜，与父亲皇甫敬一同班师回朝。皇甫敬获封武宪王，少华获封忠孝王，魏月娥获封节义侯。刘皇后去世，皇甫长华被册封为新的皇后。

　　皇甫少华到孟府拜见岳父岳母，强行带走丽君的自画像。孟夫人思女成病，孟嘉龄因此到相府延请郦君玉给其母治病。郦君玉来到孟府医母，嫂子见后怀疑其就是孟丽君。孟大人遂再次邀请郦君玉到孟府治病，郦君玉此番中计认母。少华反复观看丽君的自画像，怀疑郦丞相即孟丽君，遂到相府试探，不料受到恩师的斥责。两人互不相让，同去见驾。孟丽君在皇帝面前谎称夫人苏映雪有孕。翌日，孟丽君带着假装有孕的苏映雪上殿面圣，皇上见后下旨将少华斩首。因孟丽君替少华求情，皇上赦免少华。实际上，自从见到丽君的自画像后，皇帝也疑心郦丞相即孟丽君，欲横刀夺爱，遂邀丽君同游御花园，用言语挑逗，丽君巧妙应对。皇上又欲邀丽君到后宫同榻而眠，幸亏皇后皇甫长华及时出现，丽君得以脱身。

　　刘艳玉为着皇甫满门抄斩之祸，看破红尘，寄身尼庵，带发修行。得到皇甫家冤案昭雪的消息后，江进喜带着当日少华赠给艳玉的白纸扇去见少华。少华拒不承认当日私订终身之事，但在皇甫敬的逼迫下，只得与艳玉拜堂成亲。孟丽君得知消息，遂到皇甫府探听虚实。皇甫长华去见太后，告诉太后郦丞相是女子。太后宣召郦丞相进宫画送子观音，赐酒将其灌醉，令宫女脱靴验出真身。孟丽君的红绣鞋被皇帝截取。皇帝假扮内侍，冒雨夜访相府。皇后皇甫长华与皇甫少华随后赶到。皇帝与皇后一起离开相府。翌日，皇帝下旨将丽君斩首，幸而太后恩赦丽君。孟丽君与苏映雪同嫁少华，三美共侍一夫。

　　此剧的基本情节较忠实于陈端生原著，但孟丽君的形象与原著中的孟丽君判然不同。此剧的改编者将原著中独立自尊、刚强不屈的孟丽君改编成了一个愿意主动复妆回归女性身份的传统女性形象。剧中的孟丽君感叹"做官容易辞官难",甚至后悔当初女扮男装进京赶考,而且动不动就要映雪替她拿章程,甚至向映雪下跪。如此缺少主心骨的女子,难道是陈端生笔下的奇女子孟丽君吗?既然不是,那为什么姓孟名丽君呢?另外,此剧增加了苏映雪的戏份,又将原著中温顺贤良的苏映雪改编成一个爱吃酸拈醋的女子形象。结局是三美共侍一夫,落入俗套。此外,该剧删除了原著中熊浩这一较为重要的角色。唱词俚俗,体现了民间戏曲朴拙的特色。

39 庐剧《孟丽君》

该剧曾由合肥市庐剧团演出。剧本改编:嵇培武。导演:张月楼。音乐:张嘉明、张华斗。舞美:李之冬、张良安。舞台监督:罗涛琦、王国光。主演:王传英、陶守勤(饰孟丽君),丁锡祥、刘仁智(饰皇甫少华),宋玉发(饰孟士元),罗涛琦(饰皇甫敬),王敏、陈荣珍(饰尹夫人),夏向阳(饰王瑞),凌艳慧、朱先菊、孙小妹(饰荣兰),龚维庆、张光多(饰皇帝),彭泽南(饰皇后),吕必胜(饰刘捷),孙邦栋(饰魏瑾),陈梁(饰于忠),邱枫林(饰皇太后),张光多、龚维庆(饰南蛮王),杨五一、陈梁(饰刘奎璧),花业辅(饰梁鉴),杨孝华(饰权昌)。

上、下集。上集的场次为:"第一场 思孟""第二场 拒见""第三场 挂印""第四场 饯别""第五场 克敌""第六场 受降""第七场 赐婚""第八场 闺思""第九场 探病"。下集的场次为:"第一场 婚期""第二场 替婚""第三场 投案""第四场 钦邀""第五场 戏相""第六场 脱靴""第七场 会审"。

剧情为:云南总督孟士元抗击南蛮,不幸被俘,因奸贼诬陷,全家蒙冤。孟士元之女孟丽君女扮男装出走,改名郦君玉,上京应试,金榜题名,后因治愈太后之病,被加封为丞相。边界动乱,孟丽君保荐皇甫少华出征。少华出征告捷,平定边乱,救孟士元回朝。

元帝大喜，封少华为京师提督都元帅，并赐吏部尚书梁鉴之女梁如玉与少华完婚，少华则因念念不忘孟丽君而当殿拒婚。元帝限期孟丽君百日内投案，否则仍将赐婚梁如玉。少华怀疑郦丞相即孟丽君，不敢冒认，只得定计装病，邀请丞相前来治病。少华在榻前识破丽君的真实身份，丽君只得答应他去金殿投案。丽君正为国选才，需等放榜之后才能恢复真实身份，只得令侍女荣兰顶替她投案自首。金殿上，少华见荣兰假冒孟丽君，乃将丽君赠他的自画像呈献给元帝。元帝见画后动了私心，夜召丽君进宫。幸而皇后及时将实情禀告太后。太后宣召丽君进宫，丽君被脱靴验身。丽君与少华成就姻缘。

40　庐剧《孟丽君》

安徽文化音像出版社2001年6月出品。导演：陈佑国。副导演：汪静。出品人：尚廷文、罗受芝、赵晓红、杜玉梅。监制：罗勇、施万菊。策划：朱玉兵。摄像：宋扬、胡多培。责任编辑：汪震。制片主任：郭丽霞。剧务：王辉、刘恕春。剧务主任：徐洪渠。司鼓：冯小明。主胡：姜新生。主演：杨青霞（饰孟丽君）、周小五（饰皇甫少华）、夏小二（饰苏艳雪）、周大三（饰万岁）、王刚（饰孟父）、赵金凤（饰孟母）、吴守祥（饰刘杰）、倪明龙（饰皇甫敬）。

上、下集。剧情紧凑，情节较忠实于陈端生原著。唱词俚俗，体现了地方戏曲朴拙的特色。

M

41　闽剧《孟丽君》

现有福州市闽剧团1979年4月的演出剧本传世。又有下列演出版本流传：

（1）福建省长龙影视公司出版发行、福州闽剧院一团演出的舞台版录像（ISRC CN-E19-0017-0/V.J8）。监制：庄家焕。审编：林晓斌。策划：陈德忠。出品人：洪涛。编剧：郑长谋。导演：李香君。
作曲：陈德忠。司鼓：郑玉武。主胡：赵春畴。主演：张建斌（饰
孟丽君）、张品生（饰皇甫少华）、詹剑峰（饰皇帝）、蔡加圻（饰
荣兰）、陈妙轩（饰皇甫敬）、陈丽新（饰尹良贞）、赵文龙（饰刘
捷）、陈英鹏（饰魏瑾）、陈乃春（饰梁鉴）、曾光利（饰孟士元）、
林宝英（饰太后）、孙学榕（饰娘娘）、林亿惠（饰权昌）、何挺杰
（饰荣升）、龙飞（饰王瑞）、吴则文（饰太监）、陈剑辉（饰太监）。
时长将近190分钟。

（2）著名闽剧表演艺术家、福建省艺校福州闽剧班师生联袂献
演的演出视频。

闽剧《孟丽君》凡八场，场次为："第一场　盟誓""第二场　草
表""第三场　举婚""第四场　延医""第五场　拒认""第六场　戏
孟""第七场　脱靴""第八场　赐婚"。其故事情节与丁西林的话剧
《孟丽君》的故事情节相近似，将《再生缘》中的故事完全改编成了
一个才子佳人海誓山盟的曲折离奇的爱情故事：

皇甫少华与孟丽君自幼定亲（比箭联姻）。孟士元出征边关，
中计被擒，巡抚彭泽勾结国丈刘捷，诬奏其投敌叛国。皇甫少华于
闻讯后急忙赶到孟府向孟丽君报信，为表忠贞，两人海誓山盟：皇
甫少华发誓非孟丽君则终身不娶，孟丽君发誓非皇甫少华则终身不
嫁。孟丽君将本欲寄赠边关父亲的自画像转赠少华。孟丽君与荣兰
改装潜逃。五年后，丞相郦君玉（孟丽君）以妙手回春之术治愈太
后之病。与此同时，郦丞相得知少华奏凯且即将班师回朝的消息，
喜不自胜。皇帝私访相府，郦丞相提出"皇太后千秋华诞三日前进
宫献画"的请求，皇帝欣然应允。皇甫少华班师回朝，孟家的冤案
得以昭雪，奸臣彭泽被斩首。皇帝赐少华蟒袍玉带，御酒庆功，还
封少华为京师提督都元帅。梁鉴请求皇帝将其女儿梁如玉赐配少华，
少华则因与孟丽君已经订婚而坚决拒绝。最终皇帝采纳郦丞相的建

议：如有孟丽君，就赐少华与孟丽君成亲，若无孟丽君，就赐少华与梁如玉成亲。朝廷张贴黄榜，限孟丽君百日内投案自首。

九十天后，少华装病，皇甫府派仆人王瑞延请郦丞相过府诊治，少华逼郦丞相相认。郦丞相则因时机未到，不敢吐露真实身份。百日期满，百官议事，皇甫少华情急之下呈上丽君的自画像，又指出大臣中有一位系女扮男装的假男子。皇帝心知肚明，但因为私心，欲将错就错，不准人言郦丞相是女儿身。此时荣兰冒称孟丽君投案自首，皇甫父子拒绝相认。孟士元于天香阁见驾，面对"认女"一事，考虑到利害关系，只能推说难辨真假。皇帝令郦丞相将"孟丽君"（荣兰）带回相府审问。

皇帝下旨召郦丞相进宫赏月，同游上林苑，借游鱼（鱼水）、牡丹挑逗郦丞相，且欲留她在天香阁同榻而眠。刘皇后来到天香阁，与皇帝发生争吵，被皇帝命人强行押回昭阳宫。荣兰来报"相府失慎，马房起火"（实为郦丞相事先安排好的脱身之计），郦丞相得以脱身。翌日，郦丞相请求进宫向太后献画，从太后话语中得知其有意赦免孟丽君的女扮男装之罪，遂向太后吐露实情。刘皇后为着昨夜赏月之事来向太后告状，皇上随后驾到。宫女脱下郦丞相的女鞋（系郦丞相与太后、魏太师共同商定的计策），呈给太后。太后下旨令明日御前会审郦丞相。次日，金銮殿上，郦丞相女装见驾，国丈刘捷奏称应立即将丽君斩首，太师魏瑾奏称应格外表彰丽君。皇帝下旨将丽君贬为宫女。太后认孟丽君为义女，又将其赐婚皇甫少华。

著名闽剧表演艺术家胡奇明于20世纪80年代初主演的《孟丽君》，应该就是这一剧目。据林光耀《声声亦赞女强人——缅怀"闽剧皇后"胡奇明》介绍，20世纪80年代初，胡奇明饰演《孟丽君》中的孟丽君，前系闺门旦，后女扮男装反串小生，前后表演自如，唱做均恰当准确，尤其是她扮演宰相，外形上毫无忸怩之态。《孟丽君》集中体现了胡奇明的艺术成就和革新精神。演出超百场，成为当时最上座的剧目之一。

P

42 评剧《孟丽君》

著名评剧表演艺术家陈桂秋（原名周喜珍）主演的评剧《孟丽君》，曾受到观众的赞誉。

又有黑龙江省评剧团演出的版本，凡八场，场次为："第一场 避婚出走（时间：黎明前 地点：孟丽君绣房）""第二场 舌战权奸（时间：数日后 地点：金殿）""第三场 洞房巧遇（时间：数日后 地点：梁府洞房）""第四场 痴情生非（时间：三年后 地点：金殿）""第五场 威逼利诱（时间：次日夜 地点：皇宫上林苑）""第六场 内宫风波（时间：接前场次日黄昏 地点：颐寿宫）""第七场 持鞋威逼（时间：紧接前场 地点：梁府内厅）""第八场 虎口余生（时间：接前场三天后 地点：金殿）"。

导演：李金声。作曲：郑海龙、郭书立。舞蹈设计：陈艳君。设计：刘凤城。舞台监督：曹凤鸣。剧务：陈艳君。主演：碧燕燕、宋桂兰（饰孟丽君），陈艳君、孙燕（饰荣兰），张海清、孙宝库（饰皇甫少华），麦秀春、程艳梅（饰苏映雪），陈文波（饰刘捷），张汉文（饰潘步政），李金声、方敏杰（饰元成宗），马慧民（饰权昌），姚子君、赵锦章（饰魏谨），袁卫华、唐学敏（饰梁鉴），高素秋、徐会莹（饰皇太后）。

元朝时期，总兵孟士元之女孟丽君，与元帅皇甫敬之子皇甫少华比箭联姻。国丈刘捷为子夺婚，诬奏皇甫敬投敌叛国。皇上降旨抄拿皇甫满门，又逼令孟家退聘毁婚，将孟丽君改嫁国丈之子。孟士元的养女苏映雪舍身代嫁。孟丽君则女扮男装，连夜逃走，后来改名郦君玉，得中状元，又因治愈太后之病，升任右班丞相。因刘捷通敌，引来外寇，孟丽君保举少华出征。三年后少华得胜还朝。

皇上要为少华赐婚，少华表示非孟丽君不娶。孟丽君百感交集，但不敢与少华相认。少华情急之中露出破绽。皇上爱慕佳人，逼孟丽君为妃，孟丽君誓死不从。太后权衡利弊，阻止了皇上的荒唐行为，使丽君与少华这对有情人终成眷属。

此外，目前尚有黑龙江评剧院崔鲁囡主演的《孟丽君》选段流传（崔鲁囡饰演孟丽君）：时长约为13分钟，主要演述为雪冤锄奸而乔装应试、高中状元、官居丞相、声名显赫的孟丽君（郦君玉）在上朝谢恩时的春风得意，以及在身份败露时不屈服于皇帝的旨意，为皇甫少华忠贞不渝的心理活动。

唱腔高亢。

43 莆仙戏《孟丽君》

莆仙戏的经典剧目。编剧：杨美煊。杨美煊所编剧本《孟丽君》（上、下本），被收入中国戏剧出版社2006年版《杨美煊剧作选》第253 — 369页。据郑怀兴《杨美煊剧作选·序》（被收入《杨美煊剧作选》卷端）介绍，1979年冬，莆田县莆仙戏三团在仙游城关戏院公演杨美煊改编的莆仙戏《孟丽君》，场场爆满，一票难求。

目前所见的演出版本有：

（1）傅素卿舞台版。莆田市潮音剧团演出。剧本移植：莆田县编剧小组。执笔：杨美煊（国家高级编剧）。导演：刘金灿（国家二级导演）。舞台总监：黄宝珍、陈锦洲、吴和平。舞美设计：吕鸿华。置景：黄鸿声。摄像：陈国宝。副摄像：黄颂。视频：陈向军。音频：黄视明。后期制作：索贝公司。制片人：陈国宝。

主演：傅素卿（饰孟丽君）、黄丽敏（饰苏映雪、韩玉金）、陈荔明［饰皇甫少华（上集）］、周国珍［饰皇甫少华（下集）］、曾玉荣（饰孟士元）、张金兵（饰刘奎壁）、林燕雄（饰韩夫人、贾妃）、郑春阳（饰梁鉴）、陈秀琼（饰景夫人）、周过珍［饰元成宗（上集）］、陈荔明［饰元成宗（下集）］、黄宝珠（饰太后）、林清锁

（饰刘捷）、林燕玉（饰荣兰、尹夫人）、陈剑锋（饰江进喜）、林国新（饰赤英南）、范生（饰王豪、韩五）、周国珍（饰吕忠）、张金冰（饰皇甫敬）、林丽花（饰孟加男）。特邀原莆仙戏三团《孟丽君》剧组部分演员友情演出。

上本凡九场，时长将近180分钟，场次为："第一场　比箭联姻""第二场　虎口余生""第三场　赐旨易婚""第四场　血溅明楼""第五场　苦风凄雨""第六场　翌年高中""第七场　双女洞房""第八场　医后擢升""第九场　招贤拒侮"。

下本凡九场，时长约为170多分钟，场次为："第一场　奏凯褒封""第二场　兰房私议""第三场　慧女医亲""第四场　应诏冒名""第五场　示隐慰思""第六场　殿辨真假""第七场　风流天子""第八场　丞相谢客""第九场　珠联璧合"。

（2）莆仙戏三团《孟丽君》音频字幕珍藏版。莆仙戏三团演出。莆仙戏迷协会2009年7月监制。摄影：海礁。翻录：A制作。指导：江湖闲人。制作：子笛。字幕：凤冠霞帔。封面人物：浪漫。主演：刘玉钗（饰孟丽君）、曾玉荣（饰孟士元）、祁淑莺（饰韩氏）、郑金玉（饰荣兰）、涂基群（饰皇甫少华）、郭美莺（饰苏映雪）、祁玉钦（饰皇帝）、黄宝珠（饰太后）、林文芳（饰刘捷）、陈金富（饰梁相国）、曾金财（饰刘奎璧）、刘金灿（饰江进喜）、林志敏（饰孟丽君的弟弟）、郭志萍（饰假孟丽君）、余元舟（饰假孟父）。

剧情是：皇甫少华与国舅刘奎璧（或作刘奎璧）两家同时向孟丽君求婚，孟士元想出比箭选婿之计。少华三箭全中，与孟丽君联姻。刘奎璧笑里藏刀，邀皇甫少华同游滇河之后到书亭饮酒，将其灌醉，命丫环扶到书房，再命家丁江进喜于三更之后将其烧死。适逢皇甫家仆人吕忠来找少华，告知皇甫敬征番被擒，刘国丈诬其降敌，圣上下旨捉拿全家，夫人命少华潜逃之事。进喜放少华与吕忠逃生。

　　刘捷奏称皇甫少华强夺刘奎璧之姻缘，圣上因而下旨将孟丽君改配刘国舅。孟丽君留下自画像，带着丫环荣兰，男装潜逃。为救孟家满门，苏映雪虽不情愿却代嫁刘府。苏映雪在洞房之中行刺刘奎璧未遂，投滇河自尽，被梁鉴夫妇所救。深山雨夜，孟丽君（化名郦君玉）与荣兰（化名荣童）主仆于逃难途中在九天玄女神庙巧遇被官兵追杀的皇甫少华（化名王少甫）。孟丽君进京应试，得中状元，被钦点为翰林院编修，到梁府拜师。经龙图阁大学士孟士元做媒，孟丽君入赘梁府，在洞房中巧遇苏映雪（梁府之义女素华）。

　　太后病重，太医束手无策，梁相遂荐举女婿郦状元（孟丽君）入宫医治太后。精通医道的孟丽君以妙手回春之术治愈太后之病，圣上龙颜大悦。恰逢边关告急，孟丽君奏请开设武考，选拔将帅，成宗帝擢升丽君为兵部尚书。皇甫少华化名王少甫，进京应试，比武时将刘奎璧刺死（在比武前刘国丈口出狂言，与王少甫立下"打死打伤，概不偿命，胜者为帅"的军令状）。少华考中武状元，任征东（平番）大元帅，扫灭番寇，救父回朝，洗雪冤情。少华被封为皇城兵马大元帅，皇甫敬被封为兵部尚书，郦君玉亦因功拜相（右班丞相）。皇上命郦君玉审理刘捷通番卖国之事。孟士元奏明皇上，当年孟丽君因不愿改嫁刘家，偕婢潜逃，代嫁自尽者是苏映雪。皇上封孟丽君为节烈夫人，且颁诏天下，张榜寻找孟丽君。郦丞相回府，苏映雪嗔怪她没有请旨复妆完婚，郦丞相则说要等到扫除奸党之后再奏请复妆。

　　因郦丞相酷似孟丽君，为了识破其庐山真面目，孟母（韩夫人）"轻病装成重病"，由孟士元到相府延请郦丞相给其医治。郦丞相来到孟府，无论母亲与弟弟孟加男如何用言语相激，都拒不吐露实情，但后来见母晕倒，便与家人相认。因贪图荣华富贵，孟府昔日的家丁韩五令女儿韩玉金冒充孟丽君，欲待进京认亲领赏。皇甫少华由丽君的自画像（孟士元差人将丽君的自画像送给少华，以慰其想念之情）猜测恩师郦丞相即孟丽君，恰逢郦丞相因少华多日不上朝而"登门相探望，示隐慰夫郎"，但郦丞相仍未吐露实情。当郦丞相离开皇甫府后，孟夫人即差人来到皇甫府告知郦丞相正是孟丽君的消息。少华立刻带着丽君的自画像上朝，请旨完婚。成宗帝知郦丞相女扮男装后动了私心，企图将她纳为皇后，便禁止皇甫少华再言郦丞相是女子。

　　刘捷定要追究皇甫少华妄奏郦丞相是女扮男装者之罪，太后因此上朝议事，刘捷坚持要将郦丞相脱靴查验。此时韩玉金冒充孟丽君入京认亲，成宗下旨将韩玉金赐配少华。是夜，成宗以议事为由，邀郦丞相到上林苑赏月，用言语相挑逗，又欲在天香阁君臣同榻议事，郦丞相坚决拒绝。皇上赐郦丞相番邦宝酒一杯，郦丞相于饮酒后昏迷。皇上正欲自己脱靴查验，西宫娘娘贾妃驾到，与皇上发生争吵，被皇上撵走。在贾妃离去后，皇上立即命内侍将郦丞相脱靴查验，郦丞相的女子身份败露。皇上又赐銮舆命太监悄悄送郦丞相回府。皇甫少华请来江进喜将军，一同冒雨来到相府。少华欲向郦丞相赔罪，但孟丽君拒绝相见。皇甫少华只得请师母苏映雪致意恩师大人。成宗假扮太监，携带绣花鞋，冒雨私访郦丞相，苏映雪奏称郦丞相昏迷不醒，成宗愤然离去。

　　孟丽君着女装入万寿宫觐见太后，奏明改装之事，以及奸党通番卖国一案。太后认丽君为公主。韩玉金被遣送回乡。成宗怒气冲冲，下旨将孟丽君斩首，但见到刘捷通番之密书后，只得下旨将刘捷一家监禁于天牢。太后赐公主孟丽君与驸马皇甫少华、梁素华（苏映雪）与将军江进喜（曾化名熊俊杰）两对新人即日完婚。

　　唱腔尖锐缓慢。

Q

44 祁剧连台本戏《龙凤再生缘》

周清澍在《〈再生缘〉作者的母族桐乡汪氏》中说："我家乡流行有几百年历史的祁剧，解放前夕，民生凋敝，小县城剧园无人看戏，艺人连每日一两升米也挣不下，乃想出排演连台本新戏吸引观众的办法，剧名《龙凤再生缘》，一两月内连续演出《再生缘》一书中孟丽君和皇甫少华的故事。这次演出收到意想不到的效果，在一两月内，县城中的观众几乎达到万人空巷、人人道《龙凤再生缘》的程度。因此，《再生缘》这部不太出名的文学作品，竟在我的脑海中留下了超越一些名著的深刻印象。"[13] 但不知周清澍所提到的祁剧连台本戏《龙凤再生缘》，与下述祁阳县祁剧团演出的祁剧连台本戏《孟丽君》有多大程度上的关联？

45 祁剧连台本戏《孟丽君》

《孟丽君》是祁阳县祁剧团久演不衰的经典剧目。1983年3月至4月，该剧被湖南电视台拍摄成录像在全省播放后，风靡一时，后又被制作成连环画和盒式磁带。杨帆在《祁剧诞生500周年纪念活动在发源地祁阳举行》中说，据祁阳县祁剧团团长张巍耀介绍，1984年是祁剧《孟丽君》最火的时候，祁阳县祁剧团在全国进行了巡回演出，所到之处，一票难求。在桂林，一条大街的人围着一台电视机看《孟丽君》；在耒阳，卖瓜子的小贩倒票，一张票要搭上七包瓜子方肯出售。2004年，在祁剧发源地祁阳隆重举行了祁剧诞生500周年纪念和庆祝活动，当时《孟丽君》的演出重温了祁剧的辉煌。[14] 2009年2月27日，湖南省高级人民法院院长康为民在永州出席湖南省法官协会第四次代表大会、湖南省女法官协会第三次代表大会暨全省法院"舜皇山"杯学术研讨会，当晚在永州市委领导的陪同下观看了祁剧《孟丽君》，深有感触，即兴作诗数首：

（一）

新科状元老臣疑，皇上暗恋动心机。

一付方药谁知好，太后服药病已去！

（二）

丽君侠女胆忒大，为报父仇舍命搭。

临危不惧巧周旋，女子胜男敬仰她！

（三）

丽君小女见老父，裂胆断肠心泪哭。

父女相逢不敢认，亲情相隐同甘苦。

（四）

祁剧佳作《孟丽君》，君赏民观各所评。

当年盛演中南海，今日吾辈领真情！[15]

有1983年湖南电视台拍摄的祁剧连台本戏《孟丽君》流传于世，相关信息如下：

编剧：欧阳友徽。舞台导演：傅华皮、肖远耀。音乐设计（作曲、司鼓）：唐文明、吕宾生、邹美生。舞台美术：张维凡、任国球、李树人（特邀）。舞台监督：龙斯雄、赵端生。电视导演：汪炳文。摄像：路标、王平、谢邻。录像：钟剑。录音：李建京。

主演：唐国华（饰孟丽君）、唐槐秀（饰苏映雪）、杨冬柏（饰皇甫少华）、谢颂东（饰刘奎璧、阮龙光）、唐荣华（饰成帝）、蔡修械（饰孟士元）、陶华（饰韩氏）、唐志平（饰孟嘉伶）、文芳（饰荣兰）、桂青松（饰江进喜）、王其祥（饰顾宏义）、郑太平（饰吕忠）、唐保国（饰皇甫敬）、魏任秀（饰尹氏）、刘爱民（饰秦承恩）、李端香（饰权昌）、赵端生（饰刘捷）、李菊华（饰顾太郡）、傅华皮（饰梁鉴）、尹秋华（饰梁夫人）、黄艳君（饰国太）、邵桂花（饰皇甫长华）、袁祁丽（饰方氏）、蒋祁零（饰卖唱父）、桂雪梅（饰卖唱女）、唐秋桂（饰秋菊）。

该剧为连台本戏，凡十二本："第一本　比箭夺婚"（射袍比箭祸端起，从此滇池波不平）、"第二本　佛堂定计"（喜接东征元帅印，谁知大祸已临门）、"第三本　圣旨逼婚"（明日何人上花轿，烈女投江飞短刀）、"第四本　烈女投江"（映雪投江抛艳骨，丽君治病惊芳魂）、"第五本　皇宫治病"（御园冒险受婚赐，洞房花烛看奇闻）、"第六本　红妆娶妻"（洞房会姐传佳话，水寨点夫起风雷）、"第七本　点魁会夫"（夫妻立下报国志，谁知群丑又弄奸）、"第八本　金殿鸣冤"（奸臣当做刀头鬼，女相怎脱身上袍）、"第九本　少华试妻"（回府认娘情似海，上朝撕本怒如雷）、"第十本　女相施威"（女相方脱金殿险，君王已起虎狼心）、"第十一本　酒醉脱靴"（帝皇存心设陷阱，女相如何出牢笼）、"第十二本　改装团圆"（但愿人间众姊妹，团圆皆与丽君同）。时长约为890余分钟。剧情为：

元朝时工部尚书孟士元有女孟丽君，才貌双全，精通医理。兵马总督皇甫敬之子皇甫少华和国丈刘捷之子刘奎璧同时挽媒议婚。孟丽君之兄孟嘉伶献计比箭联姻。在孟丽君之义姐苏映雪的故意干扰下，刘奎璧射失一箭。皇甫少华三箭全中，与孟丽君结为连理。刘奎璧怀恨在心，回家后到观音堂找母亲顾太郡，用假装自尽和离间计哄骗母亲，使她怨恨皇甫少华及设毒计陷害皇甫全家。顾太郡一方面修书进京，让刘捷乘机保荐皇甫敬征剿叛贼，妄图借刀杀人，另一方面命刘奎璧邀请少华至府，先将少华灌醉，再阴谋将他烧死于小春庭。少华被皇甫家的家将吕忠所救。

刘捷荐举皇甫敬前往登州征讨沙门岛的叛贼。皇甫敬战败被擒，刘捷诬奏他降敌，朝廷下旨抄斩皇甫全家。皇甫少华与吕忠潜逃。应刘家的请求，皇上将孟丽君赐配刘奎璧为妻。为逃避婚事，孟丽君留下自画像，带着丫环荣兰，改装出走。为搭救孟府，深明大义的苏映雪主动请求代嫁。新婚之夜，苏映雪为报父仇（苏映雪之父被刘奎璧之父刘捷害死），行刺刘奎璧未遂，投江自尽。

孟丽君女扮男装，改名郦君玉，进京赶考，高中状元。因治愈左丞相梁鉴瘫痪的左臂，为其所器重。梁鉴举荐孟丽君给国太治病（国太之病因刘皇后病故而起）。孟丽君不顾刘捷百般刁难，以妙手回春之术治愈国太之病，深受成宗帝的宠信。国太疑心郦君玉女扮男装，用言语进行试探，郦君玉坚决否认改装之事。国太又亲自作伐，将梁鉴之义女梁素华赐婚郦君玉，孟丽君被迫允婚。洞房之中，孟丽君发现新娘竟是苏映雪，喜出望外。

登州叛贼作乱，成宗擢拔孟丽君为兵部尚书。孟丽君奉旨总裁武科，皇甫少华比武时战胜刘奎璧，一举夺魁。皇甫少华挂帅东征，孟丽君于登州（东海）督战。皇甫少华征讨叛贼，大获全胜，救出父亲，并获得刘捷勾结叛贼的罪证（刘捷派往沙门岛的奸细——刘府的家将江进喜如实交代了刘捷勾结叛贼之事）。班师回朝之日，成宗帝大封功臣，皇甫敬被封为武宪王，皇甫少华被封为忠孝王，皇甫少华之姐长华被册封为皇后，郦君玉官拜右丞相。刘捷父子因通敌卖国被斩首。

皇甫少华拜见岳父岳母，孟士元夫妇将丽君抗婚出逃、苏映雪大义代嫁之事相告，并将丽君留下的自画像拿给少华看。皇甫少华和孟士元见郦丞相酷似孟丽君，想方设法进行试探。先是少华将丽君的自画像带回府中，悬挂书房，派人去邀请郦丞相，趁机试探，但遭到丽君的斥责。然后韩氏假装病重，延请郦丞相过府医治，孟丽君见母晕倒而认亲。孟丽君因身犯女扮男装、欺君罔上等四条大罪，且时机未到，告诫家人不可将认亲之事泄露出去。皇甫敬得知郦丞相认亲之事，遂起草本章，请求成宗赐郦丞相与少华完婚，又找梁鉴联名保本，令梁鉴十分气愤。次日，成宗早朝，皇甫少华上本，说右丞相郦君玉就是自己的未婚妻孟丽君，孟丽君以撕本和辞官相抗议。成宗亦疑郦君玉即孟丽君，企图将她纳为西宫，便将阮龙光之女赐予少华为妻，少华表示非孟丽君不娶。成宗帝下诏，百日之内孟丽君若不前来投案，少华应与阮小姐成亲。

成宗宣召郦君玉到御花园赏花，借机挑逗，又欲在天香馆君臣同榻共眠，幸而梁鉴来报相府失火（系孟丽君事先安排好的脱身之计），孟丽君得以脱身。百日之期已到，成宗正要降旨令阮小姐与少华成亲，荣兰冒名孟丽君前来投案（系孟丽君之计）。正当真假难辨之时，皇甫少华拿着丽君的自画像上殿，他否认投案女子（荣兰）是孟丽君，将画像呈给皇上。成宗见到画像后心知肚明，故意卖个人情给郦君玉，下旨将荣兰交给郦君玉审理。

皇甫少华向皇甫皇后求助。皇后知成宗有君夺臣妻之意，便奏告国太。国太宣召成宗进宫。成宗因一口咬定郦丞相是堂堂男子而受到国太的斥责，成宗为己辩护。皇甫皇后献计脱靴相验。国太以作画为由，宣召郦丞相进宫，依计赐酒将其灌醉。成宗截取郦丞相的绣鞋，逼迫其入宫为妃。孟丽君不从，成宗勃然大怒，欲斩丽君。少华揭露元成宗欲夺臣妻的私心，成宗又下旨将少华斩首。关键时刻，国太出面，成宗只得赦免孟丽君和皇甫少华。太后认孟丽君为义女，封她为保和公主。孟丽君与皇甫少华拜堂成亲。吕忠与苏映雪成亲。吕忠将军曾在海螺岛找到刘捷写给郭信的亲笔书信。为父报仇心切的苏映雪曾说："我愿来世做马当牛，报答捞得书信之人。"由孟丽君做媒，吕忠与苏映雪订下终身大事。

祁剧连台本戏《孟丽君》主要根据陈端生的《再生缘》改编，但删去了刘燕玉、卫勇娥、熊浩等人物形象，同时汲取了丁西林的话剧《孟丽君》中限期孟丽君百日投案的情节。编剧欧阳友徽之所以删去刘燕玉这一形象，是因为在他看来，刘燕玉为叛国之父刘捷求情，公开宣称不赦其父就不与皇甫少华结婚，这是在宣扬无原则的恕道，所以应该"砍去"。编剧之所以删去卫勇娥这一形象，是因为在他看来，卫勇娥只有一场好戏，两个姑娘在吹台山结婚——

与皇甫长华洞房，而孟丽君娶苏映雪也是两个姑娘拜花堂，情节显得重复，所以删去。祁剧连台本戏《孟丽君》的结局是"华丽缘"，这是编剧的有意安排：他认为《再生缘》里的皇甫少华，有孟丽君、苏映雪、刘燕玉三位妻子，这在封建社会称之为"艳福"，但到了现在可行不通了。所以，他的处理方式是：将苏映雪嫁给吕忠，刘燕玉这个人物干脆不要，让皇甫少华感情专一些，"弱水三千，只取一瓢（孟丽君）"。

湖南美术出版社1984年出版的戏曲摄影连环画本《孟丽君》上、中、下集（摄影：朱煦、刘革非、赵扬名），即据湖南省祁阳县祁剧团演出的祁剧连台本戏《孟丽君》摄制而成。

46 秦腔《孟丽君》

《孟丽君》是秦腔的经典剧目，亦名《芙蓉剑》《禹王鼎》。现存陕西省剧目工作室保存本《孟丽君》，被收入1981年8月陕西省文化局编印《陕西传统剧目汇编·秦腔》第二十九集第113—313页。该剧凡二十四场，场次为："第一场 议婚""第二场 射袍""第三场 游池""第四场 烧庭""第五场 征番""第六场 哭别""第七场 聚义""第八场 逼婚""第九场 扑楼""第十场 供状""第十一场 招赘""第十二场 升官""第十三场 献策""第十四场 夺元""第十五场 平番""第十六场 封王""第十七场 逃婚""第十八场 哭容""第十九场 烧谷""第二十场 拜表""第二十一场 寄柬""第二十二场 放赦""第二十三场 设计""第二十四场 医亲"。

该剧的剧情、唱词与洋县剧团艺人口述本汉调桃桃《芙蓉剑》的剧情、唱词相近似，但删除了汉调桃桃《芙蓉剑》中假丽君认亲及皇甫少华与皇甫皇后定计灌醉丽君、脱靴相验的情节（即"假丽君认亲""定计"两场的全部内容和"脱靴（团圆）"一场的主要内容）：

元成宗时期，云南总督皇甫敬为子皇甫少华央媒云南布政司秦霸、国丈刘捷之妻为子刘魁璧央媒礼部尚书顾鸿业，同时向兵部尚书孟士元之女孟丽君议婚。孟士元左右为难，遂以花园射箭的方式择婿。皇甫少华三箭全中，成为孟府的东床快婿。少华在孟府花园拾得一幅香罗帕，乃丽君赠映雪之物。少华步丽君诗原韵，和诗一首书于香罗帕上，恰遇苏映雪来寻帕，二人一见倾心，遂暗订终身。皇甫少华以鸳鸯带一条换取孟府之芙蓉剑一把。

刘魁璧欲谋害少华，图娶孟丽君。一日，刘魁璧偶遇少华于滇池，笑里藏刀强邀少华同游，又留少华夜宿于刘府之小春庭，命令家仆江进喜三更时纵火将其烧死。少华被魁璧之妹刘燕玉所救，两人私订终身。刘魁璧担心皇甫敬奏本陈情，便修书寄父，欲借父之手谋害皇甫一家。适逢朝鲜国兵马大元帅乌必凯出兵犯界，登州告急，刘捷别有用心保奏皇甫敬出征。皇上封皇甫敬为征东大元帅，封卫焕为先锋。皇甫敬即刻领兵出征，不幸战船遭遇飓风，漂泊至青阳洲。国丈刘捷勾结山东巡抚彭泽，诬奏皇甫敬和卫焕投降番邦。成宗勃然大怒，下旨抄拿皇甫敬和卫焕之家眷，解京问罪。接到母舅尹保衡从京中送来的密信，皇甫少华匆忙出逃。少华化名王华（字少甫），逃至湖广平江，与熊浩（字友鹤）义结金兰。少华之母尹氏、胞姐皇甫长华被押解入京。当囚车经过吹台山时，尹氏和皇甫长华被卫勇娥劫回山寨。卫勇娥系卫焕之女，武艺高强。当钦差来捉拿卫焕之家眷时，她不肯束手就擒，遂女扮男装，带领家丁杀出重围，至吹台山落草为王。

皇后刘燕珠奏请成宗帝将孟丽君改配刘魁璧。孟丽君化名郦君玉（字明堂），女扮男装逃婚（乔装潜逃本是苏映雪的建议）。孟士元将苏映雪认作螟蛉。苏映雪顶替孟丽君嫁入刘府。花烛之夜，苏映雪行刺刘魁璧未遂，自投滇池，被文华殿大学士梁相爷的夫人景氏所救。景氏认苏映雪为义女，苏映雪因此来到京城相府。

孟士元与刘魁璧为"孟丽君"扑楼一事争执不休，同至京城面圣。成宗帝下旨给"孟丽君"修建牌坊，旌表节烈，封孟士元为礼部尚书，封刘魁璧为辅国将军。刘魁璧心想孟丽君已死，皇甫长华乃国色天香，因此请旨征剿吹台，不料被皇甫长华所擒，供出陷害皇甫家与谋娶孟丽君的阴谋。刘魁璧被囚禁于吹台山，此时刘皇后亦因难产而死。

孟丽君于逃难途中被珠宝商康信仁螟蛉为子，后入京应试，得中状元，又入赘相府，与恩师梁相的义女即苏映雪成婚。太后染病，众医官束手无策，郦君玉（孟丽君）竟以妙手回春之术医好太后之病，成宗帝因而破格提拔郦君玉为兵部尚书。此时登州再次告急，为了让皇甫少华有出头之日，孟丽君奏请成宗帝先降赦书，后悬御榜，招纳贤豪，以平番寇。少华与熊浩在看见御榜后一同进京赴考。当途经吹台山时，少华与母姊相会，约定他日得志，即奏请招安。少华至京九箭全中，手举千斤铜鼎，得中武状元，熊浩为榜眼。成宗帝封少华为平东都督和招讨兵马大元帅，封熊浩为前军先锋。少华奏请招安吹台山，成宗帝准奏。少华出兵登州，会合接受招安后前来登州的吹台山人马，与敌人交锋，旗开得胜，进兵朝鲜。适逢皇甫敬之大军，亦遇顺风而至。朝鲜王投降。皇甫少华血本陈情，洗雪冤屈。班师回朝之日，皇甫父子俱获封王位。孝烈侯卫勇娥被赐配平江侯熊浩，孟丽君升任保和殿大学士，皇甫长华被册封为中宫皇后。圣旨捉拿刘捷满门家眷。刘燕玉因逃婚而藏身于白云庵中，闻听圣旨捉拿家眷，入京搭救双亲。因雁门关总兵刘魁光为父母将功折罪、刘燕玉情愿代双亲受刑以及皇甫父子上表求情，成宗帝下旨赦免刘捷夫妇，并钦赐燕玉与少华于一月之内完婚。

少华到孟府拜见岳父岳母，见丽君之真容，始知其未婚妻未死，怀疑恩师郦君玉即孟丽君，因而与岳父岳母定计试探。孟府邀郦君玉过府替孟夫人韩氏治病，孟丽君见母昏倒，遂与双亲相认。皇甫少华上本奏告圣上，成宗下旨令皇甫少华、孟丽君、刘燕玉、苏映雪即日成婚。刘魁璧被处斩。

47　秦腔《孟丽君》

　　该剧由项宗沛根据丁西林的同名话剧改编。剧本由甘肃人民出版社于1982年出版。

　　其剧情不同于陕西省剧目工作室保存本秦腔《孟丽君》的剧情。凡八场，场次为："第一场　得讯""第二场　议婚""第三场　诊病""第四场　定计""第五场　假冒""第六场　赏月""第七场　脱靴""第八场　会审"。静波在《剧坛新花又一枝——谈青年演员戴春荣扮演的孟丽君》中说，"《孟丽君》是一个唱做并重的戏，全剧八场戏"[16]，可见秦腔著名青年演员戴春荣演出的《孟丽君》，即这一剧目。戴春荣主演的《孟丽君》轰动一时。据何晓萍《低谷中的探索者——记西安易俗社青年演员戴春荣》介绍，1978年，戴春荣所在的剧团（西安市秦腔二团）排演秦腔古装戏《孟丽君》，盛况空前，但偶然事件使得《孟丽君》剧组被迫停演。焦急万分的导演谢佩玉选中了经常在一旁偷着排演的戴春荣，并给她与郝劼重新赶排。秦腔《孟丽君》重新排演，立刻博得观众热烈的掌声，连演一个月，场场爆满。许多老演员喝酒庆贺，直称戴春荣"有出息、有出息"。静波在《剧坛新花又一枝——谈青年演员戴春荣扮演的孟丽君》中说，戴春荣扮演的孟丽君，气度大方，温文敦厚，机智敏锐，内心感情丰富，表演含而不露，举止潇洒飘逸。

　　该剧将时代背景设定在"古代"这一颇为宽泛的时间内，故事从孟丽君为相三年时开始，主要情节如下：

　　孟丽君（化名郦君玉）已乔装为相三年，某夜批阅表章时发现经武将军皇甫少华已平定蛮夷，得胜回朝。原来五年前皇甫敬之子皇甫少华与国丈刘捷之子刘奎璧同时向云南总督孟士元之女丽君求婚，少华比武获胜，与丽君喜结良缘，但刘奎璧心怀不满，用计诬陷孟士元投敌，孟府因而遭难。孟丽君带着荣兰女扮男装潜逃，后得中状元，又因医好了太后之眼疾而官升丞相。因万岁赐婚，孟丽君巧遇昔日姐妹苏映雪。次日清晨，胜利归来的皇甫少华于金殿上奏请皇帝平反孟家的冤案，万岁欲将梁鉴之女梁如玉赐配皇甫少华，少华加以拒绝。最后成宗采纳郦丞相的建议，由朝廷通令各府州县张贴黄榜，限期百日寻找孟丽君，如孟丽君前来投案自首，则赐皇甫少华与孟丽君成亲，如百日之内孟丽君并未出现，则赐皇甫少华与梁如玉成亲。

百日之期将满，少华猜疑郦丞相即女扮男装的孟丽君，于是装病邀请郦丞相前来诊治。孟丽君为少华的多情多义所感动，但迫于时机不成熟，不敢吐露真相。百日期满，荣兰假冒孟丽君投案自首，恰逢孟士元与其子孟瑞阳回朝。刘捷老奸巨猾，看出破绽，坚决咬定此女非孟丽君，而真孟丽君恐怕是金殿上女扮男装的一位大臣。此时成宗也恍然大悟。当夜，成宗皇帝邀郦丞相赏月，又欲君臣同榻共眠。皇后闻信，前来搅局。最终因荣兰前来禀报相府之马房失火，孟丽君才侥幸脱身。孟丽君进宫为太后画观音神像，被太后设宴灌醉，暴露了真身。次日金殿会审，成宗存有私心，欲将孟丽君革职后送进后宫。在忠臣魏瑾的劝谏下，成宗册封孟丽君为御妹，赐婚皇甫少华。苏映雪嫁给孟丽君的哥哥孟瑞阳。

48 秦腔《禹王鼎》

凡十三场。据王青《清末民初地方戏对弹词〈再生缘〉的接受》介绍，该剧的场次为："第一场　别师下山""第二场　朝议开科""第三场　改名换姓""第四场　投军拜师""第五场　上京举子""第六场　点元封师""第七场　校场点兵""第八场　东征凯旋""第九场　封王赠扇""第十场　拜府得像""第十一场　冒名丽君""第十二场　思妻观画""第十三场　二女闹殿"。

49 琼剧《太监偷靴》

据小说《龙凤再生缘》改编而成，民国年间曾盛演于琼剧舞台，当时颇具影响。

50　琼剧《孟丽君》

目前所见的演出版本主要有：

（1）广东琼剧院新风琼剧团演出，海南电视台、海南琼花服务公司联合录制。剧本整理：林松轩、范仁俊、红梅。导演：红梅。助理导演：游琼珍。执行导演：范仁俊。艺术指导：林道修、红梅。电视导演：王业茂。摄像：罗学平、何晓宁、周宗煌。唱腔设计：何名科、张业恒。音乐指挥：何名科。监制：宋木铎、陈嘉庆。主演：王英蓉（饰孟丽君）、红梅（饰成宗皇帝）、梁家粱（饰皇甫少华）、游琼珍（饰皇甫敬）、林道修（饰皇甫长华）、王开臻（饰孟士元）、符致椿（饰梁鉴）、严咏娱（饰苏映雪）、吴金梅（饰太后）、陈兴胜（饰权昌）、林鸿炎（饰余潜）、朱景寿（饰沈伏）。时长将近170分钟。

（2）海口市长和琼剧团演出。策划：王世雄。主演：王集凤（饰孟丽君）、黄光（饰皇帝）、王运光（饰皇甫少华）、唐彩玲（饰娘娘）、陈琼玉（饰苏映雪）、严扬国（饰皇甫敬）、符传丰（饰梁鉴）、曾兰容（饰太后）、李开轩（饰孟士元）、颜业安（饰徐潜）。时长约为150多分钟。

另有海南省琼剧院排演的《孟丽君》流传，剧中由海南省琼剧院知名演员韩海萍饰演孟丽君，名小生张卫山、符传杰分别饰演皇帝和皇甫少华，蔡彩珍饰演皇甫长华。

故事从孟丽君（郦君玉）为相，忠孝王皇甫少华因见图思妻而患病开始，此时刘捷早已受到惩处。首先出场的人物是皇甫少华，少华邀请恩师郦君玉到府治病，借画像表白对孟丽君的一片真心。孟丽君因惧怕欺君之罪，暂时不敢与少华相认，但安慰他"银河横流虽可惜，珠联璧合终有期"。金殿上，靖安王别有用心，向皇上奏明郦君玉是孟丽君乔装改扮，并呈上本章，奏请将郦君玉斩首，但孟士元、皇甫敬和梁鉴皆加以否认，双方争执不下。皇上下旨宣召郦丞相上殿。郦君玉极力否认自己的女性身份，并谎称夫人（苏映雪）已怀有身孕。最后皇帝平息了双方的争执。

皇甫敬带着丽君的画像入宫觐见皇后皇甫长华，适皇帝来邀皇后长华游春，但见到画像后皇帝立即改变了主意。皇帝邀郦丞相同游上林苑，借机试探。郦丞相随机应变。皇上又强邀郦丞相到天香馆，欲君臣同榻而眠，幸而皇后来到天香馆，替郦丞相解了围。皇后携带画像去见太后。太后下旨宣召郦丞相入宫画观音像，又赐酒将其灌醉，命权昌脱靴相验，但从郦丞相脚上脱下来的金莲带被皇上截取。皇上携带金莲带来到相府，逼迫孟丽君为妃，命令她三日之内上本陈情。郦君玉无奈，只得和苏映雪一道去见岳父，将改装情由告诉梁鉴，向他求救。次日，朝堂之上，梁鉴等大臣上本替郦丞相求情，郦丞相女装上殿请罪，奏明自己的真实身份，少华亦上殿求情，但激怒皇上，皇上下旨将少华与丽君斩首。梁鉴等大臣替两人求情，皇后亦上殿求情，但皇上仍一意孤行。幸而太后驾到，在太后的告诫下，皇上下旨赦免孟丽君和皇甫少华。孟丽君与皇甫少华当殿成亲。

S

51 山东梆子《女丞相》

有泰安市山东梆子剧团李红（饰演孟丽君）演唱的唱段"白茫茫，鹅毛雪漫天飞扬"流传于世，时长约为10多分钟，全系孟丽君的"内心独白"：回想当初因家遭陷害，女扮男装高中状元，升任丞相后为父申冤的奇特经历，但如今面对百日期限，因惧怕欺君之罪而不敢与少华相认，进退维谷，于是愁绪难遣。据此情节推测，该戏似亦据丁西林的话剧《孟丽君》改编。

52　申曲《孟丽君》

申曲（由本滩转变而来）是沪剧的前身。著名申曲艺人石筱英（1918 — 1989）在20世纪30年代曾演出申曲《孟丽君》。

W

53　婺剧《孟丽君》

目前所见的音像资料有金华市婺剧实验团演出的《孟丽君》，相关信息如下：

金华市婺剧实验团演出。钱江影视工作室制作。总策划：陈再勤、陈辉庆、沈兵军。制片人：陈辉庆、陈逸军。艺术顾问：沈战友、吴志团、龚奎金、陈寿贤。电视编导：姚澜。摄像：高国军、陆强。司鼓：沈堂荣。主胡：郑耀祖。主演：王卫芬（饰孟丽君）、方晓良（饰皇甫少华）、林爱芳（饰元成宗）、施秋燕（饰苏映雪）、陈群仙（饰梁丞相）、毛飞英（饰皇甫长华）、洪艳（饰皇甫敬）、沈进芳（饰太后）。

时长约为140多分钟。由"书房""议计""见图""邀游""上林苑""天香馆""查验""访郦"等场次组成。

"孟丽君因家难女扮男装，除奸佞辅朝纲少年名扬。无奈是仕林非她长久计，回转来愁难言闷坐书房"，剧情从乔装客孟丽君与假夫人苏映雪（梁相国之义女）书房相议"辞官"开始，孟丽君已位列朝纲三载，当初她因刘家父子陷害未婚夫皇甫少华一家、企图霸占她为妻而改装潜逃在外，高中状元，官拜宰相，保举少华平番。苏映雪劝孟丽君及早辞官。皇甫少华因思念孟丽君而染病在身，被郦相治愈，此时来相府拜谢师恩。少华海誓山盟，表达了对丽君的一片深情（表示非孟丽君不娶），孟丽君（郦君玉）心有所动，少华见状即用言语和孟丽君的自画像进行试探，但遭到丽君的斥责。

皇甫敬、皇甫少华父子与孟士元商议，由皇甫敬入宫将丽君的自画像献给皇后皇甫娘娘（皇甫长华）。元成宗来邀皇甫娘娘同去游春，但见到丽君的自画像后，立即改变了主意。元成宗宣召郦相（孟丽君）同游上林苑，借景挑逗，郦相巧妙应对。皇帝又邀郦相至天香馆同赏牡丹，企图同榻而眠，幸亏皇甫娘娘及时出现，孟丽君得以脱身。

　　皇甫娘娘去见太后，告知天香馆之事，并禀告太后郦君玉即孟丽君，皇帝随后驾到，与皇甫娘娘就郦相是否女儿身一事发生争执。太后宣召郦相进宫画观音像，又赐酒三杯将其灌醉，命宫女脱靴验身。宫女在折转回来向太后禀告脱靴消息的途中，手中绣鞋被皇帝夺取。郦相回府，发现失落绣鞋后心中惊慌。此时皇帝假扮太监，携带绣鞋来到相府私访郦相，逼迫她入宫为妃，否则立斩孟、梁、皇甫三家。三日之后，郦君玉女装上殿，自称孟丽君。皇帝勃然大怒，下旨将丽君带下金殿。孟士元、皇甫敬、梁鉴上殿求情，皆未奏效。皇帝亲自审问丽君，仍旧逼迫她为妃，但丽君拒绝入宫。皇帝下旨将她斩首。皇甫少华上殿求情，皇帝下旨将少华斩首。最终在太后的告诫下，皇帝下旨赦免孟丽君和皇甫少华。太后认孟丽君为义女。孟丽君与皇甫少华即刻成亲。

　　孟丽君对苏映雪说："非是我贪图富贵不回首，怎奈我骑上虎背难下来。"此剧中孟丽君说她难辞官职的原因是形势所逼（惧怕欺君之罪），而非主观意愿，这与陈端生原著中的孟丽君恰好相反。原著中的孟丽君之所以不愿辞去官职，主要是因为舍不得头上这一顶相貂。因为有了它，她就可以扬眉吐气地跻身于社会公众领域，施展盖世才华，做出一番轰轰烈烈的事业。

　　此剧中皇甫娘娘的形象有点像黄梅戏《孟丽君》中的刘皇后，"泼辣"，甚至有些"刁蛮"，这是对原著中皇甫长华形象的贬损。

X

54 锡剧《孟丽君》

《孟丽君》是锡剧的经典剧目。除了梅兰珍、王彬彬、汪韵芝等主演的电影版锡剧《孟丽君》之外，目前所见的演出版本尚有：

江苏省无锡市锡剧院演出。扬子江音像有限公司拍摄，江苏文化出版社出版（ISRC CN-E23-06-0005-0/V.J9）。剧本整理：倪松、方白。导演：徐澄宇。音乐设计：徐澄宇、章德瑜。舞美设计：杨亚典、李政。主胡：朱小川。摄像：徐爱民。主演：黄静慧（饰孟丽君），小王彬彬（饰皇甫少华），袁梦娅（饰苏映雪），潘佩琼（饰元成帝），华金瑞、姜雪峰（饰刘奎璧），潘华（饰梁鉴），黄栋梁（饰刘捷），邵新峰（饰孟士元），周静燕（饰荣兰），倪艺琳（饰孟夫人），王洪明（饰石豪）。

时长约为150多分钟。凡十场，场次为："第一场　比箭订婚""第二场　进京诉父""第三场　描容脱逃""第四场　刺璧投湖""第五场　遇救招赘""第六场　洞房巧遇""第七场　比武挂帅""第八场　详容盘相""第九场　游苑戏相""第十场　金殿团圆"。

与《再生缘》现有的大多数戏曲改编本相类似的是，此剧同样没有刻画出原著中孟丽君的独立精神和独特个性。"游苑戏相"一场中孟丽君对皇帝的斥责，可谓大快人心，只可惜出发点仅仅是为皇甫少华守节而已。

孟丽君的扮演者黄静慧是中国戏剧第二十四届梅花奖得主、国家一级演员、著名锡剧表演艺术家梅兰珍的嫡传弟子。她的表演细腻，表情丰富，歌声动人。

另有《双美成亲》[17]《详容盘相》[18]《君臣游苑》[19]《君臣游园》[20]等折子戏以及"锡剧盒带：1962年著名演员联合演唱会锡剧《孟丽君》选场（一）（二）"[21]流传。

55 锡剧《孟丽君》（下集）

常州市锡剧团演出二团于1980年演出。剧本整理：孙中。导演：冯玉苹。艺术指导：丁甲飞、郑少芳。编曲：董明德。美术设计：王超、陈登华。舞台监督：冯玉苹。剧务：邱永林。主演：丁甲飞、胡宪法、姚全康［饰元成宗（元贞帝）］，吴小英、居亦琴、薛志琴［饰孟丽君（郦君玉）］，张芝云、倪也红［饰荣兰（荣发）］，邹敏（饰梁鉴），居亦琴、刘英（饰苏映雪），徐铭、许国良、陈于奎（饰皇甫少华），王克、刘伟中（饰孟士元），陆菊芬、汤小妹（饰孟夫人），吴细珍（饰太后），薛胜祖（饰权昌），郑少芳、许国良（饰凌瑞），周长太（饰皇甫敬）。

凡八场，场次为："一、详容盘相"；"二、谒师陈情"；"三、母女相会"；"四、君臣游苑"；"五、书斋挫夫"；"六、巧谏太后"；"七、冒雨逼婚"；"八、君臣夺妻"。

56 锡剧《孟丽君》（俞介君、叶至诚编剧）

俞介君、叶至诚编写的锡剧剧本《孟丽君》，分上、下集，凡十七场，初稿创作于1962年3月1日至4月7日，初次修改于同年4月21日至5月4日，再次修改于同年5月13日至7月11日，刊载于1981年第8期《江苏戏剧丛刊》（江苏省文化局剧目工作室编辑）的第1—109页。据陈端生的《再生缘》改编，曾由叶圣陶修改润饰，剧中若干唱词、说白系叶圣陶重写。场次为："一、比箭订婚"；"二、订情烧亭"；"三、设计夺美"；"四、描容抗旨"；"五、占魁入赘"；"六、看病封官"；"七、出征辞行"；"八、求情救亲"；"九、三相会审"；"十、释疑违愿"；"十一、中计认母"；"十二、辩本解围"；"十三、游苑戏相"；"十四、诊脉说病"；"十五、画佛露真"；"十六、冒雨逼相"；"十七、华筵呕血"。第一至九场为上集，第十至十七场为下集。剧情为：

在刑部尚书孟士元家的花园内，皇甫少华公子（云南总督皇甫敬之子）与国舅刘奎璧（国丈刘捷之子）为联姻孟丽君而比箭。皇甫少华三箭全中，射落锦袍，与孟丽君结成"射柳姻缘"。端阳佳节，刘奎璧设下圈套，指使家仆江进喜于半夜三更时将皇甫少华烧死于刘府之小春亭。皇甫少华被江三嫂（江进喜的母亲、刘燕玉的乳娘）和刘燕玉（刘奎璧同父异母的妹妹）所救。在江三嫂的怂恿下，刘燕玉与皇甫少华订下终身大事。

刘奎璧进京，在父亲刘捷面前信口雌黄，诬陷皇甫家逞威夺走了孟丽君。刘捷举荐皇甫敬为征番元帅，用计断其粮草，绝其后援，致使皇甫敬兵败被擒。刘捷诬告皇甫敬投顺番邦，皇上下旨捉拿皇甫全家问罪，皇甫少华逃奔在外。刘捷奏请圣上将孟丽君赐配刘奎璧。孟丽君留下自画真容一幅，带着荣兰（化名荣兴）改装潜逃。孟丽君化名郦君玉，参加科考，考中状元，被梁鉴之义女梁小姐彩球抛中，与她拜堂成亲。原来梁小姐即苏映雪，当孟丽君乔装逃婚时，苏映雪挺身代嫁，后在赴京途中投江，被梁鉴所救。

皇太后病重，皇上下旨寻找良医，孟丽君毛遂自荐，以妙手回春之术治愈太后之病。皇上擢拔郦君玉（孟丽君）为兵部尚书，又任命她为主考官，大开武选，广招天下豪杰。皇甫少华改名王少甫赴考，因武艺出众，被封为征番招讨。皇甫少华平定番乱，救父回朝，获封忠孝王。刘捷卖国通敌之事败露，刘捷、刘奎璧因而被打入牢狱。刘燕玉进京探监，恳求少华搭救父亲。三相（郦丞相即孟丽君、梁鉴、孟士元）会审刘捷，郦丞相下令将刘捷斩首，皇甫少华捧来了圣旨。皇上特赦刘捷之罪，将其削职为民，并赐刘燕玉与皇甫少华完婚。原本打算于审判刘捷后辞官复妆的孟丽君怨恨皇甫少华与刘燕玉成婚，决定继续为官。

孟士元以夫人病危为由，延请郦丞相到府诊治。孟丽君中计认母。孟夫人将郦丞相即孟丽君的消息透露给皇甫少华。皇甫少华修本面圣，皇甫敬请求皇帝赦免孟丽君颠倒阴阳之罪，赐她与皇甫少华完婚。孟丽君以撕本的行为抗议皇甫父子的举动。皇甫少华将孟丽君的画像呈给皇上。皇上见了孟丽君的真容后亦爱恋丽君。为试探郦丞相的真相，皇上以有要事相商为由宣召郦丞相同游上林苑，还欲留她同宿天香馆。郦丞相谎称娇妻怀孕，得以脱身。

皇甫少华延请郦丞相诊病，借机试探。孟丽君奉劝少华以国事为重，出征御敌。皇甫少华害怕圣上"近水楼台先得月"，进宫向贵为皇后的姐姐求助。万寿宫中，皇太后（国太）令郦丞相画观音像，又赐饮玉红春酒，将其灌醉，命宫女脱靴验身。孟丽君的绣鞋被皇帝劫夺。皇帝冒雨夜访郦丞相，不许她承认自己是孟丽君，以便纳为贵妃。孟丽君差人请来皇甫敬、皇甫少华、孟士元等朝廷官员，着女装出场，当着皇帝与众位大臣的面，承认自己是孟丽君，要求辞官。皇帝气急败坏，下旨令梁老丞相明日早朝带孟丽君上殿，严正国法。当皇帝正欲回宫时，国太驾到。国太做主，命孟丽君于归忠孝王。孟丽君以"不语"拒绝了国太的"好意"。在番邦大举进攻而刘捷充当向导的军情紧急的情势下，对皇帝与少华皆大失所望的孟丽君吐血身亡。

该剧曾于1962年由江苏省锡剧团演出，剧中由王兰英饰孟丽君，杨继忠饰皇甫少华，沈佩华饰刘燕玉。

57 芗剧《孟丽君》

《孟丽君》是芗剧的经典剧目。目前所见的资料有：

（1）厦门芗剧团印的《孟丽君》上集，封面标明"尚未定稿，请勿外传"，其中确有不少修改的痕迹。据此印本，该剧的上集凡九场，场次为："第一场　比箭定亲""第二场　火烧小春亭""第三场　深夜出逃""第四场　洞房刺杀""第五场　苦风凄雨""第六场　翌年高中""第七场　娘□相会""第八场　医后擢升""第九场　招贤御侮"。

上集的故事情节与陈端生的原著较为相近（但删除了刘燕玉、

熊浩、卫勇娥等人物）：皇甫府与刘家同时向孟丽君求婚，孟士元定下比箭选婿之计。皇甫少华三箭全中，与孟府联姻。刘奎璧心怀怨恨，用计骗少华到刘府游玩，本想一刀杀死他，只恐皇甫夫人来府讨人，遂决意将其烧死在小春亭。少华被刘府的家丁江进喜所救。适逢皇甫敬征番被擒，国丈刘捷趁机诬告他通番误国，朝廷下旨捉拿皇甫全家解京问罪，少华因此潜逃。刘捷又谎奏皇甫少华强夺刘奎璧的姻缘，皇上下旨将孟丽君改配刘奎璧。孟丽君留下自画真容后改装逃婚。苏映雪代嫁刘府，在洞房中行刺刘奎璧未遂，投昆明池自尽而遇救。深山雨夜，孟丽君（郦君玉）于逃难途中在九天玄女神庙巧遇被官兵追杀的皇甫少华（王少甫）。孟丽君进京应试，高中状元，由孟士元作伐，入赘梁府，在洞房中巧遇苏映雪（梁府之义女素华）。太后病重，梁相举荐孟丽君入宫医治，丽君以妙手回春之术治愈太后之病，皇上龙颜大悦。恰逢边关告急，丽君奏请开设武考，选拔将帅，成宗帝擢升丽君为兵部尚书。皇甫少华进京应试，得中武状元，比武时将刘奎璧刺死（因怕被刘奎璧泄露身份）。

（2）中国唱片公司出版发行、中国唱片厂印制的由漳州市芗剧团演出的《孟丽君》选段："试探""游上林""逼亲"。钱天真饰演郦君玉（孟丽君），洪彩莲饰演元成宗，黄锦泉饰演皇甫少华，方惠心饰演皇甫长华，漳州市芗剧团乐队伴奏。据唱片说明书可知，漳州市芗剧团演出的《孟丽君》实是此剧的下集。剧情为：

孟丽君化名郦君玉，已乔装为官三年，皇甫少华也因平番有功被封为忠孝王。皇甫少华苦苦思恋未婚妻孟丽君，因此孟父将丽君出逃时留下的自画像赠送少华。通过反复观画，少华疑心郦君玉就是孟丽君，遂拿着画像前往相府试探。而孟丽君则因时机未到，不敢贸然相认，拒不吐露实情。少华遂托已贵为皇后的姐姐皇甫长华乘机在皇帝面前说情，宽赦丽君之罪。孰料元成宗知情后，顿生私心，既邀孟丽君同游上林，百般挑逗，又欲将其留宿天香馆。幸亏皇后娘娘（皇甫长华）及时出现，丽君得以脱身而去。元成宗夜访相府，出示孟丽君醉后所失弓鞋，逼迫其入宫为妃，孟丽君则与皇帝巧妙周旋。最终在皇太后的帮助下，孟丽君与皇甫少华终成眷属。

（3）漳州慧群芗剧团演出。厦门音像出版社出版。导演：苏宗文。作曲：杨森林。主演：黄玉惠（饰孟丽君）、郑建花（饰皇甫少华）、林其富（饰皇帝）、陈素卿（饰皇太后）、张小慧（饰皇后）、陈友铭（饰梁丞相）、涂伟平（饰孟士元）、杨秀玲（饰刘奎璧）、吴冬粉（饰孟夫人）、杨林小青（饰皇甫敬）、黄红梅（饰苏映雪）、曾秋菊（饰江进喜）、陈小雨（饰荣兰）。凡十八场，时长约为240余分钟，场次为："第一场 比箭定亲""第二场 火烧小春亭""第三场 深夜出逃""第四场 洞房刺房[22]""第五场 凄风苦雨""第六场 翼[23]年高中""第七场 主婢相会""第八场 医后擢升""第九场 招贤""第十场 班师回朝""第十一场 拜师""第十二场 借图""第十三场 试探""第十四场 见图""第十五场 游上林""第十六场 脱靴""第十七场 迫亲""第十八场 团圆"。演出的是全本《孟丽君》，前九场的剧情与厦门芗剧团印的《孟丽君》上集的剧情相近似，后九场的剧情为：

少华考中武状元，任平番大元帅，出征御敌，旗开得胜，救父回朝，洗雪冤情，被封为忠孝王，孟丽君亦因功拜相。忠孝王过府拜访恩师，吐露对丽君的一片真情。忠孝王从孟府借来丽君的自画像，疑心恩师郦君玉即孟丽君，遂装病延请郦相过府医治，指称孟丽君的容貌似恩师，遭到郦相的斥责。皇甫敬带着丽君的自画像去见皇后皇甫长华，告诉她郦君玉就是孟丽君，请求皇甫皇后从中周旋。皇帝来到昭阳宫，本欲邀请皇甫皇后去游上林，但见到丽君的自画像后，立即改变主意，撇下皇后，扬长而去。皇帝邀郦君玉同游上林苑，百般挑逗于她，郦君玉均巧妙应对。皇上又欲在天香馆与郦相同榻而眠。幸而皇甫皇后及时出现，郦相得以脱身。皇甫皇后到万寿宫向皇太后禀告郦君玉即孟丽君。太后宣召郦相进宫画观音像，又赐酒将其灌醉，令宫女脱靴验身。宫女手中所持弓鞋被成宗帝截取。成宗帝假扮内侍，携带弓鞋，冒雨私访郦相，逼迫其入宫为妃，孟丽君坚决不从。皇上下旨将孟丽君押入天牢待斩。幸而太后深明大义，出面主持公道，认丽君为义女。丽君与少华团圆，映雪似亦归少华。

值得注意的是，该剧的上集的剧情、说白、唱词与杨美煊改编的莆仙戏《孟丽君》的上本的剧情、说白、唱词相近似（不少说白、唱词甚至完全相同）。

58 湘剧《孟丽君》（上集）

有1980年2月7日根据长沙市湘剧团演出的《孟丽君》的录音整理而成的剧本（系抄本）流传于世。

仅见上集，场次为："第一场 射袍定亲""第二场 定计害忠""第三场 画图出逃""第四场 认女代嫁""第五场 行刺投江""第六场 洞房奇遇""第七场 拜府巧识""第八场 妙手回春""第九场 得胜晋封""第十场 观图得病"。

剧情为：双凤求凰，孟仕元夫妇无奈，定计射袍招亲。孟府花园，皇甫少华与刘奎壁射袍比武，结果是皇甫公子三箭全中，成为孟府的姑爷。为了得到孟丽君，刘奎壁去见父亲刘捷（时为国丈，其女为正宫娘娘），在他面前谎称自己三箭全中，孟仕元却偏袒皇甫少华。刘捷处心积虑陷害皇甫家，既修书叫番王兴兵来犯，又诬告兵败被擒的皇甫敬投降番邦。皇后刘娘娘做主，将孟丽君匹配刘奎壁为妻。孟丽君留下自画像一幅、书信一封，与丫环芸兰男装潜逃。苏映雪顶替孟丽君出嫁，于洞房内行刺刘奎壁未遂，投水自尽。孟丽君化名郦君玉，高中状元。皇上下旨将梁相的女儿（梁素云）赐婚状元公。洞房内，孟丽君与苏映雪意外相逢。原来苏映雪投水后被梁相爷所救，成为梁府之义女。郦君玉奏请朝廷开设武科，招考天下武士。皇甫少华化名王少甫应考，高中武状元，成为郦君玉的学生。郦君玉为国招选贤才，又治愈太后之病，因而被皇帝封为军机大臣。王少甫（皇甫少华）挂帅征番，得胜回朝。刘捷公报私仇、卖国求荣、陷害忠良的罪行败露，全家问斩。皇甫父子俱被封王，皇甫长华被皇帝纳为昭阳正宫，郦君玉升任右丞相。孟夫人将丽君的自画像相赠皇甫少华，少华观图染病，疑心郦丞相是孟丽君，欲携带丽君的自画像去相府拜访恩师。

59 湘剧《孟丽君》（下集）

有1979年2月13日衡阳市湘剧团印行的剧本（系残本）流传于世。

仅见下集（亦有残缺），场次为："第一场 书房""第二场 议计""第三场 见图""第四场 邀游""第五场 上林苑""第六场 天香馆""第七场 查验""第八场 访郦""第九场 金殿"。

下集中的故事发生在元成宗大德三年，剧情为：郦君玉（孟丽君）坐在书房，与苏映雪（梁相国的义女）谈论乔装为官进退两难的处境。病体初愈的忠孝王皇甫少华过府拜见恩师，以言语与孟丽君的自画像试探恩师的真实身份，未能如愿以偿。孟士元、孟家琳父子来到皇甫府中，皇甫少华说郦丞相果然就是孟丽君，却不肯相认。孟家琳提议向皇后皇甫长华和国太求助。武宪王皇甫敬携带孟丽君的自画像入宫求见皇甫长华。成宗皇帝来到昭阳院，欲邀皇后去游春，见到了孟丽君的自画像。皇甫长华说孟丽君就是在朝为官的郦君玉。成宗皇帝改变携皇后游春的计划，匆匆离去。成宗皇帝派太监权昌召请郦君玉进宫，邀她同游上林苑，又欲与孟丽君在天香馆同榻而眠。幸亏皇甫长华来到天香馆，孟丽君得以脱身离去。万寿宫中，皇甫长华给太后请安，告诉太后郦君玉就是她的弟媳妇孟丽君。太后宣召郦丞相进宫画观音像，又赐饮玉红酒。郦君玉酒醉露真。宫女从郦君玉脚上脱下来的一只女鞋被元成宗劫夺。元成宗扮成太监，私访郦君玉，要她遵从入宫为妃的旨意，否则将治罪孟、梁、皇甫三家。郦君玉在金殿上自称是孟丽君，公然违抗皇帝的旨意。成宗帝气急败坏，下令将孟丽君斩首。皇甫少华奉太后的懿旨召唤孟丽君，元成宗却说他假传懿旨，两人发生争执。元成宗下旨将少华斩首。太后与皇后娘娘来到金殿。因不敢违拗太后的旨意，元成宗只得赦免孟丽君与皇甫少华。太后认孟丽君为义女。

60 星子西河戏《孟丽君》

星子青年女子班演出。有2010年5月12日易平工作室摄制的视频（西河戏文艺晚会的演出实况）流传于世。导演、司鼓：程家训（西河戏传承人）。主琴：詹德润。二胡：詹德阔。月琴：詹德澜。剧务：郭富山、李传祁、张青和。摄像：易平工作室。音响：易冬明。字幕：易平。舞台、服装道具：张新华。主演：欧阳金龙（饰元成宗）、李玉春（饰国太）、王金兰（饰正宫）、黄菊枝（饰孟士元）、李冬香（饰韩夫人）、张荣花（饰尹夫人）、詹美红（饰孟丽君）、周本荣（饰皇甫少华）、周晓云（饰苏映雪）、李传祁（饰刘捷）、程月华（饰刘奎壁）。时长约为188分钟。

剧情为：元帅皇甫敬之子皇甫少华年方十八，奉父母之命，前往孟府比箭求婚，对手是太师刘捷之子刘奎壁。比箭的结果是刘奎壁败北，皇甫少华三箭全中，射落锦袍，因而孟士元将孟丽君许配皇甫少华。刘奎壁气恼，阴谋陷害皇甫满门。刘捷上殿奏本，诬陷皇甫敬投降番邦。元成宗下旨抄斩皇甫全家，皇甫少华与母亲潜逃，途中母子分离。皇帝下旨令孟丽君改嫁刘家。在苏映雪的帮助下，孟丽君乔装逃婚。苏映雪顶替孟丽君嫁入刘府，于洞房中行刺刘奎壁未遂而逃跑，被刘府家将追赶，跳河自尽。苏映雪被梁相国所救，成为梁相国的义女。孟丽君改名赴考，得中状元，加封右丞相。皇甫少华改名王少甫，在桃花山学艺，遵师命进京参加科考，求取功名。孟丽君担任主考官，成为王少甫（皇甫少华）的恩师。皇帝钦点王少甫为文武状元、二路元帅，命他带领人马前往边关破敌。王少甫扫平南蛮，得胜回朝。刘捷因罪行败露而被打入天牢。皇帝欲将梁丞相之义女苏映雪赐婚乔装的孟丽君，遭到孟丽君的婉拒。皇帝对孟丽君的真实身份起了疑心，若是为女儿身，就欲纳她为妃。皇帝邀孟丽君同游御花园，以言语挑逗她，被前来游玩御花园的皇后撞见。皇甫少华持国太所修的本章上朝见驾，皇上下旨将皇甫少华押入天牢，以及将孟丽君押上金殿。孟丽君女装上殿，在皇帝面前据理力争，皇帝下旨将孟丽君斩首。在太后的强硬态度下，皇帝只得赦免孟丽君和皇甫少华。太后宣召皇甫少华、孟丽君、苏映雪穿戴上殿。太后认孟丽君为义女，赐她与皇甫少华完婚。苏映雪成为皇帝的贵妃。

　　该剧删除了陈端生原著中的刘燕玉、皇甫长华、荣兰、孟嘉龄、章飞凤、熊浩、卫勇娥、康信仁等人物，将苏映雪塑造成一个颇有主见、富有智慧的女性，譬如刘奎壁比箭失利是苏映雪用计造成的结果，孟丽君女扮男装逃婚是苏映雪想出的主意。

61　星子西河戏《孟丽君》

　　导演：朱贞坤。司鼓：查云金。京胡：朱显福。二胡：左家凤。弹拨：程海水。音响、摄影：胡开彬。主演：李水菊（饰国太、韩氏、尹氏）、杨雪姣（饰皇帝）、朱忠贵（饰孟仕元）、刘金娥（饰孟丽君）、李桂珍（饰皇甫少华）、朱官保（饰刘捷）、龚春梅（饰刘奎壁）、李小红（饰苏映雪）。时长约为177分钟。

　　该剧的剧情与上述星子青年女子班演出的星子西河戏《孟丽君》的剧情大同小异。"异"主要在于：此剧中有孟丽君、苏映雪洞房相认和郦丞相给母亲医病时主动承认自己是孟丽君的情节；结局颇为简略，既无皇后搅局，又无苏映雪成为皇帝之贵妃的情节，皇后并未出场，对苏映雪的结局亦未做交代。

Y

62　扬剧《孟丽君》

扬州市扬剧团演出。编剧：陆志坤、苏卫东。目前所见的音像资料有：

（1）扬剧《孟丽君》（上集）

扬子江音像有限公司摄制。安徽音像出版社出版，扬子江音像有限公司总发行（ISRC CN–E15–07–0196–0/V.J8）。导演：姜俊峰。作曲：王兆琦。音乐总监：赵震方。司鼓：陈清。主胡：王冰。

主演：孙爱民（饰孟丽君）、李政成（饰皇甫少华）、龚莉莉（饰苏映雪）、周斌（饰刘奎璧）、周小艺（饰皇甫长华）、王海（饰梁鉴）、陈俊（饰成宗）、张卓南（饰刘捷）。

上集凡八场，时长约为160分钟："第一场　射柳联姻""第二场　描容出走""第三场　代嫁刺刘""第四场　封官招赘""第五场　双女洞房""第六场　励师出征""第七场　救父还朝""第八场　血本辩冤"。

剧情为：云南昆明孟府百花园内，皇甫少华与刘奎璧比箭射柳。国舅刘奎璧一箭落空，姻缘无望。皇甫少华连中三箭，夺得红袍，与孟丽君喜结良缘。刘家阴谋陷害皇甫一家，又假借圣旨逼婚，孟丽君描容出走，苏映雪仗义代嫁。洞房中苏映雪行刺刘奎璧未遂，投水自尽，被梁丞相的夫人所救。国舅喜事变丧事，宫中刘后受惊，难产而亡。太后悲伤成病，太医束手无策，皇上发榜求医。金殿上刘捷父子与孟士元因"孟丽君"投水一事而吵闹，适逢大臣来报皇甫少华潜逃，皇甫长华与母亲在押解途中被劫上吹台山。刘奎璧毛遂自荐，请旨带兵征剿吹台山。因是皇甫敬的亲家，孟士元被削职为民。孟丽君主仆于潜逃途中投宿河南开封郦若山家，治愈其子郦明堂之顽疾。郦若山揭下皇榜，孟丽君遂以开封郦明堂的身份进宫，竟以妙手回春之术治愈太后。边关告急，孟丽君为平叛献策，奏请朝廷开武考。皇上龙颜大悦，封孟丽君为兵部尚书兼武科主考。孟丽君被梁相招赘为东床，于洞房中喜遇映雪。皇甫少华易名王华，武场夺魁。圣旨招安吹台山，王元帅领兵与吹台山义军一道平定夜州叛乱。少华救父回朝，血本陈情，昭雪沉冤。少华被封为王，丽君拜相，长华成为皇后。

（2）扬剧《孟丽君》（下集）

安徽音像出版社出版，扬子江音像有限公司总发行（ISRC CN-E15-07-0196-0/V.J8）。导演：姜俊峰。作曲：王兆琦。音乐总监：赵震方。司鼓：王兆琦。主胡：张世新。

主演：葛瑞莲（饰孟丽君）、李政成（饰成宗）、陈俊（饰皇甫少华）、赵紫君（饰皇甫长华）、桑丽华（饰国太）、王海（饰皇甫敬）、沈仁梅（饰尹良贞）、吴顺林（饰孟士元）、张爱萍（饰孟夫人）、周斌（饰孟架龄）、曹玲（饰郁美儿）、盛军（饰权昌）。

下集凡七场，时长约为160多分钟。剧情为：少华将丽君的自画像带回府中，因疑丞相郦明堂即孟丽君，遂邀郦丞相到府，借画像进行试探，不料遭到丞相的呵斥。孟架龄邀请丞相过府给母亲治病，孟丽君病房认母。皇甫少华得知消息后上本认妻，并将丽君的自画像呈给成宗观看。成宗以画观人，爱恋佳人，遂独召郦丞相同游上林苑，处处借景试探郦丞相，又强迫郦丞相在天香阁同榻共眠，最后拽着郦丞相的袍角得意忘形，但郦丞相急中生智，先用皇帝本人的袍角代替自己的袍角，然后悄悄地离开。太后宣召郦丞相进宫描画送子观音，皇后与太后共同筹谋赐酒丞相。清风阁宫女乘丞相酒醉之际脱靴验出孟丽君的真身，手拿绣花鞋正待离去，却被成宗拦截，绣花鞋遂落到了成宗的手中。郦丞相酒醒，成宗出示绣花鞋，丞相只得承认自己是孟丽君。成宗逼迫孟丽君入宫为妃。翌日早朝，孟丽君女装复本，承认自己是孟丽君。成宗大发雷霆，欲以欺君之罪将她处斩并亲自监斩，但受到太后的阻挠。太后收孟丽君为保和公主，成全"华丽缘"。

扬剧《孟丽君》删除了原著中的刘燕玉、熊浩、卫勇娥等人物，将苏映雪塑造成一个颇有主见、颇具智慧的女子，如孟丽君乔装出走正是苏映雪的建议，孟丽君当时倒有顾虑，曾对苏映雪吐露心声："感谢你危难之中拿主见，我怎能抛下双亲离家园？纵然我不惧关山路遥远，怕只怕刘贼父子陷椿萱。到那时花轿娶人人不见，害二老抗旨罪名要承担。此一去连累全家要遭难。"该剧中"双女洞房"一场尤为精彩，演员将孟丽君（假丈夫）与苏映雪的心理、情态刻画得丝丝入扣，扮相也很俊美。"救父还朝"一场以武戏为主，颇具特色。总之，扬剧《孟丽君》的舞台效果极好。

此外，扬剧舞台上还广泛流传着《君臣游园》[24]《冒雨送花鞋》[25]等折子戏。

63 扬琴戏《孟丽君》

徐州市盛视传媒摄制，山东文化音像出版社发行，徐州市淮海戏曲王音像有限公司总经销（ISRC CN-E26-05-0111-0/V.J8）。出品人：张戈。制片人：王永乐。琴书演唱：丁舞、王道兰。

扬琴戏《孟丽君》将琴书演唱与戏曲表演融为一体，形式较新颖，提高了琴书的形象性和观赏性，但不足之处在于戏中所有人物的全部唱词和说白仅仅出自两位琴书演员丁舞、王道兰之口，唱腔和说白不够丰富。凡五部：第一部《逼婚》，包括八集，时长约为470分钟，从孟府花园比箭开始，唱至相府招亲；第二部《丽君盘夫》，包括八集，时长约为460分钟，接续上部的内容，唱至少华在孟府观看丽君的自画像；第三部《金殿辨妻》，包括八集，时长约为460分钟，接续上部的内容，唱至金殿奏本；第四部《万岁戏丽君》，包括八集，时长约为475分钟，接续上部的内容，唱至万岁以红绣鞋逼迫丽君为妃，丽君吐露真情；第五部《夫妻团圆》，包括六集，时长约为335分钟，接续上部的内容，唱至孟丽君与皇甫少华拜堂成亲。

第一部主演：王琴（饰孟丽君）、马珍（饰皇甫少华）、阿冬（饰刘魁壁）、朱本强（饰梁相爷）、吕青山（饰孟士元）、苏秀云（饰容发）、韩美兰（饰苏英雪）、李静（饰苏大妈）、代二虎（饰金喜）、唐新平（饰皇甫夫人）、张素花（饰丫环）、惠义召（饰包雪珍）。

第二部主演：王琴（饰孟丽君）、韩美兰（饰梁素华）、阿冬（饰万岁）、唐新平（饰梁夫人、熊永贺）、朱本强（饰梁大人）、苏秀云（饰容发）、惠义召（饰刘杰）、马珍（饰皇甫少华）、苏秀云（饰魏蛟）、董兰英（饰太后）。

第三部主演：王琴（饰孟丽君）、阿冬（饰皇甫少华）、董兰英（饰皇甫夫人）、李静（饰皇甫长华）、吕青山（饰孟士元）、班伟（饰孟夫人）、李翠侠（饰张飞凤）、张素花（饰孟魁郎）、史保河（饰皇甫静）、马珍（饰万岁）、孙发斌（饰梁大人）、代二虎（饰金喜）、韩美兰（饰苏映雪）、惠义召（饰刘杰）、朱本强（饰刘魁壁）、刘晓芝（饰刘艳玉）、唐新平（饰刘夫人）。

第四部主演：王琴（饰孟丽君）、阿冬（饰皇甫少华）、董兰英（饰皇甫夫人）、李静（饰皇甫长华）、马珍（饰万岁）、吕青山（饰孟士元）、班伟（饰孟夫人）、史保河（饰皇甫静）、韩美兰（饰苏映雪）、刘晓芝（饰刘艳玉）、李翠侠（饰假丽君）、唐新平（饰皇太后）、孙发斌（饰梁大人）、代二虎（饰金喜）、朱本强（饰张容）、张素花（饰丫环）、惠义召（饰太监）。

第五部主演：韩美兰（饰孟丽君）、马珍（饰万岁）、朱阐阐（饰苗蕊英）、朱本强（饰李龙光、凌瑞）、班伟（饰太后）、王艳玲（饰正宫娘娘）、刘召彬（饰皇甫少华）、许银玲（饰苏映雪）、惠义召（饰梁大人）、唐新平（饰梁夫人）、吕青山（饰孟士元）、史保河（饰皇甫静）、董兰凤（饰孟夫人）、张素花（饰荣兰）、代二虎（饰小太监）、宋莉莉（饰彩凤）。

故事从孟府比箭开始，主要人物、情节与陈端生原著相近似，而小奸搜楼、少华脱险、皇甫少华与熊永贺和魏蛟结拜、河南翠台山、脱靴相验、孟丽君的兄长治理黄河失责而进京请罪等情节以及结局则与秦纪文演出本《再生缘》相类似，同时增加了一些新的情节，如孟丽君（化名郦君玉）主仆二人于逃婚途中在荒山遇虎时被河南开封府黎落山员外所救、刘艳玉因不愿嫁给云南的安乐王而藏身莲花庵、丽君金殿撕本惹怒皇上等。因演出时间较长，故事较详尽。扬琴戏《孟丽君》的结局是：孟丽君于改装后被太后收为义女，获封保和公主，与少华拜堂成亲，苏映雪（或作苏英雪）嫁给真正的郦明堂，早已与少华拜堂成亲却受尽冷落的刘艳玉出家为尼，假丽君王金雨成为宫女，荣兰（或作容兰）嫁给进喜。

需要提及的是，扬琴戏《孟丽君》中双女洞房的内容演得有些矫情，双方竟然迟迟认不出对方，而且毫无疑心。对于一起生活了十多年的姐妹来说，如此表现显然不合情理。另外还有一个小破绽：少华归还给刘艳玉的罗帕与当初刘艳玉给少华包扎伤口的罗帕竟然不是同一块，颜色截然不同，这当是拍摄时因疏忽所致。

扬琴戏《孟丽君》大概因其唱词与说白属于说书的形式（琴书），因此比《再生缘》现有的其他戏曲改编本更具朴拙粗糙的民间特色，比如一些人名的用字就比较随意，如皇甫少华常作黄甫少华、苏映雪常作苏英雪、进喜常作金喜、荣兰（荣发）常作容兰（容发）等。

64 豫剧《孟丽君》

谭丽娜在《〈再生缘〉研究》中说，1959年李银成、艾方平等人根据《再生缘》创作了豫剧《孟丽君》。但笔者目前尚未找到相关佐证材料。

65 （台湾）豫剧《孟丽君》

该剧是台湾豫剧团的常演剧目。台湾豫剧团曾于2000年演出豫剧

《孟丽君》，由王海玲、萧扬玲主演；曾于2011年11月20日在台湾国立中山大学逸仙馆演出豫剧《孟丽君》，由萧扬玲、刘建华、张翊生等主演。王海玲被誉为"台湾豫剧皇后"，萧扬玲是王海玲的弟子。

66 豫剧《孟丽君》第一部

山东省聊城市豫剧院演出。由章兰、张民、高明霞、付成勇等主演。惜目前难以看到该戏的演出录像。

67 豫剧《孟丽君》第二部

聊城市豫剧团演出。齐鲁音像出版社、山东电视节目供片总站2001年7月录制，齐鲁音像出版社出版发行（ISRC CN-E22-01-0182-0/V.J8）。艺术指导：马宝珍。导演：章兰。作曲：亢建伟。唱腔设计：章兰。总监督：冀永林。主演：章兰、高明霞（饰皇帝），卢海霞、章兰（饰孟丽君），张民（饰皇甫少华），钟丽丽（饰荣兰），马其学（饰刘捷），宋美凤（饰国太），高明芹（饰皇后），付成勇（饰魏瑾），陶宗占（饰皇甫敬）。

时长约为140分钟左右。故事情节与丁西林的话剧《孟丽君》相近似，表演很细腻，唱腔较悠长高亢。百日期限将到，孟丽君欲施一个缓兵之计，让荣兰冒己之名去金殿投案。百日期满，金殿之上，皇帝由皇甫少华所呈献的孟丽君的自画像识破郦丞相的女性身份，虽明言丞相非女子，暗地里却想封其为正宫。恰巧此时，荣兰冒名投案，但少华拒不相认。孟士元上殿见驾，亦难以相认。荣兰无奈，只得吐露自己是孟丽君的丫环。荣兰由丞相带回相府审问。是夜，皇帝邀孟丽君赏月，在天香馆摆下风流阵，想方设法逼丽君就范于他。幸而皇后来到天香馆，以及荣兰来报相府之马房失火，丽君得以脱身。翌日，孟丽君被国太和皇后用计灌醉，暴露真实身份。金殿上三堂会审，因孟丽君不愿入宫为宫女，皇上欲将孟丽君斩首。国太恩赦孟丽君，认她为义女，赐婚皇甫少华。

68　越剧《五美再生缘》

《五美再生缘》是越剧小歌班的剧目，1917年6月演出于上海镜花戏园。

69　越剧连台本戏《华丽缘》

该剧系越剧在绍兴文戏阶段由男子小歌班上演的第一个连台本戏。1920年，嵊县人俞龙孙（1895—1991）根据市井流传的石印唱本《华丽缘》改编的连台本戏《华丽缘》，凡二十八本，由男班梅朵阿顺班于1921年3月5日演出于上海升平歌舞台。主演：卫梅朵（饰孟丽君）、张云标（饰皇甫少华）、王永春（饰元成帝）、马阿顺（饰刘奎壁）、白玉梅（饰苏映雪）、马潮水（饰皇甫敬）。演出效果颇好，连演连满。

连台本戏《华丽缘》是越剧首次聘请编剧编写出来的新剧目，也是首个向外输送的颇有影响的好剧目。后来，京剧艺术大师麒麟童周信芳以300银圆将其买去，且据之改编成京剧连台本戏《华丽缘》，上演后亦引起轰动，赢得赞誉。

70　越剧连台本戏《新华丽缘》

据说该剧曾于1935年演出过，凡十二本。

71　越剧《孟丽君》

1952年，温州越剧团曾搬演《孟丽君》。温州越剧团的著名演员李珍珍（饰孟丽君）、汤丽芳（饰皇帝）和张星儿（饰孟丽君）、黄燕舞（饰皇帝）等皆演出过《孟丽君》。

温州越剧团搬演的《孟丽君》，增加了皇帝的戏份，主要演述皇帝与孟丽君之间的对手戏。

72　越剧《孟丽君》（维新、笑芳编剧）

1954年3月1日，该剧由新艺越剧团演出于高乐剧院。编剧：维新、笑芳。导演：嘉俊。剧务：子安、周剑。技导：耀鹏。设计：公炽。舞台监督：沈立。作曲：金笛。主演：李小萍（饰孟加林）、施玉珍（饰孟丽君）、丁彩娟（饰苏映雪）、应鸣凤（饰孟士元）、王凤英（饰苏乳母）、张妙娟（饰荣兰）、周金囡（饰胡祥）、吴芳（饰秦承恩）、陈月芳（饰皇甫少华）、章福奎（饰顾宏业）、筱瑞丰（饰江进喜、毕金龙）、叶素芳（饰刘奎璧）、杨静兰（饰皇甫长华）、陈凤梅（饰皇甫夫人）、金艳庆（饰吕忠、熊友鹤）、于少奎（饰张吹、尤飞）、周彩娥（饰孟韩氏）、罗彩珍（饰梁夫人）、吴芳（饰梁鉴）、周雅卿（饰元成宗）、王银凤（饰权昌）。

凡十四场，场次为："议婚""射袍""避祸""赐婚""逃婚""刺奎""救苏""露情""考武""闻讯""看图""游苑""认夫""重圆"。剧情为：

元朝时期，云南孟士元之女孟丽君，貌美才高，声名远播。云南都督皇甫敬和皇亲刘捷，同时挽媒至孟府为儿议婚。为免得罪双方，孟士元在和儿子孟加林商议后，决定以比箭射袍的方式择婿。皇甫少华战胜刘奎璧夺得宫袍，与孟丽君订婚。刘捷听了刘奎璧的一面之词，不怀好意地保举皇甫敬领兵征番，又谎奏皇甫敬误国。皇上降旨抄斩皇甫满门。皇甫夫人与皇甫长华逃往舅家避灾，皇甫少华潜逃避祸。皇上将孟丽君赐婚刘奎璧，孟丽君抗旨拒婚，留下自画像，不辞而别。孟士元恳求苏映雪顶替丽君嫁入刘府。新婚之夜，苏映雪行刺刘奎璧未遂而投昆明池自尽，为恰巧路过的梁相夫人所救，被带往京城，从此以梁府之义女的身份生活。梁相为义女苏映雪择婿，对象是新科状元郦明堂，即改扮男装的孟丽君，孟丽君与苏映雪因此重逢。

番邦再次入侵中原，为了选拔将才，朝廷开武考，由孟丽君担任主考官。皇甫少华改名赴考，一举夺魁，随后挂帅征番，旗开得胜，救父回朝，昭雪皇甫家的冤情。刘捷劣迹败露，满门受刑。因见皇甫少华整日思念孟丽君，孟夫人将丽君的自画像转赠少华。少华见到丽君的自画像后，怀疑恩师郦明堂就是孟丽君。孟丽君来到皇甫府，被苏乳母（苏映雪的母亲）识破，但她拒绝承认自己的真实身份。元成宗察觉郦明堂的女性身份，邀她同游上林苑，给她三天的时间考虑入宫为妃之事。孟丽君无奈，只得向皇甫少华吐露实情。金殿上，元成宗欲封孟丽君为妃，遭到孟丽君的断然拒绝。元成宗龙颜大怒，下旨将孟丽君斩首。因众位大臣极力求情，元成宗只得将孟丽君赐婚皇甫少华。

有1954年3月1日新艺越剧团于高乐剧院演出该剧的戏单传世。

73　越剧《孟丽君》（唐远凡编剧）

1956年，唐远凡改编并亲自执导的越剧剧目《孟丽君》，由浙江省金华市越剧团首演。主演：胡桂珍（饰元成宗）、筱湘芝（饰孟丽君）、高杏琴（饰皇甫少华）。1957年6月，该剧的剧本由浙江杭州的东海文艺出版社出版。

74　越剧《孟丽君》（杨理改编）

1957年1月，该剧由少壮越剧团演出于瑞金剧场。改编：杨理。导演：贝凡。技导：方传芸。设计：张坚安。作曲：连波。主演：沈凤英（饰荣兰），白牡丹（饰苏大娘），徐志芳（饰苏映雪），张云霞（饰孟丽君），张小巧（饰韩氏），魏梅照、邢月樵（饰孟仕元），周云峰（饰梁鉴），筱梅卿（饰皇甫少华），毛佩珍（饰皇甫敬），陆依萍（饰孟嘉龄），庞天华（饰元成帝），蒋瑞香（饰权昌）。

主要故事情节忠实于陈端生原著，相异点主要有：其一，删除了原著中的刘燕玉、刘燕珠、刘奎光、皇甫长华、熊浩、卫勇娥、卫焕、卫勇彪等人物，使主要故事紧紧围绕着皇甫少华与孟丽君之间展开，情节紧凑。由于删除了皇甫长华这一人物，故已无必要叙述吹台山故事了，因此卫勇娥、卫焕、卫勇彪等人物也就相应地删除了。其二，将成宗帝刻画得比原著中的元成宗更有城府、更为昏庸。比如在少华奏凯回朝后，皇帝偏袒卖国投敌的刘捷，迟迟未将刘氏父子斩首，而当皇帝识破郦相是女儿身的机关时，因欲纳丽君为妃，遂斩了刘捷父子。又如原著中脱靴相验是太后与皇后的计策，而此剧将其改编为皇帝诈称太后欲画观音，诱骗孟丽君饮酒，乘其大醉，取其绣鞋，随后夜访丽君，强迫她遵从入宫为妃的旨意。其三，结局是"华丽缘"。删除刘燕玉这一形象，大概是服从于"华丽缘"结局的需要，而保留苏映雪这一人物，则大概是因为若无苏映雪，丽君逃婚与入赘梁府等情节就无从展开。

有1957年1月少壮越剧团于瑞金剧场演出该剧的戏单传世。

75 越剧《孟丽君》（张桂凤、吕瑞英、陈少春编剧）

1957年7月25日，该剧由上海越剧院首演于大众剧场。剧本由张桂凤、吕瑞英、陈少春根据男班艺人刘金玉、金喜棠的整理本改编，陈少春执笔。导演：朱铿。副导演：张桂凤。音乐整理：薛岩。舞台设计：顾大良。服装设计：陈利华。灯光设计：吴报章。技术指导：薛传纲、李君庭。主演：吕瑞英（饰孟丽君）、陆锦花（饰元成帝）、陈少春（饰皇甫少华）、张桂凤（饰皇甫敬）、吴小楼（饰孟士元）、金采凌（饰苏映雪）。

76 越剧《孟丽君》

目前所见的演出版本有：

（1）杭州越剧团1979年4月演出。

（2）普陀越剧团1979年6月演出。导演：孙敏。技导：孟群亚、陈燕红、王发英。舞美设计：朱人民。剧务：赵学敏。主演：陈燕红、蒋晓敏（饰孟丽君），张永达（饰兰芝），金志娟、张燕君（饰苏映雪），章建群（饰梁丞相），杨永发、焦建平（饰皇甫少华），方森能、欧凯华（饰皇甫敬），张海滨（饰孟士元），王发英、徐惠芬、韩洁（饰皇甫长华），孟群亚、王伟国（饰元成宗），陆爱武、徐舟群（饰国太），焦建平、杨永法（饰权昌），王艳梅（饰红英）。

（3）浙江黄岩越剧团演出。[26]执行导演：张志远。指挥：金兰生、沈小毛。主胡：张觉平。舞台美术：赵燕侠。灯光：汪贤贵。导具：陈苗根。主演：刘燕村、蔡爱玲（饰孟丽君），陈玉萍（饰兰芝），马培娟、陈玉萍（饰苏映雪），吕玉芳（饰梁丞相），蒋普来、马培娟（饰皇甫少华），俞正南（饰皇甫敬），王剑峰、林伯群（饰孟士元），徐建中、周永志（饰孟家琳），蔡爱玲、马志超（饰皇甫长华），高友娟、徐建中（饰元成宗），周永志（饰权昌），徐云莲、吕小琴（饰太后），马志超（饰红英）。

凡九场，场次为："第一场 书房""第二场 议计""第三场 见图""第四场 邀游""第五场 上林苑""第六场 天香馆""第七场 查验""第八场 访郦""第九场 金殿"。

据1979年6月普陀越剧团演出该剧的戏单，该剧的剧情为：通过射袍联姻的方式，孟丽君与皇甫少华定亲。因奸臣的陷害，孟丽君改名换姓，乔装潜逃。改装后的孟丽君被梁丞相收留，且成为梁丞相的东床快婿，新娘（梁丞相的义女）是孟丽君的义妹苏映雪。正因有了苏映雪的掩护，孟丽君的乔装身份才没有败露。孟丽君参加科考，高中状元，后又因功拜相。在孟丽君的提拔下（孟丽君与皇甫少华之间因而产生了师生关系），皇甫少华也时来运转，被封为忠孝王。皇甫少华猜疑郦恩师就是自己的未婚妻孟丽君，但不敢贸然相认。元成宗在确认郦丞相是孟丽君假扮后，完全不顾君夺臣妻的恶名，无视孟丽君与皇甫少华的"射袍姻缘"，千方百计逼迫孟丽君为妃。最终孟丽君在皇太后的帮助下，摆脱元成宗的蓄意纠缠，与皇甫少华喜结连理。

77 越剧《孟丽君》（吴兆芬编剧）

该剧由吴兆芬根据丁西林的话剧《孟丽君》改编而成，1980年3月由上海越剧院二团首演，是越剧史上久演不衰的剧目。堪称经典的演出版本至少有十多种：

（1）1982年王文娟主演的电视戏曲片

1982年，上海电视台将上海越剧院二团排演的《孟丽君》摄制成电视戏曲片播映，同年获全国第一届电视戏曲片评比一等奖。导演：吴伯英。编曲：金良、李子川。布景设计：杨楚之、王强华。服装设计：张娟娟。造型设计：孙志贤。灯光设计：明道宣。技导：夏阳、刘永珍。合唱：张丽琳、徐涵英、谢秀娟、李璐、林菊娥、陆梅英。

主演：王文娟（饰孟丽君）、丁赛君（饰皇甫少华）、金美芳（饰皇帝）、孟莉英（饰荣兰）、唐月英（饰刘皇后）、周宝奎（饰皇太后）、钱妙花（饰魏太师）、徐慧琴（饰刘国丈）、竺菊香（饰梁尚书）、吕云甫（饰皇甫之母）、徐天红（饰孟士元）、顾妙珍（饰权昌）、许菊云（饰皇甫敬）、周素英（饰荣升）。

时长约为190多分钟。主要采用外景拍摄，用电视的手法拓宽了越剧舞台艺术的表现空间。其剧情比其他版本的剧情稍稍丰富一些。

（2）张月芳舞台版

上海越剧院二团演出。导演：吴伯英。编曲：金良、李子川。布景设计：杨楚之、王强华。服装设计：张娟娟。化妆造型：孙志贤。灯光设计：明道宣。技导：夏阳、刘永珍。合唱：张丽琳、李璐、陆梅瑛、谢秀娟、林菊娥、王群。舞台监督：张涛。剧务：顾冰华。

主演：张月芳（饰孟丽君），曹银娣（饰皇甫少华），顾冰华（饰荣兰），周素英（饰荣升），郑忠梅（饰魏瑾），许菊云（饰皇甫敬），吴天芳（饰刘捷），郑采君（饰梁尚书），顾妙珍、宣凤娟（饰权昌），金美芳（饰皇帝），陆枫、沈韵秋（饰尹良贞），王金萍（饰孟士元），顾小英（饰皇后），沈韵秋、陆枫（饰皇太后）。

（3）单仰萍舞台版

上海越剧院红楼剧团演出。上海声像出版社出版发行（ISRC CN-E04-02-0001-0/V.J8，"九五"国家重点音像出版规划项目）。艺术指导：徐玉兰、王文娟。导演：吴伯英。作曲：金良、李子川。

配器：金良。布景设计：杨楚之、李宝坤。灯光设计：朱柳庄。服装设计：张娟娟。技导：刘永珍。鼓板：詹敏。主胡：徐延安。舞台监督：秦光耀。领唱：黄慧。出品人：翁铭泽。监制：陈炎。

主演：单仰萍（饰孟丽君）、章瑞虹（饰皇甫少华）、郑国凤（饰皇帝）、左玲（饰荣兰）、金红（饰刘国丈）、陈琼琼（饰权昌）、章海灵（饰魏太师）、刘军（饰皇甫敬）、杨才英（饰梁尚书）、葛佩玉（饰尹良贞）、黄慧（饰孟士元）、董美华（饰皇后）、郁利群（饰皇太后）。

时长将近145分钟。场次为："序幕""第一场（三年之后，金殿上）""第二场（三个月之后）""第三场（数日后，皇宫内院）""第四场（丞相府内室）""第五场（翌日清晨）""第六场（翌日晨，金銮殿上）"。

（4）单仰萍舞台版（2005年香港演出版）

上海越剧院演出。2005年4月1日上海市文化艺术档案馆录制。中国文联音像出版社出版，扬子江音像有限公司总经销（ISRC CN-A49-05-0138-00/V.J8）。艺术指导：徐玉兰、王文娟。导演：吴伯英。作曲：金良、李子川。配器：金良。布景设计：杨楚之、李宝坤。灯光设计：朱柳庄。服装设计：张娟娟。技导：刘永珍。导播：俞瑾云。摄像：翁宇明、陆俊鹏、周志丹。

主演：单仰萍（饰孟丽君）、章瑞虹（饰皇甫少华）、郑国凤（饰皇帝）、王婕（饰荣兰）、金红（饰刘国丈）、陈琼琼（饰权昌）、章海灵（饰魏太师）、丁笑娃（饰皇甫敬）、王柔桑（饰梁尚书）、葛佩玉（饰尹良贞）、黄慧（饰孟士元）、董美华（饰皇后）、郁利群（饰皇太后）。领唱：黄慧、钱丽亚。

时长将近150分钟。饰演孟丽君的单仰萍是上海越剧院著名花旦、国家一级演员、中国戏剧梅花奖得主、目前名气最大的王（文娟）派传人。饰演皇甫少华的章瑞虹是国家一级演员、中国戏剧梅花奖得主、著名范（瑞娟）派小生。饰演皇上的郑国凤是著名徐（玉兰）派小生。

（5）王志萍舞台版

上海越剧院演出。杭州华彩音像发行有限公司发行。艺术总监：徐玉兰、王文娟。导演：吴伯英。作曲、配器：金良。布景设计：杨楚之。服装设计：张娟娟。

主演：王志萍（饰孟丽君）、章瑞虹（饰皇甫少华）、郑国凤（饰皇帝）、金红（饰刘国丈）、章海灵（饰魏太师）、王柔桑（饰梁尚书）、郁利群（饰太后）。

时长为140余分钟。凡八场，场次为："第一场 蒙冤出走""第二场 金殿赐婚""第三场 探病问病""第四场 献画起祸""第五场 游上林""第六场 天香馆""第七场 后宫陈情""第八场 御前会审"。

（6）三萍汇演版

上海越剧院红楼剧团于上海天蟾逸夫舞台演出。艺术指导：徐玉兰、王文娟。导演：吴伯英。作曲：金良、李子川。配器：金良。技导：刘永珍。布景设计：杨楚之、李宝坤。灯光设计：朱柳庄。服装设计：张娟娟。舞台监督：李亚忠。鼓板：詹敏。主胡：徐延安。领唱：钱丽亚。

主演：陈萍、王志萍、单仰萍（饰孟丽君），章瑞虹（饰皇甫少华），丁小蛙、郑国凤（饰皇帝），王婕（饰荣兰），金红（饰刘国丈），陈琼琼（饰权昌），蔡燕（饰魏太师），张青青（饰皇甫敬），吴佳妮（饰梁尚书），葛佩玉（饰尹良贞），黄慧（饰孟士元），董美华（饰皇后），郁利群（饰皇太后）。

时长将近150分钟。剧中演员陈萍、王志萍、单仰萍、章瑞虹、郑国凤都是国家一级演员，堪称一个强强联合的演出版本。场次为："序幕""第一场（三年之后，金殿上）""第二场（三个月以后）""第三场（数日后，皇宫内院）""第四场（丞相府内室）""第五场（翌日清晨，皇太后的内宫偏殿）""第六场（翌日晨，金銮殿上）"。

（7）吴素英舞台版

绍兴小百花越剧团演出。编曲：金良、李子川。执导：陈伟龙。制片人：章启存。电视导演：简柳祥。摄像：小薛、徐斌、吴瑞晓。

主演：吴素英（饰孟丽君）、张琳（饰皇甫少华）、于伟萍（饰皇帝）、胡国美（饰魏瑾）、楼慧琴（饰孟士元）、王铧丽（饰皇太后）、何梦莱（饰皇甫敬）、潘琴（饰刘捷）、陈文婷（饰荣兰）、余兴（饰梁鉴）、何琴（饰尹良贞）、娄周英（饰权昌）。

时长约为150分钟。场次为："序幕""第一场 班师重逢""第二场 装病探亲""第三场 献图起祸""第四场 御苑脱险""第五场 后宫陈情""第六场 金殿会审""第七场"。

（8）陈萍舞台版

宁波鄞州越剧团演出。导演：陈冠厚。艺术指导：王文娟。音乐整理：杨振宇。舞美设计：盛元龙。灯光设计：叶琰舜。服装：王晓刚。司鼓：范建芳。主胡：杨振宇。琵琶：杨飞飞。

主演：陈萍（饰孟丽君）、任志莲（饰皇甫少华）、陆玉珍（饰皇帝）、顾建红（饰孟士元）、郑燕（饰荣兰）、李素能（饰尹良贞）。

凡六场。时长将近160分钟。

（9）谢进联舞台版

宁波小百花越剧团演出。司鼓：张方振、水文洪。主胡：胡杰儿、钱东敏。主演：谢进联（饰孟丽君）、杨巍文（饰皇甫少华）、张小君（饰皇帝）、杨慧月（饰孟士元）、刘晓敏（饰荣兰）、丁铭焱（饰皇太后）、张娜雯（饰刘捷）、陈怡（饰梁鉴）、厉丹红（饰皇甫敬）、唐丽君（饰皇后）、吴梅（饰尹良贞）、张园萍（饰权昌）。

时长约为145分钟。

（10）钱爱玉舞台版

绍兴地区越剧团演出。艺术指导：王文娟。导演：相樟宝。音乐整理：叶茂富。舞台监督：谢顺泉。主演：钱爱玉（饰孟丽君），王水珍（饰皇甫少华），俞韶英（饰荣兰），陈亚珍（饰荣升），金行德、张越忠（饰魏瑾），舒国刚（饰皇甫敬），袁洪波（饰刘捷），竺华福（饰梁尚书），吴林珍（饰权昌），何苗琴（饰皇帝），钱黎明（饰尹良贞），王春菲（饰孟士元），范秀芬（饰皇后），朱凤桂（饰皇太后）。

（11）裴爱花、丁汉君舞台版

天津市越剧团演出。导演：毛铮。编曲：金良、李子川。舞美设计：张子和。灯光设计：张子仁。舞台监督：刘其深。剧务：王秀兰、刘其深。主演：裴爱花、丁汉君（饰孟丽君），筱少卿、冯丽影（饰皇甫少华），方爱珍、彭荔荔、陈茶花（饰荣兰），张幼娟（饰荣发），张士月（饰皇甫敬），邢湘麟、张桂香（饰魏瑾），筱瑞娟（饰刘捷），周素豹（饰梁鉴），纪秀兰、韩锦男（饰皇帝），赵宝茹（饰权昌），王素娟、庄彩霞（饰尹良贞），高志萍（饰孟士元），章丽娟、韩依萍、刘秦珠（饰皇后），章飞飞、筱艳芳（饰太后）。

包括如下场次："序幕（旷野大道）""第一场（金殿，三年后）""第二场（丞相府，前场三月后）""第三场（金殿，数日之后）""第四场（上林苑至天香馆，当日午后至晚上）""第五场（皇太后的内宫偏殿，第二天上午）""第六场（金銮殿，第二天早晨）""尾声（后宫偏殿）"。

（12）陈晓红舞台版

杭州越剧院演出。主演：陈晓红（饰孟丽君）、陈雪萍（饰皇帝）、陈昕琪（饰皇甫少华）。饰演孟丽君的陈晓红是国家一级演员、中国戏剧梅花奖得主。

上文介绍了吴兆芬改编的越剧《孟丽君》的十二个演出版本。此外，尚有何炯华（饰孟丽君）、张珺（饰孟丽君）等演出版本。

吴兆芬改编的《孟丽君》的剧本，被收入上海文艺出版社1993

年出版的《毋忘曲》的第 1 — 59 页。吴兆芬改编的越剧《孟丽君》，流传颇广，影响较大。该剧的内容主要包括"蒙冤出走""班师重逢""装病探病""献图起祸""御苑脱险""后宫陈情""金殿会审""华丽团圆"等情节，着重演述皇甫少华元帅于班师回朝之后与未婚妻孟丽君相认的曲折过程，而将孟丽君拜相之前的事情简略带过，且删除了陈端生原著中的苏映雪、刘奎璧、卫勇娥、熊浩等人物，增强了皇帝、刘国丈、皇后娘娘等人物形象的喜剧色彩。剧情如下：

　　云南总督孟士元南疆御敌，兵败被擒。因权奸构陷，孟家遭受劫难。危急时刻，皇甫少华飞奔至孟府报信，孟丽君与丫环荣兰连夜乔装出走。孟丽君于出逃前将自画像赠与未婚夫皇甫少华。孟丽君于潜逃后化名郦君玉，参加科考，高中状元，后被封为丞相。三年后，皇甫少华南疆御寇（郦丞相保荐少华挂帅出征），得胜回朝。金殿上，皇帝封皇甫少华为忠孝王，且欲将刘国丈之小女（有的演出版本作梁大人之女梁如玉）赐婚于他，但少华发誓非孟丽君不娶。皇帝采纳郦丞相的建议，做出了限期百日等待孟丽君投案自首的决定。

　　百日期限将满，痴情性急的忠孝王皇甫少华整日对着丽君的自画像自言自语，而由丽君的自画像，少华猜疑恩师郦丞相应该就是自己日思夜想的未婚妻孟丽君，遂托病延请郦丞相过府诊治，以情试探，但孟丽君拒绝相认。

　　百日期满，梁大人与刘国丈纷纷催促皇上将刘国丈之小女（有的演出版本作梁大人之女）赐婚皇甫少华。少华一时情急，献图（丽君的自画像）陈情，致使皇帝也察觉到郦丞相原来是位才貌双全的绝色佳人的真相，顿生君夺臣妻的私心。在郦丞相的巧妙安排下，荣兰冒称孟丽君投案自首，欲以假乱真，拖延期限。皇甫少华坚持认为冒名女子荣兰是假孟丽君，拒不相认。此时孟士元回朝见驾。迫于形势，孟士元不敢与孟丽君相认，只能假装糊涂。（有些演出版本，如2005年单仰萍在香港演出的《孟丽君》，先演荣兰冒称，再演少华献图。）

皇帝以商议朝政为由，邀请郦丞相同游上林苑，借景挑逗她，聪明机智的郦丞相（孟丽君）则不卑不亢，巧妙应对。皇帝又欲留郦丞相在天香馆同榻论政，幸亏娘娘驾到和荣发（荣兰）来报"相府失火"（实为孟丽君事先安排的脱身之计），郦丞相得以顺利返回相府。郦丞相托词送寿礼（一幅亲手描绘的观音画像），提前进宫面见太后，呈上奏章诉明改装情由。深明大义的皇太后和深谋远虑的魏太师，在权衡利弊之后，以皇室江山为重，做出了明智的决定——御前会审。金殿上，郦丞相（孟丽君）女装见驾，刘国丈（御前会审时，连花木兰是何许人都一无所知的刘国丈，确实让该戏增添了不少笑点）和魏太师共同审案，两人一谐一庄，各执己见，而皇帝为着私心要将孟丽君贬为宫女。太后劝诫皇帝以江山为重，且认孟丽君为义女。最后皇帝遵从太后的懿旨，赐孟丽君与皇甫少华金殿成婚。各演出版本的剧情大致相同，但略有小异。

另外，该剧常演的折子戏有《孟丽君·天香馆》[27]《孟丽君·游上林》[28]《孟丽君·私访》[29]等。

78 越剧《孟丽君》

天津市越剧团演出。主演：裘爱花（饰孟丽君）、筱少卿（饰皇甫少华）、陈佩君（饰元成帝）、筱艳芳（饰苏映雪）、邢湘麟（饰皇甫敬）、章丽娟（饰皇甫长华）、王水娟（饰孟士元）、朱丽华（饰孟加林）、商彩芬（饰孟韩氏）、章飞飞（饰太后）、蒋敏（饰熊友岳）、俞巧云（饰梁鉴）、许小平（饰权昌）、周素豹（饰黑师南）、丁汉君（饰郁美儿）、王素娟（饰容兰）、章华华（饰陈则明）。

凡十场，场次为："第一场 喜报""第二场 金殿""第三场 看图""第四场 探病""第五场 奏帝""第六场 上林苑""第七场 万寿宫""第八场 夫妻相认""第九场 金殿保本""第十场 法场"。

剧情与天津市越剧团演出、吴兆芬改编、毛铮导演的《孟丽君》相异。该剧大概是根据陈端生的弹词《再生缘》或小说《龙凤再生缘》改编的，主要剧情为：

元成帝年间，大臣孟士元之女孟丽君与元帅皇甫敬之子皇甫少华通过射袍联姻的方式订下婚约。国丈刘捷因子刘奎壁向孟府求婚失败而蓄意陷害皇甫敬，诬奏皇甫敬出征降敌。圣上不辨是非，下旨抄斩皇甫满门，皇甫少华只身潜逃。皇帝将孟丽君赐配刘奎壁，孟丽君为拒婚而乔装出逃。苏映雪冒充孟丽君嫁入刘府。花烛之夜，苏映雪刺伤刘奎壁后投水自尽，幸而被梁丞相搭救，且被梁丞相认为义女。

孟丽君更名郦明堂，考中状元，又治愈太后之病，屡次升官。梁丞相将义女苏映雪嫁与郦明堂，成就一对假凤虚凰。郦明堂保荐皇甫少华出征拒敌。少华旗开得胜，班师回朝。刘捷因阴谋败露而获罪，皇甫父子封官晋爵。因惧怕乔装欺君之罪，郦明堂不敢贸然与未婚夫皇甫少华相认。少华从孟士元口中得知未婚妻孟丽君未死，在见到丽君的自画像后，疑心郦明堂就是改扮男装的孟丽君，欲逼其认亲，但郦明堂唯恐获罪而拒不相认。

皇帝也察觉到了郦明堂的女性身份，于退朝后邀郦明堂同游上林苑，郦明堂凭借机智和胆识巧妙逃脱了皇帝摆下的风流阵。郦明堂在回家后和苏映雪商量，因事已败露，别无良策，只能先与皇甫少华认作夫妻再奏明圣上。皇帝因私心未遂而勃然大怒，下旨将孟丽君斩首。关键时刻太后赶至法场，赦免孟丽君。少华与丽君终成眷属。

79 越南改良戏《孟丽君脱靴》

丁西林在话剧《孟丽君·前言》中特别提到，1959年他在访问越南时看到过越南改良戏《孟丽君脱靴》，剧本和演出给了他很大的启发。

80 粤剧《华丽缘》

被誉为"粤剧万能泰斗""南国伶王"的粤剧著名小生薛觉先（1904—1956）和妻子唐雪卿（1908?—1955），曾经演出过粤剧《华丽缘》。著名粤剧艺术大师白驹荣（1892—1974）和千里驹亦演出过粤剧《华丽缘》。

此外，尚有梁汉威、陈慧思的《华丽缘》唱段（时长将近24分钟）流传于世，但不知其与薛觉先、唐雪卿等演出的《华丽缘》是否属于同一剧目？

81 粤剧《多情孟丽君》

广州粤剧二团演出。编剧：秦中英。舞台导演：吴宝志。主演：钟康祺（饰皇帝）、梁淑卿（饰孟丽君）、韦超明（饰孟仕元）、梁玉城（饰刘捷）、麦穗秀（饰刘燕珠）、陆建强（饰刘奎壁）、林家宝（饰皇甫少华）、吕秀华（饰皇甫长华）、罗响凡（饰皇甫敬）、冯丽郎（饰孟福）、陈效先（饰太后）、许秉俭（饰家院）、杨青（饰老太监）。

时长约为130余分钟。场次为："第一场 情天风暴""第二场 禁苑云涛""第三场 病榻啼鹃""第四场 银钩计险""第五场 金殿真情"。剧情如下：

孟丽君与皇甫少华诗文酬唱三年，虽两情相悦，却素未谋面。国舅刘奎壁恃君恩宠，请旨强娶孟丽君。孟仕元无计可施，只得令孟丽君诈死避祸。皇甫少华来到孟府，闻知孟丽君的死讯，悲痛欲绝。孟丽君化名郦明堂，男装及第，受到皇帝的恩宠，升任丞相。皇帝怀疑郦明堂是女儿身，邀她同游御苑，百般挑逗于她，还欲灌醉她，幸亏太后、娘娘和贵妃驾到，替孟丽君解了围。少华缠绵病榻，皇甫府延请郦丞相前来诊治。孟丽君为少华的一片痴情所感动，欲待吐露真情相认，却被皇甫敬撞破。太后赐酒郦丞相，欲认郦丞相为干儿。皇上、娘娘、贵妃各怀心事，共同将郦丞相灌醉。皇上命太监盗出郦丞相的绣鞋。当得知郦丞相果是女儿身后，皇上逼迫太监隐瞒真相，又强迫孟丽君顺从旨意。孟丽君女装上朝请罪，朝堂上皇甫少华、刘奎壁与皇帝同争丽君，互不相让。孟丽君情系少华，皇上龙颜大怒。最终因太后做主，少华与丽君有情人终成眷属。

82　粤剧《风流天子》

广东音像出版社制作。主演：罗家宝（饰成宗皇）、罗艳卿（饰孟丽君）、龙贯天（饰皇甫少华）、任冰儿（饰皇甫长华）、尤声普（饰苏母）。

凡七幕，时长约为160分钟。故事始于丞相郦明堂（孟丽君）在孟府医病认母。在丽君与母亲暗认之后，丽君之兄将这一消息透露给忠孝王皇甫少华。朝中大臣为郦丞相是否女儿身一事争吵不休而闹上金殿。皇上想浑水摸鱼，便故意说忠孝王等大臣认为郦丞相是女子系捕风捉影。皇甫长华恳求皇上查明真相，皇上因而宣召郦丞相上殿对质。面对皇甫父子和孟氏父子的围攻，郦丞相处变不惊，拒不承认自己的真实身份。在皇甫长华的请求下，皇上宣召苏母和韩氏上殿对质，郦丞相竟将她们数落一番，并表示要辞官归田。皇上下旨寻找孟丽君，此时一假丽君上殿，皇上逼迫忠孝王迎娶假丽君。皇上邀郦丞相同游上林苑，借花、柳等景致百般挑逗于她，郦丞相巧妙应对。皇上又邀郦丞相到天香馆同饮，逼其同榻而眠，幸好皇后及时赶到，为郦丞相解了围。依苏母之计，皇甫少华装病，少华之父延请郦明堂到府诊治。少华对郦丞相诉尽相思之苦，郦丞相为少华的痴情所感动，更有苏母出来倾诉衷肠，但迫于颠倒阴阳的状况，孟丽君在犹豫一番之后终不敢相认。郦丞相奉太后的懿旨入宫画观音像，画毕被赐酒灌醉和脱靴验身。孟丽君的宫鞋被皇帝截取。金殿上，郦明堂女装上本陈情，皇上下旨将她斩首。太后赦免孟丽君之罪并将她螟蛉为女。

另有粤剧折子戏《真假孟丽君》流传。粤剧折子戏《真假孟丽君》的时长约为50余分钟，主要情节与《风流天子》第一、二幕的故事相近似，即丞相郦明堂（孟丽君）与父母暗认，孟丽君的哥哥将这一消息透露给皇甫少华。朝中大臣为郦丞相是否女儿身一事争辩不休，因此闹上金殿。为辨别真假，皇上传召郦丞相与丽君之母韩氏上殿。最后，皇上以移花接木之计，将一假冒丽君强行塞给皇甫少华，自己却欲等待时机立孟丽君为妃。

83 粤剧《孟丽君》

韶关市粤剧团演出。导演：韶关市粤剧团导演小组。舞美设计：黄韶榕。灯光设计：雷灿坤。音乐设计：李东、李照、吴满根。击乐设计：何志伟。主演：张少斌（饰皇甫敬）、谢克林（饰皇甫少华）、梁绮专（饰孟丽君）、易伟昌（饰孟仕元）、蒙树荣（饰孟嘉令）、廖雪颜（饰夫人）、侯秀芳（饰乳娘）、张婉文（饰苏映雪）、冼庆祥（饰梁鉴）、蒙卓凡（饰成帝）、李伟生（饰刘捷）、白金成（饰权昌）、李广海（饰中军）、梁丽珠（饰荣兰）、莫春媚（饰甲梅香）、许艳红（饰乙梅香）。

凡七场。剧情为：元朝时期，云南昆明地方官孟仕元有女丽君，才貌双绝，正值芳龄，皇甫敬、刘捷同时挽媒为儿说亲。孟仕元难以抉择，遂定下射柳夺袍之计。皇甫少华武艺超群，射柳夺得红袍，因而与孟丽君订婚。刘奎璧落选，怀恨在心。适逢海寇侵犯登州，成帝下旨命皇甫敬带兵出征。皇甫敬不幸中计，被困孤岛，刘捷诬奏皇甫敬降敌误国。成帝龙颜大怒，下旨抄斩皇甫全家。皇甫少华在闻讯后改名出逃。刘捷又奏请成帝下旨将孟丽君改配刘奎璧。孟丽君痛不欲生，于出嫁前改装出走。孟丽君的乳娘之女苏映雪冒名代嫁，洞房之夜，苏映雪行刺刘奎璧未遂，投水自尽，被宰相梁鉴所救且螟蛉为女。孟丽君在出走后化名郦君玉，科场夺魁，被梁鉴招赘为东床，与苏映雪成为挂名夫妻。孟丽君因治愈太后之病而升任兵部尚书。为平定动乱，孟丽君奏请朝廷开武考，选拔将才。皇甫少华化名王华应考，得中武状元，加封元帅，带兵平定海寇，救父回朝，并掌握了刘捷通敌的证据。成帝封孟丽君为相，封皇甫敬为武宪王，封少华为忠孝王，并将刘捷一家打入天牢。后成帝疑心孟丽君是女子，邀其同游上林苑，用言语挑逗她，孟丽君不为所动。皇帝仍不死心，微服夜访相府，欲逼丽君为妃，但遭到丽君的拒绝。三日后，孟丽君女装上殿，皇帝勃然大怒，欲斩丽君。因众位大臣极力劝谏，成帝只得允许孟丽君与皇甫少华成婚。

有韶关市粤剧团演出该剧的戏单流传于世。

84 粤剧《孟丽君》

广东粤剧院三团演出。改编者（执笔）：秦中英、唐峰。导演：黎国荣（执行）、陈小莎、罗伟俭。舞美设计：何启翔。音乐设计：万霭端、蒋华桑。击乐设计：黄兆继。灯光设计：张雪光。舞台监督：冯桂梅。主演：林锦屏（饰孟丽君）、陈晓明（饰皇甫少华）、刘锦荣（饰成帝）、梁健冬（饰皇甫敬）、林炳泉（饰孟仕元）、罗伟俭（饰孟嘉龄）、潘桂琳（饰韩氏）、冯锦娟（饰苏映雪）、何永林（饰梁鉴）、陈小莎（饰荣兰）、宋新年（饰皇后）、何锦添（饰刘捷）、罗路佳（饰刘奎壁）、吕洪广（饰权昌）。

凡六场，场次为："第一场　迫婚潜逃""第二场　封相对质""第三场　延师诊脉""第四场　题诗留宿""第五场　弓鞋惊变""第六场　轻生重爱"。

据广东粤剧院三团演出该剧的戏单，该剧的剧情为：兵部尚书孟仕元之女孟丽君，与老元戎皇甫敬之子皇甫少华通过射柳夺袍的方式订婚。国丈刘捷之子刘奎壁因在射柳夺袍的比试中败北而心生怨恨。恰逢奉旨远征的皇甫敬被困敌阵，刘捷便趁机诬陷他投降番邦。皇上下旨抄斩皇甫满门，皇甫少华化名潜逃。皇上将孟丽君赐配刘奎壁。出嫁前夕，孟丽君在乳母之女苏映雪的帮助下，易钗而弁，逃往京师。孟丽君更名郦明堂，乔装赴考，得中状元，在朝中为官。朝廷选将平番，孟丽君保举改名王华的皇甫少华带兵征战。
少华旗开得胜，平定外患，救出皇甫敬，奏凯还京。皇甫父子的沉
冤得以昭雪。国丈刘捷父子因罪行败露而被打入天牢。皇甫少华猜
疑郦明堂就是孟丽君，但孟丽君认为复妆时机未到，不肯相认。皇
甫少华染病，精通医理的孟丽君亲自为他诊治。成帝也察觉到郦丞
相就是孟丽君的真相，意欲横刀夺爱，借故邀孟丽君同游上林苑，
以言语挑逗她，孟丽君则不卑不亢，巧妙应对。成帝仍未死心，趁
孟丽君在天香馆之时，命太监权昌盗取其弓鞋。孟丽君情知中计，
在回到相府后先与苏映雪商议对策，然后连夜修书，将实情告诉众
位大臣。次日，孟丽君上殿陈情，在群臣的极力保奏下，成帝只得
摒弃私心，成全孟丽君与皇甫少华的"射柳姻缘"。

85 粤剧《孟丽君》

　　香港天马菁莪粤剧团为纪念剧团成立十五周年于2015年3月28
日和29日演出的剧目之一。编剧：文华。主演：苏子铃（饰孟丽
君）、文轩（饰皇甫少华）、文华（饰成宗皇帝）、凤翛何（饰刘皇
后）、颜翠兰（饰太后）、梁炜康（饰左贤王）、梅晓峰（饰孟士元）、
蔡美娟（饰皇甫敬）、李伟图（饰皇甫夫人）、司徒凯谊（饰小兰）。

　　据陈晓婷《当朝一丞相　原是女红妆——天马十五周年汇演〈孟
丽君〉》介绍，文华新编的粤剧《孟丽君》，重新编排剧情和设计人
物性格，添入原创角色左贤王，又保留了"丹青诉情""同游上林"
等观众耳熟能详的场次，为观众带来惊喜。该剧的剧情为：元帅孟
士元之女孟丽君与禁军统领皇甫少华两情相悦，订有婚约，但孟
家被奸相梁国师陷害，险遭满门诛绝。孟丽君得少华仗义相救，
但双方失去联系。三年后皇甫少华征战，旗开得胜，奏凯还朝。
皇甫少华惊觉当朝丞相郦君玉竟是孟丽君，原来孟丽君为雪父冤而
女扮男装考取状元，目前正在朝中为官，深受成宗皇帝的器重。少
华苦苦追问，孟丽君方与之相认，但两人都未有良策为丽君报家仇

和洗脱改装欺君之罪。皇帝得知郦君玉的女子身份，逼她为妃。最后在左贤王与太后的帮助下，孟丽君与皇甫少华喜结连理，皇帝做了主婚人。[30]

　　主要场次有："救美逃亡""金殿平冤""丹青诉情""同游上林""除奸团圆"等。

二、电影改编本

01 无声电影《再生缘》

　　复旦影片公司1927年拍摄[31]。据陈端生的《再生缘》改编。

　　《红楼梦再生缘合刊》所载《〈再生缘〉说明》用62个七字句归纳了该影片的剧情，现移录如下：

征土番英雄立功	皇甫敬威镇云省	苏大娘哺乳守节
孟士元定期比箭	刘奎璧贪色误事	苏映雪怜才相思
奎璧使计害忠良	燕玉定婚放夫婿	后花园少华逃身
小春亭进喜放火	皇甫敬忿心拷仆	江进喜诡词覆主
汉元帅过海鏖兵	番军师隐身擒将	彭巡抚冒奏陷忠
尹御史通信保嗣	全忠义主仆逃生	尽节孝母女候死
韦勇达拜认母子	熊友鹤寻访回师	成宗帝曲意赐婚
祁丞相孽缘谋合	孟小姐画图慰亲	刘国舅备聘逞势
贞洁女男妆逃难	义烈妇代夫报仇	苏映雪行刺投水
刘奎璧夺妻中伤	孟尚书怒索人命	景夫人喜认义女
孟小姐换姓改名	康若山移花接木	风流女暗慕才郎
慷慨父厚待义子	为救夫明堂进策	贪美妻奎璧行军
刘奎璧中计被擒	韦勇达迫写供状	梁相取士得佳婿
饮合卺映雪叙旧	黄鹤楼师徒分手	吹台山母子相会
熊友鹤京城投军	王少甫教场比武	贤淑女取夫高中
武状元挂帅征番	保奏招安吹台山	降诏勇达为前部

　　王元帅跨海出征　　熊先锋祭剑立勋　　破邪术大将施威
　　逃海外番帅大败　　番军师被擒归降　　皇甫敬脱难会子
　　元太子续娶正宫　　郦兵部擢升右相　　江进喜存心保主
　　刘燕玉集款进京　　观画图乃知代嫁　　认笔迹方知假妆
　　庆祝会英雄奏凯　　大团圆朝野欢欣

　　主演：陆剑芬（饰孟丽君）、陈镜缘（饰孟嘉龄）、范雪朋（饰刘燕玉）、黄月如（饰苏映雪）、丁锡庆（饰皇甫少华）、文逸民（饰熊浩）、袁益君（饰韩氏）、苏鹤乔（饰刘奎璧）、成云文（饰卫勇娥）、易荫基（饰刘捷）、周空空（饰顾宏业）、卓瑞棠（饰秦承恩）、卢冰怜（饰德姐）、赛半仙（饰梁鉴）、翁侠仙（饰苏大娘）、懊侬（饰尹氏）、魏荣波（饰皇甫长华）、殷帅竹（饰皇甫敬）、李守珍（饰顾氏）、顾桂珍（饰江三嫂）、张素卿（饰荣兰）、康培森（饰卫焕）、阮圣铎（饰成忠）、蓝惜绿（饰康若山）、徐棍鹏（饰江进喜）、陈超（饰邬必凯）、彭可泉（饰单洪）、金静芳（饰方氏）、蔡泽民（饰孟士元）、程思青（饰曹信）、蔡培文（饰吴祥）、黄瑞麟（饰吴道庵）、黄永礼（饰士元家人）、苏醒民（饰山头虎）。

　　该影片具有两大特征：一是无声电影，二是时装化（以时装表演《再生缘》中的故事）。杜志军在《早期〈红楼梦〉电影研究的津梁——〈红楼梦特刊〉的发现及其意义》中说："小说家范烟桥在谈及以时装代替弹词中的'旧时装束'时指出，全依旧时装束，经济上耗费必大，但若因此而参以'现代模样'，则是'不今不古，非驴非马'，唯一的救济方法是'纯以现时装束'，因为，'盖电影之艺术在切合人生，与戏剧不同之点即在此。不能从古，惟有从今耳'（《弹词何以适用于电影》）。谢鄂常与范烟桥的观点很接近，他以为'与其做他不伦不类和非驴非马的古装戏，还不如借古的事实来做自然的时装戏来得匀贴多了'（《古装片中之应注意者》）。……

但读过《红楼梦》《再生缘》原著，再来看《红楼梦特刊》中的《红楼梦》《再生缘》剧照，总难免有些异样的感觉。尤其是封底的《再生缘》剧照，若掩去'再生缘'的题名，说是北伐军在冲锋陷阵亦无不可。"[32]

1927年7月，复旦影片公司编辑与发行的《红楼梦再生缘合刊》（《复旦特刊》第1期）登载该电影的剧照16幅（凡8页，每页2幅剧照）。该刊封底的图片亦为该影片的剧照。

02 粤语电影《孟丽君》

中南光荣影片公司摄制，香港诚信贸易行出品，大同贸易公司发行。1938年9月22日上映。黑白片。导演、编剧：洪仲豪。监制：黄花节。主演：苏州丽（饰孟丽君）、新马师曾（饰皇帝）、梁若呆（饰苏映雪的父亲）、梁淑卿（饰苏映雪）、朱普泉（饰太监）、花影容。惜目前未见该电影的视频流传。

03 国语电影《孟丽君》

或名《华丽缘》。国华影业公司发行，明星影片公司摄制。时长约为120分钟。1940年上映。黑白片。导演：张石川。编剧：程小青。监制：柳中亮。主演：周璇（饰孟丽君）、舒适（饰皇甫少华）、徐风（饰元成宗）、袁绍梅、周起、蒙纳、龚稼农、尤光照、徐天任。

据朱天纬、周伟、李宁国编《周璇的歌》中关于影片《孟丽君》的介绍，该电影的故事情节较忠实于陈端生的《再生缘》，结局则是典型的"华丽缘"模式：皇帝知道孟丽君的女性身份后，动了私心，但落花有意，流水无情。皇帝因私心未遂，故下旨将孟丽君斩首。皇甫少华向太后求情。太后赦免了孟丽君之罪，促成了孟丽君与皇甫少华的姻缘。惜目前未见该电影的视频流传。

04 粤语电影《孟丽君》

香港金城影片公司出品和发行。1949年7月10日上映。黑白片。

导演：陈皮。监制：王鹏翼。主演：薛觉先（饰天子）、周坤玲（饰孟丽君）、梁素琴。惜目前未见该电影的视频流传。

05 粤剧电影《多情孟丽君》

香港多宝映片公司出品，大利影业公司发行，四达影业公司摄制。1951年12月5日上映。黑白片。监制：许立斋。导演：陈皮、珠玑。编剧：周郎。主演：任剑辉（饰孟丽君）、白雪仙（饰苏映雪）、石燕子（饰成宗）、黄超武（饰皇甫少华）、林妹妹（饰太后）、陈露华（饰皇甫长华）、李雁（饰苗瑞英）、林家仪（饰丫环）。惜目前未见该电影的视频流传。

06 厦语电影《孟丽君》

香港必达影业公司出品，国际公司发行。1955年上映。黑白片。导演：赵树燊。编剧：刘振榕。制片人：黄玉麟。监制：林章。主演：鹭红（饰孟丽君）、高山、王如玉、石庵、夏天、吕红。惜目前未见该电影的视频流传。

吴君玉在《香港厦语电影的兴衰与题材的流变》中说："由于当时的台湾制片业尚未发展起来，香港厦语片亦吸引了一些台商投资。例如，台湾戏院商林章在香港开设必达公司，拍摄了多部厦语片，并多与同期国语片、厦语片打对台，像《圣母妈祖传》（1955）与台湾出品国语片《圣母妈祖传》闹双胞，《孟丽君》（1955）便与杨国礼的金都公司的《孟丽君》打对台。"[33]

07 粤语电影《风流天子与多情孟丽君》

1958年9月17日上映。导演：龙图。编剧：冯京。主演：程丽、马笑英、谭倩红（饰苏映雪）、芳艳芬、马师钜、英丽梨。

时长约为100分钟。演述孟丽君为履行旧日的婚约，宁愿受罚，后在太后的帮助下，与未婚夫皇甫少华顺利成亲的故事。但目前无视频流传。

08 歌仔戏电影《孟丽君脱靴》

1959年9月27日首映。公司：美都。导演：蔡秋林。惜目前未见该电影的视频流传。

09 锡剧电影《孟丽君》

中国电影资料馆藏（资料影片）。1963年华文影片公司出品。编剧：倪松、赵方拂。舞台导演：谢枫。舞台艺术指导：徐韶九。摄影：萧志立。助理：李鼎。录音：邝朝宗。助理：梁忠宗。作曲：徐澄宇。司鼓：王根全。主胡：钱文彬。美术设计：杨亚典。服装：萧慧君。化装：李也非、陈文君。剧务：岩柏。制片主任：世基。监制：赵一山。导演：赵一山、雷鸣。副导演：方舒。

主演：梅兰珍（饰孟丽君）、王彬彬（饰皇甫少华）、汪韵芝（饰苏映雪）、季梅芳（饰皇帝）、王玉林（饰刘奎璧）、张桂芬（饰荣兰）、朱宝祥（饰孟士元）、陆艳芬（饰孟夫人）、何杰（饰刘捷）、何桂芳（饰梁鉴）、陆爱英（饰国太）、万梅良（饰皇甫敬）。

时长约有110余分钟。饰演孟丽君的梅兰珍是锡剧四大名旦之一。饰演皇甫少华的王彬彬、饰演皇帝的季梅芳在该影片中都有精彩的表演。故事先从比箭订婚开始，然后是刘家逼婚、抗旨逃婚、映雪代嫁、三元及第、入赘相府、双女洞房、比武挂帅、征番救父、少华封王、丽君拜相、书房会面、同游上林、上本陈情、丽君问斩、国太认女，最后是孟丽君与皇甫少华花烛成亲。其中，"双美成亲"（"双女洞房"）部分对孟丽君与苏映雪意外重逢时的心理世界，刻画得很细腻；"少华（王少甫）征番"部分的武戏很精彩；又删除了刘燕玉这一人物，最终是一夫一妻的团圆结局。

10 潮剧电影《孟丽君》

香港联友影业公司1964年出品。香港新天彩潮剧团演出。导演：李铁。监制：何建业。音乐：张木津。作曲：杜锦鹏。主演：陈楚蕙（饰元成宗）、方巧玉（饰孟丽君）、张应炎（饰皇甫少华）。

据说扮演元成宗的陈楚蕙在该影片中把皇帝这一角色诠释得既有尊严，又风流倜傥，让观众过足了瘾。林淳钧、陈历明编著《潮剧剧目汇考》下册著录。惜目前未见该电影的视频流传。

11　潮剧电影《孟丽君》

20世纪60年代，香港东山影业公司摄制。香港东山潮音剧社演出。林淳钧、陈历明编著《潮剧剧目汇考》下册著录。惜目前未见该电影的视频流传。

三、连续剧改编本

（一）电视戏曲连续剧改编本

01　电视歌仔戏《孟丽君脱靴》

1984年制播。凡十二集。片长约为682分钟。制作人：张哲民、叶青。编审：郭婉华。编剧：狄珊。导演：石曜齐[34]。执行制作：张宜利。外景导演：方凯。武术指导：陈升琳。外景摄影：徐龙露、刘正中、周长铭。外景剪辑：赖金泰。文场指导：许再添。武场指导：谢要安。摄影：廖霓翔、梁锦星、陈建新。灯光：张绍锋。技术指导：吴洪彬。音乐设计：锜永吉。美术指导：姜宗望。导播：李勋男。

主演：叶青（饰孟丽君）、杨怀民（饰皇甫少华）、狄莺（饰苏映雪）、许俪龄（饰成宗）、林梦梅（饰刘燕玉）、方凯（饰刘奎壁）、杨丽音（饰荣兰）、陈松勇（饰顾宏业）、柯佑民（饰秦布政）、王满娇（饰江三嫂）、小林坤（饰进喜）、方龙（饰孟士元）、柯佩吟（饰孟夫人）、杨长江（饰太白金星）、连明月（饰皇甫长华）、朱若兰（饰顾太郡）、丁翠（饰尹氏）、文英（饰苏大娘）、陈淑芳（饰景氏）、石惠君（饰柳翠媛）、李松茂（饰王忠）。

开头演述仙界中执拂仙子与焚香仙子因东斗星君已下凡而触动凡心，于是被太白金星带到人间，分别成为孟士元之女孟丽君和杜氏之女苏映雪，如此情节与陈端生原著开端东斗君、执拂姬、焚香

女被谪的内容大体上相一致，但在《再生缘》现有的其他改编本中
并不常见。绝大多数的戏曲和影视改编本都将原著开端仙界思凡的
场景删除了。

　　该剧虚构了柳翠嫒这一角色。柳翠嫒是皇甫少华的师妹，钟情
于少华，多次向少华表达爱意，但却遭到拒绝。后来师姑告诉少华，
柳翠嫒因练功而受了内伤，最多只能再活三个月，少华因此答应陪
伴柳翠嫒度过最后的时光。改编者之所以虚构柳翠嫒这一形象，大
概是为了突出少华的至情至性。剧中孟丽君与苏映雪这对假凤虚凰
的"闺中斗嘴"也饶有风趣。此外，刘燕玉的形象改编得比原著中
的刘燕玉更贤良、更讨喜一些。结局是"三美团圆"：孟丽君被太
后螟蛉为女，又被封为保和公主，成宗"纳妃不成做大舅"。孟丽
君与苏映雪同日于归皇甫少华，与之前已与少华拜堂成亲的刘燕玉
三美共侍一夫。故事在"三家欣喜将婚联，三美团圆乐无边。神仙
谪降前盟践，千古传颂再生缘"的歌声中结束。

　　还须指出的是，该剧的观赏性很强，剧中曲调很动听，叶青、
杨怀民、狄莺等演员的表演都非常精彩，但美中不足是未能摆脱神
仙谪世、三美一夫的窠臼。

02　电视歌仔戏《皇甫少华与孟丽君》

　　1995年中华电视公司制播。凡二十集[35]。片长约为758分钟。制
作人：李勋男、蔡见贤。编审：汪作群。编剧：狄珊。策划：林坤。
导演：石文户。副导：赖金泰。外景导演：苏沅峰。主演：叶青（饰
皇甫少华）、孙翠凤（饰孟丽君）、杨怀民（饰成宗）、许俪龄（饰
刘奎璧）、石惠君（饰苏映雪）、林美照（饰刘燕玉）、陈秀嫦（饰
熊友鹤）、叶苹逸（饰卫勇达）、王星烨（饰皇甫长华）、吕福禄（饰
孟士元）、李玉芬（饰韩氏）、卓碧香（饰荣兰）、黄仲裕（饰刘捷）、
洪流（饰梁相）、小美惠（饰尹氏）、张文彬（饰皇甫敬）、陈淑芳
（饰景氏）、方龙（饰卫焕）、纪来和（饰顾宏业）、卢彪（饰秦布

政）、秋乃华（饰顾氏）、郭正伦（饰进喜）、吴敏（饰江三嫂）、石文户（饰祁相）、杜玉琴（饰太后）、贺红琏（饰刘皇后）、林坤（饰权昌）、雷峰（饰尹上卿）、黄鉏凌（饰顾娇儿）、林盈男（饰崔扳凤）、江青霞（饰苏大娘）、罗斌（饰黄鹤仙翁）、刘正顺（饰单洪）、洪瑞霞（饰崔母）、林光进（饰赤英南）、尚智（饰饶兴）、蔡文星（饰彭如泽）、苏淑英（饰梅雪贞）。

　　皇甫少华与刘奎璧花园比箭，互争才貌双绝的孟丽君。少华射柳断袍，与孟丽君订立良缘。刘奎璧怀恨在心，殷勤宴请少华，将其灌醉，定计火烧小春庭，企图谋害少华的性命。少华被刘燕玉和江三嫂搭救。刘奎璧一计不成，又生一计，图谋通过父亲刘捷陷害皇甫少华。刘捷谎奏少华之父皇甫敬通敌降番，少华全家因而获罪。少华与好友熊友鹤潜逃。皇甫长华与母亲尹氏被押解上京，途中被劫上吹台山。吹台山头领正是女扮男装的卫勇娥（皇甫敬帐下先锋卫焕之女，化名卫勇达）。皇上钦赐孟丽君与刘奎璧成婚，孟丽君为保全贞节而带着丫环荣兰改装潜逃。苏映雪无奈代嫁。苏映雪在洞房中行刺刘奎璧未遂而投昆明池自尽，为梁相的夫人景氏所救。

　　少华于逃亡途中结识女侠顾娇儿（黄鹤仙翁的小师妹），经其引荐，拜黄鹤仙翁为师。三年后，皇甫少华学成武艺下山，途经吹台山，巧遇母亲与姐姐。孟丽君改名郦明堂，进京赶考，高中状元，被皇上赐婚梁相之义女素华。孟丽君与苏映雪在洞房中相遇。为掩人耳目，两人扮演了一对外人羡慕的美满夫妻。孟丽君因治愈太后之病而升任兵部尚书。此时镇国将军刘奎璧因贪恋长华的美色而请旨征剿吹台山，兵败被擒。孟丽君奏请朝廷放榜招贤，少华（化名王少甫）上京比武，中武状元，获封征东元帅。少华率军平定番夷之乱，救父回朝。刘捷父子被打入天牢候斩，皇后刘燕珠服毒自尽。皇甫父子皆被封王。熊友鹤与卫勇娥完婚，婚后熊友鹤奉旨镇守紫荆关。孟丽君拜相，长华成为新的皇后。

　　少华由丽君的自画像猜疑郦丞相即孟丽君，遂宴请郦丞相，以画像相试探。郦丞相摆出师道威严，大发雷霆，少华只得小心赔罪。刘燕玉曾由父母做主与表弟崔扳凤定亲，成婚前一天竟欲自尽。崔扳凤为刘燕玉对少华的一片痴情所感动，决定成全她与皇甫少华，带她逃离昆明。两人到达登州，搭救从番营逃出的皇甫敬。得到父兄下狱的消息，刘燕玉进京救父。太后传懿旨赦免刘家满门，除刘奎璧一人抵罪之外。皇上赐刘燕玉与皇甫少华成婚。

　　孟夫人病重，孟丽君医母认亲。少华从苏大娘嘴中得知丽君认母的消息，趁丽君入闱批卷之际上本奏君，但丽君出闱后当殿撕本，将认亲之事赖得一干二净，少华因此十分懊恼。刘燕玉到相府恳求丽君到王府给少华治病，丽君发现少华装病后非常气愤。皇上下旨寻找孟丽君，引来了一批冒名顶替者，其中包括路祥云（由顾娇儿护送到京）。当路祥云的真实身份败露后，皇上赐其在万寿宫为宫女。

　　皇上邀孟丽君同游上林苑，皇甫少华暗中跟踪。直到皇上与丽君进了天香馆，皇甫少华才气急败坏地去见皇后。皇上强迫丽君在天香馆下棋饮酒和同榻而眠，幸而少华与皇后及时赶到，丽君得以脱身。来自昆明的一假冒丽君入京认亲，皇上下旨限期皇甫少华于一月之内与她完婚。与此同时，出现了少华失散二十多年的孪生兄长——欧阳俊。欧阳俊因自小流落江湖，为绿林中人，性情冷漠孤傲。山东巡抚彭如泽之子彭中玉为父报仇，雇用欧阳俊行刺皇甫少华，但得知自己的身世后，欧阳俊为全情义，隐迹江湖。

　　太后传懿旨命郦明堂进宫画观音像，然后赐酒三杯与郦明堂，再令宫女脱靴验身，孟丽君的女性身份因而败露。皇上截取丽君的绣鞋并封锁了脱靴消息。丽君酒醒，成宗假扮内监，冒雨私访丽君。三日后，郦明堂上朝承认自己是孟丽君，皇上私心未遂，下旨将孟丽君斩首。太后赦免丽君，又认她为义女。孟丽君与苏映雪同嫁皇甫少华，三美团圆。

电视歌仔戏《皇甫少华与孟丽君》的主要人物、故事情节与陈端生原著、梁德绳续尾有相似之处，但也虚构了不少人物与情节，特别是增加了诸如刺客暗杀、江湖侠客、多角恋爱（孟丽君、苏映雪、刘燕玉、顾娇儿皆爱恋皇甫少华，崔扳凤、欧阳俊皆爱恋刘燕玉，唐萍爱恋欧阳俊）等元素，具有浓厚的言情和武侠意味。总之，电视歌仔戏《皇甫少华与孟丽君》更像是一部言情兼武侠的作品。

03 黄梅戏音乐电视连续剧《孟丽君》

凡九集。根据陈端生的弹词《再生缘》和丁西林的话剧《孟丽君》改编，安徽电视台拍摄。1994年4月开拍，同年8月摄制完成。编剧：王冠亚、天方。总导演：胡连翠。导演：何玉水、苑原。摄像：史苍生。文学编辑、片尾歌词：吴英鹏。作曲：精耕。配器：王斌。剧务主任：宋彤。制片：顾宏华。制片主任：张春林、杜绍义。监制：吴钟谟。

主演：韩再芬（饰孟丽君）、侯长荣（饰成宗皇帝）、姚忠恒（饰皇甫少华）、汪静（饰苏映雪）、王安秋（饰荣兰）、丁同（饰皇太后）、张文林（饰刘捷）、周再生（饰梁鉴）、赵之涟（饰皇甫敬）、王萍（饰皇后）、宋枫（饰孟士元）、陈然乐（饰郦员外）、王秀琴（饰尹良贞）、王凤枝（饰苏大娘）、孙嵘（饰郦明堂）、冯继雄（饰王大伯）、叶军玲（饰巫婆）、纪全印（饰和尚）、宋彤（饰权昌）。

该剧获全国第十五届电视剧飞天奖三等奖、第十三届《大众电视》金鹰奖最佳戏曲片奖。该剧还曾被翻译成潮语片[36]。

时长约为6个余小时。故事主要围绕着孟丽君与皇甫少华浪漫坎坷的爱情故事而展开，剧情为：孟丽君与皇甫少华青梅竹马，两小无猜。孟丽君的父亲孟士元兵败被擒，被国丈刘捷诬奏投敌。圣上龙颜大怒，下旨抄斩孟家满门。皇甫少华急派家将送信孟府。孟丽君改扮男装，化名郦君玉，与丫环荣兰（化名荣发）、奶娘苏大娘、苏映雪潜逃，途中孟丽君、荣兰与苏大娘、苏映雪失散。贼船上，苏大娘被害，映雪投水遇救。孟丽君路过郦家庄，在治愈郦员外之子郦明堂之后，冒郦明堂之名上京应试。科考之后，孟丽君在京城散步，被梁太师之女儿的招亲彩球打中，因而入赘相府，于洞房中巧遇苏映雪。孟丽君高中状元，后因治愈太后之病，升任兵部侍郎。孟丽君保举皇甫少华挂帅出征。少华平定叛军，班师回朝。丽君拜相，孟家的冤案得以平反。皇后欲将其妹刘燕玉赐婚皇甫少华，少华坚决拒绝。皇上下旨限期百日寻找孟丽君。

少华疑心郦丞相即孟丽君，皇甫敬遂登门延请郦丞相给少华治"病"，借机试探。金殿之上，皇甫少华鲁莽地将孟丽君的自画像呈给皇上，皇上于是觉察到郦丞相系孟丽君改扮的机关，欲横刀夺爱。百日期满，苏映雪冒充孟丽君上殿认亲，但真假难辨，皇上下旨命郦丞相三日内查明实情。孟丽君与苏映雪向梁太师禀明真相。皇上邀郦丞相同游御花园，甚至将郦丞相带到芙蓉馆，欲君臣同榻而眠。适逢荣发来报相府失火，郦丞相得以脱身。皇太后宣召郦丞相入宫画观音像，郦丞相被赐酒脱靴而验出真身。孟丽君的绣花鞋被皇帝截夺。郦丞相金殿上本，奏明自己是孟丽君，皇上欲将其治罪，因众位大臣极力求情，遂下旨将其贬为宫女。太后宣召孟丽君进万寿宫，将其收为义女，赐她与皇甫少华成亲。荣发（荣兰）嫁给真正的郦明堂。苏映雪成了皇帝的贵妃。

因韩再芬、侯长荣、姚忠恒、汪静等优秀演员的精彩表演，该剧在播出后广受欢迎，大量圈粉，但客观地说，剧中塑造的孟丽君形象与陈端生原著中的孟丽君已截然不同。剧中孟丽君在梁太师面前禀明乔装原因时声泪俱下地唱道："非是我吃了熊心豹子胆，实是为家门不幸逼上梁山。一非是贪图荣华和富贵，二非是蟒玉威风想做官。皆只为叛军犯境百姓遭难，骨肉蒙冤不团圆。棒打鸳鸯两离散，我铤而走险把身捐。且喜是调和鼎鼐安天下，好还我红妆庆团圆。怎奈是骑虎难下连环难解，我越陷越深到今天。"而陈端生原著中的孟丽君不愿复妆的主要原因正是蟒玉威风想做官。黄梅戏音乐电视连续剧《孟丽君》中的孟丽君形象之所以会失去原著中孟丽君的独特个性与独立精神，与编剧的改编动机紧密相关。天方在《奇女奇遇展奇才——谈谈〈孟丽君〉的改编》中说，他和王冠亚在改编《孟丽君》时，经过反复权衡，决定以孟丽君的发展轨迹为主线，从各个角度描写孟丽君与皇甫少华青梅竹马、梦萦魂系、刻骨铭心的爱情故事。因此，黄梅戏音乐电视连续剧《孟丽君》中的孟丽君，被塑造成一个对未婚夫皇甫少华爱得执着、忠贞不渝的深情女子，也就毫不奇怪了。

04 庐剧电视剧《孟丽君》

安徽电子音像出版社出版发行，合肥中星影视制作（ISRC CN-R24-04-0266-O/V.J8）。出品人：黄琼、钱勇。艺术总监：黄琼、黄志贤。剧目主编：魏柏林。电视摄像导演：黄志贤、姜长春、夏道发。舞台导演：魏小波、魏柏林。制片主任：黄志贤。录音：陈虹。主胡：姜新生。司鼓：赵亚平。管乐：张永。舞美设计：谭云山、徐振芳。灯光：徐振芳、王少群。化妆：丁庆丹、姜慧敏。服装：朱永建。盔头：岳世华。主演：魏小波（饰皇甫少华）、汪莉（饰孟丽君）、王小兰（饰苏映雪）、毕顺芳（饰魏月娥）、倪明龙（饰皇甫敬）、杨大玲（饰皇甫长华）、魏小峰（饰刘奎必）、马妹（饰刘艳玉）、宣进民（饰孟士元）、周兵（饰梁杰）、魏金涛（饰刘捷）、马小梅（饰尹氏）、王志翠（饰江三嫂）、倪媛媛（饰荣兰）。

凡六集，时长约为320分钟。该剧的剧情、唱词与夏巧云、盛小五主演的庐剧连台本戏《孟丽君》不尽相同，且故事演至皇甫少华回朝封王及皇上命刘捷于三日后送刘艳玉与皇甫少华成亲止。剧情为：

皇甫少华与刘奎必同至孟府花园比箭求婚。在苏映雪的暗中帮助下，皇甫少华胜出，与孟丽君联姻。刘奎必败北后愤然离去。苏映雪亦钟情于皇甫少华，在梦中与少华私订终身，情愿与丽君共嫁一夫。刘奎必遣媒至皇甫府，议婚于皇甫长华，遭到皇甫敬的拒绝。刘奎必怀恨在心，以笑里藏刀之计邀请皇甫少华到刘府饮酒，将少华灌醉，再命江进喜将他背到小春亭，待半夜三更时将他烧死。皇甫少华被刘艳玉（此剧中刘艳玉的身世与陈端生的《再生缘》中所述不同，谓刘艳玉的母亲在怀有身孕后被刘捷强抢回去做偏房）、江妈和江进喜所救，且与艳玉私订终身。

　　国丈刘捷举荐皇甫敬征番，皇甫敬奉旨出征。刘捷将皇甫敬的求救表章私自篡改为降书，诬奏皇甫敬与魏先锋投降番邦。皇上下旨抄斩两家。因孟士元暗通消息，魏先锋之女魏月娥改装潜逃，占山为王，皇甫少华逃到黄花山拜师学艺。皇甫夫人尹氏和皇甫长华在押解上京途中被魏月娥救上吹台山。皇上下旨将孟丽君赐婚刘奎必。孟丽君假意允婚，实则于婚期前留下自画像后乔装出逃。因孟士元夫妇下跪请求，苏映雪虽不情愿却无奈代嫁。花烛之夜，苏映雪投昆明湖自尽。

　　皇甫少华下山，与母亲、姐姐在吹台山重逢。孟丽君（化名郦君玉）在逃婚途中被康若山螟蛉为子，又得舅父吴道庵传授医术。孟丽君上京赶考，高中状元，被皇上赐名郦明堂，又治愈太后之病。孟丽君被恩师梁丞相强行招赘为婿，于洞房内巧遇苏映雪。苏映雪抓住孟丽君女扮男装的"把柄"，向其吐露梦中订婚之事。孟丽君答应待时机成熟时与苏映雪同侍少华。国舅刘奎必带兵征剿吹台山，兵败被擒。在皇甫少华的盛情款待下，刘国舅有所悔恨，坦白了刘氏父子陷害皇甫家的实情。因表兄崔班凤逼婚，刘艳玉寄身尼庵。皇甫少华改名王少甫，上京赶考，得中状元。因恩师郦明堂奏本，皇甫少华被皇上封为征讨元帅。皇甫少华带兵出征沿海邓州。番邦投降，少华与皇甫敬一同回朝，皇甫家与魏家的冤案得以昭雪。刘娘娘难产而死，皇甫长华被册封为昭阳正宫。皇甫敬获封武宪王，皇甫少华获封忠孝王。因皇甫敬求情，皇上免刘捷一死，令其在三日后送刘艳玉与皇甫少华成亲。

该剧删除了原著中熊浩这一较为重要的角色。

05 庐剧电视剧《孟丽君》

外景拍摄。六集古装戏曲电视连续剧。安徽电子音像出版社2011年出版。巢湖市蓝雨数码制作室录音。合肥夏道发·李亚影视工作室拍摄。巢湖市昂小红庐剧团、合肥艺海文化音像有限公司、合肥夏道发·李亚影视工作室联合出品（ISRC CN-R24-11-0003-0/V.J8）。出品人：时念国。导演、编剧：昂小红。摄像：夏道发。后期制作：李亚。撰稿：黄品源。主演：杨青霞（饰孟丽君）、李小平（饰皇甫少华）、昂朝霞（饰苏艳雪）、王小五（饰皇上）、刘玉（饰皇甫长华）、王成雷（饰刘贵毕）、昂小红（饰魏月娥）、李书兰（饰刘燕玉）、郭发强（饰皇甫敬）、肖美义（饰孟寺员）、封阳（饰江林喜）、周丽萍（饰容兰）、王荣松（饰顾风吐）、李良发（饰殷上千）。

时长约为320多分钟。剧情是：刘家和皇甫家同时遣媒到孟员外家议婚于孟丽君。孟员外左右为难，后采纳儿媳妇的建议，决定于后花园内比武招亲。刘国舅和皇甫少华同到孟府比箭。因受孟家嫂嫂等女眷的干扰，刘国舅第三箭射空。少华三箭全中，与丽君联姻，丽君欣喜万分。苏艳雪亦钟情于少华，在梦中与少华私订终身。刘国舅邀请少华到刘府，将其灌醉，又命令家仆江林喜将其烧死于小春亭。江林喜为报皇甫家之恩情，不忍心加害少华，遂向刘燕玉（刘燕玉不是刘捷的亲生女儿，刘燕玉的亲生父亲病死他乡，其怀有身孕的母亲被刘国丈抢回家做了填房）吐露实情，向她求助。少华被刘燕玉搭救。燕玉亦钟情于少华，两人以白纸扇为信物，私订终身。

刘国舅来到京城，添油加醋地向国丈刘捷告了皇甫家一状。刘国丈别有用心地保荐皇甫敬老元帅出征沿海登州，又诬奏皇甫元帅投降番邦。圣旨令刘国丈抄斩皇甫和魏家满门。魏月娥女扮男装逃难。皇甫少华逃到黄鹤山拜师学艺。皇甫长华与母亲于逃亡途中先被刘国舅逮住，后被乔装客魏月娥搭救。刘国舅请旨完婚。在丫环容兰的建议下，孟丽君改装出逃，只留下自画像一幅。因孟员外跪下请求，不情不愿的苏艳雪代嫁至刘府。洞房之中，苏艳雪将刘国舅灌醉，在用酒瓶击打刘国舅之后跳湖自尽。苏艳雪被梁丞相搭救并螟蛉为女。孟丽君上京赶考，高中状元，到相府拜谢恩师，被梁丞相强行招赘为婿，于洞房内与苏艳雪相遇。艳雪将梦中订婚之事告诉了孟丽君，两人约定他日同侍少华。

皇甫少华奉师命下山，与母亲、胞姐重逢。刘国舅奉旨征剿魏月娥，兵败被擒。少华用"盛情款待计"让刘国舅不知不觉中自愿供出了陷害皇甫家的来龙去脉。刘国舅被囚入土牢。少华改名王少甫，上京赶考，得中文武双状元，随后出征沿海登州，救父回朝。皇甫家和魏家的冤情得以昭雪。皇上下旨抄斩刘府（刘燕玉和江林喜除外）。刘皇后去世，皇甫长华成为新的皇后。少华获封忠孝王。皇上本欲追究魏月娥女扮男装之罪，因皇甫敬求情，乃将魏月娥赦免。

少华到孟府看望岳父岳母，强行拿走孟丽君留下的自画像。少华根据画像猜疑孟丽君就是恩师，遂拿着画像去相府试探。丽君拒不相认，少华拽着丽君同去见驾。少华奏称郦相大人即孟丽君，且呈上丽君的自画像为证，丽君则急中生智，谎称夫人有孕，少华的如意算盘因而落空。翌日早朝，郦丞相带着假装有孕的苏艳雪上殿。皇上下旨将少华斩首。因郦丞相求情，少华得以保全性命。

皇上邀郦丞相同游御花园，借景挑逗于她，又欲君臣同榻而眠，幸亏皇甫皇后前来解围，郦丞相得以脱身。刘燕玉在江林喜的陪同下来到皇甫府上。经皇甫敬做主，刘燕玉与少华拜堂成亲。孟丽君和苏艳雪得知燕玉与少华拜堂成亲的消息后痛哭流涕。苏艳雪责怪丽君迟迟不愿复妆，丽君也颇为自责。皇上宣召郦丞相批卷，因天气太热，郦丞相摘下帽子，露出长发，被风流皇上撞见，幸亏皇后及时出现将皇上拉走，孟丽君才得以化险为夷。皇甫少华入宫参见皇甫皇后，告诉她郦丞相即孟丽君。郦丞相入宫为太后画像，皇甫皇后见郦丞相酒醉，脱下她的绣鞋。皇上私心未遂，欲斩丽君。太后恩赦丽君。皇上钦赐丽君与少华拜堂成亲。

该剧的剧情与盛小五主演的庐剧《孟丽君》（连台本戏）、魏小波主演的庐剧《孟丽君》（六集电视剧）有相似之处，但唱词颇为不同。

此种庐剧电视剧，描写丽君复妆的情节过于简略。陈端生笔下的孟丽君追求独立自主的生活方式，渴望在社会大舞台中施展才华，为保持虚假的男性身份而左遮右掩，煞费苦心地同君权、父权、夫权作斗争，而此种庐剧电视剧中的孟丽君轻轻易易就卸下了男装，主动回归男权社会中女性的固有位置。像陈端生这样的杰出女性，哪怕是到了21世纪的今天，又有多少呢？

06 闽剧戏曲电视剧《孟丽君》

凡七集。时长约为325分钟。该剧是第一部闽剧戏曲电视剧（电视音乐剧），在全国戏曲电视剧评奖中获二等奖。1989年10月在榕城（福州）开拍。长龙影视公司与福州闽剧院一团和福州闽剧院红旗剧团合拍。编剧：林戈明。艺术指导：陈怀恺。由"闽剧皇后"胡奇明（饰孟丽君）主演。道白用普通话。林光耀在《声声亦赞女强人——缅怀"闽剧皇后"胡奇明》中谓胡奇明在该剧中的荧屏形象光彩照人，受到海内外很多观众的喜爱。

07 沂蒙小调《孟丽君》

凡十四集。据陈端生的《再生缘》改编。编剧：范中华。出品人：鲍海燕。制片人：刘志金。徐州盛视文化传媒有限公司摄制。

主演：张芳（饰孟丽君）、方雪燕（饰苏映雪）、孟献礼（饰少华）、刘晨（饰刘奎璧）、潘继盛（饰孟士元）、徐迎峰（饰孟嘉龄）、范中华（饰梁鉴）、尹桂廷（饰皇帝）、李凤侠（饰太后）、肖海梅

（饰刘燕玉）、秦侠（饰孟母）、张丽（饰梁夫人）、才华（饰刘捷）。

08 越剧电视剧《孟丽君》

凡十集。1996年上海电影制片厂出品。上海华夏影业公司等摄制。编剧：胡小孩、王庆渭。总导演：孙道临。执行导演：包起成。导演：王洁。摄像：刘利华。副摄像：钱家祥。作曲：刘如曾、金良、庄德义。唱腔设计：金良。美术设计：杜时象、李瑞祥。化妆：毛戈平（特邀）、王静娟。录音：谢国杰。剪辑：沈传悌。场记：王素珍。制片：樊忠。剧务：凌仲琪。录像：孙金龙。片头歌演唱：赵志刚。片尾歌演唱：钱丽亚。片头和片尾歌作词：孙道临。策划：孙钢。监制：单伍、俞长仁、张培源。出品人：徐桑楚、朱永德。

主演：王文娟（饰孟丽君）、曹银娣（饰皇甫少华）、金美芳（饰皇帝）、沈于兰（饰苏映雪）、陈惠娣（饰荣兰）、单仰萍（饰皇甫长华）、刘觉（饰孟士元）、赵秀英（饰孟夫人）、章瑞虹（饰孟嘉龄）、程心如（饰苏乳娘）、邬显豪（饰卫焕）、陈飞（饰卫勇娥）、杜家其（饰熊浩）、陈承秉（饰刘捷）、刘军（饰刘奎壁）、史济华（饰梁鉴）、陈慧玲（饰梁夫人）、袁东（饰皇甫敬）、陆秀英（饰皇甫夫人）、郑忠梅（饰皇太后）、张国华（饰康信仁）。

该戏曲电视剧较忠实于陈端生的《再生缘》。时长共约430分钟左右，剧情为：

为拒婚，孟丽君化装成书生郦君玉，带着扮作书童的丫环荣兰出逃，途中见到因刘捷父子陷害（皇甫敬元帅与总兵卫焕出征南疆，兵败被擒，被刘捷诬奏为叛国降敌）而被捉拿上京的尹夫人与皇甫长华的囚车，以及街头悬赏捉拿"逃犯"皇甫少华的告示。客店中，药材商康信仁因怜才爱才而螟蛉抱恙在身的郦君玉为子。尹夫人与皇甫长华的囚车在路过吹台山时被乔装客卫勇达（即卫焕之女卫勇娥，她因家难而逃至吹台山为王）所截，皇甫母女因而暂时栖身山寨。

郦君玉跟随义父康信仁回乡，参加科考，高中解元，又进京应试，高中状元。郦君玉于跨马游街时被相府千金的绣球抛中，成为相府的东床快婿，在花烛之夜与苏映雪重逢。孟丽君始知昔日当她逃婚出走时，苏映雪顶替她嫁入刘府，在洞房中苏映雪行刺刘奎璧未遂而投昆明湖自尽，被梁丞相（梁鉴）所救且认为义女，改名梁素华。孟刘二家为"孟丽君新婚之夜投水"一事闹到了金銮殿上，皇上从中调停，一方面下旨表彰"孟丽君"贞烈，赐建牌坊，让孟士元回京任职龙图阁，孟嘉龄补入翰林，一方面封刘奎璧为镇国将军。

皇上下旨宣召新科状元郦君玉入宫为皇太后治病。郦君玉不顾众太医之反对，对症下药，治愈太后的积食症，赢得太后和皇上的器重。适逢边关告急，郦君玉奏请朝廷下旨招贤，皇上龙颜大悦，封郦君玉为兵部尚书。见到朝廷的招贤榜，皇甫少华与熊浩上京赴考。少华化名王华，比武夺魁，登门拜师。在恩师郦君玉的试探下，王华亲口承认自己就是改名换姓的皇甫少华。少华挂帅征番，先奉圣旨赴吹台山招安，与母亲、姐姐重逢，后与吹台山义军一道赴边关征战。镇国将军奉旨到边关劳军，意欲通敌害死王华（皇甫少华），被逮个正着。番邦投降，皇甫敬和卫焕重见天日，骨肉重逢。少华得胜回朝，皇上龙颜大悦。皇上封少华为忠孝王，封靖国将军长华为皇后，封熊浩为平江侯，封卫勇娥为奇英女伯，且钦赐熊浩与卫勇娥成婚，封皇甫敬为武宪王，封卫焕为华亭伯。兵部尚书郦君玉升任保和殿大学士。

孟士元与孟嘉龄父子疑心郦丞相即孟丽君，在皇家之庆功宴上，借机试探，未能如愿以偿。孟夫人思女成病，忠孝王过府拜访，见到丽君的自画像，始知孟丽君尚在人世。少华请求将苏映雪之母苏乳娘接到王府赡养和将丽君的自画像带回王府。忠孝王急于认妻，装病（"思孟病"）邀请郦丞相过府医治，以情试探，但郦丞相未肯相认。孟丽君之弟孟嘉龄以孟夫人危在旦夕为由来延请郦丞相过府治病。在孟府，郦丞相见母晕倒在床，只得吐露身份认亲。忠孝王派苏乳娘回孟府探听消息，苏乳娘在孟府打探到郦丞相暗中认母一事。忠孝王于获悉后草率上本认妻，遭到郦丞相的严词责难和皇帝的厉声斥责。情急之中，忠孝王拿出丽君的自画像为证，郦丞相见状以挂冠辞职相抗议。城府颇深的风流天子在金殿上明言不许人再言郦丞相是女儿身，实则想横刀夺爱。

皇帝以商议朝政为由宣召郦丞相同游上林苑，借景试探，百般挑逗，随后又强邀其至天香馆，欲君臣同榻共眠，幸亏皇后娘娘驾到，郦君玉得以逃脱天子布下的风流阵。皇后命令宫女将悬挂在天香馆的丽君的自画像呈送太后。少华病重，皇甫敬冒雨跪请郦丞相过府诊治，郦丞相为少华在病榻上的一番肺腑之言所感动，同时亦为自己骑虎难下的身份而苦恼。皇甫夫人进宫向女儿皇甫皇后求助，禀告郦丞相即孟丽君。皇甫皇后前去万寿宫向太后禀告郦丞相乔装之事。太后宣召郦丞相进宫画送子观音。与此同时，刘捷去探视因禁于天牢的刘奎壁，要他写下郦丞相就是孟丽君的证据，然后将之呈给皇帝，以求取悦于皇帝。待郦丞相画毕送子观音，太后赐其御酒三杯，将其灌醉，再命宫女脱靴验身，但宫女从郦丞相脚上脱下来的绣鞋被皇帝截取，脱靴消息亦被皇上封锁。郦丞相在回府后发现遗失了绣鞋，急火攻心，口吐鲜血。

皇帝假扮太监，携带绣鞋冒雨私访郦丞相，欲逼其为妃。皇甫少华从郦丞相处得知皇帝欲君夺臣妻的想法后，和母亲、扮作家仆的郦丞相一道进宫，与皇后一同去向太后求救。三日后，郦丞相上本奏明自己的真实身份——皇甫少华之妻孟丽君，皇上龙颜大怒，下旨将她斩首。在梁鉴的建议下，皇上下旨将郦丞相于游街示众后再斩首，由刘捷监斩，但皇上不知这实为梁丞相的缓兵之计。在太后一番深明大义的劝告下，皇上下旨赦免孟丽君。孟丽君与皇甫少华终成眷属。在拜堂成亲后，孟丽君和皇甫少华一同到丽君之义父康信仁家谢恩。

虽然此戏曲电视剧中的孟丽君，远不如原著中的孟丽君光彩夺目，她念念不忘的仍是"还我女儿旧妆束，重回闺阁对菱镜"，在身份泄露后竟然在太后面前诉说"女扮男装非我愿，忍泪吞声离家园……向吾皇，细陈苦衷请原宥，皇上明鉴把罪宽。恢复女身回家转，合家欢聚庆团圆"，但由于七十一岁高龄的越剧演员王文娟的精彩表演，该戏曲电视剧深受观众喜爱，大量圈粉。

（二）电视连续剧改编本

01 电视剧《再生缘》

编剧：李耀光。凡十集："第一集　射柳定婚""第二集　抗旨潜逃""第三集　裙钗结义""第四集　乔装夺魁""第五集　沉冤昭雪""第六集　风波迭起""第七集　金殿撕本""第八集　巧脱连环""第九集　误堕机关""第十集　来生缔缘"。

目前所见有珠江电影制片公司文学部于1986年12月印行的该电视连续剧的第一、二、三集的剧本流传。封面标明"根据清陈端生同名长篇弹词改编""此稿系应珠影电视部之约、接受文学部任务而改编"。第一、二、三集的剧情比较忠实于陈端生的《再生缘》，但增加了帮闲文人赛诸葛的形象。卷端有1986年11月3日李耀光在番禺撰写的《改编浅识》。惜目前未见据此剧本拍摄的电视剧流传。

李耀光在《改编浅识》中说，"改编《再生缘》，遵循的是'忠于原著、扬我所长'的原则。当然，《再生缘》是艺术精品，但是，由于时代的局限和作者的思想局限，它依然存在着思想上的糟粕和艺术上的不足之处。本剧在改编时，尽力剔除原著中虚无飘渺的宿命论因素和消极的浪漫主义色彩，集中笔墨刻划孟丽君的性格发展历程，揭示其不可避免的悲剧内涵"[37]"《再生缘》原书中的故事背景为元代。按其故事中的人物关系（元帝以汉人为后妃，王侯将相均为汉人）来看，显然是违背历史事实的。……本剧改编时将其故事背景移于明代末期——这一时期，资本主义经济因素及民主思想已经滋生并有所发展，另一方面，强敌侵扰，烽烟不息。我以为，让《再生缘》错综复杂的故事情节在这一特定的历史背景中展开，既可弥补原著的缺憾，也可使人物性格的发展，有一个更为合理的环境"[38]。

02 电视剧《孟丽君》

凡五集。1990年中国录音录像出版总社摄制。根据弹词《再生缘》改编。编剧：刘少忽。导演：梁汉森（上部）、马洪英（下部）。副导演：杨国林、聂作高。摄像：鞠烽。美工：熊小雄、李敏强。作词：乔羽。作曲：刘文金。演唱：李谷一。剪辑：武争。化妆：辛玲、辛蓉。剧务主任：杨国良。制片主任：王世昌、罗德绪。制片人：李沪生。主演：茅威涛（饰孟丽君与假孟丽君）、于代君（饰皇甫少华）、陈天陆（饰皇帝）、何音（饰映雪）、吴珊珊（饰荣兰）、王超群（饰孟世元）、翁茹（饰孟夫人）、孙洪都（饰刘奎璧）、邓敬书（饰皇太后）、赵小冰（饰刘燕玉）、张晓玲（饰皇甫长华）、余丽英（饰皇甫夫人）、马允镐（饰皇甫敬）、赵戈（饰梁鉴）、裴小秋（饰梁夫人）、陆珊珊（饰江三嫂）、杨萍（饰惠梅）、罗德绪（饰郦明堂）、王世昌（饰郦庄主）、韩焕松（饰刘捷）、彭凌（饰进喜）。

剧情很紧凑，不枝不蔓，删除了原著中的卫勇娥、熊浩、孟嘉龄等人物，但比箭订婚、火烧小春庭、改装逃婚、高中状元、救父回朝、少华封王、暗中认母、金殿抵赖等主要情节都较忠实于弹词《再生缘》。此电视剧在改编方面值得注意的尚有两点：

一是增加了侠女惠梅的形象。在父亲李大人因接纳皇甫少华等人而被刘奎璧所派之人杀害之后，惠梅浪迹江湖，屡次暗中帮助皇甫少华。在惠梅身上体现了侠义精神，同时通过武侠元素的加入，提高了电视剧的观赏性。

二是结局较为独特。太后宣召郦明堂（孟丽君）进宫画送子观音图，梁丞相命令云南送来的假孟丽君顶替郦明堂进宫作画。皇甫长华皇后向太后禀告郦明堂就是孟丽君。正在作画的假孟丽君被赐酒灌醉和验身，脱靴消息被皇上截取。皇上满心欢喜，却得知是假孟丽君，而真正的孟丽君正同皇甫少华拜堂成亲。刘燕玉在孟丽君与皇甫少华成亲之时出家为尼。

03 电视剧《新孟丽君》

凡三十六集。古装爱情喜剧。1997年中国天平经济文化发展公司和北京实力影视咨询公司联合拍摄。出品年份：2000年。编剧：冯柏铭、黄维若。总导演：白洪。总监制：李博伦。制片人：赵云声。制片主任：于忠元。服装设计：帅芙蓉、冯维娟。武术指导：刘家成。由王思懿（饰孟丽君）、张天喜（饰成宗皇上）、刘尚娴（饰皇甫夫人）、詹小楠（饰皇甫长华）、陈刚、林翰、孟蕾、张树海、韩月乔等主演。

04 电视剧《再生缘》/Eternal Happiness（香港 TVB 版）

2002年上映。凡三十二集，每集约为40多分钟。或名《新孟丽君传奇》《孟丽君传》《新孟丽君传》等，有国语版和粤语版两种版本。监制：潘嘉德。编剧、编审：黄国辉、汤健萍。主演：叶璇（饰孟丽君）、林峰（饰皇甫少华）、杨怡（饰苏映雪）、马德钟（饰铁穆耳）、胡杏儿（饰刘燕玉）、刘玉翠（饰荣兰）、莫家尧（饰孟子儒）、黄宇诗（饰卫勇娥）、韦家雄（饰阿桑哥）、卢海鹏（饰孟士元）、陈嘉仪（饰孟何氏）、张松枝（饰刘奎璧）、罗乐林（饰刘捷）、马国明（饰郦明堂）、李国麟（饰文近东）、刘江（饰皇甫敬）、廖启智（饰忽哥赤）、罗兰（饰察必）、韩马利（饰格米思）、黄钰莹（饰阔真）、廖丽丽（饰窝窝儿）。

剧情是：江南翠竹镇，女扮男装的孟丽君（冒称孟子儒的表弟）与蒙古力士正在比武。孟丽君之兄孟子儒发现父亲孟士元已经采药回家，遂叫孟丽君速战速决。孟丽君于战胜蒙古力士后飞奔至家，换上女装，专心刺绣，以掩饰自己刚刚男装在外比武的冒险举动。孟士元逼着孟丽君陪他上山采药，而一心挂念云林书院和东岳书院才学问答比赛的孟丽君借助一盘棋局，巧妙摆脱父亲。途中孟丽君借用皇甫少华的马匹，乔装成孟子儒的表弟魏子尹，赶往比赛现场，力挽狂澜，最终孟丽君所在的东岳书院赢得比赛。此时铁穆耳带着他的仆从阿桑哥和马可勃罗来到比赛场地。孟丽君解开了马可勃罗的难题，赢得十七个金币。孟丽君为半夜笛声所陶醉，对吹笛人颇为倾心。

庙会上，黄石刚（皇甫少华）教训了趾高气扬的刘奎璧，因而赢得奎璧之妹刘燕玉的芳心。魏子尹（孟丽君乔装）出于对蒙古人的敌意，捉弄阿桑哥，还恶作剧般偷走了铁穆耳的玉佩。少华被阿桑哥误会为偷走玉佩的人，铁穆耳和马可勃罗帮其解围，少华表示要替铁穆耳寻回玉佩。孟士元上玉龙山采药，孟丽君趁此机会乔装出去游玩，当她返家时看见铁穆耳正带着阿桑哥站在孟府的大门前，欲向孟大夫求取药方。因孟士元是前朝御医，铁穆耳想向他求取治疗其父哮喘病的药方，但被孟丽君设法捉弄。次日早晨，孟丽君又用计捉弄铁穆耳主仆（马可勃罗亦在场），谁知自己也被对方捉弄了，但彼此友谊增进不少。刘奎璧倚仗其父刘大人是九王爷身边的红人，在家乡飞扬跋扈，被铁穆耳与孟丽君等人教训了一顿。中秋灯会上，孟丽君（化名魏子尹）、皇甫少华（化名黄石刚）和铁穆耳在一同教训刘奎璧后，与马可勃罗义结金兰（结为安答）。此时孟丽君因误以为吹笛人是铁穆耳（实际上是皇甫少华）而对他芳心暗许。

苏映雪与荣兰到城隍庙替孟丽君求签。来庙物色美女的刘奎璧误以为苏映雪是孟丽君。皇甫敬来到翠竹镇，为少华的终身大事向老友孟士元提亲。孟丽君因少华在十几年前是个臭胖子，对他毫无好感，而自己又钟情于铁穆耳，故坚决反对这门婚事。皇甫父子住进孟府。铁穆耳再次来到孟府求见孟士元，欲为其父求取治疗哮喘的药方，遭到孟士元（孟士元对蒙古人怀有敌意）的委婉拒绝。在孟丽君的帮助下，铁穆耳得到了孟士元的药方（铁穆耳以孟丽君给他的棋艺残局巧妙得到了孟士元的药方)。刘捷派人提亲,孟士元以孟丽君已经许配皇甫少华为妻而加以拒绝,但刘捷并不死心,仗势欺人,以其候任京城副守的官威迫使孟府比武招亲。孟丽君约铁穆耳到城西水月庵相见,想向他坦白自己的真实身份,但铁穆耳因家中有急事,要火速赶回大都,只能让皇甫少华代他去见孟丽君,这令孟丽君大失所望。孟府正在紧张地进行比武招亲,皇甫少华夺得紫玉袍,成为孟府的乘龙快婿,而为了逃婚,孟丽君带着丫环荣兰乔装出走至水月庵。

　　刘奎璧在比武败北后不甘心,用计陷害皇甫少华。因中计受伤而昏迷不醒的少华被刘燕玉所救。刘捷父子担心皇甫少华报复,来个恶人先告状,诬告皇甫敬谋反。为救皇甫敬,苏映雪带着皇甫少华去水月庵见孟丽君,但丽君已经离开庵堂。皇甫敬含冤入狱,少华前去劫狱,被刘奎璧带兵包围。在刘燕玉的帮助下,少华得以离开。孟丽君带着荣兰,一路奔大都而去。少华前去景林镇搬取救兵。铁穆耳赶回大都,但皇太子真金已病得奄奄一息,很快离世。九王子忽哥赤与太傅伯颜因拨款赈灾一事而各持己见,闹得不可开交。善解人意、温柔痴情的阔真郡主用汉人的象棋巧妙化解了可汗与铁穆耳之间的芥蒂。孟丽君和荣兰被梁山寨寨主卫勇娥劫上山寨。皇甫少华亦"被劫"至山寨,与"四弟"孟丽君相逢。孟丽君始知黄石刚即皇甫少华,一时难以接受事实,气急败坏,打了少华一个耳光,但老实巴交的皇甫少华还被蒙在鼓里,对"四弟"的真实身份一无所知。为救皇甫敬,孟子儒劫狱,却被刘奎璧抓住与送回孟府。刘奎璧逼迫孟士元于三天后将丽君嫁给他。为救即将被斩首的皇甫敬,皇甫少华、卫勇娥与孟丽君铤而走险去劫法场,孟子儒从荣兰处偷听消息后亦赴往法场。千钧一发之际,皇甫敬、孟丽君、皇甫少华、孟子儒、卫勇娥等人被文将军(文天祥的侄儿,十几年来他一直带着幼主宋帝昺四处逃亡)所救,暂时栖身山寨(梁山寨)。

在山寨，卫勇娥对魏子尹（孟丽君）关怀备至，柔情似水。为了摆脱卫勇娥的纠缠，孟丽君和孟子儒设法撮合卫勇娥和皇甫少华。一日，文将军收皇甫少华和卫勇娥为徒，少华和勇娥大醉。孟子儒误将皇甫少华送到孟丽君的床上（原本打算送到卫勇娥的床上），而孟子儒本人则误进了卫勇娥的房间。镇远亲王铁穆耳奉旨迎接高丽来使。为了破坏元朝和高丽议和之事，忽哥赤指使人行刺高丽使节，行刺未遂。铁穆耳因元朝与高丽议和之功，被可汗册封为皇太子，早就觊觎皇太子之位的忽哥赤对此极为不满。因可汗病重，铁穆耳出去寻找游山玩水的祖母额美格（皇后）。孟丽君和孟子儒欲离开山寨，遭到文将军的极力阻拦。刘奎璧以孟子儒劫法场一事向孟士元逼婚，苏映雪见刘奎璧误将她当作孟丽君，主动请求代嫁。荣兰只得偷偷去山寨寻找孟丽君，孟丽君、皇甫少华、孟子儒与卫勇娥因而下山。刘奎璧强行将"孟丽君"（苏映雪）娶走，孟丽君、皇甫少华、孟子儒与卫勇娥潜进刘府救人，但洞房内的苏映雪因不甘被玷污而早已跳入河中。刘奎璧恶人先告状，指使走狗将孟士元押往衙门，途中遇见少华与勇娥，立即指使官差捉拿他们。孟丽君、皇甫少华、孟子儒与卫勇娥四人被刘燕玉和其乳娘所救，暂住在刘燕玉已经去世的亲娘的故居中。

为了引出皇甫少华等人，在刘奎璧的逼迫下，胡县尹开堂公审孟士元。因群情激愤，胡县尹不敢贸然判罪，孟士元被收监。孟丽君化名魏子尹，去狱中探望父亲孟士元，孟士元叫孟丽君上大都找其故交郦若山相救。唯恐孟士元遇害，孟丽君拿出铁穆耳的玉佩，迫使胡县尹不敢徇私枉法。孟丽君、荣兰与皇甫少华启程去大都，临行前孟夫人将丽君的画像送给少华。为逃婚，刘燕玉上京找寻父亲，刘奎璧得知后亦上京。中书省急召孟士元上京，孟士元夫妇遂亦赶往大都。苏映雪（梁素云）于投河后被正在江南游玩散心的九王爷忽哥赤的夫人格米思所救。九王爷夫妇的女儿宝儿因爱上汉人而遭到王爷反对，在被王爷软禁于王府后抑郁而亡。得知孟士元夫妇匆促上京，孟子儒与卫勇娥遂亦奔赴大都。在嘉兴，孟子儒与卫勇娥偶遇由胡县尹陪同上京的孟士元夫妇。孟丽君、皇甫少华与荣兰则偷偷上了开往常州的某戏班的船。船上的戏师爷恰巧是关汉卿。在常州，孟丽君巧遇寻找祖母的铁穆耳。因船上的花旦英不能上场演出，孟丽君临时出演《白蛇传·盗仙草》，被恶霸曾仁富看中。孟丽君在去赴铁穆耳之约的途中，被曾仁富指使人掳走，幸亏少华和铁穆耳相继赶来搭救，孟丽君才得以脱离险境。少华因救丽君而负伤。少华因自己喜欢上了"四弟"，内心挣扎，情非得已，故选择了暂时离开。孟丽君、荣兰则与铁穆耳、阿桑哥一同赶往扬州。少华在客店中搭救被抢劫的刘燕玉，两人遂一同上路。在扬州，孟丽君碰见了铁穆耳正在苦苦寻找的皇后额美格（察必），帮助额美格赢回了赌输的钱，两人相遇甚欢。铁穆耳终于找到祖母，此时皇上病危，铁穆耳必须立刻赶回大都，临行前命阿桑哥代他赴约，捎信给"四弟"魏子尹（孟丽君）。阿桑哥偶遇少华，托少华将铁穆耳的信转交魏子尹，少华因此知道"四弟"魏子尹是女扮男装的乔装客。孟丽君和荣兰遇到皇甫少华和刘燕玉，四人遂一起上路。苏映雪跟随九王爷夫妇回到大都。一路同行，孟丽君发现吹笛人原来是皇甫少华，一时难以接受事实。太子铁穆耳对"四弟"难以忘怀，只因当日在扬州时孟丽君曾经弹奏过，便命人寻找雷公琴。在淮安，皇甫少华、孟丽君、刘燕玉与荣兰四人搭救了小珠的母亲。因痴念"四弟"，铁穆耳对善解人意、全心全意爱他的阔真非常冷漠，但迫于祖父可汗之命，只得违心与阔真成亲。可汗因在铁穆耳成婚时多喝了几杯酒而驾崩，忽哥赤护送可汗的灵柩回大漠，临行前交代刘捷找到孟士元给其夫人格米思医治头痛症。过济南，到德州，奔沧州路，一路上孟丽君见刘燕玉对少华体贴入微，醋意大发。

　　在沧州路，刘燕玉被刘奎璧意外逮着，幸好有孟丽君和皇甫少华相助，刘奎璧才落荒而逃。因"十文钱下残局"，孟丽君、荣兰与孟子儒、卫勇娥重逢，但当他们赶到沧州路衙署时，孟士元夫妇已被胡县尹带着上路。孟丽君、荣兰、孟子儒、卫勇娥四人遂撇下皇甫少华和刘燕玉，匆忙赶赴大都。四人去找郦若山，但郦府已经被抄。可汗已经驾崩，入宫医治可汗的密旨因而取消。刘捷正受九王爷之命寻找孟士元，孟士元遂被胡县尹带到刘府。因孟士元不肯给蒙古人治病，刘捷便将其软禁于刘府。

孟丽君、荣兰、孟子儒、卫勇娥初到大都，处处碰壁，最后终于在桂枝香酒坊觅得暂时容身之所，才不至于露宿街头，也因此与山伯（郦若山）不打不相识。孟丽君和荣兰去松鹤茶馆找寻铁穆耳，却又失之交臂。孟丽君治好了山伯的已病得奄奄一息的儿子郦明堂。原来郦明堂与宝儿两情相悦，九王爷忽哥赤棒打鸳鸯。因宝儿抑郁而亡，九王爷遂将郦府抄家查办。

皇太子铁穆耳登基。魏子尹终于找到了铁穆耳，托他打听孟士元的下落。得知宫中密旨已经取消，众太医被遣返原籍，孟丽君、荣兰、孟子儒、卫勇娥决定返回翠竹镇，但随后他们在街头看见了皇甫少华和疯癫的孟夫人，遂又重返郦家。海都叛乱，忽哥赤自请带兵平叛。为了改变九王爷独揽军权的现状，铁穆耳听从太傅伯颜的进谏，让一批忠于九王爷的老将告老还乡。九王爷在得到消息后立即赶回京城。孟丽君、皇甫少华等人出赏金寻找孟士元。孟丽君和皇甫少华被一伙谋财的歹徒算计，少华受伤。经此事故，孟丽君发现自己的心正一步步向少华靠近。刘燕玉来到郦府，告诉少华孟士元在刘府，但当孟丽君、皇甫少华、孟子儒、卫勇娥跟随刘燕玉赶到刘府囚禁孟士元之处时，孟士元已经被人带走。他们偷听到刘奎璧的谈话，得知孟士元已经被刘捷强行带到九王爷府给王爷夫人治病，遂潜入赤王府查探情况。适逢铁穆耳到赤王府探望九王爷，孟丽君误以为二哥铁穆耳和刘捷、九王爷狼狈为奸。

　　因铁穆耳到赤王府探望九王爷时遇国师八思巴行刺，为了洗脱罪名，九王爷要求八思巴刺他一刀。梁素云（苏映雪）见状，替九王爷挡了一刀，因而昏迷不醒。当她醒来后，九王爷夫妇收她为义女。真是"精诚所至，金石为开"，素云以自己的一片真心终于打动了暴戾刚烈的九王爷。孟丽君与皇甫少华再次去刘府打探情况，发现孟士元已经被刘捷掉包做了死囚张大民的替罪羊。郦若山去衙门为孟士元击鼓鸣冤，被痛打八十大板。皇上册封梁素云为昭端郡主。

　　皇上铁穆耳下旨开恩科取士，郦明堂迫于父命参加了第一关的考试，但明堂在温习功课的过程中身体不济。魏子尹（孟丽君）冒郦明堂之名去参加科考，高中状元，始知"二哥"铁穆耳就是当今皇上。而与此同时，为救孟士元，皇甫少华快马加鞭赶往山寨找文将军相救。少华因自己爱上"四弟"（实为"四妹"）而觉得有愧于丽君，遂不辞而别。少华在淮安遇到了正奔向大都的文将军、皇甫敬等人。"郦明堂"（孟丽君）被皇上任命为钦差大臣，重审张大民强抢民女一案。

　　太皇太后突然晕倒，因而与精通医理的新科状元"郦明堂"（孟丽君）在宫中重逢。孟丽君又为太皇太后画了画像，太皇太后特别喜欢孟丽君。皇上强邀孟丽君在湖心亭畔饮酒赏月，皇后见到皇上对丽君的亲热举动，以为皇上好男风而伤心。孟丽君作为随行文官，陪同皇上铁穆耳前往关外出席斡难河的忽里勒台大会，但在途中扎营时，铁穆耳一行遭到四大汗国的大汗乃颜的行刺（忽哥赤是幕后同谋）。铁穆耳和孟丽君被少华所救，折返京城。阿桑哥和荣兰受伤昏迷。早就钟情于阿桑哥的荣兰在苏醒后救了昏迷的阿桑哥。

　　因在关外护驾有功，皇上铁穆耳封皇甫少华为护国大将军。荣兰和阿桑哥终于回到大都。在阿桑哥的建议下，皇上任命少华为京畿督兵统领，训练宫中侍卫。赤王府选郡马，"郦明堂"（孟丽君）刚巧路过，接到了梁素云（苏映雪）抛出的绣球。孟丽君拒婚不成，只得遵从圣旨与郡主拜堂成亲。在洞房中孟丽君惊喜发现郡主原来就是苏映雪。刘奎璧偶然发现新科状元是女扮男装的孟丽君和苏映雪代嫁的真相。当孟丽君再次审理张大民一案时，刘奎璧便卑鄙地在公堂上揭穿孟丽君的真实身份，但孟丽君严词否认。刘捷父子认为孟丽君易钗而弁的消息传到皇宫，早就对孟丽君怀有爱恋之心的皇上即刻召见她，但孟丽君一口咬定自己是堂堂男子汉。公堂之上，孟士元的冤案再次被审理，苏映雪和九王爷到场。苏映雪坚持承认自己就是孟丽君。已经恢复记忆的孟夫人落入刘奎璧手中。刘奎璧企图让孟夫人当众揭穿孟丽君的真实身份，孟夫人却当众指出苏映雪是"孟丽君"，让刘捷父子的如意算盘落空。孟士元终于重见天日，与家人团聚，刘捷父子被打入天牢。为救刘捷父子，刘燕玉去跪求状元（孟丽君），但孟丽君见到燕玉手上的玉镯，以为是皇甫少华所赠，便醋意大发，拒绝了燕玉的请求。燕玉只得去求皇甫敬父子相救。"郦明堂"（孟丽君）向皇上辞官，皇上早知她是女扮男装的乔装客，且对她倾心已久，岂肯轻易让她走？受刘燕玉所托（亦为报答燕玉救命之恩），皇甫少华入宫求见皇上，为刘捷父子说情。为了得到孟丽君，皇上逼迫少华娶刘燕玉为妻。皇甫敬向孟士元提出退婚。刘捷父子被赦免死罪和贬回家乡。

孟丽君欲与家人返回翠竹镇，但在临行前孟丽君和苏映雪被迫跟随九王爷进宫参加迎牙（佛牙）大会，孟士元亦被阿桑哥接入宫中。皇上欲将孟士元留在翰林阁供职，太皇太后也知道了孟丽君女扮男装之事，以为她祸乱宫闱，巧妙暗示丽君马上离开宫廷。皇上在翰林阁召见孟丽君，逼她留在皇宫，此时九王爷偷听到了孟丽君女扮男装、皇上对她用情甚深的秘密。

皇甫少华与刘燕玉成亲，刘燕玉见少华心有所属，就与少华约定以礼相待，情同兄妹。因皇上将孟士元软禁在皇宫，孟子儒无计可施，遂去将军府找皇甫少华，孟丽君随后赶来找子儒，两人为救爹一事而争吵。少华始知魏子尹就是他的未婚妻孟丽君。孟丽君因少华已娶刘燕玉而痛哭流涕。

　　皇上抓住了密谋造反的国师八思巴，九王爷见罪行败露，狗急跳墙，急于出关。九王爷以孟丽君、苏映雪作为人质，逼皇上来见他。此时皇甫少华进宫营救孟士元，听到孟丽君被胁持的消息，遂同皇上一道来见九王爷。九王爷当众揭穿了孟丽君的真实身份，又欲杀之（以此威胁皇上），太皇太后及时赶来解救危局。孟丽君被打入天牢，皇上逼她恢复女装，顺从于他，孟丽君宁死不从。文将军入宫行刺皇上，受到少华的阻拦。怀有身孕的皇后阔真上吊，生命垂危，好不容易才清醒，皇上终于明白皇后对他的种种好处。在太皇太后的巧妙安排下，忽哥赤和格米思夫妇诈死，实则到了关外牧羊。同样是在太皇太后的巧妙安排下，太皇太后的亲信窝窝儿救出天牢中的孟丽君，而真正的郦明堂成为状元，入宫受审，被宣布无罪释放。文将军南下隐居。为了成全孟丽君和皇甫少华，刘燕玉留书出走，回乡伴亲。皇甫少华亲手给孟丽君戴上玉镯，两人终成眷属，琴瑟和鸣。

　　此部电视剧对陈端生原著的改动颇大，一开始就将孟丽君塑造成一个决不服输、棋艺高于父亲、才学高于兄长、只想往外疯跑的野丫头（假小子）形象，且为了衬托孟丽君这朵"红花"的才学和胆识，将其兄孟子儒完全塑造成了一片"绿叶"。此部电视剧又虚构了阿桑哥、马可勃罗、九王爷（九王子）忽哥赤、阔真等人物，且不少情节与原著相出入，比如梁山寨上"偷偷吃糠"的情节就不见于原著。此部电视剧还体现出浓厚的商业气息。

05　电视剧《再生缘之孟丽君传》

　　2006年出品，2007年上映。凡四十二集，每集时长约为40余分钟，共计约为1700多分钟。或名《天子骄子》《剑侠奇缘》等。简称"双冰版"。大型古装青春励志传奇剧。北京金奥尼影视文化传播有限公司出品。出品人：许蔚凌。制片人：应奕彬。剧本策划：应红、曹石、应奕彬、胡俊松。剧本统筹：应奕彬。编剧：胡蓉蓉、关渤、曹石、应红。艺术总监：张楚惠、刘世运。文学顾问：应志良、张炭。制片主任：胡俊松。总导演：李惠民（中国香港）。导演：李惠民（中国香港）、谢益文（新加坡）。武术导演：赵箭。摄影师：郭智仁、潘耀章、叶志伟。音乐：鲍比达。剪辑：周影。

主演：李冰冰（饰孟丽君）、黄海冰（饰皇甫少华）、孙兴（饰刘捷）、陈龙（饰刘奎璧）、高鑫（饰皇帝）、石小群（饰苏映雪）、王玲（饰刘燕玉）、孙宁（饰皇甫长华）、贾雨萌（饰容兰、香梅）、宋思轩（饰王湘）、董丽丹（饰梅妃）、关晓彤［饰孟丽君（童年）］、王明智（饰梁丞相）、徐美玲（饰刘太后）、胡明（饰刑师爷）、贺强（饰孟士元）、刘卫华（饰皇甫敬）、洪宗义（饰潘公公）、马文龙（饰曹矜）、高德海（饰老康）、崔一贵（饰武胜王）、段秋旭（饰武胜王世子）、刑军（饰孟夫人）。

据陈端生的《再生缘》改编而成，剧情是：明代江南蒋州，新郎官刘奎璧奉旨迎娶江南巡抚孟士元之女孟丽君。哀哀怨怨的孟丽君透过喜轿的后窗，穿过送亲的人群，仿佛见到了日夜思念的少华。孟丽君急忙找个机会下轿，跟情同姐妹的孟府丫头苏映雪互换装束。接着，以倒叙的手法回转至一年前的江南蒋州：皇甫少华于骑马赶路途中无意打翻了孟丽君采集的花露，两人因此结缘，互生情愫。苏映雪奉孟士元之命来寻找孟丽君，途中偶遇刘奎璧，两人因一只受伤的小鸟（刘奎璧所射）而结识。刘奎璧误以为苏映雪是孟小姐，对她一见钟情。皇甫敬与孟士元这对武将文官因稽查盐枭一事而闹得"将相不和"。刘家（刘捷派人提亲）与皇甫家（皇甫夫人瞒着皇甫敬而亲自前去提亲）都到孟府提亲，孟士元恐伤和气，无从决断，孟丽君提议比武招亲。少华违背父亲的意愿前去比武，技压群雄，成为孟家的女婿。番邦邬必凯犯上作乱，来势汹汹，边关告急，皇上降旨命江南总督皇甫敬统兵平叛，皇甫少华随父作战。因刘捷从中作梗，皇甫敬兵败被俘，少华身受重伤。刘捷通过刘皇后（刘捷之姐）和皇上身边的红人潘公公，上书皇上，诬蔑皇甫父子叛国投敌。皇上下旨命将皇甫一家押来京城候审。少华带着满身伤痕回到江南，又被刘府追杀。孟丽君被皇上赐婚刘奎璧。皇甫母女在押解途中遭难，皇甫夫人遇害，长华被太子所救，来到宫中，装作哑女。

孟丽君在出嫁刘府途中与苏映雪换装，随后四处寻找少华，当听到父母被下到州府大牢、苏映雪投河自尽（苏映雪在新婚之夜偷听到刘捷陷害皇甫家的秘密，刺杀刘捷未遂而跳湖自尽）的消息后，与丫环容兰匆匆赶回蒋州城。孟丽君在牢房中见到父母，在父亲的嘱咐下，决意为皇甫家与孟家洗雪冤情。孟士元夫妇被发配到沙门岛。皇甫少华在被刘燕玉所救之后被当作壮丁抓到边关杀敌，与意外重逢的孟丽君又不辞而别。容兰病死，孟丽君万念俱灰，欲寻短见，被一采药的怪老汉所救。孟丽君偶遇因被梅杞陷害而逃出宫中的长华，两人一起搭救酷像容兰的妓院烧火丫头香梅。在妓院着火风波之后，长华决定再回宫中，与丽君分别。长华以乐女默云的身份重回皇宫。嘴馋的香梅在集市遇见赶考秀才王湘，王湘将孟丽君当作神机妙算的"大巫姑娘"。香梅的误打误撞，让孟丽君见到了怪医老康，原来他就是在山上救了自己一命的怪老汉。新登基的皇上开设恩科，老康给孟丽君捐了生员，并给她取名"郦君玉"。香梅改名荣发。

郦君玉女扮男装赴京赶考，被钦点为状元，在跨马游街时遇到了因开平民药铺得罪恶霸白大（武胜王的亲戚）而被陷害待斩的师傅老康。郦君玉想方设法搭救老康，老康为了不拖累君玉，在狱中上吊自杀。郦状元供职翰林院（为翰林院修撰），与王湘（前科状元）重逢。王湘猜疑郦状元有一个面貌相似的孪生姐妹（"大巫姑娘"），故对郦状元关照颇多。刘燕玉独自来到京城，郦状元看见她后勾起对少华的思念。皇上召郦状元进宫品茶，这使孟丽君意外见到了皇甫长华（已经被册封为默妃）。皇上因郦君玉调戏默妃（郦君玉在内宫拉着默妃的手）而龙颜大怒，将其打入天牢，长华以装病（假装昏迷不醒）的方法挽救了丽君的性命。郦君玉因用"凤凰三点头"和蚁神酒治愈太后的积食症（饱胀之苦）而得到皇上和太后的宠信。榜眼刘奎璧调到兵部任五品枢密之职，随同兵部尚书赴边关犒军。被俘的皇甫敬为了不让儿子误中圈套，纵身跳下城楼，身中数箭，为国捐躯。刘奎璧发现边关立功之人王少甫竟是皇甫少华，将其押回京城。少华被打入死牢。为排除众人对其乔装的疑心（王湘发现了郦君玉女扮男装的秘密且将其泄露了出去，整个翰林院议论纷纷，刘捷得知后奏明皇上），郦君玉（孟丽君）答应了梁丞相的提亲而入赘梁府。梁丞相其实已知郦君玉是女儿身，但出于爱才惜才之念而佯作不知。

见到少华将被正法问斩的奏章后，一直在宫中装哑的皇甫长华（默妃）突然开口，恳请皇帝赦免少华。皇帝大感意外，于是微服出宫，半夜三更去见梁丞相，然后一同去天牢亲审死囚（待斩的少华），再去兵部，碰巧见到了被运送回京的皇甫敬的遗体。皇上亲自平反了皇甫家的冤案，封皇甫少华为御林军统领，又为受到皇甫家牵连的孟士元一家平反。皇甫少华前往沙门岛迎接孟士元夫妇返京，郦君玉与梁丞相的义女梁素华（即跳湖自尽后获救的苏映雪）拜堂成亲。刘燕玉在街头遇到酒醉的皇甫少华，他因在途中遇到了离开沙门岛返京的孟士元夫妇而节省时日，提早回京。孟丽君暗中与回京的父母和皇甫少华相认。孟丽君和皇甫少华之间因皇甫敬之死而产生隔阂。孟丽君提着祭品准备去祭拜皇甫敬，因看到了前来祭拜的刘燕玉和皇甫少华在一起而伤心离去。孟丽君晕倒在地，被随后追赶的皇甫少华救回客栈。皇甫少华护送孟士元夫妇还乡，孟丽君因皇甫少华的离去而大病一场，在京城中开了一间"苦茗茶坊"，等待少华归来。

野心勃勃的武胜王怂恿朝中大臣，一再奏请皇上立梅妃为后，皇上对此不满。因觊觎皇后之位，刘捷将女儿燕玉骗进宫中（借口说照顾太后），逼迫燕玉讨好皇上。燕玉因念念不忘少华而拒绝了皇上的宠幸。燕玉在被争风吃醋的梅妃毒打一顿后离开皇宫，长华（默妃）因替燕玉说情而被梅妃推下水中。刘捷逼燕玉进宫给梅妃赔罪，燕玉不从，逃入青莲庵为尼。在接到梅妃的亲笔信后，武胜王逼皇上于二十天内立梅妃为后。皇上将在朝堂上振振有词反对立梅妃为后的郦君玉调入吏部为官（任吏部郎中）。烧早香回来的郦夫人（苏映雪）在街头看见了酗酒的刘奎璧，便下轿跟踪他，被他认出。刘奎璧跑到梁府要见苏映雪。为了防止满城风雨，苏映雪只能说着违心的话让刘奎璧死心。少华回京，在长华的责骂下，终于打开心结，在"苦茗茶坊"找到了即将离京的孟丽君。武胜王寿宴，皇上命孟丽君与刘捷以贺寿特使的身份同往山西祝寿，又采纳梁丞相的建议，暗中命皇甫少华星夜换防镇守山西。在山西布政司衙署，郦君玉与武胜王世子起了冲突。在郦君玉性命攸关的时刻，皇甫少华（山西都指挥使）带兵出现。在武胜王的威逼下，郦君玉在被刘捷暴打一顿后被押进大牢（实是用苦肉计迷惑武胜王）。在武胜王寿宴上，郦君玉敲山震虎，武胜王不敢轻举妄动。武胜王世子率家将护卫围攻朝廷钦差郦君玉与刘捷，武胜王见状假装昏迷不醒。皇甫少华在换防时被俘，郦君玉与曹矜救出皇甫少华。武胜王世子在率兵到布政司围攻刘捷父子时被刘奎璧射杀，武胜王起兵造反，被皇甫少华射杀。孟丽君与皇甫少华，几经磨难，终于联手挫败了武胜王的阴谋。在武胜王之乱被平定后，郦君玉拜吏部左侍郎。刘捷开始将斗争矛头对准郦君玉。梅妃因武胜王叛乱而被打入冷宫。

　　皇甫少华查封私盐，发现刘捷有偷运私盐的重大嫌疑，立刻回京，而曹矜此时因贪图荣华富贵已被刘捷父子收买。刘捷耍弄手段，迫使皇上封他为王（忠义王）。皇上封郦君玉为巡盐御使，命其彻查盐务（督办盐案），刘捷因在朝堂上诬告郦君玉非法收取贿银而碰了一鼻子灰。曹矜将从皇甫少华处偷来的孟丽君的画像（敬茶图）

送给刘捷。皇上封少华为锦衣卫都指挥使，封王湘为绣衣文使，命他们协助郦君玉稽查盐案。为了搜集刘捷贩卖私盐的证据，皇甫少华赶赴天津长芦盐场，拿到了发盐案卷。为夺发盐案卷，刘奎璧利用曹矜将少华骗到城外的荒庙。刘捷亲手将发盐案卷焚毁，稽查盐案一事因而受阻。曹矜悔悟。为救少华，曹矜被刘奎璧所杀。少华在被王湘找到时已昏迷不醒。刘捷从敬茶图中看出刘奎璧当日所娶的并非真正的孟丽君，又从刘奎璧口中得知梁素华即苏映雪，一心想借此扳倒梁丞相和郦君玉。孟士元夫妇入京，苏映雪去看望孟士元夫妇，三人一同被刘捷用敬茶图骗至皇甫少华的府上。梁丞相和郦君玉前去搭救。郦君玉进宫面圣，途中被刘捷所派之人跟踪行刺，幸好少华及时出现，郦君玉摆脱险情。但孟夫人为救丽君而惨死街头。孟士元上朝参奏刘捷害死孟夫人，刘捷为己开脱，将孟丽君的敬茶图献给皇上，并说出当年代嫁的秘密。皇甫少华被削去官职及遣送还乡。孟士元气愤至极，行刺刘捷未果，反被其挟制，幸亏郦君玉及时出现，孟士元才化险为夷。郦君玉打算和孟士元与皇甫少华扶柩还乡，但在途中闻听边关告急，孟士元独自悄悄离去，郦君玉和皇甫少华连夜返京面圣。

皇上下旨招考大将军，虽然刘捷从中作梗，少华仍战胜刘奎璧（苏映雪因担心刘奎璧受伤，亦来到比武现场。刘奎璧因见到苏映雪惶恐时不小心丢下的手绢而分心，被少华击败）。苏映雪冒雨去见酗酒的刘奎璧，两人有了一次美好的相聚。皇上封少华为征讨大将军，封郦君玉为兵马大元帅，命两人率兵讨伐邬必凯。在太后面前，刘捷使了一个诡计，促使皇上任命潘公公为监军。在边关，因郦君玉和皇甫少华暂时按兵不动，潘公公为了逼郦君玉交出帅印而将其软禁。皇甫少华潜入番邦，在牢房中见到皇甫敬写在地面上的遗书，得知刘捷通敌的秘密。刘奎璧与刑师爷亦到番邦，为了得到当年刘捷送给邬必凯的兵力部署图而贿赂邬必凯，但邬必凯得到贿赂后并不买账。郦君玉以交出兵权为利物，使得潘公公来到其被软禁之处，然后以少华的亲笔书信取得众将的信任，下令攻城。郦君玉与皇甫少华里应外合，一举消灭邬必凯，但皇甫少华在与邬必凯决斗时，被欲夺兵力部署图的刘奎璧用暗箭所伤，昏迷不醒。

　　归朝后，潘公公谎报军功，无功的刘奎璧占了头功，而有功的郦君玉却被打入天牢（因皇甫少华昏迷不醒，郦君玉久滞大军不归和私设卫所，这给潘公公、刘捷等人留下了中伤她的把柄，他们诬陷她图谋不轨），梁丞相和王湘替郦君玉求情未果。为救郦君玉，梁素华（苏映雪）去求刘奎璧，两人发生争吵。朝堂上，刘捷逼皇上立斩郦君玉，皇上只得下旨将郦君玉处死（赐毒酒一杯）。默妃跪求皇上赦免郦君玉，皇上表示爱莫能助（为刘捷所逼）。梁丞相拿着镇宅之宝去刘府，低声下气恳求刘捷饶郦君玉不死，刘捷咄咄逼人，竟将梁府镇宅之宝摔个粉碎。天牢外，梁丞相为救郦君玉而死谏（实为刘捷逼死），皇上下旨废除郦君玉的死罪，罢刘捷荣禄大夫衔。罗将军率大军归朝，陈述郦君玉私设卫所的实情。皇甫少华苏醒，闻听郦君玉被捉拿回京，即刻备马赶回京城，以兵力部署图为证，向皇上禀报刘捷私通番邦之事。

　　刘捷日益猖狂，私自招募乡勇，图谋不轨。当因逼死三朝元老梁丞相而令皇上对他有所不满时，他意欲马上谋反，举兵起事。其子刘奎璧因反对他谋反而被他关押。刘捷先发制人，先用武力挟持文武大臣联名上书废除皇上，随后又以病危为由，将皇上与皇太后骗至刘府探视，用剑挟持皇上，逼迫其退位。幸好刚被释放的郦君玉及时出现救驾，皇甫少华也率兵随后赶到。刘捷见大势已去，让刘奎璧做出一副儿子刺杀父亲的大义灭亲的样子给皇上看。因刘捷身败名裂，刘燕玉被逐出青莲庵。郦君玉（孟丽君）和皇甫少华约定一起离开京城，此时皇上急召郦君玉进宫，偶然瞥见郦君玉头上的发簪（皇甫少华赠送），便使巧计将发簪弄到手。皇上将发簪与敬茶图联系起来，发现了郦君玉即孟丽君的秘密。郦君玉本欲告假还乡，与少华归隐山林，但读到梁丞相对她寄予厚望的书信后，决定暂时留在朝中。刘奎璧因"大义灭亲"而官复原职，且世袭刘捷的忠义王爵位。皇上恩准刘奎璧留在皇宫侍奉抱恙的太后。皇上封郦君玉为吏部尚书，封皇甫少华为御林军统领。皇上与郦君玉约定共同保守女扮男装的秘密。苏映雪去客栈找刘奎璧，但刘奎璧已经不再是从前的刘奎璧了。

太后的病情日益加重，默妃因尽心服侍她而赢得了她的宠爱。太后劝皇上立默妃为后，郦君玉亦在皇上面前建议立长华为后。默妃皇甫长华被册封为正宫皇后。为了"报仇"，刘奎璧（在刘捷死后，原本心存一丝善念的刘奎璧却突然之间判若两人，满脑子都是替父报仇的歪念头，内心阴暗无比）私通被打入冷宫的梅妃。梅妃用计重新赢得皇上的宠幸。刘燕玉成为街头卖唱女。皇上决定重立梅妃，王湘因在朝堂上反对此事而被皇上下旨"廷杖三十"。荣发（香梅）去给王湘送药，两人的心开始靠近。皇上发现小时候用萤火虫退兵救他的、他一直在苦苦寻找的女孩正是孟丽君，也正是那位赐教的"仙人"。皇甫皇后有了身孕，梅妃与刘奎璧欲用毒计害死龙种而嫁祸郦君玉。此时梅妃有了刘奎璧的骨肉。太后得知刘奎璧与梅妃偷情，欲加阻拦，竟被刘奎璧害死。梅妃亲口告诉皇上自己有了身孕（其实是刘奎璧的孩子），皇上大喜。皇上命郦大人替皇甫皇后诊治。为了让皇甫皇后"生不出"（早产血崩而死），梅妃串通潘公公和宫里的稳婆，欲用加了麝香的药丸毒害皇甫皇后而嫁祸郦君玉，幸亏郦君玉及时发现，潘公公和稳婆被斩首。刘奎璧带着梅妃逃走未遂，梅妃（对刘奎璧动了真情）在小产后咬舌自尽。刘奎璧自请督办太后大祭一事。

郦君玉为皇上驱除心疾，两人独处偏殿。皇甫皇后因吃醋（郦君玉与皇上走得太近）而传信给皇甫少华。少华立即进宫找郦君玉，劝她一起离开京城（说两天后在渡口等她）。因孟丽君要离开京城，皇上将自己关在偏殿，拒绝上朝。孟丽君决定和少华一起离开，但在通往渡头的途中遇到被刺杀的宫女彩蛾（本是太后身边的宫女，现在服侍皇后）而发现刘奎璧害死太后且与梅妃偷情的秘密后，决定再回朝廷铲除奸佞。因郦君玉去而复返，皇上欣喜若狂而决定上朝。因孟丽君已经"离开"京城，苏映雪去找刘奎璧。刘奎璧得知郦君玉是孟丽君后气急败坏，马上召集刘捷的旧部，决定在太后大祭之日"复仇"。苏映雪匆匆忙忙跑往梁府，欲向郦君玉告知此事，却被刘奎璧派人在梁府门前抓回。

太后大祭之日，刘奎璧阴险地揭穿郦君玉女扮男装之事，逼迫皇上将其斩首，朝臣哗然。刘奎璧造反，皇甫少华及时救驾。刘奎璧凶神恶煞，一剑刺向孟丽君，少华为救丽君而中剑。刘奎璧被太后的陵碑砸中。少华因失血过多而昏迷不醒。皇上派人给丽君送来一根枯死的人参和活命的药。荣发（香梅）以为受伤的王湘死了，在孟丽君面前痛哭流涕，说出了真心话。苏映雪去见孟丽君，求其带她去见刘奎璧，刘奎璧已因头部受重创而昏迷不醒。孟丽君女装上殿。朝堂之上，虽然王湘竭力为丽君说情，但百官仍要求惩处孟丽君。孟丽君慷慨陈词，恳请皇上恩准苏映雪带走痴呆的刘奎璧，将刘奎璧贬为庶民，然后撞柱自尽。少华醒来，看到香梅留下的书信，以为丽君已死，伤心离开，途中看到苏映雪带着痴呆的刘奎璧在路边摆小摊卖水果为生，又在返回故乡的船上重遇丽君。原来皇上与孟丽君合演了一场先死后生的戏。刘燕玉出家为尼。

电视剧《再生缘之孟丽君传》以写情为主，着重演述孟丽君与皇甫少华之间久经磨难、缠绵悱恻的恋情。为了让这段恋情"久经磨难"，剧中增加了藩王之乱、稽查盐案、刘捷蓄意谋反等情节，让孟丽君与皇甫少华多次身陷危机，品尝生离死别的痛苦。为了让这段恋情"缠绵悱恻"，丽君与少华在订婚之前已因一瓶花露相识，彼此倾心。孟丽君女扮男装之事，皇甫少华在护送平反的孟士元夫妇进京后即知悉，并非如弹词《再生缘》中所着力描绘的那样——孟丽君一直想方设法向皇甫少华隐瞒真实身份。孟丽君与皇甫少华心心相印，共同平定了武胜王的叛乱，共同查办盐案，共同扫除边患，又共同制服了觊觎皇位的刘捷。皇甫少华对孟丽君用情甚深，孟丽君对皇甫少华也一片深情。两人多次商定辞官卸职，回归田园，只是因为朝中存在着刘捷父子等奸臣而未能如愿。

此剧中的皇甫敬被塑造得非常刚硬，古板固执，甚至有些不通人情，仅像是一介鲁莽的武夫。剧中一开始围绕着稽查盐枭一事即将皇甫敬与孟士元这对武将文官置于水火不容、"将相不和"的境地，彼此各执己见，互不买账（这与原著中皇甫敬与孟士元是关系非同寻常的密友不同）。因为误会，皇甫敬对孟丽君一直心怀不满，因此他激烈反对、一再阻挠皇甫少华与孟丽君的婚事。而从本剧中刘奎璧的身上，则可以看到良知是如何一步一步泯灭的。

四、小说改编本

01 《龙凤再生缘》

或名《龙凤配再生缘》《再生缘》《孟丽君》《三美缘》等。民国年间上海鸿文书局、上海萃英书局、上海沈鹤记书局、新文化书社、大达图书局、广益书局、香港广益书局等多家出版机构，皆曾印行该小说。

江苏省社会科学院明清小说研究中心、文学研究所编写的《中国通俗小说总目提要》和陈大康撰写的《中国近代小说编年》，皆著录上海鸿文书局石印本《龙凤配再生缘》。

香港广益书局印行的《孟丽君》，或名《绘图再生缘》（目次、书口题）。未标出版年月（似是民国年间印本）。封面标明"绣像绘图通俗小说"，但除了封面有一幅彩色图画（绣像）之外，无其他图画。字体很小，密密麻麻，阅读起来比较吃力。

该小说凡七十四回。香港广益书局印行的《孟丽君》的回目如下：

第一回	宴蟠桃神仙谪世	征土番英雄立功
第二回	皇甫敬威镇云省	秦布政赌彩朱陈
第三回	苏大娘乳哺守节	孟士元订期比箭
第四回	刘奎璧贪色误事	苏映雪怜才相思
第五回	苏映雪梦订良缘	刘奎璧诡托美意
第六回	奎璧使计害忠良	燕玉订婚放夫婿
第七回	后花园少华逃生	小春亭进喜放火
第八回	皇甫敬忿心拷仆	江进喜诡词覆主
第九回	元城侯听子荐贤	皇甫敬忠心报国
第十回	汉元帅过海鏖兵	番军师隐身擒将
第十一回	彭巡抚冒奏陷忠	尹御史通信保嗣
第十二回	全忠义主仆逃生	尽节孝母女候死
第十三回	念忠良结义芝兰	全名节假求配偶
第十四回	韦勇达拜认母子	熊友鹤寻访仙师
第十五回	为功名英雄苦谏[39]	图美媳太郡进表
第十六回	成宗帝曲意赐婚	祁丞相孽缘强合
第十七回	孟小姐画图慰亲	刘国舅备聘逞势
第十八回	贞洁女男妆逃难	义烈妇代夫报仇
第十九回	苏映雪行刺投水	刘奎璧夺妻中伤
第二十回	孟尚书怒索人命	景夫人喜认义女
第二十一回	成宗主金殿劝和	刘皇后内宫赐妾
第二十二回	孟小姐换姓改名	康若山移花接木
第二十三回	风流妾暗慕才郎	慷慨父厚待义子
第二十四回	错中错二妾求欢	人上人三元及第
第二十五回	为救夫明堂进京	贪美妻奎璧挂帅
第二十六回	刘奎璧中计被擒	韦勇达迫写供状

第五十四回	降褒封诏寻节女	庆新婚夫拜娇妻
第五十五回	刘皇后阴魂救亲	旧国丈满门遇赦
第五十六回	怀妒忌奎璧亡身	逞势力三嫂结怨
第五十七回	思爱女韩氏染病	念慈恩郦相医亲
第五十八回	敬贤臣君臣畅饮	诈昏述[40]母女重逢
第五十九回	点总裁郦相荣显	探疾病韩氏泄言
第六十回	假孟女庞福施谋	诈王妃项氏设计
第六十一回	路云祥金殿吟诗	苏大娘王府传话
第六十二回	忠孝王上表认妻	梁相丞[41]发怒助婿
第六十三回	金銮殿二相施威	丞相府刘氏谢罪
第六十四回	图苟合成宗游苑	辨礼义郦相题诗
第六十五回	天香馆诈醉留诗	金銮殿硬限完姻
第六十六回	成宗主曲意限亲	尹太郡入宫展娶
第六十七回	拷事情权昌供认	探事由成宗托词
第六十八回	饮番酒宫女脱靴	匿绣鞋天子袒护
第六十九回	呕心血郦相抱病	起私情成宗冒雨
第七十回	思佳人题诗待和	念美妻探病受惊
第七十一回	心愿足孟氏认亲	报恩义苏女求父
第七十二回	成宗欲斩郦丞相	太后恩赦孟千金
第七十三回	梁丞相上表嫁女	孟丽君入宫谢恩
第七十四回	会亲女大娘欢喜	受荫封三美团圆

据陈端生著、梁德绳续的弹词《再生缘》改写而成，改编者已经佚名。篇幅约有30多万字，主要叙述孟丽君于改扮男装后高中状元，为官理政，显身扬名，最终复妆与皇甫少华完婚团聚的故事，大致上承继了弹词《再生缘》的叙事结构。原著是以七字韵文为主、韵散结合的弹词体，小说《龙凤再生缘》则是半文半白的散文体。基本情节忠实于弹词体的原著，但是没有完全刻画出陈端生原著中

孟丽君的奇特风骨。大概因受梁德绳续尾的影响，在孟丽君复妆问题的处理上，小说《龙凤再生缘》将陈端生原著中敢于向男权社会抗争、独立自尊的孟丽君改编成了一个在身份败露后自愿雌伏、温柔顺从的传统女子。结局亦是梁德绳续尾式的三美团圆，改编者不但写了孟丽君、苏映雪、刘燕玉三美共侍一夫，还交代了她们相处融洽、芝兰毓秀的情景：孟丽君生二子一女，长子先为驸马，后作丞相，次子被封为长胜将军，女儿是飞蛟郡主；刘燕玉生一子，医道极精，荫袭六部侍郎之职；苏映雪生二子，一子荫袭户部侍郎，一子被封为驸马都尉。

孙菊园在《再生缘·前言》中对该小说改编本作了中肯的评价："尤其难能可贵的是，小说改编后篇幅只及原作的三分之一，但它大体上保持了原作的故事格局，丝毫未损害原作情节的完整性，这说明改编者在握笔时是费过一番斟酌推敲的。只是作为一部小说，本书偏重于故事情节的叙述，而缺少人物声音笑貌、举止动作的传神描写，这不能不说是一个缺陷。"[42]喻岳衡在《再生缘·前言》（被收入岳麓书社1997年7月版《再生缘》卷首）中指出了该小说改编本在艺术上的主要局限：一是该小说改编本着重于故事情节的粗线条叙述，缺少对人物传神的细致描写，因而人物（尤其是孟丽君）的性格、心理、声音笑貌等的描写，都远不如原著传神，未能细致真实地描绘孟丽君复杂的心理活动，亦未考虑到孟丽君之思想感情的重大变化；二是该小说改编本虽然大体上承继了弹词《再生缘》的故事格局，保留了原著的主要情节，但一些情节偏离了原著，偏离了作者的原意，显得很不合理。

02 《再生缘》

陈端生原著，佚名改写，孙菊园校点，长沙：湖南文艺出版社，1986年版。卷端有四幅黑白图画、孙菊园写于1985年5月6日的《前言》和郭沫若的《〈再生缘〉前十七卷和它的作者陈端生》（节选）。凡七十四回。回目如下：

第一回	宴蟠桃神仙谪世	征土番英雄立功
第二回	皇甫敬威镇云省	秦布政赌彩朱陈
第三回	苏大娘乳哺守节	孟士元订期比箭
第四回	刘奎璧贪色误事	苏映雪怜才相思
第五回	苏映雪梦订良缘	刘奎璧诡托美意
第六回	奎璧使计害忠良	燕玉订婚放夫婿
第七回	后花园少华逃生	小春庭进喜放火
第八回	皇甫敬忿心拷仆	江进喜诡词复主
第九回	元城侯听子荐贤	皇甫敬忠君报国
第十回	汉元帅过海麾兵	番军师隐身擒将
第十一回	彭巡抚冒奏陷忠	尹御史通信保嗣
第十二回	全忠义主仆逃生	尽节孝母女俟死
第十三回	念忠良义结芝兰	全名节假求配偶
第十四回	韦勇达拜认母子	熊友鹤寻访仙师
第十五回	为功名英雄苦练	图美媳太郡进表
第十六回	成宗帝曲意赐婚	祁丞相孽缘强合
第十七回	孟小姐画图慰亲	刘国舅备聘逞势
第十八回	贞洁女男装逃难	义烈妇代夫报仇
第十九回	苏映雪行刺投水	刘奎璧夺妻中伤
第二十回	孟尚书怒索人命	景夫人喜认义女
第二十一回	成宗主金殿劝和	刘皇后内宫赐妾
第二十二回	孟小姐换姓改名	康若山移花接木
第二十三回	风流妾暗羡才郎	慷慨父厚待义女
第二十四回	错中错二妾求欢	人上人三元及第
第二十五回	为救夫明堂进京	贪美妻奎璧挂帅
第二十六回	刘奎璧中计被擒	韦勇达迫写供状

第五十四回	降褒封诏寻节女	庆新婚夫拜娇妻
第五十五回	刘皇后阴魂救亲	旧国丈满门遇赦
第五十六回	怀嫉妒奎璧亡身	逞势力三嫂结怨
第五十七回	思爱女韩氏染病	念慈恩郦相医亲
第五十八回	敬贤臣君臣畅饮	诈昏迷母女重逢
第五十九回	点总裁郦相荣显	探疾病韩氏泄言
第六十回	假孟女庞福施谋	诈王妃项氏设计
第六十一回	路祥云金殿吟诗	苏大娘王府传语
第六十二回	忠孝王上表认妻	梁丞相发怒助婿
第六十三回	金銮殿二相施威	丞相府刘氏谢罪
第六十四回	图苟合成宗游苑	辨礼义郦相题诗
第六十五回	天香馆诈醉留诗	金銮殿硬限完姻
第六十六回	成宗主曲意限亲	尹太郡入宫殿娶
第六十七回	拷事情权昌供认	探事由成宗托词
第六十八回	饮番酒宫女脱靴	匿绣鞋天子袒护
第六十九回	呕心血郦相抱病	起私情成宗冒雨
第七十回	思佳人题诗待和	念美妻探病受惊
第七十一回	心愿足孟氏认亲	报恩义苏女求父
第七十二回	成宗欲斩郦丞相	太后恩赦孟千金
第七十三回	梁丞相上表嫁女	孟丽君入宫谢恩
第七十四回	会亲女大娘欢喜	受荫封三美团圆

此为小说《龙凤再生缘》的校补本。

03　《再生缘》

　　陈端生原著，佚名改编，喻岳衡校补，长沙：岳麓书社，1997年版（下文简称"校补本"）。卷端有喻岳衡写于1997年3月的《前言》和《略论〈再生缘〉之思想、结构、文词》（节录自陈寅恪《论〈再生缘〉》）。[43] 凡七十四回。与孙菊园校点本相较，除了第十九回的回目"苏映雪行刺投水 刘奎璧夺妻受伤"与孙菊园校点本的第十九回的回目"苏映雪行刺投水 刘奎璧夺妻中伤"有一字出入,其他回的回目完全相同。

此为小说《龙凤再生缘》的又一校补本。喻岳衡在《前言》中指出了校补者对原小说改编本的主要"校补":

其一,在小说《龙凤再生缘》中,有的情节偏离了弹词《再生缘》原有的情节,偏离了作者的原意,显得很不合理,校补者根据弹词《再生缘》做了适当的改动,使之符合原意;

其二,小说《龙凤再生缘》只着重于故事情节的叙述,缺少对人物的细致描写,因而人物的性格、心理、声音笑貌等的描写,都远不如弹词《再生缘》传神。校补者根据弹词《再生缘》作了一些补充,力求在不影响小说《龙凤再生缘》的结构的情况下,补充一些对人物的出色描写。

总之,校补者对小说《龙凤再生缘》作了情节修改和文字补充等工作,但基本上保留了原小说改编本的原文,故不影响其原貌。

约有30多万字。与孙菊园校点本《再生缘》的改编者实为同一人,因此其内容、语言也与孙菊园校点本基本相同,只有少许字句稍有出入。

04 《孟丽君》

逸钟著,南昌:江西人民出版社,1990年版。

主要根据陈端生的弹词《再生缘》改写而成,同时汲取了秦纪文演出本《再生缘》(即秦纪文改编的苏州弹词《孟丽君》)中的一些情节。正如逸钟在《后记》中所言,该小说的情节主干与陈端生的前十七卷大体一致,但旁逸出不少支干,且对原书中的人物(如苏映雪、刘燕玉等)的性格做了较大的改动,又删去了一些与主线关系不大的人物(如孟丽君之兄孟嘉龄、刘奎璧之兄刘奎光等)。

逸钟改写的《孟丽君》,杜撰了一个原著中没有的全新人物——

郦明堂（康秀岳）。孟丽君于乔装潜逃后改名康秀岳，在客店中偶遇珠宝商郦若山，颇为相投。郦若山之子郦明堂是一介举人，但染上痨症，病情危急。孟丽君遂跟着郦若山来到湖广武昌府咸宁县郦家府内。孟丽君凭借高超的医术治愈病重的郦明堂，又冒郦明堂之名上京应试，从此孟丽君成了郦明堂，而真正的郦明堂成了康秀岳。而当孟丽君因身份暴露而被元成宗软禁于宫中后，熊浩、卫勇娥得知消息，火速回京，同来的还有康秀岳。康秀岳乔装成宫女，跟着卫勇娥混进宫中，出现在孟丽君的面前，两人互相爱慕，一起逃出皇宫，归隐太湖，最后双双游历名山大川，悬壶济世。刘燕玉出家，少华与映雪成亲。熊浩在救孟丽君出宫时牺牲，卫勇娥被少华误杀。皇后（皇甫长华）流产。进喜与荣兰喜结良缘。逸钟改编的《孟丽君》的结局[44]，确实与众不同，但让冰清玉洁的孟丽君抛弃皇甫少华之未婚妻的身份而嫁给康秀岳（而非皇甫少华），却与陈端生之原意相悖。

05 《孟丽君传奇》

丁时前著，长沙：湖南文艺出版社，2000年版。

凡十六回，回目为：

第一回	莽奎璧禅室戏丽君	俏燕玉闺房救少华
第二回	晴天霹雳忠良罹祸	翻云弄雨小奸赐婚
第三回	松林追杀少华遇敌	洞房刺奸映雪赴难
第四回	投湖夜遁映雪获救	淮南寻亲丽君看播
第五回	救弱女侠女遇钦差	惩恶奴丽君当总监
第六回	劫钦犯招亲皇甫女	谋佳丽误套风月娃
第七回	何明辉计斩金知府	淮南王追杀何钦差
第八回	遇淫僧孟丽君涉险	会长华众侠女结义
第九回	金榜题名丽君入仕	洞房花烛双女成婚
第十回	淫僧逼奸映雪遭厄	美人诱敌奎璧困兵

故事情节为：暮春时节，昆明城外普陀寺，兵部尚书孟士元之女孟丽君（人称"云南才女"）和使女荣兰前来进香还愿，参见得道高僧悟性大师。孟丽君受到来此游览的当朝宰相刘捷之子、皇后之弟、神武将军刘奎璧的调戏。刘奎璧垂涎孟丽君的绝世姿容，挑逗丽君遭拒后，挽媒到孟府提亲，但孟丽君自幼许配边关元帅皇甫敬之子皇甫少华（再过两个月就要花烛成亲了），刘奎璧未能如愿以偿。为图谋孟丽君，刘奎璧定下毒计，命童仆进喜邀请少华到刘府赴宴，以其同父异母妹刘燕玉为诱饵，阴谋害死皇甫少华。少华被刘燕玉及其乳母汪三嫂和进喜所救，并与燕玉私订终身（为了顾全燕玉的名节）。刘奎璧进京，向父亲刘相进皇甫少华的谗言，正值边关副帅陆廷因与皇甫敬不睦，谎称困守孤城、全军战死的皇甫敬临阵脱逃，疑为投敌。刘相便藉陆廷的文书诬奏皇甫敬叛国投敌。皇帝龙颜大怒，下旨抄斩皇甫满门。昆明守备飞往皇甫府报信，皇甫少华（化名王华）潜逃。刘奎璧与其手下众武士追杀少华，生死关头，少华被长须老人张三丰所救，并拜其为师。刘奎璧通过皇后刘燕珠，使皇上下旨赐孟丽君与其完婚。孟丽君与荣兰乔装出走。苏映雪身怀利剪，代嫁刘府，于洞房内行刺刘奎璧未遂，在投湖后被当今右相国梁鉴的夫人的妹妹——韩夫人所救，并被其螟蛉为女（化名玉珠）。

孟丽君与荣兰改扮男装，寻找少华未果，遂到淮南丽君之姨父郦顺卿家（郦家庄）去投亲。孟丽君和荣兰为救被淮南知府金良诚之子金义仁欺压的蒋春、蒋玉琴父女，结识朝廷钦差何明辉。随后因淮南王手下第一谋士贾范举荐，孟丽君在王府当武术总监。皇甫长华与母亲被押解进京，当路过河南翠台山时，被皇甫敬手下先锋卫焕之女卫勇娥（女扮男装的山大王）救上山寨。金义仁从醉仙楼的妓女秋红口中得知乔装客孟丽君是女儿身之后，定计赚丽君上钩，后丽君逃脱，秋红被金义仁杀害。孟丽君和荣兰回到郦家庄，丽君（自幼跟随其乳母即苏映雪之母学习岐黄之术）治愈表兄郦明玉之头疾，姨父郦顺卿建议她冒表兄之名赴京赶考。以蒋春命案为线索，何明辉用计斩杀了贪官金良诚、金义仁父子。蒋玉琴为救何明辉而被杀。淮南王派人追杀何钦差，危急关头，何钦差被孟丽君所救（从郦家庄返回淮南城的孟丽君从贾范处得知何钦差被追杀的消息，遂快马加鞭追赶何钦差，假传王爷之命智救何钦差）。

　　孟丽君和荣兰直奔京师而去，途中夜宿黑店。孟丽君差点被双龙山的黑和尚凌辱，幸亏她急中生智而逃脱魔爪。孟丽君劝说山寨的大头领归顺朝廷，又到毗邻的翠台山，与卫勇娥、皇甫长华义结金兰。孟丽君冒表兄郦明玉之名入京应试，金榜题名，高中状元，与恩师梁相的甥女玉珠（即苏映雪，梁相夫人之妹韩夫人之义女）成婚，两人约定他日共侍少华。孟丽君因治愈太后之病，被破格任命为吏部尚书。因推行惩贪法，孟丽君触犯了刘相等奸臣的利益。黑和尚追踪孟丽君和荣兰，来到京师，在孟丽君洞房花烛之时偷窥苏映雪的容貌之后，无日不想着玷污苏映雪。黑和尚白昼闯入苏映雪的闺房，荣兰及时赶回府中将其杀退，保住映雪的清白。

　　刘相勾结一些朝官联名上本弹劾丽君，奏请皇上将其免职，但丽君反而成了兵部尚书（原兵部尚书孟士元成为吏部尚书）。丽君上疏奏请朝廷开武科，皇甫少华（化名王华）与师弟熊友鹤赴京赶考。在收到丽君派荣兰送来的密函之后，贾范说动淮南王爷派韩宜虎入京参加武考。少华中武科状元，担任平虏大元帅，组建一支平虏大军。熊友鹤被钦点为先锋。韩宜虎和奎璧的武士汤显明、严子奇、陶连城被擢拔为兵马司指挥使。黑和尚投奔到严子奇处。刘相为了拉拢少华，欲将刘燕玉许配给他。想起曾与燕玉私订终身，少华只得应允，与燕玉定了亲。平虏大军秘密出征。为了了解平虏军的动向，刘相父子设下圈套，将丽君骗到京西大客栈，使皇上怀疑其与淮南王勾结谋反。直到山东巡抚何明辉进京见驾，才还丽君以清白。平虏大军从边关传来捷报，刘相父子通知淮南王兴兵举事。少华回朝，洗雪了为国捐躯的父亲皇甫敬和卫焕的冤情。

刘相欲为少华与燕玉完婚，荣兰闻讯后闯进帅府，怒斥少华，无意中泄露了孟丽君的行藏。为了推迟与燕玉的婚期，少华向刘相透露恩师郦明玉即孟丽君。在刘相的怂恿下，少华向皇上奏明丽君乔装入仕的实情，请求赐婚。皇帝因为私心，虽然金殿上否认郦明玉是孟丽君，但设下陷阱，将她灌醉于内宫。淮南王兴兵作乱，其前锋三万精骑抵达京郊，刘相父子将趁机发难举事。韩宜虎欲将刘相父子谋逆的计划禀报丽君，但丽君酒醉内宫，只得将详情告诉荣兰。皇帝被刘皇后缠住，无法临幸丽君。太后命太监用解药救醒丽君，丽君在太后面前承认自己的真实身份。此时荣兰手持太后给的金牌女装闯宫，求见郦明玉，将韩宜虎所禀告的军情告诉了太后、皇上与丽君。皇上封郦明玉（孟丽君）为一品宰相，兼领兵部，总制全国军政大权。孟丽君和荣兰赶到南城兵马司衙门韩宜虎处，使柳筒洲反正，又到兵部校场，诛杀严子奇、陶连城，使柳子星反正。少华奉师命率兵阻击淮南精骑进入京城，熊友鹤奉师命往翠台山和双龙山调兵，丽君本人则带领卫士兵卒守卫内宫。黑和尚趁刘相发动叛乱之机，闯入郦府，搜寻苏映雪，误中机关，殒命郦府。刘奎璧率兵攻打皇宫，丽君誓死抵抗。荣兰为救丽君而牺牲。皇甫长华率领翠台山援军来救皇宫，丽君化险为夷。孟士元冒着生命危险策动禁军反正。叛军攻入内宫，刘奎璧欲弑君夺位，遭到刘皇后的阻拦，一怒之下手刃胞姐。为保护皇帝，长华、丽君双战奎璧，但不敌奎璧，幸亏少华及时赶到，救下丽君和长华。少华一念之仁，放走奎璧。刘相见大势已去，服毒酒身亡，燕玉出家修行。平房大军攻进淮南境内，淮南王服毒自尽。少华因功加封虎威大将军衔，韩宜虎、熊友鹤、孟士元、贾范皆封侯。皇甫长华被册封为皇后，卫勇娥被赐配熊友鹤。孟丽君被太后认为义女，又被赐封为贞烈公主，与皇甫少华成婚，苏映雪亦归少华。

　　此小说将陈端生原著中女状元孟丽君乔装入仕的传奇故事完全改写成了侠女斗贪官奸相的惊险故事。丁时前借用原著中的几个主要人物（如孟丽君、苏映雪、皇甫少华、皇甫长华、刘奎璧、熊友鹤、卫勇娥、刘燕珠、刘燕玉、荣兰等）和孟丽君、荣兰、卫勇娥女扮男装的故事模式重新演绎了一段斩奸除恶的传奇故事，且将故事发生的时代背景模糊化。丁时前在作品中还增添了武侠元素，将孟丽君（荣兰之母云娘把毕生所学武艺传授给她）、荣兰（母亲云娘武功盖世）、皇甫长华、卫勇娥皆塑造成了武功颇高的侠女形象，书中第八回有"众侠女结义"的情节：皇甫长华为大姐、卫勇娥为二妹、孟丽君为三妹、荣兰为四妹。

　　此小说中的不少故事情节迥异于原著，从中可以见出丁时前对陈端生原著中人物的好恶态度。原著中的刘捷、刘奎璧父子，只是因争婚失败才挟嫌陷害皇甫全家，而此小说将其改写成排除异己、结党营私、阴谋夺位、祸乱天下的大奸巨恶之徒。原著中的皇甫少华，可能并不是丁时前非常喜爱的人物，因此他在小说中将皇甫少华描写得很软弱，而且忠奸不辨、敌友不分，常被刘相牵着鼻子走，在关键时刻又因一念之仁放走了刘奎璧，纵虎归山。在此小说中，皇甫少华的结局是：虽然他与孟丽君、苏映雪成婚了，但十多年后朝廷内外再度卷起血雨腥风，天下大乱，少华中了刘奎璧的暗算而死于非命，为自己的忠奸不辨、敌友不分付出了惨重的代价。

06《再生缘》（《再生缘之孟丽君传》）

陈端生原著，黎冰、舒寒改写，北京：东方出版社，2007年版。

故事情节与李冰冰、黄海冰主演的电视剧《再生缘之孟丽君传》的剧情大体上相一致，系黎冰、舒寒根据由胡蓉蓉、关渤、曹石、应红编写的电视剧《再生缘之孟丽君传》改写而成。书末有电视剧《再生缘之孟丽君传》的制片人应奕彬撰写的《一个孟丽君　几世才女梦》。应奕彬在《一个孟丽君　几世才女梦》中指出："在男尊女卑的封建社会，身为女子的陈端生只能够通过创作《再生缘》，一展心中的抱负，将自己心中的理想全部寄托在书中主人公孟丽君的身上，塑造了一个女性心目中的完美偶像！"[45]"可贵的是，文本中所蕴含的对女性自身价值的深层思考，即便是在两百年后的今天仍具有很强的现实意义！"[46]

五、曲艺改编本

01　弹词《金闺杰》

凡三十二回，是侯芝（1768－1830）根据《再生缘》删改而成的弹词。侯芝，字香叶，号香叶阁主人、修月阁主人，诗人侯学诗之女，数学家梅冲之妻，文学家梅曾亮之母。侯芝有咏絮之才，尤其嗜好弹词，除了《金闺杰》，还曾修订弹词《玉钏缘》与《锦上花》，创作弹词《再造天》。

侯芝对陈端生的《再生缘》中的孟丽君颇多微词，故在《金闺杰》中对陈端生原著进行了大刀阔斧的修改。侯芝对梁德绳的续尾也颇为不满，故在《金闺杰》中将梁德绳续尾中孟丽君恢复女装后的显耀场景全部删除，只写孟丽君在醉酒后险被皇帝赐死，幸而太后出面搭救了她，最终孟丽君与苏映雪、刘燕玉同归皇甫少华，三美共侍一夫。客观地说，侯芝修改的《金闺杰》完全是封建伦理道德的传声筒，时间已经证明其艺术价值远逊于陈端生的原著。

02 弹词《再造天》

或名《再生缘续集》《续再生缘》。凡十六回，是侯芝根据《再生缘》续写的弹词。《再造天》以孟丽君的女儿皇甫飞龙为女主人公，剧情为：皇甫飞龙野心勃勃，胆大妄为，欲效法唐朝武则天为天下女主，于进宫后被英宗册封为右后，独断专行，陷害忠良，六亲不认，不忠不孝，甚至囚禁母亲孟丽君。最终皇甫飞龙被太后赐死，不得善终。孟丽君为自己的闺训不严而痛心疾首。侯芝通过塑造皇甫飞龙这一反面角色来表达其对《再生缘》中孟丽君"颠倒阴阳""大逆不道"的不满。

03 苏州弹词《再生缘》

秦纪文演出本，薛汕整理，北京：中国曲艺出版社，1981年版。上、下册。

著名评弹艺人秦纪文将陈端生的《再生缘》改编为苏州弹词《孟丽君》，在书坛演唱五十年，备受听众欢迎。薛汕将秦纪文演出的《孟丽君》加以整理，将吴语改为普通话，题为《再生缘》，由中国曲艺出版社出版。由秦纪文演出和薛汕整理的《再生缘》凡八十回，共八十余万字，回目如下：

第一回　比箭夺婚	第二回　谋害少华
第三回　母子设计	第四回　误上堂楼
第五回　小奸搜楼	第六回　少华脱险
第七回　忠良受屈	第八回　裙钗结义
第九回　少华迁[47]侠	第十回　丽君抗婚
第十一回　映雪代嫁	第十二回　二美巧会
第十三回　洞房刺奸	第十四回　厅堂评理
第十五回　映雪迁救	第十六回　恩结母女
第十七回　映雪进京	第十八回　金殿诉冤
第十九回　活捉小奸	第二十回　移花接木

上册卷首有叶圣陶的赠诗："剧艺争传孟丽君，中篇弹唱尚初闻。剪裁妥帖能连贯，描状精微颇出群。郎意君心通委宛，邸中殿上应纷纭。迷离扑朔终分晓，脱却罗袍换绮裙。"

故事主要集中在孟丽君与皇甫少华聚散离合的主线上，主要情节如下：

孟府后花园，皇甫少华与国舅刘奎璧比箭夺婚。少华胜出，刘奎璧怀恨在心，阴谋用火烧死少华。少华被刘燕玉、江三嫂和进喜搭救。刘奎璧又借助父亲刘捷之力，使得皇甫家与卫焕家惨遭满门问斩的厄运。少华潜逃，拜黄鹤山人张三峰为师，巧遇熊友鹤。孟丽君（改名郦君玉）抗婚出逃，在进京途中路过河南开封，治愈珠宝商郦若山的独子郦明堂（一榜解元）。孟丽君冒郦明堂之名入京赶考，高中状元。后因治愈太后的病，孟丽君升任兵部尚书。孟丽君奏请朝廷开考武场，少华化名王华应考，得中武状元，获封平叛大元帅。少华救父回朝，血本申冤。圣上论功行赏，少华被封为王，丽君拜相。此时少华愈来愈疑心郦君玉就是孟丽君。可巧皇帝偏偏也怀疑郦丞相是女儿身，于是引出一连串认与不认、君夺臣妻的风波。最终在太后与皇后的帮助下，孟丽君与皇甫少华终成眷属。孟丽君的丫环荣兰与进喜结为夫妻。该改编本对苏映雪和刘燕玉的最终命运做了新的处理：苏映雪与真郦明堂（郦若山之子，一榜解元）喜结良缘；刘燕玉（一个非常善良、只为他人着想、被牺牲的悲剧人物）到云南昆明白莲庵出家。

总之，秦纪文演出本《再生缘》（即秦纪文改编的苏州弹词《孟丽君》），不但续写了一个不同于梁德绳续尾的结局，而且相较于陈端生原著，也做了不少增删和改动。比如将原著中孟丽君于潜逃途中遇见的康信仁更改为郦若山，然后引出其子郦明堂，一个病重的解元郎，使得孟丽君得以冒充郦明堂进京应考；让卫勇娥（卫蛟）与皇甫少华、熊友鹤结拜为兄弟，一同上京应考、出征，而让皇甫长华接替卫勇娥做河南登封嵩山翠台山的寨主，等等。

另外，此改编本的语言明白晓畅，诙谐幽默。秦纪文使用了较多富有乡土气息的谚语、歇后语，譬如"三个指头拾田螺，二个指头揭开茶壶，一个指头擦点馋唾，拿稳""猴儿学人形，改不了猴气""看棋只看车马炮——不识相""千年文书好合药，今天凑巧用得着""大腿上打摆子——腿牵（太谦）""一升米磨了二年半——久磨（久慕）""大水冲了龙王庙，一家人不认识一家人""一跤跌到青云里""六月里冻杀一只老绵羊，说来话长""冷镬子里爆出一只热栗子，出乎意外""和尚打伞，无法（发）无天"，等等。

秦纪文为改编苏州弹词《孟丽君》所付出的心血是不容抹杀的，其坚持不懈的意志是值得赞扬的。据他本人回忆，当初他在码头说《孟丽君》时，因为书的内容不够长，得想办法把书加长，"每天白天说书，晚上做书，每夜要做到三点多钟或破晓不等。总之，要预备好明天演唱的书，预计够了再睡。不够，那里睡得着，急得要命。后来每天除了上台演出，吃饭，……整天坐在桌子边看书、研究、改编、读熟，坐得臀部皮肤破裂，疼痛难忍"[48]，后来到了上海，与其师李伯泉先生搭档，师徒二人"每夜非到三点钟不睡。全力以赴，集中于《孟丽君》。经过这样的努力，达一年多，书路也通顺了，日期也可延长了，大约能做一月多一些"[49]。

扬琴戏《孟丽君》和逸钟改写的小说《孟丽君》，皆汲取了秦纪文演出本《再生缘》的不少情节。

04　苏州弹词《孟丽君》

凡二十六回。20世纪60年代初，江苏评弹作家潘伯英（1903—1968）据陈端生原著改编而成。相异于秦纪文演出本《再生缘》的是，潘伯英改编本主要根据陈端生原著中孟丽君不愿复妆的矛盾心情来塑造孟丽君的形象，调整情节和人物间的关系。演唱者有谢毓菁、徐琴韵、徐碧英、王月香、龚华声、潘莉韵等。

据毛胜、王兵的《"孔夫子不能穿列宁装"——从陈云对弹词〈孟丽君〉改编本的评论引发的启示》介绍，1962年冬，陈云到达苏州后，曾一连三天前往南仓桥的凤苑书场观看潘伯英改编本《孟丽君》的演出，后因健康原因而改听录音，在听完整部书后，陈云先后约潘伯英谈话七个小时，称赞其改编的《孟丽君》很成功。陈云认为潘伯英改编本《孟丽君》"注意刻画人物的内心，对书中人物的思想和行动，都有细致的分析。……在说理方面是成功的""说表不冗长，不繁琐""唱词也安排得比较集中，用了很多典故，用得很好""穿插、噱头也很好，韵白也用得很好"[50]。同时，陈云也指出："还有些地方，道理讲得不够。如孟丽君的相府招亲，使人听了不能完全信服。还有些常识性的问题，说得不正确。书中有一些地方，古代人说现代人的话，是不合适的，孔夫子不能穿列宁装。"[51]

05　苏州弹词《孟丽君》

1988年春，上海电视台的"电视书场"节目播放了朱雪琴与蔡小娟弹唱的苏州弹词《孟丽君》。

06　苏州弹词《孟丽君》

上集《再生缘》，下集《华丽缘》。著名弹词艺人秦纪文之女秦文莲根据演出实践整理和再创作。

07　苏州弹词《孟丽君》

袁小良、王瑾弹唱。上海电视台录制。凡五十回，每回为30多分钟或将近40分钟。

第一回　比箭联姻（上）　　第二回　比箭联姻（下）

第三回　火烧小春庭（上）　　第四回　火烧小春庭（中）

第五回　火烧小春庭（下）　　第六回　少华遇难

　　此部苏州弹词，说表多于弹唱（以说表为主）。主要故事情节为：通过比箭，皇甫少华战胜刘奎璧，与孟丽君联姻。败北的刘奎璧欲谋害少华，用计火烧小春庭。皇甫少华被刘燕玉和江进喜及其母亲搭救。因被刘家陷害，皇甫府遭难，皇甫少华潜逃。圣旨逼婚，为保全名节，孟丽君女扮男装远走他乡。苏映雪代嫁至刘府，在洞房内行刺刘奎璧未遂，投昆明湖自尽而遇救，成为梁府之义女梁素华。孟家和刘府为"孟丽君"洞房行刺一事闹到金殿，皇上与太后平息了这场争吵，"孟丽君"被旌表为烈女。孟丽君冒河南郦明堂之名进京赶考，得中状元（殿元）。圣旨赐婚，孟丽君入赘相府，在洞房中巧遇苏映雪。双女成亲，成就一对假凤虚凰。

孟丽君（郦明堂）因入宫治愈太后之病而升任兵部尚书。孟丽君奏请开设恩科。少华进京赶考，高中武状元。皇甫少华奏明皇甫家的冤情，刘燕玉上殿为之作证。少华获封兵马大元帅，率兵路过吹台山，招安吹台山义军，与韦勇达、皇甫长华同去平番。少华救父回朝，圣上论功行赏，皇甫少华被封为忠孝王，皇甫敬被封为武宪王，郦明堂位列三台。圣旨赐婚，少华与刘燕玉成亲。孟夫人一气成病，奄奄一息。孟丽君医病认母。少华在得到丽君认母消息后百感交集，急忙上本认妻。孟丽君撕本抗议，将认母一事赖得一干二净。

皇上怀着私心，邀郦明堂同游御园，又邀她到天香馆，企图君臣同榻而眠，幸而太后驾到解围。假孟丽君进京，孟府拒不相认，孟母更是当殿指称郦明堂就是孟丽君，郦明堂却坚决否认自己的真实身份。目睹孟丽君的自画真容，皇上对郦明堂的真实身份心知肚明，却仍将假孟丽君赐婚皇甫少华。少华病重，郦明堂到皇甫府给少华治病，少华对其倾诉衷肠，明堂反倒劝少华与假孟丽君成亲。太后宣召郦明堂进宫描画送子观音图，又赐酒将其灌醉，令宫女脱靴验身。皇上逼迫丽君入宫为妃，丽君宁死不屈。皇上私心未遂，欲斩丽君。太后恩赦丽君。孟丽君与皇甫少华成亲，苏映雪嫁给真正的郦明堂，刘燕玉出家为尼。

美中不足的是，丽君拜相之前的情节稍显繁杂，而之后的情节又颇显简略。

08　木鱼歌（南音）《再生缘摘锦》

谭正璧、谭寻编著的《木鱼歌、潮州歌叙录》著录。据《木鱼歌、潮州歌叙录》介绍，此作品由《上林苑题诗》《天香馆留宿》《延师诊脉》《抱主伤怀》《金銮殿轻生》《万寿宫诉恨》六篇龙舟歌集成。

09 潮州歌《玉钏环续再生缘》

或名《射锦袍孟丽君一集》。谭正璧、谭寻编著的《木鱼歌、潮州歌叙录》著录。据《木鱼歌、潮州歌叙录》介绍，此作品上续潮州歌《玉钏缘谢玉辉平金番》，根据弹词《再生缘》的第一回至第十一回的上半回改编而成，从皇甫少华与刘奎璧两家同时遣媒向孟家求婚起，至孟丽君为拒婚刘家而乔装出走止。

10 潮州歌《玉钏环后续再生缘》

或名《射锦袍孟丽君二集》。谭正璧、谭寻编著的《木鱼歌、潮州歌叙录》著录。据《木鱼歌、潮州歌叙录》介绍，此作品上续潮州歌《玉钏环续再生缘》，根据弹词《再生缘》的第十一回的下半回至第十九回的上半回改编而成，从苏映雪代嫁至刘府，行刺刘奎璧不遂，投湖自尽起，至刘燕玉因拒婚而逃至尼庵止。

11 潮州歌《玉钏环三续再生缘》

或名《射锦袍孟丽君三集》。谭正璧、谭寻编著的《木鱼歌、潮州歌叙录》著录。据《木鱼歌、潮州歌叙录》介绍，此作品上续潮州歌《玉钏环后续再生缘》，根据弹词《再生缘》的第十九回的下半回至第二十五回的上半回改编而成，从刘家因燕玉出走，以姑母之女梅雪贞代嫁起，至皇甫少华化名王华高中武状元，出征邬必凯止。

12 福州评话《孟丽君脱靴》

据说民国初期福州评话艺术家黄菊亭（艺名科题）的《孟丽君脱靴》堪称绝唱。[52]

13 温州鼓词《孟丽君》

凡二十六集，每集时长约为60分钟左右。或名《龙凤再生缘》。改编：项宗光。演唱者：徐玉燕。浙江音像出版社出版发行，瑞安市瑞星音像制品有限公司摄制。

主要人物和故事情节与陈端生著、梁德绳续的通行本《再生缘》相近似，且亦是才子佳人完聚的三美团圆的结局。但与通行本《再生缘》不同的是，温州鼓词《孟丽君》用了将近18集的篇幅来唱述孟丽君拜相之前的故事，而对孟丽君拜相之后的故事则简略带过。

正如温州鼓词《再造天》（温州鼓词《孟丽君》的续集）开篇所说："上部书是《龙凤再生缘》，主角是唱孟丽君，为了追求爱情自由，摧毁了封建的枷锁，女扮男装，背井离乡。经历一番艰难曲折，显示了平生的智慧，终于实践了自己的愿望。皇甫少华一生三旦，终成眷属。夫荣妻贵，花朝月夕，生男育女。"由于改编者将《再生缘》的故事仅仅定义为才子佳人历经波折而终成眷属的爱情故事，因而温州鼓词《孟丽君》中的孟丽君已然失去了原著中孟丽君的独特光彩与独立精神，而只是一个自愿回归男权社会为女性设定的固有位置的传统女子。

14 温州鼓词《再造天》

凡十四集，每集时长约为60分钟左右。是温州鼓词《孟丽君》的续集。出品人：李启先。总监制：张瑞星。监制：张凯尔。摄影：孙勇。作者：蔡秀钱。演唱：蔡香柳。浙江音像出版社出版发行，瑞安市瑞星音像制品有限公司摄制。

故事情节为：元成宗时期，皇甫少华一夫三妻，享尽荣华富贵。八月十五中秋之夜，快马来报皇甫敬在原籍荆州抱病身亡。皇甫少华带着三个儿子——皇甫朝贵、皇甫朝林、皇甫朝时赶回荆州奔丧。当途经河南伏牛山复仇岙时，皇甫少华身中冷箭，幼子皇甫朝时被刘魁刚之子刘桧、刘魁壁之子刘槐所劫。刘魁刚想出一计，派刘桧、刘槐去京中投靠刘艳玉，以试探孟丽君的心迹，将皇甫朝时留在复仇岙，由自己照顾。

刘桧、刘槐在入京后仗义搭救被卫兵追杀的荣浩之子荣启蒙，与之义结金兰，又同入晋王府搭救启蒙之妹荣培玉，杀死晋王甘麻刺（成宗之堂兄），但怀宁王海山（成宗之堂弟）在闻讯后请旨前来捉拿三位英雄，引起一场恶斗。荣培玉仍身陷牢笼。荣启蒙身负重伤，被力八达太子（皇甫长华所生）的内侍刘忠所救。刘桧、刘槐在被官兵追赶途中跳入皇甫府的后花园，巧遇皇甫飞龙、皇甫飞鸾姐妹，因此得见姑妈刘艳玉。

怀宁王海山将晋王被杀之事奏明皇上，请旨将荣浩全家收禁于天牢，等到捉住凶手时一同处决。怀宁王海山带兵到皇甫府搜查凶犯，皇甫飞龙足智多谋，使得怀宁王空手而归。孟丽君决定在将刘桧、刘槐绑送刑部衙门后再进宫面圣恳请赦罪，刘桧、刘槐在绑送途中被归京的皇甫朝林押回。刘艳玉以为孟丽君有意害死其内侄而悬梁自尽。孟丽君采纳苏映雪的建议，将刘桧、刘槐锁在后花园的空房中，但刘桧、刘槐被皇甫飞龙与皇甫飞鸾偷偷带至孟府。怀宁王海山请旨索犯。因刘氏兄弟已经逃走，孟丽君在进京面圣时被扣押于武夷宫。

迫于怀宁王海山的压力，皇上欲斩荣浩一家。为救荣浩，汉族大臣联名上本，与皇族亲王发生争执。皇上下令将荣浩一家暂时收禁于天牢，这引起怀宁王海山等皇族的不满。怀宁王海山蓄意推翻朝廷。孟光林因中人奸计而误闯禁宫，成宗故意拖延，未立即治罪于他，怀宁王海山更是怀恨在心。在被孟光林识破刘氏兄弟的身份后，皇甫飞龙姐妹与刘氏兄弟逃离孟府，潜回皇甫府，与怀宁王海山派来的人进行一场恶斗。刘槐、皇甫飞鸾被捉，刘桧、皇甫飞龙逃脱。刘桧巧遇荣启蒙。飞龙误入怀宁王府，遂在王府之家仆何冲的帮助下，化名何清，女扮男装潜伏在王府，救出荣培玉，却又中怀宁王之计被捉。得知怀宁王蓄意谋夺皇位，飞龙遂摆下迷魂阵，假意答应待他登基后嫁给他，实则为了粉碎怀宁王的阴谋。荣启蒙、刘桧、飞鸾潜入王府，在飞龙的暗助下，救出刘槐。

成宗皇帝在到五台山进香时被围困。怀宁王海山联合四大勤王等皇族王亲实行宫廷政变，废除成宗的皇位。怀宁王海山成为新君（武宗）。皇甫飞龙被册封为正宫。皇甫飞龙将皇甫长华遣送至五台山，将母亲孟丽君遣送回府。为了保全贞节，皇甫飞龙进献四美迷惑武宗，同时密召力八达太子和刘忠，将自己再造乾坤的计划透露给力八达太子，并做媒将荣培玉许配力八达太子。

孟丽君差遣荣启蒙、刘桧、刘槐和皇甫飞鸾送信至云南。四人在途经开封时巧遇皇甫朝林，在途经孟良岗时巧遇皇甫朝时、刘英和家将李义，遂同到刘魁刚家中。启蒙、刘桧、刘槐、皇甫飞鸾和皇甫朝林奔赴云南，刘魁刚则带着皇甫朝时、刘英奔赴潼关。皇甫少华起兵云南，一路势如破竹。在刘魁刚的帮助下，皇甫少华大破潼关，直奔五台山救驾，再领兵回朝。

在京城中，皇甫飞龙用计除掉了伯颜和伯察两位王叔，同时把将于正月十五举事的计划密告太子和荣培玉，又在校场比武中胜出，被封为兵马大元帅。皇甫飞龙雪夜出兵劫营，活捉荣启蒙、皇甫朝林、皇甫飞鸾、刘桧和刘槐，将其送至武夷宫太子处，五人始知飞龙的真实意图。皇甫飞龙命荣培玉到皇甫府将于正月十五夜完婚之事透露给孟丽君。正月十五夜，皇甫飞龙将计就计，用毒酒害死武宗，拥立太子到文华殿登基。皇甫飞龙利用假正宫的身份，粉碎了武宗篡权的阴谋。成宗在五台山病逝，太子即位，国号仁宗。飞龙与刘桧、飞鸾与刘槐，两对有情人终成眷属。

值得注意的是，温州鼓词《再造天》的故事情节迥异于侯芝创作的弹词《再造天》的情节。侯芝在弹词《再造天》中将皇甫飞龙塑造成一个野心勃勃、意欲效仿武则天称帝、最终自取灭亡的反面角色。温州鼓词《再造天》着重突出蒙古族与汉族之间的矛盾斗争，以及歌颂皇甫飞龙在皇室斗争中展现的大智大勇，可以说是为侯芝创作的弹词《再造天》中的皇甫飞龙翻案的作品。

15　徐州琴书《孟丽君》

徐州琴书《孟丽君》是一部长篇大书，现有朱邦跃（江苏宿迁民间艺人，主唱）、胡玉莲（朱邦跃之妻，江苏宿迁民间艺人）、张银侠（朱邦跃的师妹，江苏宿迁民间艺人）、李全营（江苏徐州民间艺人）和王道兰（江苏徐州民间艺人）说唱（以唱为主）的部分音频流传于世：

第01集比剑招亲5片	第02集黄甫家犯抄5片
第06集少华挂帅8片	第07集夺黑风口8片
第08集救父还朝8片	第09集捉刘杰4片（少第01片）
第11集孟府匿影8片	第12集抄云南8片
第14集绑刘杰8片	第16集一脱靴8片
第17集相试威8片	第18集三美见面8片
第19集二脱靴8片	第20集三脱靴8片

16　《绘图再生缘宝卷》

上海惜阴书局印行。在扉页之后、正文之前有皇甫长华、苏映雪、刘燕玉、江三嫂、孟嘉龄、刘捷的画像。用宝卷的形式宣讲《再生缘》的故事。韵散结合，韵文为七字句。包括卷上（上集）、卷下（下集）。卷上首句为"再生缘卷接上文"，可见此种宝卷还有"上文"，或是另一种宣讲《再生缘》中故事的宝卷的续集。

卷上（上集）宣讲的故事主要有：元帅皇甫敬和先锋卫焕兵败被擒。国丈刘捷的门生、山东巡抚彭如泽诬陷他们投敌，成宗帝下旨抄斩皇甫满门。皇甫少华与吕忠主仆二人闻讯潜逃。皇甫少华在逃难途中与熊浩结拜。皇甫长华与母亲被押解上京，途中囚车被绿林强盗单洪劫持上山。恰巧吹台山大王韦勇达是先锋卫焕的女儿卫勇娥假扮。韦勇达与皇甫长华结为兄妹，皇甫母女在吹台山存身。成宗帝下旨令孟丽君改配刘奎璧。孟丽君带着丫环荣兰改扮男装逃婚，留信让苏映雪代嫁。苏映雪在洞房中行刺刘奎璧未遂，投昆明江自尽。

卷下（下集）宣讲的故事主要有：苏映雪于投水后被梁丞相的夫人景氏所救，成为梁府的义女，改名梁素华。孟丽君（改名郦明堂、郦君玉）带着荣兰（改名荣发）出逃，当行至贵州镇时，在招商店偶遇湖广武昌富商康若山。康若山爱才，螟蛉孟丽君为子。孟丽君随着康若山来到武昌康家。康若山为义子捐监，孟丽君高中解元，一举成名。刘奎璧领兵征剿吹台山，兵败被擒。孟丽君进京赴考，高中状元。因被梁府千金的彩球抛中，孟丽君赘入梁府，与苏映雪重逢。刘燕玉为逃婚而躲入万缘庵。孟丽君因治愈病重的太后，升任兵部尚书。孟丽君奏请朝廷颁诏开武考，招集天下英雄。皇甫少华与熊浩进京赴考，主考官正是孟丽君（郦君玉）。皇甫少华考取武状元，挂帅东征，救父回朝。刘家势败，刘捷被打入天牢。皇甫父子俱被封王，皇甫长华嫁给成宗，成为皇后。孟士元的家属进京。皇甫少华见到孟丽君亲手所绘画像，疑心恩师郦丞相即孟丽君。得知刘府被抄，刘燕玉进京面圣。天子宽赦刘家。孟夫人装病，请郦丞相诊治，母女相认。孟士元将郦丞相认母一事告诉忠孝王皇甫少华。孟士元、皇甫少华、梁丞相上表陈情，皇帝下诏赐婚，孟丽君是正室，苏映雪与刘燕玉为妾，一夫三妻团圆。

17 宝卷《龙凤配》

谭正璧、谭寻编著的《木鱼歌、潮州歌叙录》在介绍木鱼歌（南音）《再生缘摘锦》时说："故事出弹词《再生缘》，与此题材相同的有小说《龙凤再生缘》、宝卷《龙凤配》、潮州歌《玉钏环后续再生缘》。"[53]但笔者目前尚未搜集到该作品。

六、话剧改编本

01 话剧《孟丽君》

丁西林编剧，1959年8月初稿、1960年2月修正、1961年7月二次修正，发表于1961年7—8月合刊号《剧本》，后被收入中国戏剧出版社1985年版《丁西林剧作全集》（上）第305—380页。话剧《孟丽君》是丁西林本人最为满意的一部剧作。

凡六幕。对陈端生的《再生缘》做了较大的改动：删除了原著中的三个主要人物——刘奎璧、苏映雪与刘燕玉；将原著中故事发生的时代即元朝改成一个更为缥缈的不指明的朝代；将原著中的故事背景即皇甫敬征番被擒更改为孟士元南征被擒。

孟丽君于改装后以郦君玉的身份考中状元，官至丞相。少华凯旋归朝，猜疑丞相郦君玉即孟丽君，因此惹出一连串试探与反试探、认与不认的风波。丁西林将话剧《孟丽君》定位为喜剧，因此他为孟丽君构想的是一个喜气洋洋的团圆结局：当孟丽君的真实身份暴露后，皇帝下旨革去孟丽君的丞相之职，贬为丫环，收在皇宫之内，侍奉娘娘公主终身。太后螟蛉孟丽君为女，且将她册封为公主，赐婚经武将军皇甫少华。

总之，话剧《孟丽君》以孟丽君的自画像为道具，主要描写孟丽君的家世变迁以及她与皇甫少华之间曲折美好的爱情故事，情节主要围绕着当皇甫少华班师回朝后丞相郦君玉的真实身份的辨认而展开。在丞相身份辨认的风波中，皇甫少华表现得比孟丽君更为积极、主动、大胆和执着，孟丽君却似乎始终处于被动地位，这与原著中因拒不认亲而做出惊世骇俗之举动的奇女子孟丽君相异。

值得注意的是，这部话剧是当时众多历史剧创作中的"另类"之作。主流观点认为历史剧写的是历史上的真人真事。话剧《孟丽君》中所写的古人古事是完全虚构的，丁西林也将之归于历史剧之列，称作"虚构的历史剧"，与"真实的历史剧"相并列，这拓展了历史剧的范围。由于丁西林将之定位为喜剧，话剧《孟丽君》还体现出有别于传统历史剧的娱乐化倾向。比如第一幕皇帝上场后说："做个皇帝样样好，就是怕坐朝。可喜的是有一个年轻的丞相有主意，可恼的是几个年老的大臣爱争吵。"[54]颇具调侃意味的言辞，令人解颐。其他如太师魏瑾与国丈刘捷的斗嘴、皇后的撒泼，亦颇具喜剧色彩。李健吾在《〈孟丽君〉》中对话剧《孟丽君》的喜剧成就进行了肯定，说"《再生缘》里的孟丽君，就性格而论，深致多了。而《孟丽君》里的孟丽君，在完成喜剧的任务上，却顺利多了。两位孟丽君各有千秋，让她们都永生下去吧"[55]"《孟丽君》是一部匠心独到的喜剧作品。《团圆之后》在悲剧方面的成就，《孟丽君》在喜剧方面的成就，都为现代人在处理封建社会的题材上取得可贵的写作经验"[56]。

当然，也有论者指出话剧《孟丽君》的改编存在不足之处，比如叶工在《为越剧〈孟丽君〉说几句话》中指出，话剧《孟丽君》"按照传统的话剧结构方法剪裁情节，虽然保存了原故事的一些精彩片段，但大量的生动丰富的内容被不适当地割舍了""有关苏映雪、皇甫长华等情节的取舍问题，都是值得重新斟酌的"[57]。

越剧《孟丽君》（吴兆芬改编）、黄梅戏《孟丽君》（班友书、汪自毅改编）、黄梅戏电视剧《孟丽君》（王冠亚、天方改编）、秦腔《孟丽君》（项宗沛改编）、闽剧《孟丽君》（郑长谋改编）、桂剧《孟丽君》（刘克嘉、筱兰魁改编）和晋剧《孟丽君》等的故事情节，都与丁西林的话剧《孟丽君》相近似。可见话剧《孟丽君》在问世后确实给当时的戏曲界以积极深远的影响。

七、连环画改编本

01 年画连环画《孟丽君》

《新中国年画连环画精品丛书》之一种。绘画：章玉青。策划：年画收藏联谊会。上海画片出版社1958年6月第1版，年画收藏联谊会2008年1月印行（用于内部交流）。包括《比箭定婚》《留像避祸》《代嫁锄奸》《两女洞房》《医病封相》《母女相会》《携像试妻》《金殿认妻》《威胁利诱》《赐酒验靴》《真相败露》《夫妻团圆》凡十二幅年画。

02 绘画版连环画《孟丽君故事》

1963年5月香港新雅出版，包括《比箭定亲》《少华遇难》《女扮男装》《高中状元》《点将平辽》《丽君拜相》《成宗窥妆》《佳偶团圆》，共八册。绘画很精美。

03 戏曲摄影版连环画《孟丽君》（锡剧）

上海市嘉定县锡剧团演出。剧本整理：水石。导演：曹灿。改编：黄林。摄影：夏永烈。江西人民出版社1983年6月版。

04 戏曲摄影版连环画《孟丽君》（祁剧）

上、中、下集，即湖南省祁阳县祁剧团演出的祁剧连台本戏《孟丽君》的戏曲摄影连环画本。编剧与改编：欧阳友徽。导演：傅华皮、肖远耀。摄影：朱煦、刘革非、赵扬名。封面设计：刘昕。责任编辑：郑世俊、刘昕。湖南美术出版社1984年4月版。

05 绘画版连环画《再生缘》套书

中国文艺联合出版公司1984年9月至1985年12月间出版发行。共十册：

《比箭夺婚》（《再生缘》之一），中国文艺联合出版公司1984年9月1版1印。改编：晓明，绘画：任梦龙，封面：彭金泉。

《映雪代嫁》（《再生缘》之二），中国文艺联合出版公司1984年11月1版1印。改编：晓明，绘画：龙瑞，封面：彭金泉。

《丽君入赘》（《再生缘》之三），中国文艺联合出版公司1984年12月1版1印。改编：晓明，绘画：苏西映，封面：彭金泉。

《昏君试探》（《再生缘》之四），中国文艺联合出版公司1985年2月1版1印。改编：晓明，绘画：佐泉，封面：彭金泉。

《少华封王》（《再生缘》之五），中国文艺联合出版公司1984年11月1版1印。改编：晓明，绘画：继英、继兰，封面：彭金泉。

《燕帕生波》(《再生缘》之六),中国文艺联合出版公司1984年12月1版1印。改编:晓明,绘画:许金国,封面:彭金泉。

《丽君认母》(《再生缘》之七),中国文艺联合出版公司1985年8月1版1印。改编:晓明,绘画:苏西映,封面:彭金泉。

《三美巧会》(《再生缘》之八),中国文艺联合出版公司1985年10月1版1印。改编:晓明,绘画:徐余兴,封面:彭金泉。

《中计脱靴》(《再生缘》之九),中国文艺联合出版社1985年12月1版1印。改编:晓明,绘画:苏西映,封面:彭金泉。

《再生奇缘》(《再生缘》之十),中国文艺联合出版公司1985年6月1版1印。改编:晓明,绘画:苏西映,封面:彭金泉。

每册独立成一个相对完整的小故事。工笔细描的精美图画搭配简明扼要的文字,真可谓图文并茂,相得益彰。

06 连环漫画《孟丽君》

著名漫画家陈定国创作,连载于《漫画周刊》,曾在台湾地区风靡一时,拥有广大的读者群。据说在此连环漫画中,孟丽君的形象是凤眼美人。[58]

07 年画连环画《孟丽君》

彩绘。凡十二幅。冯国琳画。被收入孟庆江主编:《中国彩绘连环画集锦》第四辑,中国书店2009年6月版。

八、音乐剧改编本

01 粤曲音乐剧《天之骄子》

古装音乐舞台剧。2006年正式公演:从2006年7月至9月共演50场(2006年7月21日至8月27日在香港演艺学院歌剧院演出,2006年9月1日至17日在沙田大会堂演出),场场火爆,风靡一时,创造了粤曲音乐剧演出史上的神话。

作曲、填词、编剧:杜国威。监制:高志森。导演:钟景辉。

由香港中乐团艺术总监兼首席指挥阎惠昌率领香港中乐团演奏。主演：陈宝珠（饰孟丽君）、郑少秋（饰皇甫少华）、梁汉威（饰元成宗皇帝）、李香琴（饰孟夫人）、焦媛（饰苏映雪）、杨天经（饰林傲云）、李枫（饰苏乳娘）。

时长约为120多分钟。剧情为：孟丽君与皇甫少华青梅竹马，自幼定亲。少华奉旨征战边关，在出征前匆匆忙忙去见丽君。两人互赠信物而别，丽君赠少华家传宝剑，少华回赠丽君随身玉佩。丽君的父亲被奸相刘奎陷害至死，母亲受惊过度而疯癫，她被迫跟随苏乳娘出走杭州。三年后，少华边关立功，班师回朝，其姐已被皇上册封为皇后，而孟丽君为报父仇，更名郦君玉，女扮男装赴考，高中状元，成为天之骄子，已官至丞相。丽君与少华在金殿相遇，丽君因惧怕欺君之罪，只得压抑感情，不肯承认自己是女儿身，更不必说承认是少华的未婚妻了。少华心有不甘，想方设法试探丽君，甚至将疯癫的孟夫人搬了出来，且当面指责孟丽君薄情寡义。

风流天子爱慕孟丽君的美貌，以商谈国事为借口，宣召郦丞相同游上林，欲赐酒将其灌醉，还逼其在天香馆同榻共眠，孟丽君坚拒不从。皇甫少华向皇上奏明郦君玉就是孟丽君。苏乳娘的义子林傲云与女儿苏映雪情投意合。为救孟丽君，苏乳娘要女儿映雪在皇上面前冒称孟丽君。皇上心知肚明，别有用心地命令少华与映雪即刻于金殿成亲。郦君玉不忍心拆散苏映雪与林傲云，只得向皇上奏明自己的真实身份。皇上因私心未遂而勃然大怒，下旨将孟丽君斩首，幸好太后（丽君曾治愈太后之病）和皇后及时赶来解救，孟丽君得以脱离险境。皇上摒弃私心，将孟丽君封为御妹，赐配皇甫少华为妻。简言之，该剧叙述的是一个青梅竹马、情感深挚、忠贞不渝的爱情故事，情节、立意皆与原著存在较大的差异。

1. 此处所指的"连续剧"既包括实地拍摄（实景拍摄）的电视戏曲连续剧（或谓戏曲电视剧），也包括通常所谓的狭义的电视剧。戏曲电视剧是戏曲与电视联姻产生的一个新的艺术品种，反映了戏曲界人士在电视冲击下的一种求新求变的思维，为戏曲的发展拓宽了空间。

2.《剧目简介·古装连台本潮剧孟丽君（一至四集）》，《潮剧年鉴》，2003年，第78 — 79页。

3. 这里所谓的30余本连台戏《孟丽君》，既包括《孟丽君》，也包括《飞龙传》（即《孟丽君后传》），因此，其与章俊《不信春风唤不回——楚剧 < 孟丽君 > 排演侧记》中所说的28本并不矛盾。

4. 转引自万揆一：《滇剧谈故》，豆瓣小组。

5. 参看《滇剧表演艺术家王玉珍老师将迎来从艺60周年纪念演出》，搜狐网。

6. 参看《滇剧亮相 "圆通樱潮" 非物质文化遗产展》，昆明信息港。

7. 汉调桄桄，或称汉调秦腔、南路秦腔、桄桄戏，是明代末年关中秦腔在传入汉中后与当地方言、民间音乐、民俗、文学等相结合而形成的具有汉水上游文化特色的梆子声腔剧种，主要流行于陕西南部的汉中、安康一带。至今汉中地区还可以听到"吃面要吃片片子、看戏要看桄桄子"的谚语。

8. 汉调二簧，"簧"或作"黄"，又称陕二黄、山二黄，是陕西仅次于秦腔的第二大剧种，流行于陕西的安康、汉中、商洛、西安及以西安为中心的关中地区。辛亥革命后，更名为汉剧。新中国成立后，安康、汉中仍称"汉剧"，商洛、关中仍称"二簧"。唱腔以西皮、二簧为主。

9. 笔者按："相"字应为"想"。

10. 褚伯承：《申曲皇后王雅琴》（下），《上海戏剧》，2006年6期，第43页。

11. 周密：《复排旧戏 造就新人——观再芬黄梅艺术剧院复排大戏后感》，《黄梅戏艺术》，2011年第3期，第64页。

12. 笔者按："签"可能系"鉴"的误字。

13. 周清澍：《< 再生缘 > 作者的母族桐乡汪氏》，《国学研究》，第十二卷，2003年12月，第185页。

14. 参看杨帆：《祁剧诞生500周年纪念活动在发源地祁阳举行》，红网。

15. 盘树高：《康为民观看祁剧〈孟丽君〉诗作引起反响》，湖南法院网。

16. 静波：《剧坛新花又一枝——谈青年演员戴春荣扮演的孟丽君》，《陕西戏剧》，1981年第2期，第54页。

17. 或名《孟丽君·洞房巧遇》。演出版本较多，比如：（1）2004年《太湖一枝梅黄静慧锡剧演唱会》中的一个曲目。江苏省无锡市锡剧院演出。主演：黄静慧（饰孟丽君）、过之红（饰苏映雪）。（2）江苏省无锡市锡剧院演出。主演：黄静慧（饰孟丽君）、金静（饰苏映雪）。（3）江阴市锡剧团演出。主演：徐惠（饰孟丽君）、程雪梅（饰苏映雪）。剧情是：洞房之中，孟丽君与苏映雪这对假凤虚凰，互相试探，最终相认。时长为10多分钟。

18. 或名《看容盘相》。江苏省无锡市锡剧院演出。主要演出版本有：（1）1962年录音。主演：王彬彬（饰皇甫少华）、姚澄（饰孟丽君）。王彬彬是"锡剧泰斗"、锡剧"彬彬腔"的创始人。姚澄有"锡剧皇后"之美称。（2）主演：小王彬彬（饰皇甫少华）、黄静慧（饰孟丽君）。剧情是：由丽君的自画像，皇甫少华觉察到郦丞相酷似孟丽君，遂邀请恩师到其书房，借机试探真相。孟丽君反复斟酌，不敢贸然相认。时长将近25分钟。

19. 目前所见的演出版本有：江苏省无锡市锡剧院演出，江都电视台摄制，扬子江音像有限公司出品，安徽音像出版社出版的录像。剧本整理：王建伟。音乐设计：梅瑞坤。配器：李冬骏。指挥：陈华。导演：吴继静。主演：小王彬彬（饰元成帝）、袁梦娅（饰孟丽君）。时长将近50分钟。化用了白居易《长恨歌》中的不少诗句。

20. 主要演出版本有：（1）无锡市锡剧院演出。主演：潘佩琼（饰元顺帝）、李桂英（饰孟丽君）。（2）苏州市锡剧团演出。导演：陈坚。指挥：唐强。灯光设计：孙志刚。音响：沈正新。主演：张美华（饰孟丽君）、张唐彬（饰元顺帝）。（3）主演：周东亮（饰成帝）、董云华（饰孟丽君）。（4）主演：周东亮（饰成帝）、过之红（饰孟丽君）。第一个与第二个演出版本中的"元顺帝"疑作"元成帝"。

21. 1962年录音。孟丽君（一）：《比箭订婚》（沈佩华、张素琴、王汉卿）、《洞房巧遇》（梅兰珍、汪韵芝）、《母女相会》（薛静珍、王瑞珍）。孟丽君（二）：《看容盘相》（姚澄、王彬彬）、《君臣游苑》（姚梅凤、张雅乐）、《冒雨戏相》（沈素珍、吴雅童）。

22. 笔者按："房"当为"奸"或"杀"。

23. 笔者按："翼"当为"翌"。

24. 剧本整理：颜琦、王在国等。舞台导演：姜俊峰。作曲：王俊。配音：李学宽。配像：熊伟奇。伴奏：扬州市扬剧团乐队。司鼓：贾君文。主胡：王俊。主演：李开敏（饰孟丽君）、杨国彬（饰元帝）、李学宽（饰全昌）。时长约为50多分钟。剧情是：皇帝知郦明堂即孟丽君，动了相思，神魂颠倒，下旨邀其同游上林苑，以"紫燕"、"鱼水"、"龙凤"、"牡丹"等试探郦明堂，皆被郦明堂巧妙化解。皇帝又欲强迫郦明堂在天香阁同榻而眠，最后拽着郦明堂的袍角得意忘形，但郦明堂急中生智，先用皇帝本人的袍角代替自己的袍角，然后悄悄地离开，颇具喜剧色彩。剧中运用了民间对对联的形式，如"六尺丝绦三尺缠腰三尺系，八幅红绫四幅遮体四幅闲"、"树大根深叫樵夫难以下手，风狂浪险劝渔翁及早回头"、"竹本无心何生许多枝节，藕虽有孔不沾半点污泥"、"架上芙蓉蜜蜂一心要采，画中仙果猿猴百计难偷"。唱腔动听，唱词优美，表演到位。

25. 扬州中艺文化发展有限公司录制。编剧与导演：姜俊峰。司鼓：王兆奇。主胡：韦扬。主演：李开敏（饰孟丽君）、姜俊峰（饰成宗）、蒋玲（饰荣兰）。时长将近50分钟。剧情是：成宗假扮内侍，冒雨私访郦明堂（孟丽君），出示郦明堂于酒醉后失落的绣花鞋。孟丽君向皇上禀明乔装情由，皇上吐露对丽君的相思之情，但丽君以一番言词拒绝了皇上的私情。皇上立刻翻脸无情，威逼丽君顺从他，否则就要问罪于她。孟丽君进退维谷，只得暂施缓兵之计，假装顺从皇上的旨意，请求于三天之后入朝奏本。皇帝离去，丽君马上修书两封，一封送孟府，一封送皇甫府，欲请皇甫少华的母亲进宫求救。

26. 浙江黄岩越剧团演出的越剧《孟丽君》，戏单上标明"根据杭州越剧团演出本"。浙江黄岩越剧团演出的越剧《孟丽君》，场序为："第一场 书房"、"第二场 议计"、"第三场 见图"、"第四场 邀游"、"第五场 上林苑"、"第六场 天香馆"、"第七场 查验"、"第八场 访郦"、"第九场 金殿"。其场次与普陀越剧团1979年6月演出的越剧《孟丽君》的场次完全相同。因此，杭州越剧团、普陀越剧团、黄岩越剧团演出的《孟丽君》，应系同一剧目。

27. 时长约为10余分钟，如有在"1997年香港回归纪念"时王文娟（饰孟丽君）、汪秀月（饰皇帝）主演的版本。

28. 时长约为10多分钟，有多种演出版本，如（1）2004年"袁雪芬、范瑞娟、傅全香、徐玉兰舞台生活七十周年庆"之《玉洁兰香君子风》"徐派专场"节目之一，由汪秀月（饰皇帝）、单仰萍（饰丞相）主演。（2）钱惠丽（饰皇帝）、单仰萍（饰孟丽君）主演。（3）2007年9月（浙江桐庐）杭州越剧二团首演录象，由王健（饰孟丽君）、徐亚文（饰皇帝）主演。（4）2010年漕河泾社区"迎世博，贺新春"越剧折子戏专场节目之一，由陆红（饰孟丽君）、卢素琴（饰元成帝）主演。

29. 时长约为20余分钟，主要演述在孟丽君醉酒脱靴被送回相府后，皇帝私访丽君的情节。

30. 参看（香港）陈晓婷:《当朝一丞相　原是女红妆——天马十五周年汇演〈孟丽君〉》，《中国演员》，2015年第3期，第14—15页。

31. 1927年，复旦影片公司在摄制完故事片《红楼梦》之后，又将陈端生的弹词《再生缘》搬上银幕，如同故事片《红楼梦》，无声电影《再生缘》亦以时装来表演弹词《再生缘》中的故事。

32. 杜志军:《早期＜红楼梦＞电影研究的津梁——＜红楼梦特刊＞的发现及其意义》，《红楼梦学刊》，2003年第4辑，第144页。

33. 吴君玉:《香港厦语电影的兴衰与题材的流变》，《电影艺术》，2012年第4期，第101页。

34. 笔者按：字幕中作"石曜齐"，即石文户，是台湾著名的歌仔戏导演。

35. 据陈世雄、曾永义主编《闽南戏剧》介绍，叶青主演的电视歌仔戏《皇甫少华与孟丽君》的长度为40集，但优酷、爱奇艺等网站上收录的该戏的长度为20集。

36. 大型潮韵电视连续剧（潮韵中国戏曲经典）《孟丽君》（深圳音像公司出品发行：ISRCCN—F29—06—338—00/V.39）就是将韩再芬、侯长荣、姚忠恒等主演的黄梅戏音乐电视连续剧《孟丽君》翻译成潮语者，即将黄梅戏电视剧《孟丽君》配上潮韵旋律及唱腔，在此介绍一下其主要相关信息。策划：陈木雄、李泽瑞。潮韵作曲、唱词移植、录音、电声配器：吴殿祥。后期编辑：裴旦、陈灿辉。校对：林蔚。剧务：陈晓菁。责任编辑：李松梅、黄怀宁。制片人：王丹。总监制：陈灿辉。出品人：陈木雄、张乐群。主唱（配音演员）：孙小华、李四海、彭小燕、林初发、陈楚卿等。

37. 李耀光:《改编浅识》，电视连续剧《再生缘》（第一、二、三集）（剧本），珠江电影制片公司文学部，1986年12月，第2页。

38. 李耀光:《改编浅识》，电视连续剧《再生缘》（第一、二、三集）（剧本），珠江电影制片公司文学部，1986年12月，第2—3页。

39. 笔者按："谏"字，台南世一书局1992年版《孟丽君》作"练"，孙菊园校点本《再生缘》和喻岳衡校补本《再生缘》皆作"练"。

40. 笔者按："述"当为"迷"。

41. 笔者按："相"、"丞"二字当互乙。

42. 陈端生原著，佚名改写，孙菊园校点：《再生缘》，湖南文艺出版社1986年版，第5页。

43. 岳麓书社2016年1月又出版了此部小说，亦题《再生缘》，卷端亦有喻岳衡撰写的《前言》（但未标明《前言》的写作时间），但将《略论<再生缘>之思想、结构、文词》（节录自陈寅恪《论<再生缘>》）以"附录"的形式放在了全书的末尾。

44. 逸钟在《后记》中说他重写《再生缘》时面临着双倍艰难的抉择："最后，还是决定以《再生缘》第十七卷为立足点，俯瞰前十六卷，瞻思可能的结局。而把梁德绳续写的三卷，完全撇开。"（逸钟著：《孟丽君》，江西人民出版社1990年版，第571页。）

45. （清）陈端生原著，黎冰、舒寒改写：《再生缘》，东方出版社2007年版，第325页。

46. （清）陈端生原著，黎冰、舒寒改写：《再生缘》，东方出版社2007年版，第325页。

47. "迁"当作"遇"。下文中"映雪迁救"的"迁"亦当作"遇"。

48. 秦纪文：《改编〈孟丽君〉弹词的一些回忆》，《戏剧报》，1961年第9、10期合刊，第11页。

49. 秦纪文：《改编〈孟丽君〉弹词的一些回忆》，《戏剧报》，1961年第9、10期合刊，第12页。

50. 《陈云同志关于评弹的谈话和通信》（增订本），中央文献出版社1997年第2版，第72页。

51. 《陈云同志关于评弹的谈话和通信》（增订本），中央文献出版社1997年第2版，第72–73页。

52. 参看宗流：《福州评话趣谈》，福州家园网。

53. 谭正璧、谭寻编著：《木鱼歌、潮州歌叙录》，书目文献出版社1982年版，第52页。

54. 丁西林著:《丁西林剧作全集》(上),中国戏剧出版社1985年版,第312页。

55. 李健吾:《〈孟丽君〉》,孙庆升编:《丁西林研究资料》,中国戏剧出版社1986年版,第204页。

56. 李健吾:《〈孟丽君〉》,孙庆升编:《丁西林研究资料》,中国戏剧出版社1986年版,第205页。

57. 叶工:《为越剧〈孟丽君〉说几句话》,《上海戏剧》,1980年第5期。

58. 参见红楼坐隐:《小人书中的丽君》,新浪博客。

主要参考文献

一、著作类

（一）作品类

[1] （明）田汝成辑撰：《西湖游览志余》，上海古籍出版社 1980年新 1 版。

[2] （明）汤显祖著，钱南扬校点：《汤显祖戏曲集》，上海古籍出版社 2010 年第 2 版。

[3] 林玉、宋璧整理：《玉钏缘》，黑龙江人民出版社 1987 年版。

[4] （清）陶贞怀著，赵景深主编，李平编校：《天雨花》，中州古籍出版社 1984 年版。

[5] （清）陈兆仑撰：《紫竹山房诗文集》，《四库未收书辑刊》编纂委员会编：《四库未收书辑刊》（玖辑·贰拾伍册），北京出版社 2000 年版。

[6] （清）陈端生著，赵景深主编，刘崇义编校：《再生缘》，中州书画社 1982 年版。

[7] 陈端生著，梁德绳续补，杜志军校注，陈寅恪、郭沫若评：《再生缘》，华夏出版社 2000 年版。

[8] （清）陈端生著，郭沫若校订：《再生缘》，北京古籍出版社 2002 年版。

[9] （清）陈端生撰：《再生缘全传》，《续修四库全书》（卷 1745-1747），上海古籍出版社 2002 年版。

[10] （清）邱心如著，赵景深主编，江巨荣校点：《笔生花》，中州古籍出版社 1984 年版。

[11] 《孟丽君》（《绘图再生缘》），香港广益书局印行，民国年间石印本（未标明具体的出版年月）。

[12] 陈端生原著，佚名改写，孙菊园校点：《再生缘》，湖南文艺出版社 1986 年版。

[13] 《孟丽君》，台南世一书局 1992 年版。

[14] 陈端生原著，佚名改编，喻岳衡校补：《再生缘》，岳麓书社 1997 年版。

[15] 丁时前著：《孟丽君传奇》，湖南文艺出版社 2000 年版。

[16] （清）陈端生原著，黎冰、舒寒改写：《再生缘》，东方出版社 2007 年版。

[17] （清）陈端生著：《再生缘》，岳麓书社 2016 年版。

[18] 陈文述著：《西泠闺咏》，道光丁亥（1827）汉皋青鸾阁原镌，光绪丁亥（1887）西泠翠螺阁重梓。

[19] 华玮编辑、点校：《明清妇女戏曲集》，（台湾）"中央研究院"中国文哲研究所 2003 年版。

[20] 李新宇、周海婴主编：《鲁迅大全集》，第 2 卷，长江文艺出版社 2012 年版。

[21] 陕西省文化局编印：《陕西传统剧目汇编·汉调桄桄》第二集，1958 年版。

[22] 秦纪文演出本、薛汕整理：《再生缘》，中国曲艺出版社 1981 年版。

[23] 俞介君、叶至诚：《孟丽君》，江苏省文化局剧目工作室编辑：

《江苏戏剧丛刊》，1981 年第 8 期，第 1 — 109 页。

[24]　丁西林著：《丁西林剧作全集》(上)，中国戏剧出版社 1985 年版。

[25]　李耀光：电视连续剧《再生缘》（第一、二、三集）（剧本），
　　　珠江电影制片公司文学部，1986 年 12 月。

[26]　张兴华：《孟丽君》，《剧作家》，1992 年第 6 期（1992 年
　　　11 月 20 日出刊），第 38 — 57 页。

[27]　吴兆芬著：《毋忘曲》，上海文艺出版社 1993 年版。

[28]　李志浦著：《李志浦剧作选》，中国戏剧出版社 1993 年版。

[29]　杨美煊著：《杨美煊剧作选》，中国戏剧出版社 2006 年版。

（二）学术著作

[30]　谢无量编：《中国妇女文学史》，中州古籍出版社 1992 年版。

[31]　梁乙真著：《中国妇女文学史纲》，上海书店 1990 年版。

[32]　梁乙真著：《清代妇女文学史》，山西人民出版社 2015 年版。

[33]　蒋瑞藻著，蒋逸人整理：《小说考证》，浙江古籍出版社 2016 年版。

[34]　陈东原著：《中国妇女生活史》，商务印书馆 2015 年版。

[35]　谭正璧编：《中国文学进化史》，上海光明书局 1929 年版。

[36]　谭正璧著：《中国女性文学史话》，百花文艺出版社 1984 年版。

[37]　郑振铎著：《中国俗文学史》，中国文联出版社 2009 年版。

[38]　赵景深著：《弹词考证》，商务印书馆 1938 年版。

[39]　陶秋英著：《中国妇女与文学》，北新书局 1933 年版。

[40]　阿英著：《小说二谈》，古典文学出版社 1958 年版。

[41]　鲁迅著：《中国小说史略》，中华书局 2010 年版。

[42]　叶德均著：《宋元明讲唱文学》，商务印书馆 2015 年版。

[43]　陈寅恪著：《陈寅恪集·寒柳堂集》，生活·读书·新知三联
　　　书店 2001 年版。

[44]　胡文楷编著：《历代妇女著作考》（增订本），上海古籍出版

社 1985 年新 1 版。

[45] 周贻白著:《中国戏曲发展史纲要》,上海古籍出版社 1979 年版。

[46] 余英时著:《陈寅恪晚年诗文释证》,台北东大图书公司 1998 年版。

[47] [美]高彦颐著,李志生译:《闺塾师——明末清初江南的才女文化》,江苏人民出版社 2005 年版。

[48] [美]曼素恩著,定宜庄、颜宜葳译:《缀珍录——十八世纪及其前后的中国妇女》,江苏人民出版社 2005 年版。

[49] 朱天纬、周伟、李宁国编:《周璇的歌》,人民音乐出版社 2006 年版。

[50] 胡晓真著:《才女彻夜未眠——近代中国女性叙事文学的兴起》,北京大学出版社 2008 年版。

[51] 鲍震培著:《清代女作家弹词研究》,南开大学出版社 2008 年版。

[52] 盛志梅著:《清代弹词研究》,齐鲁书社 2008 年版。

[53] 陈世雄、曾永义主编:《闽南戏剧》,福建人民出版社 2008 年版。

[54] 陆键东著:《陈寅恪的最后 20 年》(修订本),生活·读书·新知三联书店 2013 年版。

[55] 孟悦、戴锦华著:《浮出历史地表:现代妇女文学研究》,北京大学出版社 2018 年版。

[56] 余秋雨著:《观众心理学》,安徽文艺出版社 2014 年版。

(三)其他

[57] 赵景深选注:《弹词选》,商务印书馆 1937 年版。

[58] 胡士莹编:《弹词宝卷书目》,古典文学出版社 1957 年版。

[59] 胡士莹编:《弹词宝卷书目》(增订本),上海古籍出版社 1984 年版。

[60] 谭正璧、谭寻编著:《弹词叙录》,上海古籍出版社 1981 年版。

[61] 谭正璧、谭寻编著:《木鱼歌、潮州歌叙录》,书目文献出版

社 1982 年版。

[62]　谭正璧、谭寻蒐辑：《评弹通考》，中国曲艺出版社 1985 年版。

[63]　《陈云同志关于评弹的谈话和通信》（增订本），中央文献出版社 1997 年第 2 版。

[64]　阎纲主编：《妇女小说选》，宁夏人民出版社 1986 年版。

[65]　林淳钧、陈历明编著：《潮剧剧目汇考》，广东人民出版社 1999 年版。

[66]　黄霖编、罗书华撰：《中国历代小说批评史料汇编校释》，百花洲文艺出版社 2009 年版。

[67]　江苏省社会科学院明清小说研究中心、文学研究所编：《中国通俗小说总目提要》，中国文联出版公司 1997 年重印本。

[68]　周良著：《弹词经眼录》，江苏文艺出版社 1996 年版。

[69]　陈大康著：《中国近代小说编年》，华东师范大学出版社 2002 年版。

[70]　甘志欣：《喜闻老凤鸣新声——看新风琼剧团演出〈孟丽君〉》，《广东省戏剧年鉴》，1984 年。

[71]　《剧目简介·古装连台本潮剧孟丽君（一至四集）》，《潮剧年鉴》，2003 年。

二、论文类

（一）论文集

[72]　王秋桂编：《李家瑞先生通俗文学论文集》，台湾学生书局 1982 年版。

[73]　关德栋著：《曲艺论集》，中华书局 1958 年版。

[74]　关德栋著：《曲艺论集》，上海古籍出版社 1983 年新 1 版。

[75]　陈汝衡著：《陈汝衡曲艺文选》，中国曲艺出版社 1985 年版。

[76] 朱东润主编：《中华文史论丛》第七辑（复刊号），上海古籍出版社 1978 年 7 月版。

[77] 朱东润主编：《中华文史论丛》第八辑，上海古籍出版社 1978 年 10 月版。

[78] 朱东润、李俊民、罗竹风主编：《中华文史论丛》第十二辑（一九七九年第四辑），上海古籍出版社 1979 年 10 月版。

[79] 南京师范学院学报编辑部、中文系资料室编：《郭沫若与〈再生缘〉研究》（《文教资料简报丛书》之四），1980 年 5 月。

[80] 《李健吾戏剧评论选》，中国戏剧出版社 1982 年版。

[81] 陈瘦竹、沈蔚德著：《论悲剧与喜剧》，上海文艺出版社 1983 年版。

[82] 郭沫若著：《郭沫若古典文学论文集》，上海古籍出版社 1985 年版。

[83] 孙庆升编：《丁西林研究资料》，中国戏剧出版社 1986 年版。

[84] 朱栋霖、周安华编：《陈瘦竹戏剧论集》，江苏教育出版社 1999 年版。

（二）期刊论文

[85] 《〈再生缘〉说明》，复旦影片公司编辑：《红楼梦再生缘合刊》（即《复旦特刊》第 1 期、《红楼梦特刊》），复旦影片公司发行，大东书局印刷，1927 年 7 月。

[86] 菊高：《谈〈再生缘〉影片》，复旦影片公司编辑：《红楼梦再生缘合刊》，复旦影片公司发行，大东书局印刷，1927 年 7 月。

[87] 范烟桥：《弹词何以适用于电影》，复旦影片公司编辑：《红楼梦再生缘合刊》，复旦影片公司发行，大东书局印刷，1927 年 7 月。

[88] 鄂常：《古装片中之应注意者》，复旦影片公司编辑：《红楼梦再生缘合刊》，复旦影片公司发行，大东书局印刷，1927 年

7月。

[89]　秦纪文：《改编〈孟丽君〉弹词的一些回忆》，《戏剧报》，1961年第9、10期合刊。

[90]　宋词：《关于〈再生缘〉的主题思想》，《江海学刊》，1961年12月号（总第34期）。

[91]　叶工：《为越剧〈孟丽君〉说几句话》，《上海戏剧》，1980年第5期。

[92]　《关于〈再生缘〉研究郭沫若与阿英的通信》，南京师范学院学报编辑部、中文系资料室编：《文教资料简报》（内部刊物），1980年第5期。

[93]　静波：《剧坛新花又一枝——谈青年演员戴春荣扮演的孟丽君》，《陕西戏剧》，1981年第2期。

[94]　吴炘：《评锡剧〈孟丽君〉的悲剧处理》，《江苏戏剧丛刊》，1981年第8期。

[95]　谭正璧：《漫谈〈再生缘〉作者及其它》，《抖擞》，1982年1月（第48期）。

[96]　平慧善：《〈再生缘〉简论》，《艺谭》，1986年第2期。

[97]　路工：《〈再生缘〉校正本序言》，苏州评弹研究会编：《评弹艺术》第六集，中国曲艺出版社1986年6月版。

[98]　王佩娟：《陈端生和〈再生缘〉中的孟丽君》，《中山大学学报》，1989年第1期。

[99]　孟蒙：《清代弹词文学的多元价值和高峰地位——对一个被淡漠的传统文学宝藏的开掘》，《齐鲁学刊》，1990年第1期。

[100]　林娜：《女弹词中妇女特异反抗形式——女扮男装》，《福建师范大学学报》（哲学社会科学版），1990年第2期。

[101]　何晓萍：《低谷中的探索者——记西安易俗社青年演员戴春荣》，《当代戏剧》，1991年第2期。

[102] 周良：《苏州评弹史话》，江苏省曲艺家协会编：《评弹艺术》第十三集，新华出版社 1991 年 12 月版。

[103] 林娜：《从女弹词看女性的人格追求及其对后世的影响》，《福建师范大学学报》（哲学社会科学版），1993 年第 3 期。

[104] 杨庆辰：《陈寅恪弹词研究的文化学思索——读〈论再生缘〉札记》，《求是学刊》，1993 年第 5 期。

[105] 华欣：《孟丽君人物形象浅析》，《渤海学刊》，1994 年第 1、2 期合刊。

[106] 乐黛云：《无名、失语中的女性梦幻——十八世纪中国女作家陈端生和她对女性的看法》，《中国文化》，第 10 期（创刊五周年纪念号，1994 年 8 月）。

[107] 吴琛：《角儿中心及其它——致吴绳武同志》，《艺术百家》，1994 年第 3 期。

[108] 朱康宁：《陌上花开歌缓缓——记黄梅戏明星韩再芬》，《江淮文史》，1995 年第 2 期。

[109] 天方：《奇女奇遇展奇才——谈谈〈孟丽君〉的改编》，《中国电视戏曲》，1995 年第 3 期。

[110] 钟艺兵：《刚柔相济　光采照人——谈韩再芬塑造的孟丽君》，《大众电视》，1995 年第 8 期。

[111] 胡晓真：《阅读反应与弹词小说的创作——清代女性叙事文学传统建立之一隅》，《中国文哲研究集刊》，第 8 期，1996 年 3 月。

[112] 吕启祥：《孟丽君的两难选择》，《文史知识》，1996 年第 3 期。

[113] 赵俊良：《从〈孟丽君〉想起了"一棵菜"》，《中国电视戏曲》，1996 年第 2 期。

[114] 吕启祥：《梦在红楼之外——〈再生缘〉与〈红楼梦〉》，《红楼梦学刊》，1996 年第 2 辑。

[115] 许丽芳：《试论〈再生缘〉之书写特征与相关意涵》，《中山

人文学报》，第五期，1997 年 1 月。

[116] 孙道临：《千呼万唤〈孟丽君〉》，《中国电视戏曲》，1997
年第 2 期。

[117] 金良、贺聿杰、凌仲琪：《与"孟丽君"在一起的日日夜夜》，
《中国电视戏曲》，1997 年第 2 期。

[118] 秋红：《风采依旧"林妹妹" 七十再演〈孟丽君〉——王文娟
为自己艺术画上圆满句号》，《上海戏剧》，1997 年第 2 期。

[119] 李祥林：《男权语境中的女权意识——戏曲中的"女扮男装"
题材透视》，《四川戏剧》，1997 年第 3 期。

[120] 王冠亚：《危楼拾梦（之四）——"二孟"趣事》，《黄梅戏艺术》，
1997 年第 3 期。

[121] 章俊：《不信春风唤不回——楚剧〈孟丽君〉〉排演侧记》，《戏
剧之家》，1998 年第 1 期。

[122] 贝鲁平：《孙道临"下海"——电视剧《孟丽君》的幕后故事》，
《沪港经济》，1998 年第 1 期。

[123] 窦欣平：《王思懿的荧屏情》，《中国人才》，1998 年第 7 期。

[124] 吴江：《一部不该遗忘的文学遗产〈再生缘〉》，《中国戏剧》，
1999 年第 8 期。

[125] 谢保成：《"龙虎斗"与"马牛风"——记郭沫若与陈寅恪的
交往兼驳余英时》，《郭沫若学刊》，1999 年第 4 期。

[126] 方红：《〈再生缘〉与女性文学》，《黄石教育学院学报》，
2000 年第 1 期与第 2 期。

[127] 蒋悦飞：《超时代的女性意识和权力困惑——〈再生缘〉在现
代视角下的人文价值》，《妇女研究论丛》，2000 年第 2 期。

[128] 朱彬：《忆余少君》，《戏剧之家》，2000 年第 5 期。

[129] 陈洪：《〈天雨花〉性别意识论析》，《南开学报》，2000 年
第 6 期。

[130] 宋致新：《女性翻身的"狂想曲"——陈端生和她的〈再生缘〉》，《广播电视大学学报》（哲学社会科学版），2000 年第 4 期。

[131] 王亚琴：《没有圆满结局的圆满——弹词〈再生缘〉结尾探析》，《渝州大学学报》（社会科学版），2001 年第 1 期。

[132] 古汉：《戏曲大拼盘　相会再生缘》，《两岸关系》，2001 年第 4 期。

[133] 陈正宏：《重话〈再生缘〉》，《古典文学知识》，2001 年第 6 期。

[134] 刘天堂：《明清女性弹词中的女性意识》，《苏州铁道师范学院学报》（社会科学版），2001 年第 3 期。

[135] 方红：《〈再生缘〉与女性文学》，《培训与研究——湖北教育学院学报》，2001 年第 6 期。

[136] （台湾）许丽芳：《性别与书写之错置与超越——以〈女才子书〉与〈再生缘〉作者自序为中心之分析》，《国文学志》，第 5 期，2001 年 12 月。

[137] 孟蒙：《清代弹词文学论略》，《齐鲁学刊》，2002 年第 1 期。

[138] 鲍震培：《晚清以来的弹词研究——兼论清代女作家弹词的文体定位》，《天津社会科学》，2002 年第 2 期。

[139] 刘克敌：《"管隙敢窥千古事，毫端戏写再生缘"》，《读书》，2003 年第 5 期。

[140] 胡邦炜：《陈寅恪与〈论再生缘〉》，《文史杂志》，2003 年第 6 期。

[141] 刘存南：《〈再生缘〉之再议》，《苏州大学学报》（哲学社会科学版），2003 年第 3 期。

[142] 杜志军：《早期〈红楼梦〉电影研究的津梁——〈红楼梦特刊〉的发现及其意义》，《红楼梦学刊》，2003 年第 4 辑。

[143] 周清澍：《〈再生缘〉作者的母族桐乡汪氏》，《国学研究》，第十二卷 ，2003 年 12 月。

[144] 秦燕春：《晚清以来弹词研究的误区与盲点——"书场"缺失及与"案头"的百年分流》，《苏州大学学报》（哲学社会科学版），2004 第 1 期。

[145] 徐蔚：《重读〈孟丽君〉——兼谈史剧的娱乐化与民族化倾向》，《江南大学学报》（人文社会科学版），2004 年第 2 期。

[146] 赵延花：《女性追求平等的先声——论弹词〈再生缘〉中主人公孟丽君的思想价值》，《内蒙古大学学报》（人文社会科学版），2004 年第 4 期。

[147] 侯硕平：《此"缘"堪比"红楼"美——访〈再生缘〉作者陈端生诞生地句山樵舍后记》，《上海戏剧》，2004 年第 7 期。

[148] 武砺兴：《陈寅恪〈论再生缘〉思想方法疏证》，《中国古代小说戏剧研究丛刊》，第 2 辑，2004 年 9 月。

[149] 赵会娟：《谢玉辉与皇甫少华形象之比较》，《河北理工学院学报》（社会科学版），2004 年第 4 期。

[150] 赵会娟：《关于〈再生缘〉结局的一点看法》，《长春师范学院学报》，2004 年第 6 期。

[151] 卢振杰：《女性文学视野下〈再生缘〉对传统女性意识的超越》，《长春教育学院学报》，2004 年第 4 期。

[152] 赵咏冰：《带着脚镣的生命之舞——从〈再生缘〉看传统中国女性写作的困境》，《明清小说研究》，2005 年第 2 期。

[153] 武砺兴：《陈寅恪〈论再生缘〉写作策略研究》，《中国古代小说戏剧研究丛刊》，第 3 辑，2005 年 9 月。

[154] 佟迅：《〈再生缘〉与同时期同题材女性弹词之比较》，《东南大学学报》（哲学社会科学版），2005 年第 6 期。

[155] 张俊：《18 世纪的中国"意识流"——论〈再生缘〉的心理描写》，《宜宾学院学报》，2005 年第 8 期。

[156] 张俊：《女状元"这一个"——论孟丽君的女性自主意识》，《沙

洋师范高等专科学校学报》，2005 年第 4 期。

[157] 佟迅：《从〈再生缘〉看陈端生的两性观》，《河海大学学报》
（哲学社会科学版），2005 年第 4 期。

[158] 陈娟娟：《女性自我意识觉醒道路上的远行者——〈再生缘〉
中孟丽君形象论析》，《艺术百家》，2006 年第 2 期。

[159] 常越男：《〈再生缘〉与〈春香传〉比较研究》，《韩国学论文集》，
2006 年。

[160] 王静：《从〈孟丽君〉看丁西林话剧对传统戏曲的借鉴》，《四
川戏剧》，2006 年第 3 期。

[161] 杜莹杰：《再议〈再生缘〉的文学史价值》，《河南教育学院学报》
（哲学社会科学版），2006 年第 3 期。

[162] 褚伯承：《申曲皇后王雅琴》（下），《上海戏剧》，2006 年
第 6 期。

[163] 穆欣：《郭沫若考证〈再生缘〉》，《世纪》，2006 年第 5 期。

[164] 谭解文：《回顾 1961 年关于〈再生缘〉的讨论》，《云梦学刊》，
2006 年第 5 期。

[165] 武砺兴：《陈寅恪〈论再生缘〉诗境笺证》，《中国古代小说
戏剧研究丛刊》，第 4 辑，2006 年 12 月。

[166] 霍彤彤：《〈再生缘〉中的男性意识》，《广西师范学院学报》
（哲学社会科学版），2007 年第 1 期。

[167] 赵延花：《〈再生缘〉中孟丽君、苏映雪性格殊异现象探析》，
《内蒙古大学学报》（人文社会科学版），2007 年第 5 期。

[168] 陈娟娟：《论〈再生缘〉及其戏曲改编》，《艺术百家》，
2007 年第 6 期。

[169] 武砺兴：《陈寅恪〈论再生缘〉学术精神转向释证》，《中国
古代小说戏剧研究丛刊》第 5 辑，2007 年 12 月。

[170] 向阳：《抑制与颠覆——比较鲍西娅和孟丽君的爱情观》，《电

影文学》，2008 年第 1 期。

[171] 杜莹杰：《论〈再生缘〉叛逆思想的形成》，《沈阳师范大学学报》（社会科学版），2008 年第 1 期。

[172] 赵越：《〈再生缘〉中女性意识的觉醒及其悲剧结局》，《安徽文学》，2008 年第 5 期。

[173] 阿零：《天才少女，幼齿作家》，《新世纪周刊》，2008 年第 20 期。

[174] 童李君：《〈天雨花〉和〈再生缘〉比较研究》，《河北理工大学学报》（社会科学版），2008 年第 3 期。

[175] （台湾）廖秀芬：《〈再生缘〉的女性视角及其书写风格论析》，《东方人文学志》，第 7 卷第 3 期，2008 年 9 月。

[176] 武砺兴：《陈寅恪〈论再生缘〉隐义发覆》，《中国古代小说戏剧研究丛刊》，第 6 辑，2008 年 12 月。

[177] 程毅中：《郭沫若校订本〈再生缘〉再生始末》，《世纪》，2009 年第 1 期。

[178] 赵延花：《尹湛纳希对〈再生缘〉的接受及其意义》，《内蒙古大学学报》（哲学社会科学版），2009 年第 1 期。

[179] 车振华：《女扮男装：清代弹词女作家的梦与醒——以〈再生缘〉为例》，《东岳论丛》，2009 年第 7 期。

[180] 朱新荷、郝青云：《清代弹词小说〈再生缘〉与现代苏州弹词本〈再生缘〉之比较》，《内蒙古民族大学学报》，2010 年第 1 期。

[181] 贺晓艳：《转世姻缘女儿身，现世权当男儿心——〈再生缘〉之孟丽君形象的演进》，《南京师范大学文学院学报》，2010 年第 2 期。

[182] 毛胜、王兵：《"孔夫子不能穿列宁装"——从陈云对弹词〈孟丽君〉改编本的评论引发的启示》，《上海戏剧》，2010 年第 7 期。

[183] 吕继红：《女性独立意识的萌芽和觉醒——浅析花木兰与孟丽君形象》，《沧桑》，2010 年第 5 期。

[184] 江晖：《再者今生难遂愿，还须缘外复求缘——弹词〈再生缘〉结局探析》，《金山》，2010年第12期。

[185] 赵海霞：《弹词小说的思想解读——以〈再生缘〉为例》，《山花》，2010年第24期。

[186] 乐继平：《论〈再生缘〉中男性形象的阴化倾向》，《江苏教育学院学报》（社会科学），2011年第1期。

[187] 朱子南：《〈再生缘〉校勘记》，《苏州杂志》，2011年第5期。

[188] 周良：《断尾巴的〈再生缘〉》，《苏州杂志》，2011年第6期。

[189] 郑丹：《〈再生缘〉研究综述》，《东京文学》，2011年第3期。

[190] （香港）张思静：《叙事重心的转移：从〈再生缘〉到〈笔生花〉》，《"中央大学"人文学报》，第46期，2011年4月。

[191] 廖可斌：《陈寅恪〈论《再生缘》〉、〈柳如是别传〉的研究旨趣》，《中国文化研究》，2011年秋之卷。

[192] 周密：《复排旧戏 造就新人——观再芬黄梅艺术剧院复排大戏后感》，《黄梅戏艺术》，2011年第3期。

[193] 王梦玉：《〈再生缘〉悲剧性探析》，《扬州教育学院学报》，2011年第4期。

[194] 郭月琴：《女性乌托邦之旅》，《求索》，2011年第12期。

[195] 李姝娅：《从〈再生缘〉到越剧〈孟丽君〉——谈孟丽君形象的改变》，《济宁学院学报》，2012年第1期。

[196] 徐素英：《艺海无涯 拾贝靠勤——〈孟丽君〉中饰刘捷一角的体会》，《剧作家》，2012年第2期。

[197] 吴君玉：《香港厦语电影的兴衰与题材的流变》，《电影艺术》，2012年第4期。

[198] 盛志梅：《"他者"的反思与沉溺——浅议〈再生缘〉及其批评性再创作》，《南开学报》（哲学社会科学版），2012年第5期。

[199] 王赟:《清代弹词中女英雄悲剧性解读——以〈再生缘〉〈榴花梦〉

等作品为例》，《牡丹江大学学报》，2012年第9期。

[200] 程平：《奇才至情女丞相孟丽君——黄梅戏舞台剧〈孟丽君〉观感》，《黄梅戏艺术》，2012年第3期。

[201] 林光耀：《声声亦赞女强人——缅怀"闽剧皇后"胡奇明》，《中国戏剧》，2013年第2期。

[202] 穆旭光：《〈再生缘〉的人生悲剧再认识》，《名作欣赏》，2014年第11期。

[203] 冀悦玲：《当代电视剧中女扮男装形象的酷儿解读》，《新闻春秋》，2014年第2期。

[204] 邹颖：《从对〈牡丹亭〉的回应看〈再生缘〉的女性书写及其文学史意义》，《西南民族大学学报》，2014年第7期。

[205] 邹颖：《〈再生缘〉中的时间经验与文体特征》，《南昌大学学报》（人文社会科学版），2014年第4期。

[206] 刘昉：《中西戏剧中的"女扮男装"——以莎剧〈威尼斯商人〉与越剧〈孟丽君〉为例》，《戏剧文学》，2014年第10期。

[207] 蔡瑜清：《〈再生缘〉艺术特征探析》，《玉林师范学院学报》（哲学社会科学），2014年第6期。

[208] 蔡振翔：《谈谈新学术初版本的认定、研究与收藏》，《学理论》，2015年第12期。

[209] 陈晓婷：《当朝一丞相　原是女红妆——天马十五周年汇演〈孟丽君〉》，《中国演员》，2015年第3期。

[210] 朱安平：《流派荟萃放异彩》，《江苏地方志》，2015年第3期。

[211] 李斌：《郭沫若的〈再生缘〉研究》，《郭沫若学刊》，2015年第2期。

[212] 孔锐锐：《略论陈寅恪〈论再生缘〉的叙述框架》，《名作欣赏》，2015年第35期。

[213] 袁一丹：《陈寅恪〈论再生缘〉之文体无意识——一种症候式

阅读》，《首都师范大学学报》（社会科学版），2016 年第 2 期。

[214] 杜群智：《名姝千秋各不同——论孟丽君与左仪贞的传统与超越》，《青年文学家》，2016 年第 21 期。

[215] 张碧婕：《论〈再生缘〉〈笔生花〉中女性描写的程式化特征》，《哈尔滨学院学报》，2016 年第 9 期。

[216] 潘虹妃：《论〈镜花缘〉与〈再生缘〉中女主人物形象的异同》，《长沙民政职业技术学院学报》，2017 年第 1 期。

[217] 段珺珺：《〈再生缘〉中女性贞节观的坚守与游离》，《兰州教育学院学报》，2017 年第 6 期。

[218] 袁学敏：《论女性自我救赎意识之觉醒——从〈再生缘〉到〈傲慢与偏见〉》，《攀枝花学院学报》，2017 年第 4 期。

[219] 张野平、张勋：《勾山樵舍的"再生缘"——文物保护单位"勾山樵舍遗址"保护与整治实施方案》，《浙江建筑》，2017 年第 6 期。

[220] 谢桃坊：《论弹词〈再生缘〉的主题思想及相关问题》，《文史杂志》，2018 年第 2 期。

（三）报刊论文

[221] 谢保成：《郭沫若校订〈再生缘〉的故事》，《中华读书报》，2002 年 11 月 6 日。

[222] 阎慰鹏：《〈再生缘〉再生记》，《北京日报》，2002 年 12 月 9 日。

[223] 徐庆全：《陈寅恪〈论《再生缘》〉出版风波》，《南方周末》，2008 年 8 月 28 日。

（四）学位论文

[224] 佟迅：《巾帼绝唱——从女扮男装题材看弹词〈再生缘〉的

独特价值》，南京师范大学中国古代文学专业硕士学位论文，1997 年。

[225] 方红：《〈再生缘〉与女性文学》，华中师范大学中国古代文学专业硕士学位论文，2000 年。

[226] 朱焱炜：《论拟弹词》，苏州大学中国古代文学专业硕士学位论文，2001 年。

[227] 张俊：《〈再生缘〉三论》，重庆师范大学中国古代文学专业硕士学位论文，2003 年。

[228] 陈建梅：《〈源氏物语〉与〈再生缘〉的比较文学研究——试论作品中的社会性》，福建师范大学比较文学与世界文学专业硕士学位论文，2003 年。

[229] 卢振杰：《〈再生缘〉女性意识对"女扮男装"母题的超越》，辽宁师范大学中国古代文学专业硕士学位论文，2004 年。

[230] 杜莹杰：《〈再生缘〉研究》，中国传媒大学中国古代文学专业硕士学位论文，2005 年。

[231] 李凯旋：《寄宿在自己的一间闺房里——〈再生缘〉研究》，广西师范大学中国古代文学专业硕士学位论文，2006 年。

[232] 马晓侠：《女性声音的表达——〈再生缘〉研究》，陕西师范大学中国古代文学专业硕士学位论文，2006 年。

[233] 霍彤彤：《〈再生缘〉女性意识背后的男性意识》，新疆师范大学中国古代文学专业硕士学位论文，2006 年。

[234] 陈渠兰：《陈寅恪论〈再生缘〉》，四川大学中国古代文学专业硕士学位论文，2006 年。

[235] 周文娜：《顺从的人　倔强的心——简·奥斯丁与陈端生女性意识之比较》，南京师范大学比较文学与世界文学专业硕士学位论文，2007 年。

[236] 王青：《清末民初地方戏对弹词〈再生缘〉的接受》，中山大

学中国古代文学专业硕士学位论文，2007 年。

[237] 黄晓晴：《〈再生缘〉之女性自我实现研究》，（台湾）"国立中央大学"中国文学研究所硕士学位论文，2007 年。

[238] 王海荣：《〈再生缘〉中女扮男装模式的渊源与拓展》，上海交通大学中国古代文学专业硕士学位论文，2008 年。

[239] 黄晓霞：《论〈再生缘〉》，天津师范大学中国古代文学专业硕士学位论文，2008 年。

[240] 王伟丽：《〈再生缘〉思想性探源》，安徽大学中国古代文学专业硕士学位论文，2008 年。

[241] 雷霞：《江南女性弹词小说创作研究》，湘潭大学中国古代文学专业硕士学位论文，2008 年。

[242] 曲艺：《长篇弹词〈再生缘〉用韵研究》，福建师范大学汉语言文字学专业硕士学位论文，2009 年。

[243] 杨敏：《三大弹词小说的女性观研究》，华东师范大学中国古代文学专业硕士学位论文，2009 年。

[244] 耿佳佳：《论〈再生缘〉在中国古代女性文学史上的地位》，重庆工商大学中国古代文学专业硕士学位论文，2010 年。

[245] 朱新荷：《清代弹词小说〈再生缘〉与现代苏州弹词本〈再生缘〉之比较》，内蒙古民族大学中国古代文学专业硕士学位论文，2010 年。

[246] 劳丽君：《〈再生缘〉和〈镜花缘〉中才女世界的比较》，安徽大学中国古代文学专业硕士学位论文，2011 年。

[247] 崔成成：《陈寅恪"文史互证"思想与方法研究——以〈元白诗笺证稿〉、〈论再生缘〉、〈柳如是别传〉为中心》，南开大学文艺学专业博士学位论文，2010 年。

[248] 李继英：《弹词〈再生缘〉中的女性形象》，东南大学中国古代文学专业硕士学位论文，2011 年。

[249] 郭平平：《清代小说戏曲中的女性自觉——以〈儿女英雄传〉、〈再生缘〉和〈小蓬莱仙馆传奇〉为例》，（台湾）逢甲大学中国文学系硕士学位论文，2013 年。

[250] 李凯旋：《〈再生缘〉系列闺阁弹词研究》，广西师范大学中国古代文学专业博士学位论文，2014 年。

[251] 李婷婷：《清代女作家弹词中的才女竞雄意识研究——以〈再生缘〉为例》，中国石油大学（华东）中国古代文学专业硕士学位论文，2014 年。

[252] 张思扬：《〈再生缘〉思想研究》，山东师范大学中国古代文学专业硕士学位论文，2014 年。

[253] 徐锐：《〈再生缘〉改编研究》，杭州师范大学中国古代文学专业硕士学位论文，2014 年。

[254] 谭丽娜：《〈再生缘〉研究》，陕西理工学院中国古代文学专业硕士学位论文，2015 年。

[255] 金国君：《〈再生缘〉中韩异本的结尾构造比较研究》，曲阜师范大学亚非语言文学专业硕士学位论文，2015 年。

[256] 王娜：《〈再生缘〉戏曲改编研究》，沈阳师范大学中国古代文学专业硕士学位论文，2016 年。

三、音像资料

参看附录"万家移植《再生缘》"。

后　记

从某种意义上而言，我是个不折不扣的"缘迷"。虽然直到2002年我才初次接触陈端生和她创作的弹词《再生缘》，但首次翻开《再生缘》，就有一种相见恨晚之感，从此我便对它种下了一种特殊的情感。而这种特殊的喜爱之情，随着时间的流逝而有增无减。我在湘潭大学求学期间撰写的硕士学位论文是《弹词〈再生缘〉结局新析》。在写作过程中，我将《再生缘》的二十卷通行本（中州书画社1982年版）逐字逐句、仔仔细细地阅读了数遍，然后在此文本细读的基础上，着重分析了《再生缘》的结局问题。之后我又了解到戏曲舞台和影视荧屏上的孟丽君的故事，原来最初的出处就是陈端生的《再生缘》，于是陆续观看了王文娟主演的越剧舞台剧《孟丽君》和越剧电视戏曲连续剧《孟丽君》、唐国华主演的祁剧连台本戏《孟丽君》、韩再芬主演的黄梅戏音乐电视连续剧《孟丽君》、叶璇与林峰主演的香港TVB电视剧《再生缘》、叶青主演的电视歌仔戏《皇甫少华与孟丽君》等多种作品。在观看改编之作时，发现各改编本与弹词《再生缘》之间皆存在或大或小的差异，很想替陈端生和她笔下的孟丽君说"不"。于是，我在2009年申报了校级科研课题"从传统到现代——《再生缘》之戏曲及影视改编研究"。在该课题结项之后，我对陈端生与《再生缘》"仍有很多话想说"，但因教学工作之余的全部精力必须投入到教育部人文社会科学研究青年基金项目"清末民初时调研究"的研究中去，遂不得不"暂时遗忘"《再生缘》。当"清末民初时调研究"这一课题于

2015年10月结项之后，我才重拾《再生缘》，并于2016年申报了河北省社会科学发展研究课题"清代女性弹词《再生缘》研究"。

我对《再生缘》钟爱有加，想尽可能地把研究工作做得深入、细致、全面些，但因种种原因，本书仍存在着一些局限，比如对国外及中国香港和台湾地区的《再生缘》的学术研究资料的搜集尚不全面；对《再生缘》和相关改编之作的研究仍停留于述多论少的层次；在与《再生缘》的改编活动相关的文献的搜集整理方面，也不够全面。有一部分著录《再生缘》的改编之作的文献，如《蒲州梆子志》《蒲州梆子传统剧本汇编》等，目前我仅仅从我的学生——山西运城人薛文杰处"听闻过"。有一部分搬演孟丽君之故事的改编本，如汨罗花鼓戏《孟丽君》、龙图侗戏《孟丽君》、荆州花鼓渔鼓戏《孟丽君脱靴》、高州木偶戏《孟丽君中状元》、广西北流木偶戏《孟丽君》等，我于近日发现优酷网、土豆网、爱奇艺等网站上有演出视频，但在此书出版之前已经来不及欣赏了，故书中"附录"没有著录这些改编本，当于日后陆续增补；歌仔戏《孟丽君》(杨丽花制作)、闽剧戏曲电视剧《孟丽君》、沂蒙小调《孟丽君》和王思懿主演的电视剧《新孟丽君》虽然在本书"附录"中著录了，但著录的信息太简略，亦有待他日增补。

衷心感谢我的硕士导师徐炼教授。徐老师是湘潭大学的教授，既是知名学者，又擅长书画。徐老师在我的硕士学位论文《弹词〈再生缘〉结局新析》的撰写过程中，从最初确定论题时的反复推敲到写作途中的屡次易稿，再到最终的一锤定音，都一丝不苟地给予我许多积极的指导。

衷心感谢我的师兄唐林轩、师兄陈际斌和师弟罗汉松。正是和唐师兄的一次闲聊，引领我进入《再生缘》的艺术园地。在湘潭大学攻读硕士研究生阶段，当时我正为选择研究论题而苦恼万分，绞尽脑汁，左思右想，找不到合适的论题。焦头烂额之际，唐师兄轻描淡写地对我说："师妹，你可以去看看弹词，像《再生缘》之类的弹词都是女性作家写的，应该适合女性来研究，建议你去看看。"为此，我匆匆忙忙去湘潭大学图书馆借阅了中州书画社1982年出版的《再生缘》。当走马观花阅读一遍之后，我对此书产生了浓厚的兴趣，遂决定以《再生缘》作为硕士学位论文的研究对象。最终在徐老师的指导下，我将论题确定为《弹词〈再生缘〉结局新析》。从此，我对《再生缘》始终怀有一种特殊的感情。除了弹词《再生缘》的各种版本外，凡是与《再生缘》相关的文献，包括学术研究资料，改编本的演出录像、剧照、戏单等，我都用心搜集。陈师兄和罗师弟在我研究《再生缘》的过程中，也给我提供了积极的帮助。与唐林轩师兄、陈际斌师兄和罗汉松师弟在湘大一起求学的日子，是我人生中的幸福时光，点点滴滴都已沉淀为美好记忆。

衷心感谢台湾中兴大学的林仁昱老师。林老师于百忙之中替我查阅了台湾地区的一些关于《再生缘》的研究资料，如胡晓真的《阅读反应与弹词小说的创作——清代女性叙事文学传统建立之一隅》、许丽芳的《性别与书写之错置与超越——以〈女才子书〉与〈再生缘〉作者自序为中心之分析》、廖秀芬的《〈再生缘〉的女性视角及其书写风格论析》、张思静的《叙事重心的转移：从〈再生缘〉到〈笔生花〉》、黄晓晴的硕士学位论文《〈再生缘〉之女性自我实现研究》、郭平平的硕士学位论文《清代小说戏曲中的女性自觉——以〈儿女英雄传〉、〈再生缘〉和〈小蓬莱仙馆传奇〉为例》等。这些资料对我的研究工作，大有裨益。

衷心感谢我的同事杨丽君老师。杨老师曾借助其在首都师范大学攻读博士学位的便利，从首都师范大学图书馆为我搜集到秦纪文的《改编〈孟丽君〉弹词的一些回忆》、叶工的《为越剧〈孟丽君〉说几句话》、静波的《剧坛新花又一枝——谈青年演员戴春荣扮演的孟丽君》和《从〈孟丽君〉到〈卓文君〉——秦腔著名青年演员戴春荣小记》、徐素英的《艺海无涯　拾贝靠勤——〈孟丽君〉中饰刘捷一角的体会》等多篇论文。

衷心感谢我的学生胡恩燕和李仁成。胡恩燕是我校汉语言文学专业2009届的本科毕业生，是一个很有灵气、富有才情的女孩。李仁成是我校汉语言文学专业2011届的本科毕业生，是一个思想活泼、非常内秀的男孩。他们在我研究《再生缘》的过程中，皆提供了切实的帮助。

衷心感谢我的家人，特别是我的父母和女儿笑笑。我的父母朴实善良，思想开明，善解人意，富有爱心。他们尽自己的最大能力，给我的学业和工作提供了最大可能的帮助，特别是给予我心灵上的慰藉与精神上的鼓励。我的女儿笑笑以她特有的方式支持着我的工作。自从2014年9月二岁零十个月的女儿上幼儿园起，照顾女儿的任务就主要落在了我一个人的身上。我每天必须按时接送女儿上下学，她放学后还得悉心照看她。自从上幼儿园以来，女儿的表现一直非常棒，她以"几乎从未向幼儿园请假"的优秀表现，积极配合着我的工作。当她在幼儿园的时候，我一方面要完成教学方面的日常事务，另一方面挤出点时间做点科研。我常对我的同事说，我做科研的过程，如同缝补衣服，只能利用余暇做点缝缝补补的工作而已。如果不是因为女儿的"积极上学"，我也不可能完成目前手头的这部书稿。从某种意义上来说，这部书稿是我和女儿的共同作品。

人生有苦有乐，若无苦，便无乐。陈端生如是，我亦如是。

为了感谢自己，在本书的最后，我还要坦白一个事实：本书虽然算不上完美无缺，但它确实是我的心血的结晶。在研究《再生缘》的道路上艰难前行，之所以能够做到坚持不懈，不惮于呕心沥血，都是缘于心中那份对陈端生与孟丽君的特殊的深深的感情。在我的人生之路上，能够认识陈端生和她创作的《再生缘》，真好！

湘南竹

二〇一八年中秋佳节写于

燕郊华北科技学院致远楼